EDEN

DE LA MÊME AUTRICE
CHEZ LE MÊME ÉDITEUR

*La Vengeance aux deux visages. Retour à Eden***, 2022.

ROSALIND MILES

LA VENGEANCE AUX DEUX VISAGES

*Eden**

traduit de l'anglais
par Jacqueline Huet

ARCHIPOCHE

Cet ouvrage a été publié sous le titre
Return to Eden
par Futura Publications, a division of Macdonald & Co,
Londres.

Première édition française :
Eden. La Vengeance aux deux visages
Presses de la Renaissance, 1987.

Notre catalogue est consultable à l'adresse suivante :
www.archipoche.com

Éditions Archipoche
92, avenue de France
75013 Paris

ISBN 979-1-0392-0166-7

1

Quand l'aube rougeoya au-dessus d'Eden, le vieillard assoupi faisait son dernier rêve. Dans le lit de chêne monumental de ses ancêtres, il triomphait en songe, car après avoir lutté toute la nuit, il poussa un grognement de satisfaction et, souriant en lui-même, pressa la main qui tenait la sienne comme pour sceller un marché. Ainsi Max Harper, qui avait livré sa vie durant un millier de combats victorieux contre les éléments naturels, les hommes et les machines, mettait-il fin de la même manière à une existence extraordinairement remplie. Sa respiration affaiblie reprit un rythme régulier. Il devint paisible et serein, les traits empreints d'une douceur qu'on ne lui avait jamais vue de son vivant.

Pour la jeune fille qui se tenait à son chevet, le cauchemar commençait à peine. Les heures suaves et parfumées de la nuit s'étiraient interminablement, laissant dans leur sillage un flot montant d'angoisse. La panique, tel un raz-de-marée, l'engloutit : « Ne t'en va pas, priait-elle, ne me laisse pas, je t'en supplie, ne t'en va pas… » Incapable de se contenir, elle avait cru ne jamais plus pouvoir s'arrêter de pleurer mais l'épuisement des longues heures de veille avait eu raison de ses larmes, et son être entier était désormais réduit à un nœud douloureux lui enserrant le cœur. En proie à la fièvre, elle cherchait le soulagement dans les paroles qu'elle murmurait tout bas, confiant à la forme immobile, étendue sur le lit, son désarroi, sa tendresse impuissante et son désespoir : « Que vais-je devenir sans toi… Sans toi je ne suis plus rien. Tu étais tout pour moi. C'était ton sourire que je guettais, ta main que je cherchais, pas celle de Katie. Ta froideur, ton indifférence me faisaient peur. Ton visage m'était plus familier que le mien. Pourtant je n'ai jamais su qui tu étais vraiment – ne meurs pas avant de m'en avoir donné la possibilité, j'ai tellement besoin de toi… »

Le médecin consulta sa montre et adressa un signe de tête à l'infirmière qui s'éclipsa discrètement pour aller donner le signal du dernier rite. De partout à travers les vastes étendues du Nord de l'Australie, en voiture, en Land Rover, en hélicoptère ou en avion privé, les amis, les connaissances et les associés du magnat agonisant convergèrent vers Eden. Ils se réunirent dans la bibliothèque aux lambris sombres de la vaste demeure de pierre, en proie à l'agitation qui saisit les hommes à l'approche de la mort, sous le portrait de celui dont l'existence les avait réunis et dont la mort les unissait une fois encore. Ils étaient tendus mais pas inquiets. Max Harper avait assuré l'avenir comme il avait toujours maîtrisé le passé.

Dehors, dans la chaleur grandissante, sèche et poussiéreuse de la matinée, un groupe d'aborigènes venus des quatre coins du domaine montait patiemment la garde. Yowi, l'esprit qui annonce la mort prochaine, avait soupiré à l'oreille d'un membre de la tribu, un homme assez sage pour comprendre le sens de tels soupirs, et ils étaient venus rendre hommage au dernier songe d'un vieillard. Dans la chaleur statique du jour, ils contemplaient sans ciller la magnifique demeure, les avions, les deux hélicoptères et le nombre inaccoutumé d'automobiles rangées devant la maison, recouvertes d'une épaisse couche de poussière.

Le silence feutrait le paysage. Le soleil dardait ses rayons implacables. Même les deux plus jeunes membres du groupe, Chris et Sam, demeuraient immobiles. Ils attendaient simplement, avec fatalisme, car ils savaient ce qui se passait à l'intérieur de la maison et leurs âmes étaient prêtes à accepter l'inévitable. Eux qui, à leur âge, communiaient avec tous les êtres vivants, ils sentaient que Max Harper glissait doucement de la vie sur la terre vers les régions infinies de l'espace où, au-delà de la mort, il renaîtrait, dans la demeure du Grand Tout.

Dans la pénombre de la chambre aux rideaux tirés, seule la respiration affaiblie du vieillard troublait le silence oppressant. Soudain, il poussa un profond soupir qui s'acheva dans un râle d'agonie à l'instant où la vie le quitta. Le médecin s'élança pour libérer la main brusquement alourdie de l'étreinte de la jeune fille. Avec un détachement professionnel il prit le pouls, sentit qu'il ne battait plus et reposa le bras sur le lit. Ses yeux rencontrèrent ceux de la jeune fille et, à la question affolée qu'il y lut, il répondit par un signe de tête, un seul hochement bref.

Comme dans un rêve elle fit un pas en avant et sans bruit tomba à genoux près du lit. Saisissant la main inanimée, elle y déposa un baiser puis, la portant jusqu'à son visage, la frotta doucement contre sa joue, la gardant là quelques instants. Au contact de la main familière, rugueuse et musclée, des larmes douloureuses jaillirent de nouveau de ses yeux et roulèrent lentement sur ses joues, mais elle se maîtrisa et son expression demeura calme. Elle ne se laisserait pas aller à pleurer.

Au bout de quelques instants, elle se releva, balayant les larmes d'un revers de la main et après un dernier long regard sur l'homme étendu sur le lit elle gagna la porte. D'une démarche raide, elle s'engagea dans le corridor. Par les fenêtres, elle remarqua vaguement le petit groupe affligé, au-dehors. Accroupie dans la poussière, une femme sanglotait en hurlant, se frappant la tête de ses poings. D'une voix gutturale aux accents liquides, elle entonna une psalmodie que les autres reprirent.

« *Ninnana combea, innara inguna karkania...* Ô Grand Esprit, ô Grand Tout, les chênes soupirent et se lamentent, les gommiers versent des larmes de sang, car l'obscurité a englouti l'une de tes créatures... »

Apaisée par la litanie, elle parvint à dominer ses sentiments et pénétra dans la bibliothèque. Son apparition fut le signal qu'attendaient les visiteurs. Les conversations s'interrompirent et tous les visages se tournèrent vers elle. Chacun de ceux qui étaient présents dans la pièce possédait une personnalité qui aurait permis de le distinguer parmi la foule, mais Bill McMaster, le directeur de la Harper Mining Company et de ses succursales, n'en était pas moins le premier de ses pairs. Il se détacha de l'assemblée pour aller au-devant de la silhouette juvénile qui se tenait sur le seuil, ses traits taillés à la serpe plissés par la compassion. Il lui saisit le bras, le passa sous le sien pour la mener doucement vers les autres en lui chuchotant des paroles de réconfort qu'elle ne comprenait pas.

Par la porte de service, Katie, la gouvernante, entra avec un plateau d'argent sur lequel étaient disposées des coupes de champagne. Son entrain coutumier était émoussé : elle ne parvint pas à regarder celle qu'elle connaissait depuis sa plus tendre enfance et se contenta de distribuer les verres en silence. La jeune fille prit une profonde inspiration et, avec un calme apparent, leva son verre et dit :

« À Max Harper. Mon père. Qu'il repose en paix. »

Tandis qu'ils buvaient, Bill McMaster s'avança parmi eux et leva son verre à l'adresse de l'immense portrait de Max qui dominait l'assemblée.

« À Max Harper ! commença-t-il. Un sacré patron, et un sacré bonhomme, un type comme il n'en existe pas un sur un million ! C'est tout simple, s'il ignorait quelque chose à propos de la mine, c'est que c'était une chose inutile. Nous tous lui devions tout. Et encore aujourd'hui. Et ce que nous faisions pour lui, nous le ferons désormais pour vous, mademoiselle. Vous pouvez compter sur nous. Tant qu'il y aura un Harper à la tête de la société, tout ira bien, croyez-moi. Levez donc encore une fois vos verres mes amis – à Stéphanie Harper, cette fois. Qu'elle se montre la digne fille de son père et que la Harper Mining Company soit toujours florissante et prospère sous sa gouverne.

— Stéphanie Harper !

— Vive Stéphanie !

— À Steph ! »

Le toast fusait à la ronde. L'esprit embrumé, le cœur meurtri, Stéphanie entendit à peine les paroles prononcées mais le message se propagea à travers sa conscience comme les rides se formant sur l'eau d'un étang. Le roi est mort – vive la reine ! Ici ? Ici, à Eden, où régna mon père ? Elle rejeta la tête en arrière, terrifiée, et dans ce geste, découvrit devant elle le portrait aux teintes vives de son père. Ses yeux croisèrent son regard d'aigle et elle se sentit perdue.

« Non ! »

Le cri jaillit malgré elle, stupéfiant l'assemblée.

« Je ne peux pas ! Je ne peux pas ! »

Secouée de tremblements incontrôlés, elle repoussa les mains secourables, recula et, pivotant sur elle-même, s'élança hors de la maison. Aveuglée, comme possédée, elle courut en direction des écuries. Les aborigènes la regardèrent sans broncher s'enfuir au grand galop le long de l'allée, franchir les grilles d'Eden et disparaître dans le sanctuaire de la brousse qui s'étendait au-delà, à l'infini. Là seulement, elle pouvait être elle-même. Là seulement, elle pouvait exprimer sa douleur au grand jour. Le puissant étalon s'élançait de l'avant, le martèlement de ses sabots s'accordant au rythme endiablé de son cœur. La cavalière et sa monture étaient au bord de l'épuisement quand elle finit par s'arrêter au milieu de l'immensité pour hurler ses reproches au vaste ciel indifférent.

Le paysage brûlé par le soleil s'étendait à perte de vue et à l'horizon se profilait la minuscule silhouette de l'étalon noir luisant de sueur, les yeux fous, et de sa cavalière échevelée, couverte de poussière, debout sur les étriers de son cheval cabré pour hurler et sangloter librement.

« Papa, oh, papa, comment peux-tu… j'ai tellement besoin de toi, comment peux-tu me faire ça, à moi, comment peux-tu m'abandonner toute seule… »

« Stéphanie ? Où es-tu, Steph ? »

Stéphanie sursauta, revenant brusquement à la réalité. Elle entendit un pas léger dans l'escalier et un instant plus tard, Jilly pénétra dans la chambre à coucher.

« Où étais-tu, Steph ? Tu étais à des kilomètres.

— Oui, précisément, à des kilomètres. Je pensais à Eden.

— Eden ? » Jilly jeta un coup d'œil circulaire autour de la pièce luxueuse et affectant, taquine, le ton d'un majordome anglais : « Vous êtes ici dans la maison des Harper à Sydney, madame, pas à la campagne, dans la demeure familiale.

— Quel bonheur de te voir, Jilly. »

Et, soudain au bord des larmes, Stéphanie jeta ses bras autour de son amie.

Jilly fut la première à se dégager de leur étreinte et, tenant Stéphanie à bout de bras, elle la regarda avec attention :

« Un peu de gaieté ne te ferait pas de mal, on dirait, dit-elle gentiment. Qu'est-ce qui se passe, ma chérie ?

— Oh, rien. » Stéphanie rougit, mal à l'aise. « J'étais en train de penser à... »

Jilly suivit son regard indiquant la photo agrandie de Max dans son cadre d'argent ciselé sur la table de nuit. Elle rit, tendrement moqueuse.

« Stéphanie Harper, vous me faites honte ! Vous n'allez pas me dire que vous pensez à votre père le jour de votre mariage !

— Je pense à lui tous les jours », répliqua simplement la jeune femme.

C'était vrai. La présence de Max, l'emprise qu'il exerçait sur sa vie, semblaient presque aussi importantes aujourd'hui que dix-sept ans plus tôt, lorsqu'il était mort.

« Il a toujours dirigé ta vie. Il m'arrive de penser qu'il ne t'a pas laissé suffisamment d'espace pour grandir par toi-même. Tu possèdes bien plus de choses en toi que tu n'as jamais eu l'occasion d'en exprimer – beaucoup plus, tu peux me croire. Mais tout cela va peut-être changer désormais ! » Et avec un sourire espiègle, Jilly leva sa coupe de champagne.

Elle fut récompensée par le sourire qui éclaira le visage de Stéphanie. J'aime mieux ça, songea-t-elle. Si seulement tu savais comme tu peux être jolie quand tu souris, tu sourirais tout le temps, comme le chat du Cheshire. Mais elle se serait bien gardée de faire une remarque sur son apparence ou sa conduite à la timide Stéphanie. Elle connaissait un sujet en revanche qui ne manquerait pas de la ravir.

« Si tu me parlais un peu de l'heureux homme, commença-t-elle. Il ressemble à Max ? C'est là le secret de son charme irrésistible ? Il doit bien avoir quelque chose de spécial pour t'avoir séduite aussi vite ? »

Stéphanie rayonnait.

« Oh oui, Jilly, si tu savais. Il est absolument merveilleux. Il ressemble peut-être un peu à papa – il est fort comme lui, et il sait ce qu'il veut. Mais cela ne l'empêche pas d'être adorable et attentionné. Je suis follement heureuse avec lui… »

Jilly observait son amie : Stéphanie disait la vérité, cela ne faisait aucun doute. Elle débordait d'amour et de bonheur. Son visage, d'ordinaire si anxieux, à l'expression si effacée qu'un observateur peu attentif l'aurait jugé plutôt ingrat, était complètement transfiguré. Ses yeux brillaient, sa bouche souvent triste, aux lèvres pincées, s'ouvrait en souriant, découvrant des lèvres pleines et des dents éclatantes. Ce que tu pourrais être belle ! songea Jilly, profondément troublée.

À cet instant, elle ressentit au fond d'elle-même une pointe de jalousie, une souffrance vague et obscure qu'elle se hâta de maîtriser, se contraignant à sourire.

« Mais si tu ne te décides pas à t'habiller, il t'attendra encore dans huit jours ! Viens, je vais t'aider. »

Et prenant son amie par le bras elle la mena jusqu'à sa coiffeuse et la fit asseoir devant son miroir.

Stéphanie rougit de nouveau, mais de plaisir cette fois. Elle saisit la main de Jilly et la pressa affectueusement. Depuis qu'elles étaient toutes petites, Jilly avait toujours été adorable avec elle. Quelle chance d'avoir une amie si fidèle.

« Jilly ! s'écria-t-elle, je ne t'ai même pas dit bonjour comme il faut. Comment vas-tu ? Tu as fait bon voyage ?

— Nous aurons tout le temps de parler de ça quand on en aura fini avec toi », dit Jilly avec animation.

Elle se dirigea vers le lit pour y prendre la veste qu'elle y avait remarquée – style Chanel, en soie bleu foncé, dans une nuance jacinthe assortie aux yeux de Stéphanie et qui mettrait certainement sa silhouette en valeur. Elle regagna la coiffeuse pour aider Stéphanie à la passer.

« Et maintenant, raconte-moi, Steph. »

Stéphanie eut un rire joyeux.

« Qu'est-ce que tu veux savoir ?

— Tout ! lança théâtralement Jilly. Je veux tout savoir ! J'ai failli m'évanouir, quand j'ai reçu ton télégramme. Je pars en vacances trois semaines et à peine ai-je le dos tourné que te voilà amoureuse et sur le point de te remarier !

— Six semaines, précisa Stéphanie. Je le connais depuis six semaines.

— Bon, d'accord, mais quand même, reconnais que ça s'est fait très vite. Dis-moi, Steph, tu es sûre de ne pas faire une bêtise ? »

Stéphanie éclata de rire.

« Jamais je n'ai été aussi sûre de quoi que ce soit dans ma vie.

— Comment l'as-tu rencontré ?

— Sur un court de tennis, évidemment.

— Où rencontre-t-on un champion de tennis ? À question idiote…

— C'était une compétition organisée pour recueillir des fonds, poursuivit Stéphanie toujours enthousiaste. J'étais là parce que la Harper Mining était l'un des commanditaires. À la fin, il m'a demandé si je voulais être sa partenaire, comme ça, pour rire. Et tu ne vas pas me croire, il m'a laissée gagner ! C'est fantastique, tu ne trouves pas ?

— Ça s'appelle le destin ou je ne m'y connais pas, dit Jilly, s'efforçant de ne pas se montrer trop caustique. Pourquoi ne partez-vous pas simplement vous cacher dans les bois, tous les deux ? Vous n'avez pas besoin d'un grand mariage. Vous n'avez besoin ni de moi ni de personne. »

Stéphanie leva les yeux du miroir devant lequel elle était occupée à appliquer sur son visage un fond de teint neutre, l'air peiné.

« Oh, Jilly, comment peux-tu dire ça ? J'avais besoin de toi aujourd'hui, de toi plus que de quiconque. Pour la première fois de ma vie, il m'arrive quelque chose de bien et il faut absolument que ça soit parfait. Comment aurais-je pu me passer de toi ? J'ai vraiment besoin que tu m'aides, je t'assure.

— Des hordes de chevaux sauvages n'auraient pu m'empêcher de passer, la rassura Jilly. Encore moins la grève surprise des compagnies aériennes, mais je m'ennuyais à New York, de toute manière. C'est la mauvaise saison, là-bas. Je n'y suis allée que pour accompagner Phillip. J'aurais mieux fait de m'abstenir.

— Phillip était-il contrarié d'avoir dû rentrer plus tôt que prévu ? demanda Stéphanie tout en posant délicatement une ombre de fard bleu sur ses paupières.

L'expression de Jilly se fit plus dure et vaguement méprisante.

« Tu sais bien que Phillip ne s'abaisse jamais à discuter. De toute façon, il avait fini ce qu'il avait à faire. On allait partir passer la dernière semaine à Acapulco pour tâcher de s'amuser un peu avec les grands de ce monde mais entre ça et le mariage de l'année, comme on l'a annoncé dans les journaux, le choix n'était pas difficile ! »

Stéphanie eut un sourire crispé et chercha de nouveau à être rassurée :

« Oui, j'ai lu les journaux. Je sais ce qu'ils insinuent. » Elle marqua un temps d'arrêt et levant la main gauche, récita en comptant sur ses doigts la liste des accusations qu'elle avait retenues : « Que Greg se marie avec moi pour mon argent – ça, il faut dire qu'on s'y attendait, c'est tellement rebattu ; qu'il est beaucoup plus jeune que moi, que sa carrière au tennis est terminée et qu'il a trouvé avec moi une retraite assurée ; qu'il a une réputation de coureur de jupons...

— Ça c'est vrai, dit Jilly d'un ton tranquille.

— Mais ça m'est complètement égal ! s'écria Stéphanie. Je m'étonne moi-même, Jilly. Moi, qui ai toujours pris garde au qu'en-dira-t-on, cette fois-ci, je suis tellement amoureuse que l'on peut raconter ce qu'on voudra, cela m'est totalement indifférent. »

Elle se tourna de nouveau vers le miroir et, maniant ses fards avec un regain d'énergie, poursuivit d'un ton passionné :

« Je n'arrive toujours pas à croire que ça m'arrive à moi, Jilly. Il m'aime, il m'aime vraiment. Il y a des choses sur lesquelles un homme ne peut pas mentir. »

Elle s'interrompit pour tamponner son rouge à lèvres, d'un rose discret, à l'aide d'un mouchoir en papier.

« Et de quel droit le jugerais-je ? Du haut de mes deux divorces consécutifs ? Non, je ne suis pas en position de le critiquer. J'ai eu du mal à me remettre de mes deux précédents mariages, tu es bien placée pour le savoir. Mais qu'importe, je ne suis plus une enfant désormais, avec la quarantaine qui pointe à l'horizon – combien de temps nous reste-t-il ? »

Dans le miroir, Stéphanie remarqua le sursaut de Jilly qui gagna la table de chevet pour remplir sa coupe de champagne.

« Je ne voulais pas parler de toi, Jilly, s'empressa-t-elle d'ajouter, et puis tu as Phillip. Et tu as toujours été tellement plus séduisante que moi, plus sûre de toi, plus mince... »

Elle hésita et d'un geste inconscient, se mit à lisser sa veste comme pour aplatir sa poitrine, qu'elle avait toujours jugée trop forte. Puis, rassemblant son courage, elle se lança :

« En tout cas, tu as toujours été jolie et tu le seras toujours. Moi, en revanche, je ne crois pas être de ces femmes dont l'apparence physique s'améliore avec l'âge. Quelles que soient les raisons qu'il ait de m'épouser, je lui sais simplement gré d'en avoir envie, c'est tout. »

L'anxiété voilait les yeux de Stéphanie désormais, et sa bouche était redevenue la mince ligne chagrine que Jilly connaissait si bien. Celle-ci alla entourer d'un bras affectueux les épaules affaissées de son amie.

« Eh bien, dit-elle gentiment. Où est donc passé le célèbre esprit combatif des Harper ? Tu as eu largement ton compte de malheurs et d'ennuis : il était grand temps que la vie te sourie, voilà tout. »

Le visage de Stéphanie rayonna comme le soleil après l'averse.

« Tu te souviens, quand nous rêvions d'épouser le prince charmant, autrefois ? Le mien a mis du temps à venir, mais il est là. Et ça valait la peine de l'attendre. »

Elle se tourna vers Jilly, d'un mouvement plein de détermination.

« Je l'aime – plus que tout... et je crois que je compte vraiment pour lui, moi aussi. »

Jilly l'observa avec attention puis lui sourit :

« Il faut dire qu'il n'a rien de commun avec tes deux précédents maris, dit-elle d'un ton léger. Ni avec l'aristocrate anglais, ni avec le savant américain. Jamais n'importe qui, remarque ! Est-ce que tu te rends bien compte, ma chère Stéphanie, que c'est la première fois que tu jettes ton dévolu sur un vrai, un authentique Australien de race pure ? Oh, je n'avais rien contre notre digne et honoré gentleman, mais sa puissance était passagère. Quant à ton chercheur américain... avoue que tu as eu une carrière en dents de scie ! »

Stéphanie fronça les sourcils, mal à l'aise, mais se concentra pour mettre ses boucles d'oreilles en place – de gros saphirs sertis de diamants, ses préférées. Aujourd'hui, pourtant, un doute la saisit : le bleu des pierres convenait-il à celui de son tailleur ? Elle aurait voulu consulter Jilly mais celle-ci poursuivait son idée :

« Tu es drôlement mystérieuse, quand même, avec tes mariages. Regarde : tu pars pour l'Angleterre comme ça, sans crier gare, alors que tu n'as quasiment jamais mis les pieds hors d'Eden et tu nous reviens avec un mari anglais et une petite fille. Ensuite, je ne suis pas mariée depuis un an avec Phillip que te voilà convolant pour la deuxième fois – combien de temps seras-tu restée avec le père de Dennis ?

– Jilly ! Arrête, je t'en prie ! supplia Stéphanie, contrariée, tout en se débattant avec le fermoir de son collier de perles. Je prends un nouveau départ, tu comprends ? »

Non sans regret, Jilly laissa tomber le sujet, pourtant passionnant, du passé de Stéphanie et posa son verre pour aider son amie à fermer le collier. Puis, lissant doucement le col de dentelle strict de son corsage :

« Le troisième sera le bon, alors ? », dit-elle. Elle consulta sa montre. « Enfin, s'il se décide à arriver !

– Bien entendu ! lança Stéphanie, radieuse. Tu ne crois quand même pas qu'il va me faire faux bond ! Greg est un type très bien, je t'assure. Et il va te plaire, tu vas voir ! Je suis prête à parier que tu vas l'adorer ! »

Au volant de la Rolls blanche décapotable qui fonçait à tombeau ouvert au long des rues et des avenues tortueuses de Sydney en direction de Darling Point, le conducteur pestait contre lui-même.

« Quel mufle ! S'arranger pour se mettre en retard le jour de son mariage ! marmonna-t-il entre ses dents.

— Allons, ne me dis pas que ça te déplaît tant que ça ! », fit remarquer son témoin, qui avait pris place à ses côtés.

Comme Greg l'avait fait attendre une heure et demie avant de partir, il ne voyait guère de raison de ménager sa susceptibilité.

« Avoue que tu n'es pas mécontent de faire une arrivée remarquée ! De les faire attendre – de la faire un tantinet enrager, même, je me trompe ? Un peu de franchise, mon vieux : tu ne voulais pas avoir l'air du bon toutou qui vient se mettre aux pieds de Stéphanie Harper pour qu'elle daigne lui accorder sa main... ô combien précieuse !

— Ça suffit ! siffla Greg entre ses dents serrées, les mains crispées sur le volant tandis qu'il lançait le luxueux cabriolet à l'assaut du virage. C'est extraordinaire ! Je me marie aujourd'hui, et il faut que je supporte les remarques ironiques d'un petit joueur de tennis minable...

— Je t'ai battu la semaine dernière, ce me semble !

— Pour la première fois.

— Mais peut-être pas pour la dernière, mon pote, peut-être pas... »

Greg ne répondit pas. Son partenaire disait vrai, et il ne s'en était pas encore remis. Jamais il n'avait eu la moindre difficulté à battre Lew Jackson, de cinq ans son cadet, auparavant. C'était une chose d'être tenu en échec par un McEnroe. Mais par un gamin qu'on a connu quand il ne savait pas encore tenir une raquette… Greg frissonna imperceptiblement dans l'air humide. Il était temps qu'il leur laisse la place – non sans panache !

Ses pensées furent interrompues par Lew, qui s'avisa soudain de son indélicatesse à vouloir triompher de son partenaire le jour de son mariage.

« Mais ce n'est pas moi qui t'ai battu ce jour-là, dit-il d'un ton désinvolte. C'est ta jambe qui t'a joué un sale tour. Tu n'as vraiment pas eu de chance, avec ton genou, Greg. »

J'ai peut-être de la chance, au contraire, songea Greg secrètement amusé, de pouvoir lui imputer toutes mes défaites, et les victoires n'en paraissent que plus méritoires, quand le dernier smash vous arrache une grimace de douleur ostentatoire.

« Pas de fausse modestie, mon vieux, dit-il, magnanime. Laissons ça aux Anglais. Pourquoi minimiser ? Tu es l'étoile qui monte, voilà tout. Pourquoi crois-tu que je t'ai choisi pour être mon témoin ? On n'invite pas les ringards au mariage de l'année, pas vrai ? On en aura bien assez du côté de Stéphanie… à commencer par le conseil d'administration de la Harper au grand complet ! »

Lew éclata de rire et assena une tape amicale sur l'épaule de Greg. On ne pouvait pas s'empêcher de l'aimer, celui-là, il avait toujours quelque chose d'original à dire en toutes circonstances, pas le genre à se contenter d'une plaisanterie facile. Du coin de l'œil, il étudia le profil classique, les cheveux blonds, épais, vigoureux, les mains musclées et bronzées sur le volant. Pas étonnant que les filles en pincent pour Greg Marsden, se dit-il, ni qu'il soit l'idole des fans de tennis. Cette petite Française, tout récemment, n'avait-elle pas remué ciel et terre pour parvenir à le mettre dans son lit ? Une affaire, en plus, à ce qu'il paraît… toute la nuit, et presque toute la journée suivante, elle l'a gardé. Évidemment, il a perdu la coupe le lendemain… mais il a bien fait d'en profiter. Lew sourit par-devers lui. Parce qu'avec Stéphanie Harper, il risque de ne pas être tous les jours à la fête, de ce point de vue-là. Oh, elle n'est pas si mal, ce n'est pas ça, mais pour un type à qui on donnerait la médaille d'or aux Jeux olympiques du sexe…

Grâce à la virtuosité de sa conduite et à une connaissance parfaite de la ville, Greg avait rattrapé une partie de son retard. Sa bonne humeur revenait à mesure qu'il approchait et il s'engagea à grande allure dans l'avenue bordée d'arbres qui conduisait à la demeure des Harper. Dominant le port de Sydney sur un site remarquable, elle avait symbolisé la puissance et la réussite de Max Harper. Il avait fait construire la grande maison blanche pour en faire son domicile, à Sydney, au moment où ses affaires s'étaient étendues du Nord vers l'Est de l'Australie, attirant alors de plus en plus les capitaux australiens.

La magnifique demeure au bord de l'eau était désormais l'une des principales propriétés privées de Sydney. Avec ses grands arbres qui prodiguaient une ombre bienfaisante, ses pelouses parfaitement tondues qui descendaient jusqu'au bord de l'eau et ses vastes pièces décorées avec goût, elle représentait une sorte d'idéal de vie. Greg imaginait le jardin inondé de soleil, les perrons abrités et les pièces fraîches, le champagne frappé et l'accueil respectueux qui l'attendaient. C'était ça, la vie. Ça et un tas d'autres agréments du même ordre. Il n'avait qu'à tendre la main… sa bonne humeur revint tout à fait.

Mais il dut vite déchanter en apercevant, au détour de la route, agglutinés devant les grilles du domaine, entre les Mercedes et les Ferrari des invités, encombrant le trottoir et barrant carrément la voie, une foule de journalistes et de photographes rassemblée là pour l'événement du jour. Tous ceux qu'il avait eu l'occasion de rencontrer au cours de sa carrière de champion étaient là, plus une nuée de jeunes commères de magazines féminins amateurs de potins mondains, plus quelques inconnus, envoyés sans doute par des agences de presse ou des journaux étrangers – auxquels s'ajoutaient, comme de bien entendu, les petites groupies bronzées et charmantes, venues faire leurs adieux à l'idole des courts… et parmi elles…

« Bon sang ! »

C'était bien la petite Française, là-bas derrière, avec la robe rouge ! De nouveau, la rage le saisit.

« Du calme, mon vieux, fit Lew, en voyant changer l'expression de son voisin. Pas d'affolement. Tu les mets tous dans ta poche quand tu veux ! »

Greg ravala sa salive et acquiesça du chef. Le temps d'arriver jusqu'à eux, il s'était ressaisi et, un sourire décontracté aux lèvres, il arrêta la Rolls, qui fut aussitôt assaillie par la nuée de vautours.

« Le voilà ! », s'écria une jeune reporter, magnétophone en bandoulière, en jouant des coudes à travers la foule, micro brandi : « Alors, Greg, quel effet ça fait d'épouser la femme la plus riche d'Australie ? »

Ce dernier la gratifia d'un sourire charmeur :

« C'est mer-veil-leux, roucoula-t-il.

– On commençait à se dire que vous alliez nous poser un lapin !

— C'est à cause des embouteillages. Et de mon témoin ici présent – il m'a fait poireauter des heures.

— Pourquoi a-t-on refusé aux journalistes d'assister au mariage ? »

La question venait d'une représentante d'une agence de presse internationale, manifestement fort mécontente. Greg haussa les épaules en un geste d'impuissance.

« Navré, madame. J'apprécie votre déception à vous tous. C'est Stéphanie, elle voulait quelque chose d'intime, seulement les parents et les amis proches. Elle n'a pas comme moi l'habitude des journalistes. Et j'espère que c'est avec moi qu'elle se marie, pas avec mes fans ! »

Il eut un sourire désolé. C'est cela, se dit-il, traite-les en douceur, ménage-les, c'est tout simple avec un peu d'habitude.

Un photographe était occupé à prendre des clichés de la Rolls rutilante sur la plaque d'immatriculation de laquelle on pouvait lire : TENNIS.

« Bel engin, dit-il. Un cadeau de mariage ?

— Ouais, fit Greg, désinvolte. C'est ça même. »

Du coin de l'œil, il voyait approcher une des commères qu'il avait repérées en arrivant. Pour la première fois, il regretta que la voiture fût décapotable, le rendant totalement vulnérable au monde extérieur. Si seulement il avait pu abaisser un écran vitré entre cette fille et lui !

Mais elle était déjà là :

« Pour les lecteurs du monde entier, demanda-t-elle tout de go, que répondez-vous à ceux qui prétendent que vous épousez Stéphanie Harper pour sa fortune ? »

Il l'attendait, celle-là. Il répondit sans hésiter :

« Cela ne nous gêne pas. On peut raconter ce qu'on veut. Du moment que je peux rendre Stéphanie heureuse !

— C'est un vrai mariage d'amour, alors ?

— Eh bien oui. J'en souhaite autant à tout le monde, je vous assure. »

Chapeau, Greg ! se dit Lew, admiratif. Il savait vraiment y faire ! C'était gagné, maintenant.

« Et votre carrière, Greg ? »

La question provenait cette fois d'un des principaux journalistes sportifs du pays. L'un de ceux qui avaient suivi Greg depuis ses débuts, quand il n'était encore qu'un jeune loup sorti du néant, caractérisé par un étonnant mélange de force et de grâce, et déterminé à gagner coûte que coûte.

« Est-ce que ça veut dire que le tennis est fini pour vous ? »

Greg eut l'air peiné :

« Mais pas du tout, non. Pas du tout.

— Vous reconnaissez tout de même que le niveau a baissé, par rapport à ce que vous nous aviez donné l'habitude de voir ? Peut-être un peu trop... fait la vie, ces temps-ci, voyez ce que je veux dire ? »

Sur le volant, les doigts de Greg brûlaient de s'envoler pour aller écraser la bouche de l'insolent. Mais de nouveau, il se reprit et dut combattre l'envie de se retourner pour voir si c'était bien la petite Française, qu'il avait reconnue parmi la foule de groupies. Il sourit nonchalamment :

« Il ne faut pas croire tout ce qu'on lit dans les journaux. Vous êtes pourtant bien placé pour le savoir, pas vrai ?

— Vous nous préparez un retour, alors ? »

Greg ouvrit de grands yeux, feignant l'étonnement :

« Mais je ne suis jamais parti !

— On peut donc compter vous revoir en compétition internationale l'an prochain ? Wimbledon, peut-être ?

— Cela dépendra de Stéphanie, répliqua Greg. Si elle a envie de me suivre en tournée, ou pas. C'est à elle que je pense en premier désormais.

— C'est la première fois que vous vous mariez, Greg ? »

Encore celle de tout à l'heure ! Greg la jaugea au passage.

« Exact, dit-il vivement. Et je ne vais pas y arriver si vous me gardez ici trop longtemps. Il faut que j'y aille. À plus tard. »

Il mit le contact mais comme la voiture démarrait, il ne put s'empêcher de draguer la jeune femme occupée à enregistrer chacune des paroles qu'il prononçait.

« Vous avez un corps splendide, mademoiselle, dit-il avec un petit sourire. Attention à ce que vous en faites ! Pas de folies, hein ? »

Elle rougit du compliment et, satisfait de l'effet produit, il lança la Rolls au long de l'allée sinueuse.

Là-haut, devant la maison, un garçon de treize ans filmait à l'aide d'une caméra fort coûteuse l'arrivée des invités qui affluaient dans la propriété depuis plus d'une heure. Du balcon de la chambre à coucher où elle se tenait, Jilly l'observait qui allait et venait, affairé à filmer tout ce qui se présentait, avec plus d'enthousiasme que de savoir-faire. Elle se détourna pour entrer de nouveau dans la pièce où Stéphanie finissait de se préparer. Il est en retard, se dit-elle. Stéphanie est-elle anxieuse ?

« Et les enfants ? demanda-t-elle. Comment réagissent-ils ? »

Stéphanie plissa le front.

« Dennis, très bien, dit-elle pensivement. Il est tout surexcité d'avoir un champion de tennis pour beau-père. Et Greg lui a offert une magnifique caméra – il est très attentionné, pour ça, Jilly, tu sais – si bien qu'aujourd'hui il ne pense qu'à filmer tout ce qu'il voit.

— Et Sarah… ? »

Stéphanie soupira.

« Bah, tu sais, elle est à l'âge difficile. Ça doit être dur à quinze ans de voir sa mère tomber follement amoureuse. » Stéphanie rougit légèrement. « Surtout de quelqu'un de plus jeune. »

Jilly leva des sourcils interrogateurs.

« Je crois qu'elle ne me pardonne pas la différence d'âge entre Greg et moi.

— Elle n'est pas si grande, dit Jilly, réconfortante. Ça n'a plus tellement d'importance de nos jours.

— Mais ça en a une énorme pour une fille de son âge, apparemment. Et puis je n'ai peut-être pas fait tout ce qu'il fallait. J'ai complètement perdu la tête quand je l'ai rencontré. J'étais si absorbée par Greg que j'en ai oublié le concert que donnait Sarah à son école, elle qui devait jouer en solo. Je n'ai pas joué de piano avec elle depuis un temps fou, et je ne l'ai pas écoutée non plus… le résultat, c'est qu'elle est jalouse comme une tigresse, qu'elle lui en veut et qu'elle me déteste. »

Stéphanie cacha son visage dans ses mains et Jilly sentit que le chagrin allait la submerger. Elle s'empressa d'intervenir :

« Écoute, tu vas gâcher ton maquillage si tu fais ça, mon chou. Regarde les choses du bon côté. Tu as mis la main sur l'un des célibataires les plus remarquables de l'hémisphère Sud maintenant que le prince Charles n'est plus dans la course, alors profites-en. Prends du bon temps et arrête de te mettre martel en tête. Tu ne te maries pas pour eux après tout, pense un peu à toi, pour une fois. Pense un peu à toi, Stéphanie Harper ! »

Stéphanie prit une profonde inspiration, releva le menton, redressa les épaules et se leva. Elle se détourna pour sourire à son amie.

« Tu as raison. Je suis idiote. J'irai très bien dès que Greg sera arrivé. Je sais qu'il est un peu en retard. Mais il ne va pas me laisser tomber.

— Bravo ! C'est comme ça que je veux te voir, ma chérie ! »

Jilly s'approcha de son amie, lui prit la main et la conduisit jusqu'au grand miroir qui couvrait presque tout le mur du fond de la chambre. Ensemble, les deux femmes regardèrent leur reflet en silence. Stéphanie, grande et l'air timide, peu sûre d'elle et pas très à l'aise, avait pourtant une grâce enfantine qui la faisait paraître plus jeune qu'elle n'était. À vrai dire, elle semblait plus proche de vingt ans que de quarante. Et dans son ravissant deux-pièces vaporeux qui donnait à ses yeux la nuance des clochettes des sous-bois, elle était plus jolie qu'elle ne l'avait jamais été dans sa vie.

Mais pourquoi n'allait-elle pas jusqu'au bout ? songea Jilly, vaguement irritée. Elle a des yeux pour voir. Elle devrait savoir que le bleu de ses saphirs ne va pas du tout avec le reste. Et le fait qu'elle soit grande n'aurait pas dû l'empêcher de porter des talons, même petits, un jour comme aujourd'hui. Et pourquoi ne se trouve-t-elle pas une vraie coiffure, au lieu de relever ses cheveux en rouleaux ridicules, avec ces barrettes… Quand je pense… si j'avais autant d'argent…

Jilly rencontra soudain les yeux de Stéphanie dans le miroir. Le sourire affectueux de son amie était joyeux, de nouveau :

« Tu es magnifique, Jilly ! J'adore ton tailleur – 5e Avenue ? »

Jilly se sentit honteuse. Pourquoi suis-je aussi mesquine ? se demanda-t-elle. Qu'est-ce qui me prend d'avoir des sentiments pareils ? Et, un peu trop vite, elle répondit :

« Toi aussi, tu sais ! Tu es magnifique ! Vraiment très jolie.

– C'est vrai ?

– Oui, je t'assure. »

Pas convaincue, Stéphanie se détourna avec une petite grimace et se laissa tomber sur le lit.

« Ce qu'il y a, c'est que ce ne sont pas seulement les enfants… moi non plus, je ne tourne pas rond, j'ai tellement peur de ne pas savoir le garder. C'est une vedette, une star et je suis si quelconque… Il est champion de tennis et je suis le contraire d'une sportive, c'est tout juste si je sais nager…

– Fais-le monter à cheval, et tu verras lequel des deux sera le plus impressionné. Il sera dans tous ses états, c'est sûr… sans compter que ça fait partie des objectifs en vue, si j'ai bien compris… »

Stéphanie rougit violemment, sans paraître mécontente du tour que prenait la conversation. Elle eut un petit sourire qui creusa deux fossettes sur ses joues, regarda le bout de ses souliers puis, d'un bond, s'élança vers la penderie qui jouxtait sa chambre. Elle réapparut porteuse d'un élégant carton volumineux, l'ouvrit, révélant aux yeux de Jilly émerveillée, sous le fin papier de soie argenté, un trousseau complet de satin noir, orné de ruchés de dentelles et de rubans de soie. Jilly se pencha pour examiner le contenu de plus près. Chaque pièce du trousseau était des plus ravissantes et portait la marque d'un grand couturier français.

Avec des petits gloussements émoustillés, Stéphanie tira du carton un négligé qu'elle plaça devant elle. Le tissu était extraordinairement soyeux et le décolleté profond et provocant. Elle fit le tour de la pièce en tournoyant comme une petite fille, fredonnant sur un rythme endiablé : « Jilly-Ô-Jilly-Ô-Coooomme-je-l'ai-me... »

« C'est lui qui te l'a offert ?

— Oui oui, fit Stéphanie, toujours chantonnant. Jamais je n'ai porté un truc pareil avant, tu penses. Ça me rend toute chose rien que d'y penser ! »

Jilly acquiesça et, au toucher sensuel du satin, éprouva un tressaillement d'excitation au fond d'elle-même.

« Eh bien, vous avez été rapides en besogne tous les deux, on dirait ? Comment t'y es-tu prise pour l'engager sur cette voie... je veux dire, celle des relations intimes, enfin...

— Non, je n'ai pas..., commença Stéphanie, méfiante.

— Quoi, vous n'avez pas encore... ?

— Non, répéta Stéphanie, le rouge aux joues mais d'un ton ferme. On n'a pas eu beaucoup de temps à nous, d'une part, et jamais la certitude qu'on n'était pas épiés par un photographe. On ne pouvait être tranquilles ni chez lui ni chez moi et je ne suis pas tellement du genre à faire ça à l'arrière d'une voiture, même si c'est la limousine de la Harper Mining

Company. Mais surtout, je veux faire les choses dans l'ordre. Je ne veux pas risquer de faire tout rater, cette fois, tu comprends ? Je suis adulte maintenant, la jeune fille innocente n'existe plus, et je sais que j'ai trouvé l'homme qui convient à la femme que je sens en moi. »

Stéphanie se tut et les deux femmes se regardèrent en toute franchise. Jilly comprenait parfaitement ce que voulait dire son amie. Celle-ci était le type même, plutôt courant, de la femme plusieurs fois mariée mais qui n'a pas encore trouvé le chemin de sa propre sexualité. Elle avait grandi, solitaire, entre les murs de la propriété d'Eden et le seul homme qu'elle eût jamais approché était son père. Mais ce dernier était presque toujours en voyage aux quatre coins du monde et elle s'était souvent trouvée esseulée, en mal d'affection. En même temps, sa forte personnalité rendait les autres hommes faibles et insignifiants par comparaison aux yeux de sa fille unique. Rien d'étonnant à ce qu'elle se fût éprise du premier qui parût lui manifester tant soit peu d'intérêt, en l'occurrence le rejeton dégénéré d'une famille de la petite aristocratie britannique rencontré lors d'un séjour à Londres. Or son jeune époux ne s'était jusque-là intéressé qu'aux garçons et leur union, du point de vue de la sexualité, s'était révélée tout à fait désastreuse. Heureusement pour elle, la jeune fille, inexpérimentée, n'avait rien compris aux choses bizarres que lui demandait son époux et, protégée par sa naïveté et son ignorance, elle avait conservé aussi longtemps que possible son estime à son bel éphèbe aux manières de gentleman. Leur union dura assez longtemps pour qu'il en naquît une petite fille. Mais la déception de sa belle-famille, qui attendait un héritier, ajoutée à la découverte par la même belle-famille que Max Harper n'était pas disposé à consacrer une partie de sa fortune à la construction d'un manoir anglais, contribua à mettre un terme au mariage de l'homme de loi britannique et de la sauvageonne australienne. Stéphanie, pour sa part, avait le mal du pays dans les brumes d'Angleterre. Elle regrettait l'air pur et vivifiant, l'immensité et, par-dessus tout, Eden, le domaine de son enfance. Leur brève union fut donc dissoute sans douleur et Stéphanie rentra chez elle, plus mûre, certes, mais pas dans le domaine de la sexualité.

Sans perdre de temps, elle s'était aussitôt engagée dans une deuxième union malheureuse, trop candide encore pour suivre le conseil de Jilly et prendre le temps de faire son choix, au lieu de se précipiter. Trois mois plus tard, elle était l'épouse d'un chercheur américain chargé d'organiser un programme international de recherche sur les ressources minérales et attaché à la Harper Company le temps des travaux. C'était un homme d'âge mûr, aux manières affables, sans surprise – Max, en somme, mais sans la puissance, l'énergie ni le mordant de feu son père –, pour qui la sexualité se résumait à un rapport mensuel guère plus important pour lui que le bain qu'il prenait en rentrant de plusieurs semaines d'éloignement sur un site retiré, où la plus infime trace de dépôt minéral retenait davantage son attention que sa jeune épouse. Jilly l'avait toujours jugé repoussant en se demandant intérieurement comment Stéphanie supportait qu'il la touchât. Mais comme, à l'instar de son père, il était presque toujours absent, la question ne se posait pas trop souvent. Dans un moment de distraction, il lui avait donné le petit garçon qu'elle n'avait pu avoir en Angleterre avec son premier époux. Mais une fois ses recherches achevées, il était tout simplement rentré aux États-Unis, laissant derrière lui une Stéphanie plus âgée mais, comme elle l'avait confié à son amie, guère plus expérimentée.

Depuis lors, Stéphanie menait une vie tranquille, partageant son temps entre ses enfants et la Harper Mining. Elle semblait se passer très bien des hommes, ce qui pour Jilly était absolument impensable, elle qui, bien que mariée, n'en cherchait pas moins ailleurs, et dans maintes directions, la satisfaction de ses besoins de femme. À trente ans, Jilly savait que ses besoins sexuels étaient plus forts, plus insistants que jamais et elle savait reconnaître son désir et le satisfaire. Stéphanie commençait-elle enfin à entendre la musique de la danse primale ? Était-elle enfin prête à s'y mêler avant qu'il ne fût trop tard ? Jilly regarda celle à qui, petite fille, ses camarades donnaient le surnom de « sainte-nitouche », sincèrement étonnée. Une manière d'audace dans son regard direct et son port de tête, le sourire épanoui qu'elle lui adressait lui donnèrent sa réponse.

« Je suis contente, Steph. Et bienvenue à bord !

— Souhaite-moi bonne chance, Jilly, dit Stéphanie. Je sais que je vais en avoir besoin, Greg est… enfin, il a beaucoup d'avance sur moi.

— À voir le trousseau, il a l'air tout prêt à donner des leçons, dit Jilly en riant. J'ai comme l'impression qu'il y a un message dans son cadeau, vois-tu…

— Je suis prête, en tout cas, conclut Stéphanie pleine d'impatience. Oh, mais où peut-il bien être ? »

Le ronflement de la Rolls qui s'arrêtait devant l'entrée de la maison leur parvint au même moment, puis se tut.

« Quand on parle du loup…, fit Jilly. On dirait que le marié est arrivé. »

2

Dans la fraîche entrée aux murs blanchis de la demeure des Harper, Bill McMaster attendait avec la patience d'un homme qui a connu dans sa vie des événements autrement plus marquants. Mais il n'avait pas l'habitude qu'on le fît attendre et il n'appréciait guère. Directeur de la Harper Mining Company et tuteur légal de Stéphanie depuis le décès de Max, il était présent à la fois à titre privé et à titre professionnel. L'un des premiers arrivés afin de veiller à ce que tout se déroulât parfaitement pour Stéphanie, il avait tout prévu, en dehors du retard du futur époux. Son visage profondément ridé, aux traits rudes marqués par les années de travail acharné aux côtés de Max, arborait une expression cordiale et animée tandis qu'il bavardait avec les invités de la noce et les membres du personnel de la Harper. Mais intérieurement, il se maudissait et se traitait de tous les noms pour n'avoir pas songé à envoyer la limousine de la Compagnie et deux coursiers parmi les plus costauds de la Harper chargés de ramener le jeune écervelé en temps voulu.

Jusque-là, tout s'était passé comme un charme. En arrivant, Bill avait découvert les préparatifs du repas, les invités et leurs cadeaux, l'organisation du personnel qui œuvrait à la perfection sous la baguette du chef d'orchestre Matey, le majordome de la maison

Harper depuis des temps immémoriaux. On racontait que Max l'avait enlevé à une famille d'aristocrates dont le yacht avait mouillé quelque temps dans le port de Sydney. On racontait aussi qu'il avait été majordome dans une famille de la haute société en Europe car il n'était pas Australien d'origine. Mais son nom et son passé s'étaient perdus dans la nuit des temps depuis que Max l'avait pris à son service et baptisé Matey, lui donnant carte blanche pour diriger sa maison sur un grand pied. Comme à l'accoutumée, Max avait eu l'œil, et Matey avait joué un rôle essentiel dans la création de la légende de la famille Harper dont lui-même était devenu une pierre angulaire.

« Bonjour, Matey. »

Bill serra la main du vieux serviteur avec une sincère affection. Avec son énorme nœud papillon et son gros œillet cramoisi à la boutonnière, Matey aurait pu friser le ridicule, mais il se tenait droit comme un I et son port noble, son regard fier l'en mettaient définitivement à l'abri.

« Tiens, M. McMaster, bonjour, monsieur. Comment allez-vous ? Comment ça va… là-bas ? »

Matey désignait toujours l'autre propriété des Harper par ce terme, n'y ayant jamais été lui-même, et n'ayant d'ailleurs nul désir d'y jamais aller.

« Très bien, merci, Matey… la dernière fois que je m'y trouvais en tout cas. C'est un grand jour, aujourd'hui.

– Oh oui, monsieur, un grand jour. Nous avons suivi toutes vos instructions, monsieur, et celles de mademoiselle Stéphanie et si je puis me permettre, je me suis aussi autorisé quelques initiatives personnelles. J'ai pris la précaution de commander deux fois la quantité de champagne prévue par les traiteurs

– nous ne voulons pas passer pour mesquins – et j'ai fait repousser le lieu de la cérémonie vers le fond du parc pour le mettre plus à l'ombre quand le soleil va taper à midi. Pour le reste, tout est en ordre.

— Comme toujours quand vous êtes là, Matey. Vous êtes un oiseau rare, vraiment.

— Merci, monsieur. Il y a longtemps que nous n'avons eu pareille réception, mais la tradition de la maison Harper va être respectée, j'en ai l'impression. Si vous voulez bien m'excuser, monsieur… »

Et tandis que le vieux Matey courait à ses occupations, Bill se prit à songer à la dernière cérémonie chez les Harper. Pas aux mariages de Stéphanie – le premier avait eu lieu en Angleterre et le second n'avait été qu'un rapide et discret mariage civil à Alice Springs, ville où le chercheur s'était trouvé par hasard à ce moment-là. Non, c'était à l'enterrement de Max qu'il songeait – quand toute la population du Nord s'était rassemblée pour la veillée mortuaire.

Dix-sept ans… Pour Bill, ç'aurait pu être hier. Les heures d'attente anxieuse dans la bibliothèque, à Eden, les chuchotements et l'apparition de Stéphanie, tel un spectre, dans l'encadrement de la porte. Son courage, quand elle avait levé son verre pour porter un toast à son père d'une voix tremblante, puis sa crise de nerfs, le cri qu'elle avait poussé avant de s'enfuir en courant. Des heures et des heures étaient passées sans qu'on la vît revenir. Jim Gully, le chef de la police du secteur, venu rendre un dernier hommage à Max, avait proposé de la faire rechercher. En interrogeant les aborigènes employés au poste de police, il avait appris qu'au lieu de prendre son cheval habituel, un hongre parfaitement dressé, la jeune fille avait choisi un gigantesque étalon au tempérament fougueux presque indompté. S'il avait désarçonné sa cavalière en pleine brousse, il y avait peu de chance qu'on la retrouvât vivante.

Mais Katie, la gouvernante, leur avait ri au nez: « King ? Faire tomber Effie ? On voit que vous les connaissez pas comme moi. Effie est la seule créature, homme, femme ou enfant, qu'a jamais pu faire obéir cette brute. Il est encore tout jeune et il a jamais connu personne d'aut'. Il vient lui manger dans la main mais il vous ferait passer de vie à trépas si vous vous approchiez de trop près », avait-elle ajouté en considérant non sans dédain le gros homme transpirant. Au fil de la journée, Bill avait senti lui aussi la peur le gagner. Mais il connaissait bien Katie, et c'était elle qui avait élevé Stéphanie, ou Effie comme elle l'avait toujours appelée, l'accouchement tragique ayant emporté la seule personne que Max eût jamais vraiment aimée. Le nourrisson, d'abord rejeté par son père, avait été confié à Katie qui avait reporté sur lui toute l'affection possessive dont elle avait été privée, étant restée vieille fille. Katie connaissait mieux Stéphanie que quiconque au monde. Bill espérait seulement qu'elle ne se trompait pas.

Et elle ne s'était pas trompée. Quand le crépuscule s'abattit sur Eden avec la soudaineté terrifiante propre aux tropiques, Stéphanie fit son entrée, aussi calme que si elle était simplement sortie chercher un mouchoir. Jamais elle n'avait tenté d'expliquer ce qui l'avait incitée à s'enfuir en hurlant et Bill ne lui avait jamais rien demandé. Elle avait pénétré dans la bibliothèque bondée la tête haute, le menton dressé, digne fille de son père. Bill n'était pas particulièrement sensible, pourtant il en aurait pleuré de soulagement – pas seulement parce qu'elle était saine et sauve, mais de pouvoir se dire qu'un Harper poursuivrait la tradition à la tête de la compagnie – un mini-Max.

Tout n'avait pas été pour le mieux au début, bien sûr : Stéphanie manquait d'expérience et surtout d'assurance. Tant de responsabilités la terrifiaient. Car si Max l'avait désignée pour lui succéder, il n'avait pas cherché à la mettre au courant de ses affaires ni à lui enseigner son métier. Il avait fallu tout lui apprendre : la comptabilité, le calcul des profits et pertes, les problèmes de rentabilité, la recherche des capitaux, la gestion d'une grosse entreprise, tout était nouveau pour elle et bien souvent, les traits tirés par la fatigue, elle avait ouvert de grands yeux effrayés devant l'énormité de la tâche qui l'attendait. Mais il était fier de sa protégée – elle l'avait récompensé des heures, des jours, des semaines et des mois d'efforts qu'il lui avait consacrés. Elle avait hérité du flair de son père pour les affaires, en mille fois plus aigu encore.

Elle avait aussi quelque chose de plus, une manière de sixième sens que Bill avait eu du mal à accepter, et qu'il aurait été incapable d'expliquer. Elle possédait un don de prémonition qui lui permettait de flairer une chute de la Bourse ou une mauvaise affaire, et quand Bill la pressait de justifier son impression elle savait seulement dire qu'elle le « sentait ». Pourquoi, elle l'ignorait. Bill avait fini par attribuer cette sensibilité à son « intuition féminine » mais il était persuadé intérieurement que le fait d'avoir grandi à Eden n'y était pas étranger. Là, au cœur des espaces infinis, Stéphanie avait connu la solitude absolue. La solitude qui, seule, permet d'entendre la petite voix silencieuse qui murmure les secrets de la vie.

Elle avait grandi près des aborigènes, partagé leur communion mystique avec la nature et toutes les créatures vivantes. Elle savait parler aux animaux et se sentait en osmose avec toute la création et l'air qu'elle respirait. Or elle avait apporté tous ces dons avec elle en ville, cachés derrière son apparence quelconque, plutôt ingrate même, timide et mal assurée.

Il était un domaine, pourtant, dans lequel elle manquait de perspicacité. Bill poussa un soupir en y songeant car c'était une grave faiblesse : Stéphanie n'était pas bon juge quand il s'agissait des hommes. Il frissonna en se rappelant ses deux mariages ratés et passa un doigt dans le col de sa chemise en imaginant les dégâts qu'ils auraient pu entraîner pour la Harper Mining. Mais celle-ci s'en était tirée sans dommages. La famille du petit duc anglais s'était montrée si satisfaite de se débarrasser d'elle, si reconnaissante – avec quelle indécence ! – qu'elle n'exigeât pas de pension alimentaire, qu'il ne leur était pas venu à l'idée d'exiger quoi que ce fût de leur côté. Le professeur américain, malgré tous ses défauts, était quant à lui sincèrement détaché des choses de ce monde, et il avait été horrifié de découvrir que son épouse était à la tête de l'une des plus grosses fortunes d'Australie. Quoi qu'il en soit, l'un comme l'autre auraient parfaitement pu rançonner la Harper Mining s'ils l'avaient voulu et celle-ci l'avait en quelque sorte échappé belle.

Mais en serait-il ainsi cette fois ? Bill avait été profondément choqué et s'était montré non moins soupçonneux en apprenant la décision de Stéphanie de se remarier après une liaison aussi fulgurante. Comme tout le monde dans son entourage, Stéphanie était pour lui une femme approchant la quarantaine, plutôt empâtée, qui prenait peu d'intérêt aux choses du sexe et était incroyablement peu sûre d'elle avec les hommes en dehors du contexte des affaires. Qu'est-ce que ce play-boy pouvait bien lui trouver? Il confia ses inquiétudes à sa propre épouse, Rina, une femme maternelle et compréhensive, qui tenta en vain de le rassurer:

« Tu le mésestimes peut-être, mon chéri, remarqua-t-elle. Laisse-lui une chance, au moins. Tu sais qu'elle est forte, honnête et fidèle – qu'est-ce qui te dit qu'il ne voit pas cela chez elle lui aussi ? »

Peut-être avait-elle raison. Il n'empêche, Bill avait un mauvais pressentiment...

En entendant le moteur de la Rolls-Royce engagée dans l'allée, il ne savait plus s'il était soulagé ou irrité. Matey s'élança à la porte pour accueillir celui qui allait devenir son nouveau maître et le conduisit au fond du parc, où le prêtre attendait pour célébrer la cérémonie. Bill franchit le vaste hall au bas de l'escalier où Kaiser, le berger allemand de Stéphanie, montait la garde pour sa maîtresse.

« Salut, Kaiser, lança Bill. Elle descend, hein ? »

Kaiser émit un petit son et dressa les oreilles. Il bondit au bruit de pas qui lui parvint du premier étage. Stéphanie et Jilly descendirent ensemble. Bill les attendit:

« Stéphanie, ma chérie, vous êtes ravissante.

— Merci, Bill. »

Pour une fois, elle accepta le compliment sans embarras.

« Et vous aussi, Jilly. Bienvenue parmi nous. Vous avez fait bon voyage ?

— Très bon, merci. »

Passant son bras sous celui de Bill, Stéphanie l'emmena un peu à l'écart de Jilly :

« Avez-vous apporté les papiers que je dois signer, Bill ?

— Oui, je les ai. »

Bill marqua un instant d'hésitation.

« Mais il faut que je vous dise que le conseil d'administration a manifesté quelques réticences.

— Je m'y attendais. »

Dans les moments comme celui-là, Stéphanie était une vraie Harper, ferme et inflexible.

« Ce qui compte, c'est que vous les convainquiez.

— Bien sûr. Vous pouvez me faire confiance, Stéphanie. »

Il hésita de nouveau et elle ajouta calmement :

« Parlez-moi franchement, Bill. Vous croyez que je suis complètement inconsciente ? »

Ils se tenaient devant un portrait de Max, une reproduction de celui qui le gardait si présent à Eden. Bill sentait presque son regard perçant sur sa nuque. Il eut un sourire triste.

« Aucun des Harper que j'ai connus ne l'était. Vous êtes capable de faire marcher la Harper Mining et toutes ses succursales à vous seule, Stéphanie. Je n'ai plus rien à vous apprendre. Et vous possédez énormément de capacités personnelles, même si vous ne vous en apercevez pas. Vous n'avez pas besoin de moi.

— Mais bien sûr que si ! s'écria Stéphanie d'un ton vibrant, plein de véhémence. Je ne m'en serais jamais sortie sans vous. J'ai besoin d'une épaule masculine sur laquelle me reposer, conclut-elle plus timidement.

— C'est compréhensible, j'imagine. Mais je pense toutefois que vous auriez mieux fait de mettre à la disposition de votre époux des fonds personnels plutôt que des capitaux de la compagnie. Là, il en devient un membre à part entière. C'est la révolution au conseil !

— Bill ! »

Stéphanie poussa un profond soupir.

« Je ne veux pas lui donner l'impression que je l'entretiens. Est-ce que vous vous rendez compte que je peux faire fuir un homme à cause de ma fortune ? »

Pas celui-là, songea Bill. Pas celui-là, Stéphanie. Comme vous êtes confiante, et naïve, ma chère petite.

« Cela a été une telle source de complications pour moi par le passé, poursuivit-elle. Je ne veux pas refaire la même erreur. Je veux que mon mari soit indépendant, qu'il possède ses propres capitaux, que ses revenus soient les siens. Et je ne veux pas que cela ressemble à une aumône ! »

Un éclair dangereux passa dans ses yeux et elle redressa la tête, le menton volontaire. Bill perçut le message.

« Ne vous faites pas de soucis, dit-il d'un ton apaisant. Pas de problème. À partir de maintenant, Greg est membre de la Harper Mining. »

Stéphanie se détendit.

« Merci, Bill.

— La seule chose qui compte pour moi, Steph, c'est que vous soyez heureuse. Et si je peux y contribuer, vous savez que vous n'avez qu'à demander.

— Je sais. »

Bill se pencha pour l'embrasser mais se figea soudain à ses mots :

« Une dernière chose, Bill. À la réflexion, je souhaite que Greg fasse partie du conseil d'administration. Qu'il ait une véritable fonction, assortie de responsabilités, pas seulement un paquet d'actions et des titres inutiles. Je vous charge de vous en occuper ? »

Bill la regarda, en s'efforçant de dissimuler sa surprise et sa colère. Stéphanie soutint son regard sans broncher et Bill se rendit soudain compte que c'était bien la fille de Max et qu'il s'agissait d'un ultimatum. On ne lui demandait pas son avis. Il se contraignit à sourire, acquiesça du chef et l'embrassa légèrement sur la joue.

« C'est entendu. Je m'en occupe. Tous mes vœux, Stéphanie, et bonne chance. »

Il se redressa et jeta un regard circulaire. À travers le hall, il apercevait la salle à manger, où des tables étaient dressées pour le lunch qui suivrait la cérémonie. Dans le hall lui-même, s'entassaient les cadeaux enrubannés et de l'autre côté du salon, dans le jardin, le futur époux et les invités attendaient la mariée. Jilly s'avança, portant un petit bouquet pour elle et un énorme bouquet pour Stéphanie. L'air était imprégné du parfum des fleurs.

La cérémonie pouvait commencer. Bill sentait les événements lui échapper, comme si le destin s'accomplissait inexorablement, sans qu'aucune intervention humaine eût le pouvoir de l'infléchir en rien. Il se résigna donc et, passant le bras de Stéphanie sous le sien, déclara :

« Et maintenant, ma chérie, allons vous marier ! »

Dehors, l'air était chaud et immobile. Un peu plus tôt, une averse tropicale, torrentielle, était tombée sur le jardin, risquant de compromettre la cérémonie en contraignant tout le monde à se presser à l'intérieur.

Mais la pluie s'était arrêtée aussi brusquement qu'elle était venue, et les arbres en fleurs, les pelouses parfaitement tondues brillaient désormais d'un nouvel éclat, donnant au jardin un aspect plein de fraîcheur. Le soleil au zénith tapait dur, mais les arbres diffusaient ses rayons, les rendant moins féroces aux invités bavardant à l'ombre des feuillages.

Au cœur du temple de verdure, Greg s'était placé devant la table qui tenait lieu d'autel, son témoin à ses côtés. À sa droite, au-delà du jardin, il voyait le port, vers lequel les pelouses descendaient en pente douce. La baie était sillonnée de yachts magnifiques s'éloignant vers le large ou s'approchant du port de plaisance. Encore plus loin, l'arche du Sydney Harbour Bridge enjambait majestueusement la large baie, unissant les deux parties de la ville. Quel panorama ! songea Greg avec contentement. Inestimable ! Il aimait Sydney et bien qu'il eût voyagé dans le monde entier pour participer aux championnats de tennis, de toutes les villes qu'il avait connues, Sydney demeurait sa préférée. Son regard s'attarda sur les eaux miroitantes et la colère froide tapie au fond de lui, sa compagne de chaque instant depuis son enfance, s'en trouva calmée. À cet instant, l'âme de Greg Marsden était presque en paix.

Le petit prêtre qui bavardait avec le témoin observait Greg du coin de l'œil. De tous les mariages qu'il avait célébrés, la mariée était souvent arrivée en retard, mais jamais le futur époux. Il avait attendu avec résignation, sa foi l'aidant à penser que tout irait bien ; il avait bien agi puisqu'il était là et que d'un instant à l'autre, le reste des invités allait quitter la maison pour les rejoindre sous les arbres. Il aurait bien voulu croire que le beau jeune homme insolent, élégant et décontracté qui se tenait devant lui non sans désinvolture, était spirituellement prêt à contracter les liens du mariage. Mon Dieu, pria-t-il en silence, accorde-lui Ton aide, sois avec lui aujourd'hui, montre-lui le chemin. Rouvrant les yeux, le prêtre examina Greg plus attentivement. Ce dernier était manifestement perdu dans ses pensées. Le cœur du prêtre se souleva dans sa poitrine. Dieu, dans Son infinie bonté, l'aurait-il lui aussi touché de Sa grâce? Aurait-il ramené à ses devoirs une brebis égarée, comme il l'avait déjà vu se produire, ne fût-ce qu'au pied de l'autel?

Venise, songeait Greg. Venise. Le seul endroit au monde qui pût concurrencer Sydney. Et encore, les canaux sont puants, nauséabonds. N'empêche, Venise et lune de miel sont synonymes. C'est à Venise qu'il faut aller. Et à Paris, et peut-être la Provence, et la Dordogne... Une ombre passa sur son visage aux traits réguliers. Stéphanie avait inconsciemment contredit son idée de l'emmener en Europe pour leur lune de miel lors d'une de leurs premières conversations concernant l'organisation de leur mariage. « J'ai une merveilleuse surprise pour toi, lui avait-elle annoncé d'un ton joyeux. Eden ! Dès que nous pourrons nous enfuir, après la cérémonie, c'est là que nous irons passer notre lune de miel. Rien que nous deux ! Aussi longtemps qu'il nous plaira. Oh, Greg ! Quel bonheur ! »

Eden? Greg connut un instant de véritable panique. Ce domaine perdu en pleine brousse, coupé de tous les plaisirs de l'existence que l'on ne trouve qu'en ville : l'animation, les lumières, le bruit, les distractions. Mais il refoula son sentiment de terreur. Du calme, se dit-il, du calme. J'ai tout mon temps.

Je suis déjà allé en Europe et j'y retournerai. Il se savait capable de supporter Eden. Il monterait à cheval, et à vrai dire, plus sa monture était fougueuse plus il s'amusait, et il savait tenir un fusil – tout cela remontait à son enfance, avant qu'il montât à Sydney, sa raquette à la main, débordant d'ambition. Il était orphelin à présent et en Australie, songea-t-il avec une ironie amère, on n'a pas de mal à devenir orphelin. Il n'y aurait personne de sa famille à son mariage, il y avait veillé. Il était un homme de nulle part. Il s'était fabriqué ce personnage et il lui convenait. Il ne comptait pas en changer. Mais il se dit qu'un mois à Eden ne le tuerait pas. Il se replongerait dans un mode de vie oublié. Et Stéphanie serait contente.

Stéphanie. Un nuage assombrit de nouveau le visage de Greg. Il souhaitait sincèrement la rendre heureuse et c'était dit, il partirait du bon pied. Il sentait aussi, par une manière d'intuition masculine, que son bonheur à elle serait de le voir heureux. Ne lui avait-elle pas assez répété qu'il lui faisait une faveur en l'épousant ? Au fond de lui-même, et bien qu'elle fût si riche, il avait l'impression qu'elle disait vrai. C'était une femme plutôt quelconque. Elle était gauche, guère sophistiquée et si mal dans sa peau qu'elle finissait par lui porter sur les nerfs à force de s'excuser d'exister. Tout le contraire de son type de femme : félines, sûres d'elles-mêmes, audacieuses et provocantes.

Il revit par la pensée la Française, la nuit où il avait enterré sa vie de garçon. À l'insu de ses compagnons, il l'avait retrouvée après les avoir quittés un peu avant l'aube. Elle l'attendait chez lui, dans sa chambre. Il revoyait son regard aguichant, ses petites dents blanches, ses formes séduisantes. Par la pensée, il fit de nouveau glisser la robe fluide sur ses épaules, découvrant ses seins délicats, aux lourds tétons sombres. Il caressa de nouveau sa peau du bout des doigts, sentit le goût de ses lèvres et sa langue. Il frémit de plaisir. Stéphanie n'était pas ce genre de femme, soit, mais elle était passionnée, dotée d'un corps superbe, et elle ne demandait qu'à apprendre. Greg sourit. Il était impatient de lui enseigner. Il serait le meilleur des époux dans ce domaine, elle n'aurait pas à se plaindre. Il se sentait bien. Tout marcherait à merveille.

De la maison s'élevèrent les premiers accents d'une mélodie de Bach, grave et presque plaintive, pour quatuor à cordes, et sitôt après, Stéphanie apparut au bras de Bill McMaster. Derrière elle, Jilly, sa demoiselle d'honneur, s'avançait aux côtés de Sarah, la fille du premier mariage de Stéphanie, âgée de quinze ans. Elles étaient suivies par Dennis, le fils de Stéphanie, que l'on était parvenu à convaincre d'abandonner sa caméra le temps de la cérémonie religieuse. Aux côtés de Dennis, se tenait Matey, sans qui nulle cérémonie n'aurait été parfaite chez les Harper, et, fermant la marche avec dignité, venait enfin Kaiser, le berger allemand de la mariée.

Stéphanie se dirigea vers Greg, plus belle que jamais. La lueur qui brillait dans ses yeux faisait plaisir à voir. Son cœur chantait, s'envolait comme un oiseau par-dessus la cime des arbres. Une pensée unique occupait son esprit : Greg, Greg, Greg. Il était là devant elle, qui lui souriait. Elle songea, sans tristesse pourtant : Je pourrais mourir maintenant, en cette seconde, car j'ai atteint le bonheur suprême…

Le prêtre accueillit Stéphanie d'un sourire ravi. Il aimait les mariages, où la joie des hommes et la bénédiction divine se conjuguaient. La mariée tremblait de joie et le futur époux avait pris le temps de méditer et de se recueillir un moment avant l'instant solennel. Tout était en place. La cérémonie pouvait commencer.

« Mes chers frères, nous sommes rassemblés aujourd'hui par la grâce de Dieu, afin de bénir l'union de cet homme et de cette femme par les liens sacrés du mariage… »

Debout derrière Stéphanie, Jilly baissa la tête pour cacher son visage en feu sous le large bord de sa capeline. Voilà quelques instants, elle avait traversé le jardin dans le sillage de Stéphanie sans prêter beaucoup d'attention à ce qui se passait autour d'elle. Mais la vue de celui qui se tenait près de l'autel l'avait brusquement tirée de sa légère torpeur. Grand, mince et musclé, des yeux gris au regard provocant, un visage aux traits réguliers, des cheveux blonds délavés par le soleil : c'était tout simplement le plus bel homme que Jilly eût jamais vu. Un magnifique animal. Il était sauvage, comme un fauve, et d'une certaine manière dangereux… Jilly sentait le danger, le flairait presque. Sa présence physique lui fit l'effet d'un coup de poing. Elle avait la respiration coupée. Le sang lui monta au visage et l'enfiévra tout entière. Son corps frémit et à sa grande horreur, elle se rendit compte que c'était de désir. Elle devint cramoisie, baissa la tête et feignit de prier. Mais elle se sentait perdue. Cet homme renfermait en lui une folie sourde dans laquelle se reconnaissait quelque chose d'enfoui en elle, prêt à exploser. Elle savait qu'elle ne saurait pas résister. Mais pourquoi ? Pourquoi fallait-il que ce soit l'époux de Stéphanie ?

Aux côtés de Jilly, Sarah livrait elle aussi combat contre ses sentiments dévastateurs. Les yeux baissés, la fille de Stéphanie se sentait aussi misérable que sa mère était heureuse. À quinze ans, la femme en elle haïssait le couple qui se tenait devant l'autel, d'une haine féroce et quasi sacrée. Mais la fillette qu'elle était encore se trouvait à deux doigts d'éclater en sanglots et de s'enfuir en pleurant. Comment ose-t-elle ? Elle n'a pas le droit de faire une chose pareille ! Et avec ce type-là ? Quand il ne sourit pas, il a des yeux de lézard, et il est bien trop jeune pour elle. Je le déteste. Je le déteste. Avec une sensibilité surprenante chez un garçon de treize ans, Dennis sentit la tension irradier ses épaules et sa nuque rigide. Il se pencha légèrement et, prenant la main de Sarah dans la sienne, la pressa avec délicatesse. D'un geste furibond, Sarah se dégagea et raidit encore les épaules, devant lui, d'un mouvement agressif. Mais, très loin des sentiments menaçants qui s'exprimaient derrière elle, Stéphanie devint Mme Greg Marsden.

Puis l'air s'emplit de musique, le champagne coula à flots, la réception commença. Sans perdre un instant, Jilly partit à la recherche de son époux dont la présence rassurante la réconforterait. Elle trouva Phillip occupé à servir Dennis et Sarah qui avaient du mal à approcher du buffet pris d'assaut.

« Alors, Dennis, disait-il en disposant du poulet froid sur l'assiette du jeune garçon. Que penses-tu du nouveau mari de ta maman ?

— Je ne le connais presque pas, répondit Dennis. Je l'ai vu une fois ou deux, c'est tout.

— C'est le cas d'à peu près tout le monde ici, pas vrai ? », lança Jilly, se mêlant à la conversation, désinvolte mais décidée à détourner le sujet d'une zone aussi minée. « Dites donc les enfants, vous n'avez pas eu trop de mal à manquer un jour d'école ? »

Ils fréquentaient tous deux l'un des établissements les plus anciens de Sydney où ils demeuraient en pension quand Stéphanie était en voyage d'affaires.

« Cela n'a vraiment posé aucun problème, tante Jilly, dit Sarah d'un petit ton méprisant. Maman nous en donne toujours le droit quand ça l'arrange. J'imagine qu'on devrait être contents de sécher les cours pour pouvoir assister à ses mariages !

— Sarah ! », s'écria Phillip scandalisé.

Sans un mot, Sarah fit volte-face et s'éloigna.

« On a le droit de manquer quand on a de bonnes notes de conduite », intervint Dennis pour alléger l'atmosphère. Puis, s'excusant gentiment, il s'élança à la poursuite de sa sœur en criant : « Eh, Sarah ! Attends-moi ! »

« Les pauvres, dit Phillip, peiné. C'est peut-être le grand amour pour Stéphanie, mais ça ne leur rapporte pas grand-chose, à ces deux gosses. Enfin, j'espère que ça ira mieux quand ils reviendront de leur lune de miel. »

Jilly ne répondit pas et Phillip remarqua son air inquiet.

« Tu es bien silencieuse. Tu as faim ? Tu dois avoir faim, non ? Attends, je vais te servir quelque chose. Mais tu n'as rien à boire ! Je vais te chercher une coupe de champagne, d'accord ?

— Oh, n'exagère pas, Phil, dit-elle, les nerfs tendus comme des cordes à violon. C'est le décalage horaire, rien de plus.

— Mmmm. »

Phillip ne croyait qu'à moitié à son explication mais il n'en montra rien. Grand et mince, fort élégant dans son costume sombre parfaitement coupé, Phillip était encore très séduisant en dépit de sa cinquantaine bien avancée. Mais des années de vie conjugale avec une femme beaucoup plus jeune, qui avait peu à peu cessé d'être amoureuse de lui quand l'amour qu'il lui vouait n'avait pas faibli, lui avaient appris à se montrer prudent. Il observa sa femme avec perplexité et changea de tactique.

« La fête est réussie, pas vrai ? Un beau mariage, on ne peut pas dire.

– Et comment ! Mais il faut dire que Stéphanie n'en est pas à son coup d'essai en la matière. »

Jilly se mit à fouiller fébrilement son sac à la recherche d'une cigarette. Phillip lui prit le briquet des mains et la lui alluma.

« J'ai cru déceler quelque agressivité. Je me trompe, ma chérie ?

– Je suis désolée. C'est la fatigue. »

Jilly lui caressa la joue pour le remercier.

« Nous ne resterons pas longtemps.

– Non. »

Il y eut un silence. Jilly tentait désespérément de ne pas penser à…

« Qu'est-ce que tu penses de Greg Marsden ? », demanda Phillip.

Jilly aspira une longue bouffée et réfléchit quelques instants avant de répondre.

« Lui ? Je ne lui confierais pas mon portefeuille ! »

Au bout de la propriété, là où le jardin surplombait la baie, Dennis finit par retrouver Sarah sous un arbre dont les branches tombaient presque jusqu'à terre, formant un abri naturel. Gauchement, il tenta de la réconforter.

« Sarah... ne t'en fais pas, dis. Ce n'est pas la fin du monde. Et je suis encore là, moi. »

Sa sœur lui jeta un regard hargneux en guise de réponse. Dennis fit une nouvelle tentative.

« Ce qui compte, c'est que maman soit contente. Elle le mérite, quand même.

— Mmmm, fit Sarah les yeux toujours perdus vers l'horizon. Mais pourquoi faut-il que ce soit lui ?

— Pourquoi pas lui ? s'étonna son frère. Il est sympa, je trouve. Vraiment !

— Il t'a acheté, voilà tout ! s'écria Sarah d'un ton plein de rage. Avec cette caméra pourrie ! Il t'a acheté corps et âme.

— Pas du tout. Enfin, peut-être un peu. Mais qu'est-ce que tu as contre lui ?

— Je ne sais pas. Je sais seulement... »

Sarah se débattait avec des idées qui dépassaient son expérience et son vocabulaire. Elle avait du mal à s'exprimer. « Je sais seulement qu'il y a quelque chose, chez lui... »

Il y a quand même quelque chose, chez lui, concéda Bill à la réflexion. Il s'était très bien tiré de cette journée, il fallait en convenir. Il avait présenté de charmantes excuses à chacun pour son retard, s'était montré parfaitement poli avec les dames et à la hauteur avec les hommes, s'était gentiment occupé de Stéphanie et avait eu un sourire pour chacun.

« Je t'avais dit de lui laisser sa chance », fit remarquer Rina avec satisfaction et Bill fut heureux de pouvoir remettre son jugement à plus tard, son humeur radoucie par la joie débordante de sa protégée, la belle journée et l'excellent champagne.

Les invités s'étaient essaimés parmi les arbres, les femmes comme autant de fleurs elles-mêmes dans leurs robes aux couleurs pimpantes tandis que le soleil de la fin d'après-midi ravivait le parfum lourd des gardénias et des frangipaniers. Les nouveaux époux allaient bientôt quitter la noce. Abandonnant Rina pour quelques instants, Bill traversa la pelouse qui descendait jusqu'au mouillage où le yacht de Stéphanie était prêt pour la traversée vers la lune de miel.

«Bill!»

C'était Greg, qui venait à sa rencontre.

«Alors, qu'en pensez-vous? Ça s'est bien passé, non?

– Très bien. Stéphanie m'a dit que vous aviez décidé de ne pas vous rendre en Europe pour aller plutôt passer votre lune de miel à Eden?

– Ou-i, mais pas tout de suite. Nous allons d'abord rester quelque temps à bord du yacht pour nous reposer. Le mois dernier a été très fatigant, avec l'organisation du mariage, les journalistes à tenir en respect…» Greg rit. «Après quoi, en route pour le cher Eden de Steph, où je serai initié aux joies de l'existence simple et naturelle.»

Une idée se forma dans l'esprit de Bill.

«Si vous ne partez pas tout de suite… vous aurez peut-être le temps de passer à mon bureau ces jours-ci.»

Greg, l'attention en éveil, répondit sans hésiter.

«Bien sûr, avec plaisir. Dites-moi ce qui vous convient.

– Disons vers onze heures trente un jour ou l'autre. Prévenez ma secrétaire et nous déjeunerons ensemble. Ce sera une occasion de faire connaissance.

— J'en serai vraiment ravi, Bill. Merci. »

Ils échangèrent une poignée de main.

« À bientôt, alors », fit Bill, hochant du chef.

Greg le gratifia d'un sourire de reconnaissance mais intérieurement, il exultait. Bien joué mon pote, se dit-il, se félicitant de sa propre attitude. C'est si facile, il suffit de savoir y faire...

Le sourire s'attardant sur ses lèvres, il se détourna pour gravir les marches du perron quand son attention fut attirée par une jeune femme accoudée à la balustrade qui, la tête rejetée en arrière, prenait une profonde inspiration, comme si elle manquait d'air. Égal à lui-même, Greg la jaugea rapidement – bien moulée, jolis seins, environ trente-cinq ans... Mais ce n'était pas un obstacle... Sentant son regard, la jeune femme baissa les yeux – des yeux de chat, clairs, presque jaunes et, tournées vers lui, les deux petites fentes noires de ses pupilles, farouches et provocantes. Un tressaillement d'excitation le parcourut. L'instant suivant, elle avait disparu à l'intérieur. Les nerfs vibrant, il commença à monter.

En voyant Jilly, sortie prendre l'air sur le perron, rentrer en trombe comme si elle était poursuivie par le diable en personne, Phillip, inquiet, lui emboîta le pas mais ne parvint pas à la rejoindre avant qu'elle refermât sur elle le loquet de la salle de bains. Il frappa, l'implora mais elle refusa d'ouvrir :

« Ça va, ce n'est rien, dit-elle. La chaleur, c'est tout. Je me passe un peu d'eau sur le visage et j'arrive. Retourne dans le jardin. Je te rejoins dans cinq minutes. »

Il lui fallut bien s'exécuter.

Dans la salle de bains, Jilly entendit diminuer les pas de son mari. Gagnant le miroir, elle eut du mal à se reconnaître dans la personne qu'elle y découvrit – les yeux fous, le visage en feu, le souffle court. Tout l'après-midi, elle avait su qu'elle ne parviendrait pas à l'éviter. Mais elle ne s'attendait pas à se retrouver nez à nez avec lui à ce moment-là ! Et de nouveau, elle se sentit frémir au souvenir de sa présence physique – ses seins se tendirent et elle les saisit doucement de ses mains en coupe, sans cesser de se regarder dans le miroir. Les mains qu'elle désirait voir là n'étaient pas les siennes, petites, blanches, aux ongles vernis, mais les puissantes mains brunes – de nouveau, elle sentit la pulsation de plaisir, la moiteur familière.

Errant à travers le jardin, Phillip se retrouva devant Stéphanie et Dennis, qui brandit sa caméra pour la lui montrer, tout en s'efforçant de ne pas renverser la coupe de champagne qu'il tenait dans l'autre main.

« Si tu nous prenais tous les deux, mon fils et moi ? demanda Stéphanie.

– Avec plaisir, dit Phillip. Mais si on allait chercher Sarah pour avoir la mère et ses deux enfants ? »

Stéphanie fit la grimace.

« Bah, je n'ai pas tellement la cote avec ma fille, ces temps-ci, tu sais. Il va d'ailleurs falloir que j'arrange ça dès mon retour.

– Ne t'en fais pas, maman, fit Dennis, conciliant. Elle s'en remettra.

– J'espère. Mais, et toi ?

– Moi, ça va. Allez, tonton Phillip, vas-y. Prends-nous. »

Phillip s'exécuta.

« Souriez ! Le petit oiseau va sortir ! »

Stéphanie passa son bras autour des épaules de Dennis et, rieuse, l'attira contre elle et lui ébouriffa les cheveux.

« Je t'aime », dit-elle.

Dennis leva sur elle des yeux brillants. La caméra ronronna.

« Dis quelque chose, Dennis, sinon on aura l'air de poupées de cire, à rester là sans rien faire. »

Dennis leva sa coupe, l'air connaisseur :

« Excellente année, ce champagne !

– Tu vas vraiment boire du champagne ? Dis donc, je croyais que c'était pour rire ! Que va dire ton directeur si je te renvoie à l'école pompette ?

– Il s'en fichera. Tous les élèves sont des ivrognes, de toute manière ! »

Stéphanie rit aux éclats et posa un baiser sur les cheveux du gamin.

« Parfait, commenta Phillip.

– Merci, Phil, ça ira. »

Au moment où il rendait l'appareil à Stéphanie, Phillip vit Jilly se diriger vers eux, l'air reposée, détendue, toute nervosité apparemment envolée. Elle alla droit vers Stéphanie, le sourire aux lèvres :

« Alors, Mme Marsden, comment ça va ? Ça se passe bien ?

– Merveilleusement, Jilly. Je suis aux anges. C'est comme si rien n'avait existé avant ! »

Dennis sursauta, se raidit, partagé entre la colère et le chagrin. Sans un regard pour sa mère, il fila en direction de la maison. Jilly pressa le bras de son amie.

« Il sait que ce n'est pas ce que tu voulais dire.

– Mais si, dit Stéphanie en la regardant dans les yeux, c'est exactement ce que je voulais dire. »

Soudain son visage s'éclaira.

« Mais tout ira bien, j'en suis sûre. Regarde qui est là. »

Greg traversait la pelouse, scrutant les petits groupes qui devisaient alentour. Après avoir parcouru toute la maison à la recherche de la mystérieuse apparition aux yeux félins, il s'était rendu compte qu'il avait quelque peu abandonné Stéphanie et tâchait de la retrouver pour aller jouer auprès d'elle les époux attentifs. Il l'aperçut au loin, qui bavardait avec une femme coiffée d'un immense chapeau. Après une journée comme celle-là, se dit-il, il n'aurait plus jamais la force de faire des ronds de jambe à autant d'inconnus. Esquissant un radieux sourire il s'approcha du trio.

« Mon chéri, dit Stéphanie, exultant de bonheur. Je ne t'ai pas encore présenté Phillip Stewart.

— Enchanté… »

Greg serra la main qu'on lui tendait.

« Et voici… voici ma chère Jilly. »

Greg tourna la tête et le sourire de circonstance se figea sur ses lèvres quand il croisa le regard de l'inconnue du perron. Elle ne broncha pas.

« Bonjour, Greg. Tous mes vœux de bonheur.

— Merci. »

Totalement étrangère à ce qui était en train de se passer, Stéphanie babillait :

« Vous m'êtes si précieux, tous les deux. Avec mes deux enfants, vous êtes les personnes que j'aime le plus au monde. J'étais si impatiente de vous faire rencontrer ! Je veux que vous soyez amis. Vous le deviendrez, c'est promis ? Ne serait-ce que pour moi ? »

L'ironie de ces paroles toucha Jilly au plus profond. Elle aurait voulu hurler. Elle n'osait plus regarder Greg bien qu'elle sentît son regard posé sur elle.

« Viens là, Jilly, et toi, Greg, je veux vous filmer tous les deux.

— Oh, non, Steph, je dois avoir une mine impossible... avec le décalage horaire, le voyage...

— Tu es très belle, comme toujours, répliqua Stéphanie.

— Je n'en ai pas l'impression.

— Mais si, Jilly. Tu es magnifique. »

Celle-ci avait senti Greg s'approcher d'elle mais elle se contraignit à fixer Stéphanie du regard.

« Un peu plus près, Greg », insista son épouse.

D'un geste désinvolte, celui-ci entoura la taille de Jilly pour l'attirer plus près de lui. Le restant de ses jours, Jilly se souviendrait de ce premier contact, de leurs deux corps, hanche contre hanche, dans le jardin aux mille senteurs. Le désir la parcourut avec une telle violence qu'elle se mit à trembler. Enveloppée du parfum lourd et entêtant des arbres, tous les sens alanguis, elle entendait au loin les petits cris ravis de Stéphanie – « Bravo, magnifique ! vous êtes les plus beaux ! » – mais tout son être se réduisait au bras passé autour de sa taille, à la chaleur de sa cuisse contre la sienne à lui. Elle tourna la tête pour le regarder et lut dans ses yeux qu'il savait.

« Dites quelque chose, Jilly, fit Greg. Souriez.

— Ouistiti-sexe ? », dit faiblement Jilly.

La nuit tomba enfin. L'heureux couple avait quitté la noce pour se retirer sur le yacht de grand luxe mouillé dans le port privé des Harper, après avoir pris congé des invités qui avaient regagné les uns après les autres leurs foyers. Dans leur maison de Hunter's Hill, Jilly avait repoussé les avances de Phillip sous le prétexte qu'elle était trop fatiguée pour faire l'amour et, incapable de trouver le sommeil, elle se représentait Stéphanie transportée au septième ciel dans les bras de son mari, rassasiée de caresses, épuisée, comblée. Pendant ce temps, Stéphanie non plus ne trouvait pas le sommeil. Étendue, raide et désespérée dans la cabine luxueuse, elle se torturait l'esprit. Pardon, pardon, pardon, répétait-elle en vain dans sa tête à l'adresse de celui qui dormait auprès d'elle. Comment était-il possible d'être aussi éprise d'un homme et d'être incapable de l'aimer convenablement ? « Ne t'inquiète pas, lui avait-il dit avant de s'endormir. Ça s'arrangera, tu verras, je t'aime et nous avons toute la vie devant nous. » Mais dans sa détresse, dans sa terreur, elle n'était même pas sûre que le temps pût y faire quelque chose.

3

Phillip quitta son bureau de Macquarie Street en fin de matinée ce vendredi-là. Il s'engagea dans la rue qui grimpait la colline, laissant derrière lui Circular Quay et ses vieux appontements de bois où venaient accoster les ferries, et Bennelong Point avec la magnifique bâtisse de l'Opéra. D'ordinaire sensible à ce qui l'entourait, Phillip n'y prêta pas attention. Il avait eu une semaine difficile. Depuis le jour du mariage, qui remontait au week-end précédent, Jilly semblait si mal en point qu'il commençait à se faire vraiment du souci. Il n'avait pas été contrarié d'interrompre leur voyage en Amérique pour regagner l'Australie à cette occasion. Ses affaires étaient conclues et Jilly, après avoir fait à New York toutes les courses qu'elle souhaitait et vu tout ce qu'elle avait voulu voir, était prête à partir. L'annonce du mariage de Stéphanie, où elle serait de nouveau demoiselle d'honneur, avait servi de prétexte à l'achat d'une garde-robe entière, dont un chapeau si grand qu'elle avait dû le faire enregistrer à part à l'aéroport. Et elle n'avait manifesté que de l'enthousiasme à la nouvelle de l'événement, qui marquait un tournant dans l'existence de sa meilleure amie.

Mais il s'était passé quelque chose au cours de cette journée-là, Phillip en était de plus en plus persuadé. Il prit brusquement le chemin du jardin botanique qui s'étendait de Sydney Cove à Mrs Macquarie-Street. Il était en avance pour son déjeuner d'affaires et allait profiter du temps dont il disposait pour tenter de mettre ses idées au clair. Quelqu'un lui avait-il fait une remarque contrariante, ou s'était-elle querellée pour une raison ou une autre ? Cela paraissait impossible dans la mesure où Phillip ne l'avait pour ainsi dire pas quittée des yeux. Il savait à qui elle avait parlé et qui lui avait adressé la parole, et d'après ce qu'il avait vu, elle n'avait reçu que des compliments et des mots aimables. À vrai dire, elle avait même fait sensation, comme à l'ordinaire, séduisante comme elle était, élégante et habillée avec un goût raffiné.

Pourtant, il s'était bel et bien passé quelque chose, songeait tristement Phillip en longeant pensivement les allées bordées d'hibiscus flamboyants et de lauriers roses. Depuis lors, Jilly n'avait cessé d'osciller entre l'abattement et une espèce d'impatience fébrile. Il savait qu'elle restait éveillée, la nuit, et passait toute la matinée au lit, qu'elle avait annulé son cours de gymnastique et un pot avec des amis cette semaine. Elle fumait beaucoup trop et ne mangeait presque plus. Aucun doute, quelque chose s'était produit qui avait mis en danger son équilibre.

En arrivant au bout de l'allée, il s'arrêta pour contempler le paysage qui s'étendait à ses pieds. Au-delà de l'anse et de la mer de Tasmani, l'implacable océan Pacifique étalait son immensité. Il s'engagea sur la promenade qui longeait la baie, toujours plongé dans les mêmes réflexions. Une seule chose s'était produite pendant le mariage de Stéphanie, une seule chose imprévisible – le changement de Stéphanie. Et Phillip en vint à songer que c'était peut-être la cause de l'humeur étrange de son épouse.

Il y a toujours une certaine dose de jalousie féminine entre deux « meilleures amies ». Jilly et Stéphanie n'échappaient pas à la règle, Phillip le savait bien, du côté de Jilly en tout cas. Cela remontait au début de leur amitié, bien avant qu'il eût rencontré Jilly, et Stéphanie n'y était vraiment pour rien – elle aimait Jilly sans détour, sans arrière-pensée. Mais cette dernière ne lui pardonnait pas la fortune des Harper, sans qu'il sût très bien pourquoi d'ailleurs.

Quand Phillip l'avait épousée, à quarante ans, il était célibataire et gagnait largement sa vie. Depuis, son cabinet de conseiller juridique avait prospéré et particulièrement ces derniers temps, puisqu'il avait signé de nouveaux contrats avec les Américains. Jilly pouvait s'offrir toutes les extravagances dont elle avait envie et comme ils n'avaient pas d'enfants, ses gains leur permettaient désormais de mener un train de vie tout à fait luxueux.

Pas d'enfants. Cette pensée ranima une vieille douleur et son visage s'assombrit. Il s'était résigné voilà longtemps à cette idée puisque Jilly ne pouvait pas en avoir. Mais elle, en revanche, en souffrait toujours. Au fond, Phillip n'était pas certain qu'elle eût fait une bonne mère – elle était peut-être un peu trop égoïste. Quant à lui, ayant passé les quarante premières années de sa vie sans y songer, en dehors du regret fulgurant qui le saisissait régulièrement, leur présence ne lui manquait pas dans sa vie quotidienne. Mais Jilly ne s'était jamais remise de la découverte qu'elle était stérile. Or, Stéphanie avait déjà deux enfants et s'apprêtait vraisemblablement à fonder une nouvelle famille. Elle n'avait pas quarante ans et rien ne l'empêchait d'en avoir encore plusieurs si elle le décidait. En avait-elle parlé à Jilly ? Était-ce là la raison de la détresse de son amie ?

Ou s'agissait-il de quelque chose de plus simple, se demanda Phillip, rebroussant chemin. Jilly était une femme remarquable, avec son visage en forme de cœur aux yeux de chat largement espacés, son épaisse chevelure de miel et son corps ravissant doré par le soleil. La séduction qu'elle exerçait sur les hommes comptait énormément pour elle – son cœur se serra au souvenir des occasions récentes où il avait dû faire semblant d'ignorer l'attitude de sa femme dans l'espoir de sauvegarder ce qui pouvait encore l'être entre Jilly et lui. Pourtant, ce jour-là, en dépit d'une nouvelle tenue qui lui allait à ravir, elle n'avait pas éclipsé Stéphanie. Pour une fois, la situation s'était inversée. Et pas uniquement à cause de l'élégant tailleur bleu lavande de la mariée, mais de la joie radieuse qui l'animait. Stéphanie était plus que jolie ou séduisante, ce jour-là : elle était belle. Devant cette transfiguration, on ne s'étonnait pas qu'elle eût séduit non seulement un champion de tennis mais un homme d'une beauté rare, Phillip lui-même s'en rendait compte. Jilly était-elle simplement jalouse du succès de Stéphanie, même le jour de son mariage ? Avait-elle pris comme un affront personnel la métamorphose du vilain petit canard ?

Ma pauvre chérie, songea-t-il, que puis-je faire pour t'aider, cette fois-ci ? C'était typique de Phillip – il pensait toujours à elle avant de penser à lui. Qu'elle fût heureuse comptait plus que tout. Il connaissait ses défauts, mais au lieu de les lui reprocher et de lui en vouloir, ils l'émouvaient profondément. Sa faiblesse lui donnait envie de la protéger et il se montrait d'une indulgence à toute épreuve avec elle.

Il avait beau voir parfaitement clair en elle, il ne l'en aimait pas moins. Il avait compris très tôt ses difficultés et n'avait jamais vu depuis de bonnes raisons de l'abandonner.

Phillip changea brusquement de direction, comme traversé par une idée soudaine. Si ce n'est que cela, se dit-il, je peux facilement lui venir en aide. Je vais lui proposer un voyage en Californie, puisque le séjour à New York n'était pas très réussi cette fois. Ou des vacances en Thaïlande ? À Bali ? Absorbé toute la semaine par le piètre état de sa femme, il n'avait pas prêté attention au retour inopiné des Marsden qui avaient écourté leur croisière à bord du yacht. Il se souvint alors qu'ils les avaient invités à venir jouer au tennis pendant le week-end. Bonne idée, songeait-il. Jilly adore ça – elle aimait le tennis et une journée au soleil, à bavarder, à s'amuser et à boire entre amis, voilà ce qu'il lui fallait. Elle serait contrainte de sortir un peu d'elle-même et si son état avait pour origine ses sentiments à l'égard de Stéphanie, plus vite elle s'habituerait à la nouvelle situation de son amie plus vite elle s'y ferait.

Sur ce, ayant l'impression d'être arrivé au bout de ses réflexions, il pressa le pas vers son rendez-vous.

Tandis que Phillip Stewart arpentait le jardin botanique en proie à ses pensées, au siège social de la Harper Mining situé non loin de là, Greg Marsden était en pleine euphorie. Dès avant son mariage, il avait compris que Stéphanie comptait faire en sorte de lui assurer une indépendance financière grâce à un contrat généreux en sa faveur. Mais il avait appris plus tard, par sa bouche, qu'elle lui assurerait en outre une véritable responsabilité dans la compagnie. « Tu seras membre du conseil d'administration, mon chéri, lui avait-elle annoncé. Il est grand temps qu'on rajeunisse un peu tout ça.» La nouvelle l'avait prodigieusement réjoui. Terminé les confrontations humiliantes avec tous ces vieillards gâteux. Il se souvenait avec colère des discussions pénibles qu'il avait dû supporter, avant son mariage, avec le directeur financier de la Harper Mining qui désapprouvait si ostensiblement les dispositions prises par Stéphanie. Désormais, il faudrait qu'ils se résignent à le considérer comme l'un d'entre eux.

Il s'était donc rendu avec optimisme au rendez-vous que lui avait fixé Bill McMaster, confiant et sûr de lui. Il était arrivé à l'heure, légèrement en avance, même. Il n'avait pas eu trop de mal à trouver une place pour garer sa Rolls et il avait gagné le centre nerveux de la Harper Mining, situé en haut de l'immeuble imposant qui abritait le siège de la compagnie. Il attendait à présent dans l'antichambre, jetant autour de lui des regards approbateurs. L'élégance et le luxe du cadre avaient une grande importance pour Greg, qui nota la nuance gris-bleu subtile de l'épais tapis auquel les luxueux fauteuils, d'un rouge corail, étaient parfaitement assortis, le corail plus clair de la soie sur les murs, les bureaux d'acajou massif et la fine moulure dorée ornant les portes. Il se contraignit à ne pas regarder la secrétaire fort séduisante qui montait la garde devant le bureau de Bill McMaster, bien qu'il sentît son regard posé sur lui. Au moindre encouragement, elle aurait engagé la conversation. Mais il essaya de se concentrer sur un article du *Financial Times*, histoire de s'entraîner à devenir un grand homme d'affaires.

«Ah, Greg! Vous êtes là. Entrez donc.»

C'était Bill, qui venait d'ouvrir la porte de son bureau, préférant venir lui-même chercher ses visiteurs.

« Comment allez-vous, Greg ?

— Très bien, merci. Et vous-même ?

— Fort bien. »

Bill s'effaça pour laisser passer Greg et savoura, comme à son habitude, l'impression que produisait sur ceux qui n'étaient jamais venus le panorama que l'on découvrait de son sanctuaire, à peine franchi le seuil de la porte.

Au quarantième étage du gratte-ciel, la Harper Mining jouissait de l'une des vues les plus remarquables de toute l'Australie. On découvrait en effet la baie de Sydney avec le Harbour Bridge au loin et l'Opéra au centre de la carte postale. À droite, les drapeaux américain et australien flottaient mollement dans l'air chargé d'humidité, au sommet de la Livestock and Grain Producers' Association de la Nouvelle-Galles. En bas, les voitures miroitaient comme autant de jouets miniatures et un remorqueur solitaire traversait la baie.

Les reflets du soleil sur les vaguelettes étaient à l'image de l'humeur de Bill.

« Le panorama vous plaît ? demanda-t-il avec un petit rire.

— C'est fantastique !

— Un des principaux privilèges de ma fonction. Le bureau va de pair. Je ne sais pas ce que je vais devenir quand je prendrai ma retraite.

— Il faudra qu'on vous laisse emporter le pont avec vous, voilà tout, rétorqua Greg du même ton enjoué.

— Quoi, le vieux portemanteau ? Certainement pas. Il est beaucoup mieux où il est. Il faudra que j'apprenne à m'en passer, voilà tout.

— Qui parle de retraite ? J'ai l'impression que la Harper Mining a encore besoin de vous à sa tête pour fort longtemps.

— Sans aucun doute. Mais asseyez-vous, Greg. »

Bill s'approcha d'un petit meuble d'acajou et ouvrit une porte qui dissimulait un réfrigérateur.

« Je vous offre quelque chose ?

— Une bière si vous en avez. Merci. »

Les deux hommes savourèrent quelques instants leurs boissons en silence puis Bill prit la parole.

« Parlons un peu de vous, Greg. Voyons comment nous allons vous intégrer à la compagnie maintenant que vous faites partie de la famille. Avez-vous déjà… »

Bill voulut dire « occupé un véritable emploi » qu'il remplaça par : « fait autre chose que du tennis ? »

« Pas depuis l'âge de douze ans, répondit Greg avec un sourire juvénile. Mais aujourd'hui le tennis, c'est aussi un business comme un autre, vous savez. Un champion doit gérer sa propre personne comme une entreprise, à la différence près que son capital, les intérêts du capital et l'investissement sont entièrement dépendants de lui-même, de sa forme, d'un tendon ou d'un ligament : un point faible et il n'a plus qu'à se retirer des affaires.

— Mais vous avez gagné de l'argent, fit remarquer Bill.

— Oh oui, bien sûr. Cela dit, Wimbledon, du point de vue pécuniaire, ça ne va pas chercher très loin. La gloire n'a jamais fait vivre personne. C'est la même chose avec les championnats français. En Amérique, c'est différent, mais ce n'est pas non plus le pactole. »

Bill écouta un moment en silence et se rendit compte peu à peu que les sommes que Greg avait touchées pendant sa carrière de tennisman étaient loin d'être dérisoires et que si ce n'était pas « le pactole », les différents prix et coupes qu'il avait gagnés, ajoutés aux divers soutiens financiers dont il avait bénéficié comme champion, lui avaient permis de mener un train de vie plutôt élevé et lui avaient certainement donné le goût du luxe. À l'entendre disserter longuement sur les vins australiens qui n'avaient rien à envier à leurs concurrents étrangers, on devinait où étaient passés les revenus fort consistants du jeune homme. Car il n'en restait effectivement rien, pas même la leçon de l'expérience.

Mais il était encore assez jeune pour pouvoir apprendre et changer. Pour le moment, son seul nom représentait un atout intéressant pour la compagnie – le service des Relations publiques attendait impatiemment de publier la nouvelle : LE CHAMPION DE WIMBLEDON ENTRE À LA HARPER MINING, et d'exhiber Greg lors des manifestations publiques qu'elle parrainait, ce qui serait d'ailleurs sûrement bénéfique du point de vue des investissements. Quant à la bonne volonté, il n'en manquerait sûrement pas. Mais tout cela ne durerait qu'un temps. Il fallait lui trouver un rôle plus consistant. Sans compter que Wimbledon était déjà loin.

« Avez-vous une idée de la place que vous pourriez occuper parmi nous, Greg ? demanda Bill pour finir. Il y a un assez large éventail de possibilités – à l'intérieur de la Harper Mining proprement dite ou au sein des multiples activités financières qu'elle a engendrées – ou encore dans le cadre des succursales. Avez-vous une idée particulière ?

— Si vous vouliez bien m'exposer en détail toutes ces possibilités afin que je me fasse une idée plus précise, Bill. »

Au cours du déjeuner qui suivit, les deux hommes passèrent en revue l'histoire de la compagnie et la totalité de ses entreprises, de ses objectifs et de ses projets à travers le monde. Il était plus de quatre heures de l'après-midi lorsque Greg quitta le bureau de Bill McMaster, avec en tête la description détaillée de tous les domaines dans lesquels il aurait la possibilité d'exercer ses talents. À lui désormais de choisir celui qui l'intéressait le plus. Et quand il regagna sa voiture pour se mêler à la circulation de Pitt Street, sa bonne humeur avait encore grimpé d'un cran. Le monde des affaires ? Il ferait un malheur, là aussi, sans aucun doute !

Quant aux difficultés domestiques, il en viendrait également à bout. Il n'y avait rien de bien dramatique, après tout. Il fit la grimace au souvenir du fiasco de la nuit de noces, tout espoir de plaisir sexuel entre eux deux s'étant vu détruit par l'inexpérience, la nervosité et le frénétique désir de plaire de Stéphanie. Puis elle ne l'avait plus laissé l'approcher, prétextant des règles douloureuses, et depuis sa gêne et son embarras n'avaient fait qu'empirer. Voilà bientôt une semaine que je suis marié et je n'ai même pas trouvé le moyen de faire l'amour avec ma propre femme, songea Greg sans sourire. La vie conjugale n'est pas ce qu'on imagine – je finirai par mourir de frustration. Mais la situation a quand même toute chance de s'arranger à la longue. Pas d'impatience, mon vieux, inutile de te précipiter au filet. En attendant, le week-end s'annonçait divertissant. Stéphanie avait eu la bonne idée d'inviter ces deux-là à venir jouer au tennis – et il aurait l'occasion de faire plus ample connaissance avec Jilly. Le souvenir de la jeune femme éveilla en lui un désir presque familier désormais. Elle exerçait sur lui une attraction violente, et ce n'était pas seulement de la curiosité. Seulement voilà, il était marié, et décidé à respecter le contrat par-dessus le marché. Aussi prit-il la peine de s'arrêter en chemin pour acheter un bouquet de superbes œillets roses et blancs, et le restant de la soirée il consacra toute son attention à une Stéphanie pathétique à force de reconnaissance.

Dans la chaleur cuisante de l'après-midi, le match de tennis battait son plein. Greg et Jilly jouaient en double contre les Rutherford, qui habitaient non loin de là, à Darling Point, et Stéphanie était assise en compagnie de Phillip, Kaiser somnolant à leurs pieds. Les courts occupaient une situation parfaite dans la propriété, à l'abri de rangées de cyprès qui les protégeaient du vent. Les joueurs ou les spectateurs qui voulaient échapper à la chaleur brûlante pouvaient aller plonger dans la vaste piscine qui se trouvait à proximité. Les quatre joueurs, pour le moment, débordaient d'énergie. Les spectateurs, en revanche, étaient manifestement gagnés par une douce torpeur. Stéphanie fit un effort pour y réagir :

« Comment ça se passe, Phil, quand deux personnes sont mariées depuis dix-sept ans ?

— Cela dépend des moments, dit Phil sur la réserve. Il y a des hauts et des bas. Avec Jilly, je n'ai jamais connu l'ennui, en tout cas… Tout aurait peut-être été différent si elle avait pu avoir des enfants. Comment vont les tiens, au fait ?

— Pas mal. Ils sont retournés en pension pour notre lune de miel. Je voulais passer deux ou trois semaines en tête à tête avec mon mari. Pour en revenir à Jilly, je me souviens du coup que ça lui a fait, au début, quand elle l'a appris. Mais, elle n'en parle plus depuis des années.

— C'est possible. Mais elle n'a pas oublié. Elle se ronge toujours à cause de ça. Et, à vrai dire, je me fais du souci pour elle. Elle a d'étranges sautes d'humeur, ces temps-ci. »

Stéphanie se mit à observer son amie. Jilly courait à travers le court à la poursuite de chaque balle, riant avec animation, manifestement ravie.

« Elle a l'air d'aller bien, dit-elle enfin. Elle semble même bien s'amuser, non ? Je suis contente qu'elle s'entende si bien avec Greg. J'avoue que j'avais un peu peur qu'elle ne l'aime pas.

— Il n'y avait vraiment pas de quoi », dit Phillip qui, de l'œil de l'époux négligé, n'avait pas manqué de remarquer le soin qu'avait apporté Jilly à ses préparatifs et son air joyeux depuis qu'ils étaient arrivés. Il savait que cela n'était pas pour lui qu'elle se mettait ainsi en frais ni, bien sûr, pour Stéphanie. Pourtant, de la part de Greg, il n'avait noté que des gestes parfaitement courtois et galants ; la partie terminée, tandis que les Rutherford quittaient le court, masquant l'autre couple aux deux spectateurs, il ne l'avait pas vu attirer Jilly à lui pour lui donner le baiser de la victoire – qui, dès que leurs lèvres se touchèrent, devint aussitôt violent, avide. Jilly s'écarta, craignant d'être vue.

« Félicitations, dit Greg. Vous avez été fan-tas-tique.

— C'est à moi de vous féliciter, murmura-t-elle dans un souffle, secouée par ce qui venait de se passer.

C'était formidable de jouer avec un vrai pro. Mais je ne vous ai pas aidé. Je manque d'entraînement.

— Je vais être contraint de vous donner des leçons particulières, à ce que je vois, Jilly. »

C'était une insinuation à peine voilée, une provocation pure et simple. Jilly se sentit attirée, irrésistiblement… Elle s'efforçait de ne pas le regarder. Mais elle voyait son bras hâlé, couvert de poils dorés, posé sur le filet, elle sentait son odeur tout près d'elle et elle devait combattre le désir de le toucher, et de se faire toucher par lui. Elle prit sa décision sans réfléchir.

« Volontiers, dit-elle d'un ton égal. Vous prenez cher ?

— Très cher. »

Il eut un sourire arrogant.

« Mais c'est que je suis très fort, vous verrez. »

D'un geste possessif, il posa le bras sur ses épaules avec désinvolture et l'accompagna hors du court.

« Alors ma chérie, lança-t-il à Stéphanie. Que penses-tu de la nouvelle équipe Marsden-Stewart ? »

En voyant Greg et Jilly qui venaient vers elle, Stéphanie sentit son cœur bondir dans sa poitrine. Quel bonheur de voir Greg s'amuser. Quand elle avait eu l'idée d'organiser une journée comme celle-ci, Stéphanie s'était demandé si elle faisait bien ou si, au contraire, Greg jugerait ennuyeux de jouer contre des amateurs. Elle avait tout de même pris le risque car elle redoutait par-dessus tout que Greg s'ennuyât avec elle. Elle ignorait ce qui l'amusait et n'avait aucune confiance en elle, ne se croyant pas capable de le retenir par sa seule présence. Surtout après l'échec de leur nuit de noces…

Stéphanie sentit un picotement gagner sa nuque et ses joues, et devina qu'elle rougissait. Elle se pencha pour caresser Kaiser afin de dissimuler sa confusion. C'est humiliant songea-t-elle, j'ai presque quarante ans et je suis moins expérimentée qu'une fille de vingt-cinq. Comment avait-elle pu être aussi mal à l'aise avec Greg alors qu'elle l'aimait tant ? Peut-être l'aimait-elle trop, justement. Elle revoyait, sa colère contre elle-même allant croissant, lui brûlant les joues, ses gestes gauches, ses baisers impatients, auxquels Greg n'avait manifestement pris aucun plaisir. Elle était trop honnête pour se raconter des histoires ou accuser les autres de sa propre incompétence. Non, tu es minable, voilà ce qu'elle ne cessait de se répéter depuis, la chaleur et les crampes douloureuses ajoutant encore à sa détresse.

Sa seule consolation était la gentillesse de Greg. La tolérance dont il avait fait preuve avec elle ressemblait davantage à celle d'un époux de dix ans que d'un jeune marié. Il l'avait réconfortée, était immédiatement tombé d'accord avec elle lorsqu'elle avait suggéré d'interrompre leur croisière pour regagner la sécurité de la demeure de Sydney, s'était rendu à son rendez-vous d'affaires tout comme le faisait son père, et lui avait rapporté un bouquet de fleurs, ce que Max n'avait pas fait une seule fois dans sa vie entière. Stéphanie regarda Greg qui bavardait avec Jilly et les Rutherford, et l'amour la submergea. J'y arriverai, mon chéri, décida-t-elle férocement. Des leçons d'amour, voilà ce dont j'ai besoin. J'apprendrai avec toi et pour toi. C'est trop important pour moi – je ferai en sorte que ça marche et ça marchera. Tout finira par s'arranger. Greg sentit son regard et lui sourit affectueusement. Son cœur bondit.

« Allez, à la douche tout le monde ! », lança-t-elle d'un ton joyeux. Je vais faire servir des rafraîchissements dans la maison. Après quoi, on songera sérieusement au dîner.

Plus tard dans la soirée, les invités et leurs hôtes bien installés dans des chaises longues sur le perron, face au port, regardaient le soleil se coucher dans une explosion flamboyante. La stéréo jouait doucement la *Petite Musique de nuit* à l'intérieur de la maison et Stéphanie fredonnait quelques notes de-ci, de-là. Elle était ravie de la manière dont la journée se déroulait. Jilly était dans une forme éblouissante, Reg et Estelle Rutherford s'étaient montrés diserts et amusants. Seul Phillip était taciturne, mais tel était son caractère.

« Qui veut quelque chose à boire ? », demanda Greg, rompant le silence dans lequel les avait plongés le spectacle du couchant.

Il se leva et gagna la porte-fenêtre ouvrant sur le salon où se trouvait la table portant les boissons, immédiatement à l'entrée.

« Moi, volontiers, fit Estelle.

— Avec plaisir, fit son époux en même temps.

— Et vous, Phillip ? »

Greg est un hôte parfait, songea Stéphanie joyeusement. Quelle prévenance ! Il parut lire dans ses pensées et se tourna vers elle avec le sourire qui semblait lui être destiné à elle seule.

« Et toi, ma chérie ?

— Un Perrier nature, merci. »

Greg passa dans le salon pour servir les boissons.

« Quelle journée merveilleuse, fit remarquer Estelle. C'est la première fois que je joue un match pro, figurez-vous.

– Hmmmm…, fit son époux, l'air d'en douter, gentiment sarcastique comme tout bon mari à l'égard de sa femme. Tu n'exagères pas un tout petit peu, ma chérie ?

– Reg, s'exclama Stéphanie. Ne soyez pas méchant. Elle s'est très bien défendue.

– Et comment ! lança Greg depuis le salon.

– Bon, bon, j'ai fait ce que j'ai pu, en tout cas, reprit Estelle pas vexée le moins du monde. Il faut dire que je n'ai pas souvent l'occasion de jouer contre un ex-champion. »

La consternation que produisit sa remarque la fit sursauter.

« Mais qu'est-ce que j'ai dit ? demanda-t-elle. Oh, non, je ne voulais pas dire ça… je voulais dire… mais qu'est-ce que je voulais dire… Enfin, je retire ce que j'ai dit.

Personne ne vola à son secours. Greg réapparut, le verre d'Estelle à la main. Il souriait mais son visage s'était durci.

« Tenez, Estelle. Vous vouliez dire que Wimbledon remonte déjà à trois ans, c'est ça ?

– Je suis vraiment désolée, Greg, murmura Estelle.

– Mais non, je vous en prie. »

Et il repartit vers le salon.

« Je viens vous aider, Greg ! lança Jilly en se levant. Quelle fieffée imbécile, cette Estelle ! » Elle ressentait le besoin de se mettre du côté de Greg et, cédant à son impulsion elle franchit le perron en direction de la porte-fenêtre.

« Greg n'est pas un ex, dit Stéphanie un peu trop fort. Il n'a pas du tout l'intention de prendre sa retraite, pas vrai, chéri ?

— Sûrement pas, rétorqua Greg de l'intérieur. Je ne peux pas me le permettre. J'ai une femme et des enfants à nourrir. »

Et la gaffe d'Estelle fut diluée dans l'éclat de rire général qui suivit.

Jilly pénétra dans la pièce plongée dans la pénombre. Greg leva les sourcils et sourit intérieurement en la voyant. S'il était naturellement coureur et même prédateur, il pouvait se vanter de n'avoir jamais couché avec une femme contre sa volonté à elle. Elles étaient toujours venues vers lui. Il savait que Jilly viendrait, elle aussi – il l'avait su dès le premier instant. Il continua de verser le whisky dans le verre de Reg et refoula le désir de conquête, de domination, que l'apparence physique de Jilly lui donnait.

Elle se tenait devant lui et, de tous ses sens, brûlait du désir de l'attirer à elle. Greg sentait son parfum, la fraîcheur de ses cheveux, il devinait ses formes sous la robe légère. L'air pensif, il tendit la main et frotta doucement ses phalanges contre la pointe de ses seins. Déjà érigés, les tétons se tendirent encore, durcissant violemment à son contact. Il fut aussitôt excité et elle, le souffle coupé, se mit à haleter légèrement.

« Steph. »

C'était la voix d'Estelle, vaguement nasillarde.

Jilly et Greg se regardèrent, n'osant plus faire un geste, tant la tension montait entre eux.

« Vous n'êtes jamais jalouse de toutes ces femmes qui se désintéressent du tennis et viennent voir les matchs uniquement pour lui ?

— Bien sûr que si, je le suis !

— Vous êtes honnête, c'est bien, fit Reg, approbateur. Aucun secret, n'est-ce pas ?

— Une femme honnête ! c'est rare de nos jours. »

Depuis le salon, Jilly entendit la petite remarque sarcastique de Phillip, sachant qu'elle lui était destinée, mais elle n'avait pas la force de résister à l'attraction qui s'exerçait sur elle en cet instant – elle se sentait plus vivante que depuis des années, tout son corps tendu vers Greg, frémissant d'excitation. Greg saisit tranquillement une bouteille de Perrier d'une main, l'ouvrit et la choqua contre le verre en versant, produisant un son clair. En même temps, de sa main libre, il fit glisser la bretelle de sa robe sur son épaule et tira sur l'étoffe, dénudant presque entièrement ses seins. La respiration de la jeune femme s'accéléra et ses yeux s'assombrirent. Levant les mains, elle tira un peu plus.

Danger. Greg sentit qu'il bandait violemment, et que sur ses bras, sur tout son corps, ses poils se dressaient. Il remonta vivement la bretelle sur l'épaule de Jilly, se détourna et tenta de se concentrer sur la formule qu'il avait mise au point, adolescent, pour faire disparaître les pensées scabreuses et leurs conséquences compromettantes. Puis, sans un regard en arrière, il saisit les verres destinés à Stéphanie et à Reg et regagna le perron. Un instant plus tard, Jilly rejoignit le petit groupe et si Phillip remarqua une flamme inquiétante dans ses yeux, il garda son impression pour lui.

« C'est demain que vous partez à Eden, alors ? »

La journée tirait à sa fin. Les Rutherford avaient déjà pris congé depuis une heure et Phillip avait fait plusieurs tentatives inutiles pour entraîner Jilly à suivre leur exemple. Mais celle-ci, feignant de ne pas s'en apercevoir, poursuivait son idée.

« Combien de temps comptez-vous rester là-bas, tous les deux ?

— Un mois, dit Stéphanie, radieuse. Un mois seuls en pleine brousse. En dehors de Katie, bien sûr, de Chris, Sam et tous les autres, mais en fait on sera seuls, face aux grands espaces...

— Vous allez adorer Eden, Greg, j'en suis certaine, dit Jilly.

— Mmmm, j'espère qu'il l'aimera autant que moi, dit Stéphanie. C'est le seul endroit où j'ai toujours été heureuse.

— J'ai une idée, chérie ! », lança soudain Greg, qui, se sentant coincé, donnait soudain libre cours à une impulsion irrépressible. Et, incapable de s'arrêter, il ajouta, conscient du danger qu'elle recélait :

« Si on proposait à Phillip et à Jilly de nous y rejoindre ? »

Stéphanie le regarda fixement, blessée, contrariée.

« Pour les deux dernières semaines, par exemple ? précisa-t-il pour minimiser.

— Phillip ne sera pas là, dit Jilly d'un ton neutre. Il faut qu'il retourne à New York.

— Pourquoi pas Jilly toute seule alors ? Ça te ferait plaisir, non ? Et ça te distraira – quand tu en auras par-dessus la tête d'être seule avec moi. »

Greg usait de tout son pouvoir de persuasion pour convaincre Stéphanie. Jilly sentait le sol se dérober sous ses pieds. Souhaitait-elle vraiment cela ?

« Ne soyez pas ridicule, voyons ! C'est votre lune de miel bon sang ! »

Stéphanie esquissa un sourire. Greg lui prit la main pour la porter à ses lèvres.

« Notre vie côte à côte, dit-il d'un ton bas, aux accents de sincérité, sera une longue lune de miel. Pas vrai ma chérie ?

— Je te le rappellerai, dit nerveusement sa femme.

— Je pensais que ça t'aurait fait plaisir d'avoir près de toi les deux personnes que tu aimes – c'est tout. »

Stéphanie s'en voulut d'être aussi égoïste et idiote. Greg ne pensait qu'à elle. Elle tenta de se reporter en arrière.

« Voilà combien de temps que nous étions là-bas ensemble, Jilly... Ça fait au moins...

— Des années-lumière, fit Jilly, mal à l'aise.

— Qu'en dites-vous, Phillip ?

— C'est à elle de décider », dit-il. Il se rendait compte non sans tristesse que les événements lui échappaient désormais. « Mais il faut que je rentre me coucher, ajouta-t-il. Tu peux prendre un taxi plus tard, si tu veux rester encore un peu, Jilly.

— Oh, elle va bien prendre un dernier verre, remarqua bruyamment Greg. Je vais les laisser bavarder toutes les deux pendant que j'emmenerai Kaiser faire un tour. Je la raccompagnerai, ne vous en faites pas pour elle. »

Il se leva pour le raccompagner jusqu'à la porte.

« Allez, Jilly, dis oui. »

La décision de Stéphanie était prise. Si Greg souhaitait la venue de Jilly, c'était une raison suffisante. Il l'aimait bien, cela se voyait, et ce serait une bonne chose qu'elle fût là au cas où il s'ennuierait. Sans compter qu'elle pourrait jouer au tennis avec lui, alors qu'elle-même ne jouait vraiment pas assez bien.

« Je ne sais pas trop. »

Jilly était la proie d'un violent combat intérieur. Greg entra de nouveau dans la pièce et, debout derrière Stéphanie, il planta ses yeux dans les siens, un sourire de défi aux lèvres.

« Mais, enfin… peut-être. Oui. »

La décision de Jilly aussi était prise.

4

Un nuage de poussière rouge s'élevait au-dessus du paysage desséché par la chaleur. Au volant de la Land Rover, Greg conduisait, Stéphanie à ses côtés. Derrière, Katie Basklain était assise, toute raide, au bord de son siège, le regard fixé droit devant elle. La gouvernante qui depuis plus de quarante ans s'occupait du domaine d'Eden était une campagnarde indomptable qui, à soixante-dix ans, tenait une carabine 22 long rifle à la main d'une manière qui laissait penser qu'elle savait s'en servir. À ses pieds, plusieurs cadavres de lapins attachés ensemble venaient confirmer cette impression.

Au milieu de la plaine aride, brûlée par le soleil, qui s'étendait aux quatre coins de l'horizon, s'élevait un gommier solitaire. Greg scrutait le paysage avec bonne humeur. De fait, il se plaisait mieux à Eden qu'il ne l'aurait cru. Attentive à ne pas le contrarier, Stéphanie l'observait du coin de l'œil. Elle avait déjà appris qu'il était sujet à de brusques et imprévisibles sautes d'humeur et s'efforçait de ne pas les provoquer. Quelque chose avait dû lui arriver autrefois, dans son enfance. Il se confierait un jour à elle et par la force de son amour, elle parviendrait à l'en débarrasser.

Soudain, le moteur toussota et la Land Rover s'arrêta net au milieu de la piste déserte.

« Quand avez-vous fait le plein pour la dernière fois, Katie ? demanda Stéphanie. On est en panne d'essence ?

– Non, la jauge indique le contraire, dit Greg. C'est peut-être le filtre à air. À moins qu'il y ait une poussière dans le carburateur. Il va falloir que je le démonte pour le nettoyer. »

Il bondit hors de la voiture, jurant entre ses dents.

Sous son vieux chapeau cabossé, Katie l'observait d'un air méprisant. Puis elle prononça son verdict :

« La soupape.

– Qu'est-ce que c'est que ça, Katie ?

– La soupape.

– Ne vous en faites pas, lança Greg, la tête sous le capot. Je crois que c'est le carburateur. »

Katie roula de grands yeux à l'adresse de Stéphanie et, avec une agilité surprenante, sauta à terre, gagna l'avant de la voiture et poussa Greg du coude pour prendre sa place.

« C'est la soupape qui ne fonctionne plus. Vous avez traînassé, c'est pour ça. Je vais m'en occuper.

– Katie s'y connaît en moteurs, chéri », dit nerveusement Stéphanie, qui vénérait tant son mari qu'elle ne supportait pas que quiconque lui manquât de respect. Mais voilà plus de quinze ans que Katie n'avait plus traité personne avec respect et elle n'allait certainement pas s'y mettre avec M. Marsden.

La tête enfouie sous le capot, elle tripota à l'intérieur.

« J'avais raison, annonça-t-elle. Pas la peine de s'en faire. Il suffit d'attendre que le moteur refroidisse.

– Vous auriez dû tenir un garage », fit Greg, sarcastique. Dès son arrivée il avait senti l'antipathie de la vieille femme à son endroit et tous ses efforts pour l'amener à de meilleures dispositions s'étaient révélés inutiles. Mais elle ne se démonta pas et répondit en toute simplicité :

« J'aurais pu si j'avais voulu. Mais on ne gagne plus sa vie avec ça par les temps qui courent. Les jeunes ne savent plus travailler comme nous. Tout ce qui les intéresse, c'est les congés et le ticket restaurant. »

Les craintes de Stéphanie s'amplifiaient. L'argent était un sujet délicat, sur lequel Greg était tellement susceptible…

« Tu viens, chéri, lança-t-elle. Profitons-en pour faire une balade !

— Si tu y tiens, mais tu es sûre qu'elle sait vraiment ce qu'elle fait ? demanda Greg, assez fort pour que Katie pût l'entendre.

— On peut faire confiance à Katie, oui.

— Oh, bon, d'accord, d'accord. »

Greg sourit et fit une grimace comique, à l'insu de la vieille femme. Stéphanie faillit éclater de rire et se mit à courir.

« Effie ! »

La voix perçante de Katie les poursuivit :

« Allez vous asseoir sous cet arbre en attendant. Tu vas t'abîmer la peau au soleil. Tu m'entends ? »

Le couple prit la direction du gommier solitaire, gloussant comme des gamins. À bout de souffle, Stéphanie s'adossa à l'écorce tiède et Greg, face à elle, appuya les mains de chaque côté de son visage, sur le tronc. Ce qu'il peut être beau, songeait Stéphanie, en adoration. Lisant l'expression de son visage, Greg s'approcha tout contre elle pour embrasser ses lèvres retroussées. Au même instant, on entendit le claquement d'un fusil et la balle vint frôler la tête du jeune homme.

« Bon sang ! »

Il était presque comique, dans son effarement.

« La vieille… elle nous assassinerait !

— On a intérêt à bien se tenir, chéri, dit Stéphanie faussement pudique. Je n'ai pas l'impression que Katie soit d'accord. »

Stéphanie se réjouissait d'avoir suivi son instinct et écourté la croisière pour venir se réfugier à Eden. Elle y avait toujours trouvé la paix et cette fois encore, la vieille demeure de pierre avec son porche et ses tonnelles aux rosiers grimpants, ses jardins ombragés et les hectares de terre qui s'étendaient au-delà ne l'avait pas déçue. En fait, les distractions ne manquaient pas pour Greg. Il passait des heures à s'entraîner sur le court de tennis tandis que les gosses des tribus aborigènes vivant sur le site le regardaient et ramassaient ses balles. Il avait été particulièrement ravi de découvrir la magnifique piscine, mais très surpris de constater que Stéphanie ne savait pas nager, une terreur enfantine l'ayant empêchée d'apprendre. Nous avons tant à découvrir l'un sur l'autre, se disait-elle. Et c'est vraiment l'endroit rêvé pour prendre le temps de le faire, tranquillement, sans nous hâter.

Il lui avait pourtant fallu se faire à l'idée que certains aspects d'Eden, qui comptaient énormément pour elle, ne pouvaient avoir la même signification pour lui. Ainsi s'étonnait-elle non sans tristesse de voir qu'il n'adressait jamais la parole aux aborigènes sinon pour donner un ordre. Au contraire, ces derniers faisaient partie de sa vie depuis sa naissance. Leurs légendes avaient imprégné toute son enfance, comme celle de la création du monde à l'époque du Grand Songe, quand l'esprit des ancêtres errait à travers la brousse, créant les hommes, les plantes, les animaux, les collines et les fleuves à mesure. Depuis la mort de son père, elle s'était encore rapprochée de certains d'entre eux, les deux frères Chris et Sam. Chris, l'aîné, possédait en abondance les dons mystiques de son peuple et elle communiquait avec lui sans avoir besoin de parler. Hormis elle-même, Chris était la seule personne au monde capable de se faire obéir de King, son étalon. Le cheval avait plus de vingt ans. Il était fort et puissant. Il faisait partie des choses qui la ramenaient toujours à Eden quoi qu'il arrivât. Toute son enfance, elle avait reporté sur lui son affection et Chris savait toujours à quel moment le préparer pour elle, sans qu'elle eût besoin de le demander.

Toutes ces pensées traversaient l'esprit de Stéphanie tandis qu'elle faisait le tour de la maison, la nuit tombée. Après les événements de la journée, Katie avait cédé à son penchant pour le kirsch et était allée se coucher, laissant à Stéphanie le soin de faire le tour de la maison pour voir si tout allait bien. Satisfaite, celle-ci rebroussa chemin le long du corridor et pénétra dans la chambre. Greg était étendu sur le lit de Max Harper, les mains derrière la nuque, nu. Il l'attendait. Elle le regarda amoureusement.

« J'ai peur qu'on doive s'en contenter, dit-elle en indiquant la lampe-tempête qu'elle tenait à la main. Katie n'est pas très bien et elle est la seule à avoir jamais compris le fonctionnement du générateur.

— Ce doit être la soupape, dit Greg d'un ton nonchalant. Si le générateur marchait au kirsch comme elle, on ne serait pas dans le noir ce soir.

— Greg ! Un peu de cœur tout de même… Elle a presque soixante-dix ans », fit remarquer Stéphanie en riant. Elle se saisit de la chemise de nuit et du négligé de satin du trousseau et s'apprêta à gagner la salle de bains.

« Steph… »

Elle se retourna pour le regarder.

« Viens là. »

Le cœur plein d'appréhension, elle s'approcha du lit et s'assit sur le bord, de son côté. Elle posa la lampe-tempête sur la table de chevet et se pencha en avant pour souffler la flamme. La main de Greg agrippant son épaule retint son geste.

« Je veux te voir », murmura-t-il.

Se redressant sur le lit, il défit la fermeture à glissière dans son dos et fit tomber sa robe en avant, le long des bras. Il entreprit alors de lui embrasser doucement la nuque et les épaules, soulevant d'une main légère la masse de cheveux dans son cou, effleurant son oreille du bout de la langue, s'attardant sur le lobe et plongeant profondément à l'intérieur. Des deux mains, il fit lentement glisser les bretelles de son soutien-gorge par-dessus ses épaules et avec une infinie tendresse libéra ses seins.

« Regarde-les, murmura-t-il. Regarde comme ils sont beaux. »

Ses mains caressantes palpèrent leur rondeur mousseuse. Ses doigts trouvèrent les tétons qu'il pressa et tirailla doucement pour les contraindre à se tendre de toute leur longueur sur l'aréole rose sombre. Baissant la tête, il en prit un dans sa bouche et passa sa langue tout autour. Il sentit alors que Stéphanie se raidissait encore plus, comme changée en statue de pierre par la peur et la tension.

La rage éclata en lui, tel un incendie. Mais qu'est-ce qui n'allait pas chez elle, à la fin ? Jamais auparavant, Greg n'avait fait l'amour avec une femme qui ne gémissait pas sous ses caresses, sur le point de jouir rien qu'en pensant à lui dès le premier baiser. Il avait appris à tromper le premier orgasme fugitif chez une femme pour mieux l'amener à jouir ensuite, plusieurs fois, encore et encore, parce qu'il adorait le pouvoir qu'il avait sur les corps souples et déliés. Il adorait les petits cris qu'elles poussaient, les gémissements de plaisir. « Oh, non, je t'en prie, encore !... » Il ne pouvait supporter de sentir ses muscles rigides sous ses doigts, de voir ses yeux écarquillés par la peur. Il la haïssait de lui faire ça.

Mais la haine peut aussi être un stimulant pour l'acte d'amour, et Greg était un homme déterminé. Avec patience, il aida Stéphanie à ôter ses vêtements, la fit étendre sur le lit et pour la rassurer, éteignit la lampe. Utilisant toutes les ressources de ses talents et de son expérience, il explora son corps, jouant de ses doigts experts. Il sentit qu'elle était prête à l'accepter et, concluant dans un faible frémissement, il jouit en elle. C'était mieux que rien. Mais il avait le cœur froid.

Étendue à ses côtés sur le lit, Stéphanie, frustrée, malheureuse, se tourmentait. Non seulement sa sexualité éveillée mais non satisfaite ne la laissait pas en paix, mais pire, sa vieille peur remontait à la surface – je ne suis pas une vraie femme ! Les yeux fixés au plafond, elle tentait de dominer ses sentiments. Pour finir, elle parvint à dire :

« Je suis désolée, désolée.

— Puisque je te répète...

— Je sais.

— Dors, maintenant.

— Je t'aime, Greg.

— Moi aussi je t'aime. D'accord ? »

S'accrochant désespérément à ses dernières paroles, Stéphanie se prépara à une nouvelle nuit sans sommeil.

En survolant de pareilles étendues désertiques, on risquait facilement de manquer Eden, seul endroit habité à des centaines de kilomètres à la ronde. Mais le pilote du bimoteur n'en était pas à son premier voyage. Le petit avion progressait rapidement dans l'air immobile, gorgé de chaleur.

« La voilà ! »

Avertie par Chris, Stéphanie avait su quand l'avion avait atterri et s'était élancée à la rencontre de son amie.

« Comment vas-tu, ma chérie ? Quelle joie de te voir ici ! Ça va être merveilleux ! »

Jilly sauta de l'avion dans les bras accueillants de Stéphanie. Par-dessus l'épaule de son amie, elle aperçut Greg qui sortait de la maison et s'engageait dans leur direction. Elle sourit.

« Oui, merveilleux. »

Quelques heures plus tard, face au couchant aux mille couleurs, Stéphanie et Jilly étaient assises sous les tonnelles. Stéphanie jouait distraitement avec une rose écarlate qu'elle avait cueillie, imprégnant l'air de son parfum.

« Tu sais, Jilly, commença-t-elle d'un ton nonchalant, si j'ai pu avoir des doutes sur les raisons qu'a eues Greg de m'épouser, c'est terminé. »

Jilly se raidit :

« Comment cela ?

— Il est merveilleux avec moi. Il rend chaque instant passionnant, il est gentil et attentionné. Il fait vraiment tout ce qu'il peut pour me faire plaisir. Tu ne devineras jamais ce qu'il a organisé pour ton séjour ici.

— Qu'est-ce que c'est ?

— Une chasse au crocodile.

— Quoi ? C'est formidable ! Mais je croyais...

— Que je ne supportais pas de voir tuer des animaux ? termina Stéphanie avec un sourire désabusé. C'est vrai. Mais Greg l'ignorait quand il a fait ce projet. Et il était tellement enthousiaste que je n'ai pas eu le cœur de lui gâcher ça. »

Des crocodiles. Jilly réprima un frisson d'excitation mêlée de peur.

« Où est-il pour le moment ? demanda-t-elle, s'efforçant de maîtriser sa voix.

— Il essaie de joindre Darwin par radio pour trouver un guide. Les bons guides se font rares, apparemment, et ils sont difficiles à trouver.

— Par radio ? Vous n'avez toujours pas le téléphone ?

— Non, on est trop loin. Toujours le bon vieux poste émetteur à pédales... rien n'a changé.

— C'est pour quand, alors, la chasse aux crocodiles ?

— Dès que Greg aura tout mis au point. Il ne se doutait pas que nous étions si près de la réserve des crocodiles. Il est si enthousiaste qu'il va faire le plus vite possible, si tu veux mon avis.

— Et toi, Steph, ça te fait plaisir ?

— Oh moi... » Stéphanie soupira. « Je trouve ces bêtes monstrueuses et elles me terrorisent. Mais une femme amoureuse est prête à tout pour celui qu'elle aime, non ?

— Sans doute. Prête à tout. Oui. »

La nuit tomba sur Eden et ses habitants regagnèrent la quiétude de leur chambre, ouvrant chacune sur la véranda qui ceinturait la demeure sur trois côtés. Par la porte-fenêtre de celle de Jilly, une ombre furtive apparut et s'évanouit. Plus rien ne bougeait, pas même l'air tiède, parfaitement immobile. La maison dormait.

Dans son box, au bout de l'enclos, King, l'étalon, percevant dans l'air nocturne une odeur qui le dérangeait, se mit à s'agiter et à piaffer. L'homme qui se tenait à ses côtés lui parla doucement en aborigène.

« *Gwandalan, yarraman, bana nato, barra.* Doucement, cheval, je l'entends moi aussi. »

Il y eut des bruits de pas presque inaudibles, et une silhouette masculine se découpa dans l'encadrement de la porte. L'homme se glissa à l'intérieur de l'écurie et gagna le fond du bâtiment, là où le fourrage était entassé contre un mur, et se fondit dans l'obscurité. Presque aussitôt après, un autre bruit de pas et une silhouette, féminine cette fois, s'arrêta sur le seuil un instant puis s'avança dans l'obscurité. La femme se retourna alors vers la porte comme si elle attendait quelqu'un. L'homme s'approcha par-derrière sans un bruit et l'entourant de ses bras avec rudesse, l'attira violemment contre lui.

« Aaaah ! Greg... », gémit-elle, le souffle court.

L'obscurité était totale à l'intérieur de l'écurie mais Chris, par-dessus le muret du box où il se tenait, voyait distinctement Greg serrant Jilly contre lui. Sans se presser, il sortit du box, sachant que le bruit qu'il risquait de faire serait couvert par les piaffements de King ou des autres chevaux – sachant aussi que les yeux non entraînés des Blancs ne perçaient pas les ténèbres comme les siens. Une ombre se fondit dans une autre, et Chris était parti. Les animaux seraient les seuls témoins de la scène primale qui allait se dérouler parmi eux.

Greg saisit les seins de Jilly de ses mains en coupe et sentit les tétons déjà durcis par le désir. Puis descendant le long de son ventre, il les plaqua entre ses cuisses, formant un V avec ses doigts. Elle se mit à trembler, se dégagea pour se retourner et l'agrippa fougueusement pour leur premier baiser. Greg sentit la petite langue fouiller sa bouche et il tressaillit violemment. Ses doigts, sur son jean tendu, tracèrent un dessin délicat et il sentit le sang affluer dans sa verge. Elle agrippa le bouton du jean, à la taille.

« Sûrement pas », siffla-t-il avec délices.

Il la prit dans ses bras pour la porter, dans le noir, jusqu'au fond de l'écurie, où il la fit étendre sur le foin d'où montait un doux parfum. Elle l'attira à ses côtés et, prenant son visage à deux mains, se remit à l'embrasser sans pouvoir s'arrêter, explorant sa bouche de sa langue. Il résista, enfonça sa langue si profondément que l'excitation l'étourdit. Elle le repoussa pour déboutonner sa chemise et glissa sa main à l'intérieur afin de toucher ce corps qu'elle désirait si violemment. Étendu sur le dos, Greg riait à voix haute sous les petites caresses qu'elle lui prodiguait, titillant ses tétons du bout de ses doigts agiles et couvrant sa poitrine de petits baisers légers comme des ailes de papillon puis, le mordillant de-ci, de-là de ses dents blanches. Quelle différence avec la pauvre Stéphanie !

Son appétit grandissant, Greg fit glisser le négligé soyeux par-dessus ses épaules et au contact des doigts rugueux sur ses seins nus elle eut un sursaut d'excitation. Se libérant totalement du vêtement, elle bondit sur lui pour l'enfourcher. Il saisit ses seins des deux mains et, sentant entre ses jambes sa verge tendue, elle se mit à trembler de nouveau. Il dessina du bout des doigts le contour de l'aréole plus douce que du satin, frottant rapidement les tétons puis s'interrompant, jusqu'à ce que, n'en pouvant plus, elle agrippât ses mains pour les plaquer durement contre elle, tout en faisant aller et venir ses hanches pour se frotter contre la protubérance tuméfiée qui tendait le jean. Elle accélérait ses mouvements au rythme de sa propre excitation et comprit soudain qu'il était sur le point de jouir.

« Satanée petite sorcière ! »

Greg n'en revenait pas. Se redressant, il la prit par les hanches et la fit basculer sur le dos dans le foin. Il dénoua la ceinture qui retenait encore son négligé à la taille, la débarrassa du vêtement vaporeux pour dénuder entièrement son corps. Il rapprocha ses seins l'un contre l'autre et entreprit d'en mordiller le bout, lâchant celui qu'il serrait entre ses lèvres avec un petit bruit de succion pour passer tranquillement à l'autre. Puis il tourna son attention vers la touffe soyeuse mouillée de rosée et découvrit les lèvres crémeuses sous ses doigts satisfaits. Il la caressa très lentement, retardant cruellement l'explosion de son plaisir, et quand il sentit qu'elle allait jouir il s'arrêta, riant tout bas.

« Espèce de… Salaud ! »

Interrompue au bord de l'orgasme, frémissante, Jilly se redressa pour tirer sur la chemise ouverte et ouvrit la fermeture à glissière de son jean. Puis, baissant le pantalon sur ses hanches elle libéra la verge frémissante et la prit entre ses deux mains.

Quel bonheur ! Elle qui en avait tant rêvé, voilà que la réalité dépassait encore tout ce qu'elle avait imaginé. Il avait un corps splendide, merveilleux, parfait. Portée par un élan irrésistible, elle se pencha en avant et effleura de ses lèvres le pénis dressé vers elle, les promenant d'un bout à l'autre, et s'enivrant de son odeur virile. Elle prit dans ses mains les bourses pleines, tendues, merveilleuses, les couvrit de baisers et de petites morsures amoureuses. Puis revenant à sa verge elle la fourra dans sa bouche, excitée par les caresses rythmées de Greg et l'anticipation de l'orgasme. Alors il se redressa, la rejeta en arrière et, la saisissant par les hanches, pénétra en elle, jusqu'au centre de son être. Ils jouirent ensemble en un premier long et frémissant orgasme, les emportant si haut et si loin qu'il semblait ne jamais vouloir s'apaiser, puis, enfin rassasiés, ils demeurèrent étendus ensemble, perdus l'un dans l'autre.

Plus tard, beaucoup plus tard, enfin revenus à eux, ils bavardèrent en chuchotant tandis que les chevaux s'agitaient autour d'eux, perturbés par la présence de ces créatures.

« Tu es drôlement excitante, tu le sais ?

— Oh, Greg, je n'aurais pas pu attendre un jour de plus.

— Toi aussi, tu m'as manquée.

— J'ai cru mourir, Greg... à l'idée que tu la touchais, ça m'est insupportable. »

Et à moi donc, songea Greg.

« Cela ne durera pas très longtemps, dit-il.

— Je t'aime tant. Qu'allons-nous faire maintenant ?

— Fais-moi confiance, d'accord. Contente-toi de me faire confiance. D'accord ? »

Près du feu de camp où il montait la garde à l'autre bout de la réserve, Chris perçut le mystère du mal germer et s'épanouir dans l'air moite.

« Bon, alors, comment allons-nous nous y prendre pour te trouver des distractions, Jilly ? »

Stéphanie avait posé la question dans une tentative anxieuse d'égayer l'atmosphère qu'elle sentait particulièrement pénible ce matin-là. En face d'elle, à la table du petit déjeuner, Greg semblait perdu dans ses pensées et Jilly, nerveuse et distraite, versait le café sans sembler remarquer toutes les choses exquises que Stéphanie avait disposées sur la table à leur intention. C'était au cours du dîner de la veille que Stéphanie avait remarqué une certaine gêne entre Greg et Jilly. Non seulement ils ne s'étaient quasiment pas adressé la parole mais, avec une sensibilité née des sentiments qu'elle leur portait et de son manque d'assurance, elle avait noté qu'ils ne se regardaient même pas ou, si cela leur arrivait par hasard, ils détournaient les yeux et changeaient de sujet. Elle, qui n'avait pas l'habitude de recevoir, faisait des efforts surhumains pour tenter de détendre l'ambiance et toutes ses vieilles angoisses remontaient à la surface. Je me doutais qu'ils risquaient de ne pas s'entendre, tous des deux, se disait-elle. Je vois bien qu'ils font ce qu'ils peuvent, histoire de me faire plaisir, mais ça ne marche pas. Toutes ses craintes avaient été confirmées quand Jilly avait prétexté une migraine pour aller se coucher tôt. De son côté, Greg avait mis si longtemps à faire la tournée d'inspection de la maison qu'il devait être incapable de trouver le sommeil. Le pauvre. Est-ce que Jilly lui tape déjà tellement sur les nerfs alors qu'elle vient tout juste d'arriver ?

« Des distractions ? s'étonna Jilly, revenant un peu trop brusquement à la réalité. Ne te casse pas la tête pour moi, Steph. Il y a bien assez de choses à faire à Eden pour que je risque de m'ennuyer. Je... trouverai de quoi me distraire ! »

Et regardant droit devant elle, elle se mit à rire sans raison.

« Bon, il y a la piscine... des tas de promenades... et tous les livres de la bibliothèque », poursuivit Stéphanie d'un ton faussement joyeux. Mais la tristesse l'envahit car si elle aimait tant Eden à cause de la solitude et du repos qu'il prodiguait, elle savait bien que tout cela n'était d'aucun charme pour quelqu'un d'aussi sophistiqué que Jilly. Une meilleure idée la traversa soudain :

« Et il y a le tennis. Je joue bien trop mal moi-même. Il était temps que notre champion ait un partenaire digne de ce nom.

— Arrête un peu, Stéphanie, je t'en prie ! »

La vue de l'expression amoureuse se changeant en surprise peinée sur le visage de sa femme ne fit qu'encourager Greg à poursuivre. « Tu ne cesses pas de caqueter depuis ce matin, qu'est-ce qui te prend ? Jilly est assez grande... – Jilly vit sa bouche se crisper –... elle doit savoir ce qu'elle veut faire. D'accord ?

— Oh, mais oui, Greg. Je sais bien. Je voulais seulement... »

Sa voix s'éteignit.

Greg la regarda avec consternation. Bon sang, on aurait dit une écolière, les yeux baissés sur ses mains qu'elle tordait nerveusement entre ses genoux À Eden, où il avait appris à mieux la connaître, il avait découvert à quel point elle était simple et naturelle, pas le moins du monde sophistiquée. Et ça ne lui plaisait pas. Il avait eu tant de mal à se faire une place dans le monde fermé des gens fortunés qu'il ressentait comme une manière d'affront l'indifférence qu'elle manifestait à l'égard des privilèges qui lui étaient offerts sur un plateau. Elle aurait pu devenir une grande figure mondaine. La jeune propriétaire d'une énorme firme internationale, au milieu des princesses et des actrices en vogue. Il l'avait cru quelque temps, mais il était contraint de se rendre à l'évidence. Elle ne possédait rien de semblable en elle. Il avait abandonné à regret le rêve de la transformer en l'épouse élégante, charmante et distinguée de Greg Marsden, la photo de leur couple s'étalant à la une des magazines, à travers le monde. Il avait dû renoncer à ce petit rêve mais il avait du mal à lui pardonner ce qu'il ressentait de la part de sa femme comme un affront personnel.

Furieux, il regarda Jilly. En elle, il voyait une femme telle qu'il les aimait : sûre d'elle, spirituelle, sexy. Avec une grande maîtrise de soi, Greg retint le sourire qui se dessinait sur ses lèvres et conserva son expression irritée. Même ainsi au naturel, dans sa robe de chambre, sans maquillage et sous le soleil éclatant, elle était très belle. Il l'observa de plus près tandis qu'elle brisait un petit pain entre ses doigts et portait des morceaux à sa bouche. Ses doigts fébriles, l'éclair furtif de ses dents blanches suffirent à l'exciter. Levant les yeux, Jilly surprit son regard. Un flux passa entre eux mais Greg tourna aussitôt la tête vers Stéphanie pour plus de prudence. Elle contemplait toujours fixement ses mains et Greg fut saisi de colère ; contre lui-même qui se conduisait comme un écolier craignant d'être pris en faute ; et contre elle, qui détenait désormais le pouvoir de le punir, si elle apprenait. Mais celle-ci semblait avoir décidé de mettre de côté ses sentiments immédiats pour ne manifester que ce que lui dictait son amour.

« Je suis désolée de vous avoir ennuyés tous les deux, dit-elle avec un sourire généreux. Mais je continue de penser qu'une partie de tennis vous ferait du bien… et que vous vous amuserez plus qu'à jouer avec moi, l'un comme l'autre. Pourquoi pas ce matin, avant qu'il ne fasse trop chaud ? »

À mesure que les jours passaient, Greg et Jilly semblaient trouver un moyen de s'entendre, au grand soulagement de Stéphanie. C'était encore loin d'être parfait, certes, et il aurait fallu être aveugle pour ne pas voir la gêne qui s'installait lorsqu'ils se retrouvaient tous les trois, les silences embarrassés, les regards voilés, la tension inexplicable. Elle s'accusait de ne pas être capable de faire ce qu'il fallait pour les rapprocher l'un de l'autre et les laissait fréquemment tous les deux, dans l'espoir de voir leurs relations s'améliorer. Elle constata vite avec bonheur qu'ils semblaient effectivement plus joyeux lorsqu'ils rentraient d'une partie de tennis, d'une promenade dans la réserve, ou ailleurs. Ce n'était plus qu'en sa présence qu'ils semblaient gênés désormais, et avec son manque de confiance habituel, elle se persuadait qu'il n'y avait rien là d'étonnant. Face à deux personnes aussi brillantes, séduisantes et intéressantes que Greg et Jilly, il était normal qu'elle fût la laissée-pour-compte.

Elle se posait pourtant des questions, la nuit, dans le noir, des questions auxquelles elle ne trouvait pas de réponse. Elle voyait bien par exemple que Greg n'appréciait pas les aborigènes, contrairement à elle. Il lui avait fallu se résigner, non sans une profonde tristesse, à ce qu'il ne cherchât pas à les rencontrer ni à les connaître, indifférent à leur mode de vie, à leurs croyances, à ce qu'ils pouvaient lui apporter. Mais voilà qu'elle avait l'impression qu'il se mettait soudain à les prendre en grippe, sans aucune raison apparente. Un jour, Stéphanie et Greg étaient partis se promener à cheval – à la suggestion de Jilly qui avait annoncé qu'elle ne voulait pas avoir l'impression d'être un obstacle à ce que les nouveaux époux fussent de temps en temps tous les deux. Stéphanie avait demandé à Chris de préparer les chevaux et à l'heure dite, quand Greg et elle avaient gagné les écuries, ils avaient trouvé un King d'une douceur trompeuse puisque Chris le tenait par la bride en lui parlant, tandis qu'un peu plus loin, Sam tenait l'alezan que Greg avait choisi de monter. La matinée s'annonçait glorieuse et Stéphanie était au septième ciel à l'idée d'avoir Greg pour elle toute seule pendant quelques heures. Mais à l'instant où elle prenait la bride des mains de Chris, la voix forte de son mari lui gâcha soudain sa joie.

« Qu'est-ce que tu regardes comme ça ? »

Stéphanie jeta un coup d'œil par-dessus son épaule pour voir de quoi il s'agissait. Chris, derrière elle, regardait tranquillement Greg sans expression particulière.

« Et toi, petit salopard, qu'est-ce que tu regardes, hein ? »

Sans savoir pourquoi, Sam se trouvait à son tour inclus dans la colère de Greg, alors qu'il se tenait tout bonnement à côté du cheval, sans rien faire.

« Allez, retournez travailler, petits paresseux, au lieu de traîner toute la journée à bayer aux corneilles…

– Greg ! »

Jamais Stéphanie n'aurait osé défier son mari pour son propre compte quand un simple froncement de sourcil de sa part la plongeait dans l'anxiété. Mais elle aurait été incapable de voir les deux frères se faire traiter d'une telle manière sans réagir. Penchée en avant sur la nuque de King, elle se mit à parler doucement à Chris en aborigène, s'excusant pour l'incident et lui promettant que cela ne se reproduirait plus. Mais bien qu'elle lût comme toujours l'amitié dans ses yeux, elle crut y déceler aussi quelque chose d'autre – quoi, de la pitié ? Sam, d'ordinaire beaucoup plus communicatif que son frère, demeura lui aussi silencieux, et distant.

« Tu es prête, Steph ? »

L'appel de Greg, un ordre, en réalité, lui parvint de l'extrémité de la cour, où il s'était retiré avec mépris pendant qu'elle parlait avec Chris et Sam. Elle prit rapidement congé d'eux pour le rejoindre et ils partirent côte à côte. Greg rageait intérieurement, l'esprit en pleine tourmente. À l'instant où il enfourchait sa monture, il avait vu le visage de Chris par-dessus le garrot du cheval et, rencontrant son regard, il avait reçu une manière de message. Il est au courant ! Telle était la pensée qui venait de le traverser. « Le salopard est au courant, pour Jilly et moi. » Peu importait comment il l'avait appris. Sans être de la région, Greg n'ignorait pas, à l'instar de tout Australien, que les aborigènes possèdent d'étranges pouvoirs métaphysiques, une connaissance non verbale, intuitive, du monde qui les entoure. Mais la question qui le contrariait énormément était la suivante : parlerait-il à Stéphanie ?

Ce n'était pas encore fait, en tout cas, il en avait la certitude. Pas d'affolement, se dit-il en tâchant de reprendre le contrôle de lui-même – elle ne sait rien pour le moment. Et celle qu'il avait appris à connaître à Eden était tout à fait incapable de jouer le double jeu que pratiquent certaines épouses plus rouées, en s'arrangeant pour que leur mari ignore qu'elles sont au courant de ses infidélités afin qu'il leur revienne un jour. Non, Stéphanie était plus amoureuse que jamais et rien n'avait changé de ce côté-là. Encore que, pour la première fois, il s'avisa que même cela pouvait changer. En bon opportuniste, il avait seulement saisi l'occasion qui se présentait sans songer un instant que ce qui n'était pour lui qu'une passade – aussi gratifiante fût-elle – risquait de constituer une menace pour sa situation. Mais il comprenait brusquement que ce qui restait insignifiant pour lui serait précisément le contraire pour Stéphanie. C'était sans doute la seule chose qu'elle ne lui pardonnerait pas. Son amour inconditionnel lui permettrait de tout tolérer, qu'il démolît la Rolls blanche qu'elle lui avait offerte ou mît la Harper Mining en faillite. Elle lui passerait même toute autre infidélité – il en était certain. Mais briser les vœux du mariage sitôt après les avoir prononcés et la tromper – trahison suprême et tellement classique – avec sa meilleure amie, non, comment une femme pourrait-elle pardonner pareil manquement ?

Greg sentit une sueur froide sur sa nuque. Dire que quelques instants seulement plus tôt, il prospérait sur un faux sentiment de sécurité. Il était désormais en face de l'échec qui l'attendait, la ruine de toutes ses espérances. Si Steph découvrait… Le risque qui n'avait fait jusque-là qu'ajouter à l'attrait excitant de ses escapades avec Jilly devenait soudain franchement terrifiant. Perdre tout cela… voilà quelques semaines seulement, Greg avait rencontré Stéphanie mais il s'était tout naturellement glissé dans le luxe de son mode de vie, où il se sentait comme un poisson dans l'eau. S'il fallait abandonner tout cela maintenant… Transpirant davantage encore, il tenta d'écarter la peur pour essayer de réfléchir aux moyens de s'extirper du piège dans lequel il s'était précipité. Tout en trottant à ses côtés, Stéphanie lui glissait des regards amoureux dans l'espoir de le voir sortir de ses réflexions moroses, mais Greg était beaucoup trop préoccupé pour s'en défaire aussi aisément, et il lui adressa à peine la parole pendant toute leur promenade. Qu'est-ce qui se passe ? se demandait-elle au désespoir. Si seulement je savais…

Comme elle sentait que Greg n'avait pas l'esprit en paix, Eden ayant donc failli à lui apporter ce qu'il recelait d'essentiel, Stéphanie se montrait de plus en plus conciliante pour compenser. Elle avait toujours craint de le contredire de peur de susciter sa colère mais elle n'osait plus jamais le faire même lorsqu'elle savait pertinemment qu'il avait tort. Peu de temps après leur chevauchée désastreuse, le monde extérieur vint se rappeler à leur souvenir au moment où la radio, dans la cuisine, se mit soudain à crachoter et, enfin, à donner le passage à la voix de Bill McMaster qui appelait de Sydney pour parler à Stéphanie. Celle-ci quitta le bord de la piscine d'où elle regardait Jilly et Greg qui s'y ébattaient joyeusement.

« Steph ? C'est Bill. Écoutez, je suis vraiment navré de vous déranger en pleine lune de miel…

— Ça ne fait rien, Bill. Qu'y a-t-il ?

— Rien encore mais quelque chose se prépare et je voudrais vous mettre au courant, pour avoir votre accord sur la direction à adopter. Un de mes informateurs chez un gros agent de change me signale qu'un tas d'actions Harper vont bientôt être mises en vente.

— Nos actions sur le marché ? Mais pourquoi ? »

Du coin de l'œil, Stéphanie vit que Greg était sorti de l'eau et s'approchait du poste, encore ruisselant. Il saisit un autre écouteur pour suivre la conversation.

« Oh, des fluctuations sans importance, rien de bien consistant, aucune conséquence sur les valeurs boursières, la rassura Bill. Mais on ne tient pas tellement à ce que nos actions se baladent sur les marchés internationaux en ce moment.

— Vous avez absolument raison. » Le visage de Stéphanie devint pensif tandis qu'elle envisageait la question sous tous les angles. « Avec les nouveaux projets encore à l'essai, il est essentiel que la compagnie reste une valeur sûre.

— Oui. Rien n'est encore sorti de ces nouveaux champs d'exploration pour l'instant, d'ailleurs. »

Entrecoupée de parasites, la voix de Bill poursuivit son exposé pendant que Stéphanie réfléchissait avant de prendre sa décision.

« Vous voulez les racheter, si j'ai bien compris ?

— C'est cela. Ça va nous coûter cher, sans doute, car les actions sont très bien cotées – je peux vous donner les derniers chiffres si vous voulez – mais on a les moyens s'il le faut.

— Et on pourra toujours les remettre en vente petit à petit pour réévaluer le capital sans entraîner une trop forte demande. Vous avez raison, Bill. Il faut acheter.

— Steph ! »

Devant Stéphanie médusée, Greg appuya sur le bouton « récepteur » du poste. Ses yeux brillaient et il semblait plus animé qu'il ne l'avait été depuis des jours.

« Laisse, Steph, dit-il. Je me charge de ça, si tu veux.

— Comment ça, Greg ?

— Tu m'as bien dit que tu voulais me voir jouer un rôle responsable dans la compagnie, non ? rétorqua gaiement son époux. Pas seulement un rôle représentatif. J'en ai pour la première fois l'occasion ! Laisse-moi prendre cette décision pour toi – pour nous, ma chérie. »

Stéphanie n'en revenait pas. Mais son cœur fondit de gratitude. Il avait donc foi en leur avenir commun ! Et il la regardait si amoureusement... Mais c'était une décision cruciale et il manquait d'expérience. Comme elle restait sans voix, celle de Bill rompit le silence, impatiente :

« Allô, Steph ? Steph ? Vous êtes là ? »

Greg pressa le bouton émetteur et dit calmement :

« Allô, Bill. Greg à l'appareil. J'ai décidé de ne pas acheter – nous bloquerions les fonds nécessaires aux nouveaux développements –, j'ai quelques idées personnelles sur la question. Laissons plutôt la loi de l'offre et de la demande jouer librement. On peut se le permettre. Les actions sont trop fortes pour qu'il y ait une ruée. Et si la demande augmente un peu, elles n'en seront que renforcées. »

Il y eut un long silence dans le récepteur. Puis Bill parla enfin :

« Repassez-moi Stéphanie un instant, voulez-vous ?

– Il veut te parler, annonça Greg, coupant momentanément la communication. Tu vas me soutenir, n'est-ce pas, ma chérie ? »

Il lui souriait amoureusement.

« Greg, je... »

Il avait tort. C'était de la folie, et Stéphanie comprenait qu'il s'agissait seulement pour lui de prendre le contrepied de sa propre décision et de celle de Bill pour s'imposer. « Ce n'est pas si simple que ça..., parvint-elle enfin à articuler. Si nos actions...

– Je te demande de me soutenir, Steph », l'interrompit-il. Son ton était encore badin mais ses traits s'étaient durcis et ses yeux menaçaient. « Parce que sinon...

– Oh, Greg... »

C'était presque un sanglot et il sut qu'il avait eu gain de cause.

Il rebrancha la ligne et Bill entendit, incrédule, les instructions de Stéphanie enjoignant qu'il en soit fait ainsi qu'en avait décidé Greg. Il eut beau vociférer, il ne parvint pas à la faire changer d'avis et à sa fureur, il dut supporter le discours de Greg lui expliquant le fonctionnement du marché des changes et l'intérêt de savoir garder son calme dans les affaires. Bill n'avait pas le choix. Car si Stéphanie comptait énormément sur lui, il n'était que directeur et elle était propriétaire et président directeur général de la compagnie. Si sa décision était prise – mais était-ce bien sa décision à elle ? – il n'avait qu'à s'exécuter.

Ce qu'il fit, mais ce fut le moment le plus difficile de toute sa carrière dans la compagnie. Car si en théorie Greg n'avait pas forcément tort, au fond de lui-même, instinctivement, comme Stéphanie, Bill sentait qu'il faisait fausse route et que la ligne la plus conservatrice était en l'occurrence la meilleure. Vingt-quatre heures suffirent à en apporter confirmation. Quand les actions furent mises en vente, leur nombre inattendu allié aux fluctuations naturelles des cours produisit presque aussitôt une crise de confiance. Un vent de panique parcourut les investisseurs en puissance et les actions de la Harper connurent une période difficile. De courte durée heureusement et en fin de compte, la solidité de la Harper Mining ainsi que quelques placements judicieux à l'initiative de Bill remirent les choses en ordre. Mais Bill se serait volontiers passé de cet épisode contrariant qui lui avait fait perdre du temps, de l'argent et, qui sait, la confiance ébranlée ne serait pas entièrement renouvelée de sitôt. Bill aurait préféré s'être trompé, à un tel prix.

Quand les nouvelles arrivèrent à Eden, Bill n'eut pas besoin de longues explications. Forte de ses années d'expérience, Stéphanie comprit parfaitement ce qui se passait. La perte des capitaux l'ennuyait profondément mais la baisse de réputation occasionnée à la compagnie plus encore. Depuis le temps qu'elle en avait pris la tête, la compagnie lui tenait énormément à cœur et elle ressentait ce qui lui arrivait comme un dommage personnel. Pire encore, elle souffrait pour l'orgueil de Greg, qui avait surestimé son propre jugement pour le plaisir de les contredire, Bill et elle. Et elle le plaignait tant qu'elle était incapable d'éprouver de la colère à son encontre. En revanche, Greg n'avait pas honte de s'en prendre à elle, à Bill, à tout le monde.

« Tu ne m'as absolument pas tenu au courant, lui reprocha-t-il quand les mauvaises nouvelles parvinrent à Eden. Tu t'es recroquevillée comme une souris affolée au lieu de m'expliquer quoi que ce soit. Et McMaster, il a dû se débrouiller comme un manche à Sydney pour qu'on en soit arrivé là. Bon sang, Stéphanie, je ne peux pas continuer à être ligoté ainsi. J'ai l'impression d'être un boxeur à qui on aurait attaché un bras derrière le dos. Quand on rentrera, il faudra bien qu'ils apprennent que je m'y connais autant qu'eux en affaires. Et il faudra que tu le leur fasses comprendre ! »

Abandonnant Stéphanie à son triste sort, Greg partit en trombe à la recherche de Jilly qui le recevrait avec enthousiasme : cela le changerait des reproches muets de Stéphanie. Ils prirent la Land Rover pour aller faire un tour dans la brousse, ce qui n'était qu'un bon prétexte pour reprendre la discussion qui revenait sans cesse entre eux désormais et dont le thème était : Qu'allons-nous faire maintenant ? Jilly était attachée à Greg par un sentiment plus profond et instinctif qu'elle n'en avait jamais éprouvé pour aucun homme. Si elle n'avait pas été aussi aveuglée, elle se serait peut-être rendu compte que Greg ne prêtait qu'une attention distraite à l'idée d'un avenir commun. Et des souffrances plus grandes qu'elle n'aurait pu l'imaginer auraient sans doute été évitées si elle avait compris que la panique qui avait saisi Greg se résumait pour lui à : « Que vais-je faire, moi, maintenant ? » ou qu'il approchait rapidement du point où des hommes plus équilibrés que lui en étaient arrivés à des actes dangereux et effrayants.

« Le voilà ! »

Le rayon lumineux perça l'obscurité de la nuit tropicale. Un crocodile monstrueux se figea une seconde dans la lumière puis, avec un énorme sursaut, plongea et s'enfonça sous l'eau. La lourde lance le manqua.

« Raté ! Le salopard ! »

La chasse au crocodile battait son plein. Dans la grande pirogue encombrée de munitions avaient pris place Reeder, le guide, son fils Malc et Denny, l'aborigène qui l'accompagnait toujours dans ses courses. Au dernier moment, Stéphanie avait préféré renoncer mais derrière les trois chasseurs, Greg et Jilly étaient assis côte à côte.

« Encore un ! Là ! Vas-y, Malc, à toi ! »

La lumière avait exposé un autre crocodile glissant à la surface de l'eau boueuse. La lance partit, blessant le monstre au flanc. Mortellement atteint, agité de soubresauts convulsifs, il ouvrait ses mâchoires aux terribles crocs pour les refermer sur le vide.

L'éclair des dents blanches et pointues fit naître en Greg un tressaillement d'excitation en repensant à Jilly, lorsqu'ils avaient fait l'amour dans l'écurie. Déjà stimulé par les dangers de la chasse, il était comme galvanisé par la puissance incroyable de ces bêtes préhistoriques, et leur instinct meurtrier l'excitait secrètement. Penché en avant il regardait, captivé, les deux assistants de Reeder passer une corde autour des mâchoires géantes, obéissant à ses ordres brefs. Mais le combat n'en était pas terminé pour autant. Se redressant sur la queue, l'animal blessé allait attaquer Malc quand Denny le repoussa à l'aide d'un bâton, le sauvant de justesse.

« Bon Dieu ! »

Greg était sous le choc. Reeder rit doucement :

« Ben oui. Ces bestioles mangeraient vraiment n'importe quoi, hein ? Même lui ! », dit-il avec un coup d'œil affectueux à son fils, occupé à hisser le crocodile pour l'attacher sur une longue planche.

« Surtout du poisson, en fait. Mais aussi des crabes, des wallabys, du bétail, des buffles, quelquefois. Et des gens. Quand ils ont faim, ils ne laissent rien passer. Et ils ont faim en cette saison. Le nombre de blessures dues aux crocodiles était si grand l'an dernier que c'est à se demander si ce n'est pas nous, l'espèce dangereuse, et non pas eux. »

Greg hocha du chef, l'air pensif.

« C'est fini, papa. On continue ? »

Reeder se tourna vers Greg, interrogateur.

« Vous en avez assez vu ? Ou vous en voulez encore ? »

Greg regarda Jilly. Ses yeux brillaient et il sentit son corps tendu par l'excitation.

« Pourquoi pas ? dit-elle gaiement. Pourquoi pas ? »

Pendant ce temps-là, Stéphanie s'agitait sur son lit pliant. Dans combien de temps allaient-ils revenir ? Elle ne regrettait certes pas leur décision soudaine de quitter Eden et de s'embarquer pour un safari sur le fleuve qui traversait la réserve des crocodiles. Greg et Jilly étaient si contents que leur enthousiasme avait fini par être contagieux. Elle espérait aussi, du fond du cœur, que l'aventure ferait oublier à Greg son premier échec au sein de la Harper Mining, et qu'il lui sourirait de nouveau, qu'il la traiterait de nouveau gentiment – elle désirait tellement lui plaire. Malgré toutes ses inquiétudes, elle s'était amusée pendant le trajet et l'installation du camp à proximité du lac salé, dans un endroit bien protégé par d'épais buissons. Elle aimait cette vie de camp – dormir à la dure et se laver dans le fleuve le matin, mettre ses vêtements à sécher sur une corde à linge de fortune, recréer l'existence quotidienne en pleine nature sauvage. Au-delà de la brousse qui s'étendait autour d'Eden, la réserve de Kakadu formait un étonnant contraste avec ses marécages d'eau salée, ses forêts d'eucalyptus, ses escarpements de grès et ses lagons vierges explorés seulement par leurs habitants, les crocodiles, depuis que la terre existe.

Mais la chasse, la tuerie – tout son être se révoltait contre un tel passe-temps. Son instinct profond de femme, qui la pousserait toujours à ramasser la créature vulnérable abandonnée par sa mère et à lui redonner vie, s'insurgeait contre le fait de tuer. Et dans la fascination de Greg pour l'assassinat des grands reptiles, elle entrevoyait une noirceur de l'âme qu'elle refusait de toutes ses forces d'envisager. Que dois-je faire, mon Dieu, se demandait-elle, en proie à un immense désarroi.

Elle les entendit enfin revenir. Comme elle se précipitait à leur rencontre, elle vit Chris émerger furtivement de l'ombre et gagner la rive pour aider les autres à ramener la pirogue et à décharger les prises. Reeder la héla, l'air jovial :

« Madame Marsden ! Venez voir la marque que l'un d'eux a laissée sur le bateau ! Il en a carrément enlevé un morceau ! Et mon héritier a bien failli y passer aussi. »

Sous les yeux de Stéphanie horrifiée, les hommes déchargèrent les cadavres monstrueux.

« Vous les trouvez grands ? J'en connais un vieux du nom de Gindy Bary. Attendez de vous trouver face à face avec lui à la nuit noire ! Soixante-dix ans, dix mètres de long… des années qu'on se connaît, tous les deux. Il a mangé sept hommes, à ce qu'il paraît !

– Joe..., protesta faiblement Stéphanie. Vous me donnez la chair de poule.

– Tout ira bien, ma chérie, intervint Greg, que l'aventure avait rendu euphorique. Je veillerai sur toi.

– Mais faites quand même attention, dit Reeder, lui enjoignant de la prudence, si vous ne voulez pas finir entre leurs dents.

– Greg chéri – Steph prit une profonde inspiration –, ne tuons pas davantage... je t'en prie. »

Greg sourit.

« Ne t'en fais pas, Steph, j'ai des tas d'autres idées de distraction... »

À marée basse, ce soir-là, Stéphanie, assise à l'avant de la pirogue qui progressait à travers les marécages, tâchait d'immobiliser son appareil photo entre ses mains. Elle était aux anges. Greg l'aimait, finalement. Il avait organisé cette sortie-là pour lui montrer le coucher de soleil au lieu de tuer des crocodiles. Et il s'était même heurté à Reeder pour parvenir à ses fins, car celui-ci s'était d'abord opposé à ce qu'il prît le bateau sans guide, à la tombée de la nuit. Chris aussi s'était montré réticent au point de tenter d'outrepasser l'ordre de Greg qui lui demandait de préparer l'embarcation. Il avait attendu le dernier moment pour s'exécuter. Mais Greg avait fini par s'imposer.

Le soleil s'enfonçait dans un flamboiement, striant le ciel de jaune, d'orange et de brun. De toutes parts, les arbres se découpaient dans la lumière rouge et or, formant d'étranges silhouettes tordues, lugubres, menaçantes. Derrière Stéphanie, Jilly frissonna. Les sentiments que lui inspirait Greg étaient si violents qu'elle vivait dans la terreur que son amie s'en aperçût. On ne peut pas continuer ainsi, songea-t-elle. Elle glissa un regard vers Greg, mais ce dernier demeura impassible, perdu dans ses pensées.

L'étroit passage où ils progressaient rejoignit un vaste lagon. Sur la surface de l'eau, sombre et huileuse, de petites rides se formèrent à leur passage. Çà et là, des formes noueuses, parfaitement immobiles, indiquaient la présence des hôtes démoniaques des estuaires. Parfois une paupière se soulevait, révélant la vie qui s'y cachait. Mais Stéphanie n'y prenait pas garde, captivée par la beauté du couchant qui transformait le ciel en véritable kaléidoscope de couleurs.

« Oh, regarde ! Regarde, Greg ! On peut s'arrêter quelques minutes ? »

Surexcitée, Stéphanie éleva son appareil photo devant ses yeux. La pirogue s'arrêta et elle mit rapidement au point tout en poussant des cris d'émerveillement. Elle se leva pour prendre la photo.

« C'est à couper le souffle... »

Elle n'entendit pas Greg s'approcher d'elle dans son dos, mais son regard fut soudain attiré par un mouvement imperceptible à la surface de l'eau.

« Greg ! Oh, mon Dieu, un crocodile ! Il est gigantesque ! C'est sûrement Gindy Bary dont parlait Reeder. »

La hideuse créature filait droit sur le canot, ses yeux noirs et luisants fixés sur elle.

« Greg... »

Un coup violent s'abattit entre ses omoplates, la poussant brutalement par-dessus bord. Dans un grand jaillissement d'eau, elle coula comme une pierre.

Horrifiée, elle agitait les bras et les jambes en tous sens et dans sa panique, au lieu d'une goulée d'air, avala une grande gorgée d'eau et suffoqua. Elle parvint à remonter à la surface et à pousser un cri.

« Greg ! »

Elle entendait la voix affolée d'une autre femme, tel un écho cruel de la sienne.

« Steph ! Steph ! Steph ! »

Elle tenta désespérément de s'approcher du bateau, les bras tendus hors de l'eau, frénétique. Et elle vit Greg, immobile, comme exalté, les yeux brillant d'une flamme étrange qu'elle ne lui avait jamais vue. À cet instant, elle vit les profondeurs de son âme et lut sa condamnation sur son visage.

« Jilly ! hurla-t-elle. Aide-moi ! Jilly ! »

Mais celle-ci, pétrifiée, ne bougea pas.

Le crocodile en arrivant à sa hauteur referma ses mâchoires monstrueuses sur son épaule et son bras. Ses dents éraflèrent son visage et son cou, le sang jaillit par les plaies béantes.

« Aaaargh ! »

Avec un cri dément, les yeux exorbités d'horreur, Stéphanie disparut sous l'eau où l'entraînait le monstre.

Se libérant soudain de l'étau de terreur qui la paralysait, Jilly se dressa et agrippa le bras de Greg.

« Greg ! Vite ! Bon sang, elle ne sait même pas nager ! »

Il ne fit pas un geste. Jilly attrapa la rame et penchée en avant en assena des coups désespérés à l'abominable reptile. Pleurant et sanglotant, elle tapa de toutes ses forces jusqu'à ce que Greg la saisît aux épaules, la rejetant en arrière. Elle tomba au fond de la pirogue et il lui arracha la rame des mains pour l'expédier par-dessus bord. Greg tenait un fusil à la main. Calmement, il visa.

Les mâchoires fermement refermées sur sa victime, le crocodile agitait sa proie en tous sens. Les jambes nues flottaient comme des algues et le visage ensanglanté apparaissait par instants, les yeux éperdus, hallucinés de terreur. Les cris s'affaiblirent et les mouvements frénétiques ralentirent. Enfin, obéissant à l'instinct de sa race, le crocodile l'entraîna à la mort. La lumière du jour s'éteignit dans un dernier rougeoiement, et Stéphanie disparut, happée par un tourbillon de vase et de sang.

« Espèce de salopard ! »

Reeder laissa exploser sa rage.

« Incapable et irresponsable ! Je vous avais pourtant prévenu !

— Reeder, j'ai perdu ma femme ! »

Greg n'avait pas été long à donner l'alarme.

« Nous perdons du temps. Elle est peut-être encore vivante. Il faut faire quelque chose, vite !

— Appelez Darwin par radio. Mais ils n'ont aucune chance d'arriver ici avant demain matin. Et vivante ? Si vous aimez vraiment votre femme – Reeder s'interrompit puis conclut –, priez qu'elle ne le soit pas. »

Et dans l'air immobile de la longue nuit, rien ne bougeait sinon, au plus profond de la brousse, les flammes du feu sacré que Chris avait allumé pour charmer l'esprit de Stéphanie dans son errance et lui préserver sa chaleur.

5

Le soleil du lendemain se leva lentement, perçant à grand-peine à travers les épais rubans de brouillard suspendus au-dessus des marais, baigné de sang. Reeder et ses hommes n'avaient pas cessé de s'affairer pour préparer les bateaux et le matériel dont ils auraient besoin pour les recherches. Un autre genre de sortie, dépourvue cette fois de tout plaisir. Un sens du devoir aigu aiguillonnait les habitants du camp, à l'exception de deux d'entre eux : Jilly, enfermée dans sa tente, prostrée, sanglotant, hurlant ou marmonnant entre ses dents comme elle n'avait cessé de le faire depuis que Greg l'avait ramenée, n'aurait pas été d'une grande utilité de toute manière. Quant à Chris, Reeder et Greg eurent beau invectiver et menacer, rien ne pouvait le faire bouger de son poste près du feu qu'il avait allumé la veille. Indifférent à tout le reste, il prenait soin de conserver sa chaleur et sa lumière.

Greg était parti devant avec un petit groupe d'hommes dès que les premières lueurs de l'aube avaient pâli le ciel anthracite. Impatient de quitter les lieux, rien n'aurait pu l'arrêter.

« Mieux vaudrait que vous soyez là quand ils arriveront, lui avait dit Reeder. Pour leur montrer l'endroit exact de l'accident afin qu'ils puissent localiser les recherches.

— Je veux être le premier à la retrouver, dit-il avec une telle conviction que Reeder ne put mettre sa sincérité en doute. Expliquez-leur où aller et je tirerai des coups de fusil à intervalles réguliers pour leur indiquer ma position. Je ne peux pas rester assis comme ça à ne rien faire. Je deviendrai fou. »

Reeder fut contraint de le laisser agir à sa guise. Il éprouvait pour Greg une manière de rude sympathie malgré la faute impardonnable qu'il avait commise en refusant de suivre ses conseils de prudence. Et il devait bien convenir que d'attendre au camp les équipes de secours serait extrêmement angoissant pour lui. Sans compter que les gémissements de la femme sous sa tente et la garde vigilante et silencieuse de l'aborigène auraient rendu à quiconque l'attente insupportable. Lui-même était à bout, sur les nerfs, et il regrettait de n'avoir pas fait comme Greg.

La journée était déjà fort avancée quand les autorités de Darwin parvinrent à entrer en contact avec les lointaines zones marécageuses pour mobiliser des hommes. Vers midi, Greg revint au camp après avoir passé le lagon au peigne fin. Il était dans un état lamentable, sale et épuisé, et si le chef des renforts n'était guère enclin à plaindre celui dont l'irresponsabilité, ainsi que l'avait rapporté Reeder, avait causé la mort horrible d'une femme, il ne voyait pas de raison non plus de tirer sur un homme blessé, et il se contenta de lui poser des questions sur le lieu de l'accident. Puis Greg partit tenter d'obtenir une communication par l'intermédiaire du poste émetteur.

« Bill ? Bill ? Que se passe-t-il ? »

Le dimanche était un jour sacré chez les McMaster. Il était entendu que la Harper Mining occupait l'ensemble des journées de Bill, la plupart de ses soirées et une grande partie du samedi, mais le dimanche avait toujours été réservé à sa famille et protégé comme tel contre toute atteinte. D'autant plus farouchement qu'il s'agissait d'une petite famille, constituée par sa femme Rina et son fils Tom.

Rina s'était rendu compte qu'un événement grave s'était produit quand Tom était revenu tout seul à la cuisine. Le déjeuner était prêt et Tom était doué d'un jeune et vigoureux appétit mais d'ordinaire, rien ne pouvait le séparer de son père, qu'il idolâtrait, et qu'il ne voyait à son gré que ce jour-là. Abandonnant ses fourneaux, Rina partit en quête d'une réponse.

Elle trouva Bill assis, immobile, sur le divan du salon, le combiné du téléphone à la main. Elle se précipita pour le saisir avant qu'il le lâche et le replaça sur le récepteur. Le visage de son époux était gris et des larmes jaillissaient de ses yeux. Jamais Rina ne l'avait vu dans un tel état et, malgré la présence des deux êtres qui lui étaient le plus cher au monde, elle éprouva une terreur affreuse.

« Qu'y... a-t-il ? », demanda-t-elle dans un souffle, lui prenant la main. Lentement, Bill sembla revenir à lui. Levant les yeux sur elle il la regarda comme s'il la voyait pour la première fois.

« Tu ne vas pas le croire », dit-il, les yeux vagues. Il leva péniblement la main pour frotter sa joue ruisselante de larmes. « Tu ne vas pas...

— Bill, je t'en prie, dis-moi... quoi ? »

Mais Bill, comme s'il était devenu sourd, secouait la tête, répétant les mêmes paroles d'un air stupide :

« Tu ne vas pas le croire... Tu ne vas pas... »

Voilà deux jours que les hydrofoils étaient arrivés. En dehors des pirogues à fond plat, très lentes, c'étaient les seuls bateaux capables d'avancer sur les eaux boueuses des marécages et Reeder regardait non sans fierté les petits galions du XXe siècle partir à l'assaut. À la vue des hommes solides qui les conduisaient, les oreilles protégées du bruit assourdissant des moteurs par des casques, il sentait l'espoir revenir en lui – si on devait la retrouver, ceux-là la retrouveraient, cela ne faisait aucun doute. D'autre part, des renforts envoyés par la Harper Mining étaient sur le point d'arriver. Tout n'est pas perdu, se dit-il, reprenant courage.

Il était soulagé aussi depuis que Greg était parvenu à calmer « cette femme », ainsi qu'il la nommait pour lui-même. Il ignorait ce qui s'était passé mais la veille, après le coucher du soleil, quand toute recherche était devenue impossible, Greg était entré dans la tente porteur d'une bouteille et, pour la première fois depuis vingt-quatre heures, les gémissements s'étaient interrompus. « Merci, mon vieux », avait dit Reeder à Greg qui l'avait repoussé du geste avant de poursuivre son chemin. C'est normal, se dit Reeder avec philosophie. Plus tard, Greg était quand même venu lui annoncer qu'il avait pris des dispositions pour faire évacuer Jilly en avion dès qu'il serait parvenu à joindre son époux à Sydney pour qu'il vînt la chercher à l'aéroport.

« Sûr qu'elle aura du mal à mettre un pied devant l'autre toute seule, fit remarquer Reeder à son fils Malc. Mais plus vite il la fera partir, mieux cela vaudra pour nous. »

La longue journée se poursuivit donc, les hydrofoils sillonnant incessamment les eaux autour de l'endroit fatidique, mais en vain. Las de rester coincé au camp, Reeder confia à son fils le rôle de coordinateur des secours et partit avec une des équipes venue se reposer rapidement au camp. Des heures durant, progressant pas à pas, ils fouillèrent chaque fossé au pied de chaque arbre, sondèrent les trous d'eau à l'aide de longues perches, pataugèrent dans les eaux peu profondes, retournèrent chaque tronc d'arbre déraciné, chaque branche feuillue. Rien. L'espoir de Reeder diminuait à mesure que le temps passait et, lorsque le soleil plongea dans une explosion de couleurs, semblable à celle que Stéphanie avait voulu imprimer sur sa pellicule, il marqua la fin du reste d'optimisme de Reeder. De retour au camp, il rencontra Greg qui rentrait en compagnie d'une autre équipe. Personne ne posa de questions, elles n'étaient plus de mise.

« C'est la fin, alors ? demanda Malc à son père qui venait de lui confier ses sentiments.

– Pour la pauvre femme, en tout cas, dit Reeder. Pour les recherches, non, mais c'est son cadavre en pièces qu'ils vont chercher désormais, ou quelques os. »

La brume de l'aube s'effilochait au-dessus du fleuve et s'accrochait aux branches des arbres. Un oiseau solitaire poussa un cri, étrange et rauque. À demi dissimulé par la brume, une silhouette propulsait à la perche une barque à fond plat sur la vase peu profonde. Dave Welles, prospecteur solitaire, vivait en reclus depuis bien des années. Les touristes ne le dérangeaient pas, il attendait simplement leur départ sans se montrer. Il était de sortie aujourd'hui, son matériel jeté au fond du bateau.

Sur une rive éloignée, une tache rouge attira son attention. Changeant de direction pour aller voir de quoi il s'agissait, il entendit un bruit de plongeon devant lui. Un crocodile, apparemment attiré par la même chose, prit le même chemin. En s'approchant, Dave distingua un monticule vaseux maculé d'écarlate, une forme à demi enfouie dans la boue et, tout près, à ses yeux horrifiés, il reconnut quelque chose qui ressemblait à une main. Progressant à la même vitesse que lui, le crocodile arrivait. Redoublant d'efforts, le vieil homme alla s'arrêter près de la forme inerte. Le corps d'une femme, qui n'avait presque plus rien d'humain, gisait le visage dans la vase, le bras tendu, la main enfoncée dans la boue où elle s'était agrippée pour se hisser jusqu'à la rive avant de perdre connaissance.

Avec la force du désespoir, Dave tira pour l'extirper de la boue qui l'engluait, tendant ses muscles à l'extrême pour libérer le corps alourdi.

« Pas de petit déjeuner pour toi aujourd'hui ! », lança-t-il au crocodile qui émergeait de l'eau et se dirigeait vers eux de sa démarche épouvantable. Soufflant et peinant, le vieillard fit basculer le corps de la femme dans sa barque et, sautant à l'intérieur, s'éloigna de la rive d'une poussée.

« T'en fais pas, ma p'tite, dit-il à la forme inerte, le vieux Dave est un sage. Il te guérira. Allez, hop… en route… »

Tout le long du chemin qui menait à sa cabane, au cœur secret de la brousse, Dave continua de lui parler ainsi d'un ton joyeux, sans savoir si son fardeau était encore en vie. Ce ne fut qu'après l'avoir déposée à l'intérieur de sa hutte, après avoir précautionneusement détaché les lambeaux de tissu encore accrochés à son pauvre corps, après l'avoir lavée et enveloppée dans des couvertures tièdes, qu'il commença à espérer qu'elle vivrait. À mesure que le jour se levait, le soleil réchauffant peu à peu sa cabane, le froid de la mort la quitta et il sentait un battement faible à son poignet. Dave repoussa son vieux chapeau en arrière sur sa tête. Elle était vivante. Au travail.

Il alla chercher la lampe-tempête au fond de la cabane et la suspendit au plafond, au-dessus du lit où elle reposait. Grâce à sa lueur dorée il trouva une vieille boîte en fer-blanc, l'ouvrit et en tira une bonne longueur de boyaux de chat et une grande aiguille. Debout au-dessus d'elle, il l'observa quelques instants, ses yeux bleus perçants inondés de pitié. Puis il se mit au travail. Mieux valait en finir tout de suite avant qu'elle reprenne conscience. Il se pencha en avant et avec un soin infini entreprit de recoudre les lambeaux de peau déchirée et dévastée.

« Aaaaargh ! »

Elle sursauta, gémit, et ses mains s'élevèrent pour agripper son épaule. Dave poursuivit son travail sans broncher.

« Courage, ma p'tite, courage. Le vieux Dave va te tirer de là. Doucement, voilà. »

Quand il eut enfin terminé, il s'assit et frotta ses yeux douloureux. Puis, plongeant la main dans un pot près du lit, il en tira une épaisse pâte jaune qu'il appliqua sur les blessures. Elle avait sombré dans l'inconscience bien avant qu'il eût terminé. Il la redressa légèrement sur le lit et, le temps que l'emplâtre sèche, resta assis à ses côtés, éveillé un long moment avant de s'endormir à son tour.

Stéphanie ne sut jamais combien de temps elle avait oscillé entre la vie et la mort, s'éveillant dans des brumes douloureuses pour sombrer de nouveau dans le noir. Puis elle commença à percevoir peu à peu la main usée qui lui soutenait la tête ou lui tendait un verre, et la présence rassurante qui veillait sur elle nuit et jour. Quand ses yeux accommodèrent de nouveau, elle distingua un intérieur primitif, au toit bas, et un homme assis auprès d'elle, qui la regardait avec compassion.

« Comment ça va, ma p'tite ? demanda-t-il paisiblement. Content de voir que tu reviens parmi nous. J'étais pas bien sûr qu't'y arriverais. J'm'appelle Dave Welles. T'as pas besoin d'en savoir tellement plus pour le moment j'ai l'impression. Essaie de goûter ça, et rendors-toi, va. »

À mesure que les jours passaient, il lui racontait, par bribes, ce qui lui était arrivé, mais la plupart du temps elle ne comprenait pas de quoi il parlait car des pans entiers de sa mémoire lui faisaient défaut et elle ne savait plus qui elle était.

« Une semaine que j't'ai tirée du fleuve. Un miracle que tu sois encore vivante. Les vieux crocos, les gros, y z'ont l'habitude de mettre leur proie de côté, avant de revenir la manger, et si j'avais pas été plus rapide que lui, tu serais plus là pour m'entendre raconter l'histoire... Faut pas essayer de parler, t'as les mâchoires cassées. Reste tranquille et tu guériras. J'ai appris ça dans les mines d'opale à Cooper Pedy dans le temps... Allez, avale encore une petite gorgée, pour le vieux Dave... »

Peu à peu, son corps recouvra des forces mais son esprit divaguait encore. Un jour, elle se sentit assez forte pour explorer son corps et découvrit qu'elle portait une chemise d'homme et un pantalon.

« C'est les miens, expliqua Dave. Toi, t'avais plus rien que des haillons. Je les ai gardés pour t'aider à te rappeler. »

Mais les lambeaux séchés par le sang et la boue ne signifiaient rien pour elle.

« Une petite promenade, maintenant ? »

La douleur était sa compagne de chaque instant. Lentement, grâce au support du bras noueux de Dave, elle réapprit à marcher. La nuit, dans son lit, elle suivait du bout des doigts les traces rugueuses de ses blessures – la profonde cicatrice qui descendait le long de son visage, de son cou et de sa gorge, d'un seul côté, l'affreuse marque sur son épaule et sa poitrine, les énormes zébrures sur sa cuisse. Dave la réconfortait.

« Ça se referme bien, disait-il. C'est de la bonne qualité, ça. Avec mon baume spécial que je tiens de mon copain aborigène et qu'a jamais failli, pas d'histoire. Y font ça avec des fleurs et de l'argile. T'as pas eu d'infection, tu vois bien ? »

Un jour, Dave se montra à son chevet l'air faraud.

« J'vais en ville, aujourd'hui, dit-il. Au moins jusqu'aux boutiques sur la route, j'te ramène quequ'chose à t'mettre sur le dos. Plus vite tu seras sur pied plus vite tu pourras aller voir ta famille, tes amis. J'en ai pour quequ's'heures pas plus. Je serai là avant la nuit. »

Après son départ, elle demeura quelque temps étendue à réfléchir. Famille ? Amis ? Qu'est-ce qui la faisait frissonner de terreur à ces mots ? Pourquoi le seul endroit où elle se sentait en sécurité était-il ici, dans cette cabane ? D'où venait-elle ? Qui était-elle ? Je ne sais même pas à quoi je ressemble, se demandait-elle en proie au désespoir. Dave n'avait pas de miroir dans sa cabane. Qui suis-je ? Qui suis-je ? se répétait-elle en silence.

Pour finir, lassée de ses pensées morbides, elle décida de se lever. Dave serait bientôt de retour. Elle irait chercher de l'eau pour la bouilloire dans le réservoir ainsi qu'elle l'avait vu faire si souvent et lui préparerait une tasse de thé. Non sans peine, elle saisit la bouilloire et gagna lentement la porte. Elle s'arrêta sur le seuil et son âme meurtrie se ranima un peu sous l'influence d'une journée aussi belle. Dehors, le soleil était haut dans un ciel sans nuages, les oiseaux s'interpellaient de branche en branche. Le refuge de Dave semblait un véritable paradis. Le premier aiguillon d'espoir perçant son cœur, elle sortit de la cabane et se dirigea à petits pas vers le baril situé sous la gouttière de fortune. Elle se pencha pour y plonger la bouilloire, provoquant des remous à la surface de l'eau.

Ce faisant, déformé par les rides circulaires qu'elle venait d'engendrer, elle vit bouger un reflet. Un visage horriblement tordu la regardait dans l'eau et une terreur abominable s'empara d'elle. Ce n'était pas son image ! C'était impossible, elle ne pouvait pas ressembler à ça. Elle fit un effort surhumain pour se maîtriser, serrant de toutes ses forces le baril jusqu'à ce que ses phalanges blanchissent. La surface redevint plane et lisse. Pas d'erreur possible. C'était son visage qu'elle voyait dans l'eau, hideux et couturé. Les dents acérées du crocodile avaient arraché un côté de son visage, déchiré la chair en lambeaux séparés désormais de longues boursouflures rouges. Par un coup du sort cruel, l'autre côté était quasi intact, de telle sorte que le profil défiguré semblait être la caricature de l'autre. Sur le côté déformé, la paupière et la commissure de ses lèvres étaient tirées vers le bas comme si elle avait reçu un coup. C'était le visage d'une vieillarde, d'une sorcière, d'une inconnue…

«Non!»

Le cri de Stéphanie résonna à travers la brousse. Les oiseaux s'envolèrent en piaillant, affolés, et de petits animaux détalèrent pour se mettre à l'abri en entendant son cri sauvage.

«Non! non! non!»

Un désespoir proche de la démence la submergea.

Bien des heures plus tard, Dave la découvrit, affaissée contre le baril au coin de la cabane, marmonnant des paroles sans suite. Gentiment mais fermement, il la redressa et la conduisit jusqu'à son lit, dans la cabane. Puis il s'assit à son chevet.

«C'est pas drôle, ma fille. Je sais bien. Mais il faut regarder la chose en face. Car si tu regardes une chose en face, c'est jamais aussi mauvais que si t'es là pétrifiée par la peur. Ce vieux croco t'a bien amochée, pour sûr. Mais tu voulais lui ôter le pain de la bouche. T'es vivante et tu pourrais être dans le ventre de la bête à c't'heure. Ça veut dire quequ'chose. T'as eu la vie sauve pour quequ'chose. Ou quelqu'un. Maintenant faut qu'tu trouves c'que c'est.»

La voix de Dave l'atteignit à travers les brumes du désespoir. Quelque chose? Quelqu'un? Un son rauque sortit de ses lèvres.

«Je ne sais même plus comment je m'appelle.

— Mais tu portes une alliance. T'étais peut-être mariée. J'ai vu la police partout en ville. Des rangers qui cherchent quelqu'un et m'est avis que c'est toi.

— Oh, Dave, j'ai tellement peur de partir d'ici. Je ne sais pas où aller. Par où commencer.»

Dave marqua un temps avant de répondre et sa voix avait des accents pleins de tristesse :

« Prends ton temps, ma fille. Prends ton temps. J'te donnerai un nom si tu veux. V'là ben longtemps, avant que je perde le goût de la compagnie de mes pareils, j'ai été amoureux d'une petite de Mount Isa. C'était la fille d'un patron de bistrot. Sa mère, tu vois, elle avait vu qu'un seul film dans sa vie et c'était *Autant en emporte le vent.* Bah, ça me plaisait bien. Faut dire qu'ça lui allait pas mal. Bon, on s'est fréquentés jusqu'à… jusqu'à ce maudit jour où elle a été à Townsville pour marier un boucher ! »

Dave fit une grimace comique pour masquer son émotion.

« Alors, ma foi, si ça te va, j't'appellerai Tara. »

Elle sourit avec gratitude et pressa la main de Dave.

« Et va falloir bouger d'ici, Tara, r'tourner à la vraie vie. Tu serais en sécurité ici tant que tu voudrais mais c'est d'là-bas que tu viens – il indiqua la porte du menton – et c'est là que tu trouveras les réponses aux questions qu'tu t'poses. J'ai fait une bonne expédition aujourd'hui. J'ai là de quoi remplacer mes vieilles loques. »

Il gagna la table où un paquet était posé et, l'ouvrant, en tira une robe rose, des dessous féminins, un chapeau de paille, un foulard et même des souliers.

« Dave ! Mais où as-tu trouvé tout ça ?

– Les ai trouvés, dit-il avec un clin d'œil, sur des fils à linge, sur le dos d'une chaise sur un perron, pour les tailles, faut pas en d'mander trop, mais ça t'fait quelque chose à t'mettre pour aller en ville. »

Une semaine plus tard, elle se tenait au bord d'une piste en compagnie de Dave, pour attendre le passage du transport routier qui traversait les vastes étendues désertiques. Après des heures de discussion avec son sauveur, ils avaient formé un projet. Une terreur mystérieuse, inexplicable, l'empêchait de se rendre simplement dans la ville la plus proche pour aller se présenter à la police ou aux rangers. Tout ce qu'elle savait c'était qu'il fallait s'en aller. Et loin. Et ensuite ? Elle l'ignorait. Mais elle savait déjà quoi faire pour commencer. Après, elle aviserait. Le soleil tapait dur et elle se réjouissait de porter le chapeau de paille qui, lorsqu'elle ramenait sa lourde chevelure en avant, dissimulait en partie son visage dévasté. Elle lissa d'un geste gauche la robe rose trop grande pour elle et frissonna dans les dessous inconfortables.

« Il arrive ! », lança Dave.

Ses yeux perçants de chasseur avaient aperçu le très petit nuage de poussière rouge à l'horizon.

« Il t'emporte à Darwin et après c'est à toi de voir. »

Il se tourna vers elle, son visage buriné plissé d'affection, plongea la main à l'intérieur de sa chemise et en tira une vieille boîte ordinaire en fer-blanc qui avait dû contenir jadis du thé.

« Tiens, dit-il d'un ton brusque, en la lui tendant. Elle contient des vieux rêves dont j'n'ai plus que faire. Regarde. »

Elle ouvrit la boîte. Dedans, dans un nid de coton crasseux, elle découvrit un petit tas d'opales magnifiques. La plus petite avait la taille d'un pouce, la plus grosse celle d'un poing de bébé. Toutes étaient extrêmement précieuses.

« Regarde la couleur, dit Dave non sans fierté. Comme du feu dans la nuit. Avec elles, tu vas pouvoir prendre un nouveau départ.

– Oh, Dave… je ne peux pas…

— Et comment qu'tu peux ! Que veux-tu que j'en fasse, moi ? Bah, je pensais les garder pour mes vieux jours quand je les ai sorties de la mine. Je vendais les autres et je gardais les plus belles. Mais maintenant…, il sourit avec satisfaction. J'en ai pas besoin fillette, j'ai tout ce que je veux. J'compte aller nulle part. Tu peux leur redonner vie pour moi. »

Les larmes jaillirent des yeux de Stéphanie. Incapable de parler, elle acquiesça de la tête.

« Et, Tara… tâche de pas te faire rouler quand tu les vendras à Darwin. Te laisse pas faire, hein ? »

Le camion approchait, sa masse énorme soulevant autour d'elle des nuages de poussière. Dave souleva son chapeau cabossé d'un geste galant.

« Alors, adieu, Tara. Et rends-moi un service, tu veux ? Si tu croises quelqu'un qui me cherche, tu sais pas où je suis. Et ne ramène pas la famille non plus. Tu t'en vas pour de bon. Pas de regards en arrière ni rien. D'accord ?

— D'accord. »

Elle lui sourit à travers ses larmes.

Le camion s'arrêta, les recouvrant tous deux d'une fine couche de poussière.

« Adieu, Dave. » Elle luttait pour retenir ses larmes. « Et merci.

— Rappelle-toi, Tara, lança-t-il dans son dos. Quelque chose. Ou quelqu'un. Tu trouveras. »

Le chauffeur était joyeux à la perspective de transporter une femme pour rompre la monotonie du trajet solitaire. La conduite de son mastodonte dans les virages serrés lui avait demandé presque toute sa concentration mais les coups d'œil qu'il avait jetés de son côté l'avaient satisfait. Elle avait pris bien soin de cacher son profil abîmé en grimpant tête baissée dans le camion, le visage presque entièrement dissimulé par son chapeau de paille. Elle lui présentait à présent son profil intact aux traits marqués par une profonde tristesse, qu'il n'était évidemment pas en mesure de comprendre.

« Qu'est-ce que vous faites là comme ça toute seule ? demanda-t-il. Vous êtes en panne ? »

Elle approuva de la tête.

« Vous en faites donc pas pour ça, poursuivit-il, jovial. Je peux vous conduire jusqu'à Darwin. Je suis content d'avoir de la compagnie. Surtout de la compagnie féminine. »

Pas de réponse. Le chauffeur à qui réussissait en général la méthode d'approche directe comme il la dénommait, poursuivit dans la même veine.

« On pourrait bavarder gentiment, tous les deux. C'est loin Darwin. Ça me fera passer le temps. »

Il se tut. Puis, tendant la main, il la posa sur la cuisse de sa passagère et la pressa violemment. « On pourrait s'amuser tous les deux. Pas vrai ? »

À sa grande surprise il sentit les muscles se contracter sous ses doigts et devenir aussi durs que du bois. Lentement, d'un mouvement parfaitement délibéré, elle tourna vers lui son visage. Le sourire grivois se figea sur les lèvres du chauffeur lorsqu'il constata l'ampleur du ravage. La honte, la fureur et la déception se livraient bataille en lui.

« À Darwin, donc », dit-il pour finir.

À l'autre bout de l'Australie, à Sydney, Bill McMaster faisait ses adieux à Stéphanie Harper, le cœur en proie à une profonde douleur. Dès qu'il avait appris la nouvelle de l'accident, il avait prévenu tous les membres du personnel de la Harper à mille cinq cents kilomètres à la ronde afin de les faire participer aux recherches avant de sauter dans un avion à destination du Territoire du Nord pour prendre lui-même les choses en main. Chaque cours d'eau, chaque lagon avaient été explorés sur plusieurs kilomètres par les hommes en barque ou en hydrofoil et l'on avait poussé les recherches à l'intérieur de la brousse aussi loin qu'une femme blessée aurait pu se traîner. Mais en vain.

Patients et disciplinés, les hommes avaient poursuivi leur travail jusqu'à ce que toute la région eût été passée au peigne fin mais Bill avait encore exigé que l'on explorât une deuxième fois l'estuaire, là où la marée montait et se retirait. Il n'était pas du genre à se résigner aisément à la défaite. Pour finir, il avait dû rentrer à Sydney où la compagnie ne pouvait se passer de lui plus longtemps. Mais là, il avait continué à recevoir les messages négatifs des équipes de secours. Le dernier se trouvait sur son bureau à l'instant même. Continuer les recherches eût été de la démence.

Il songeait à Greg Marsden avec amertume en se rappelant son arrivée au camp dans la réserve des crocodiles. On ne pouvait s'attendre à grand-chose d'autre de la part d'une femme – il n'en voulait pas à Jilly de son irresponsabilité, ni des cris et des gémissements qui réveillaient le camp en pleine nuit, suivis de silences non moins pénibles. Face à Marsden – parfois arrogant et agressif, parfois pleurnichard et sentimental –, Bill avait conçu une telle haine qu'il était déjà content de ne pas lui avoir cassé la figure pendant cette horrible période. Quel sale individu, marmonna-t-il pour lui-même, et son poing se referma instinctivement. Oh, Steph, pourquoi l'avoir choisi, lui ?

Il avait ensuite fallu prévenir Sarah et Dennis, Greg ayant le sentiment, à juste titre, que Bill était la personne la mieux placée pour cette tâche. Le chagrin le submergea au souvenir de la scène douloureuse. Les deux enfants savaient qu'on allait leur apprendre quelque chose d'effrayant, sinon jamais on ne les aurait fait quitter ainsi l'école, mais ils n'auraient pu imaginer une chose aussi affreuse. Bill priait de ne jamais plus avoir à accomplir une tâche aussi pénible. Il renouvela pour lui-même le vœu d'être le père des deux enfants, à la place de Greg qui ne le serait jamais, et il se promit de leur souhaiter leur anniversaire, de célébrer Noël et toutes les fêtes ainsi que l'avait toujours fait Stéphanie.

Stéphanie... Bill poussa un profond soupir. Pendant les semaines qui avaient suivi sa disparition, il l'avait pleurée comme il n'avait jamais pleuré Max, qu'il admirait et respectait énormément mais pour qui il n'avait jamais éprouvé de réelle affection. À sa surprise, Bill découvrit que la grande femme un peu gauche, aux grands yeux tristes et au sourire franc lui manquait terriblement. La femme d'affaires aussi lui manquait, elle dont le jugement semblait si juste, l'intuition infaillible. Mais c'était surtout la personne affectueuse, sensible, fidèle et confiante qui lui manquait. Elle avait disparu et il fallait qu'il s'y résignât, qu'il apprît à supporter cette idée comme une douleur physique. Adieu, ma chère petite, dit-il en lui-même, le cœur débordant d'amour – mais jamais je n'oublierai. Jamais.

À l'aéroport de Darwin, l'employé du guichet fut intrigué par la femme élégamment vêtue qui pénétra dans la pièce d'un pas tranquille en lançant des regards autour d'elle comme pour vérifier sa destination. Contrairement à la plupart des Australiennes, elle portait un chapeau auquel était fixée une voilette qui lui couvrait presque entièrement le visage. Elle s'approcha d'un pas raide, avec précaution, comme si elle avait eu un accident. Peut-être était-ce à cause de la voilette, songea-t-il distraitement. Mais elle était d'une certaine manière séduisante.

Elle s'arrêta au milieu du hall pour étudier le tableau des départs puis gagna le guichet.

« Un billet pour Townsville, je vous prie. »

Elle avait une voix basse et comme enrouée.

« Aller simple ou aller et retour ? »

La femme hésita.

« Aller simple, »

L'employé consulta l'ordinateur placé devant lui et annonça le prix du billet.

« Votre nom, s'il vous plaît ? »

Il y eut un silence. La femme ouvrit son sac pour payer et, à sa grande stupéfaction, l'employé vit qu'il était bourré de dollars jetés en vrac. Sans prendre garde à l'indiscrétion de l'employé, elle leva la tête.

« Tara Welles », dit-elle.

6

Dans l'avion, Tara Welles poussa un soupir de soulagement, ôta ses souliers et se laissa aller en arrière, les yeux clos. Elle ne se sentait pas particulièrement bien dans le rôle de la mystérieuse inconnue à la voilette, mais rien ne pouvait être pire que les regards insistants, dans lesquels se lisaient la pitié ou l'horreur, voire la curiosité morbide, qu'elle rencontrait lorsqu'elle s'avisait de se promener à visage découvert. Mais bientôt… bientôt… son menton se dressa avec détermination en songeant à l'existence qui l'attendait.

Depuis qu'elle avait quitté Dave, Tara s'était trouvée plongée dans un tourbillon de sentiments qui l'avait laissée tout étourdie mais elle en sortait en fin de compte plus forte. Le trajet jusqu'à Darwin s'était transformé en un cauchemar étrange lorsque, sans qu'elle s'y attendît, les épisodes refoulés de sa vie récente lui revinrent brusquement par éclairs douloureux et terrifiants. Le premier se produisit lorsque le camion passa à gué un cours d'eau qui traversait la piste non loin de l'endroit où elle était montée. Quand les gerbes d'eau projetées par les roues éclaboussèrent le pare-brise, Tara projeta instinctivement les bras en avant pour se protéger et poussa un cri de frayeur, certaine que l'eau allait la frapper, l'aveugler, lui remplir la bouche et l'engloutir.

Elle lutta pour se maîtriser, reprenant péniblement son souffle sous les yeux étonnés du chauffeur auquel elle était incapable d'expliquer ce qui lui arrivait.

Sa mémoire s'étant ainsi rappelée à elle, les autres souvenirs s'imposèrent implacablement, perçant la nuit qui s'était faite dans son esprit. Elle revit le coucher du soleil sur le marécage, sentit le fond du bateau sous ses pieds et son appareil photo entre ses mains. À travers ses sanglots et sa panique, elle vit les yeux de son meurtrier – Greg ! mon mari, oh, mon Dieu ! et derrière lui l'autre femme assise comme hypnotisée quand je lui criais à l'aide – Jilly. Et puis l'atroce douleur des dents effilées déchirant son bras, le sang ruisselant sur son visage, la descente au fond de l'eau, toujours plus profond, jusqu'à ce qu'elle sombrât enfin dans l'inconscience. Tandis que le camion s'élançait dans un bruit de tonnerre à travers les étendues désertiques du Nord, les pièces du puzzle se mettaient peu à peu en place. Lorsqu'ils arrivèrent à Darwin, elle se souvenait qu'elle avait été Stéphanie Harper.

Mais Stéphanie Harper n'existait plus. Son mari avait souhaité sa mort et il l'avait tuée. Tremblant de tout son être, sanglotant sans pouvoir s'arrêter, elle se rendit compte qu'elle avait perdu son visage, son nom et sa vie antérieure. On lui avait enlevé tout ce qui lui donnait une existence. Elle n'était plus rien.

Au milieu de l'afflux des souvenirs, les paroles de Dave lui revinrent, revêtues d'une ironie cruelle : « Tu as eu la vie sauve pour quelque chose. Ou quelqu'un. » Sauve ? Pour un mari qui était à l'origine de ses souffrances ? Elle eut un sourire mauvais, son visage dévasté se tordant de détresse. Il avait renoncé pour de bon à venir à bout de sa frigidité ! La vie sauve ?

Mais pour quoi faire ? Pourquoi le destin l'avait-il arrachée à la mort qui en cet instant eût été préférable à une telle souffrance ? D'un geste haineux, elle ôta rageusement l'alliance de son doigt et la jeta par la fenêtre…

Pourquoi… pourquoi… pourquoi… la question revenait, obsédante, comme un douloureux refrain, sans qu'aucune réponse vînt soulager tant soit peu sa détresse et sa colère. Greg, pourquoi ? Je t'aimais tant, plus qu'aucune femme ne t'aimera jamais. Pourquoi ai-je perdu un tel amour ? Pourquoi as-tu souhaité ma mort ? Pourquoi me haïssais-tu tellement ? Elle tournait en rond, au fond de la misère et du désespoir quand, dans sa souffrance et sa rage impuissante, lui apparut l'ouverture grâce à laquelle elle pourrait peut-être se hisser de nouveau jusqu'au jour. Il faut que tout ce gâchis ait un sens, se dit-elle soudain, qu'il serve à quelque chose. Dave me l'a dit. C'est ce qu'il entendait par – *trouver pourquoi.* Et que fallait-il faire après ? La réponse vint toute seule, irrémédiable : *la vengeance* ! Je me vengerai. Les formes que prendrait sa revanche se précipitèrent dans sa tête. Mais sa décision était prise, froide et sans passion. Elle avait le temps de songer à la forme. Elle aurait pu le dénoncer à la police. Mais cela n'était pas suffisant. Si elle agissait ainsi, jamais elle ne connaîtrait ses raisons. Il fallait qu'elle sache. Et elle saurait.

La femme qui descendit du camion à Darwin était faible et courbatue, comme au sortir d'une longue maladie, les nerfs tendus à l'extrême. Mais au fond d'elle-même un noyau dur s'était formé, plus dur que l'acier, d'où elle puiserait désormais la force de surmonter toutes les épreuves qui l'attendaient. Elle avait désespérément besoin de cette force car elle n'avait rien d'autre. Mais elle s'en contenterait, elle le sentait. La première épreuve avait été de vendre les opales. Elle s'était forcée à entrer dans chacune des officines des marchands de pierres précieuses et des tailleurs de gemmes de Darwin pour se faire une idée précise du prix qu'elle pouvait en tirer. Elle avait supporté les marchandages, les questions gênantes et les tentatives des uns et des autres pour l'escroquer. À la fin de la journée, quand elle entra chez celui sur lequel elle avait porté son choix, elle fut soudain saisie de nausée et dut sortir précipitamment prendre l'air. Le marchand la rattrapa avec inquiétude. « Eh, ma petite dame ! Ne partez pas sans votre argent ! C'est de la bonne marchandise que vous avez là. Ça va aller ? »

Repoussant ses offres secourables, elle avait ramassé l'argent et s'était enfuie, à bout de forces.

Le résultat dépassa cependant toutes ses espérances. Elle qui était arrivée dans le quartier des marchands de pierres sans un sou en poche, elle le quittait assez riche pour faire tout ce qu'elle voulait. Me voilà de nouveau dans les affaires, se dit-elle. Une affaire se résumant à une seule et unique personne : Mme Tara Welles.

Elle se rendit sur-le-champ au meilleur hôtel de la ville où la première impression produite par son aspect physique et sa robe démodée fut instantanément contredite lorsqu'elle paya d'avance la plus belle suite de l'établissement et distribua des pourboires généreux à la ronde. Du fond de ses appartements privés, Tara fit demander aux boutiques de mode qu'on lui expédiât des vêtements à l'essai et la rumeur s'étant déjà répandue qu'une riche excentrique était arrivée en ville, chacun s'empressa de répondre à sa demande. Elle ne prit pourtant aucun plaisir à essayer et à choisir une nouvelle garde-robe. Là, devant un miroir en pied où elle avait tout loisir de s'examiner, elle avait découvert l'ampleur du désastre et, pour la première fois depuis qu'elle avait aperçu son image dans le baril de Dave, elle avait pleuré des heures durant, étendue sur son lit. Se laissant aller à sa douleur, elle n'avait pas seulement pleuré sur son visage et son corps ravagés mais sur sa propre perte, sur la fin de Stéphanie Harper.

Puis au sein de son agonie elle avait aperçu la perle à l'éclat dur de la colère et, armée d'une volonté nouvelle, elle avait décidé, désormais, de s'y accrocher. De son lit elle avait téléphoné aux hôpitaux, aux médecins, aux cliniques du pays à la recherche d'un chirurgien esthétique qui lui permettrait de faire le premier pas vers une vie nouvelle. Un nom était revenu sur toutes les lèvres. Et c'était ce nom qui l'avait décidée à se rendre à Townsville, en face des récifs de la Grande Barrière. Là, sur l'île d'Orphée, se trouvait celui qui lui redonnerait apparence humaine.

La vie de célibataire a du bon, se disait Greg Marsden confortablement étendu sur le grand lit de Max Harper dans la demeure des Harper à Sydney. Rien ne l'obligeait à se lever encore – personne à contenter, en dehors de lui-même. Quand il le déciderait, il prendrait une douche, et Matey lui apporterait son petit déjeuner. Pas si mal, se dit-il.

La situation était loin d'être parfaite, pourtant. Car il n'était pas vraiment célibataire mais veuf depuis peu, ce qui impliquait qu'il lui faudrait encore jouer pendant un bon moment le rôle de l'époux éploré. Comme il s'y était attendu, la nouvelle de l'horrible accident de Stéphanie Harper avait fait la une des journaux et l'objet d'un reportage télévisé, et dès l'instant où ils avaient quitté l'abri du camp pour retrouver la civilisation, ils avaient été assaillis par les journalistes, les cameramen et les équipes des chaînes de télévision. Il avait prétexté son chagrin inconsolable pour échapper aux interviews. De plus, il avait réussi à convaincre un Phillip hostile que Jilly devait être mise à l'abri de toute pression de la part des médias et il la savait en sécurité dans la grande maison de Hunter's Hill. Cependant, comme il savait d'expérience qu'il fallait toujours donner aux journalistes un os à ronger, il avait vendu à une agence de presse l'album de photos de Stéphanie contenant toutes les photos du mariage. Ils avaient payé le prix fort et, ma foi, c'était toujours bon à prendre.

Mais il devait se garder de toute imprudence quand sa nature s'irritait de toute contrainte. Personne n'était au courant de ses relations avec Jilly, il en était certain et il ne voyait aucune raison pour qu'on les découvrît soudain. Jilly avait passé des moments difficiles immédiatement après l'accident mais il était parvenu à la faire remonter à la surface. À vrai dire, le choc qu'elle avait subi avait stimulé d'une manière étrange et perverse le désir qu'elle éprouvait pour lui et il avait volontairement pris le risque d'aller lui rendre visite dans sa tente tous les soirs, même une fois Bill McMaster arrivé au camp, afin de goûter de nouveau l'intensité de sa passion. Son audace la scandalisait et l'excitait tout à la fois. Il la possédait, corps et âme.

À cette idée, un délicieux frisson de désir le parcourut. Il n'aurait vu nul inconvénient à l'avoir près de lui à l'instant. Il laissa son esprit divaguer... sur son corps, ses mains, sa langue... Il se ressaisit brusquement. Eh là, mon vieux, tu ne vas pas risquer de perdre tout ça pour si peu. Même pour Jilly, qui était pourtant une sacrée affaire. Il revit son retour à la demeure des Harper, le lent et sourd combat qu'il avait dû mener contre Matey et les autres membres du personnel dont le dévouement à Stéphanie était si grand qu'il voyait flotter leurs reproches muets jusque dans l'air qu'il respirait. Mais il avait gagné. Même ses enfants le toléraient désormais.

Et il y avait aussi ce que les hommes de loi appelaient discrètement les « biens des Harper ». Aucune décision ne pouvait être prise tant qu'on n'aurait pas retrouvé le corps de Stéphanie. Greg fronça les sourcils. Elle était morte, comment pouvait-on en douter ? Il revoyait le tourbillon de boue et de sang à l'endroit où le crocodile avait plongé en l'entraînant vers le fond. Il revoyait le blanc de ses yeux révulsés et les bulles sanglantes de son dernier souffle. Il était demeuré un long moment à son poste mais ni la bête ni sa victime n'étaient réapparues à la surface. Son corps devait être accroché dans les racines d'un des arbres tordus du lagon. Si seulement il était remonté, on l'aurait ramenée chez elle pour des funérailles grandioses et la situation du veuf aurait pu être réglée rapidement. Mais l'essentiel, c'était que l'argent de Stéphanie lui revînt. Il y avait directement accès étant donné les dispositions prises par Stéphanie. Et il avait ses propres fonds dans la Harper Mining. Il avait la maison, le yacht, les domestiques. Et sa liberté. Pour commencer, un petit déjeuner. Pour le sexe, il pouvait attendre, décida-t-il. Cela valait la peine et il trouverait un moyen de s'en passer quelque temps. En jouant au tennis, par exemple, songea-t-il joyeusement.

Le petit bateau se frayait un chemin à travers le port animé de Townsville. Debout sur le pont, Tara, seule avec ses pensées, ne prêtait guère attention à la beauté environnante. De même, dans l'avion qui survolait le Queensland, elle n'avait pas même jeté un regard par le hublot tant elle était absorbée dans ses réflexions et ses projets. De tous les États d'Australie, dont chacun possède une beauté et un charme propre, le Queensland est le seul à pouvoir concurrencer les plus extraordinaires merveilles du monde. D'autres venaient de très loin pour admirer les récifs de la Grande Barrière, mais Tara Welles était trop repliée sur elle-même.

Pourtant, à l'approche de l'île d'Orphée, son intérêt fut éveillé malgré elle quand celle-ci lui apparut, flottant sur l'eau turquoise, avec ses bouquets de palmiers au flanc des collines en pente douce, ses plages de sable blanc et les petites maisons blotties les unes contre les autres, inondée de la lumière éclatante du soleil tropical. Venant d'un bâtiment assez important au milieu d'un groupe d'habitations plus petites, une grosse femme vêtue de couleurs vives prit la direction de la jetée, porteuse d'un parasol voyant destiné à protéger la nouvelle arrivée contre le soleil. Quand le bateau accosta, elle était là pour accueillir Tara.

« Bienvenue à la clinique du Dr Marshall. »

Celle qui se tenait devant elle avait une cinquantaine d'années, des manières chaleureuses et maternelles et un sourire qui lui fendait tout le visage, rond et jovial. Sans se laisser troubler par le silence de Tara, elle se mit à babiller :

« Quelle belle journée, pas vrai ? La vie vaut la peine d'être vécue par une journée pareille. Mon nom est Elizabeth Mason mais tout le monde m'appelle Lizzie. Vous êtes Tara, n'est-ce pas ?

— Oui.

— Ce sont vos bagages ? Attendez, je vais vous porter ça. »

Lizzie saisit la valise de Tara sans effort et elles longèrent ensemble la jetée en direction du bâtiment principal.

« Le Dr Marshall est dans la salle d'opération, dit Lizzie. Sinon il serait venu vous accueillir lui-même. Mais je fais partie du personnel médical. Comment avez-vous eu l'idée de venir ici ? Vous aviez entendu parler de la clinique ?

— Bah, fit Tara, quelque part dans un magazine. »

Elle prit une profonde inspiration.

« Je suis venue parce que j'ai compris que vous étiez spécialisés dans la chirurgie de reconstitution.

— C'est cela même, dit Lizzie. Le Dr Marshall est le meilleur chirurgien plastique du pays. Il était interne à l'hôpital, il s'est payé ses études en travaillant la nuit, et voilà qu'une vieille tante à lui ou je ne sais trop qui lui a légué toute sa fortune. Il aurait pu prendre sa retraite mais il a ouvert cette clinique à la place. Il soigne les aborigènes gratuitement quand ils n'ont pas de quoi payer. Il n'en parle jamais bien entendu, mais c'est pour vous situer le personnage. »

La vitalité de Lizzie et le plaisir qu'elle prenait à son travail firent vibrer quelque chose en Tara, secouant sa torpeur et l'éveillant à la réalité.

« Voici votre logement », dit Lizzie en s'arrêtant devant un petit bungalow dont elle ouvrit la porte. Elles entrèrent dans un joli petit salon, simple mais décoré avec goût dans une nuance bleu-vert, avec des meubles de bambou qui rappelaient heureusement les palmiers de l'île. Deux portes ouvraient sur la salle de bains et la chambre. C'était un lieu d'habitation idéal. Tara en éprouva un soulagement qu'elle n'aurait pu expliquer.

« Vous serez bien, là, vous verrez, lui annonça Lizzie d'un ton confiant. Les lits sont très confortables, c'est très calme et vous pourrez y vivre à votre gré. »

Elles sortirent et Lizzie indiqua du doigt, au bout de la pelouse, une piscine ombragée de grandes palmes légèrement agitées par la brise, qui miroitait au soleil. Des patients se reposaient autour dans des chaises longues, d'autres allaient et venaient, comme s'ils faisaient de l'exercice ou bavardaient par petits groupes tandis que d'autres encore s'ébattaient dans l'eau ou nageaient avec plus ou moins d'assurance. Certains portaient des bandages et ceux qui avaient subi des interventions récentes se protégeaient à l'ombre de grands chapeaux de paille. Tous présentaient des cicatrices mais certains avaient perdu des doigts ou des membres, ou souffraient de diverses difformités. On dirait une foire aux monstres, songea amèrement Tara. Un lieu de vacances pour handicapés. Mon Dieu, si je m'en sors un jour…

« Ne vous faites pas de souci, dit soudain Lizzie qui l'observait attentivement. Ne vous apitoyez pas sur eux, ils ne s'apitoient pas sur eux-mêmes. Et ils s'en vont le sourire aux lèvres. Le Dr Marshall fait ce qu'il faut pour ça. »

Le Dr Marshall ne faisait pas attendre ses nouveaux patients très longtemps avant de les recevoir. Tara se sentit gagnée par une inhabituelle nervosité quand Lizzie vint la chercher pour son premier examen. Mais son anxiété disparut en partie à la vue de celui qui la reçut dans la salle de consultation de la clinique principale. Percevant sa terreur, il s'abstint d'engager avec elle une conversation anodine mais examina rapidement son visage et son corps de très près, notant chacune des cicatrices à mesure.

Pour finir il retourna s'asseoir et la regarda de ses yeux bruns empreints de bonté.

« Quel genre d'accident a occasionné de telles blessures ? », demanda-t-il.

Tara hésita.

« Je sais que cela doit vous faire mal de parler, madame, dit-il, avec vos cordes vocales abîmées... mais je suis contraint de vous poser ces questions.

— Un accident de voiture... une collision.

— Il y a longtemps ?

— Six semaines. »

Aucune de ses réponses n'était vraie, le médecin n'était pas dupe. C'était tout simplement impossible. Il se pencha sur la patiente étendue sur la table d'examen.

« Pouvez-vous m'en dire un peu plus à propos de votre... accident ?

— Un vieillard... un ami... il connaissait certains remèdes aborigènes... une pâte, que l'on fait avec des fleurs et de l'argile...

— Ah oui. On s'en sert aussi parfois. Votre ami savait ce qu'il faisait, vous savez. Vous avez eu la mâchoire brisée mais il l'a réparée à la perfection. »

Tara sentit l'impatience la gagner.

« Docteur Marshall, dit-elle. Je veux ressembler de nouveau à un être humain. Pouvez-vous quelque chose pour moi ? »

Marshall prit son temps avant de répondre.

« Vos blessures sont nombreuses, graves et... inhabituelles. Il faudrait envisager plusieurs interventions importantes. Qui vous feront souffrir, gravement, vous comprenez. Et par la suite, un malaise subsistera pendant assez longtemps.

– Je n'ai pas peur de souffrir ! »

Le médecin ne broncha pas.

« Autre chose. On ne peut pas intervenir avant que les tissus cicatriciels se soient attendris. Cela pourrait prendre plusieurs semaines.

– C'est d'accord, dit Tara. J'ai de l'argent et nulle part ailleurs où aller.

– L'argent n'est pas le plus important, ici. »

Tara ignora le reproche gentiment énoncé et la voix poursuivit de son ton tranquille :

« Mais le repos ne peut que vous faire du bien. Après un accident, l'organisme qui a subi un grave traumatisme a besoin de récupérer. Mais, plus important, avez-vous une photo récente de vous ? Une photo prise peu de temps avant votre accident ? »

Les larmes jaillirent de ses yeux au souvenir de son mariage. Serrant les dents elle se ressaisit aussitôt.

« Non. Je n'en ai pas. Et de toute manière – tremblant de nouveau elle énonça la décision qu'elle avait prise à Townsville, dans sa chambre d'hôtel –, je ne veux pas seulement être débarrassée de mes cicatrices. Je veux changer de visage. Je ne veux pas ressembler à la personne que j'étais. *Quand je partirai d'ici, je veux être quelqu'un d'autre, sans rapport avec la femme que j'ai été.* »

À mesure que les jours passaient sur l'île d'Orphée, la détermination de Tara durcissait un peu plus ; en revanche, son corps meurtri se détendait et ses terreurs lui accordaient pour la première fois quelque répit. Dans cette île protégée depuis toujours du bruit et de l'agitation des villes, les jours se déployaient dans une splendeur inégalée qui remontait à l'aube des temps et les nuits étaient comme un dôme de velours protecteur où scintillaient des myriades d'étoiles. L'air était pur et empli de senteurs exquises et elle avait le sentiment d'être Ève au paradis terrestre, où elle ressuscitait sans ignorer, cette fois, l'existence du serpent.

L'atmosphère paisible de cette île enchanteresse était due en partie à la personnalité de l'homme de génie qui avait créé ce lieu, le Dr Marshall. À mesure qu'elle apprenait à le connaître, Tara comprenait que la manière dont il traitait ses patients, la considération qu'il manifestait à chacun, loin d'être superficielle, exprimait la profonde compassion qu'il éprouvait pour ceux qui venaient lui demander son aide. Il se consacrait tout entier non seulement à l'exercice de la médecine mais à tout ce dont un être souffrant pouvait avoir besoin et il était toujours disponible pour qui recherchait une véritable relation humaine. Tara le rencontra un jour qu'il était occupé à remonter son petit bateau sur la plage en pente douce au retour d'une partie de pêche.

« Pouvez-vous attraper la corde ? lui lança-t-il. Et l'attacher autour de cette bûche, là ? Merci, parfait. »

Tara allait poursuivre son chemin quand il la héla de nouveau, toujours occupé à arrimer son bateau.

« Ne partez pas ! reprit-il. Venez par ici. »

Elle le rejoignit à contrecœur. Plongeant la main au fond du dinghy il exhiba deux gros poissons.

« Qu'est-ce que vous en dites ? Pas mal pour deux petites heures. Ça vous arrive de pêcher ?

— Non.

— Ici, ce n'est pas superflu, poursuivit-il, jovial, pour arrondir les fins de mois ! » Il fit un grand geste du bras. « Alors, que pensez-vous d'Orphée ? »

Tara regarda autour d'elle, l'esprit vide. Voilà si longtemps qu'elle n'avait pas eu une conversation anodine avec qui que ce soit.

« C'est… joli.

— Elle possède un pouvoir de guérison naturel, vous savez. Je suis très fier de mon petit paradis. C'est l'endroit idéal pour exercer la médecine – surtout ma spécialité. »

Tara ne répondit pas.

« Êtes-vous attirée par le bord de la mer ? demanda-t-il. Où êtes-vous née ?

— Dans les terres – à la campagne.

— Ah. Je vous envie. Je suis un homme des villes. Et votre famille ?

— Je n'en ai pas. »

Il rit.

« Vous n'aimez pas trop parler de vous, si je comprends bien ? »

L'indignation la fit sortir de ses gonds et, malgré sa gorge meurtrie, elle parla avec véhémence :

« Je croyais que vous respectiez la vie privée de vos patients, docteur ! »

Il sourit.

« Bon, bon, d'accord. Mais si je vous promets de ne plus vous poser aucune question cesserez-vous de m'appeler docteur ? Je m'appelle Dan, d'accord ? »

Dan. Elle prononça son nom dans sa tête. Il allait bien à celui qui se tenait devant elle, souriant et détendu dans son short, son t-shirt et son chapeau de paille usé, son grand corps hâlé empreint des odeurs marines. Elle remua les orteils dans le sable fin et doux à ses pieds et se détendit un peu.

« D'accord, Dan », dit-elle.

Plus tard ce soir-là, Dan s'était surpris à songer à la manière dont elle l'avait dit, au combat intérieur qu'il avait perçu en elle au moment de relâcher ses défenses bien gardées. Qu'avait-il pu lui arriver pour la rendre aussi méfiante ? se demanda-t-il. Lui qui avait connu et tenté de comprendre tant d'êtres souffrants, jamais il n'avait pressenti chez quelqu'un l'existence d'une blessure aussi profonde que celle qu'il percevait chez Tara. Quelle était son histoire ? La première chose pourtant était de redonner force et vigueur à son corps grâce à un régime, à de l'exercice et à des bains de mer, un programme qui commencerait bientôt, avant de lui remodeler un visage. Le moment de la première intervention chirurgicale approchait. Elle avait intérêt à être réussie. Tant de choses en dépendaient – son équilibre mental, sans doute, avant tout. Dan reporta son attention sur les radios du crâne de Tara qu'il était occupé à examiner. Autour de lui sur la table, il avait disposé des dessins de trois ou quatre visages éventuels destinés à sa mystérieuse patiente, autour d'un masque de plâtre représentant son visage actuel. Peu importait en réalité lequel de ces visages il choisirait, ce qui comptait, c'était que le premier disparût.

Non loin de là dans son petit bungalow enfoui dans les senteurs embaumées, Tara, elle aussi, travaillait en cette heure tardive. Elle découpait soigneusement des articles et des photos dans les journaux et les magazines empilés devant elle et les collait dans un cahier. Son expression était de marbre.

Les coupures de presse étalées sur la table avaient un thème commun. « La lune de miel de la riche héritière se transforme en tragédie », proclamaient les manchettes. « Une femme de Sydney est dévorée par un crocodile. » « Sitôt après le mariage de l'année, lisait-on ensuite, Stéphanie Harper, la femme la plus riche d'Australie... » Tous les articles étaient illustrés de photographies du mariage, de Greg, de la chasse aux crocodiles dans la réserve marécageuse. Mais il y en avait d'autres, des photos d'elle quand elle était petite, montant King à Eden, de l'adolescente ingrate qu'elle avait été. Greg avait donc vendu ses photos de famille...

Elle avait commencé son cahier quand, dans une revue achetée par hasard à Townsville, elle était tombée pour la première fois sur un reportage concernant l'accident. C'était sa façon de chercher une signification à ce qui lui était arrivé, de se préparer à ce qui l'attendait encore. Son cahier était aussi un lien avec une vie précédente. Changeant d'expression, elle tourna les pages jusqu'aux photos de Dennis et de Sarah et les contempla longuement. Ses enfants comprendraient-ils que leur mère était malade et qu'elle devait rester loin d'eux jusqu'à sa guérison ? Et plus encore, que leur mère ne pourrait pas revenir dans leur vie tant qu'elle ne se serait pas totalement libérée de la femme trop faible et naïve qui avait permis qu'on lui fît une chose pareille ? En silence, désespérément, elle envoya vers eux des messages, leur parla comme elle le faisait souvent en pensée : Il faut que j'apprenne à exister par moi-même, mes chéris, à devenir une personne à part entière – ni la fille de Max ni l'épouse de quelqu'un, pas même votre mère, mais moi-même. Pour la première fois de ma vie je ne m'appuie pas sur un homme. J'apprends à avancer seule. Vous méritez mieux qu'une mère sentimentale et puérile. Tant que je ne serai pas capable de marcher toute seule, je ne pourrai pas rentrer à la maison. Vous comprenez ?

Des larmes brillaient dans ses yeux et elle les laissa rouler sur ses joues, autorisant son cœur trop lourd à se soulager dans les pleurs. Ils lui manquaient tant. Elle posa la tête sur ses bras et pleura un long moment. Alors, calmée et comme purgée, elle rangea ses affaires et se mit au lit. Elle dormit paisiblement d'un sommeil où, pour la première fois depuis l'accident, elle ne revit pas Greg en rêve mais un visage régulier aux doux yeux bruns où errait un sourire qui, penché au-dessus d'elle, lui demandait si elle voulait venir à la pêche avec lui.

Hunter's Hill a la réputation d'être l'un des quartiers résidentiels les plus agréables de Sydney et ses jolies demeures de pierre aux balcons de fer forgé, ses avenues bordées d'arbres, ses courts de tennis privés et ses piscines forçaient l'admiration et l'envie. Mais pour Jilly Stewart, enfermée dans la grande maison où elle vivait seule avec Phillip, c'était une prison. Oh, elle n'était pas recluse contre son gré, non. Personne ne l'obligeait à rester enfermée ainsi, elle était son propre maître. Depuis son retour d'Eden, Phillip, qui avait toujours été un homme très occupé, l'était devenu de plus en plus, comme s'il souhaitait la laisser seule avec elle-même. Aucune parole n'avait été prononcée entre eux au sujet de la mort de Stéphanie. Mais elle avait le sentiment qu'il savait. Et elle ne pouvait lui en vouloir de s'éloigner d'elle. Elle aurait tout donné pour être capable de s'éloigner d'elle-même.

Depuis la nuit du fleuve aux crocodiles, Jilly avait le sentiment de vivre dans un univers dément où d'énormes explosions de terreur hideuse alternaient avec des sensations de joie sauvage et d'exultation. Elle n'avait pas voulu la mort de Stéphanie. Jusqu'au jour de sa propre mort, elle reverrait le regard épouvanté de son amie avant que le crocodile l'entraînât vers le fond, elle entendrait ses cris de détresse : « Jilly ! Aide-moi ! » Elle le savait car elle les entendait chaque nuit dans ses cauchemars en technicolor, quand elle se laissait aller à dormir.

Mais elle avait souhaité la mort de Stéphanie. Car elle était demeurée pétrifiée dans le bateau, incapable de bouger pour lui venir en aide jusqu'à ce qu'il soit trop tard. Elle avait souhaité – et cela remontait à longtemps, en réalité – ne plus rencontrer Stéphanie Harper sur son chemin. À cause de Greg d'abord – la passion qui la portait vers lui, sa dépendance à son égard à cause de la manière qu'il avait de lui faire l'amour, était aussi forte que l'accoutumance à une drogue. Jusqu'à l'arrivée de Greg, elle pouvait plaindre Stéphanie pour ses mariages ratés – pauvre Stéphanie qui malgré l'immensité de sa fortune s'était arrangée pour épouser deux piètres amants quand elle-même avait en Phillip non seulement un époux distingué et séduisant mais un amant sensible et satisfaisant et qui, par-dessus le marché, ne s'attacherait qu'à une seule femme pour la vie. « La pauvre, disait-elle à leurs amies mutuelles, elle ne sait vraiment pas choisir un homme. » Mais tout avait changé brusquement car Stéphanie avait enfin trouvé l'homme de sa vie et Jilly avait senti que cet homme était fait pour elle, pas pour Stéphanie. Ce n'est pas juste, pleurnichait la petite fille gâtée en elle. Ce n'est pas juste !

Ce sentiment d'injustice n'était pas nouveau pour elle. Les Harper avaient toujours mené leur propre barque comme ils l'entendaient. Fouillant jusqu'aux racines de son amertume, Jilly se rappela son père, qui s'était suicidé après qu'un marché avec Max Harper se fut mal passé. Mal passé pour lui du moins car Max Harper en avait largement bénéficié de son côté. Les raisons du suicide étaient restées dans l'ombre mais là remontait l'amitié de Stéphanie et de Jilly. Un peu plus âgée qu'elle, la fille de Max, affectueuse et gentille alors que son père était brusque et froid, avait pris l'orpheline sous son aile et l'affection qu'elle lui avait manifestée alors ne s'était plus jamais démentie. Pour Jilly, c'était une relation plus complexe – elle avait de l'affection pour elle, certes, mais son cœur renfermait un morceau de glace à l'encontre de Stéphanie et affleurant à la surface, il y avait la jalousie. Elle était jalouse de sa fortune, de sa liberté et, désormais, de son mari.

Greg. Jilly frissonna. Comme une enfant, elle répéta mécaniquement les mots que Greg lui avait martelés au cours de la longue nuit qui avait suivi l'accident :

« C'était un accident, n'est-ce pas. *N'est-ce pas ?*

— C'était un accident.

— Souviens-t'en au moment de l'enquête, ma petite. Et aussi d'autre chose.

— Oui ?

— Il n'y a plus que toi et moi désormais. C'est ce que nous voulions. D'accord ?

— Oh, Greg…

— Chuuuut… Souviens-t'en simplement. Tout est résolu. Rien que nous deux. Allez, bois un coup. »

Et sanglotant, tempêtant et jurant, Jilly, seule et en manque, se servit un verre.

7

« Le moment de l'opération approche. Vous vous sentez prête ? »

Tara était entre les mains de Lizzie qui lui faisait son massage hebdomadaire. Sous les doigts fermes mais non moins empreints de douceur de la grosse femme, elle sentait se dissoudre les nœuds et les tensions dans ses muscles. Et la grande femme silencieuse était devenue l'une des patientes préférées de Lizzie car, en dépit de l'ampleur de ses mutilations et de la douleur qu'elle devait endurer, jamais elle ne l'avait entendue se plaindre.

« Presque... mais pas tout à fait, non, répondit-elle en toute sincérité.

— Qu'est-ce qui se passe ? caqueta Lizzie. On ne fait pas confiance au Dr Marshall ?

— C'est un excellent chirurgien.

— Bien plus que ça. Il fait des miracles. La preuve, regardez-moi. J'étais une vraie ivrognesse quand je l'ai rencontré. Mariage raté, pas d'emploi fixe. Je me faisais virer de partout. Ben il m'a donné du travail et voilà. Oui, Dan Marshall est vraiment un bon bougre. »

Poursuivant ses pensées, Lizzie s'attaqua à l'épaule abîmée de Tara.

« Je lui ai demandé pourquoi il n'était pas marié un jour. Il m'a dit qu'il y avait eu des femmes dans sa vie et ça n'a rien d'étonnant vu qu'il est si gentil, si beau garçon et tout. Mais elles ne pouvaient pas s'habituer au genre de vie qu'il mène. Même si l'île ressemble à un endroit à la mode, il n'y a ici que des gens très gravement atteints et ça prend tout son temps. Et Dan leur est entièrement dévoué. Pour se marier avec lui, faut une femme qui soit prête à s'adapter à sa vie à lui. »

Comme n'importe quelle bonne épouse, songea Tara. Comme j'ai fait, moi. Elle s'agita sur la table.

« Je vous fais mal ? demanda Lizzie.

– Non non, ça va », dit Tara.

À vrai dire, Tara n'était pas tout à fait prête à subir l'intervention si être prête signifiait être totalement préparée et résignée à ses conséquences. Mais elle était aussi prête qu'elle pouvait l'être. Elle avait suivi le programme de Dan à la lettre, entraînant son corps autant que sa jambe et son bras blessés le lui permettaient, se nourrissant de fruits, de légumes et de poisson, et elle commençait même à surmonter sa phobie de la piscine. Sa crainte irraisonnée de l'eau avait apporté un indice supplémentaire au Dr Marshall au sujet de la patiente pour laquelle son intérêt grandissait un peu plus chaque jour. Un jour, Lizzie avait persuadé Tara de quitter la solitude de son bungalow, dans lequel elle passait le plus clair de son temps, pour l'accompagner à la piscine où l'un des patients allait tenter un exploit. C'était un jeune homme du nom de Ben qui avait perdu son père dans un terrible accident de voiture, lequel lui avait coûté aussi un bras et la jambe jusqu'au genou. Sa vaillante tentative pour nager sur toute la longueur de la piscine avait été vigoureusement applaudie par la petite collectivité. Mais Dan avait remarqué qu'en arrivant triomphalement au bord de la piscine, Ben avait projeté une gerbe d'eau dans la direction de Tara qui s'était rejetée instinctivement en arrière avec une expression horrifiée.

« Ça va ? », s'enquit-il.

Elle se reprit aussitôt.

« Très bien. C'est seulement que l'eau me rend… un peu nerveuse.

— Il va falloir remédier à ça, lança-t-il d'un ton joyeux. La natation est incomparable pour remettre quelqu'un en forme. On vous aidera, d'accord ? »

Grâce à leur aide attentive, elle avait commencé à surmonter sa frayeur, en laissant d'abord simplement pendre ses pieds dans l'eau bleue transparente, du côté peu profond de la piscine, et elle était désormais capable de plonger entièrement son corps dans l'eau sans succomber à la panique. Après les opérations, promit Dan, elle apprendrait à nager.

D'autres formes de préparation avaient aussi leur importance. Après avoir consulté les catalogues spécialisés de la clinique, Tara avait commandé des perruques, des fards et des cosmétiques et avec l'aide d'une esthéticienne qui venait chaque semaine à Orphée pour conseiller les patients, elle avait cherché à quoi elle voulait ressembler. Avant tout, elle voulait avoir le moins de points communs possible avec Stéphanie. Mais celle-ci revenait sans cesse la hanter malgré elle. L'une des perruques en faisait sa réplique exacte et quand elle s'en aperçut dans le miroir, Tara l'avait arrachée violemment. Mais elle l'avait mise de côté par la suite. De crainte d'oublier, se dit-elle. De crainte d'oublier.

La veille de la première intervention, Tara s'était glissée hors du refuge de son bungalow et avait gagné l'autre côté de l'île pour se promener seule et réfléchir. En arrivant au bord de l'eau, elle s'assit sur un rocher afin de contempler les récifs de la Grande Barrière et la mer de Corail qui s'étendait au-delà. Au-dessus d'elle, le soleil faisait miroiter les eaux bleues. Derrière elle, des chèvres sauvages broutaient à flanc de rocher et une brise légère gonflait les touffes d'herbe qui s'y accrochaient. Un oiseau minuscule rouge et jaune voletait à ses pieds, pas farouche. Tout était paisible.

« Je ne vous dérange pas ? » C'était la voix de Dan. « Lizzie m'a dit que je vous trouverais là. »

Il s'assit à côté d'elle et l'observa avec l'attention sérieuse et bienveillante qui lui était propre. Les yeux bruns chaleureux et le visage hâlé exprimaient l'inquiétude. Le vent léger ébouriffait ses cheveux.

« C'est le grand jour, demain, commença-t-il. Je voulais simplement vous dire une dernière fois – j'ai toujours été franc avec mes patients et... j'ai l'impression que c'est encore plus important avec vous – qu'une fois que nous aurons commencé, nous ne pourrons plus revenir en arrière. Et je ne peux pas non plus vous garantir totalement le résultat. Je ne fais pas de miracles, contrairement à ce que Lizzie raconte à tout le monde. »

Il se tut.

« Je comprends, Dan. »

Il lui prit doucement la main et la garda quelques instants dans la sienne. La pression de cette main musclée, qui connaissait son travail, la rassura et elle se sentit plus forte.

« Ça ira, Dan, vraiment. Je suis prête. »

Le lendemain dans la salle d'opération, l'équipe de Dan, habituée à l'assister dans les cas particulièrement graves, et toujours sous pression, remarqua qu'il était plus tendu qu'à l'ordinaire. Il avait tendance à répéter des instructions qu'il avait déjà données et à cuisiner son assistant sans raison :

« Lui a-t-on rasé la tête ? Bon. Très bien. Vous savez que si la blessure à la bouche vient seulement du muscle, c'est réparable. En revanche, si le nerf a été touché, que fait-on ?

– C'est ça, monsieur, s'empressa de répondre le jeune assistant, heureux que la question n'ait pas été plus difficile.

– De même, ce ne sont peut-être que les lésions de la gorge qui empêchent le bon fonctionnement des cordes vocales. Mais si elles sont elles-mêmes endommagées…

– C'est bien ça, monsieur !

– Cessez de dire "c'est bien ça" tout le temps, dit Dan avec agacement.

– Oui, monsieur.

– Oh, et puis allons-y. Mieux vaut savoir au plus vite ce qu'il en est. »

Mais les craintes pessimistes de Dan n'étaient pas justifiées. À son grand soulagement, il découvrit que les déformations du visage de Tara étaient dues aux profondes cicatrices. Désormais optimiste, il pratiqua d'un geste précis les incisions, secondé par l'équipe silencieuse de ses assistants en blouse verte qui s'affairaient autour de lui. La paupière et la bouche tombante demandèrent la concentration de chaque parcelle de son être. Vers la fin de l'après-midi, lorsqu'il ôta enfin ses gants, ses mains commençaient à trembler de fatigue.

Pareille chose ne lui était jamais arrivée de toutes ses années d'exercice de la chirurgie. Des heures plus tard, de nouveau frais et dispos, il tenta d'y réfléchir encore et n'eut pas besoin de chercher très loin. Cette patiente comptait énormément pour lui. Pourtant il ignorait tout d'elle ! Saisi d'une impulsion soudaine, il décrocha le téléphone.

« Allô ? Ici le Dr Marshall, de la clinique d'Orphée. Puis-je parler à l'inspecteur Johnson je vous prie ? »

Dans le silence qui suivit, Dan entendait son cœur battre la chamade.

« Allô, Sam ? Marshall à l'appareil, Dan Marshall. Je me demandais si vous pourriez vous mettre sur les traces d'une personne disparue pour mon compte ? Non, pas une amie, pas exactement. C'est une de mes patientes. Elle souffre d'amnésie passagère... oui, bien sûr. Un mètre soixante-dix, soixante kilos environ, cheveux noirs, yeux bleus... »

Plus tard, quand il passa devant son lit lors de sa tournée, il s'arrêta devant la forme enveloppée de bandages. Savez-vous vous-même qui vous êtes, Tara ? demanda-t-il en silence.

Greg Marsden ne nourrissait aucun doute de ce genre lorsqu'il s'engagea sur l'autoroute qui menait à Hunter's Hill en dehors de la ville. Il était convaincu d'avoir été parfaitement habile et prudent. Après tant de temps, rien de plus normal qu'il passât prendre des nouvelles de la meilleure amie de feu son épouse. Quel dommage que Phillip soit reparti pour New York ! Il allait lui manquer ! Greg sourit. Il conduisait vite pour traverser les banlieues de Sydney et arriver face au Gladesville Bridge qui enjambait élégamment la Parramatta River. À partir de là, la route devenait plus agréable. Il tourna à gauche sur l'autoroute, puis à droite après le pont, c'était là.

« Greg ! Oh mon Dieu ! »

Jilly sortit en trombe de la maison à l'instant où la Rolls s'engageait dans l'allée.

« Eh, chérie, laisse-moi au moins couper le contact.

– Greg, tu m'as tellement manqué. J'ai cru devenir folle, ici toute seule… »

Greg la regarda. Il y avait effectivement une lueur de démence dans ses yeux de chat écarquillés, aux pupilles dilatées et son visage était en feu. Mais cet air vaguement halluciné qui la faisait paraître au bord de la folie la rendait incroyablement attirante. Il frissonna d'excitation. Jetant un regard alentour, il constata que la vieille demeure était enfouie dans les arbres et qu'on ne pouvait les voir de nulle part. Tendant le bras, il passa brusquement le dos de la main sur ses seins puis, la saisissant par la taille, l'attira à lui, ses pouces labourant la chair tendre, au-dessus des hanches. Elle sentit la force du désir qu'il avait d'elle et un sanglot se forma dans sa gorge.

« Content de te revoir, chérie, dit-il. Allez, entrons. »

La première série d'interventions chirurgicales sur Tara Welles était une indiscutable réussite. Dan s'autorisait même à en éprouver de l'orgueil professionnel. Mais elles appartenaient encore au stade de l'exploration, il s'était agi de « déblayer le terrain » comme il le disait lui-même. Le vrai travail, le remodelage de son visage, était à faire. Mais la première phase était la plus pénible pour le patient, qui avait le sentiment de souffrir pour rien, puisque les résultats ne seraient visibles qu'après la deuxième intervention. Les blessures guérissaient bien dans le climat magique de l'île d'Orphée, mais la chaleur ajoutait à l'inconfort des lourds bandages. Il avait déjà vu des hommes et des femmes souffrir le martyre sans flancher ; pourtant, le stoïcisme de Tara le stupéfiait.

« La douleur n'est pas trop forte ? », demanda-t-il un jour après l'avoir examinée.

Incapable de parler, elle fit un geste de la main pour dire : « Ça peut aller. »

« Non, ça vous fait sûrement très mal. »

Elle ne bougea pas.

« Je vais vous faire porter quelque chose pour l'atténuer un peu. Il faut bien dormir, c'est important. Lizzie va vous apporter des sédatifs. »

Derrière ses bandages, Tara perçut l'inquiétude affectueuse dans sa voix. Il se fait vraiment du souci pour moi, se dit-elle et un germe de bonheur prit racine dans son cœur. Une telle pensée valait mille fois n'importe quel calmant. Les sédatifs arrivèrent, mais elle ne les prit pas.

Puis ce fut la deuxième série d'interventions. Des jours et des nuits passèrent entre douleur et inconscience. Elle rêvait parfois qu'elle était de retour dans la cabane de Dave et elle marmonnait et pleurait dans son sommeil. Quand elle s'éveillait, elle trouvait souvent Dan à son chevet, lui prenant le pouls ou occupé à consulter sa fiche de température, et sa présence était réconfortante comme un roc au sortir de ses cauchemars. Il avait l'habitude de passer voir ceux qu'il avait opérés quand la nuit noire des tropiques enveloppait la clinique, une petite lampe de poche à la main pour ne pas éveiller les patients endormis. Il s'aperçut qu'il allait toujours voir Tara en dernier, pour pouvoir rester auprès d'elle aussi longtemps qu'il voulait. Et quand il était là, elle sentait que sa douleur présente était le prix à payer pour sa métamorphose. Sans la souffrance, jamais elle ne pourrait émerger de la chrysalide grisâtre de Stéphanie Harper qui lui collait à la peau. « Je me refais telle que je veux être », se répétait-elle férocement et chaque fois son cœur s'enflait de fierté. Telle que je veux être. Un nouveau visage pour une autre femme et une autre vie. Il faut tenir le coup. Tenir le coup.

Au moment d'ôter les bandages, Dan était aussi nerveux que Tara elle-même. Il n'avait nulle inquiétude à propos de son travail. Tout s'était passé admirablement et la cicatrisation s'était déroulée à la perfection, il y avait veillé avec un soin méticuleux. Non, ce qu'il redoutait, c'était la réaction de Tara. Il se rendait compte qu'il tenait énormément à ce que son nouveau visage lui plût. Elle n'avait pas encore eu le moindre aperçu d'elle-même puisqu'elle conservait des bandages depuis la première intervention. La veille du jour J, il l'emmena se promener sur la plage. La mer indigo dont les reflets n'étaient pas encore éteints s'étalait devant eux, et des vaguelettes venaient doucement mourir à leurs pieds. Dan demeura un long moment silencieux.

« Nous allons ôter les bandages demain, Tara, dit-il enfin. Je voulais vous dire de vous attendre à… un choc. Un sacré choc, même, vous comprenez ? »

Elle retint sa respiration.

« Quand vous vous regarderez dans le miroir pour la première fois demain matin, vous verrez vos yeux, qui vous renverront votre regard. Mais ce sera la seule chose que vous reconnaîtrez. Ils vous regarderont dans le visage d'une inconnue.»

Le visage d'une inconnue... Toute la nuit les mots lui flottèrent dans la tête. À l'aube, le lendemain, elle alla de nouveau marcher sur la plage. Dan arriva peu après à son bungalow.

«Vous avez bien dormi? demanda-t-il.

— Pas très bien, non.

— Moi non plus.»

Son ton était brusque. «Ne prolongeons pas le suspense plus longtemps, d'accord?»

Ils pénétrèrent ensemble dans le salon et Tara s'assit dans un fauteuil de bambou, les mains crispées sur les accoudoirs. Dan approcha la desserte devant le fauteuil, sortit sa paire de ciseaux et s'accroupit près de la table pour se mettre au travail. Il découpa les bandages externes, révélant les couches de coton hydrophile et de pansements. Tara gardait les yeux étroitement fermés mais le souffle léger de Dan sur ses joues lui apprit que son visage était à l'air libre. La voix de Dan lui parvint de très loin.

«Souvenez-vous, je n'ai jamais su à quoi vous ressembliez avant votre accident, ni quelle voix vous aviez. J'ai fait du mieux que j'ai pu pour parvenir à l'idée que vous vous faisiez de votre nouvelle apparence.»

Tara l'entendit soupirer, et s'appuyer en arrière dans son fauteuil.

«Vous pouvez regarder maintenant.»

Elle ouvrit les yeux. Dan tenait un miroir à la hauteur de son visage devant elle. Avec une profonde surprise qui se transforma en incrédulité puis en bonheur, elle découvrit son visage dans la glace. Il était ravissant. Disparues pour toujours la paupière et la bouche tombante, les boursouflures des cicatrices. Mais disparues pour toujours aussi les dernières traces de Stéphanie Harper qui, elle s'en rendait compte à présent, avait une expression triste et soucieuse, qui ne la quittait presque jamais. Tout signe d'anxiété ou de tension était envolé. Une femme beaucoup plus jeune, beaucoup plus enjouée, lui renvoyait son regard.

Elle leva les mains pour explorer du bout des doigts la peau fine, autour des yeux, là où les minuscules pattes d'oie avaient commencé à témoigner de son âge. Elle avait l'air d'avoir dix ans de moins que son âge véritable.

« Que diriez-vous de... – la voix de Dan était hésitante, mal assurée –... que diriez-vous de faire oui de la tête si vous vous plaisez ? »

Tara leva vers lui des yeux brillants. Elle secoua vigoureusement la tête de haut en bas. Dan éclata d'un rire joyeux et fendit l'air de son poing comme un gamin triomphant. Le cœur gonflé de reconnaissance, Tara sourit pour la première fois. Puis des larmes de joie jaillirent de ses yeux et elle se jeta dans les bras de Dan. Heureux au-delà de toute expression, ils s'étreignirent longuement.

Le véritable programme de rééducation de Tara pouvait enfin vraiment commencer. Son assurance ne cessant de s'affermir, elle passa les semaines qui suivirent à faire de la gymnastique et de la danse et même à nager. Presque à sa porte, la piscine l'attirait désormais et juste derrière, la mer étale. Elle apprit d'abord à se détendre dans l'eau puis elle prit confiance et la sensation de liberté physique et de plaisir parfait qu'elle éprouvait désormais à nager lui rappelait ce qu'elle avait jusque-là seulement ressenti à cheval. Elle aimait sentir la douce caresse des vagues sur son corps. Elle se sentait revivre et avec la nage, la danse, alliées au régime sain de l'île qui amincissait sa silhouette et déliait ses muscles, tout vestige de la gauche Stéphanie se dissipait.

Tara travaillait également seule dans le secret de son bungalow. Elle conservait toujours le cahier de son « accident » car les journaux ne semblaient pas se résoudre à abandonner le sujet et titraient encore : « CENDRILLON L'HÉRITIÈRE – SA MORT RESTE UN MYSTÈRE. » Sa décision de vengeance n'avait pas faibli. Au contraire, à mesure qu'elle recouvrait la santé, le but qu'elle s'était donné devenait clair et pur comme le diamant. Mais désormais, elle feuilletait aussi les revues et les magazines qu'elle avait achetés jour après jour pour y trouver des idées de mode et de garde-robe. Une femme nouvelle a besoin d'un style nouveau, fit-elle remarquer à Lizzie d'un ton joyeux. Aussi, prenant modèle dans les journaux de mode, elle dessinait sa propre silhouette dans les robes et les tenues qui lui plaisaient, retenant les couleurs et les formes pour le moment où elle les achèterait. Pour la première fois de sa vie, songea-t-elle, elle avait tout loisir de se consacrer à elle-même et avait suffisamment confiance en elle pour le faire. Elle en avait, du temps, à rattraper !

La réunion du conseil d'administration se passait mal à la Harper Mining. Les profits annuels n'avaient pas subi de baisse significative. La sûreté de l'instinct de Stéphanie avait manqué mais une fois les pertes dues à son absence réparties sur toutes les opérations effectuées dans le monde entier par le puissant trust fondé par Max Harper, elles furent absorbées sans trop de difficulté par la compagnie. Non, les problèmes venaient d'ailleurs.

Bill McMaster, de son fauteuil de président dans la salle lambrissée d'acajou, regarda la personne qui était à l'origine du conflit, se contraignit au calme et fit une dernière tentative :

« C'est bon, Greg. Peut-être n'avons-nous pas bien entendu votre proposition. Pouvez-vous nous l'énoncer de nouveau ? »

Greg lui lança un regard glacial et embrassa d'un coup d'œil méprisant les autres membres du conseil. Bande de séniles ! se dit-il. La rage lui fit monter le sang au visage. Quand Stéphanie l'avait fait directeur de la Harper Mining, il avait décidé de jouer sérieusement son rôle au lieu d'y voir une simple sinécure. La vie lui offrait une chance de devenir autre chose dans les années à venir qu'un joueur de tennis vieillissant, et il avait l'intention de saisir cette chance à deux mains. Il avait accompli ce qu'il considérait comme un véritable effort pour se mettre au courant du vaste éventail d'activités de la Harper Mining et s'il n'avait guère accroché côté finances, il ne s'était pas découragé pour autant. Les comptables étaient là pour ça, avait-il constaté. Son fort, à lui, c'étaient les idées. Il en avait tout un tas et chacune d'elles avait été examinée et discutée par les hommes en complet strict qui dirigeaient la compagnie selon une ligne immuable – puis, avec le même sérieux et la même courtoisie, rejetée. Le même sort venait d'être fait à sa toute dernière proposition.

« Vous avez très bien entendu ! Il n'y a rien d'autre à savoir ! explosa-t-il. Nous avons de l'argent en dépôt qui ne demande qu'à être investi. Personne ne le réclame. On n'a qu'à le prendre et vous restez là sans rien faire.

— Et vous êtes-vous seulement avisé de vous demander pourquoi nos concurrents nous laissent justement le champ absolument libre dans ce domaine ? »

La question sarcastique lancée du bout de la table exprimait manifestement l'opinion générale.

« Hmmmm, les études de marché... ?

— Rien à voir avec ça, ignorant ! »

Un autre membre du conseil, hors de lui, venait d'intervenir.

« Expliquez-lui, Bill.

— Vous pensez bien que nous avons déjà envisagé cette éventualité, Greg, commença Bill s'efforçant à l'amabilité. Les problèmes ne viennent ni de l'ingénierie, ni du transport, ni du coût, ni de la main-d'œuvre. Le terrain est miné sur le plan politique et les multinationales ont appris la prudence. Si ça explose et qu'un gouvernement marxiste prend le pouvoir, on aura travaillé pour lui. Vous nous demandez de risquer notre capital, du matériel et, pire encore, la vie de nos hommes pour une entreprise plus qu'aventureuse...

— Ah ! et puis allez vous faire voir ! »

Greg bondit sur ses pieds le regard plein de haine.

« Voilà ce qui ne va pas chez vous. Vous êtes déjà morts. Vous ne valez plus rien ! »

Et sans se retourner, il sortit de la pièce en trombe.

« Inutile de noter ces dernières observations, Mary, indiqua Bill à la secrétaire d'un ton imperturbable. Fort bien, messieurs. Nous pouvons poursuivre ? »

La magie des îles des Récifs de la Grande Barrière et de la mer de Corail est universellement reconnue, et plus tard, Tara songea qu'elle avait fait des réserves de bonheur pour toute une existence, au cours des quelques semaines qu'elle avait passées à l'île d'Orphée après son opération, à fortifier son corps et son esprit avant de retourner affronter le monde extérieur. Pour la première fois depuis son arrivée dans l'île, elle pouvait enfin profiter totalement de la beauté du lieu, des palmiers immenses, des plages de sable blanc et du bon soleil du Queensland, toujours au rendez-vous. Chaque journée était un don merveilleux et elle la passait avec un sentiment de liberté que seul le bonheur peut procurer.

Elle comprit bientôt que l'une des raisons majeures de son nouveau goût pour l'existence tournait autour d'un certain Dan Marshall. Sans s'en apercevoir, elle avait commencé à attendre ses visites quotidiennes, entendant son pas approcher de loin, prévoyant le sourire qu'il lui adresserait en arrivant. Mais l'ayant compris, elle n'en éprouva nulle anxiété car son amitié avec Dan ressemblait à l'homme lui-même – détendue et tranquille, sans complications. C'était un merveilleux compagnon et, sa journée de travail terminée ou lorsqu'il s'accordait une pause, un guide merveilleux à travers le paradis d'Orphée.

Marchant tous deux côte à côte, plongés dans leur conversation, ils exploraient chaque recoin de l'île, d'une petite crique à l'autre. De la rive ombragée par les immenses palmes, ils partaient vers l'intérieur jusqu'à l'épine dorsale d'Orphée, un affleurement rocheux couvert de frênes et d'eucalyptus. Des fougères arborescentes, des mousses vieilles de mille ans et des fleurs vibrantes jaillissaient du sol couleur chocolat, des petits animaux aux grands yeux écarquillés les regardaient passer, des abeilles emplissaient l'air de leur bourdonnement paresseux et la nature tout entière semblait s'offrir à eux pour leur plus grand bonheur.

Ils avaient le sentiment d'être Adam et Ève avant la chute. Dans la paix et la pureté de cette île verdoyante et propre, Tara redécouvrait son innocence perdue, sa confiance et sa foi en ses semblables. C'était un monde dépourvu de corruption. Dan était un compagnon attentif, responsable et profond. Pourtant, avec elle, il semblait capable de mettre de côté le fardeau de sa responsabilité à l'égard de la vie et du bien-être d'autrui qui lui incombait en tant que médecin, et d'apprécier l'existence comme un simplc être humain. Mais l'enthousiasme gamin qu'il éprouvait à être avec elle n'entraînait aucune pression, aucune demande. Elle sentait que Dan était l'un de ces êtres rares qui avait réprimé voilà bien longtemps le serpent tapi en lui. Il n'attendait pas de la mordre à tout instant. Elle était donc libre de s'abandonner sans peur ni arrière-pensées aux sensations que lui procurait ce jardin merveilleux, et elle en profitait sans restriction.

Au nombre de leurs délicieux passe-temps, il y avait la plongée sous-marine, à laquelle Dan l'avait vivement encouragée en la voyant devenir de plus en plus audacieuse au sein de cet élément si attirant. Peut-on imaginer, lorsque l'on vit dans un pays froid, combien la mer peut être tiède sous les rayons du soleil ? Pour Tara, les expéditions sous-marines en compagnie de Dan étaient beaucoup plus qu'un simple plaisir physique – elles étaient la source d'extraordinaires sensations et un passeport pour un nouveau monde. Sous la surface de l'eau se révélaient à ses yeux émerveillés tous les hôtes d'un univers encore inconnu d'elle : manifestations infiniment fragiles de la vie marine, éclats de lumière fugitifs qui s'enroulent ou se détendent, jaillissent et disparaissent, étincelles de couleur vive ou micro-organismes translucides, presque aussi limpides que l'eau, dont les nageurs perçoivent la présence aux ombres se déplaçant sous eux sur le fond sablonneux. Des êtres vivants pourtant, vifs et pleins de témérité, comme l'essence même de la vie. À peine Dan avait-il le temps d'attirer son attention sur tel ou tel de ces vifs-argents qu'il avait disparu, remplacé par un autre, et un autre encore. Dans leur univers silencieux, ils allaient et venaient, indifférents aux gigantesques créatures humaines qui évoluaient lentement au-dessus d'eux.

Une journée de repos passée ainsi dans l'eau se terminait généralement par un dîner de poisson grillé en plein air.

« Vous dînez avec moi, ce soir ? demandait-il joyeusement en exhibant un poisson accroché à l'hameçon.

— Je ne manquerais ça pour rien au monde », répondait-elle.

Et il gagnait la plage où il construisait un gril de fortune pour cuire le poisson tandis qu'elle allait chercher des fruits, des ustensiles de cuisine et des canettes de bière glacée avant de le rejoindre au bord de l'eau. Dan était expert en matière de poisson grillé et après un dîner particulièrement réussi elle s'étonna :

« Tous les chirurgiens font-ils bien la cuisine ? »

Dan éclata de rire.

« À vrai dire, non. C'est inné, ça ne s'apprend pas !

— Il faut absolument que j'apprenne !

— Je croyais que toutes les femmes savaient. Comment avez-vous fait pour en être dispensée ? »

Tara se raidit. Comment lui expliquer sa situation de « pauvre petite fille riche » qui n'avait jamais rien appris car quelqu'un avait toujours été là pour le faire à sa place ? Percevant son malaise, Dan changea de sujet.

« En tout cas, dit-il, si vous vous décidez un jour et que vous avez besoin d'un cobaye, faites-moi signe. J'aimerais bien être là pour goûter vos premiers... œufs sur le plat. »

C'était la première fois qu'il exprimait un sentiment qui signifiait plus qu'une simple relation amicale. Elle était à la fois furieuse et ravie, et surtout perplexe. Jamais elle n'avait été vraiment courtisée. Ne sachant que dire, elle demeura muette, pestant intérieurement contre elle-même.

« Ben mon vieux, dit Dan pas mécontent de la réaction produite. Je ne savais pas que les femmes de quarante ans étaient capables de rougir ! À moins que ce ne soit le feu ! »

Tara ne put s'empêcher de rire.

De son matériel de pêche, Dan tira un coquillage, un croissant de nacre irisée, un vrai joyau.

« C'est un cadeau, dit-il timidement.

– Un cadeau souvenir... »

Un silence mélancolique s'installa entre eux à l'idée de leur inévitable et prochaine séparation.

« Je me souviendrai toujours d'Orphée, dit-elle enfin. Et de vous, Dan.

– Vous êtes si belle, dit-il dans un souffle.

– Vous devriez être fier de vous, alors, repartit-elle d'un ton léger. C'est votre coup de patte !

– Eh ! s'exclama-t-il, comme effaré. Votre visage n'est que le reflet de votre personnalité. Vous êtes la même que celle que j'ai rencontrée voilà des mois, n'oubliez jamais ça.

— Merci, Dan. Je ne l'oublierai pas. Mais le moment est venu pour moi de partir.

— J'aimerais seulement que vous me fassiez assez confiance pour me dire ce que vous cherchez à fuir.

— Dan…

— Au moins dites-moi que vous savez où vous allez et que vous avez suffisamment d'argent pour vivre quand vous arriverez à… où ? À Sydney ? »

Il était soudain en colère, et elle aussi.

« Je me débrouillerai. Je suis une grande fille maintenant. On me laisse même sortir toute seule. »

Percevant le reproche dans sa voix, Dan changea de tactique.

« Vous allez me manquer, dit-il gravement. Il faut que vous sachiez que vous m'êtes… très chère. »

Tara prit une profonde inspiration pour calmer la douleur qui s'éveillait au fond de son cœur.

« Dan, il y a des choses… qu'il faut que je fasse, que j'accomplisse toute seule. Je suis désolée, mais je ne peux pas en parler. Pas même à vous. Je vous en prie, ne m'interrogez pas davantage. »

Ils n'allèrent pas plus loin et Dan tint sa promesse, bien qu'au fond de lui-même, il ne cessât d'être tourmenté par des questions sans réponses à propos de la femme dont il s'éprenait chaque jour un peu plus. Mais avec l'humilité de celui pour qui le bonheur de la personne aimée est infiniment plus précieux que le sien, il s'arrangea pour que la fin du séjour de Tara à Orphée fût parfait afin qu'elle retournât au monde extérieur tout à fait guérie physiquement et moralement.

De son côté, Tara s'efforçait de durcir son cœur contre lui. Depuis qu'il avait manifesté ses sentiments à son égard, elle craignait de voir sa résolution faiblir, et que ses projets de recherche de la vérité et de vengeance se dissolvent devant l'existence merveilleuse que lui offrait l'île. Elle retourna à son cahier pour se raffermir et de fait, sa dureté lui revint. Les images cruelles de Greg consumèrent dans sa tête l'amour qu'elle commençait à former pour Dan. Le moment vint où elle fut non seulement prête à partir mais où elle alluma la longue traînée de poudre qui la conduirait enfin à sa vengeance.

Dan remarqua le changement qui s'opérait en elle et il en ressentit une profonde tristesse. Le dernier jour, ils se retrouvèrent face à face sur la jetée d'où Tara allait s'embarquer pour Townsville. Elle avait eu beaucoup de mal à faire ses adieux à Lizzie, souriant courageusement à travers ses larmes.

« Je vous avais bien dit qu'ils partaient tous avec le sourire ? », avait dit celle-ci, sur le point de pleurer elle aussi.

Mais là, sur la jetée, Tara et Dan avaient tous deux les yeux secs.

« Le grand jour est arrivé, Tara, dit-il. Vous avez peur ?

— Un peu.

— Vous n'êtes pas obligée de partir… »

Ce fut sa seule tentative, qui resta suspendue entre eux dans les airs.

« Promettez-moi une chose… »

Tara leva les sourcils.

« Si vous avez besoin de quoi que ce soit – de quoi que ce soit, vous m'entendez – téléphonez.

— Tout ira bien. »

Et je ne téléphonerai pas, songea-t-elle. Je prouverai que je suis capable de m'en tirer toute seule. Toute seule, Dan, vous ne comprenez pas ? Toute ma vie je me suis reposée sur les hommes. Il faut que je grandisse. Il le faut.

Mais elle dit simplement :

« Alors, au revoir.

— Bonne chance, Tara. »

Il leva gentiment le menton de la jeune femme, pour leur premier et dernier baiser. Les lèvres de Tara étaient froides. Sans un mot elle se détourna pour descendre sur l'appontement. Elle ne leva pas la main pour répondre à son dernier signe d'adieu. Mais impassible, immobile, elle garda les yeux fixés sur la haute silhouette solitaire debout sur la jetée bien longtemps après qu'elle eut disparu à sa vue.

8

À Sydney, la nature a créé l'un de ses ports les plus réussis. Et depuis deux cents ans, l'homme y dépose ses détritus, songeait Bill McMaster, dont l'humeur était fort sombre. De la fenêtre de son bureau au sommet de l'immeuble de la Harper Mining, il contemplait le Harbour Bridge et le panorama qui s'étendait à ses pieds. Il était venu suffisamment tôt à son travail pour voir les bateaux-bennes sillonner les eaux du port afin de ramasser les ordures que les habitants de Sydney y jetaient tous les jours. Ils feraient aussi bien de monter ici, se dit-il, le problème que j'ai est de même nature.

Le téléphone intérieur ronronna sur son bureau. Bill décrocha avec exaspération.

« Oui ?

– Excusez-moi, monsieur… je voulais simplement vous signaler que Greg Marsden est toujours là. Ça fait plus d'une demi-heure…

– Je sais, je sais. Bon, d'accord, faites-le entrer. »

Tiré à quatre épingles dans son costume léger et sa chemise blanche immaculée sur laquelle contrastait une cravate jaune citron, Greg ne perdit pas de temps en civilités.

« Je ne m'attendais pas à votre visite, dit tranquillement Bill. Que puis-je pour votre service ? »

Mais Greg eut un geste d'impatience.

« J'ai cherché à vous joindre toute la semaine au téléphone.

— Oui, je sais. Je me suis beaucoup absenté. C'est la période de l'année la plus occupée, vous savez. Mais asseyez-vous, je vous en prie. »

Greg s'exécuta sans modifier pour autant son attitude d'agressivité maîtrisée. Il fixa Bill d'un regard neutre.

« Stéphanie est morte depuis des mois, Bill. On ne parlait plus que de ça dans la presse. On aurait dit que c'était la fin du monde. Et puis c'est fini, ils sont passés à autre chose. On dirait que Stéphanie Harper n'a jamais existé. »

Où veut-il en venir ? se demanda Bill avec agacement. Mais il dit :

« On ne l'a pas oubliée.

— Moi non, comment le pourrais-je ? »

Bill eut du mal à avaler la réponse vertueuse mais il garda ses réflexions pour lui et attendit.

« Le fait est que j'ai beaucoup de mal à croire qu'après les trois séries de recherches entreprises, dont deux supervisées par la compagnie du début à la fin, on n'ait pas réussi à retrouver son corps. »

Nous y voilà ! songea Bill, sentant la colère monter en lui.

« Quelque chose, un squelette, je ne sais pas, doit bien rester quelque part.

— Je puis vous assurer, dit Bill sans changer de ton, que tout ce qui était possible a été entrepris.

— Cela ne me satisfait pas.

— Ah vraiment !

— Cherchez-vous à me faire croire que toute cette énorme organisation, avec les moyens dont elle dispose, qui est capable de trouver de l'uranium, de l'or, du fer, du pétrole et je ne sais quoi encore, n'est même pas capable de retrouver une poignée d'os ? »

Bill laissa enfin libre cours à sa colère.

« Quel sale hypocrite vous faites ! s'écria-t-il. La seule raison qui vous pousse à vouloir faire établir officiellement la mort de Stéphanie, c'est son argent, je le sais bien. Mais j'aimais Stéphanie Harper, figurez-vous ! Je la considérais comme ma fille ! »

Il marqua un temps avant de poursuivre plus calmement.

« Dommage que vous n'ayez jamais pris la peine de chercher à la connaître avant sa mort. Elle aurait pu vous apprendre beaucoup. Elle n'était pas parfaite, sans doute, mais elle avait bon cœur, et les gens comptaient pour elle. Elle savait donner et la seule chose qu'elle demandait en retour, c'était qu'on l'aime pour elle-même et non pour qui elle était. Elle a essayé de toutes ses forces, et c'est déjà plus que la plupart des gens.

– Je n'ai jamais dit…

– Taisez-vous et écoutez-moi. Oui, j'aimerais pouvoir offrir à Stéphanie des funérailles convenables. Mais je suis content qu'on n'ait pas retrouvé son corps ! »

Il fixait Greg qui semblait déjà moins sûr de lui.

« Et savez-vous pourquoi ? Parce que je veux vous voir suer sang et eau pendant les sept années à venir. Après quoi, vous aurez effectivement droit à une part de l'une des plus grosses fortunes de l'histoire de l'Australie. Mais – car il y a un « mais » auquel vous n'avez jamais pensé, fiston, parce que personne n'aurait imaginé qu'une chose pareille pût arriver… »

Greg fut instantanément sur le qui-vive. Qu'est-ce que cela pouvait être ? Il combattit la peur qui lui étreignait l'estomac. Il avait tout prévu… tout ?

« Je dois vous signaler – Bill commençait à prendre un certain plaisir à la conversation – qu'avant qu'elle se marie avec vous, j'avais persuadé Stéphanie d'ajouter une clause à son testament. Au cas où elle décéderait avant vous et que vous risquiez de vous remarier… Vous avez donc tout perdu ! »

Il y avait de l'électricité dans l'air. Greg était sous le choc, incapable de dire un mot. Bill se rejeta en arrière sur son fauteuil, sa colère retombée.

« Voilà ce qu'il en est. Entre-temps, je vous conseille de partir en quête d'un emploi. Je ne pense pas que votre… utilité à la Harper Mining soit un obstacle à ce que nous acceptions votre démission du conseil d'administration si l'occasion se présente. Vous trouverez peut-être extrêmement profitable de travailler pour gagner votre vie, en fin de compte. »

Redressant la tête, Greg fixa sur Bill des yeux pleins de haine et son vis-à-vis comprit qu'il aurait pu le tuer sur-le-champ s'il en avait eu les moyens. Brusquement, Greg bondit de son siège et pour la première fois de son existence, Bill connut une véritable terreur physique. Mais sans un mot, Greg sortit en trombe.

Bill était inexplicablement secoué par la scène qui venait de se dérouler. Mais il avait aussi le sentiment d'être soulagé d'un lourd fardeau. Je sais que je n'ai pas fini avec vous, M. Marsden, se dit-il. Mais plus pour très longtemps.

De jour comme de nuit, l'aéroport Mascot, à Sydney, ne connaît pas de répit. Mais en semaine le matin est sans doute le moment le plus chargé. Pour celle qui était restée plusieurs mois éloignée de la civilisation, c'était un retour plutôt brutal à la réalité. Hésitante, vaguement effrayée par l'extraordinaire animation du lieu, elle se fraya un chemin à travers la foule en direction de la sortie, l'air perdue.

« Taxi, madame ? »

Sans réfléchir, Tara se laissa tomber avec soulagement à l'arrière du vieux tacot.

« Où je vous emmène ? »

Ils arrivaient déjà dans la banlieue de Sydney et elle n'avait pas encore indiqué sa destination.

« Euh... » Elle n'avait rien décidé, préférant se laisser porter par les événements. « Il faut que je trouve un hôtel. Pas trop cher, si possible. Je ne sais pas... Vous en connaissez ? »

Quand le taxi la déposa dans le quartier connu sous le nom de The Rocks, Tara se rendit compte pour la première fois de l'existence que mènent ceux qui n'ont pas d'argent. Gris, bruyant et animé, dans l'ombre du Harbour Bridge, le quartier possédait un grand nombre d'hôtels meublés et de pensions bon marché, avec tout ce que cela peut impliquer. Pourtant, sans trop savoir pourquoi, Tara savait qu'elle avait bien fait. Elle arrivait au bout de ses fonds après le séjour prolongé à l'île d'Orphée, mais eût-elle possédé une bourse pleine d'or, elle ne serait pas descendue au Sydney Regent. C'était un palace pour Stéphanie Harper. Tara Welles agirait autrement.

Traînant sa lourde valise dans la chaleur moite de l'après-midi, déjà fatiguée, elle s'arrêta devant un hôtel en bord de route. Par les vitres sales qui donnaient sur le bar, elle voyait le patron occupé à servir une clientèle uniquement masculine, des hommes en maillot de corps aux bedaines de buveurs de bière, qui commençaient à se détourner pour la regarder. Elle sentit son cœur flancher. Mais celui qui servait la remarqua et lui fit signe d'entrer par une porte latérale.

« Vous voulez une chambre, ma fille ? demanda-t-il sans préambule.

– Oui.

– C'est cinquante dollars la semaine.

– Très bien.

– Payable un mois à l'avance, et il y a cent dollars de caution…

– De caution ? »

Jamais Tara n'avait entendu parler d'une chose pareille.

« Ben, faut se protéger quand on est propriétaire ! »

Elle l'observa un peu mieux. C'était un petit bonhomme d'une cinquantaine d'années, aux cheveux roux clairsemés, qui semblait en effet avoir besoin de toute la protection qu'il pouvait soutirer.

« J'ai trop fait confiance aux gens – je faisais pas payer d'avance et les salauds déménageaient à la cloche de bois.

– C'est que… je ne m'attendais pas à devoir débourser une somme aussi importante.

– C'est comme ça. À prendre ou à laisser.

– Je vais être obligée de refuser. J'arrive à Sydney et j'ai quatre cents dollars. J'ai des choses à acheter, je n'ai pas mangé de la journée et je n'ai pas encore d'emploi. Excusez-moi de vous avoir fait perdre votre temps. »

Elle tourna les talons.

« Attendez. Laissons tomber la caution.

– Cela irait si je payais deux semaines d'avance ? »

Le patron hésita.

« Entendu. Deux semaines d'avance. Mais vous me payez tout de suite. »

Tara sourit. Bon sang, elle savait se débrouiller quand elle voulait. Et elle avait fait son petit effet. C'était un bon début.

« Vous voulez voir la chambre ? Suivez-moi. »

Il saisit sa valise et la précéda à l'intérieur, la langue déliée.

« C'est un pub ancien, vous savez. Un monument historique, quasiment. Ouvert en 1915. On a des vieilles photos au-dessus du bar, si ça vous intéresse. »

Ils gravirent un escalier obscur menant à un palier étroit. Il ouvrit une porte. La fenêtre était traversée par l'ombre gigantesque du Harbour Bridge. La chambre était sale, affreusement triste et pauvrement meublée. Le coin cuisine, minuscule et crasseux, était séparé du reste de la pièce par un rideau déchiré. Tara tenta de cacher sa consternation.

Le patron vit son geste de recul.

« Je dois vous dire pour être honnête qu'elle est restée plusieurs mois inoccupée et j'ai tout laissé se dégrader. Je comptais la louer à un type, voyez, le genre pas difficile mais réglo. Seulement avec les voyous et les drogués, par les temps qui courent, je me méfie. Je peux pas me permettre d'avoir des ennuis avec les flics. »

Il s'interrompit pour l'observer.

« Vous m'avez l'air très convenable, ma petite dame... Je vous donnerai un coup de main pour l'arranger, si vous voulez. J'm'appelle Sandy, au fait. J'habite au-dessus et j'ai pas grand-chose à faire en dehors du boulot. Je suis tout seul, maintenant. Mon amie est morte l'année dernière – du cancer – ça faisait vingt-sept ans qu'on vivait ensemble... »

Il se tut brusquement. Cédant à une impulsion, Tara lui pressa la main, puis elle gagna la fenêtre.

« Bah, après tout, il y a une vue sur le port ! », dit-elle.

Dans le hall de sa maison de Hunter's Hill, Phillip Stewart vérifia qu'il avait bien son passeport, son billet d'avion et ses devises dans son portefeuille. Ses bagages élégants et assortis étaient prêts à la porte, son pardessus plié sur le dos d'une chaise. Il consulta sa montre et pénétra dans le salon.

L'air étrangement abandonnée dans la vaste pièce claire, Jilly regardait la télévision, un verre de whisky à portée de la main. Mais le téléphone était posé à ses pieds et Phillip nota qu'elle devait attendre un coup de fil – qui ne se produirait qu'une fois qu'il serait en route pour l'aéroport. Jilly ne manifesta aucun intérêt particulier à son départ imminent – mais elle ne regardait pas non plus vraiment la télévision. Oh, Jilly, songea-t-il, qu'est-il advenu de nous ?

Il ne joua pas moins son rôle d'époux.

« Tu n'oublieras pas, Jilly ? Mardi ?

– Mardi ? Quoi ?

– Quelqu'un viendra réparer la pompe de la piscine. Et il faudra aussi s'occuper de l'assurance… tu n'oublieras pas ?

– Non, non. »

Ils ne se donnaient même plus la peine de faire semblant. Avant, quand il partait au travail, Phillip demandait : « Qu'est-ce que tu vas faire aujourd'hui ? » Mais il n'osait plus désormais car il connaissait la réponse. Un millier de petits signes lui avaient appris que Jilly avait une liaison. Parce qu'elle semblait n'avoir plus qu'une obsession, parce qu'elle était nerveuse et misérable. Et comme il savait avec qui elle le trompait, il ne s'étonnait pas qu'elle fût si malheureuse. Mais il se sentait incapable de l'aider.

Autrefois, parce qu'il aimait sa femme, Phillip ne se contentait pas de tolérer ses infidélités. Il l'aimait assez pour la soutenir lorsque cela se passait mal et la sauver du désespoir lorsqu'elles se terminaient. Cela n'était pas arrivé assez souvent ni de telle manière qu'il en eût été humilié et il tirait une sorte de satisfaction triste à être celui vers qui, en fin de compte, Jilly revenait toujours. Mais tout avait changé quand Jilly était rentrée d'Eden avec la nouvelle de la mort de Stéphanie. Il ignorait ce qui s'était vraiment passé et ne désirait pas le savoir. Mais il avait compris que cette fois-ci, elle s'était écartée de lui. Tout semblait définitivement fini entre eux.

Il se trouvait donc dans la situation inconfortable d'un homme qui a perdu sa femme tout en continuant à vivre avec elle sous le même toit. Il souffrait sincèrement et sa présence était là, chaque jour, pour lui rappeler ce qu'il avait perdu. Mais sa douleur s'anesthésiait peu à peu et bientôt, il en aurait fait son deuil. Il prenait déjà des mesures pour s'absenter le plus souvent possible. Il allait fréquemment à New York et, même à Sydney, il dînait et restait souvent dormir à son club. Plus important, il avait mis une telle distance entre Jilly et lui qu'un retour en arrière était devenu impossible. Quand le moment de la séparation serait venu, leur union n'aurait déjà plus d'existence.

Phillip était resté suffisamment lui-même pour ne pas faire le premier pas vers cette séparation. Il n'y avait plus rien entre eux, certes, mais leur union continuait de jouer une fonction sociale sans laquelle Jilly n'aurait plus d'abri. Où irait-elle une fois divorcée ? Comment vivrait-elle ? Elle qui n'avait jamais travaillé de sa vie. La quitter équivaudrait à ôter son fauteuil roulant à un paralytique. Jilly était incapable d'assumer une vie réelle. Peut-être est-ce pour cela qu'elle est aussi dépendante de Marsden, songea-t-il. Bah, je n'y peux vraiment rien malheureusement.

Le klaxon du taxi leur parvint depuis la rue.

« Alors, au revoir, Jilly », lança-t-il, franchissant le hall pour prendre ses bagages. Sans attendre de réponse, il s'en fut. Ce fut à peine si Jilly l'entendit s'éloigner, elle qui, avec l'acuité d'une chauve-souris, aurait entendu de beaucoup plus loin le son d'un autre pas. Mais elle n'en eut pas l'occasion, car elle attendit toute la nuit auprès d'un téléphone qui refusa de sonner.

Pendant ce temps-là, dans son hôtel des bas quartiers, Tara, assise au bord de son lit, tentait désespérément de retenir ses larmes. Sa journée avait été plutôt mauvaise. Le retour à Sydney, qui avait été « sa » ville, sous une autre identité et au seuil d'un avenir incertain, n'était pas chose aisée. Trop de souvenirs venaient se rappeler à elle par les rues familières. Elle s'était sentie attirée vers les endroits qu'elle aimait mais avait résisté à la tentation ; voilà pourquoi elle avait choisi ce quartier, elle s'en rendait compte : parce qu'il n'avait rien à voir avec ce qu'elle connaissait. Mais cela avait été un rude combat intérieur.

Sans compter que les aspects les plus simples de la vie quotidienne lui demandaient un effort énorme. À la tête de deux maisons dans lesquelles tous les détails de l'existence matérielle étaient pris en charge par d'autres qu'elle, elle n'avait jamais eu l'occasion d'entrer dans un supermarché. Aussi, l'achat de quelques provisions pour les deux ou trois jours à venir avait été une épreuve rendue plus pénible encore par une caissière irascible.

Mais elle n'avait pas encore connu le pire. En entrant dans la petite cuisine, elle remarqua quelque chose qui bougeait sur la table et découvrit à sa grande horreur qu'elle allait déposer ses provisions sur une famille entière de cafards. Elle recula mais sa colère vint à son secours et elle les chassa, tout en notant mentalement d'acheter de la poudre anticafards. Quand pour conclure la journée elle renversa par inadvertance un carton de lait tout juste ouvert et qu'il s'écrasa par terre avec force éclaboussures, ce fut la goutte d'eau qui fit déborder le vase. En proie à un profond sentiment de défaite, elle s'assit sur le lit et dut prendre énormément sur elle pour ne pas se laisser aller à pleurer.

Ce fut alors que son regard tomba sur une panoplie d'ustensiles ménagers que Sandy avait dû apporter en son absence – une serpillière, une éponge, une brosse et une bassine, de la lessive et du détergent. Elle se jeta dessus avec un regain d'énergie. Passer la serpillière et faire le ménage faisaient partie des activités que Stéphanie Harper n'avait jamais exercées de sa vie, mais Tara Welles s'y mit avec vigueur et elle s'endormit ce soir-là du sommeil de ceux qui ont bien travaillé et sont satisfaits de leur effort.

À mesure que les jours passaient, la situation de Tara à l'hôtel s'améliora. Une fois nettoyée à fond, la pièce était déjà nettement plus agréable. Sandy apporta des rideaux neufs pour la fenêtre et l'alcôve de la cuisine ainsi que des bibelots et des objets destinés à la rendre plus confortable. Et surtout, elle avait trouvé un compagnon pour partager son toit, un compagnon à retrouver en rentrant.

Il avait attiré son attention le lendemain de son arrivée, lorsqu'elle était allée jeter ses détritus dans les grandes poubelles derrière l'hôtel. Elle avait entendu un faible miaou et, baissant les yeux, vu un chat minuscule blotti derrière une poubelle. Elle l'avait ramassé et il tremblait dans sa main.

« Pauvre petite bête, lui dit-elle. Tu es perdu ? Tu n'as pas l'air d'appartenir à qui que ce soit ni de manger à ta faim, pauvre minet. »

Le chat ne bougea pas, se contentant de la regarder sans bouger.

« Tu mangerais bien quelque chose, alors ? poursuivit-elle. Allez viens avec moi. »

Elle emporta l'animal dans sa chambre et son appétit dévorant allié à son aspect hirsute lui confirmèrent que c'était bien un chat errant.

« Mais c'est fini, tu es à moi désormais et tu t'appelles... Max ! »

Elle gloussa devant l'absurdité de son choix. Aller appeler cette petite chose efflanquée du nom du puissant industriel qu'avait été son père ! Mais en même temps elle s'aperçut que c'était la première fois qu'elle osait rire en songeant à lui. C'est que je vais mieux, conclut-elle. Elle découpa des journaux en lanière pour lui confectionner une litière et quand il eut mangé plus qu'il n'en pouvait, rassasié, il s'endormit sur ses genoux, ronronnant doucement dans son sommeil. Pour elle, ce n'était pas seulement un chat mais un heureux présage. C'était une créature qui avait besoin d'elle, sur qui elle allait pouvoir reporter son affection. C'était l'affirmation d'une vie nouvelle.

« Oh, Maxie, soupira-t-elle. Quelle chance qu'on se soit trouvés tous les deux. Tu ne peux pas savoir comme j'avais besoin de quelqu'un à qui parler. »

Greg ne s'était jamais particulièrement intéressé au billard. Pour un homme habitué aux smashs, aux services et aux lobs du tennis de compétition, le billard semblait manquer singulièrement d'action. Mais la demeure des Harper possédait une table de billard professionnel en bel acajou et si le partenaire lui convenait, il arrivait à Greg de se laisser faire.

Il avait besoin de se distraire, de toute manière, et de se détendre. Rien n'était aussi facile qu'il l'aurait cru. Greg en était encore, des mois après la catastrophe, à tenter d'organiser sa vie. Mais de tous côtés il se heurtait au fait qu'il n'était ni célibataire ni marié, ni l'époux de Stéphanie ni son héritier. De telle sorte qu'il avait beau toucher des revenus plus que corrects grâce aux dispositions qu'elle avait prises en sa faveur, il ne pouvait dépenser un sou sans en référer à la Harper et encore moins toucher aux biens de Stéphanie. Il se sentait ligoté.

D'autre part, tout en pestant contre les frustrations que lui imposait son existence solitaire, il ne souhaitait pas non plus s'engager trop avant dans ses relations avec Jilly. Il n'avait pas échappé à la vie conjugale pour foncer tout droit dans le même piège. Jilly lui plaisait beaucoup. Il aimait faire l'amour avec elle – cette seule idée le faisait frissonner d'excitation. Il se serait parfaitement contenté d'une aventure stable mais clandestine. Seulement Jilly faisait pression sur lui depuis leur retour d'Eden. « Quand se reverra-t-on ? Pourquoi ne m'as-tu pas appelée ? Oh, Greg, on ne peut pas se contenter de ça ! » Elle n'avait pas l'air de se rendre compte que c'était lui qui donnait le ton, pas elle, et qu'il n'avait pas l'intention d'inverser les rôles. Il avait donc pris ses distances, se montrait froid avec elle, de moins en moins disponible. Sans prendre le risque de trop la monter contre lui toutefois. Il lui fallait conserver son emprise sur elle, s'assurer qu'elle n'irait pas divulguer leur secret pour se venger. Il la voyait donc suffisamment pour la conserver à sa botte, sans jamais lui donner tout ce qu'elle demandait ni la rendre heureuse.

Greg racontait à Jilly que la Harper Mining le tenait très occupé, qu'il y avait la fortune de Stéphanie à gérer, la maison à faire marcher, au milieu d'un million d'autres choses. En réalité, il n'avait quasiment rien à faire de toute la journée. Il n'était pas question de retourner à son ancienne vie de célibataire – le rôle du veuf éploré qu'il avait choisi de jouer étant totalement incompatible avec l'existence dissolue qu'il avait menée avant son mariage. Il n'avait plus aucun contact avec les affaires de la Harper Mining – il avait compris le message : il était *persona non grata* au sein de la direction. Et Matey, pour sa part, eût pris pour une grave insulte toute intrusion du maître de maison dans ses responsabilités de majordome. Il avait consacré sa vie tout entière à faire marcher cette maison avec un zèle d'une telle efficacité qu'on eût dit que tout se faisait tout seul.

Cet après-midi-là, par pur désœuvrement, Greg s'était rendu à son ancien club de tennis. Il manquait d'entraînement mais il se trouvait toujours des gens ravis d'échanger quelques balles avec un champion.

Il avait regardé Lew Jackson, son témoin au mariage, qu'il n'avait pas revu depuis, remporter une victoire de justesse, et senti le démon de la compétition qui venait le provoquer. Au moins en avait-il fini avec ce sentiment infernal. Après la partie, il offrit un verre à Lew.

« Comment vas-tu, Greg ? demanda son ex-partenaire, compatissant à sa manière.

— Ça peut aller.

— C'est chouette de te revoir ici.

— Ouais, bah. Il y a de quoi devenir dingue à rester tout seul trop longtemps.

— On va te revoir sur les courts, alors ?

— Ah ça non, mon vieux. Je ne fais plus le poids avec vous, les jeunes ! »

Lew songea à des tas de plaisanteries sur la fondation d'une coupe gériatrique créée spécialement pour Greg mais décida de les garder pour lui. Il resta diplomatiquement neutre.

« Qu'est-ce que tu comptes faire maintenant ? »

Greg s'efforça à la désinvolture :

« Il va falloir que je trouve d'autres distractions, voilà tout.

— À propos de distractions… »

Lew n'était pas à ce point diplomate. Levant les sourcils d'un air suggestif, il indiqua la porte du menton.

Greg suivit son regard. Dans l'encadrement de la porte, se tenait la Française qui avait enterré avec Greg sa vie de garçon. Groupie des champions de tennis, elle les suivait partout ; leur triomphe l'excitait. Elle avait désiré Greg mais elle désirait aussi apparemment tous les gagnants. À voir le sourire de Lew, il semblait évident qu'il l'avait eue, lui aussi. Cette idée amusa et excita Greg qui en éprouva un intérêt renouvelé pour la fille. Sans compter que sa dernière visite à Hunter's Hill remontait à plusieurs jours.

Pourtant, feignant l'indifférence, il se tourna vers le bar. Il ne tenait pas à ce que Lew partageât ses pensées. Elle ferait les premiers pas vers lui sans aucun doute, il n'avait qu'à attendre. Comment s'y prendrait-il pour l'amener chez lui ce soir ? Il quitterait le club ostensiblement seul et elle le rejoindrait à la maison en taxi plus tard, quand le personnel serait au lit. Pas de problème. Ça marcherait comme sur des roulettes.

C'est ainsi que, plus tard ce soir-là, Greg se retrouva dans la salle de billard en compagnie de son invitée. En arrivant, elle avait trouvé une bouteille de vin français débouchée et les lumières du salon tamisées sur un fond de musique douce. Greg était romantique quand il voulait. Mais sa visiteuse avait d'autres idées en tête. Quand elle proposa un jeu de société, quoique un peu scabreux, il s'étonna :

« Je connaissais le strip-pocker mais pas le strip-billard. »

Elle montra ses petites dents régulières :

« Je te montrerai.

– Je ne connais pas les règles.

– Je te les apprendrai. »

Amusé par ses petites manières autoritaires, Greg lui montra le chemin jusqu'à la salle de billard et sous sa direction, disposa les balles sur la table.

« C'est on ne peut plus simple. Chaque fois que tu réussis un coup, j'ôte quelque chose. Et réciproquement. »

Greg n'avait nul besoin d'explications. Il avait compris tout seul. Et il commençait à se dire que ça allait lui plaire. Il la regarda attentivement. Elle portait une chemise blanche et un petit foulard rouge, un pantalon rouge très serré, des boucles d'oreilles et des sandales blanches. Il vit qu'elle ne portait pas de soutien-gorge. Il sourit. Il posa délicatement la balle sur la table, tira deux queues de leur casier, en frotta l'extrémité à la craie et lui en tendit une.

« Parfait, dit-il. On commence ? »

Son talent, ou sa chance, le prit par surprise. Elle lui avait fait ôter ses souliers, sa montre et sa chemise avant qu'il ait eu l'occasion de lui enlever ses boucles d'oreilles et son foulard. Bien décidé à lui ôter son pantalon avant qu'elle pût faire de même avec lui, Greg se concentra et réussit le coup suivant :

« À mon tour ! dit-il. La chemise ! »

Lentement, elle déboutonna sa chemise sous ses yeux attentifs. Il avait bien vu pour le soutien-gorge. Elle laissa tomber la chemise par terre et demeura debout devant Greg. Elle avait de jolis seins, petits et fermes, dont il se rappelait la douceur soyeuse. Les tétons, grands et sombres, étaient légèrement dressés, tendus vers lui. Il avança la main pour les toucher mais elle le repoussa, déclarant non sans impudence :

« Pas touche ! Ça ne fait pas partie des règles. »

Elle se pencha pour viser, et ses seins se balancèrent au-dessus de la table comme des fruits mûrs. L'unique source de lumière qui baignait la table jouait sur sa peau nue. Le reste de la pièce était plongé dans l'obscurité. La tension montait en lui. Impatient, il la vit manquer son coup. La proie d'une espèce de frénésie, il expédia toutes les balles qui restaient dans les trous et, le souffle court, se tourna vers elle. Elle le regardait d'un air moqueur.

« Tu n'es qu'un tricheur. »

Sans un mot, il la souleva de terre et l'allongea sur la table pour lui ôter son pantalon rouge vif.

Puis il bondit sur elle et d'un seul mouvement, la pénétra et jouit en elle. Plus tard, il fit ce qu'il fallait pour se faire pardonner cet enfantillage. Mais il lui fit aussi expier ce qu'il considérait comme une attitude irrespectueuse à son propre égard. Toutes ces activités leur prirent très longtemps et nulle d'elles n'avait plus rien à voir avec les règles du billard.

Dès que Tara eut terminé les aménagements de sa chambre, à l'hôtel, elle entreprit de faire les premiers pas vers l'objectif qu'elle s'était fixée. Elle ne savait pas encore très bien comment elle s'y prendrait mais ses deux objectifs demeuraient aussi précis et distincts que lorsqu'elle les avait conçus pour la première fois dans son esprit : découvrir la vérité – et se venger ! Elle se sentait soudain assez forte et sûre d'elle-même pour commencer à agir. Il lui restait pourtant une chose extrêmement importante, vitale même, à faire.

Les parents ne sont pas tellement bienvenus aux matchs de foot de leurs enfants, surtout quand ceux-ci sont pensionnaires. Au plus ancien et huppé pensionnat de garçons de Sydney le samedi suivant, Dennis ne fut donc pas le seul à remarquer la femme grande et mince qui assistait au match derrière les grilles de l'école en prenant des photos. Mais ce fut lui qui la vit le mieux quand le ballon roula bien au-delà de la ligne, quasiment jusqu'à ses pieds. Elle parut hypnotisée à son approche et pour finir se détourna comme en proie à une sorte de… de quoi ? De confusion, oui. Dennis remarqua qu'elle avait l'air gentille, mais guère plus. Il faut dire qu'il était en pleine action.

Aussi ramassa-t-il le ballon, courut reprendre sa place et l'oublia.

Le lendemain dimanche, pourtant, il voulut en parler à Sarah mais celle-ci ne manifesta pas le moindre intérêt pour le sujet, de telle sorte que Dennis l'oublia définitivement. Contrairement à son frère, Sarah n'avait pas vu la femme au troisième rang pendant le concert scolaire, qui prenait des photos d'elle au piano dans la salle obscure. Elle était beaucoup trop absorbée par le morceau difficile qu'elle devait jouer pour prêter attention à ce qui se passait dans l'assistance. Elle n'entendit pas non plus les applaudissements frénétiques provenant du troisième rang ni la femme fixant sur elle des yeux brillants quand elle vint saluer.

Ce soir-là, joyeuse et triste à la fois, Tara, accoudée à la fenêtre, Maxie dans les bras, se remémorait les événements de la journée.

« Oh, Maxie, murmurait-elle doucement, ça ne fait que quelques mois et ils ont déjà tellement grandi. Si tu voyais Dennis, comme il a poussé ! Et ma petite princesse était si exquise. C'était un morceau drôlement ardu, tu sais, et elle n'a manqué que trois notes ! »

9

« Harper Mining bonjour ! Que puis-je pour vous ?

— Je voudrais parler à M. Bill McMaster, je vous prie.

— Ne quittez pas. »

La main crispée sur le combiné, Matey jeta un coup d'œil par la fenêtre. La Rolls-Royce blanche disparaissait au bout de l'allée. Matey n'avait pas perdu une seconde. Une deuxième voix féminine se fit entendre au bout du fil.

« Ici le bureau de M. McMaster.

— Pourrais-je parler à M. McMaster ? »

Il y eut un silence.

« M. McMaster est très occupé pour le moment. Je suis sa secrétaire. Puis-je prendre un message ?

— Non, il faut que je lui parle en personne. Écoutez, c'est assez urgent. Pouvez-vous lui dire que Matey voudrait lui parler ? »

Nouveau silence. Matey s'efforçait de maîtriser le tourbillon d'émotions qui l'envahissaient. Enfin, à son grand soulagement, Bill prit le téléphone.

« Matey ? Que puis-je pour vous ?

— C'est une affaire assez compliquée, voyez-vous. Je ne sais pas trop par où commencer. »

La voix du vieux monsieur tremblait.

« Prenez votre temps, Matey. Prenez votre temps.

— Bien, monsieur, vous savez que le personnel des Harper et moi-même avons fait tout ce que nous pouvions pour nous adapter aux nouvelles circonstances. La disparition de Mlle Stéphanie…

— Je sais, Matey.

— … et tout ce qu'il était possible de faire pour le mari de Mlle Stéphanie, nous l'avons fait pour M. Marsden. Tout !

— J'en suis sûr, Matey. »

Bill était perplexe.

« Mais il y a des limites, monsieur – des limites de décence qu'un gentleman n'a pas le droit d'outrepasser. Comme ce qui s'est passé… »

Se rendant compte de la confusion de ses paroles, Matey s'interrompit puis reprit plus posément :

« Hier soir, une fois le personnel retiré, M. Marsden a reçu de la visite. La visite d'une dame. »

Il a osé, le mufle, songea Bill. Bah, ça devait arriver un jour ou l'autre.

« On ne peut pas grand-chose contre cela, vous savez. Il est… – Bill chercha le mot juste – il est libre, au fond.

— Ce n'est pas cela, monsieur ! »

Matey s'offensa que Bill pût le prendre pour le genre d'individu à venir le déranger pour un oui ou pour un non.

« C'est ce qu'ils ont fait. Nous ne connaissons pas toute l'histoire car la "dame" était partie ce matin quand nous nous sommes levés. Mais la bonne a vu qu'il s'était passé quelque chose dans la salle de billard. Elle l'a dit à la gouvernante qui est venue m'en parler après être allée vérifier. Quelqu'un avait renversé un fond de bouteille de vin sur la table de billard, il y avait aussi des verres. »

Bill attendit, armé de son calme habituel. Il savait que ce n'était sûrement pas tout.

« Mais ce n'est pas tout. Il y avait des traces sur la table, des traînées…

— Quel genre de traces ?

— Des entailles, des stries, et des taches… le reps, monsieur, toute la surface est détruite.

— Je ne vous suis pas, Matey.

— Monsieur McMaster, j'ai toutes les raisons de croire que certaines activités ont eu lieu hier soir dans la salle de billard – sur la table elle-même – auxquelles nulle personne décente ne se livrerait en aucun lieu. »

L'image de la salle de billard, chez les Harper, se forma distinctement devant les yeux de Bill. Il voyait la table élégante, le décor conçu par Max, l'assortiment des queues de poids et de longueurs divers. Quand Max et lui étaient jeunes, les réunions directoriales n'avaient lieu entre eux deux qu'autour de la table de billard. C'était là qu'ils avaient pris leurs plus importantes décisions, là qu'ils échangeaient des idées, concevaient des projets, sans tension, ni effort. Et ce salopard…

Bill s'aperçut qu'il tremblait. La voix de Matey sonnait creux à son oreille.

« M. Marsden est sorti pour le moment, c'est pourquoi je viens vous consulter, monsieur. Quelles seraient vos instructions ?

— Voyons, Matey… » Bill était bien en peine, d'autant que les instructions auxquelles il songeait n'étaient pas juridiquement applicables, la castration ayant été retirée du code pénal depuis quelque temps.

« Réfléchissons, dit-il enfin. La première chose à faire est de voir si les dégâts peuvent être réparés. Faites venir des spécialistes et demandez-leur des devis. Et envoyez-les-moi. » Il s'interrompit avant de reprendre : « Quant à M. Marsden…

— Oui, monsieur ?

— Je m'en charge. On fera en sorte de lui couper les ailes, ne vous inquiétez pas. J'ai déjà quelque chose en vue. »

Il y a quelque chose d'effrayant à constater à quel point un lieu peut sembler différent selon la présence ou l'absence de l'un de ses occupants. Dan Marshall avait été parfaitement heureux sur l'île d'Orphée, en partie grâce à la clinique qu'il y avait créée et en partie à cause de l'extraordinaire beauté du lieu. Mais son paradis en technicolor n'était plus à ses yeux qu'un cliché monochrome. Le soleil était toujours aussi brillant mais plus rien n'avait le même éclat pour lui. Rien ne l'incitait plus vraiment à se lever le matin et à la fin de la journée, il n'avait pas le courage de rejoindre son lit solitaire et inventait quantité de prétextes pour ne pas aller se coucher, jusqu'à ce que la fatigue finît par l'assommer.

Dans un effort démesuré pour oublier Tara, ou du moins pour laisser derrière lui cet épisode de sa vie, parmi ses bons souvenirs, il travaillait de plus en plus, prenant un surcroît de patients à charge pour ne pas avoir le temps de se morfondre. Pendant cette période, il accomplit ses plus grands exploits en matière de chirurgie plastique. Il eut l'immense satisfaction de voir une jeune fille dont la jambe avait été brisée en mille morceaux par une moissonneuse-batteuse repartir de l'île en songeant à son prochain bal. Mais n'ayant personne avec qui partager sa joie, tout lui semblait gris et dépourvu de charme. La fidèle

Lizzie, qui voyait son abattement, impuissante à lui venir en aide malgré son inquiétude, s'efforçait de lui redonner le sourire :

« La patiente du bungalow 10 va de mieux en mieux. Je l'ai trouvée en train de faire sa gymnastique quand je lui ai apporté son petit déjeuner ce matin ! Elle m'a dit qu'elle allait vous ôter le pain de la bouche en guérissant deux fois plus vite que prévu. Et c'est ce qui vous attend, j'ai l'impression. »

Dan souriait gentiment à son badinage mais la tristesse ne quittait pas ses yeux. Car aussi dur travaillait-il, aussi vaillamment s'efforçait-il de se concentrer sur un sujet quelconque, il ne parvenait pas à extirper Tara de ses pensées. Son image s'imposait à lui à tout instant et il la revoyait au cours de leurs promenades ou de leurs parties de pêche, de leurs pique-niques sur la grève, il revoyait son sourire… et repoussait de toutes ses forces ces souvenirs dévastateurs. Il n'était plus retourné à la pêche et rien de ce qui l'amusait autrefois ne lui donnait plus aucun plaisir ; il errait tel un bernard-l'ermite sans sa coquille.

Combien de temps cela durerait-il ? se demandait-il. Combien de temps met-on pour « se remettre » d'un amour ? Cela avait été si facile de tomber amoureux d'elle – son calme, sa force intérieure avaient gagné son respect, puis sa gaieté et son goût profond de la vie avaient gagné son cœur. Il se remémorait amoureusement sa longue silhouette qui se déliait et se détendait peu à peu dans l'île dorée, son regard franc et la bouche vulnérable qu'il avait si fugitivement baisée et dont il rêvait si souvent. Son amour ne faiblirait jamais, il le savait. Il lui faudrait lentement le mettre de côté, voilà tout. Cela prendrait du temps, beaucoup de temps. Avec un soupir, il retourna à ses dossiers, le cœur lourd.

Haut dans le ciel, le soleil tapait dur. Au bord de la piscine à l'eau translucide, un corps bronzé s'étira paresseusement, comme un chat, puis se retourna sur le lit de plage. Greg Marsden cultivait son hâle. À l'époque où il se démenait toute la journée sur les courts, cela se faisait tout seul. Mais il devait s'en occuper désormais. Il s'assit pour attraper d'une main nonchalante la bière qu'il gardait au frais dans un sac rempli de glace à ses côtés, et en sirota une gorgée. Puis il se rallongea consciencieusement pour travailler encore un peu, les yeux clos, prostré sur l'autel du dieu Soleil.

Plus bas, dans le jardin, les jardiniers tondaient les pelouses et il entendait le ronronnement des motoculteurs. Il ne lui déplaisait pas de savoir que d'autres travaillaient à son bien-être tandis qu'il s'alanguissait ainsi. La position de maître de maison lui convenait à souhait et il y avait pris plus de plaisir en quelques mois que Stéphanie dans toute sa vie. Il avait le sentiment qu'il était de mieux en mieux installé dans cette position. Les domestiques lui obéissaient avec discipline.

Il lui fallait, bien sûr, se résigner à la prudence. Et il en avait manqué l'autre soir, se dit-il. Il n'aurait pas dû détruire la table de billard, ça ne valait pas le coup. Enfin, si, songea-t-il au souvenir de leurs exploits. On était en train de la réparer de toute manière. Il avait vu le défilé des artisans et savait que, en dehors d'une rubrique discrète ajoutée au budget à la fin du mois, rien n'y paraîtrait plus. C'est ce qui fait le charme d'une maison bien tenue, on prend en charge tous vos soucis. Mais cela ne se reproduirait plus. Encore qu'il avait le sentiment de ne pas en avoir fini avec elle. Soudain, il éclata de rire. Il ne connaissait même pas son nom ! Rien que de penser à elle, pourtant, il sentit le frémissement d'excitation familier. Il posa la main entre ses jambes mais se ravisa. Plus tard, peut-être, se dit-il. Faisons plutôt un petit somme.

La sonnerie du téléphone retentit désagréablement à ses oreilles malgré le réglage minimum. Il décrocha sans enthousiasme.

« Allô.

— Greg ! J'ai essayé de te joindre…

— Jilly ! Comment vas-tu ?

— Tu me manques horriblement.

— Moi aussi, ma chérie. J'ai eu une semaine chargée…

— Greg. Il faut que je te voie. »

Aussitôt sur la défensive, il acquiesça :

« Bien sûr, mon chou.

— Et ne me dis pas d'être prudente. J'en ai marre d'être prudente. Autant être morte ! »

Greg reconnut les accents hystériques dans sa voix.

« Je veux pouvoir sortir avec toi, faire ce que font les gens normaux. »

Elle parlait trop vite, les mots se bousculaient :

« Je ne te vois jamais et toujours ici, quand tu le décides, jamais à mon initiative. Je veux te voir maintenant, tu entends ? Tout de suite !

— Moi aussi, j'ai envie de te voir, tu sais bien. »

Elle a bu, songea-t-il. Attention, ça la rend impossible.

« Alors j'arrive.

— Maintenant ?

— Pourquoi pas ?

— Je m'apprêtais à me rendre à une réunion d'affaires, improvisa-t-il. Un magnat brésilien de passage à Sydney. Je l'invite à déjeuner au Hilton.

— Greg – le ton de Jilly devenait mauvais – je veux te voir et je veux te voir aujourd'hui. »

Une manière de menace flottait sur la ligne.

« Attends – Greg réfléchissait à toute vitesse –, c'est le soir de sortie de Matey, la gouvernante se couche tôt… Viens ce soir, d'accord ? Vers les…

— Compte sur moi, l'interrompit-elle. Oh, Greg, je t'aime tant. Je te montrerai à quel point tout à l'heure.

— D'accord, mon chou. À ce soir. »

Il replaça le combiné. Jilly était un élément instable de sa situation qu'il fallait tenir en respect. Mais il savait comment s'y prendre. Il faisait ce qu'il voulait d'elle. Tout ce qu'il voulait, littéralement. Il s'aperçut qu'il avait hâte de voir venir le soir.

Dans ses bureaux de la jolie petite rue en lacet du nom de Liverpool Lane qui donnait un peu plus loin dans Crown Street, à Darlinghurst, Joanna Randall dirigeait l'agence de mannequins la plus en vogue de Sydney depuis près de vingt ans. Ex-mannequin elle-même, elle n'avait rien perdu de la beauté et du charme qui lui avaient valu d'occuper la couverture des plus grands magazines de mode du monde entier dans sa jeunesse. Sa magnifique chevelure rousse était peut-être plus brillante encore et ses yeux foncés, presque noirs, n'avaient rien perdu de leur éclat. Quand elle entrait dans un studio de photo, grande et mince, naturellement élégante et le port altier, chacun tendait le cou pour mieux la voir et la plaisanterie en vigueur parmi les photographes était que la vieille Jo pourrait éclipser n'importe lequel de ses mannequins vedettes.

Mais conserver la première place n'était pas si facile. Directrice, c'était à elle qu'incombait la tâche d'inventer sans cesse de nouvelles idées commerciales – et comme il s'agissait de la première agence de mannequins vedettes, c'était elle qui faisait pour ainsi dire la mode de la saison, la tendance de l'année suivante. Mais elle faisait aussi tourner la maison et elle songeait que le fait de jongler avec les impôts, les salaires de ses employés, les investissements, les profits et les pertes ne devenait pas tellement plus facile en vieillissant. Et de par sa nature même, le monde de la mode est en perpétuelle évolution. Il n'est jamais question de s'y endormir sur ses lauriers.

De fait, Joanna Randall, la femme et son agence étaient au sommet de leur réussite. Mais exigeante comme le sont ceux qui se remettent sans cesse en cause pour ne pas risquer de se faire distancer, elle n'était jamais totalement contente d'elle et s'interrogeait en son for intérieur : souviens-toi que tu t'adresses aux jeunes, se répétait-elle inlassablement. Aussi soumettait-elle son travail et ses idées à un examen rigoureux, guettant le moindre signe de défraîchissement ou « l'impression de lassitude », les scrutant du même œil perçant qu'elle posait sur ses propres signes de vieillissement, les pattes minuscules autour des yeux, les petites lignes implacables du souci sur le front, les rides d'expression autour de la bouche. Elle renouvelait ses concepts à propos de la mode avec la même intelligence judicieuse qu'elle appliquait sur son visage les crèmes adéquates. Mais elle ignorait combien de temps elle tiendrait encore le coup. Et elle faisait remonter secrètement le début de l'âge mûr au jour où elle avait commencé à avoir du mal à supporter ceux qu'elle appelait les JCB, les Jeunes Crétins Brillants.

L'un d'eux se trouvait justement devant elle, occupé à critiquer les mannequins que Joanna avait sélectionnés pour une importante série de photos.

« Le client a dépensé des sommes considérables, pour cette campagne, mademoiselle. Et nous y avons consacré beaucoup de temps.

– Venez-en au fait, voulez-vous ? » Joanna n'appréciait pas du tout le ton condescendant que ce gamin en costume rayé et lunettes à monture d'écaille employait avec elle.

« Ces jeunes filles… »

Il feuilletait avec mépris une liasse de photos posée sur le bureau entre eux deux et qui représentaient une fille blonde, une brune et une rousse.

« Oui, il s'agit de mes trois meilleurs mannequins. Les vedettes.

– Sauf que…

– Que quoi ?

– Sauf qu'elles ne vont pas du tout pour le genre de campagne de mon client telle que nous l'envisageons.

– Qu'est-ce que vous me chantez là ? »

Joanna éclata d'un rire jaune. C'était incroyable ! Mais le Jeune Crétin reprit :

« Mademoiselle, un nouveau marché est en train de se développer, en particulier aux États-Unis et en Angleterre. Nous voulons la nouvelle femme de la fin des années 1980 et il s'agit d'une femme active, ambitieuse, au sommet de sa carrière. Nombre de nos clients se sont soudain rendu compte que les femmes étaient de plus en plus nombreuses dans la vie professionnelle, aux postes les plus hauts, et elles ont de l'argent. Elles ont beaucoup d'argent et elles le dépensent entre autres pour s'habiller. Tout un nouveau marché, je vous assure. »

Joanna remarqua pour elle-même que ce genre de femme n'était pas tellement nouveau – et celle à laquelle elle pensait se sentait très lasse – mais quoi qu'il en soit…

« Soit, dit-elle. Où est le problème ? »

Avec un soupir calculé, le JCB saisit une des photos et la lui tendit sans un mot. Elle sentait sa colère monter, assortie à sa chevelure explosive.

« Et que suis-je censée voir ?

— Ça, dit-il. C'est un visage de petite fille. Oh, elle est charmante, je ne dis pas. Et c'est un excellent mannequin, merveilleux, vraiment. »

N'en rajoute pas, tu veux ? songea-t-elle de plus en plus agacée.

« Mais elle est trop jeune. Dix-neuf, vingt ans, c'est ça ? Les femmes que nous visons par cette campagne ont entre vingt-cinq et quarante-cinq ans. Il nous faut un mannequin plus mûr. Et n'oubliez pas que ce sont des femmes d'affaires, des cadres supérieurs. Il ne s'agit pas seulement de présenter un vêtement. Il nous faut un mannequin à l'air intelligent, capable…

— De se faire passer pour la patronne de la General Motors, c'est ça ?

— Quelque chose comme ça, oui, répondit son vis-à-vis sans relever le sarcasme. Il ne faut donc pas seulement un mannequin plus vieux, vous voyez, mais d'un style complètement différent. »

Joanna sentit son cœur flancher. Complètement différent ? Je te les présenterai demain matin, d'accord. Pour masquer son découragement, elle prit les photos et les regarda sans les voir. Trop jeunes ? Bon sang ! Dire qu'il n'y avait pas si longtemps, avec l'apparition du look de bébé à la Brooke Shields, on était venu lui raconter que ses mannequins était trop vieux ! Elle avait même perdu une affaire importante contre une autre agence qui, moins scrupuleuse qu'elle-même, n'hésitait pas à présenter des jeunes filles de treize ans ! Et voilà qu'on redécouvrait la femme accomplie ? Parfait, je vais pouvoir m'engager moi-même, songea-t-elle avec une terrible envie de hurler.

« Bien, nous restons en contact ? conclut le JCB, sachant qu'il s'était fait comprendre et qu'il était temps de prendre congé. Bien entendu, vous comprendrez que nous allons nous adresser aussi à d'autres agences, pour élargir notre champ. D'autant que vous risquez d'avoir quelque difficulté à trouver ce que nous cherchons. Mais on se téléphone ? D'accord ?

– Je vous appellerai », dit Joanna.

L'interphone sonna sur son bureau.

« C'est Jason… il veut vous voir, dit la secrétaire.

– Je vous laisse, fit le JCB en gagnant la porte.

– Faites attendre Jason quelques minutes avant de le faire entrer. »

Elle avait simplement besoin d'une oasis, aussi courte fût-elle, de calme entre deux rendez-vous, même si ce qu'elle venait d'entendre eût nécessité beaucoup plus que cinq minutes de réflexion. Car une pensée dominait toutes les autres dans son esprit. Il n'était pas question de perdre cette affaire. Et ce n'était pas seulement une question d'argent – encore que les studios d'avant-garde du quartier les plus à la mode de Sydney fussent un véritable gouffre. Non, c'était une question de crédibilité. Si elle voulait rester l'agence la plus cotée de Sydney, il fallait en passer par là. Alors en avant, un nouveau modèle de femme s'imposait ? Soit, Joanna Randall la trouverait. Ou la fabriquerait. Et en vitesse. Pas besoin de réfléchir plus longtemps. Avec un soupir, Joanna pressa sur un bouton pour introduire Jason. S'il pouvait la faire rire !

Dans sa chambre, Matey se préparait pour sa soirée de liberté. Du jour où il avait choisi un emploi impliquant qu'il habitât sur place, il avait pris en son for intérieur la décision de passer toutes ses soirées de liberté en dehors de la maison. C'était selon lui le seul moyen de couper vraiment avec le travail afin d'y revenir reposé et dans de bonnes dispositions, et de montrer que l'on avait sa vie personnelle, quelque plaisir que l'on prît à sa fonction. De sorte que, hiver comme été, qu'il pleuve ou qu'il vente, Matey sortait. Il se rendait parfois au théâtre, ou au concert – il aimait par-dessus tout l'Opéra, qu'il considérait à juste titre comme la huitième merveille du monde. Il allait parfois au cinéma, ou dîner au restaurant – observant alors attentivement maîtres d'hôtel et garçons d'un coup d'œil professionnel. Il partait parfois en quête de ces aventures qui ont fait la renommée de Sydney dans la communauté homosexuelle internationale – une autre raison, s'était-il toujours dit, pour garder sa vie privée secrète.

Un dernier regard au miroir et il partit d'un pas pressé. Le temps passait et le taxi qu'il avait appelé voilà près de vingt minutes n'arrivait pas. Il n'attendait pas devant la porte d'entrée quand il en franchit le seuil. Peut-être s'était-il arrêté devant la grille bien qu'il la crût ouverte. Il s'avança dans l'allée pour aller vérifier. Voyant qu'elle était fermée, il se hâta d'aller actionner l'ouverture électronique.

C'est alors qu'il vit la jeune femme sur le trottoir, devant la propriété. Personne n'allait jamais à pied dans ce quartier résidentiel où la Porsche était une voiture ordinaire, sauf pour promener le bichon ou le loulou de Poméranie de madame. Or elle n'était manifestement pas venue en voiture et il n'y avait aucun toutou alentour. Et elle ne venait apparemment pas non plus en visite – elle ne se dirigeait pas vers les grilles et n'avait pas sonné. Non, elle était là, debout, à regarder.

Matey l'observa avec attention. Elle était jolie. La connaissait-il ? Il retrouvait quelque chose de familier en elle. Mais ce n'était pas facile à déterminer, d'autant qu'en l'apercevant, elle se détourna et, chaussant des lunettes noires, s'éloigna à pas pressés. Peut-être admirait-elle simplement le paysage. Matey, pourtant, n'était pas tranquille.

« Excusez-moi ! », cria-t-il dans sa direction.

Elle s'arrêta net.

« Oui ? »

Sa voix était basse et rauque.

« Pouvez-vous me renseigner ? J'attends un taxi. Je ne sais pas depuis combien de temps vous êtes là mais vous ne l'avez pas vu repartir, par hasard ? »

Elle parut soulagée par sa question et secoua la tête.

« Non, je n'ai rien vu. Je suis là depuis un petit moment.

— Bah, ils m'ont dit dans vingt minutes mais on ne peut jamais savoir. Avant je prenais l'autobus. Ça me revenait moins cher. Mais j'avoue que le taxi est une meilleure idée par les temps qui courent. »

Il se tut et observa de nouveau l'inconnue. Elle avait un comportement étrange, baissant la tête comme si elle ne voulait pas qu'il rencontrât ses yeux. Peut-être ne se sentait-elle pas très bien. Soudain le taxi, une vieille berline bleue, s'engagea dans l'avenue en vrombissant. Quand il s'arrêta, Matey ouvrit la portière puis se ravisa :

« Mademoiselle ? »

Elle se tenait toujours devant la propriété, là où il l'avait vue en sortant.

« Je peux vous accompagner quelque part ? »

Elle secoua la tête avec un sourire.

« Non, merci. »

Il hésita avant de demander :

« Vous vous sentez bien ? »

La femme leva enfin la tête, le regarda droit dans les yeux et sourit de nouveau.

« Si, si, merci. Ça va très bien, je vous assure. »

Debout sur le trottoir, Tara regarda s'éloigner le taxi qui emportait Matey vers le centre de la ville. Il ne l'avait pas reconnue ! Son apparition l'avait prise totalement au dépourvu car c'était lui qui quittait le moins souvent la maison. Mais elle avait eu tort de s'inquiéter. Elle n'était qu'une inconnue pour lui. Elle reprit confiance : si Matey ne l'avait pas reconnue, personne ne la reconnaîtrait.

Elle s'appuya au mur, laissant divaguer ses pensées. Elle ignorait ce qui l'avait poussée à venir errer par ici, aux alentours de la propriété – elle savait seulement qu'en s'éveillant ce matin-là, elle avait éprouvé un besoin urgent, irrésistible, d'aller voir la maison qui avait été la sienne. C'était fait, elle l'avait vue. Elle avait par la même occasion fait l'essai de sa nouvelle apparence sur l'une des personnes qui la connaissait le mieux et cela avait marché à la perfection. Aucune trace de Stéphanie Harper ne lui collait plus à la peau. Elle était Tara. Et Tara s'était attirée des coups d'œil admiratifs même d'un homosexuel vieillissant comme Matey; cela faisait plaisir. Ce bon vieux Matey, s'attendrit-elle.

Elle frissonna. Le soir tombait accompagné de la fraîcheur typique des antipodes. Il avait fait chaud mais la nuit pouvait être très froide, quelquefois. Il était temps de partir. Elle s'attarda encore quelques instants pour regarder, le dos contre le mur rugueux, les étoiles s'allumer brillamment dans le ciel nocturne. Allez, rentrons. Elle fit un pas et s'arrêta net, car les phares d'une voiture arrivant du haut de la colline balayèrent soudain l'avenue. Instinctivement, elle se rejeta en arrière pour se cacher sous le feuillage qui tombait par-dessus le mur, se dissimulant aux regards. La voiture se rangea devant les grilles de fer forgé que Matey avait refermées derrière lui. Elle voyait distinctement la personne assise derrière le volant. C'était Jilly! Celle-ci sortit de la voiture pour aller presser le bouton de l'interphone qui permettait de communiquer avec les occupants de la maison.

« Oui ? »

Tara sursauta en reconnaissant la voix de Greg malgré le crachotis de l'appareil.

« C'est moi, chéri. Je suis là. Ouvre-moi. »

Le ton de Jilly était impatient, aguichant. Tara entendit la vibration indiquant le déverrouillage des grilles. Jilly les ouvrit, regagna sa voiture et s'engagea dans l'allée dans un vrombissement. Les grilles se refermèrent dans son dos.

Jilly ? Pourquoi était-elle... ? Comment... ? Tara s'interrogeait en vain. Elle s'appuya de nouveau au mur, derrière l'écran rassurant des frondaisons, les sens chavirés. Très lentement, comme si elle se noyait, Tara vit défiler sous ses yeux les images des événements récents – Jilly au mariage, le bras de Greg passé autour d'elle, souriant faiblement, Jilly jouant au tennis avec Greg et le baiser de la victoire, Jilly buvant les paroles de Greg le même soir, quand ils s'étaient tous attardés à bavarder sur la terrasse. Bouleversée, déchirée par ce qu'elle entrevoyait, Tara se contraignit à regarder en face les nouvelles idées qui se formaient dans son esprit – Jilly n'était pas partie avec Phillip à la fin de la soirée, rien d'extraordinaire à cela, mais quand Greg l'avait raccompagnée plus tard, il s'était absenté longtemps, très longtemps...

Et à Eden... C'était Jilly qui jouait au tennis avec Greg, qui nageait avec Greg et partait chasser avec Greg tandis qu'elle, elle qui était sa femme, se morfondait toute seule. C'était Jilly qui avait exprimé le désir d'aller chasser le crocodile tandis qu'elle... *la chasse au crocodile !* Et dans un éclair, le dernier élément de preuve lui sauta aux yeux, la pensée que son esprit avait refoulée si profondément pour l'empêcher de trop souffrir, Jilly, assise à l'arrière de la pirogue, immobile, comme pétrifiée, le visage tel un masque terrifié mais une lueur mauvaise dans les yeux – Jilly voulait sa mort !

Tara rejeta la tête en arrière et poussa un cri. Sa longue souffrance rentrée s'échappa dans un hurlement viscéral, animal, la lamentation vieille comme le monde d'une créature en détresse. Tremblant de tous ses membres, elle se mit à courir en trébuchant, sans savoir où, mais n'importe où pourvu qu'elle s'éloignât de ce lieu maudit. Au bout de quelques mètres elle s'arrêta, en proie à une violente nausée. Elle s'appuya au mur et, pliée en deux, les mains crispées sur son ventre, vomit violemment, par spasmes successifs, très longtemps. Puis, vidée, exténuée, elle se remit à courir jusqu'à ce que ses jambes ne puissent plus la porter. Elle trébucha et tomba de tout son poids.

Le genou meurtri, assommée, elle se traîna sur le trottoir jusqu'au mur contre lequel elle s'assit, la douleur la ramenant à la réalité. Tirant de son sac un mouchoir en papier elle tenta faiblement d'essuyer sa bouche, ses vêtements souillés et de nettoyer son genou écorché. Combien de temps demeura-t-elle ainsi recroquevillée, elle ne le saurait jamais. Mais elle se releva enfin, malade, tremblante et glacée jusqu'aux os et, incapable de prendre un autobus dans lequel il lui aurait fallu affronter le regard curieux des passagers, elle fit tout le chemin à pied jusqu'aux Rocks, pour se réfugier dans le sanctuaire de sa petite chambre.

Toute la nuit elle demeura éveillée, recroquevillée dans son petit lit, tandis que son esprit absorbait ce nouveau choc. Elle n'aurait pas cru pouvoir souffrir plus qu'elle avait déjà souffert en découvrant que le mari qu'elle adorait la détestait au point qu'il avait voulu la tuer. Mais cette nouvelle trahison, une autre sorte d'assassinat, n'était pas moins douloureuse. « Je t'aimais, Jilly, se répétait-elle en vain. Pourquoi me haïssais-tu tellement ? » Jilly était sa seule amie, un point d'ancrage essentiel dans sa vie, dans son cœur, et d'arracher cette partie d'elle-même lui était presque intolérable. Elle croyait avoir atteint le fond du désespoir et commencé à remonter la pente, par la force de sa volonté et la longue convalescence à l'île d'Orphée. Mais elle comprenait soudain que de nouveaux abîmes s'ouvraient devant elle et qu'il lui faudrait chaque fois repartir de plus bas. Au fond de son lit étroit, blessée, humiliée, dégradée au-delà de ses pires terreurs, elle ne se demandait pas seulement si elle en serait capable, mais si même elle aurait la force de le vouloir.

Où se cache-t-elle, cette femme d'un nouveau style ? Assise à son bureau dans son agence luxueuse, Joanna Randall continuait de la chercher avec l'énergie du désespoir mais elle n'était pas loin de craquer. J'ai passé en revue la totalité des femmes de Sydney entre vingt et soixante ans, songea-t-elle. Par le truchement de l'immense réseau de relations qu'elle avait tissé au long de ses carrières de mannequin, de styliste et, pour finir, de directrice d'agence, elle avait fait passer le mot qu'elle cherchait un nouveau talent. Aussitôt submergée de coups de téléphone, de lettres, de visites à l'agence, et même à son domicile personnel à toute heure du jour et de la nuit, elle avait donné l'ordre strict d'annoncer qu'elle ne recevrait personne sans rendez-vous. Aucune des femmes qu'elle avait vues jusqu'à présent n'avait fait l'affaire.

Pas une seule, ruminait-elle. Certaines étaient certes en route vers le succès. Mais rien à faire, il leur manquait ce « quelque chose de plus » dont avait parlé le JCB de l'agence de publicité, qu'elle avait parfaitement compris une fois qu'il s'était donné la peine de s'expliquer correctement. Il fallait pourtant qu'elle se décidât à en choisir une si elle ne voulait pas voir le contrat lui passer sous le nez. Avec un soupir, elle se remit à examiner les photos qui jonchaient son bureau. Peut-être qu'en relevant les cheveux de celle-ci…

Au milieu de ses pensées moroses, la porte s'ouvrit et Jason Peebles entra en coup de vent. Seule, la présence d'un agent de publicité pouvait faire attendre Jason, car il respectait les hommes d'argent. Mais, photographe de mode le plus en vogue de Sydney, il se réservait de pénétrer dans le bureau de Joanna quand bon lui semblait. « Elle n'a aucun secret pour moi, disait-il à la réceptionniste qui tentait timidement de l'intercepter. Elle et moi, on est comme ça ! » et croisant les doigts d'un geste théâtral, il passait.

Joanna se réjouit de le voir. Ils travaillaient ensemble depuis longtemps et elle se fiait à ses dons subtils, son œil infaillible à deviner la qualité photogénique dans le visage le plus banal en apparence, et à son exigence rigoureuse de critères qui se révélaient toujours les meilleurs. Mais elle l'aimait aussi pour lui-même, pour son intelligence, son humour malicieux et son goût du jeu. Sa personnalité était le reflet exact de son aspect physique. Car c'était une espèce de Riquet à la houppe avec son corps de lutin, ses cheveux fins dressés sur la tête et ses petits yeux pétillants toujours sur le qui-vive.

« Salut, maman ! », lança-t-il comme à l'accoutumée, en posant un baiser sur sa joue.

Joanna grogna.

« Un jour, quelqu'un va vraiment croire que je suis ta mère, Jason ! Franchement !

– Tout le monde le croit déjà, dit-il tout de go en s'installant dans le profond sofa rose et brun.

– Quoi de neuf, alors ?

— Un contrat géant. Je te signale tout de suite, ça va être du boulot – on en a encore pour un bout de temps à être à la colle toi et moi.

— Exactement ce que j'avais envie d'entendre ! dit Joanna, le visage illuminé.

— Ouais, c'est un gros coup. Avec du travail pour plein de nanas, et pour nous aussi par la même occasion. C'est la chaîne d'hôtels Grenadier. Ils font une campagne de promotion pour convaincre les gens de séjourner à l'hôtel plus souvent, à n'importe quelle époque de l'année. Ils veulent donc qu'on leur expédie des belles dans tous les hôtels du pays.

— Ça a l'air intéressant, dit Joanna en passant en revue mentalement les photos remplissant ses dossiers.

— Sûr, dit-il. Mais il y a deux hic.

— Comment ça ?

— Le premier c'est qu'ils ont l'intention de rajeunir leur image et qu'il leur faut des filles superclasse, pas seulement le genre chic, mais de la classe, carrément, tu vois ce que je veux dire ?

— Mais oui, je vois, fit Joanna, agacée. Tu ne veux quand même pas m'apprendre mon métier !

— Et le deuxième, poursuivit Jason sans se démonter, c'est qu'on va bosser sur le thème des saisons. Des saisons. Tu piges ? Printemps, été, automne, hiver. Alors pour l'automne et l'hiver, il va me falloir des visages plus mûrs – pas tes petites frimousses juvéniles, hein ?

— Ah, non, tu ne vas pas t'y mettre aussi ! »

Jason la regarda avec étonnement.

« Qu'est-ce qu'il y a, maman ? »

Avant que Joanna eût répondu, la voix de la secrétaire résonna dans l'interphone.

« J'ai un mannequin, là, qui demande à vous voir. »

La réponse de Joanna retentit distinctement dans le bureau adjacent.

« Tu peux lui dire de décamper en vitesse. Même si c'est Bo Dereck soi-même ! »

Une heure plus tard, Jason avait le sentiment d'avoir fait tout ce qu'il était humainement possible pour redonner le sourire à Joanna Randall. Il lui avait raconté des histoires drôles, il avait plaisanté, l'avait aidée à envisager les différents aspects du contrat en perspective et lui avait rappelé pour finir que ce n'était pas la première crise dont elle sortirait triomphante. Mais il n'avait pas pu résoudre son problème à sa place. C'était un moment difficile, certes. Il quitta son bureau en proie à ses réflexions quand une voix vive, autoritaire lui parvint :

« J'aimerais quand même voir Joanna Randall, je vous prie. »

La secrétaire était sur le point de craquer. Elle remonta ses lunettes sur son nez d'un geste las et levant les bras d'un air excédé répéta d'un ton mécanique des paroles qu'elle avait manifestement déjà prononcées plusieurs fois.

« Écoutez, je vous ai déjà dit qu'elle était occupée pour le moment. Vous n'avez pas de rendez-vous !

— Non, je n'en ai pas.

— Mademoiselle Randall ne reçoit personne sans rendez-vous. »

Jason leva les yeux et, prenant tout son temps, examina d'un œil professionnel la femme qui se tenait devant le bureau. Puis il entra dans l'action :

« Les rendez-vous, mon coco, dit-il à la secrétaire, sont pour le menu fretin. Je suis sûr que la reine des abeilles voudra bien voir celle-ci. »

Il se tourna vers le mannequin.

« Je me présente : Jason Peebles, et ceci est mon sourire irrésistible. »

Il sourit largement.

« Il vous plaît ? Je suis l'éminence grise de la souveraine dans cette place. Vous dînez avec moi ce soir ? »

Sans attendre de réponse, il saisit la femme au poignet pour l'entraîner vers le sanctuaire, poussa la porte sans cérémonie et annonça :

« Joanna ! Qu'est-ce que tu dis de celle-là ? »

Et, plantant là la femme effarée, il referma la porte sur lui.

« Géniale ! lança-t-il à la réceptionniste atterrée. La mâchoire un peu carrée mais ça peut s'arranger. La bouche bien trop grande mais splendide, des yeux comme Bambi… Bon sang ! Je l'adore ! »

Comme il s'en allait, une idée lui traversa l'esprit :

« Elle a laissé son nom ? »

10

« Je cherche un agent. Quelqu'un capable de me garantir la couverture de *Vogue* dans six mois. »

Joanna Randall n'oublierait jamais l'instant où la réponse à ses questions se matérialisa devant elle. Grande, élégante, de l'éducation – oui, ce furent les trois choses qu'elle remarqua d'abord. Pas jeune, mais, bizarrement, pas vieille non plus, un visage ravissant, superbement proportionné, avec quelque chose de plus. Quelque chose venant des yeux – immenses et brillants, tristes et énigmatiques – et de la bouche à la fois généreuse et prudente comme si elle se retenait d'exprimer des sentiments que sa propriétaire souhaitait garder pour elle. Par-dessus tout, pourtant, il émanait d'elle une manière de détermination, évoquant le triomphe de la volonté sur tout le reste, et c'était cela, songea Joanna, qui la classait au rang de ce « nouveau style de femme » qu'elle avait eu tant de mal à trouver.

Joanna n'était pas le genre de personne à jouer la comédie. Elle avait suffisamment confiance en elle et en son propre jugement pour craindre de paraître froide et n'hésitait jamais non plus à manifester son plaisir ou son admiration. Aussi leva-t-elle un sourcil sincèrement approbateur et dit simplement :

« Asseyez-vous. »

Joanna nota, non sans une petite satisfaction bien humaine, le léger embarras avec lequel la jolie dame regarda autour d'elle à la recherche d'un siège – c'est une femme comme une autre, se dit-elle. Mais lorsqu'elles furent installées, Joanna, en vraie pro, entreprit aussitôt de l'interviewer.

« D'où venez-vous ?

— Du Queensland. Une petite île du nom d'Orphée, près des Récifs de la Grande Barrière.

— Où avez-vous déjà travaillé ?

— J'ai été en Angleterre pendant quelques années – puis dans les Territoires du Nord.

— Et vous vous êtes dit qu'il était temps de conquérir l'Australie, c'est ça ?

— En quelque sorte... »

L'entrevue se déroula sans trop d'anicroches. Tara s'émerveillait d'entendre sa propre voix, qui répondait aux questions professionnelles de Joanna avec assurance, voire du métier, étoffant certaines réponses, évitant habilement certaines questions, comme si elle avait fait cela toute sa vie. Elle avait pris soin d'échafauder son histoire dans ses moindres détails – elle avait été mannequin ici et là et elle était venue à Sydney pour se lancer une fois pour toutes. Elle avait misé énormément sur la première impression qu'elle produirait, ce qu'elle n'avait cessé de se répéter sur le chemin qui la menait à Liverpool Lane, pour se donner du cœur au ventre. Elle comptait aussi sur le fait que les Australiens eux-mêmes oublient le plus souvent l'immensité de leur île. Elle savait que si elle prétendait avoir fait des photos de mode dans le Queensland ou dans les Territoires du Nord, Joanna n'aurait aucun moyen d'aller vérifier.

L'essentiel avait été d'inventer le style qui convenait de telle sorte que la première réaction de Joanna fût oui et non pas non. Semaine après semaine, Tara avait consulté avec le plus grand sérieux tous les magazines de mode qu'elle pouvait trouver afin de se mettre au courant des dernières nouveautés, puis elle avait fait la tournée des boutiques à la recherche de ce qui lui irait, alliant le goût du jour à l'élégance, un style jeune sans être juvénile, frappant sans être voyant, et pour ajouter à la difficulté, elle ne pouvait se permettre d'acheter des vêtements aux prix indiqués dans les magazines.

Puis elle était passée au maquillage et à la coiffure. De nouveau, elle avait compulsé les revues de mode pour se faire une idée du style de la saison, puis à partir d'un prototype, elle avait inventé le maquillage correspondant à sa propre personnalité. Ses derniers sous étaient passés dans les fards et les cosmétiques et dans une coupe de cheveux particulièrement coûteuse mais très réussie chez un des plus grands coiffeurs de Sydney. Elle avait d'abord été saisie d'horreur en voyant tomber les mèches épaisses au pied du fauteuil, où elles seraient foulées par des talons indifférents. Mais à mesure que les ciseaux experts accomplissaient leur tâche, elle voyait ses cheveux noirs écourtés prendre une vitalité qu'elle ne leur avait jamais connue auparavant. Elle ressentit la même chose lorsque, sous les conseils gratuits des spécialistes des rayons de beauté, dans les grands magasins, elle apprit à souligner ses pommettes pour dessiner son visage en forme de cœur, à rehausser le caractère piquant de ses traits et, surtout, à ombrer ses paupières de toutes les nuances de bleu, de l'indigo au bleu pervenche, afin de mettre ses yeux en valeur.

Elle s'était absorbée dans cette tâche d'exploration d'elle-même comme dans un travail important, y consacrant plusieurs heures chaque jour, et parfois même ses soirées. Mais elle était portée, aussi, par une manière d'euphorie émerveillée. Elle allait donc y arriver ! Et elle songeait avec une immense pitié à celle qui avait été Stéphanie. Comment cette femme si mal dans sa peau, si timide qu'elle n'osait pas acheter les vêtements qui lui plaisaient de peur de ne pas savoir les porter, comment une telle femme avait-elle pu se métamorphoser en une Tara déterminée non seulement à devenir la plus belle possible, mais à entrer en lice au plus haut niveau professionnel ?

Le moment vint enfin où elle sut qu'elle était prête à se lancer. Après mûre réflexion, elle décida qu'elle mènerait l'assaut de front. Elle ne téléphonerait même pas pour prendre rendez-vous – ses nerfs risquaient de lâcher et elle gâcherait sa chance. Non, elle jouerait le tout pour le tout. Il fallait que Joanna Randall ait le coup de foudre pour elle. Et comme pour toute offensive militaire, chaque détail, aussi minime fût-il, avait été prévu. Son premier achat important, et l'un des plus coûteux, avait été un bon soutien-gorge, qui lui ferait de jolis seins même sous le vêtement le plus épais. Puis son choix s'était porté sur une paire de collants – il n'était pas question de prendre une paire à bon marché qui risquait de filer au mauvais moment. Elle passa fièrement la main sur son ventre plat et ses cuisses minces et longues. Il faut avoir été trop grosse pour pouvoir réellement apprécier le plaisir d'être mince, songea-t-elle joyeusement.

Tendant le bras vers l'armoire, elle en tira un chemisier blanc en lourde soie brillante. De fait, elle l'avait acheté très bon marché sur un étal de Chinatown mais il avait l'air très précieux grâce à la fine broderie qui ornait le buste et les poignets, aux minuscules boutons de perle et au petit col droit qui seyait à son cou gracile. La jupe aussi était une trouvaille, une de ces grandes jupes amples imprimées de couleurs vives, à la dernière mode. Celle-ci avait des petits plis à la taille, de grandes poches plaquées. Très facile à porter, elle n'en avait pas moins un charme fou, dû en particulier aux impressions : des chrysanthèmes, des pivoines et du chèvrefeuille enchevêtrés les uns dans les autres en un dégradé subtil de rouge vermeil, de rose et de pêche sur fond blanc, qui frappait l'œil sans être le moins du monde criard. La dernière touche était donnée par une petite veste courte de style Chanel assortie avec bonheur au rose le plus chaud de la jupe, de telle sorte que les trois pièces semblaient appartenir à un seul et même ensemble et non résulter de longues recherches laborieuses.

En partant du rose comme teinte de base, Tara entreprit de se maquiller. Elle appliqua d'abord sur tout son visage un fond de teint hâlé vaguement rosé puis entreprit de resculpter son visage en soulignant les aspects qu'elle souhaitait mettre en valeur. À l'aide d'un gros pinceau, elle dessina ses pommettes dans une nuance rose un peu plus soutenue puis rehaussa le bleu de ses yeux grâce à un eye-liner bleu nuit. Elle choisit ensuite une ombre à paupières prune, qui s'estompait peu à peu vers le haut jusqu'à se fondre dans le rose lumineux des arcades sourcilières. Un mascara bleu foncé et un rouge à lèvres deux tons plus sombre que le rose de la jupe et le tour fut joué. Pas de bijoux – l'effet devait être saisissant mais frappant de simplicité. Un coup de brosse dans ses cheveux touffus et brillants. Tara était prête.

Avant de partir, elle vérifia son allure dans le miroir de l'armoire. Elle passa chaque détail en revue d'un œil critique et s'estima satisfaite. Satisfaite, mais pas si confiante que ça. En quittant sa chambre, elle songea que l'épreuve qui l'attendait serait sans doute la plus difficile depuis son arrivée à Sydney. Aller solliciter ainsi à son âge un emploi pour la première fois, répondre aux questions qu'on lui poserait, se soumettre au jugement d'une personne qu'elle ne connaissait pas… Cela semblait soudain beaucoup plus terrible qu'elle n'avait imaginé. Tout en marchant le long des rues de Sydney, bousculée par des passants préoccupés, craignant à chaque instant de froisser sa jupe ou de filer ses collants, Tara était bien près de tout laisser tomber, d'abandonner tous ses projets et de démissionner. Mais quand elle s'engagea dans Liverpool Lane et entra enfin dans le hall attrayant de l'agence, elle se contraignit à oublier la crispation de son estomac. Elle regarda sans ciller les photos des mannequins vedettes de Joanna qui tapissaient les murs. Devant le bureau de la réceptionniste, elle fit le vœu secret de ne pas repartir – il faudrait la traîner dehors – tant qu'elle n'aurait pas obtenu quelque chose de la grande Joanna. Et ça avait marché. Ça avait marché !

Quand elle songeait au passé, Tara se voyait toujours sous les traits du phœnix ressuscité des flammes ayant consumé les derniers restes de Stéphanie. Allongée sur son lit sans bouger, sans boire ni manger après la révélation de la trahison de Jilly, elle avait l'impression d'être vouée à une mort lente. Elle se consumait d'angoisse, de rage et d'humiliation, brûlée à petit feu par sa souffrance intérieure. Pour finir, vaincue par l'épuisement, elle s'était endormie. Les flammes n'avaient rien laissé, elle était vide. À son réveil, elle était une autre femme. Le tout dernier lien qui la rattachait à Stéphanie, à cette part de la vie de Stéphanie qui avait tant d'importance, avait été emporté par les flammes, s'était détaché d'elle. Et bien que son corps lui fît mal comme une plaie que l'on vient de cautériser, elle sentait naître en elle les premiers germes de force qui viennent avec l'assurance que l'infection est enrayée pour toujours.

Je suis sortie de l'enfer, réfléchit-elle. Et pour de bon. Car l'explosion provoquée par son ultime découverte avait rassemblé toutes les autres pièces du puzzle. De débrouiller ainsi les différents facteurs qui avaient précédé son cruel « accident » l'avait aidée à comprendre la forme que revêtirait sa vengeance. Et ces nouveaux éléments se rattachèrent à sa détermination farouche de vivre désormais par elle-même et de tirer le maximum de la nouvelle existence que le destin lui offrait et du nouveau physique qu'elle avait gagné à l'île d'Orphée à force de courage et de volonté.

Aux petites heures du matin, elle s'avisa tout simplement que la meilleure façon de se venger de Greg serait de lui infliger les souffrances qu'il lui avait fait subir à elle, faire en sorte qu'il s'éprenne éperdument de quelqu'un qui ne l'aime pas pour qu'il soit à son tour humilié, méprisé et rejeté, son amour réduit en cendres et foulé aux pieds. Cette personne-là, qui ne risquerait jamais de s'éprendre de lui, ce serait elle. Elle le prendrait au piège comme il l'avait prise au piège, et n'aurait pas plus de pitié à son égard que les chasseurs pour les lapins qu'ils attrapent dans leurs pièges cruels. Puis elle le rejetterait avec mépris et lui écraserait le cœur comme il avait tenté de l'écraser en l'éliminant physiquement. Ce serait une forme de justice poétique et sans faille, le triomphe le plus parfait, et elle prendrait plaisir à sa vengeance, elle jouirait de chaque instant.

Pour ce faire, il lui fallait ressembler aux femmes qui plaisaient à Greg. Se montrer brillante et prestigieuse. J'aurais dû me méfier, songea-t-elle amèrement, qu'il veuille épouser une femme aussi peu séduisante que Stéphanie Harper, tout le contraire de son type de femme. Il faut d'abord ressembler à une gravure de mode. Ce fut à ce moment-là que l'idée lui vint de devenir mannequin. Elle y avait déjà pensé quand elle avait commencé à se plonger dans les revues et les magazines pour s'inventer un nouveau visage, à l'île d'Orphée. Elle avait le style, l'allure, la taille – et maintenant, surtout, elle avait une bonne raison et la volonté de le devenir.

L'ironie de la situation serait à son comble car en prenant Greg dans ses filets, elle se délivrerait des siens. Elle deviendrait la femme très belle qu'elle avait gardée enfermée en elle, en brisant la carapace qui l'avait toujours maintenue prisonnière de son corps, l'empêchant de l'arborer avec fierté. Seuls ceux qui se sont sentis laids et rejetés connaissent l'aspiration à la beauté de la nature brimée. Tara avait éprouvé ce désir qui l'avait harcelée comme la faim. Désormais sa faim allait enfin être assouvie.

« … faites deux ou trois clichés d'essai avant tout ».

La voix de Joanna, dure et vaguement nasillarde, la ramena à la réalité. Par-devers elle, Joanna formait bien des réserves à propos de l'inconnue. Elle prétend avoir vingt et un ans mais elle ne me dira pas son âge réel, se disait-elle. Quant à son métier, elle donne bien le change mais elle n'en connaît pas plus long que la première débutante venue. Et puis elle a l'air bizarre. Je suis folle de l'engager. Je devrais la mettre dehors sur-le-champ. Mais Joanna songea à JCB et prit sa résolution. Je n'ai personne d'autre et qu'est-ce que j'ai à perdre, après tout ? Elle se pencha en avant pour dire :

« J'ai le photographe qu'il vous faut. Ce n'est pas pour vous offusquer mais il ferait un prince charmant de Dracula. Vous avez un numéro de téléphone ? Je vous contacterai. »

Elle pressa le bouton de l'interphone.

« Passez-moi Jason, dit-elle à sa secrétaire.

— Ne me cherchez pas, répondit la voix désincarnée de Jason. Je suis encore là ! »

Nul paradis occupé par l'homme n'échappe entièrement au mal : le jardin d'Éden dissimulait un serpent. L'inspecteur Johnson, de la police de Townsville, n'était pas particulièrement porté sur la réflexion philosophique mais il se demandait fréquemment comment un être humain pouvait donner libre cours à ses plus bas instincts dans l'un des plus beaux endroits du monde. Il souhaitait aussi, comme tout bon policier, que son secteur connût le taux le plus faible possible de criminalité. Il était fier de Townsville, la Cité du soleil, ainsi qu'on la nommait. Il aimait son mélange d'ancien et de moderne, les pubs historiques donnant dans une allée piétonne conçue par un architecte d'avant-garde, le boulevard de la plage et le front de mer remontant au temps jadis. La plus belle ville du Queensland, c'est sûr, se disait-il, pour ne pas dire de l'île entière. Qu'est-ce que les gens veulent de plus, bon Dieu ?

Pourtant les habitants de Townsville, ou du moins une certaine proportion d'entre eux, voulaient quelque chose de plus et cherchaient à se le procurer par des moyens illégaux. De sorte que même dans son paradis tropical, l'inspecteur Johnson était un homme très occupé, ce qui expliquait qu'il n'eût pas encore mené à bien l'enquête que Dan Marshall lui avait demandée voilà plusieurs mois – ce dont il se rendit compte quand il reçut un petit rappel à l'ordre au téléphone.

« Allô, Sam ? Dan Marshall à l'appareil, de l'île d'Orphée. Je me demandais si vous aviez retrouvé des traces de cette personne disparue dont je vous avais parlé. »

Dan avait décidé que son seul espoir de retrouver un jour la paix de l'esprit était d'oublier Tara Welles. Consacrant tous ses efforts à cet objectif, il avait donc volontairement repris ses anciennes activités, son masque et son tuba. Il avait invité des patients à manger du poisson grillé sur la plage. Il avait mis ses papiers à jour et réorganisé entièrement son système d'archives. « Un bon nettoyage de printemps ! », disait Lizzie qui l'estimait enfin sur la bonne voie. Il avait même pris des vacances, pour la première fois depuis de nombreuses années. Il avait pris l'avion pour gagner la côte Ouest, survolant l'île énorme dans presque toute sa longueur. Et pour la première fois, il vit les grands symboles sacrés du rêve aborigène, les gigantesques rochers rouges sculptés en minaret, en dôme et en coupole, restés debout par miracle au cœur du désert depuis des millénaires, avant que l'homme se fût mis en tête de mesurer le temps. Il se rendit jusqu'à Perth, la capitale de l'Australie-Occidentale où il loua une voiture pour descendre jusqu'au cap Leeuwin à travers le magnifique parc national qui borde toute la côte. Là, à l'extrémité du Sud-Ouest de l'Australie, le plus loin possible de son île du Nord-Est, il arpenta des plages différentes au bord d'une autre mer et ramassa d'autres coquillages, déposés sur la grève par l'océan Indien. Et là, ses pensées étaient les mêmes qui ne l'avaient pas quitté de tout le voyage – il pensait à Tara.

C'était sans espoir. Il ne parvenait pas à l'oublier. Il l'aimait tant que sa perte lui était une souffrance quotidienne. Chaque matin en s'éveillant, toutes ses pensées étaient pour elle. Du moins pouvait-il être certain à présent que ses sentiments étaient forts et durables et n'avaient rien à voir avec une aventure estivale. Mais y avait-il de quoi se réjouir, se demanda-t-il amèrement, puisqu'elle n'était plus là. Il ignorait tout d'elle – il ignorait même où elle se trouvait à Sydney – mais il ne parviendrait pas à la chasser de son esprit, ni à l'arracher de son cœur. Il ne lui restait plus qu'à poursuivre sa route solitaire et à espérer, contre tout espoir, qu'il retrouverait Tara un jour au bout du chemin. Aussi décrocha-t-il son téléphone, moins dans l'attente de nouvelles que pour faire quelque chose, n'importe quoi.

« Je n'ai pas beaucoup d'éléments, dit Sam pour ne pas faire naître trop d'espoirs chez son interlocuteur. C'est sacrément grand, l'Australie, hein ? On pourrait y mettre tout un bataillon sans jamais la retrouver. Et vous ne m'avez pas surchargé d'indices non plus !

— C'est vrai. Mais j'ai un renseignement supplémentaire. Qui pourrait vous être utile. »

Dan avait réfléchi. Grâce à ses croquis, à ses séries de photos et à son souvenir des blessures de Tara, il était arrivé à une estimation approximative de la date de l'accident. Approximative, soit, mais à quelques jours près, étant donné la précision de ses observations.

« Il faut donc que vous cherchiez, dit-il à Sam, une femme qui a été victime d'un très grave accident – pas un accident de voiture, pas la peine de chercher de ce côté-là – entre ces deux dates. Il n'y en a sûrement pas tant que ça, vous ne croyez pas ? »

Fortement impressionné par la détermination du médecin, Sam Johnson décida qu'il était temps de mettre une enquête sur pied. Pendant ce temps-là, à Orphée, en feuilletant distraitement une revue médicale qui venait d'arriver, Dan tomba sur l'annonce d'une série de conférences. « La médecine aujourd'hui » n'était pas le titre le plus attirant qui fût pour arracher un médecin à ses devoirs envahissants pendant tout un week-end. Mais le symposium se tiendrait à Sydney. Il faut vivre avec son temps, songea Dan. « La médecine aujourd'hui »... pourquoi pas ?

Jason était peut-être un photographe de génie, mais il n'en était pas pour autant pédagogue. Il n'avait pas la moindre patience et ne connaissait d'autre moyen d'obtenir ce qu'il voulait qu'en imposant sa volonté en hurlant. Tyrannique au possible, il réduisait ses modèles au désespoir, les conduisant souvent au bord de la crise de nerfs. Mais, bizarrement, ses méthodes fonctionnaient sur Tara. C'était la troisième séance de photos et elle y prenait un plaisir fou.

« Laisse-toi aller, maintenant ! hurla Jason derrière son appareil photo. Abandonne-toi. Sans retenue, voilà, comme si tu faisais l'amour. Oui, la lueur dans le regard, j'aime ça. Allez continue, tu fais l'amour avec l'objectif, tu fais l'amour avec moi ! »

Tara perdit sa concentration et se mit à glousser. Jason bondit en l'air de rage, sa bonne humeur transformée en pure méchanceté.

« Tu te voûtes ! NE TE VOÛTE PAS ! On dirait un chameau. Concentre-toi maintenant, travaille, réfléchis, oui, c'est mieux. Pense à quelque chose qui te ferait plaisir, quelque chose qui te réjouirait au plus haut point. Tu viens de gagner à la loterie – qu'est-ce que tu vas faire de tout cet argent ? »

L'argent. Tara faillit éclater de rire. C'était bien la dernière chose dont elle avait besoin.

« Tu devrais savoir, dit-elle, ironique, que l'argent est la cause de tous les maux.

— Bon bon, reste comme ça, poursuivit-il sans prêter attention à sa remarque. Garde cet air coquin, ça te va bien. Bouge un peu maintenant, tourne sur toi-même. Bon sang, mais elle n'a qu'une jambe ou quoi ? Tu peux essayer de te déplacer comme un être humain normal pour Jason maintenant, oui ou non ? »

De l'autre côté de la ville, dans le quartier des affaires, Bill McMaster était occupé à régler ce qu'il espérait bien être les derniers rapports qu'il aurait avec Greg Marsden. Au sommet de l'immeuble, Bill examinait attentivement le dos de celui qui, apparemment absorbé dans la contemplation de la vue superbe, tentait en réalité d'avaler une sacrée couleuvre. Il fit brusquement volte-face, les yeux noirs de rage, mais sa voix était maîtrisée.

« Rayé du conseil d'administration, comme ça, et plus aucun revenu ! Je ne suis même pas sûr que ce soit en votre pouvoir. Stéphanie avait donné des instructions très précises… et je suis toujours son époux. »

Son attitude était pleine de défi mais il savait bien, au fond, que Bill et ses collègues avaient minutieusement étudié la question sur le plan légal avant d'abattre un tel atout.

« La décision a été prise lors de la dernière réunion du conseil. À l'unanimité. »

Bill parlait d'un ton calme et dépourvu de passion, mais voilà longtemps qu'il n'avait pas éprouvé une telle satisfaction.

« Je puis vous assurer que le droit, les dispositions de Stéphanie et les clauses de son testament ont été rigoureusement respectés. Mais rien ne vous empêche de prendre un autre avis. »

Il marqua une pause et ajouta :

« Pourquoi n'allez-vous pas consulter Phillip Stewart ? C'est un excellent avocat. »

Greg choisit d'ignorer l'insinuation et revint au cœur du sujet :

« Comment se fait-il que je n'aie pas été mis au courant de cette réunion ?

— Ce n'était pas une réunion exceptionnelle mais la réunion ordinaire prévue lors du conseil précédent. Mais voilà des mois que vous n'y assistez plus. Quoi qu'il en soit, votre présence n'aurait pas changé grand-chose. »

Greg demeura silencieux, en proie à une furieuse colère puis, comme pour lui-même, il marmonna :

« Il y a des notes à payer, bon sang ! »

Son adversaire conservait une attitude urbaine, civilisée :

« La compagnie continuera de payer les frais domestiques et les salaires des employés. Sauf, bien entendu, vos frais personnels. À partir de maintenant, ils vous incombent en propre. »

Greg écarquilla les yeux sous le choc.

« Mais vous pourrez continuer à habiter la maison. »

Un nouveau silence pour accroître l'effet produit par la fin de la phrase :

« Pour quelque temps, du moins. »

Greg se mit à marcher de long en large.

« Vous n'avez jamais approuvé ma décision de l'épouser, n'est-ce pas ? »

Bill ne répondit pas mais garda son regard posé sur Greg.

« Répondez, espèce de salopard ! »

D'un geste plein de dignité mais jubilant intérieurement, Bill se leva pour aller ouvrir la porte et fit signe à son visiteur de sortir.

« Je crois que notre entretien est terminé », dit-il.

« Encore, encore ! C'est ça. Reviens vers moi, oui, mais tu glisses, tu flottes – ne boitille pas comme ça, détends-toi et viens vers moi d'un pas glissé. »

Tara faisait de rapides progrès entre les mains du bouillant Jason. Comme l'avait escompté Joanna, elle avait un visage très photogénique, et dès que les clichés de ses premières séances furent développés, ils plurent à tout le monde. En bon agent, Joanna ne précipita pas trop vite sa nouvelle découverte sur le marché, prenant soin de ne pas sauter immédiatement sur toutes les demandes afin de lui faire prendre un bon départ. À la manière dont elle se déplaçait, le premier jour, dans son bureau, Joanna avait tout de suite vu qu'elle manquait d'expérience. Elle ne se faisait pas de souci à ce propos, ça s'arrangerait. Mais il ne fallait pas aller trop vite en besogne si on ne voulait pas gaspiller une carrière qui s'annonçait prometteuse. Il fallait surtout qu'elle apprît à marcher comme un mannequin et Joanna lui conseilla de s'inscrire à des cours de danse moderne – jazz et disco. Tara s'exécuta donc, à la plus grande satisfaction de Jason qui finit par l'appeler « ma petite championne du pas glissé ».

Ce jour-là, Tara effectuait son premier travail important – toute une journée à poser dans une garde-robe entière pour le jour et pour le soir. C'était une perspective suffisamment fatigante en soi, mais Jason avait choisi de prendre les photos à l'extérieur, dans le centre à la mode de Sydney, « pour donner aux photos la patine urbaine », comme il disait. Ils se dirigeaient donc vers Elizabeth Street, la grande artère qui traverse du nord au sud le cœur de Sydney. Jason était rigoureux, précis, et très exigeant dans son travail. Tara avait beaucoup appris avec lui en très peu de temps, mais il lui arrivait par moments de flancher, de perdre confiance en elle. Jason sentait toujours venir ces instants de découragement et il se précipitait à son secours, pour la faire rire, la rassurer ou la cajoler au lieu de la harceler comme à l'accoutumée.

« Appuie-toi contre le mur, Welles, respire, repose-toi, ne fais pas attention à la robe, lui dit-il gentiment en percevant la lassitude passer dans ses yeux en même temps que son assurance fléchir. »

En face d'eux, s'étendait Hyde Park. Jason leur accorda une pause et, imitant le ton d'un guide touristique déclara :

« Observez, à votre droite, l'étonnant Mirvac Trust Building. À votre gauche une petite merveille de pierre brune dont on remarquera les jolies colonnes corinthiennes. À côté, vous pouvez admirer la réplique exacte de Notre-Dame de Paris, étayée pour le moment par Mlle Tara Welles, jouant ici le rôle d'arc-boutant… »

Incrédule, Tara se redressa et fit quelques pas avant de se retourner pour regarder le bâtiment sur lequel elle s'était appuyée. Jason disait vrai – la petite église avec son vitrail en forme de rose avait effectivement quelque chose de Notre-Dame de Paris. C'était tellement ridicule qu'elle eut un petit rire :

« J'aime mieux ça, dit Jason d'un ton approbateur. Comment te sens-tu ?

– Dans les vaps.

– Parfait. Vite au travail avant que tu ne tombes par terre. Si tant est que les chameaux tombent par terre. Qu'est-ce qu'ils font ? Ils règlent leurs longues jambes sur position "maintien" et ils meurent debout.

– Tu es un négrier, Jason.

– Moi ? s'écria-t-il feignant l'étonnement. Moi qui suis la gentillesse même. Regarde comme je me suis montré empressé, à te demander si ça allait et tout et tout. Allez au boulot, Welles, et pas de catastrophe, hein ?

– Comme tu es prévenant, mon petit Jason… »

Ils remontèrent l'avenue, s'arrêtant ici et là devant un bâtiment choisi par le photographe pour un détail original ou un contraste. Il était dans son élément, en pleine action, réfléchissant tout haut ou se parlant à voix basse, l'esprit en effervescence. En face de St James Centre, il découvrit une petite cour entourée de murs ocre avec un escalier doté d'une rampe en fer forgé qu'il décréta être « une véritable bénédiction ». Nullement impressionné à l'idée qu'il s'agissait de l'arrière du palais de justice de la Nouvelle-Galles du Sud, il lui fit gravir les marches et les redescendre un bon millier de fois, se pencher à droite, se pencher à gauche et prendre à peu près toutes les poses imaginables en dehors de marcher sur la tête. À la fin, même le sens de la discipline de son métier, qui la faisait obéir sans rechigner à chacune des exigences du petit gnome sautillant autour d'elle, commença à faiblir.

« J'en ai assez, Jason !

— Attends, encore un peu. Tu ne peux pas t'arrêter maintenant. Tu te fatigues un peu vite… »

Il continuait de la mitrailler, songeant par-devers lui que sa moue renfrognée lui donnait l'air merveilleusement rétif.

« Je veux dire, tu es jeune, en forme… enfin, pour ton âge… »

Jason avait appris voilà bien longtemps le pouvoir stimulant d'une insulte glissée au bon moment.

« … et de toute manière, je t'ai payée d'avance, jusqu'à minuit. Allez, redresse-moi ce menton !

— Tu es sans pitié, grogna Tara tout en s'exécutant.

— Parfaitement. Et pire encore. Bon, on remet ça. »

Cet échange, assorti de multiples variations, se répéta tout au long de l'interminable journée. Tara s'accrocha et maintint l'allure jusqu'à ce qu'elle sentît qu'elle n'avait plus rien à donner.

« Jason ! J'ai froid, je n'en peux plus et je veux rentrer chez moi ! »

Elle s'appuya contre un réverbère et ferma les yeux.

« Quelle princesse ! »

Feignant le mépris, Jason s'approcha.

« D'accord, va pour la dame au réverbère ! Pas de problème. Ça ira très bien. Détends-toi. C'est le cliché idéal, d'un classicisme… Garde les yeux fermés, c'est bien. Re-laxe, les yeux fermés, le corps se détend, s'alanguit… Pense… pense que tu es avec ton amant, pense à lui, à l'homme qui te met vraiment dans tous tes états, devant lequel tu fonds littéralement. Tu sens la chaleur qui s'écoule en toi, tu t'abandonnes entre ses bras. Oh, je le déteste… »

Malgré elle, bien qu'elle s'efforçât désespérément de se boucher les oreilles, Tara sentit une vague de souvenirs affreux la submerger en songeant à son corps insatisfait, lorsqu'elle faisait l'amour avec Greg.

« Mais, mais, mais… tu rougis ma parole ! Dis donc, mais c'est ravissant, charmant. Est-ce de passion, pourtant, ou de timidité ? »

La sagacité du photographe ajouta encore à sa gêne.

« Je suis désolée, murmura-t-elle.

– Mais arrête un peu de t'excuser ! la rabroua Jason. C'était fantastique ! Fantastique, je te dis. Tu es une étrange bonne femme, tu sais. Chaque fois que je parle de sexe, soit tu rosis, soit tu deviens toute pâle. Tu as besoin qu'on te prenne en main et Peebles est celui qu'il te faut, qu'en penses-tu ? Maintenant tu vas penser à quelque chose de triste. De vraiment triste, j'entends. Sens ton pauvre petit cœur qui se brise en mille morceaux, je veux un gros chagrin… »

À travers l'objectif, Jason vit Tara s'exécuter, comme hypnotisée. Des larmes jaillirent de ses yeux, restèrent un instant en équilibre au bord de ses paupières puis roulèrent le long de ses joues. Jason était au septième ciel.

« Formidable ! Génial ! Grandiose ! Tu es une merveille vivante. On va vraiment faire quelque chose de toi, Tara Welles. Le plus intéressant parti du monde serait-il en train de perdre la tête ? Je me demande si ce cher Pr Higgins ressentait la même chose avec Eliza Doolittle ? Voilà qui nous donne matière à réflexion, hein, my fair lady ? »

Le rouleau était fini et Jason s'autorisa à regarder en face l'épuisement réel de Tara.

« Mais assez bavardé, dit-il brusquement. Tu parles trop… te voilà en train de philosopher sur la vie et l'amour au lieu de me raccompagner jusqu'à mon lit. Allez, en route. Il fera jour demain. »

La maison des Stewart à Hunter's Hill était à l'abri de la vue, mais les voisins n'étaient pas sourds. Depuis un certain temps, ils commençaient à prendre l'habitude d'entendre des éclats de voix et des hurlements auxquels le quartier n'était pas accoutumé. La querelle, ce soir-là, prenait un tour prévisible.

« Greg ! Greg ! Où vas-tu ? Ne pars pas !

— Lâche-moi ! Laisse-moi tranquille ! Tu pensais que j'allais rester ?

— Greg ! Oh, mon chéri… Greg ! »

Jilly Stewart s'agrippait au bras de son amant pour l'empêcher d'ouvrir la portière de sa voiture. Derrière eux, la porte grande ouverte témoignait de la sortie précipitée de Jilly pour tenter d'empêcher Greg de partir.

« Rentre à la maison ! Je t'en supplie.

— Tu vas lâcher mon bras ! »

Intimidée par sa rage, Jilly relâcha son étreinte. Même si elle semblait poussée ces derniers temps par le désir de provoquer Greg, elle avait une peur horrible de ses accès de rage froide – sachant de quoi il était capable dans un tel état.

« Greg, je t'en prie, insista-t-elle humblement. Je ne veux pas t'ennuyer. Mais c'est que…

– Tu es soûle ! »

Il se détourna avec dégoût.

Elle se remit à hurler, de nouveau incapable de se maîtriser.

« Oui, je suis soûle, et alors ? À qui la faute ? Ce n'est pas toi qui m'y as poussée, peut-être ! »

Et d'un ton hystérique elle imita la proposition de Greg lorsqu'il était entré sous la tente le soir de la mort de Stéphanie : « Allez, bois un coup ! »

Comme toujours, lorsque Jilly atteignait un certain niveau d'hystérie, Greg percevait le signal du danger. La saisissant par le bras, il la poussa brutalement dans la maison, claquant la porte derrière lui. Il la plaqua contre le mur, la maintenant prisonnière de ses bras, et fit un effort pour ne pas avoir l'air trop sérieux.

« Mieux vaut oublier ça, mon chou, hein ? Tu ne crois pas qu'on a intérêt à oublier ça ? »

Sentant son avantage, Jilly en profita :

« Ça ne peut plus durer ainsi ! »

Elle martelait de ses poings serrés la poitrine de Greg.

« Je ne suis pas ta putain ! »

Une lueur de mépris dans les yeux, Greg, en guise de réponse, lui glissa la main entre les jambes, saisit les plis de chair tendre entre ses doigts à travers le fin tissu soyeux et la pinça le plus fort qu'il pût. Puis il se détourna pour gagner la porte.

Hoquetant de douleur, Jilly se jeta contre la porte pour lui barrer le passage.

« Ne me laisse pas, Greg ! Ne me laisse pas ! »

Il s'arrêta, parfaitement calme. Au bord de la folie, elle supplia à travers ses sanglots :

« Reste avec moi, Greg, je te donnerai tout ce que tu voudras, mon argent, tout ce que j'ai. J'irai en chercher demain quand les banques seront ouvertes, mais je t'en supplie, ne me laisse pas toute seule ce soir. Je te donnerai tout mais reste. Chéri, s'il te plaît… »

Greg céda. Mais il ne montra pas à Jilly à quel point ses paroles l'avaient radouci, ni la satisfaction intérieure qu'il en ressentait. Il hocha du chef, simplement, d'un petit geste brusque. Le soulagement de Jilly était pitoyable :

« Allez, viens. On va au salon, oui, c'est ça – je vais nous servir à boire. »

Jason Peebles était très sourcilleux à propos de ce qu'il buvait. Jamais d'alcool, seulement du vin et du champagne quand il en avait l'occasion, et si ce délicieux breuvage pétillant pouvait couler à flots, ma foi, tant mieux. En l'occurrence, on ne lésinait pas ni sur la qualité ni sur la quantité, car Tara Welles faisait la couverture de *Vogue* ! Un cliché de la mémorable séance d'Elizabeth Street avait été sélectionné pour le lancement de la mode d'automne et Joanna avait relevé le défi que Tara lui avait lancé tout de go, en préambule à leur premier entretien.

La petite fête battait son plein dans le studio de Jason où Joanna et Tara s'absorbaient dans la contemplation des exemplaires de *Vogue*, se délectant de leur triomphe. Joanna leva sa coupe pour porter un toast :

« Mesdames et messieurs, information de dernière minute – voici Tara, le visage qui a séduit le monde de la mode, et que l'on va bientôt s'arracher !

— Ouah, c'est qu'elle me séduit, moi ! dit Jason en s'approchant derrière Tara pour la saisir par la taille. Tu sais que tu me plais, hein ? Grrrh !

— Nous ne voulons pas le savoir, n'est-ce pas, Tara ?

— Oh, bon, d'accord, fit Jason en jouant les petits garçons. À moi de porter un toast alors : À la coqueluche du mois !

— Et à nous ! fit Joanna qui avait l'air de beaucoup s'amuser.

— À nous ! répéta Tara en choquant son verre d'un geste enthousiaste contre celui de Joanna.

— À nous ? demanda Jason d'un ton incrédule. Vous n'incluez pas dans ce nous Jason Peebles, le génial fabricant de stars !

— Merci infiniment, affreux petit bonhomme !

— À vous deux, intervint Tara. Merci à vous deux. Pour tout. »

Joanna regarda de nouveau la couverture.

« Six mois, presque jour pour jour. Pas mal tout de même !

— Pas mal ? la reprit de nouveau Jason.

— Bon, extraordinaire, génial, dément, ça va ? »

Jason se tourna vers Tara.

« Alors mon coco, quel effet ça te fait d'entrer dans la confrérie de l'élite avant-gardiste ? De la part des membres honoraires, j'aimerais te souhaiter la bienvenue. »

Tara éclata de rire.

« Grands dieux !

— Tut tut tut. »

Jason fit une grimace réprobatrice.

« L'avant-garde ne dit pas "grands dieux", mon petit. Beaucoup trop provincial. Il va falloir rafraîchir notre vocabulaire, l'enrichir de quelques jurons bien juteux…

— Jason ! Je ne te laisserai pas corrompre mon mannequin vedette !

— Pardon, maman. J'avais oublié que de ton temps on couvrait les pieds des pianos pour préserver l'innocence des jeunes filles. »

Joanna brandit sa coupe de champagne d'un geste menaçant.

« Où veux-tu que je le renverse, sur ta tête ? Sur tes genoux ? Tu as l'embarras du choix ! »

Jason secoua la tête d'un air chagrin.

« Elle serait capable de le faire, tu sais. »

Tara se pencha vers eux, amusée de leur petit jeu de provocation mutuelle, reconnaissante du sens de profonde camaraderie qu'ils lui avaient fait connaître.

« Je vous dois tant à tous les deux, dit-elle sincèrement. Vous m'avez tout appris. »

Joanna la regarda d'un air affectueux.

« Le jour où tu es entrée dans mon bureau la première fois, j'ai vu que tu avais quelque chose de spécial – quelque chose de mystérieux, d'indéfinissable. Je ne sais ce que c'est, mais c'est absolument unique, ma chérie !

— J'ai trouvé ! s'écria Jason, comme pris d'une inspiration soudaine. C'est le Sphinx ! Sans âge… l'image de la maturité et de la sagesse, contredite par un visage de jeune fille. Ça fait un mélange d'une sacrée force. Ne regarde pas tout de suite, mais tous les hommes te boivent des yeux.

— J'ai lu tes annotations sur le contrat proposé par la télé, poursuivit Joanna. C'est drôlement impressionnant. Je veux dire, tu as soulevé tous les points que je voulais discuter. Où as-tu appris le droit des contrats ? »

Tara sourit évasivement.

« Pure intuition, j'imagine.

– En tout cas, si jamais tu décides d'abandonner ton métier, tu auras toujours du travail en coulisse !

– En coulisse ! » Jason était horrifié. « Laisse tomber, maman, alors qu'elle se hisse tout juste à l'avant-scène. Et dire que c'est censé être le premier agent de Sydney ! »

Il vint se coller contre Tara et la serra contre lui.

« Ne t'occupe plus de la vieille et viens dans ma casbah, petit cœur – je serai ton Pygmalion, ton agent, ton amant fougueux et plein d'autres choses encore – qu'est-ce que tu voudrais ? »

11

Une longue journée fatigante tirait à sa fin. Devant le miroir du salon d'habillage, Tara examinait d'un œil critique les marques de lassitude sur son visage. Au lit de bonne heure, ce soir, se dit-elle. Tout de suite en rentrant – un dîner léger, un bon bouquin et hop ! au lit ! Elle ramassa son sac, jeta un coup d'œil autour d'elle pour s'assurer qu'elle n'avait rien oublié, éteignit les lumières et entra dans le studio de Jason déserté.

Tara était fatiguée mais contente. Elle s'était remise au travail après la petite célébration. Jason, de son côté, avait continué à sabler le champagne. Il n'était pas vraiment soûl, mais nageait en pleine euphorie. Debout sur le seuil de la porte, elle le regarda affectueusement qui, sans se savoir observé, faisait le tour de son studio pour éteindre les spots. Arrivant près d'une moto qui avait servi d'accessoire lors d'une séance de photos, il l'enfourcha nonchalamment, sa coupe de champagne à la main.

Tara s'approcha de lui.

« Salut, Sphinx ! lança-t-il d'un ton joyeux. Tu sais, je connais ton visage à peu près aussi bien que je connais le mien – et je ne sais absolument rien de toi. Dans une lumière douce, diffuse… je pourrais te faire paraître vingt et un ans, pas plus. Mais en plein soleil – combien ? Trente-cinq ? Trente-neuf ? »

Tara garda le silence.

« Tu ne veux rien dire, hein ? Comme le Sphinx. L'éternelle beauté féminine qui emporte son secret dans l'immortalité. Elle a bien gardé le secret… tout comme toi. »

Il la regardait droit dans les yeux et l'étrange profondeur de son regard troubla Tara.

« Qu'est-ce que je sais de toi ? Rien. J'ai l'impression de te connaître depuis toujours et la seule chose que je connaisse en réalité, ce sont tes yeux, et ton merveilleux sourire. Vous êtes une énigme pour moi, mademoiselle Tara Welles, et je me casse la tête un peu plus tous les jours sur cette énigme. »

Comprenant ce qu'il cherchait à dire, Tara retint un soupir. Elle avait senti que cela arriverait peut-être un jour, mais sans certitude. Elle n'avait jamais rencontré personne comme Jason auparavant et il plaisantait tellement à tout propos qu'elle ignorait s'il était sérieux ou pas. Elle réfléchit à la manière dont elle allait s'y prendre.

« Et pourquoi est-ce que je pense sans arrêt à toi ? poursuivit Jason. Pour la même raison que tous les garçons du monde ont toujours pensé aux filles, depuis Adam et Ève… Roméo et Juliette. »

Il était temps d'intervenir.

« Daphnis et Chloé », dit doucement Tara. Elle sentait instinctivement qu'il fallait l'arrêter maintenant, ne pas le laisser aller plus loin, afin de leur éviter à tous deux la tristesse et la gêne.

« Tu sais ce que tu es, Jason ! continua-t-elle gentiment. Tu es trop romanesque. Tu vois quelque chose qui n'existe pas dans une pauvre fille ordinaire.

— Ça, c'est mon secret. »

Jason eut un sourire et Tara songea que c'était le plus sérieux qu'elle lui eût jamais vu. Mais il avait reçu son message tacite. Il s'en tiendrait là. Il leva sa coupe dans un geste chevaleresque :

« À nous, alors ! Et aux secrets bien gardés. »

Tara lui sourit avec tendresse et gagna la porte.

« Bonne nuit, Jason.

— Eh ! »

Elle s'arrêta net et pivota sur les talons pour le regarder.

« Tu es bien sûre que tu ne veux pas faire un tour sur ma moto ? »

Elle secoua la tête.

« Je rentre me coucher. »

Seul dans le studio, Jason leva son verre bien au-dessus de son épaule et dans un geste d'adieu vieux comme le monde, le retourna lentement et le laissa tomber par terre, où il se brisa en mille morceaux.

Tara traversa la ville illuminée, animée à l'heure où ses habitants étaient nombreux à rentrer du travail. Dès qu'elle avait commencé à avoir un certain succès dans son nouveau métier, assorti à des cachets élevés, elle avait quitté son hôtel des Rocks pour un appartement dans l'un des immeubles résidentiels d'Elizabeth Bay, d'où elle jouissait d'une vue magnifique sur le port de Sydney. Le corps las et le cœur lourd en songeant à Jason et aux hasards de l'amour, elle emprunta l'ascenseur pour monter jusque chez elle.

À l'instant où elle introduisait la clef dans la serrure, elle entendit un miaou familier et le pauvre minet efflanqué, désormais métamorphosé en gros chat fourré, vint se frotter à ses jambes quand elle entra.

« Mon petit Maxie... »

Elle se pencha pour le prendre dans ses bras.

« Comment vas-tu mon chat ? Tu as passé une bonne journée ? »

Elle ôta ses souliers et, pieds nus sur la moquette, se rendit au salon.

« Tu veux que je te confie un secret, Max ? J'ai peut-être l'air d'avoir vingt-huit ans, mais je t'assure que mes jambes en ont quarante, ce soir ! Elle reposa le chat pour gagner la chaîne stéréo. Depuis son nouvel emménagement, elle avait pu retrouver l'un des plaisirs de son existence : la musique. Ses cours de disco et de jazz avaient élargi ses goûts et elle n'écoutait plus seulement ses classiques préférés. Elle pressa un bouton et la poignante lamentation de Barbra Streisand et Neil Diamond emplit l'air. *You don't bring me flowers anymore.* Avec un soupir, elle se laissa tomber sur le profond canapé et laissa errer son regard autour d'elle.

Elle dut convenir qu'elle n'était pas mécontente de ce qu'elle voyait. Dans la pièce élégante, la seule couleur vive était le rouge corail de la moquette, mis en valeur par les murs blancs. Le style moderne des meubles design italiens en verre et en chrome était adouci par de lourds rideaux qui tombaient du plafond jusqu'au sol de chaque côté de la « merveilleuse fenêtre », ainsi que l'avait baptisée Tara en la voyant pour la première fois. Car en fait de fenêtre, c'était une baie vitrée, ou plus précisément un mur de verre, qui donnait sur le port. Les eaux de la baie reflétaient les humeurs du ciel tel un amant fidèle celles de sa bien-aimée, et toutes avaient leur charme particulier. Tara prenait autant de plaisir à l'averse rayant la baie qu'au soleil implacable. Elle ne connaissait pas de meilleure détente que de s'asseoir devant sa fenêtre merveilleuse et de poser les yeux sur le monde qui s'offrait à elle.

« J'ai travaillé dur, aujourd'hui, Maxie, dit-elle. Un travail de chien. C'est une plaisanterie, mon minet. Tu pourrais rire ! »

Maxie ne rit pas, ayant soudain porté toute son attention au mouvement que sa maîtresse venait de faire en direction de la cuisine, ce qui était l'annonce d'un souper imminent.

« Alors, qu'est-ce que tu penses de nos nouvelles pénates, poursuivit-elle en fouillant à la recherche d'un ouvre-boîte. Un peu cher, peut-être, mais on l'a bien gagné, pas vrai ? Gagné, Maxie, tu m'entends ? C'est la première fois de ma vie qu'il m'est donné d'éprouver ça et tu veux savoir quelque chose ? C'est drôlement agréable ! Tu devrais essayer une fois, pour voir. »

Elle posa l'assiette remplie de pâtée sur le carrelage où le chat s'enroulait autour de ses jambes en ronronnant de plaisir.

« On va te chercher du travail, d'accord ? Qu'est-ce que tu sais faire ? Mannequin, ça te plairait ? Ou bien on va te trouver une jolie chatte pour te tenir compagnie en mon absence. Je ne te demande qu'une seule chose, Maxie, tu ne t'enfuiras pas en me laissant toute seule, promis ? Je me sentirais horriblement esseulée si je ne t'avais plus, tu sais. »

Tout en parlant, elle allait et venait dans l'appartement luxueux en rangeant vaguement. Stéphanie ne s'était jamais non plus occupée d'une maison mais Tara s'en tirait très bien. Elle gagna sa chambre pour troquer ses vêtements de travail contre une vieille robe de chambre qui, si tant est qu'elle eût été un jour à la mode, ne l'était en tout cas plus depuis longtemps. Elle s'étira, bâilla :

« Le problème, c'est que je suis trop vieille pour tout ça, mon minou, dit-elle à l'adresse de Maxie. Enfin, si ça sert à la cause… »

Elle laissa sa phrase, lourde d'implications, en suspens dans les airs. J'y penserai demain, se dit-elle.

Enfin bien à son aise, elle retourna jusqu'à la porte près de laquelle elle avait laissé tomber ses sacs en tas en entrant. Elle tira de l'un d'eux un paquet qu'elle était allée chercher dans une boutique en chemin et l'emporta dans sa chambre pour l'ouvrir. Tirant sur le ruban adhésif, elle défit le paquet révélant deux photos encadrées. Tara les regarda attentivement. La première représentait une adolescente assise devant un piano, la tête rejetée en arrière comme à la recherche de l'inspiration, les mains suspendues au-dessus des touches. Sur l'autre, un jeune garçon en plein effort s'apprêtait à donner un coup de pied dans un ballon. Sarah et Dennis. Tara demeura longtemps à les regarder l'un et l'autre comme pour se rassasier de leur image. Maxie vint se blottir sur ses genoux mais il ne resta pas longtemps, dérangé par les gouttes salées qui lui tombaient sur le nez.

« Bientôt, mes chéris », chuchotait-elle, couvrant de baisers le verre froid des cadres. Et pour elle-même, elle prononça la formule bien rodée à laquelle elle s'était si souvent accrochée : « Il faut tenir le coup. Tenir le coup ! »

Plus tard, Tara se prépara du thé, sur un plateau qu'elle transporta jusqu'à la petite table qui lui tenait lieu de bureau. Elle alluma la lampe dont le halo lumineux vint éclairer un cahier qui avait beaucoup épaissi. Tara avait continué inlassablement la compilation entreprise à Orphée. Aujourd'hui, se dit-elle, elle avait atteint son premier objectif : devenir la femme prestigieuse qu'il fallait qu'elle fût. Elle était prête, désormais, à s'embarquer pour la vengeance. La phase active, songea-t-elle. C'est le moment ou jamais. À côté du cahier, était posé un exemplaire d'un journal sportif, *The Sports Review*, qui titrait : TENNIS : MATCH DE CHARITÉ. « Greg Marsden, lisait-on ensuite, l'ex-champion de Wimbledon, jouera pour les vieux sportifs démunis. Le Tout-Sydney est attendu sur les gradins pour applaudir un événement qui promet de compter parmi les plus marquants de la saison. Le champion recevra ses invités au cours d'une réception qui suivra la compétition sportive. Marsden, qui porte encore le deuil de sa femme, la riche héritière Stéphanie Harper, disparue dans des circonstances tragiques et mystérieuses... »

Tara saisit la paire de ciseaux posée à portée de sa main. D'un geste méthodique, elle entreprit de découper l'article et la photo qui l'illustrait, puis détacha le bon d'inscription que les lecteurs intéressés devaient remplir et envoyer. Ensuite elle colla le tout dans son cahier. Greg la regardait, beau, séduisant, le mal en personne. Rien n'avait changé. Tout son être criait vengeance. Vengeance ! Vengeance !

Sur le court central, Greg Marsden donnait une démonstration du talent mondialement reconnu qui l'avait mené jusqu'à Wimbledon voilà quelques années. Le service puissant envoya une balle précise par-dessus le filet et si son adversaire parvint à la rattraper, il faillit bien en lâcher sa raquette tant elle arrivait avec force. Le coup droit envoya une balle rasante qui tomba à un cheveu de la ligne, mais à l'intérieur plutôt qu'à l'extérieur comme d'habitude. La même chose était vraie du lob qu'il expédiait très haut au-dessus de la tête du joueur trop naïf pour s'y laisser prendre et qui se précipitait au filet pendant qu'elle retombait en douceur à l'autre bout du court. Quant à son revers, il avait plus de mordant que le coup droit de la plupart des joueurs. Chacun de ses coups était précis et infaillible, et les points s'accumulaient en sa faveur, set après set, tandis que les gradins tremblaient sous les ovations de ses fans.

Hélas ! cette partie magnifique ne se déroulait que dans l'imagination de Greg. Car les services époustouflants qu'il se préparait à assener se transformaient sous sa raquette en balle trop molle que son adversaire n'avait aucun mal à intercepter et s'il élaborait mentalement le smash fulgurant qui pulvériserait son adversaire, il ne parvenait pas à lui insuffler la puissance d'autrefois. Il savait qu'il n'était pas en bonne condition physique, mais il n'aurait pas cru qu'il jouerait si mal. Il s'était entraîné assez régulièrement à son ancien club et il avait même battu Lew Jackson. Il avait accepté l'invitation à l'œuvre de charité car, sollicité en tant que vedette, il était convaincu qu'il tiendrait effectivement la vedette. Il pensait éliminer rapidement le jeune joueur qu'on lui avait choisi pour adversaire, persuadé que les organisateurs auraient judicieusement sélectionné quelqu'un capable de maintenir le jeu à un niveau compétitif sans risquer de surpasser le champion pour autant. Il pensait aussi que ce genre de manifestation servirait sa réputation et qu'il y rencontrerait la crème de la haute société de Sydney, ce qui pouvait toujours être utile. Avec un peu de chance, il dégoterait même, qui sait, une autre Stéphanie Harper – mais le genre sexy cette fois.

Dès l'instant où il avait vu son adversaire, dans les vestiaires, il avait senti que quelque chose clochait. Le gamin était très nerveux, inquiet, les mains crispées sur sa raquette et marmonnant pour lui-même. Sur le court, on aurait dit un tigre hors de sa cage. Il avait dominé Greg en cinq minutes. Et ce dernier n'avait plus songé qu'à sauver la face, se concentrant pour ne pas subir une défaite trop humiliante.

« Quarante-quinze. »

La voix du speaker résonna par-dessus la foule silencieuse. Tous les yeux étaient rivés sur les joueurs qui se démenaient comme de beaux diables sur le court, mais surtout sur la grande silhouette échevelée, arrogante, de Greg Marsden. Contrairement à son cadet, Greg était extrêmement attentif à la galerie de ses admiratrices, des femmes de tout âge qui observaient chacun de ses gestes dans un état proche de la transe, et poussaient des cris chaque fois qu'il touchait la balle. Elles étaient toutes venues pour lui, pour assister à sa victoire. Il adressait un sourire ici et là chaque fois qu'il en avait l'occasion. Il savait comment s'en tirer vis-à-vis d'elles en gardant la tête haute. Il était battu, certes, mais ce qui comptait, c'était de ne pas en avoir l'air.

Au milieu de ses adoratrices battait le cœur qui le haïssait avec une passion plus grande encore que celle qui transportait les autres d'amour. Assise à côté de Joanna Randall, Tara assistait au match, la proie d'un tourbillon d'émotions conflictuelles. L'apparition de Greg, qu'elle redoutait tant, n'avait pas été trop pénible. Il était loin et la silhouette qui disparaissait sous les raquettes et les serviettes ne lui rappelait que très vaguement celui qui avait tenté de lui ôter la vie et avait failli parvenir à ses fins en la condamnant à une mort abominable. Mais quand il se rapprocha, elle fut assaillie par des sentiments douloureux et à mesure que la partie avançait, son agitation allait croissant. Elle se contraignit à l'immobilité et au calme.

« Il avait une carrière magnifique devant lui. »

C'était la voix de Joanna, près de son oreille.

« C'était un jeune talent prometteur à ses débuts. Mais il s'est arrêté en chemin. »

Elle eut un petit rire.

« À mon avis, il avait du mal à se tirer du lit le matin, si tu vois ce que je veux dire. »

Une douleur fulgurante comme un coup de poignard déchira le cœur de Tara.

« Toujours est-il qu'il a gâché un bel avenir. »

Joanna bâilla et consulta sa montre.

« Et il est en train de gâcher cette partie aussi, regarde-moi ça. Quand je pense que je me suis laissé traîner ici au beau milieu d'une journée de travail. Je suis une femme très occupée, bon sang ! Si encore c'était du football…

— Whiteman mène par deux à zéro ! »

Tara prit une profonde inspiration.

« Tu l'as déjà rencontré, d'après ce que tu m'as dit, Jo ?

— Oui, comme la moitié de la population féminine d'Australie, ma chérie. Il y a un an ou deux, dans le même genre de manifestation, je ne sais plus très bien. Pourquoi ?

— À quoi ressemble-t-il ?

— Greg Marsden est un chat de gouttière avec un soupçon de distinction. Il s'est retiré en beauté, en épousant une riche héritière. Stéphanie Harper. Tu as dû entendre parler de cette histoire, à l'époque. Elle a été tuée pendant leur lune de miel. Un accident affreux… un crocodile, horrible, vraiment.»

Joanna frissonna.

Horrible, oui, on peut le dire, songea Tara.

«Tout le monde disait qu'il l'avait épousée pour son argent, évidemment, ajouta Joanna. Je ne l'ai jamais rencontrée, elle. Ce n'était pas le genre mondain, apparemment, pourtant, elle aurait facilement pu fréquenter l'élite si elle avait voulu, avec une fortune pareille. Mais ça m'a fait un choc, je me souviens, quand j'ai lu ça. Si ça se trouve, c'est lui qui l'aura poussée par-dessus bord!»

Elle regarda distraitement autour d'elle.

«Non mais regarde-les, je suis sûre qu'il n'y en a pas une ici qui ne se jetterait pas sous un train si Greg Marsden le lui demandait. C'est dingue! Elles sont toutes là à tirer la langue…

– Chhhut!», siffla une spectatrice en colère.

Tara avait rosi. Joanna la regardait du coin de l'œil.

«Je n'en crois pas mes yeux! Toi aussi! C'est pour Greg Marsden que tu m'as entraînée ici?»

Tara se mit en colère.

«Mais non! Bien sûr que non! J'aime le tennis, voilà tout.

– Au fait! fit Joanna, une idée venant de lui passer par la tête. Il faudra dire à Jason de prendre des photos de toi sur un court de tennis – tu m'y feras penser?

– Toujours pro, hein?», fit Tara, souriant faiblement, avant de s'absorber tout entière dans le drame qui se jouait devant elle. Tournoyant, courant en tous sens après les dernières balles du match, Greg était en train de perdre. Les applaudissements qui saluèrent le vainqueur furent plus que tièdes mais ce dernier ne sembla pas y prendre garde. Quant à Greg, soignant son personnage, il monta au filet pour féliciter chaleureusement son adversaire, distribuant son fameux sourire à la ronde. Puis les deux joueurs quittèrent le court.

Pendant la réception qui suivit, Tara se rendit compte qu'elle était d'un calme olympien. La fièvre qu'elle avait ressentie l'avait quittée et elle se sentait capable d'affronter froidement les événements qui l'attendaient. Ignorant le rôle qu'elle jouait en réalité, Joanna arrivait, portant deux coupes de champagne.

« Vu le prix des billets, autant profiter des consommations gratuites. »

Elle trempa les lèvres dans la sienne et son expression changea.

« Ce n'est pas précisément ce que j'appellerais un bon cépage, pouah ! » Elle jeta un regard circulaire. « Tout cela est d'un ringard ! »

Soudain, une rumeur parcourut l'assemblée, signalant l'arrivée de quelqu'un d'important. Greg Marsden franchissait la porte des vestiaires. Il ne s'était pas donné la peine de se changer ni de se doucher pour que l'effet produit sur ses fans soit à son comble. Après un silence, les groupies se précipitèrent vers lui en poussant des cris.

« Non mais regarde-moi ces femelles en folie ! Il aurait aussi bien fait de sortir à poil ! »

Tara le regardait avec attention. Il signait des autographes, jouant les jolis cœurs, souriant et décontracté. Comme s'il avait senti son regard posé sur lui, il leva les yeux. Il croisa son regard et elle se détourna avec une nonchalance calculée. Mais il l'avait remarquée et chaque fibre de son être se concentrait pour l'attirer jusqu'à elle.

« On dit que Marsden a une prédilection pour les nouvelles têtes, surtout les têtes connues. Et qu'il adore relever les défis. Tu ne diras pas que je ne t'ai pas prévenue. Ne regarde pas... » Elle jeta un coup d'œil par-dessus l'épaule de Tara. « Le voilà, telle une abeille sur un pot de miel.

– Mesdames... »

Ce ton enjôleur... qui dissimulait un cœur dur comme la pierre. Tara se tourna vers lui. Elle regarda dans les yeux mêmes qu'elle avait suppliés quand le crocodile l'avait entraînée vers le fond.

« Greg Marsden », dit-il. Il eut un sourire gamin : « Je ne crois pas que nous ayons été présentés. »

C'est lui qui a voulu me tuer. C'est lui qui s'est emparé de mon existence innocente et l'a gâchée, détruite. C'est le mari que j'aimais tant, que j'aimais plus que moi-même. C'est lui qui...

« Non, dit-elle, tendant la main avec un sourire charmant. Je n'ai pas encore eu ce plaisir. »

Le travail de secrétaire n'est vraiment pas drôle, songeait Suzie, le bras droit de Joanna. Elle était toute seule à l'agence pour assurer la permanence : le téléphone sonnait sans interruption, le ménage n'avait pas été fait depuis la veille et pour couronner le tout, on apportait des bouquets de fleurs toutes les cinq minutes, si bien qu'elle devait descendre du premier étage en courant pour les recevoir et remonter aussi vite. Son soulagement fut immense quand elle vit revenir Joanna, à l'instant où elle signait un énième reçu pour une énième corbeille de fleurs.

« Grands dieux ! », s'écria Joanna en découvrant toutes les fleurs dans son bureau. Elle avait l'habitude d'en recevoir après un défilé de mode réussi, mais cela n'avait jamais atteint de telles proportions. Elle était encore occupée à les contempler quand Tara entra. Savourant l'effarement de la jeune femme, elle lâcha la bombe :

« Elles te sont adressées.

— Quoi ? Tout ça ?

— Presque tout. On a eu un succès fou hier soir et il y a quelques bouquets de nos publicistes, mais tout le reste, pour ainsi dire… – d'un geste large, Joanna désigna les œillets, les chrysanthèmes, les roses et les glaïeuls – … c'est pour toi. Devine de la part de qui ? »

Tara s'approcha de la corbeille la plus proche et lut la carte qui y était épinglée : « Dînons ensemble, ce soir, demain soir, tous les soirs. » Le message était signé d'un simple « G ».

Tara sentit son cœur se soulever, triomphant. Très calme en apparence, elle se tourna vers Joanna dont la curiosité ne connaissait plus de bornes.

« Qu'est-ce que vous êtes devenus, hier soir, tous les deux ? Je t'ai vue partir avec lui…

— Il m'a accompagnée à ma voiture.

— Ta voiture ! Depuis quand as-tu une voiture ?

— Depuis hier. Je me suis dit qu'un mannequin qui s'apprêtait à tenir la vedette dans l'un des défilés de haute couture les plus prestigieux de l'année se devait d'avoir une voiture. Si c'était un succès, je l'aurais bien méritée, et si ce n'était pas terrible, j'en aurais bien besoin pour me consoler !

— C'est fantastique ! Un nouvel appartement, maintenant une voiture ! Tu dois avoir un bon agent, dis donc !

— Le meilleur, fit Tara en lui pressant le bras.

— Que veux-tu que j'en fasse, alors ? Ton amoureux va nous empêcher de travailler en nous encombrant comme ça !

— Tu n'as qu'à les donner, dit Tara, l'air indifférent. Débarrasse-t'en. Distribue-les aux filles qui en auront envie. Et ce n'est pas mon amoureux. Je suis rentrée seule… après avoir refusé son invitation à dîner.

— Hou là là, attention au rhume des foins ! »

Jason venait de faire son entrée, spectaculaire comme à l'accoutumée, feignant de suffoquer comme s'il avait respiré des gaz asphyxiants.

« Enlevez-moi ça tout de suite ! Qui est ton fervent admirateur, maman ? »

Détachant les cartes, il entreprit de les lire, son visage s'assombrissant à mesure. Puis il tourna les talons. Il s'arrêta avant de franchir le seuil.

« Si j'avais su que tu t'intéressais tant au tennis, je me serais acheté une raquette ! lança-t-il, et il s'en fut.

— Il est complètement fou ! dit Joanna, étonnée. Mais parle-moi plutôt de Greg Marsden et de toi.

— Comment ça, Greg Marsden et moi ? », demanda Tara, toujours aussi calme.

Joanna n'y allait pas généralement par quatre chemins.

« Il te plaît ? », demanda-t-elle tout de go.

Tara détourna les yeux, ne sachant trop que répondre.

« Tu dois bien avoir une vie sexuelle, tout de même. Non ? »

Tara la regarda et, lentement, ses lèvres formèrent le mot « non ».

Joanna parut effarée.

« Je n'ai pas le temps, expliqua Tara. Ou, pour être franche, ça ne m'intéresse pas tellement. »

Joanna émit un long « pfeeeeeuh ! » d'ahurissement.

« Tu ne cesseras jamais de m'effarer, toi alors ! Les filles d'aujourd'hui tombent de sommeil au boulot à force de passer des nuits blanches et mon mannequin vedette a une attitude désuète, et même franchement rétro ! Je n'arrive pas à y croire ! »

Elle s'interrompit, pensive.

« Mais lui non plus n'y croira pas. Greg Marsden n'est pas le genre de type à ça, tu sais. Fais attention, hein ? »

Son visage à l'expression franche et ouverte laissait paraître une inquiétude sincère.

« Prends garde à toi. Ces gens-là n'ont pas de scrupules. Et tiens ta vieille patronne au courant, d'accord ? Dis-moi si tu décides de revoir Greg Marsden. »

Tara eut un sourire énigmatique.

« C'est promis… dès que je le saurai moi-même. »

12

Lorsque Tara quitta l'agence au volant de sa voiture, elle exultait. Je l'ai fait. Je l'ai eu, hurlait-elle en son for intérieur, la proie d'un violent sentiment de triomphe. Elle revit en pensée les événements de la veille.

Joanna avait tenu à préserver le caractère confidentiel de ce défilé réservé aux plus grands noms de la haute couture. On n'entrait que sur invitation, et celles-ci, distribuées avec parcimonie, étaient précieuses comme de l'or. Greg Marsden, qui craignait malgré tout d'être une étoile sur le déclin, avait donc été ravi, en recevant la sienne, de pouvoir se dire qu'il comptait encore parmi l'élite. Ce qu'il ignorait, c'était que la plus belle d'entre toutes, le top model que toute la haute couture de Sydney s'arrachait, avait fait ajouter son nom à la liste.

Tara avait d'excellentes raisons de vouloir que Greg fût présent. Dernière découverte dans le monde de la mode, elle présenterait les modèles les plus époustouflants, les plus originales créations des couturiers en renom et Joanna, qui, elle, la connaissait, réglerait tout jusqu'au plus petit détail, ferait en sorte qu'elle fût toujours à son avantage. Tara n'aurait pu rêver occasion plus magnifique de produire sur Greg une impression dévastatrice.

L'idée de le faire inviter lui était venue en bavardant avec lui autour d'une coupe de champagne, lors de la réception qui avait suivi le match de tennis. Il était si manifestement séduit et intrigué qu'elle avait poussé son avantage en jouant les Mona Lisa impénétrables et énigmatiques. Certaine d'avoir éveillé son intérêt, elle avait soudain pressé Joanna de rentrer.

« Maintenant que je l'ai vu d'un peu plus près, je comprends mieux pourquoi toutes les femmes viennent lui manger dans la main, dit pensivement Joanna tandis qu'elles regagnaient sa voiture. Il a un charme ensorceleur. » Elle eut pour Tara un regard lourd de signification et ajouta en souriant : « Prends garde de ne pas te faire ensorceler. À la manière dont tu viens de le planter là, je suis prête à parier que tu vas entendre parler de lui avant longtemps. »

Tara ne répondit pas.

« D'accord. D'accord, j'ai compris, dit Joanna. Mais je te préviens quand même : tu ne peux pas déjà te permettre de te lancer dans l'aventure périlleuse où ce genre de type ne manquera pas de t'entraîner. Dans six mois, à la rigueur. Et je t'en supplie, ne va pas me gâcher le défilé de ce soir, ou je t'écorche vive. »

Tara espérait de toutes ses forces que Joanna avait raison et qu'elle ne tarderait pas à entendre de nouveau parler de Greg, bien qu'elle ne l'eût en aucun cas avoué ouvertement à celle-ci. Elle comptait fermement que la grande carte incrustée de lettres d'or : « UN ÉVÉNEMENT DE LA HAUTE COUTURE » et « MADEMOISELLE TARA WELLES » ferait sortir le renard de sa tanière. Mais, perdant confiance à mesure que l'heure approchait, le trac ajoutant à son anxiété, elle ne fut pas surprise de voir qu'elle s'était trompée. Au moment de s'engager sur la piste, ayant vérifié les places réservées aux invités, elle savait précisément de quel endroit il la regarderait évoluer. Mais dès qu'elle quitta les coulisses pour pénétrer dans la lumière, elle vit que sa table était inoccupée.

Peut-être est-ce mieux ainsi, se dit-elle quand elle regagna l'abri des coulisses pour se préparer à sa prochaine apparition. Il faut absolument que je me concentre sur ce que je suis en train de faire, se dit-elle. Les autres mannequins couraient en tous sens, les stylistes, les habilleuses, les maquilleurs et les coiffeurs s'affairant frénétiquement sur l'une ou l'autre pour donner la dernière touche avant le passage en piste. Au milieu de ce chaos, Joanna était dans son élément : mi-harpie, mi-mère poule, tantôt tyrannique tantôt cajoleuse, véritable dynamo regorgeant d'énergie.

« Assez ri, mesdemoiselles, on se concentre. Ce n'est pas un jeu mais du travail. Cleo, tu vois bien que ce n'est pas ton casier. Regarde plutôt là, voilà... Kim, tu n'étais pas en rythme avec la musique, compte, bon sang, tu sais compter ! Tu recommences et ça ira mal pour toi, je te préviens, ma cocotte... Jennie, les yeux en l'air, souviens-toi – mais ce n'est pas le bon chapeau, change-moi ça tout de suite ! Allez, c'est à vous, et pas de têtes contrites, hein ? On s'amuse, on s'éclate ! »

Tara constituait le bouquet final de trois défilés distincts, évoluant sur un pas de danse compliqué pour donner au vêtement qu'elle présentait tout son éclat. Deux fois elle revint dans les coulisses après son passage, un sourire radieux aux lèvres mais désemparée intérieurement par l'absence de Greg. La troisième fois, elle ne s'attendait plus à le voir. Mais il était là, qui la regardait d'un œil médusé s'avancer sur la passerelle, flanquée de deux jeunes gens en tenue de baigneurs 1930, et moulée dans un fourreau d'argent qui brillait sous les spots comme du métal, attirant sur elle les regards fascinés de l'assistance.

Dans les coulisses, Joanna se déchaînait.

« Mais remuez-vous, bon sang, remuez-vous ! Qui est-ce qui fume ? ÉTEINS-MOI ÇA IMMÉDIATEMENT ! Si tu m'as brûlé ta robe, c'est toi que je vais brûler vive pour te faire ressembler à Jeanne d'Arc ! Bon, je vous ai à l'œil, tout le monde est prêt pour le bouquet final ? C'est à vous. La tête haute, écoutez la musique... »

Elle avait beau être dans tous ses états, Joanna remarqua aussitôt le changement qui s'était opéré en Tara quand elle rentra dans les coulisses, cette fois-ci, avec un regain de vitalité et un air de triomphe difficilement réprimé qu'elle attribua à l'excitation que devait éprouver Tara après un tel succès. Le cocktail qui suivit fournit une occasion supplémentaire de dérouter, de vexer et d'ensorceler M. Marsden. Surgi brusquement de nulle part pendant qu'elle dansait dans les bras de Jason, il l'enleva non sans goujaterie au petit photographe furibond mais impuissant. Mais Tara avait vengé Jason. Murmurant à l'oreille de Greg : « Je vous prie de m'excuser un instant », elle s'était éclipsée de la piste de danse, de la pièce et de l'immeuble où avait lieu la réception, le plantant là avant qu'il eût le temps de remarquer sa disparition.

C'était un risque calculé. Il pouvait avoir été assez blessé dans sa vanité pour ne plus jamais vouloir lui adresser la parole. Mais vraisemblablement, plus intrigué que contrarié, son goût de la conquête en serait aiguillonné. Et les fleurs, par leur extravagance, étaient là pour prouver qu'elle avait vu juste. Profondément satisfaite, elle formula dans sa tête la réponse qu'elle comptait lui faire. « Vendredi, vingt et une heures trente, chez Solange, Rowena Place. » Avec des fleurs, bien entendu.

Le téléphone sonnait impatiemment mais la silhouette pleine de dignité qui s'en approchait pour décrocher ne s'en hâtait pas pour autant.

« Vous êtes bien au domicile des Harper, bonjour. »

Matey s'enorgueillissait de la manière dont il répondait au téléphone, certain de toujours se montrer à la hauteur, quelle que soit la situation ou l'interlocuteur. Pourtant, même lui ne pouvait espérer pouvoir contenter la jeune femme qui tentait en vain de joindre Greg Marsden depuis quinze jours. Jilly était convaincue que Greg devait être là même lorsqu'il n'y était pas et elle demandait à lui parler avec une telle insistance que Matey avait bien du mal à conserver son sang-froid.

« Non, je suis navré mais il n'est pas là pour le moment. Voulez-vous lui laisser un message ? Je vous assure, madame, que M. Marsden est tenu au courant de tous les messages qui lui sont destinés. Non, je crains ne pas être en mesure de vous préciser pourquoi il n'a pas cherché à vous joindre. Peut-être voudriez-vous laisser un autre message… Non, je suis désolé, mais je ne peux pas vous dire quand il sera là. Il ne rentre pas à heure fixe. Dois-je lui demander de vous rappeler ? » Et cela pouvait durer ainsi très longtemps, Jilly se libérant sur l'imperturbable Matey de toutes les frustrations que lui imposait Greg. Elle finit par abandonner, après avoir submergé le vieux serviteur d'instructions angoissées, puis elle raccrocha. Seigneur, songeait Matey, quelle déchéance pour notre maison d'avoir un maître qui se conduit d'une telle manière si peu de temps après la mort de Mlle Stéphanie… Il demeura quelques instants immobile, perdu dans ses pensées, et quand il repartit à ses occupations, son pas était plus pesant.

« Savez-vous que vous êtes très belle ? »

Greg et Tara dînaient en tête à tête dans l'un des restaurants les plus sélects de Sydney. Tara en éprouvait un sentiment de triomphe quasi palpable, au point qu'elle se demandait comment il ne le percevait pas. C'est la première fois qu'il me dit une chose pareille, songea-t-elle, son cœur bondissant dans sa poitrine, et un instant, une lueur tranchante passa dans ses yeux, semblable à celle qu'elle avait vue à l'instant maudit. Mais baissant pudiquement les paupières elle murmura :

« Merci.

– Tous les hommes doivent vous le dire, poursuivit-il sur le même registre.

– Un certain nombre, oui.

– Ah oui ? Et combien ? »

Elle feignit de s'absorber dans des calculs compliqués.

« Attendez, que je réfléchisse. Lui… et… et, ah oui, lui…

– Mmmm, fit Greg, mimant l'incrédulité.

– Et, j'oubliais…

– Comment ? Lui aussi ?

– Et… et… et…

— Eh là. Du calme. Je suis jaloux de chacun d'eux, sans exception.

— Jaloux ? » Les lèvres de Tara esquissèrent un sourire modeste.

« Mais nous nous connaissons à peine, monsieur Marsden. »

Greg l'observa attentivement par-dessus la table. Sa robe du soir d'un bleu profond seyait merveilleusement à ses yeux et à la nuance de sa peau. Sa silhouette mince et gracieuse exprimait toute la vitalité de sa personnalité et sa conversation aurait soutenu son intérêt des heures durant. Tara lui rendit son regard sans crainte. Depuis la rencontre inopinée de Matey, elle n'avait plus peur d'être percée à jour. Sans compter qu'elle ne risquait rien du côté de Greg. Un autre que lui eût reconnu sa femme à un millier de petits détails inchangés – mais pas Greg Marsden.

Et puis, elle avait préparé avec un soin infini leur première soirée en tête à tête et n'était pas surprise de constater l'effet produit. Elle avait choisi une tenue réellement assassine. Elle connaissait son homme et, forte de cet avantage, avait jeté son dévolu sur une toilette incroyablement sexy mais d'une élégance et d'un raffinement extrême – rien de tant soit peu vulgaire n'aurait séduit Greg. La robe était signée d'un des plus grands couturiers de Sydney, dont les mannequins de Joanna imposaient les créations dans les cercles à la mode. Le tissu délicatement irisé changeait de ton en captant la lumière de sorte qu'il n'était pas simplement bleu mais de toutes les nuances du bleu vif au saphir. Dans la lumière tamisée des bougies, elle semblait rayonner elle-même d'une douce lumière, à la manière des vers luisants.

Croisant le regard de Greg, elle détourna les yeux, jouant l'indifférence. Greg songeait qu'il aurait dû faire de même, remplir son verre, lancer une conversation sur un ton badin. Mais il ne parvenait pas à détacher les yeux de Tara Welles et celle-ci comprenait qu'il était prêt à mordre à l'hameçon. Subjugué, il s'absorbait dans la contemplation de la robe dont le profond décolleté en V plongeait jusqu'à la taille, moulant ses seins délicats. Un lourd collier d'argent lui ceignait le cou, créant un contraste affolant avec la chair douce sur laquelle il languissait de poser les lèvres. À chacun de ses mouvements, ses longs pendants d'oreilles, du même métal précieux, dansaient près de son visage – il aurait voulu les lui arracher et lui faire l'amour par terre, là, sur-le-champ. Elle croisa lentement les jambes et ses sens en émoi entendirent le frottement léger des bas l'un contre l'autre et le frou-frou presque silencieux du dessous soyeux autour de ses jambes. Pour un homme aussi sensuel que Greg, ces bruits émouvants étaient l'appel de la chair que lui lançait Tara, torture d'autant plus exquise qu'il ne pouvait y répondre. Il aurait voulu la déshabiller et la garder dans un lit avec lui une semaine, un mois, indéfiniment. Il avait le sentiment que toutes les femmes auxquelles il avait fait l'amour avant elle n'avaient été qu'un préambule, une préparation pour elle. Il imaginait ses lèvres carmin se promenant sur son corps, ses yeux d'un bleu profond noyés de désir pour lui. Oh, il la lui fallait ! Il ne la laisserait pas lui échapper.

Séducteur, il la reprit :

« Nous nous connaissons à peine, dites-vous ? Mais j'ai l'impression de vous connaître depuis très, très longtemps. Comme si je vous avais déjà vue… dans une vie antérieure ?

— Oh, qui sait, dit doucement Tara, se gardant de toute ironie. Peut-être étions-nous faits pour nous rencontrer.

— Répondez-moi franchement.» Il prit la main que Tara avait posée sur la table et la caressa légèrement. «Y a-t-il un mari, ou un petit ami dans votre vie?»

Tara prit son temps avant de répondre, et choisit ses mots avec soin:

«Il y a eu quelqu'un. Quelqu'un que j'aimais plus que tout, le prince charmant que j'attendais depuis toujours.»

Elle se tut.

«Vous deviez l'aimer énormément en effet, dit Greg. Qu'est-il arrivé?»

La voix de Tara était froide et neutre.

«Le rêve s'est transformé en cauchemar. Je me suis réveillée.»

Elle chercha son regard.

«Et vous?

— Moi?» Sa question l'avait surpris. «Ah, non! Ce n'est pas du jeu!

— Pourquoi? Mais si, je vous ai bien répondu.

— Bon, comme vous voudrez... vous devez savoir que j'ai été marié et que j'ai perdu ma femme... mais rien, vraiment, rien de bien sérieux.»

«Rien de bien sérieux.» Tara dut faire un effort pour garder son sang-froid. Pas sérieux du tout, sans doute, pour un homme tel que toi, songea-t-elle. Elle avait du mal à conserver son expression compatissante mais lui, occupé à jouer son rôle, ne remarqua rien. Avec un sourire qui était la sincérité même il conclut:

«Je suis seulement à la recherche de la seule, l'unique... et quand je l'aurai trouvée, je le saurai, et je serai tout à elle... comme je suis à vous, en ce moment même... »

Tara ne broncha pas.

« De quoi s'agit-il, en fin de compte ? L'amour n'est pas un si grand mystère. Je ne parle pas de la sexualité – qui n'est pas grand-chose. Mais l'affection, le respect mutuel, le sentiment d'être vraiment proche de l'autre, l'amitié... Tara, j'aimerais que nous soyons amis, plus que tout au monde à cet instant. »

Pour la première fois de sa vie, Tara savourait le plaisir de se jouer d'un homme, de l'attirer jusqu'à ce qu'il morde à l'hameçon...

« Seulement... amis ? murmura-t-elle.

– Ce que vous voudrez. »

Greg leva sa main jusqu'à ses lèvres pour y déposer un baiser aussi léger qu'un papillon. Il était satisfait. Si on peut les amener à jouer le jeu, c'est gagné, pensait-il. Et celle-là, je l'aurai. Ce ne sera pas très facile – il sentait quelque chose, sur quoi son esprit s'arrêta, mais qu'il n'aurait su nommer. Cependant, avec son manque de sensibilité habituel, il passa outre. Tu n'as jamais échoué, se dit-il. Cette fois encore, tu seras gagnant.

Leur intimité fut soudain interrompue.

« Greg !

– Phil ! rétorqua Greg, stupéfait.

– Je n'étais pas certain de vous avoir reconnu, dans la pénombre. »

Phillip avait bien failli passer sans faire mine de le voir, mais il avait surmonté son premier mouvement, le jugeant lâche et malvenu. Greg le gratifia de son sourire le plus mielleux. C'était l'occasion rêvée de lui ôter tout soupçon, à propos de Jilly et de lui. Il se tourna vers Tara avec une expression possessive et tendre que Phillip, il s'en assura, ne fut pas sans remarquer.

« Tara, je vous présente Phillip Stewart, un vieil ami de ma femme. Phillip, Tara Welles. »

Voici donc sa dernière conquête, songea Phillip. Pas étonnant que Jilly soit en si piètre état depuis quelque temps. Elle est délaissée. Pour le mannequin en vogue du moment. La pitié lui serra le cœur, comme en écho à celle de Jilly. Il salua Tara poliment, sans plus.

Tara réagit d'une manière désormais naturelle chez elle : en restant parfaitement impassible. L'apparition de Phillip l'avait prise totalement au dépourvu alors qu'elle était concentrée sur son tête-à-tête avec Greg. Elle avait encore du mal à supporter l'irruption subite d'une personne ayant appartenu à son ancienne vie. Et Phil avait incroyablement changé. Sa haute silhouette était voûtée désormais, son visage dont les rides étaient auparavant un attrait supplémentaire semblait à présent seulement fatigué et il avait l'air d'avoir oublié comment sourire. Pauvre Phillip ! Encore une victime de l'égoïsme forcené de Greg. Elle eut un élan de compassion qu'elle réprima, sans rien changer à son expression figée, et lui adressa un sourire vide.

« Comment va Jilly, Phil ? demanda Greg, l'air dégagé.

– Elle va... pas mal... la dernière fois que je l'ai vue, en tout cas. » Il regarda Greg droit dans les yeux. « Je m'absente souvent ces derniers temps. Nous ne nous voyons plus tellement.

– Oh, quel dommage. »

L'expression contrite et étonnée de Greg était totalement convaincante.

« Je trouve, oui, dit Phillip d'un ton neutre. Bon, je dois y aller. Je vous souhaite une bonne soirée. Enchanté d'avoir fait votre connaissance, mademoiselle. »

Phillip a toujours eu beaucoup de dignité, songea Tara. Et il en a plus que jamais besoin. Elle le regarda s'éloigner, le cœur plein d'affection.

« Sympa, ce Phillip, constata Greg. Les Stewart étaient les meilleurs amis de ma femme. »

Comme aiguillonnée par sa remarque, Tara le poussa dans ce sens.

« Parlez-moi de votre femme, Greg. Comment était-elle ? »

Elle vibrait de curiosité.

Greg prit son temps avant de répondre, en termes chaleureux et touchants :

« C'était quelqu'un de bien – altruiste et honnête. C'était la personne la plus généreuse qu'il m'ait été donné de rencontrer. Elle me manque encore... tellement... »

Des larmes apparurent au bord de ses paupières. Des larmes ! *Des larmes de crocodile*, songea Tara dans un sursaut de fureur scandalisée. Elle aurait voulu enfoncer un couteau dans ce cœur dépourvu de tout scrupule. Mais elle attendit.

« Mais elle était son pire ennemi », poursuivit-il.

Il n'aurait pas été de bon ton de donner l'impression que son épouse disparue était trop admirable. Les femmes redoutent d'avoir pour concurrente une sainte dont le souvenir ne sera jamais terni.

« Il faut être fou pour se préoccuper comme Stéphanie de ce que pensent les autres. »

Il s'interrompit, suivant manifestement une idée qui ne lui était pas encore venue à l'esprit.

« C'est bizarre, la première chose qui m'a frappée chez vous, c'est que vous me rappeliez Stéphanie, physiquement. Mais elle… la comparaison est absurde. C'était un vilain petit canard. Vous êtes le cygne qu'elle avait toujours rêvé d'être. »

Il se tut quand le serveur vint remplir leurs verres puis leva le sien d'un geste galant.

« À nous, Tara. À votre beauté. À l'avenir, et à tout ce qu'il apportera.

— À nous », répéta Tara, d'un ton appuyé. À nous, songea-t-elle, à la vengeance qui nous unira.

Le serveur revint, porteur des entrées qu'il disposa sur la table devant eux. Souriante, Tara saisit son couteau et sa fourchette et décapita sa truite avec un regain de détermination.

La Rolls-Royce blanche les ramena en douceur jusque chez Tara. Le simple fait d'avoir à monter dans la voiture qu'elle avait amoureusement choisie pour Greg fut une épreuve supplémentaire pour Tara, venant s'ajouter aux blessures et aux coups d'épingle qui avaient ponctué la soirée. Greg se rangea devant l'un des grands immeubles d'Elizabeth Bay, sortit et fit le tour de la voiture pour aller ouvrir la portière à sa passagère.

Face à face sur le trottoir dans la brise légère qui montait du port, ils se regardèrent ; l'air, entre eux, vibrait de questions muettes, de tensions, de désirs inexprimés.

« Merci… pour cette charmante soirée, dit-elle en baissant les yeux.

— Eh… » Il lui prit le menton pour lever vers lui son visage. « J'ai un long chemin à faire pour rentrer chez moi… Je n'ai pas droit à un café ? »

Ses yeux, insistants, contenaient une invite, une promesse.

Elle recula.

« Je ne pense pas... non, pas ce soir. Je dois me lever tôt. »

Suivit un silence. Mais Greg, beau joueur, se rendit de bonne grâce. Il eut un petit sourire déçu mais hocha du chef :

« Bon, la prochaine fois, peut-être ?

— Peut-être. Bonne nuit, Greg. »

Debout sur le trottoir, elle regarda la Rolls-Royce s'éloigner jusqu'à ce que ses feux arrière eussent disparu à sa vue. Puis elle prit la direction de son propre immeuble, à quelques rues de là. Elle ne s'était pas sentie prête à lui donner sa véritable adresse. C'était encore trop tôt. Elle pénétra dans son appartement comme dans un sanctuaire. Entre ses murs familiers elle put enfin ôter son masque, et au grand désarroi de Maxie, sa maîtresse se mit à pleurer et à rire à la fois, secouée de tremblements convulsifs, lâchant un flot de paroles menaçantes entrecoupées de promesses et de malédictions. Mais, fort de la patience propre à sa race, il attendit que la crise passe.

Tous les membres de l'orchestre avaient tendance à la nervosité lorsque le maestro était dans les affres de la création. Les demandes les plus extravagantes étaient suivies de refus frénétiques et le studio était plongé dans la tourmente jusqu'à ce que le nouveau thème imaginé par Jason finît par prendre la forme souhaitée par le petit despote. Pour le lancement de modèles ultra-sophistiqués du tout dernier cri, il avait eu l'idée de transformer les mannequins en créatures de la nuit, celles qui apparaissent quand les gens ordinaires ont regagné leurs lits innocents. À l'intérieur de cet univers fantastique, Tara et ses compagnes faisaient de leur mieux pour suivre les ordres de Jason afin de mettre en scène sa vision.

« Tu es un vampire, grinçait Jason, ses cheveux fins dressés sur sa tête. Tu es une merveilleuse jeune femme assoiffée de sang et il ne peut pas te résister. Maintenant plante-lui tes dents dans le cou. Allez, vas-y, vas-y ! »

Allongée sur sa proie sans défense, Tara mordilla la pomme d'Adam bronzée qui s'offrait à elle.

« Non, non, non ! hurla Jason. Mords-le, bon sang ! Fais ce que je te dis. Plante tes crocs dans la chair, n'aie pas peur. Et ne t'en fais pas pour lui, il est payé pour ça. Et je veux qu'on voie qu'il a mal… c'est mieux ! Recommence. Et garde les yeux levés, redresse le menton, je ne vois pas tes yeux. Qu'est-ce qu'il y a encore ? Regarde-moi, regarde le petit oiseau, allez, concentre-toi, concentre-toi, c'est raté… »

De fait, Tara avait perdu tout intérêt pour le cou masculin qu'elle avait mordu non sans quelque satisfaction un instant auparavant. Derrière Jason qui ne pouvait la voir, Jilly Stewart venait de pénétrer dans le studio. Tara se sépara du mannequin qui lui tenait lieu de victime et quitta le petit plateau.

« J'ai besoin de me repoudrer, improvisa-t-elle portant la main à son front comme pour y détecter des traces de transpiration.

– D'accord. Cinq minutes pour tout le monde, accorda Jason. Une maquilleuse, ici, tout de suite ! Plus vite que ça ! Et puisqu'on s'arrête, je veux du sang sur celui-là. Un filet de sang qui coule des adorables morsures de Tara, tout le long du cou. Vous pouvez me faire ça à la Dracula ? Et mettez-moi quelque chose sur son nez, il brille comme un lumignon, c'est pas possible ! »

Il allait et venait à travers le studio en beuglant des ordres à la ronde comme une mitrailleuse. « C'est bon, changeons les gels. Otez-moi le rose. Le bleu convient mieux sans aucun doute, avec un peu de vert, peut-être, pour accentuer l'aspect lugubre. »

Au milieu du tohu-bohu général, Jilly semblait lointaine et désemparée. Tara l'examina qui jetait autour d'elle des regards affolés sans savoir à qui s'adresser. À l'instar de Phillip, songea-t-elle, le temps sur elle aussi avait laissé des traces.

De son allure féline, l'un de ses traits les plus remarquables, il ne restait plus qu'un air de chat perdu qui rappela à Tara son pauvre chaton égaré le jour où elle l'avait recueilli. Elle qui était toujours d'une élégance raffinée donnait aujourd'hui l'impression d'avoir oublié de se coiffer et d'avoir mis son rouge à lèvres dans le noir. Mais ce fut l'ancienne Jilly qui renvoya en arrière la mèche lui lui tombait sur l'œil et redressa la tête en frémissant tel un cheval à l'instant du départ. Après tout, songea Tara, tu es sortie entière de tes relations avec Greg Marsden, ce qui n'est certes pas mon cas. Elle s'avança vers elle d'un pas décidé.

« Vous désiriez me voir ?

– Vous êtes Tara Welles ? Je suis Jilly Stewart. Pouvons-nous parler un moment ? »

À son agitation et à ses yeux brillants, Tara devina qu'elle avait dû prendre quelque chose pour se donner du courage avant de venir la voir. Mais elle n'avait nulle intention de lui faciliter la tâche.

« Vous êtes journaliste ?

— Non, non, dit-elle de plus en plus agitée. Je suis… une amie de Greg Marsden.

— Je vois.

— Une amie très proche. »

Tara ne répondit pas. Très proche, se dit-elle, en somme…

« Euh… » Jilly tordait un mouchoir de papier entre ses doigts. « Vous avez rencontré mon mari l'autre soir, Phillip Stewart. »

Tara fit mine de se souvenir brusquement.

« Ah oui, c'est vrai. Greg nous a présentés au restaurant. »

Le silence retomba. Jilly s'enferrait manifestement. Pour finir, elle éclata :

« Avez-vous une liaison avec Greg ?

— Pardon ? »

Tara, scandalisée par l'impudeur de Jilly, ne put s'empêcher de la mépriser.

« Je sais que vous vous êtes vus ! poursuivit celle-ci au bord de l'hystérie.

— Oh…, fit Tara, optant pour une attitude glaciale, distante. Nous nous sommes rencontrés à l'occasion d'un tournoi de tennis. Nous avons dîné ensemble une fois. Voilà tout. »

Jilly perdit alors tout sang-froid.

« Vous mentez ! accusa-t-elle, blême de rage. Je connais Greg Marsden, vous semblez l'oublier. Il est totalement incapable d'approcher une jolie femme sans obtenir tout ce qu'il veut d'elle. S'il se heurtait à un refus catégorique, il ne perdrait pas son temps. Et ça ne lui arrive jamais, de toute manière. Vous êtes sa maîtresse ! »

Même au milieu du vacarme général, dans le studio, on commençait à les regarder. Tara fit un mouvement vers la porte pour détourner l'attention des curieux et dit :

« Écoutez, voulez-vous que nous en parlions tranquillement ? Plus sérieusement ? Il y a un café au coin de la rue, retrouvons-nous là tout à l'heure. »

Jilly la regardait avec des yeux de chien battu.

« J'ai presque fini. Deux ou trois photos et je vous rejoins.

— D'accord », fit Jilly comme si Tara venait de lui jeter une bouée de sauvetage.

La voix de Jason coupa net les bavardages.

« Est-ce que l'un d'entre vous va se décider à travailler, bon sang de bordel ? Vous croyez que je vous paie pour le plaisir que me procure votre compagnie, c'est ça ? Allez, on se remue un peu les fesses ! Plus vite que ça ! Non, mon coco, je n'ai pas le temps de parler à Joanna, et je me fous complètement qu'elle soit d'une humeur noire. Non, ça ne va pas du tout, changez-moi cet éclairage. Il n'apporte rien du tout ! Tara ! Tara ! Où es-tu ? »

Tara sourit et tourna les talons.

« À tout de suite, alors », dit-elle.

Si Jilly avait jeté un regard en arrière avant de partir, elle aurait pu voir une expression très proche de celle d'un vampire se former sur les traits du mannequin qui regagnait le plateau.

La fureur créatrice de Jason se donna longuement libre cours cet après-midi-là et Tara parvint à se libérer beaucoup plus tard qu'elle n'avait prévu. Pestant intérieurement, elle se précipita jusqu'au coin de la rue, persuadée que Jilly ne l'aurait pas attendue. Mais elle n'avait aucune raison de s'en faire. Jilly avait trouvé de quoi se désaltérer et elle était encore plus ivre qu'en quittant le studio. Tara s'en rendit compte immédiatement.

« Je suis vraiment désolée, dit-elle en s'asseyant à la table de Jilly. Ça a duré beaucoup plus longtemps que je ne pensais. Je suis contente que vous ne soyez pas partie. Je n'étais pas certaine que vous ayez eu la patience de m'attendre.

— Ça n'a aucune importance, dit Jilly avec un geste large. » Elle parlait d'une voix traînante. « Qu'est-ce que vous prenez ? » Du signe de tête d'un pilier de bar, elle capta l'attention du serveur.

« Je prendrais volontiers une bière. Oui, une bière bien fraîche.

— Un demi, et un autre scotch, annonça Jilly puis, remarquant les verres vides sur la table, elle entreprit de se justifier :

— Je ne bois que quand j'ai le cafard, vous savez. Quand Phillip n'est pas là, la maison me semble vide…

— Sûrement », dit Tara qui décida de se lancer sans attendre : « Mais vous avez Greg.

— Ah oui ? » Elle lui jeta un regard que l'alcool rendait vague, puis choisit de ne pas se laisser aller à se plaindre. « Oui, oui, c'est vrai. Il a besoin de moi. Mais… – changeant de nouveau de parti pris – j'ai besoin de lui, moi aussi. Je suis accro, intoxiquée à Greg Marsden… comme à cette saloperie. »

Elle avala une bonne goulée de whisky en faisant la grimace. Tara revint à l'attaque :

« Il… il m'a un peu parlé de sa femme. J'ai cru comprendre que vous étiez sa meilleure amie.

— Amies d'enfance, oui. Nos pères se connaissaient. Ils faisaient des affaires ensemble. »

L'ombre d'un mauvais souvenir passa sur le visage de Jilly. Mais bien sûr ! La lumière se fit soudain en Tara, éclairant sous un jour nouveau un épisode de leur passé commun. Le père de Jilly s'est suicidé après l'échec d'une affaire avec mon père ! N'avait-elle jamais cessé d'y penser pendant toutes ces années ? En avait-elle toujours voulu à Stéphanie à cause de ça ? Oh, Jilly !

Elle n'en continua pas moins d'avancer à pas prudents :

« C'est la mort de sa femme qui vous a rapprochés, tous les deux, c'est ça ? »

Jilly considéra cette hypothèse et, la jugeant pratique, acquiesça :

« Oui, oui, précisément, dit-elle d'un ton indifférent. Mais, écoutez, je n'ai vraiment pas envie de parler d'elle. J'en ai par-dessus la tête de tout ça.

— Oh, je comprends », fit Tara d'un ton glacial.

Jilly l'observait non sans perplexité.

« Figurez-vous que Stéphanie était une buveuse de bière. Elle préférait la bière au bon vin, et même au champagne. »

Une idée suivait son cours quelque part dans l'esprit confus de Jilly. Mais Tara remit la conversation sur ses rails :

« Mais que disiez-vous ?

— Ce que je disais… ? Ah oui, je voulais dire que Greg n'a jamais aimé Stéphanie, de toute manière. »

Le visage de Tara refléta ses sentiments :

« Jamais ? Il ne l'aimait pas du tout ?

— Non, dit Jilly, l'air absorbé. C'est lui qui me l'a dit. Je n'ai donc trahi personne en tombant amoureuse de lui. C'est comme s'il avait été libre.

— Mais Stéphanie, elle ?

— Comment cela, elle ?

— Elle était amoureuse de Greg ? »

La question déconcerta manifestement Jilly qui parut la juger parfaitement déplacée.

« Elle ? Était-elle... ? Oui, sans doute. Mais qu'est-ce que...

— Cela peut faire ?

— Bah... »

Malgré son état, Jilly se rendit compte de l'effet épouvantable que ses paroles ne pouvaient manquer de produire.

« Puisqu'elle est morte. C'est vrai, qu'est-ce que cela peut bien faire puisqu'elle est morte ? »

Oh, tu serais bien étonnée, songea Tara.

Jilly se pencha soudain pour jeter un coup d'œil à la montre de Tara.

« Quelle heure est-il ?

— Presque sept heures. »

Jilly laissa échapper un cri d'anxiété.

« Oh mon Dieu, je suis en retard ! Il faut que j'y aille.

— Ah ?

— Oui. » Une lueur de triomphe dans ses yeux de chat, Jilly annonça : « Greg m'attend... à la maison. Il faut que je fonce. »

Tara réfléchit posément et dit :

« Voulez-vous que je vous conduise ?

— Non, je vais prendre un taxi. Je passe mon temps en taxi, on dirait, ces temps-ci.

— Je vous raccompagne », déclara Tara sans oublier de demander : « Où habitez-vous ?

— Vous feriez ça ? À Hunter's Hill. Greg pique des rages infernales quand je le fais attendre. »

Elle gloussa, telle une adolescente amoureuse.

« Avec plaisir », dit Tara sans mentir.

Devant la maison des Stewart à Hunter's Hill, Greg sentait monter en lui la colère. Il était bien près d'exploser. Sale connasse, jurait-il intérieurement. Elle n'arrête pas de me les casser pour me voir et quand je viens elle s'arrange pour n'être pas là. Il ne tolérait pas de trouver porte close quand il arrivait quelque part, de constater que nul n'allait venir l'accueillir. Il avait l'habitude du contraire et avait un besoin maladif de se sentir admiré, désiré, choyé. Réprimant la rage glaciale qu'il éprouvait dans ce genre de situations, il mit ses griefs et sa rancœur en réserve et attendit.

Le trajet jusqu'à Hunter's Hill fournit à Tara l'occasion d'amener Jilly à lui faire des confidences et elle lui arracha sans mal des tas de détails sur ses relations avec Greg. De sorte qu'en arrivant à Hunter's Hill, elles étaient les meilleures amies du monde, dans l'esprit troublé de Jilly du moins. Lorsqu'elle sortit de la voiture, luttant contre l'ivresse qui la faisait légèrement tituber, celle-ci se répandit en remerciements et en protestations d'amitié.

« On se retéléphone, d'accord ? Mon numéro est dans l'annuaire. Appelez-moi. »

Oh, je n'y manquerai pas, songea Tara, car à travers les arbres, en haut de l'allée, elle venait d'apercevoir la Rolls blanche et la haute silhouette de Greg, appuyé contre la porte d'entrée.

« Dépêchez-vous, Jilly, on vous attend, dit-elle d'un ton enjoué. À très bientôt, ne vous en faites pas. »

Puis elle mit le contact et démarra en trombe, sans jeter un regard en arrière pour voir Jilly courir à toutes jambes vers un autre rendez-vous avec le malheur.

13

Dire qu'elle n'avait pas bien dormi eût été encore trop loin de la réalité. Tara était demeurée étendue des heures durant sans pouvoir fermer l'œil, passant mentalement en revue sa rencontre avec Jilly, pour tâcher de placer les nouvelles informations qu'elle avait réussi à glaner à l'intérieur du puzzle sur lequel elle s'acharnait depuis si longtemps. Elle avait fini par s'endormir quelques minutes avant de s'éveiller de nouveau en sursaut, et il en fut de même jusqu'au matin, où elle s'éveilla plus fatiguée que lorsqu'elle s'était couchée. Dans des moments comme celui-ci, elle regrettait ses vingt ans, l'âge où l'on peut se passer de dormir et paraître néanmoins fraîche et rose le lendemain. Le visage qu'elle découvrit dans son miroir l'horrifia tant qu'elle faillit annuler les séances de la matinée. Mais elle n'osa pas encourir les foudres de Jason et se rendit au studio.

Elle arriva très en avance pour donner le temps aux maquilleuses de réparer du mieux qu'elles pourraient les ravages de la nuit. Elle n'était quand même pas prête lorsque Jason arriva, ce qui le mettait toujours dans tous ses états. Jason n'avait plus jamais fait la moindre allusion aux sentiments qu'elle lui inspirait depuis le jour où elle l'avait empêché de se déclarer, quelque temps auparavant. Mais il ne cachait pas qu'elle comptait toujours pour lui, ne ratait jamais l'occasion de manifester sa jalousie à l'égard de Greg et avait manifestement décidé – comme d'autres avant lui – de laisser agir le temps. Tout cela créait entre eux une tension qui n'existait pas au début, du temps de leur affectueuse camaraderie. Et Tara regrettait une amitié qui avait disparu sans que rien vînt la remplacer.

Jason entra sans frapper, ouvrant à la volée la porte de la pièce minuscule qui servait de vestiaire dans son studio surpeuplé.

« Tu en as encore pour combien de temps, Nicole ? demanda-t-il.

– Cinq minutes, répondit machinalement la maquilleuse.

– Mais qu'est-ce que vous foutez là-dedans depuis tout ce temps ? fulmina-t-il, cherchant quelqu'un sur qui épancher sa rage. Vous inventez une façon de baiser encore inconnue, pour faire mumuse les jours de pluie ?

– J'en ai pour cinq minutes, Jason. Ça va ? répéta Nicole du ton de la mise en garde : À moins que tu aies envie de voir les cernes, les poches sous les yeux...

– Cinq minutes, hein ? Et pas une seconde de plus, dit Jason en se retirant. Non, ça ne va pas, mais j'imagine que tu ne peux pas faire mieux. On est prêts et on vous attend, alors tu te magnes le train, hein ? Merci infiniment, votre altesse.

– Je souhaite que ton appareil photo... explose ! hurla-t-elle dans son dos avant de se remettre au travail. Mmmm... il n'y a pas grand-chose à faire contre les nuits blanches, malheureusement. Et la vôtre était mouvementée, apparemment !

– Je suis désolée », murmura Tara.

Elle se maudissait de ne pas avoir avalé une bonne dose des somnifères que Dan lui avait prescrits après les interventions chirurgicales qu'elle avait subies à l'île d'Orphée. Elle en avait encore, au fond de son armoire à pharmacie. Mais elle avait hésité à en prendre de peur d'être mal réveillée pendant la journée. Les phrases de Joanna résonnaient dans sa tête : Aucune défaillance ! Tu dois rester la première ! Elle avait envie de pleurer. Mais son maquillage serait fichu. Elle ferma les yeux.

On frappa fermement à la porte.

« Ça va, Jason, ça va ! Ça ne fait même pas cinq minutes. Fous-nous la paix ! »

La porte s'ouvrit.

« Ai-je entendu "Entrez" ? »

La voix était douce, familière aux oreilles de Tara.

« Bonjour, Tara. »

Elle ouvrit les yeux et regarda bien en face celui qu'elle s'était efforcée d'oublier.

« Bonjour, Dan », dit-elle faiblement.

Il était magnifique, vêtu d'un costume élégant, d'une chemise et d'une cravate parfaitement choisies. Il avait glissé un œillet rouge à sa boutonnière et ce fragile symbole d'amour et d'espoir toucha Tara à un point presque intolérable. Debout dans la pièce exiguë qu'il remplissait tout entière de sa présence, il fixait sur elle ses yeux bruns comme s'il voulait se rassasier de sa vue, après une aussi longue absence.

Soudain, la tête de Jason apparut à côté du bras de Dan. Ignorant totalement celui-ci et Tara, il s'adressa à Nicole :

« Quand le mannequin aura fini de recevoir ses amants et de transformer mon studio en bordel, dit-il méchamment, pouvez-vous avoir l'amabilité de lui rappeler que nous avons du travail. »

Il exprimait manifestement sa jalousie féroce. Il tourna les talons. Tara se jeta sur son sac d'où elle tira précipitamment une carte de visite.

« Excusez-moi, Dan, chuchota-t-elle en lui en tendant une. Ce soir, à huit heures ? D'accord ? »

À huit heures, ce soir-là, au bout d'une journée de travail rendue particulièrement pénible et longue par l'humeur massacrante de Jason, Tara fit à la hâte des provisions pour un dîner exquis à deux et s'arrangea même pour avoir le temps de faire un peu de ménage et de se préparer avant l'arrivée de Dan. À huit heures tapantes, il sonna à la porte, fatigué de parcourir les rues en tous sens depuis trois quarts d'heure. Le besoin qu'il avait de la voir lui faisait mal, comme une douleur physique. Et la journée qu'il venait de passer avait été plus dure encore que toutes celles qui s'étaient écoulées depuis que Tara l'avait quitté.

Les longs mois d'attente, d'espoir sans cesse déçu et enfin de désespoir n'avaient pas seulement eu raison de ses nerfs mais aussi de sa résolution d'oublier Tara. Au point qu'il avait décidé un jour qu'il irait à Sydney, qu'il la trouverait pour lui offrir de nouveau son amour et la convaincre de l'accepter. Arrivé la veille, il était passé au cours de la nuit par des phases d'espoir et de terreur comme un écolier avant un examen. Quand elle ouvrit la porte, son cœur fondit. Elle était ravissante. Il fut incapable de prononcer un mot.

« Entrez, Dan. Entrez. »

Percevant son trouble, elle prit les choses en main avec une aisance plus étudiée qu'avant, nota-t-il. Elle se montrait chaleureuse mais on sentait chez elle une tension intérieure. Du calme, mon vieux, se dit-il, tu trembles comme une feuille.

Elle prit son manteau et le conduisit jusqu'au salon où, comme elle s'y attendait, il fut enthousiasmé par l'immense baie vitrée.

« Quelle vue ! », s'écria-t-il et elle rougit de bonheur.

Elle s'affaira pour leur servir à boire et il commença à se détendre dans l'ambiance agréable de la pièce. En s'asseyant près du bureau de Tara, il remarqua avec une joie profonde le coquillage qu'il lui avait donné à Orphée, trônant au milieu de quelques autres.

« Je vois que vous avez gardé votre collection de coquillages, dit-il en s'efforçant à la désinvolture.

– Oui. Je ne m'en lasse pas. »

Dan fouilla dans sa poche.

« Ça me fait plaisir. Car je vous ai apporté un petit quelque chose. »

Il lui tendit une nacre minuscule, d'une forme parfaite, qui reflétait doucement la lumière en teintes irisées.

« Oh, Dan, quelle petite merveille ! Comme c'est gentil. »

Et il vit qu'elle était sincère.

« Des échos d'Orphée », dit-il d'un ton léger, mais ses traits exprimaient bien davantage. Tara s'empressa de s'excuser :

« J'en ai pour une seconde… je vais jeter un coup d'œil à mes fourneaux ! »

Dans la cuisine, elle s'appuya au mur et soupira profondément. L'apparition impromptue de Dan, dans une existence pleine d'inattendus, l'avait pourtant prise au dépourvu et elle était terriblement secouée. C'était merveilleux de revoir son beau visage expressif, ses yeux qui ne semblaient voir qu'elle, sa silhouette aux larges épaules plus mince cependant qu'auparavant. Avait-il maigri ? Elle devait se souvenir de lui poser la question. Avait-il été souffrant ? Elle tressaillit à cette idée. Comptait-il donc tant pour elle ? Non, pas ça. Tout commence à prendre la tournure que j'ai voulue, je ne peux pas revenir en arrière maintenant. Si je me laisse aller à mes sentiments, je vais tout démolir...

Elle sursauta en voyant qu'il était entré dans la cuisine et la regardait de l'air amusé dont elle se souvenait si bien. Il fit un pas en avant et jeta un coup d'œil appréciateur autour de la petite pièce, organisée comme la cuisine d'un bateau, avec des bocaux d'épices et de plantes aromatiques joliment disposés sur des étagères.

« Je peux donner un coup de main ? demanda-t-il.

— Oui ! »

Tara saisit un bocal au hasard.

« Je n'arrive pas à ouvrir ça. »

Elle ouvrit la porte du four pour vérifier la cuisson du plat qu'elle avait préparé.

« On dirait que vous vous êtes mise à la cuisine depuis que vous avez quitté Orphée !

— C'est vrai, dit-elle en riant. Mais pour ne rien vous cacher, les épices sont plutôt là pour la décoration. Vous aurez quand même un bon dîner, soyez sans inquiétude !

— Je croyais, dit-il posément, que vous deviez me faire des œufs sur le plat.

— Des œufs sur le plat comme dîner ? fit Tara, refusant toute complicité. Vous n'êtes pas un fin palais, mon cher docteur.

— En tout cas, ça sent drôlement bon.

— Espérons que ça vous plaira. »

Elle disposa les légumes sur un plat, porta le pain et le beurre sur la table, allant et venant entre la cuisine et le coin salle à manger, devant la baie vitrée. Dan la regardait, heureux de pouvoir la contempler ainsi à loisir, se rassasiant de ses moindres gestes, de sa démarche, de l'avoir enfin retrouvée.

« Vous savez que vous êtes en passe de devenir très célèbre, dit-il enfin. C'est Lizzie qui m'a annoncé vos débuts. Je dois être le seul médecin de tout le Queensland à acheter *Vogue* !

« Vous ! Lire *Vogue* ! C'est difficile à imaginer.

— Jamais vous n'avez été aussi belle, Tara.

— Je vous avais bien dit que vous ne m'aviez pas pris assez cher !

— Non, non... je ne veux pas seulement dire physiquement. Vous êtes... c'est toute une façon d'être. Vous donnez l'impression d'avoir plus confiance en vous, désormais, une nouvelle assurance. Et ça, c'est votre travail à vous.

— Je n'en suis pas si sûre. Vous et vos talents y sont pour bien plus que ça. »

Tara se sentait bien. Dan n'allait pas tenter de faire pression sur elle. Au contraire, sa présence lui apportait un merveilleux sentiment de calme et de paix. Elle se souvint alors du pouvoir apaisant qu'il avait sur elle à Orphée – apaisant sans jamais être ennuyeux, du simple fait qu'il était entièrement avec elle, entièrement engagé dans l'instant. Elle commença à se détendre, comme elle sentait qu'il le faisait lui-même, peu à peu, sans se forcer.

« Vous êtes heureuse ? », demanda-t-il au bout d'un moment.

Elle réfléchit avant de répondre, se contraignant à regarder la vérité en face, comme elle l'avait toujours fait : l'une des raisons pour lesquelles Dan l'admirait.

« Oui. Oui, je crois. J'aime mon travail.

— Ça se voit sur les photos. Mais je ne parlais pas seulement de votre carrière, de votre métier…

— Non, je sais. C'est beaucoup et j'ai une chance inouïe. Mais ce n'est pas tout. »

Dan ne parvenait pas à trouver une manière anodine de poser la question qui le tracassait.

« Combien d'hommes avez-vous dans votre vie ? », demanda-t-il tout de go. Il fallait qu'il sût, même s'il sentait qu'il n'avait aucun droit de l'exiger.

Tara se figea devant le réfrigérateur, le bras tendu vers la bouteille de vin qu'elle allait saisir. Elle songea un instant à mentir – un talent qui avait terriblement manqué à Stéphanie Harper, mais que Tara Welles commençait à savoir maîtriser avec un certain succès – mais elle le regarda en face et renonça. Pourquoi mentirait-elle à un homme qui n'avait que de bonnes intentions à son égard et ne songeait nullement à lui lancer un quelconque défi ?

« Pas un seul. »

Dan rit. De soulagement, ou d'incrédulité ? se demanda-t-elle.

« Je serai… je vous crois, Tara, bien que ce soit difficile à imaginer. J'ai… j'ai pensé à vous… énormément. »

Tara jugea l'instant propice pour enfiler des mains chaudes et plonger dans les profondeurs du four, d'où elle émergea le rose aux joues, une réponse dilatoire aux lèvres :

« Vous ne m'avez toujours pas dit ce que vous veniez faire à Sydney.

— Bah… un symposium médical.»

Malgré elle, Tara ne put s'empêcher de laisser paraître son étonnement. Elle eut un regard inquisiteur. Il n'en fallait pas plus à Dan:

«En fait, je suis venu pour vous voir, Tara.»

Il parlait à voix très basse.

«Je ne pouvais pas vous laisser… disparaître comme ça. J'ai essayé. Dieu sait que j'ai essayé. Mais ça n'a pas marché. Il fallait que je vous retrouve, c'est tout. Oh, ce n'était pas bien compliqué, maintenant que vous êtes devenue une célébrité…»

Il marqua une pause, puis du fond du cœur, demanda:

«Il y a eu quelque chose, entre nous, à Orphée… n'est-ce pas?»

Sa question demeura en suspens. Tara se taisait. Pour rien au monde, elle ne voulait risquer de faire ou de dire quelque chose qui eût gâché la qualité de cet instant, si fragile et poignant. Mais comment dire la vérité à Dan – comment pouvait-elle exprimer tous ses sentiments, les anciens comme les nouveaux, sans parler de ses desseins secrets? Mais le silence fut brusquement rompu par la minuterie du four, dont l'insistance emporta d'un seul coup toute autre considération.

«On dirait que c'est prêt!», lança Tara d'un ton enjoué.

Dan frissonna. La magie était brisée.

«Où sont les toilettes? demanda-t-il.

— Au fond de la chambre, à droite.»

Dan posa son verre sur la paillasse et quitta la pièce. Fonçant sur le four, Tara s'épancha dans une activité frénétique. Elle sortit le plat du four, disposa la viande et les légumes sur un plateau qu'elle s'apprêta à emporter à côté quand une idée lui traversa soudain l'esprit – les photos de Sarah et de Dennis ! Si Dan traversait sa chambre, il les verrait forcément, posées en évidence sur la table de nuit. Pétrifiée d'horreur, elle réfléchit à toute vitesse, se débarrassa du plateau et s'élança dans la chambre, où elle entra sur la pointe des pieds. Dan était encore dans la salle de bains. Gagnant la tête du lit, elle prit les photos et les glissa prestement avec leur présentoir dans le tiroir de la table de chevet. Puis elle se précipita de nouveau vers la cuisine où elle se plongea dans des tâches de dernière minute. Dan l'y retrouva, chantonnant avec insouciance comme si elle n'avait pas eu le moindre petit souci au monde. Mais il connaissait désormais deux graves sujets de préoccupation que Tara désirait garder secrets et son cœur était lourd comme du plomb. Car sur un sujet aussi important, une partie de sa vie qui devait compter pour elle plus que toute autre, ses enfants, bon Dieu, il n'avait pas même le droit de demander leurs noms.

Dès lors, et d'un commun accord, ils limitèrent la conversation à des sujets neutres, et sans danger.

« Vous servez ? dit Tara en s'asseyant devant la table.

— Bien sûr.

— Mon appartement vous plaît ?

— Il est très agréable – et la vue est splendide.

— Oui, c'est vrai, vous trouvez ?

— Vous avez eu de la chance.

— J'ai toujours aimé le port de Sydney et je savais qu'il fallait que j'habite un endroit d'où je pourrais le voir, ou même l'apercevoir. »

Vous êtes donc d'ici, songea Dan. Peut-être Sam Johnson devrait-il orienter ses recherches vers Sydney ? Mais son visage ne trahit pas ses pensées.

« Moi aussi, dit-il. Remarquez, j'ai dû me contenter de cartes postales ces dernières années. Ça fait du bien de le revoir en chair et en os, si l'on peut dire.

— Parce que vous êtes né à Sydney ?

— Mais oui. J'y ai même habité toute ma vie avant d'ouvrir la clinique d'Orphée. Mais je vais vous faire une confidence. »

Il rit.

« Quoi donc ? »

Les fossettes se creusèrent sur les joues de Tara.

« Je ne suis jamais allé à l'intérieur de l'Opéra.

— Jamais… à l'intérieur de… ? »

Tara fit mine d'être horrifiée. « Mais c'est épouvantable ! N'empêche, sérieusement, vous devriez profiter de votre passage pour y aller une fois. Il y a un programme merveilleux en ce moment – certains de mes opéras préférés. »

Une expression rêveuse passa sur ses traits.

« Vous aimez beaucoup la musique ? demanda Dan, manifestement touché.

— Je crois qu'il y a des fois… c'est grâce à elle que je ne suis pas devenue folle.

— J'ai une idée. Si j'arrive à obtenir des places… vous viendriez avec moi ? »

Il avait posé la question d'un ton hésitant, craignant la réponse.

Tara lui sourit, le visage rayonnant.

« Ça me ferait très plaisir.

— Parfait. C'est entendu, alors. »

Il tendit la main vers son verre.

« Je bois à l'Opéra, à la musique et... à une très bonne soirée, conclut-il légèrement.

— À tout cela », reprit Tara.

Et à nous, aurait-elle voulu ajouter. Et Dan aussi, désespérément. Mais ni l'un ni l'autre n'osèrent et le toast jamais prononcé, désir tremblant jamais réalisé, ne franchit pas la barrière de leurs lèvres.

Joanna redoutait les séances de photos en extérieur. Il était impossible de tout prévoir, et en particulier le temps.

« On se demande bien pourquoi on appelle ce pays le pays du soleil », se plaignait-elle quand au lieu des heures et des heures d'ensoleillement prévues la veille, elle voyait de gros nuages se former à l'horizon ou découvrait en s'éveillant un ciel de plomb. Il y avait encore pire : les averses brutales, que nul signe avant-coureur ne précédait pour vous mettre en garde, mais qui tombaient dru, d'un seul coup, au risque de transformer la robe la plus coûteuse en haillons détrempés avant que le mannequin ait eu le temps de courir se mettre à l'abri.

Elle était pourtant obligée de reconnaître que les photos prises en extérieur avaient quelque chose de plus et que la soie ou la mousseline contre un mur de ciment ou de brique donnait des résultats incomparables. Parfois, c'était l'expression d'un passant pris sur le vif, placide, étonné ou scandalisé. Jason usait même à l'occasion de son charme machiavélique ou de son autorité féroce pour amener les badauds à participer aux séances – comme cet épisode mémorable où il avait entraîné toute une équipe de cantonniers à poser avec des mannequins présentant de la lingerie féminine – et l'on avait vu les jeunes femmes en négligé, soutien-gorge et culottes de dentelle s'appuyant nonchalamment contre les torses bronzés des beaux jeunes gens musclés.

Elle se préparait donc à une journée chargée mais gratifiante en conduisant ses modèles à travers la banlieue résidentielle à Paddington en direction d'une rue bordée de demeures élégantes que Jason avait choisie pour ses photos. Sydney est un vrai puzzle, songea-t-elle, pleine d'affection pour sa bonne vieille ville. Tout en conduisant, elle regardait du coin de l'œil les belles maisons dont chaque grille de fer forgé était unique. Quel quartier merveilleux, songea-t-elle, si près du centre et à dix minutes de la plage. Elle se surprit à chercher des yeux des panneaux « À vendre ».

Joanna reconnut de très loin l'endroit sur lequel Jason avait jeté son dévolu en apercevant tous les accessoires que lui seul aurait pu choisir et surtout une vieille Bugatti décapotable dans laquelle ses assistants s'installaient quelques instants avant d'en redescendre, obéissant à Jason qui prenait des photos au Polaroid pour préparer le terrain. Quant à Jason lui-même, on ne risquait évidemment pas de le manquer, vu qu'il était perché au sommet d'une échelle double, les plus longues du genre, celles qu'utilisent les colleurs d'affiches, en aboyant ses instructions avec force gesticulations comme s'il avait été sur la terre ferme. De là-haut, il vit arriver Joanna avant les autres.

« Salut, m'man ! Un quartier splendide, pas vrai ? Magnifiquement préservé. Tu devrais te sentir à ton aise parmi tous ces monuments en voie de restauration, hein ?

— Va te faire foutre, Jason », lança-t-elle. Et après l'échange de politesses qui leur était coutumier, ils se mirent au travail.

Quand Tara entra en scène à onze heures, Joanna était repartie et les « jurons bien juteux » fusaient des lèvres de Jason qui, ayant pris plusieurs « scènes de groupe » comme il les appelait, avec les autres mannequins de Joanna, attendait Tara en sautillant d'impatience. Elle avait donc passé sa première tenue à la hâte et sauté dans la Bugatti, déjà occupée par deux modèles masculins, afin de ne pas troubler le maître en pleine inspiration créatrice. Ce dernier distribuait conseils et instructions sans prendre le temps de respirer, afin d'obtenir du trio des poses évoquant le charme et la séduction.

« Bon, toi, le blondinet, appuie-toi contre le dossier. Et Tara, appuie-toi contre lui... je n'ai pas dit vautrée, chérie, mais appuyée, c'est une photo de famille... Johnny, devant, une main sur le volant et l'autre bras derrière toi, pour regarder tes deux passagers, c'est bien. Maintenant l'ambiance. Vous aurez une coupe de champagne, mais sans champagne, alors trouvez l'humeur par vous-mêmes. Imaginez quelque chose qui soit doré comme le champagne et vous rende euphorique... l'argent ! C'est ça. Vous venez de commettre le braquage du siècle, ça a été très dur mais vous pouvez enfin respirer et profiter sans crainte des fruits de votre larcin. »

Comme à l'ordinaire, les idées loufoques de Jason avaient un effet bénéfique sur les mannequins qui se mirent à glousser. Jason poursuivit imperturbablement :

« C'est bon, vous commencez à sentir ce qu'on attend de vous. Tara, redresse-toi un peu, vous n'êtes pas dans un lit. Toi aussi, le petit blond, le dos plus droit, oui. Dis-toi que tu es un officier allemand. Tara, regarde l'appareil, et vous, les mecs, regardez-la. C'est ça, on y est presque. Une seconde ! On ne bouge plus ! »

Tenant la pose avec le métier qui lui était devenu comme une seconde nature pendant les mois précédents, Tara regardait distraitement la rue qui formait une courbe derrière Jason avant de virer abruptement. Et soudain, glacée d'horreur, elle vit une Rolls-Royce blanche décapotable apparaître lentement au détour du virage, et accélérer quand le conducteur les aperçut. Quelques secondes plus tard, Greg se garait de l'autre côté de la rue, le visage impénétrable derrière ses lunettes noires. Placide en apparence, Tara était en proie à la panique. Elle n'avait pas revu Greg depuis leur dîner en tête à tête, en partie pour le faire languir mais surtout parce que cette soirée l'avait tellement secouée qu'elle voulait prendre le temps de s'en remettre avant de l'affronter à nouveau. Il ne risquait pas de la trouver chez elle puisqu'il ignorait où elle habitait et qu'elle n'était pas à Sydney depuis assez longtemps pour que son nom figurât à l'annuaire. Elle faisait confiance au personnel de l'agence pour ne pas révéler son adresse personnelle et elle avait eu raison car nul n'avait eu l'indiscrétion de le faire. Mais elle ne s'était pas doutée qu'il pût la traquer sur son lieu de travail dont un tas de gens pouvaient lui avoir donné l'emplacement exact.

À la grande surprise des deux autres mannequins, le centre du tableau péniblement composé s'en détacha brusquement. Tara se leva, bondit hors de la voiture et alla se placer au bas de l'échelle du photographe.

« Jason, le temps que tu recharges !

— Hein ? Qu'est-ce que tu me chantes ? Je n'ai pas encore pris une seule photo !

— Tu m'accordes cinq minutes ! lança-t-elle en s'éloignant.

— Qu'est-ce qui se passe ? On vient à peine de commencer ! »

Ébahi, il regarda autour de lui et son visage s'assombrit lorsqu'il vit la Rolls blanche et son occupant immobile, vers lesquels Tara se précipitait comme si sa vie était en jeu.

« Un tennis, ça vous dit ? dit-il amèrement. Dites l'officier allemand, vous ne connaissez pas quelques tortures nazies, par hasard ? »

Dans la Rolls, Greg n'esquissa pas le moindre geste de bienvenue à l'adresse de Tara qui s'approchait. Gardant les yeux fixés droit devant lui, il demeura froid et impassible. C'était le dernier stade. Il adorait la chasse – plus que quiconque – mais lorsque le gibier se terre et refuse obstinément de se débusquer, le chasseur le plus passionné risque de se lasser de la traque. Il ne pouvait se tromper – il savait que Tara lui avait d'une certaine façon fait des avances, le soir du dîner. D'abord intrigué par sa disparition, il en avait été agacé, puis franchement irrité. Un dernier essai, se promit-il, et puis basta ! L'ennui était qu'il ne pouvait supporter qu'une femme refusât de lui céder tout en méprisant au-delà de tout celles qui lui cédaient.

Tara arriva en courant, un peu dans l'esprit de ces combattants du passé qui préféraient se jeter sur les glaives de l'ennemi plutôt que d'attendre d'être taillés en pièces. Elle s'arrêta à côté de la voiture, hors d'haleine.

« Pourquoi n'avez-vous jamais répondu ? »

Une fois encore, elle ne répondit pas, baissant les yeux sur ses mains.

« J'ai laissé des messages pour vous un peu partout en ville. Qu'est-ce qui vous a pris de me jouer *Une femme disparaît* ? Quand je suis allé à votre appartement, j'ai découvert que vous n'y habitez pas !

— Jamais je ne vous ai dit que j'y habitais. C'est le hasard qui m'a fait vous demander de me déposer là un soir parce que j'avais envie de marcher un peu. »

Il adopta un ton froid et décidé :

« Si vous cherchez à vous débarrasser de moi, dites-le. Je ne suis pas complètement idiot. Un signe me suffira.

— Mais ça n'a rien à voir, je vous assure. »

Il est temps d'être un peu gentille, si je ne veux pas le perdre, se dit-elle prudemment.

« Je ne sais plus où j'en suis, c'est tout. Une série de photos pour une couverture, une pub à la télé – encore d'autres choses, je mène une vie de chien. J'étais complètement crevée… mais j'ai pensé à vous… »

Dans son dos résonna la voix perçante de Jason qui estimait manifestement que les pauses de Tara ne pouvaient absolument pas excéder deux minutes.

« Avec un artiste, un créateur tel que moi, qui me suis crevé la paillasse pour devenir le plus merveilleux photographe du monde, voilà que mon mannequin vedette le plus cher payé donne des conférences de presse au premier venu ! »

Sa voix se mua en un puissant vagissement.

« Tara, chérie de mon cœur, reviens au plus vite. Ton absence a brri-sé, ma vie-eue ! »

Greg lui jeta un regard bilieux.

« Qui c'est, celui-là ?

— Un ami. »

Un instinct lui disait de ne pas en livrer trop trop vite à cet homme.

« Intime ?

— Pas tant que ça. Nous avons des rapports professionnels.

— Dans deux minutes le soleil va disparaître derrière ce nuage ! », hurla Jason.

Tara gloussa.

« Mais je dois dire qu'il m'est très sympathique. Il est complètement dingue. »

Greg se radoucit. Ce n'était pas un rival. Et elle semblait contente de le voir.

« Vous prenez un café avec moi ?

— Tara ! Tara ! »

Jason en était au point culminant de son numéro de damné de l'enfer.

« Non, il faut que je retourne travailler – mais j'en suis navrée.

— Et ce week-end ?

— Je n'ai rien de prévu. »

Elle gardait une expression neutre mais ressentait une espèce de picotement – ça mordait à l'hameçon…

« Venez le passer avec moi. Chez moi. »

Tara en eut le souffle coupé. Elle eut du mal à articuler :

« Mais comment ça chez… dans la maison de votre femme ?

— Oui. »

Ça n'était manifestement pas comme ça qu'il avait envie d'entendre parler de la maison, elle le vit bien.

« Je ne sais pas… je n'aurais pas cru…

— Si c'est pour votre réputation que vous craignez, rassurez-vous, vous aurez votre appartement personnel. Il y a des dizaines de domestiques, et même un majordome, alors. C'est un vieux couillon mais je suis sûr qu'il vous sera sympathique. »

Elle sentit sa résolution s'affermir.

« Alors c'est entendu.

— Génial. »

Il était de toute évidence enchanté.

« Je viendrai vous prendre samedi à dix heures – si vous me confiez le grand secret de votre lieu d'habitation.

— Je téléphonerai pour arranger les détails.

— N'allez pas changer d'avis, surtout. »

Il lui adressa un merveilleux sourire. Greg, Greg, tu restes le plus bel homme du monde, songea-t-elle. Qu'est-ce que je suis en train de faire ? Est-ce que je suis de taille à m'en tirer ?

« Je ne changerai pas d'avis, dit-elle.

— Alors à samedi. »

Il lui envoya un baiser, passa en première, et s'éloigna. Tara regarda derrière elle. La Bugatti était à l'endroit où elle l'avait laissée. Les modèles masculins, à l'intérieur, tenaient la pose. Mais plus de Jason, ni sur son échelle ni ailleurs. Elle lança des regards dans toutes les directions, dans le lointain, une petite silhouette maigrichonne s'éloignait à grands pas décidés. Jason avait quitté le plateau, dégoûté.

« Oh, Jason, Jason ! Je t'en prie ! Reviens ! »

Malgré ses talons hauts et sa robe de haute couture, Tara s'engagea sur la route aussi vite que possible pour tenter de rattraper le petit photographe.

14

Attendre la personne que l'on aime, lorsqu'elle est en retard, procure parfois une sorte de plaisir mélancolique d'une douceur exquise. Ainsi Dan songeait-il en arpentant la cour d'entrée de l'Opéra où Tara n'apparaissait toujours pas. Excessivement ponctuel comme à son habitude, il était arrivé très en avance pour retirer les billets, commander à boire en prévision de l'entracte et s'apprêter à l'accueillir. Le premier quart d'heure avait passé très vite dans l'anticipation de la soirée, il avait simplement pensé à Tara et aux changements qui s'étaient produits en elle depuis Orphée – le nouveau balancement gracieux qui entrait dans sa démarche, la coiffure bouclée, les ongles délicieusement vernis – comme tous les amants, Dan découvrait qu'il lui était loisible de songer à chacune de ces dix coquilles nacrées l'une après l'autre en s'offrant le plaisir de rêver d'y déposer dix baisers successifs.

Puis lui vint un sentiment plus désagréable : si elle n'arrivait pas bientôt elle allait être en retard – puis elle fut bel et bien en retard – la peur s'insinua en lui ; et si elle ne venait pas ? La foule des représentants prestigieux du Tout-Sydney déferla vers l'auditorium dans une joyeuse rumeur et Dan resta seul, telle une épave abandonnée sur le sable à marée basse. Quoi de plus triste au monde que de se retrouver tout seul dans le foyer d'un théâtre ? Dan tint le coup trente secondes puis sortit.

Rôdant autour de l'Opéra dressé à l'extrémité de Bennelong Point comme un gros oiseau venu s'y poser, Dan pensait à Tara. Car à quoi d'autre aurait-il pu songer ces temps-ci ? Elle occupait toutes ses pensées. Et pourtant, il ne savait presque rien d'elle. Appuyé à la balustrade de la cour d'entrée, son regard dériva, au-dessus de l'eau, vers Campbell's Cove, où un paquebot à quai brillait de tous ses feux. Plus loin, vers la droite, dominant le port, c'étaient les lumières de Luna Park, l'immense parc d'attractions, qui continuait de s'animer tard dans la nuit. Mais toutes ces splendeurs laissaient Dan indifférent ce soir, lui si sensible à la beauté sous toutes ses formes. Car rien n'aurait pu alléger pour lui le fardeau de l'amour malheureux. Mais fallait-il qu'il fût stupide, aussi, se dit-il avec colère, pour s'éprendre chaque jour plus profondément d'une femme qui ne lui avait même pas dit son vrai nom !

Au même instant il entendit des pas précipités dans son dos et, se détournant, vit Tara, anxieuse et cramoisie, qui arrivait en courant sans se préoccuper de son port ni de son maintien.

« J'avais tellement peur que vous soyez parti ! dit-elle et Dan ne pouvait plus douter qu'il comptait quand même un peu pour elle. J'aurais étranglé Jason ! C'est entièrement sa faute si je suis en retard. Je ne sais pas quelle mouche l'a piqué mais il me faisait recommencer sans arrêt. Ce n'était jamais à son goût. »

Elle se tut, à bout de souffle, lui prit la main et dit : « Je vous demande pardon. »

La main de Dan était grande et musclée dans les siennes et elle eut soudain envie de la porter à sa poitrine et de la garder là. Mais, comme si elle revenait soudain à la réalité, elle la lâcha brusquement et se contraignit à sourire.

« Ce n'est pas grave, vraiment. Ne vous inquiétez pas.

— J'arrive trop tard ? Quelle est l'heure exacte ? Je n'en ai aucune idée, en fait. »

Dan consulta sa montre.

« Ça doit être déjà commencé malheureusement – j'ai eu beau insister, ils n'ont pas voulu vous attendre pour lever le rideau. » Il lui sourit tendrement. « On ne nous laissera plus entrer avant l'entracte maintenant. Mais je peux vous offrir un verre au bar en attendant.

— Oh, zut ! C'est trop bête... »

La déception se lisait sur le visage de Tara.

« J'aime vraiment trop cet opéra. Je n'aurais pas voulu manquer le premier acte. » Sa lèvre inférieure tremblait.

« Écoutez, fit Dan qui venait de prendre une décision. Allons-nous-en et nous reviendrons le voir dans de bonnes conditions une autre fois. Nous allons faire autre chose. Qu'en dites-vous ?

— C'est une très bonne idée.

— Qu'est-ce qui vous ferait plaisir ?

— Qu'est-ce qui vous ferait plaisir à vous ? rétorqua-t-elle non sans malice.

— J'aimerais vous emmener quelque part... un endroit que je connais. Si ça vous va, bien sûr... »

Tara grogna :

« Du moment que je peux m'asseoir et me reposer un peu les jambes, tout me va.

– Alors c'est décidé ! fit Dan, ravi de la tournure que prenait la soirée. Je vais échanger nos billets pour un autre jour – où vous n'aurez pas travaillé pour ce petit démon ! »

Ils repartirent en riant vers la ville.

La destination que proposait Dan n'était pas si lointaine, mais c'était un voyage dans un autre monde. Quelque chemin que l'on prenne à Sydney, Pyrmont est situé une fois pour toutes à l'opposé. À l'extrême pointe de l'anse de Darling Harbour, c'est là que les énormes cargos viennent décharger les marchandises qui seront acheminées à travers le pays par la route ou par chemin de fer. Tout le quartier donne l'impression d'être à l'abandon avec ses grues monumentales qui semblent dormir en équilibre au clair de lune, et ses petites maisons de pierre tapies sous les toboggans de ciment comme si elles n'avaient pas le droit d'être là. Le charme du quartier n'est guère accru non plus par la présence de l'énorme centrale électrique désaffectée ni par les halles aux poissons, où même ceux qui iront régaler les plus fins palais de la ville n'en emplissent pas moins l'air d'une odeur persistante. Stéphanie Harper n'était jamais allée à Pyrmont.

Dan indiqua la route au chauffeur de taxi avec une précision d'habitué à travers un dédale de ruelles et lui demanda de s'arrêter devant un pub d'aspect plutôt délabré. Tara était de plus en plus intriguée.

« J'ai pensé qu'il était temps que je vous en apprenne un peu sur mon passé », expliqua Dan en surprenant l'interrogation muette sur les traits de la jeune femme.

Puis, sans en dire davantage, il la prit par le bras pour la faire entrer.

À l'intérieur, une rangée de vieillards noueux accoudés au bar examinèrent les intrus d'un œil hostile. Aux murs carrelés d'un vert presque insoutenable, étaient accrochées des bouées de sauvetage, et le sol était nu. L'atmosphère enfumée était imprégnée d'une forte odeur de bière.

« Un vrai plongeon dans les docks, constata Dan. Et un morceau de mon passé.

— Racontez-moi.

— Je suis un gosse de Pyrmont, dit-il simplement. C'était le pub où venait mon père. Les heures que j'ai passées assis sur ces marches à l'attendre… pour une enfance gaspillée… »

Ils s'approchèrent du bar où un vieillard ratatiné leur fit de la place en grommelant. Tara, fascinée, ne pipait mot. C'était donc là que Dan avait passé son enfance ! Quelle différence avec sa propre existence à Eden. Son cœur se gonfla de pitié pour l'enfant qu'il avait été.

« C'est drôle, disait-il, étonné, il y avait toujours tellement de monde…

— Les temps changent », dit-elle gentiment. Pour rien au monde, elle n'aurait voulu gâcher un moment d'une qualité aussi précieuse.

« C'était la place de mon père, là-bas. Il venait tous les soirs, après sa journée de travail, tous les soirs sauf le dimanche. Je venais le chercher pour le ramener à la maison mais je n'arrivais pas à le décider à partir. Maman finissait toujours par venir à son tour et elle l'entraînait de force.

— Eh là ! lança une voix rauque, interrompant le récit de Dan. Mais je vous connais ! »

C'était la serveuse du bar, qui venait vers Dan en souriant jusqu'aux oreilles.

« Bonjour, Dot ! fit Dan, aussitôt submergé par l'accueil volubile de celle-ci.

– Danny Marshall ! En chair et en os ! Et je ne rêve pas ! Ben ça alors, ça doit faire dans les trente ans, pas vrai ?

– Eh oui !

– Est-ce que tu ne voulais pas faire – attends – docteur ?

– Mais si.

– Si je m'en souviens ! Tu étais tout le temps en train de mettre des bandages à mon pauvre chat ! »

Le rire de Dot était si contagieux que Tara ne put s'empêcher de se joindre à elle. Dan souriait tranquillement, l'air heureux. Il est merveilleux, songea-t-elle, il est chez lui partout.

« J'ai eu de l'avancement, depuis, tu sais, dit Dan d'un ton joyeux. On m'autorise même à soigner les gens maintenant.

– T'es en train d'me dire… – Dot ouvrait de grands yeux –… que t'as vraiment fini par devenir docteur ?

– Mais oui.

– Ben dis donc ! C'est pas souvent qu'j'entends une chose pareille de ce côté-ci de mon bar. Y a plus de bonnes intentions que de résultats, par les temps qui courent. Va falloir que je te fasse voir mes oignons ! »

Ils éclatèrent de rire.

« Mais, Dot, je ne t'ai pas présenté Tara.

– Bonjour, Tara. Et maintenant qu'est-ce que je vous offre à boire ?

– Une bière, pour moi, dit Tara.

– Deux, alors, Dot. »

Leur conversation fut brusquement interrompue par un client mécontent de l'attention que Dot manifestait aux nouveaux arrivants.

« Eh, Dot ! Tu nous remets un demi par ici !

— Minute, papillon ! rugit Dot. Tu ne vois pas que je parle ! Alors tu la fermes un peu et t'attends bouche cousue, vu ? » Puis, se tournant vers le couple en roulant les yeux d'un air comique elle dit : « Aucune éducation, je vous jure !

— Vous devez connaître Dan depuis plus longtemps que tous les autres », dit Tara, qui se sentait bien avec cette grosse femme maternelle dans sa robe rayée. Elle aurait voulu lui faire raconter tout ce qu'elle savait de lui.

« Danny Marshall ? »

De nouveau, Dot partit d'un grand rire qui découvrit toute une rangée de dents en or. Les énormes perles d'ambre de son collier s'entrechoquèrent sur sa poitrine volumineuse.

« Je l'ai connu qu'il était pas plus haut que trois pommes. Un drôle de galopin, le petit bougre : qu'allait chiper l'argent que les gens laissaient devant le pas de leur porte pour le laitier ! »

Tara regarda Dan, ébahie.

« C'est vrai, convint-il humblement. Jusqu'au jour où on m'a pris sur le fait. J'ai eu tellement peur que je n'ai plus jamais recommencé.

— Quand même, dit Tara, amusée, j'ai du mal à vous imaginer en délinquant juvénile. »

Mais Dot était déjà partie sur un autre sujet :

« Tu n'habitais pas très loin d'ici, hein ? Wetherill Street ?

— Oui… une petite maison de bois à deux pas d'ici…

— Dot ! appela le client mécontent. J'ai soif, moi ! Je vais crever si tu me donnes rien à boire ! J'ai la peau comme du bois sec !

— Je reviens tout de suite, dit-elle à l'intention de Dan et de Tara. Mais lui, m'est avis qu'il a assez bu comme ça ! Allez vous asseoir là-bas, dit-elle en indiquant une table, je vous apporte vos bières. »

Ils allèrent s'asseoir tous les deux, dociles. Entre eux, un climat nouveau s'installait, une entente, une confiance mutuelle. Tara se sentait parfaitement détendue, et sans se préoccuper des apparences, elle ôta ses souliers sous la table, et soupira d'aise. Au diable les convenances ! Dan était justement la personne au monde qui connaissait et son âge et celui de ses pieds ! Quand Dot les rejoignit, apportant leurs bières, elle remarqua les escarpins élégants poussés sur le côté, formant un étonnant contraste sur le sol nu jonché de mégots.

« Ooooh, ça fait du bien, pas vrai ? dit-elle à Tara.

— À la tienne, Dot ! », lança Dan en levant sa chope à l'adresse de la grosse dame qui s'en retournait vers ses ouailles.

Puis il se mit à parler doucement :

« La cour était si petite à la maison que je pouvais cracher d'un bout à l'autre, les jours de grand vent ! Chaque week-end pendant l'été, on allait en bande jusqu'au grand port et on plongeait pour aller chercher les pièces que les touristes lançaient au fond de l'eau. Les requins devaient avoir trop pitié de nous pour venir nous croquer. »

Tara l'écoutait sans bouger, comme hypnotisée.

« Ou alors ils n'avaient pas faim. Mon vieux père disait qu'avec toutes les ordures que les bennes n'enlevaient pas, dans le port, les requins ne risquaient pas de venir nous chercher alors qu'ils avaient tellement mieux à se mettre sous la dent. "Mon Danny, disait-il. T'es un brave gamin..." Il faut dire que je lui fournissais ses cigarettes.

— J'aurais voulu vous connaître à cette époque, chuchota-t-elle. J'aurais voulu pouvoir aller à la pêche aux piécettes avec vous.

— Quand même, dit-il, prenant sa main car il comprenait ce qu'elle éprouvait. Ce sont de bons souvenirs. »

Ils demeurèrent silencieux, très proches, l'esprit en paix l'un avec l'autre. Jamais auparavant Tara n'avait eu l'impression d'être tout à fait elle-même avec un homme, ouverte, sans crainte, et poussée vers lui pour l'amour qu'il donnait et pour son courage. Écoutant ce que son cœur lui dictait, elle voulut exprimer le plus honnêtement possible ce qu'elle ressentait :

« Dan, chuchota-t-elle, quand nous partirons d'ici... allons à votre hôtel. »

Il la regarda avec une stupéfaction qui se transforma en joie profonde lorsqu'il comprit qu'elle était sincère. Il se pencha pour l'embrasser. Et ils demeurèrent longtemps assis la main dans la main, avant de s'en aller.

La merveilleuse entente qui les avait unis dans le pub dura tout le temps du trajet vers l'hôtel. Ils montèrent côte à côte jusqu'à la chambre de Dan. Il ouvrit la porte. La fenêtre de la chambre était grande ouverte sur un balcon. Le ciel scintillait d'étoiles.

« N'allumez pas », dit Tara.

Elle gagna le balcon pour jouir de la beauté de la nuit. Dan la rejoignit et ils demeurèrent un moment accoudés à la balustrade. Puis, posant la main sur l'épaule de Tara, il la fit tourner afin qu'elle lui fît face. Elle le sentait tout proche tout à coup. Avec un soupir il l'entoura de ses bras pour l'attirer contre lui. Son corps musclé, la chaleur de ses bras autour de sa taille… Il la serra doucement et, penchant la tête, l'embrassa sur les lèvres.

Sa bouche était merveilleuse – elle se rendit compte alors qu'elle en avait envie depuis longtemps. Mais elle se mit à trembler et les vieilles terreurs resurgirent brusquement, sans prévenir. Elle le repoussa.

« Dan, je… je ne crois pas que… »

Elle détourna les yeux vers la ville endormie, pour ne pas voir le chagrin dans ses yeux. Quelques instants passèrent, puis Dan s'approcha dans son dos et la prit amoureusement entre ses bras. Une immense tristesse vibrait entre eux. Au bout d'un moment, il dit tout doucement, contre son oreille :

« Tara – ma douce – tu n'as rien à prouver. Sois toi-même. Ce n'est pas le mannequin prestigieux dont je suis amoureux, mais la jeune femme généreuse et intelligente que j'ai rencontrée à Orphée – et qui avait du temps, alors, pour un médecin plutôt plouc – celle qui adore la musique, le poisson grillé… et les coquillages. »

Il posa un baiser sur ses boucles, s'attardant pour en respirer l'exquis parfum. Elle l'écoutait, subjuguée :

« Et je parie que la petite fille qu'elle a été était une brave gamine, elle aussi. Je suis venu pour prendre soin d'elle – parce qu'elle compte plus que tout au monde pour moi. »

Tara était au bord des larmes. Mais dans sa tristesse, elle éprouvait aussi une joie intense et d'une extrême douceur. Émerveillée, elle sentit que son corps s'abandonnait comme jamais il ne l'avait fait auparavant. Se tournant entre ses bras, elle se dressa sur la pointe des pieds et l'embrassa avec passion, possédée par sa bouche, et comprit alors combien elle l'avait désirée sans le savoir. Puis elle prit son visage entre ses mains et promena ses doigts sur son front, sur ses paupières soyeuses, dans ses cheveux bouclés contre ses oreilles, et sur ses joues. D'un geste ému, elle dessina le contour de ses lèvres d'un index léger et de nouveau lui donna les siennes, pour un long baiser fiévreux.

Dan caressa tendrement sa nuque frêle et ses épaules, et le satin de sa peau nue semblait lui brûler les doigts tant était violent son désir, mais refrénant l'élan ravageur qui le portait vers elle, il donnait à chacun de ses gestes une lenteur attentive. Sans se presser, ses mains trouvèrent ses seins sous l'étoffe légère de sa robe du soir et, touché au plus profond de lui-même, il découvrit les tétons gonflés de désir. Avec un profond soupir, Tara posa ses mains sur les siennes. Puis elle les plaça sur les hanches de Dan, afin de mieux s'abandonner à ses caresses et aux sensations merveilleuses qu'elles faisaient naître en elle.

Elle se laissa entraîner jusqu'au lit où il la fit asseoir, ôtant sa chemise avant de la rejoindre. Avec une infinie tendresse il couvrit de baisers son visage, ses yeux, son cou, ses épaules, sans jamais la forcer ni la presser. Et son corps à elle frémissait légèrement dans l'attente de chacune de ses caresses, et elle aurait voulu que cela durât toujours. Car elle se sentait parfaitement en paix, aussi confiante avec Dan que Maxie l'avait été avec elle la première fois qu'elle l'avait vu, petite âme égarée et esseulée. Lentement – et non sans quelque difficulté – il commença à dégrafer sa robe, sa main rendue malhabile par la force de son amour. Elle l'aida à faire glisser la robe et attendit qu'il ôtât son soutien-gorge.

Jamais Dan n'oublierait l'instant où il vit pour la première fois les seins parfaits de Tara, d'une blancheur satinée dans le clair de lune, dont les tétons dressés étaient comme une invite. Penchant la tête il frotta de ses lèvres sa peau douce, s'émerveillant de la trouver si délicieusement onctueuse et veloutée, puis baisa les tétons délicats. Elle posa ses mains sur ses épaules et, lentement, les laissa redescendre le long de son dos. J'aime chacune des vertèbres de ce dos, songea-t-elle rêveusement. Il leva la tête pour chercher de nouveau la bouche qui s'offrait et la poussa en arrière sur le lit. Une pensée se forma dans l'esprit de Tara, irrésistiblement – viens sur moi, Dan, viens en moi, je t'aime…

Elle se ressaisit brusquement, et en un instant l'amour fut remplacé par la peur. Quoi ? L'aimer, le désirer si passionnément que mon corps tout entier s'abandonne et frémit. Oh non ! En un éclair elle sentit pour la première fois la violence de la passion dont elle serait capable pour celui qu'elle aimerait et qui l'aimerait en retour, la puissance de son amour et de ses désirs. Mais pas maintenant, hurlait une voix intérieure, pas lui. Je ne dois pas me laisser aller, je vais tout gâcher… Elle se raidit, terrifiée, et à son grand désarroi, Dan la sentit qui devenait rigide, son corps comme du bois contre le sien.

« Dan ! se mit-elle à crier. Dan !

– Ma chérie, ma douce ? demanda-t-il comme frappé d'horreur. Qu'y a-t-il ? »

Elle se redressa fiévreusement, bondit hors du lit et commença à se rhabiller frénétiquement, de nouveau dans la peau de la femme laide et mal assurée qu'elle avait cru enterrée dans la réserve des crocodiles.

« Je suis... désolée, Dan, marmonna-t-elle, riant presque de l'incongruité de ces mots, que Stéphanie Harper prononçait si souvent. Je suis désolée... »

Dan n'avait pas bougé.

« Qu'est-ce qui se passe ? demanda-t-il d'une voix très basse. Je t'en prie... si tu peux comprendre ce que cela veut dire – je t'en prie, fais-moi confiance.

– Je te fais confiance, dit Tara d'un ton mécanique. Mais c'est une erreur, un malentendu, voilà tout. »

Elle était habillée et fonçait vers la porte. Galvanisé, Dan bondit pour l'arrêter avant qu'elle l'eût atteinte. Elle percevait les ondes de douleur et de colère émanant de lui.

« Une erreur ? cria-t-il. Je ne comprends pas ce que ça veut dire. Je ne comprends rien du tout. Fais-moi au moins assez confiance pour me dire ce qui se passe, bon Dieu ! »

C'était la première fois qu'elle l'entendait proférer un juron, au contraire de Greg qui jurait à tout propos. Effrayée comme elle l'avait toujours été par un homme en colère, elle tenta de rassembler ses esprits.

« Nous ne pouvons plus nous revoir. Je suis désolée. C'est ma faute. Je n'aurais pas dû. »

Et des larmes douloureuses jaillirent de ses yeux, la souffrance et la peur de le perdre, la douleur d'avoir à l'arracher de son cœur la déchirant déjà. Les yeux brouillés de larmes, elle se dégagea de la main qui tentait de la retenir, saisit la poignée de la porte et franchit le seuil.

« Tara ! »

Son cri de désespoir la poursuivit jusque dans le vestibule.

« Pardonne-moi, Dan, pardonne... adieu ! », dit-elle tout en s'éloignant sans savoir s'il l'avait entendue.

Et rien, rien ne vint apaiser ni insuffler quelque espoir ou compréhension à celui qui demeura étendu toute la nuit dans le lit d'où s'était enfuie celle sans qui désormais il ne pourrait plus vivre. Ainsi en avait-il la certitude, alors même que tout lui donnait à penser qu'il aurait dû se résigner.

« C'est trop lent ! Beaucoup trop lent ! Et la neige ne tombe absolument pas comme il faut. On ne dirait même pas de la neige, on dirait de la merde d'oiseaux ! »

Jason était d'une humeur exécrable – c'était devenu une habitude ces derniers temps. Les secrets possèdent une vie qui leur est propre, et une manière à eux de s'exprimer, même lorsque les deux personnes qui le partagent gardent le silence et n'en parlent jamais. Ainsi les autres mannequins avaient-ils fini par remarquer que le photographe était beaucoup plus irascible les jours où Tara était là alors qu'il lui arrivait par ailleurs de travailler dans des conditions pénibles et sur des sujets ennuyeux sans se départir de l'entrain qui était d'ordinaire le sien.

Mais il fallait reconnaître que la séance, ce jour-là, était particulièrement éprouvante. Les conjonctures de la mode exigeaient que l'on présentât des modèles d'hiver en plein été tropical australien. Et Jason était mécontent de la neige, et plus mécontent encore de son mannequin vedette.

Plusieurs jours s'étaient écoulés depuis le soir où Tara avait quitté Dan, mais le temps ne rendait pas sa perte plus légère. Tara avait le sentiment d'être en deuil. Toute joie l'avait quittée et elle avait beau se raccrocher à son dessein secret, c'était un piètre réconfort à côté de la destruction de l'amour que lui offrait Dan, du refoulement volontaire de sa propre renaissance. Mais elle n'avait pas le droit de se laisser détourner de la voie sur laquelle elle s'était engagée, pas tant que Greg, pareil à un tigre assoiffé de sang, chassait en liberté, à la recherche de nouvelles proies. Car il lui était apparu, ce soir-là, dans la chambre de Dan, qu'elle ne serait pas libre tant qu'elle ne se serait pas libérée de lui – qu'elle ne pourrait se donner à un autre tant que l'ombre sinistre de celui qui en dépit de tout était toujours son époux hanterait ses heures de veille et lui parlerait, tel un amant démoniaque, dans ses cauchemars. La vengeance devait être sa seule, son unique passion. Et elle s'en acquitterait. Mais c'était dur et son cœur blessé saignait, inconsolable. Et Jason la harcelait, lui refusant tout répit.

« Vous ! la dame en fourrures. Tara Welles, c'est bien ça ? »

Les piques de Jason faisaient mal elles aussi, mais comme des égratignures comparées à tout le reste.

« Tu avances trop lentement ! Je veux te voir danser, tourbillonner comme la fée des neiges ! Tu m'entends ? Alors fais ce que je dis bon sang !

— Je suis désolée, Jason, murmura-t-elle machinalement en ôtant de sa bouche une poignée de flocons.

— Tu es désolée ! Elle est désolée ! lança-t-il à travers le studio. Allez, on remet ça ! »

Il y eut une trêve de courte durée tandis que Jason mitraillait frénétiquement Tara qui tournoyait et virevoltait docilement sous la neige. Mais, de nouveau à bout de patience, il se remit à hurler et Tara sentit qu'elle n'aurait pas la force de faire face.

« Redresse la tête ! Et regarde là-haut si j'y suis ! Bon sang de bordel, on ne voit même pas tes yeux ! Ça suffit ! On arrête ! Stop, coupez-moi cette foutue neige ! »

Tara s'immobilisa. Jason se mit à lui parler d'un ton glacial :

« Tu ne pouvais pas y mettre un peu plus du tien ? Je veux dire, c'est tout ce que tu peux faire ? Je ne sais pas ce que tu as aujourd'hui, ni où tu as la tête – mais en tout cas pas à ton travail, c'est certain. Tu n'as pas pour deux sous de spontanéité, on dirait un cadavre ambulant.

« Vous coupez la neige, oui ou merde ! hurla-t-il à son assistant. Sinon c'est moi qui vais vous couper en morceaux ! Il faut éteindre le ventilateur, bougre d'imbécile – dire que je travaille avec des connards pareils. Éteins-le, voilà ! »

Quand il se retourna vers Tara, elle vit qu'il fulminait de rage.

« Écoute-moi bien, maintenant, et tâche de te mettre ça dans la tête : je fais mon métier, je le connais mieux que personne et je n'ai vraiment pas de temps à perdre avec des amateurs. »

Avec un geste de découragement, il s'adressa à tous ceux qui se trouvaient là.

« Et ne restez pas plantés là comme des crétins ! Rentrez chez vous. La séance est terminée. Allez, FILEZ ! »

Il fit volte-face et fonça tête baissée vers la petite pièce qui lui servait de bureau, claquant violemment la porte derrière lui.

Plusieurs minutes passèrent. Personne ne fit mine de bouger. Tara était trop épuisée pour faire un geste. Je suis à bout, songea-t-elle. Il ne me reste plus rien. Alors, tout doucement, Jason ouvrit la porte. Sa rage était retombée, et il avait l'air d'un bon petit garçon. Il vint vers Tara et lui prit la main.

« Nous allons prendre un long week-end, d'accord ? repose-toi encore lundi et reviens en pleine forme mardi matin. Ça arrive à tout le monde d'être fatigué. Et n'oublie pas – je t'aime. Soyons copains, hein ? »

La plupart des gens qui se retrouvent un jour au poste sont plus à plaindre qu'on ne pourrait croire. Et même dans les grandes villes, ce sont surtout des faibles, dont les intentions ne sont pas forcément mauvaises. Ce que la société qualifie de crime n'est pas toujours si grave et chacun d'entre nous n'en passe souvent pas bien loin. Ainsi songeait Ted Druitt, agent de police au commissariat de police de Circular Quay. C'était cette manière de voir les choses qui lui permettait d'affronter les situations difficiles et le laissait assez disponible pour offrir une cigarette à un paumé ou prévenir une famille qui risquait de s'inquiéter.

Mais il est des gens auxquels on ne peut être d'aucun secours, et qu'on ne souhaite d'ailleurs pas aider. La jeune femme bien habillée qu'on avait amenée, ivre et vociférant, faisait partie du lot. C'était le genre à faire des ennuis. D'ordinaire, le simple fait de se retrouver au poste les dessoûlait, mais pas celle-là. Il avait fallu deux types costauds pour la maintenir et il n'avait pas été question de la laisser seule avec la femme policier qui aurait dû la prendre en charge – elle lui aurait cassé la mâchoire, en admettant qu'elle eût été capable de viser juste. Pour finir, on l'avait enfermée toute seule en attendant qu'elle se calmât.

« Vous avez de la chance d'être sorti de là vivant, on dirait, dit Ted aux deux types qui l'avaient bouclée.

– Qui c'est ? demanda Barry, l'un des deux inspecteurs, en indiquant d'un regard méprisant la direction d'où il venait. Elle est tellement bourrée qu'elle ne sait sans doute même plus qui elle est. Tu l'entendrais. On ne peut pas m'arrêter ! qu'elle hurle, mon mari est avocat ! »

Il avait imité la voix perçante d'une femme hystérique.

« Mais d'où la sortez-vous ?

– Elle se jetait sur une femme qui était soi-disant en train de lui piquer son taxi. Encore heureux que l'autre n'ait pas envie de faire d'histoires. Elle ne porte pas plainte.

– Mais si elle s'en prend encore à une collègue, c'est nous qui porterons plainte.

– Elle est bien roulée, à part ça, dit Barry. Pas mal du tout, la poulette. Quand elle aura dessoûlé, ça pourrait bien être une affaire, mon vieux. »

Ted soupira.

« On dirait vraiment que t'es né de la dernière pluie, toi, par moments. Est-ce qu'il faut que je te rappelle que ça ne fait pas partie du code du policier ? Et qui te dit que son mari n'est pas vraiment avocat, hein ? »

Après la séance de photos sous la « neige », Tara rentra chez elle dans un état d'épuisement presque total, physiquement et émotionnellement. Le lendemain, commençait le week-end qu'elle devait passer avec Greg, et qui, elle se l'était promis, devait la rapprocher le plus près possible de son but. Ce serait une terrible épreuve de se retrouver avec lui pendant aussi longtemps, sans compter la proximité du personnel de la maison, et de Matey en particulier, même si elle n'avait pas directement à faire avec lui. Heureusement, Dennis et Sarah ne seraient pas là ! De toute manière, elle n'aurait pas pu y aller s'ils avaient été présents. Ç'aurait été tout simplement impossible. Mais ils étaient au pensionnat à cette époque de l'année. Il n'y avait aucun risque. Elle se ferait connaître d'eux un jour... mais il n'était pas encore temps. Pour l'instant il lui fallait se mettre dans l'état d'esprit adéquat en prévision de ce qui l'attendait. Elle devait avant tout se secouer, se débarrasser des angoisses des jours précédents et se préparer à devenir celle que Greg allait retrouver à dix heures le lendemain matin.

Elle s'offrit donc une soirée de pure détente, sans penser à rien. D'abord, un bain chaud et parfumé dans lequel elle demeura longtemps sans bouger, laissant toutes les tensions s'écouler de ses membres fatigués. Puis un dîner de gourmande : du pain croustillant et du fromage blanc, des concombres, des tomates et des poivrons en salade et un verre de vin blanc sec, et pour dessert, une tranche d'exquis gâteau au chocolat, gâterie qu'elle ne s'accordait que fort rarement. Elle s'installa confortablement dans son lit avec son plateau, un magazine de mode et Maxie roulé en boule à ses pieds qui ronronnait tout en dormant. Puis, sentant venir le sommeil, elle se prépara pour la nuit et se glissa sous les draps où elle s'endormit aussitôt.

Reposée, mais avec le sentiment pourtant d'une nuit trop courte, elle fut réveillée en sursaut par la sonnerie du téléphone, résonnant désagréablement contre son oreille à six heures du matin. Luttant pour émerger en se demandant avec anxiété qui pouvait bien l'appeler à une heure pareille, elle décrocha.

« Allô ?

– Tara ? C'est moi.

– Qui ? Qui est-ce ?

– C'est Jilly.

– Jilly… ?

– Oh, Tara, je sais que c'est terrible, je suis vraiment désolée de vous réveiller si tôt… mais j'ai affreusement besoin d'un service. »

Tara rassembla ses esprits.

« Où êtes-vous ?

– Au commissariat de police de Circular Quay. Pouvez-vous venir me chercher ?

– Oui… oui. Écoutez. Je serai là dans… disons une demi-heure.

– Oh merci. Comment vous remercier ? Tara, vous êtes une véritable amie…

– À tout de suite, Jilly. »

Elle raccrocha. Oh, Jilly, qu'est-ce que tu me réserves encore ?

Mais la jeune femme que Tara récupéra une demi-heure plus tard au poste de police n'était pas le moins du monde contrite ou mortifiée de ce qui lui était arrivé. Elle avait froid, elle était épuisée, certes, mais elle avait toujours cet air de défi qui venait pourtant de lui attirer des ennuis.

« Ce n'est pas bien grave, dit-elle, sur la défensive, tandis que Tara l'aidait à descendre les marches du commissariat. J'étais soûle, voilà tout, j'ai fait un vague esclandre – ce n'est pas un crime ! »

Tara garda le silence. Jilly n'était pas encore très assurée sur ses jambes et elle avait besoin de toute sa force pour la faire tenir debout. Jilly titubait et s'appuyait de tout son poids sur la mince Tara de sorte qu'elles avaient du mal à marcher droit.

« Je suis désolée, Tara… je m'excuse de vous faire ça.

— Ce n'est pas grave.

— Je vous remercie, vraiment. Mais je n'avais plus personne à qui téléphoner. Phillip n'est pas là – et je n'ai vu personne d'autre depuis des siècles. J'avais des amis, avant, pourtant…, ajouta-t-elle plaintivement. Mais… je n'en ai plus. »

Alors Tara demanda :

« Pourquoi n'avez-vous pas appelé Greg ?

— Oh non, je ne pouvais pas, rétorqua Jilly dont la voix devint suraiguë. Ce… ce n'est pas la première fois en fait et… il devient violent quand il est en colère. »

Sa main s'éleva vers son visage, comme au souvenir d'un coup.

Tara aida Jilly à s'installer à la place du passager avant d'aller s'asseoir au volant. Une fois dans la voiture, Jilly commença à parler avec éloquence, traitant sa voisine tour à tour en confidente ou en rivale, larmoyant sur son propre sort comme à son habitude.

« Je devrais quand même pouvoir compter sur Greg Marsden ! Mais c'est de plus en plus affreux avec lui. Il est de pire en pire. Il n'a plus fait l'amour avec moi depuis… je ne m'en souviens même plus. Je ne sais plus quoi faire. »

Elle se tourna vers Tara, soudain surexcitée :

« Depuis la mort de Stéphanie, je lui donne de l'argent, figurez-vous. C'est moi qui ai payé toutes ses factures le mois dernier. Et voyez comme il me traite ! »

Les larmes jaillirent de ses yeux et elle se mit à sangloter sur elle-même à grand bruit, puis de nouveau changea d'humeur :

« J'en aurais des choses à raconter sur Greg Marsden, si je voulais ! lança-t-elle, vindicative. Seulement je ne le fais pas ! Mais, Tara, il n'y a rien entre lui et vous, n'est-ce pas ? J'ai tellement peur de le perdre. C'est la pire des choses – perdre quelqu'un qu'on aime… »

Sa voix s'éteignit dans un gémissement. Elle renifla.

Tara, pleine de mépris, ne bougeait pas. La faiblesse pathétique de Jilly était une assez grande punition, songeait-elle. Elle regarda l'épave assise à ses côtés, les cheveux en bataille, la robe tachée et déchirée, un genou nu et égratigné à l'endroit où son bas s'était déchiré quand elle était tombée. Dans la lumière blafarde du petit matin, elle semblait avoir été rejetée par la mer, le teint verdâtre et les yeux glauques. Avec un sentiment qui ressemblait fort à de la pitié, elle revit Jilly le jour de son mariage, tirée à quatre épingles dans son tailleur de la 5e Avenue. Mais elle s'empressa de retrouver sa froideur, devenue experte en la matière.

« Allez, Jilly, dit-elle d'un ton égal. Je vous ramène chez vous. »

Et elle mit le contact.

15

« Dix heures tapantes ! Quelle ponctualité, Greg !

– La Rolls-Royce de Mlle Welles est avancée. Si vous permettez que je prenne votre sac. »

Tara se laissa conduire par son chauffeur stylé jusqu'à la voiture rutilante, dont il lui ouvrit galamment la portière. Greg était de belle humeur, fredonnant une petite chanson tout en conduisant. Elle sentait qu'il se comportait déjà en conquérant, sûr de la victoire imminente, même si l'acte lui-même n'était pas encore accompli. Je pourrais encore vous surprendre, monsieur Marsden, songea-t-elle, glacée intérieurement bien que son visage n'en reflétât rien.

Tara avait eu bien du mal à retrouver la disposition d'esprit dans laquelle elle souhaitait aborder le week-end après l'épisode Jilly. Heureusement, elle était rentrée assez tôt pour avoir le temps de consacrer une demi-heure à la gymnastique qu'elle n'avait jamais abandonnée depuis Orphée au point qu'elle était devenue une seconde nature pour elle. Puis elle avait pris un bain tonifiant, s'était vigoureusement frotté le corps avec son gant de crin et avait terminé sa mise en forme par un masque destiné à détendre ses traits. À dix heures, elle était fin prête et même plutôt surexcitée à l'idée du duel qui l'attendait.

Greg prit le chemin de Darling Point à une allure de croisière – rien ne le pressait. Tara eut donc tout loisir de redécouvrir calmement les endroits familiers qui jalonnaient la route sans risquer de se trahir brusquement. Ils arrivèrent devant les grilles de la maison et Greg actionna l'ouverture automatique à l'intérieur de la voiture. Un instant plus tard, la grande maison blanche se dressait devant elle.

« Nous y sommes presque, fit Greg non sans fierté. Qu'en pensez-vous ?

– D'après ce que je peux en voir, dit-elle, choisissant ses mots avec soin, c'est une maison superbe.

– La maison est très belle, dit Greg en s'en rapprochant, mais j'ai l'intention de modifier la décoration intérieure, qui témoigne encore du goût de ma femme. Elle l'avait entièrement fait refaire après la mort de son père pour se libérer de l'emprise de celui-ci, je crois. Mais ses goûts étaient plutôt fades, à force de vivre dans l'ombre du vieillard, sans doute. »

Greg était fier de lui. Persuadé qu'il était d'avoir montré juste ce qu'il fallait de sollicitude à l'égard de la disparue tout en manifestant une certaine distance par rapport au souvenir.

« La maison me plaît bien, poursuivit-il. Mais j'ai hâte de me débarrasser de tous ses meubles. Vous allez voir. »

Et comment, songea Tara. Si je vais voir !

« Avant tout, je dois vous dire que je vous ai ménagé une surprise. Vous allez faire la connaissance des enfants de Stéphanie. »

Tara se figea.

« J'ai demandé à leur directeur l'autorisation de les faire sortir pour le week-end. Oh, ils sortent assez souvent. Bill McMaster les emmène chez lui en fin de semaine. »

Elle ne put articuler un mot. Greg remarqua son air préoccupé.

« J'espère que cela ne vous ennuie pas, s'empressa-t-il d'ajouter. Je pensais vous montrer que j'aimais bien la vie de famille, au fond. »

Ils arrivaient devant la maison. Greg arrêta la voiture et la regarda droit dans les yeux.

« Voyez-vous, Tara, dit-il avec un soupir. Vous êtes la première femme que j'amène ici depuis la mort de Stéphanie. Aussi... attendez-vous à un accueil plutôt froid de la part des enfants. Ne vous laissez pas impressionner, avant midi ils viendront vous manger dans la main. »

Il eut un sourire rassurant et lui pressa la main, puis sauta hors de la voiture dont il fit le tour pour aller lui ouvrir la portière. En mettant le pied dans l'allée, Tara perçut un mouvement au balcon du premier étage, au-dessus de la porte d'entrée. Levant les yeux elle vit une forme reculer à l'intérieur de la chambre. Sarah ! Tara demeura immobile, cherchant désespérément à calmer les battements affolés de son cœur.

Entre-temps, Matey était sorti pour aider à décharger les bagages. Il jeta un coup d'œil sur Tara quand Greg les présenta puis la regarda plus attentivement. C'était bel et bien la jeune femme qu'il avait rencontrée devant les grilles de la maison plusieurs mois auparavant ! Mais l'explication devait être fort simple : séduite par Greg Marsden, elle était venue supputer son territoire. Et elle était parvenue à ses fins depuis, semblait-il. Tara poussa un profond soupir. Elle avait rangé dans un coin de son esprit sa rencontre fortuite avec Matey lorsqu'elle était venue traîner devant la propriété peu après son arrivée à Sydney. Heureusement ce dernier ne semblait pas particulièrement surpris de la revoir. Avait-elle ainsi oublié d'autres détails essentiels ?

Comme pour répondre à sa question, un chien aboya à l'intérieur de la maison et peu après, un énorme berger allemand franchissait le seuil de la porte. En deux bonds il fut sur elle, la renversant presque, et lui fit fête de toutes les manières dont il était capable pour exprimer sa joie. Greg observait la scène avec ébahissement.

« Vous avez quelque chose de spécial, vous, dites donc, déclara-t-il, incrédule. C'est Kaiser, le chien de Stéphanie. En principe, il n'est pas commode avec les inconnus.

— Je sais m'y prendre, avec les animaux », dit Tara d'un ton léger. Mais, se penchant au-dessus du chien pour le caresser, elle eut bien du mal à calmer Kaiser, devenu comme fou, et à lui intimer de la laisser… et si quelques larmes tombèrent sur le pelage brillant, qui les remarqua, sinon Kaiser lui-même ?

« Entrons », dit Greg en lui prenant le bras lorsqu'elle se redressa. Ils franchirent le seuil, Kaiser toujours sur les talons de Tara ou gambadant joyeusement autour d'elle. Dès qu'ils furent entrés, Greg se tourna vers le chien et insensible aux gémissements déchirants de la pauvre bête, le fit sortir dehors à coups de pied avant de claquer la porte.

« Ouf ! Il ne vous importunera plus, Tara, dit-il. Je vais vous montrer votre chambre. »

Tara regarda autour d'elle. Rien n'avait changé depuis son départ. Son cœur se serra en songeant aux moments de bonheur qu'elle avait connus dans cette maison avant… avant Greg. Tout était pareil, sauf elle. Elle avait le sentiment d'être devenue étrangère à ce qui avait pourtant été son foyer, sa maison.

« Je vais vous montrer la pièce que je vous ai réservée, poursuivit-il, ignorant tout du déchirement que Tara s'infligeait. J'irai ensuite m'occuper du déjeuner. La plupart de mes gens sont de sortie aujourd'hui. Je n'ai pu garder que Matey, et je me méfie toujours des extras : surtout à la cuisine ! »

Pas mal ! Il se débrouillait, dans le rôle du maître de maison qui a fort à faire avec ses domestiques !

« Mais si vous êtes contente, c'est le principal… je veux que tout soit parfait pour vous… absolument tout… »

Il la précéda au premier étage, le long du vestibule dans lequel donnait la chambre principale, qui avait été celle de Stéphanie Harper, et ils parvinrent à l'appartement réservé aux invités. Tara réprima un soupir de soulagement. Greg posa son sac et gagna la porte.

« Je ne suis pas loin… » Il s'interrompit comme pour lui donner le temps de comprendre ce qu'il voulait dire. « Si vous avez besoin de quelque chose, le jour ou la nuit, n'hésitez pas…

— Très bien, dit-elle, en se rendant compte que c'était la première fois qu'elle se trouvait seule avec lui dans une chambre à coucher depuis le drame.

— Je suis très content que vous soyez là », dit-il.

Au plus petit signe d'encouragement, il s'approcherait d'elle, elle le savait. Tendue à l'extrême, elle dit, se contraignant à sourire :

« Moi aussi, Greg. Mais donnez-moi quelques instants pour m'installer…

— Bien sûr. À tout à l'heure. »

Et il sortit.

Tara gagna la fenêtre et l'ouvrit en grand, aspirant l'air à grandes goulées et soupirant pour se détendre.

Elle sentit qu'elle se ressaisissait peu à peu. Le week-end va être long, se dit-elle. Il faut tenir le coup, ma vieille. Allez, courage ! Elle était toujours debout devant la fenêtre quand elle entendit des coups légers contre la porte.

« Entrez ! », lança-t-elle.

La porte s'ouvrit et Dennis apparut dans l'encadrement. Un tourbillon de sentiments envahit Tara, la joie, le bonheur, l'amour cédant bientôt la place à la terreur d'être découverte. Elle aurait voulu se précipiter pour le prendre dans ses bras, mais c'était impossible. Elle pouvait cependant le dévorer des yeux, se rassasier ne fût-ce que de la vue de celui qui lui avait tant manqué.

« Vous êtes Tara Welles, n'est-ce pas ? demanda-t-il d'un ton enjoué.

— Et vous devez être Dennis. »

Sa voix sonna bizarrement même à ses propres oreilles.

« Je sais qui vous êtes, poursuivit-il, mystérieux, à la manière des enfants. Je sais absolument tout sur vous. Ma sœur découpe toutes vos photos dans les magazines. Elle aime bien la mode, les chiffons, tout ça, comme les filles, quoi. Vous voulez que je vous fasse visiter ? »

Tara l'observa. Il était plus grand que dans son souvenir mais à part ça toujours le même – les yeux pétillants qui semblaient tout regarder, les choses et les gens, avec un profond intérêt, les cheveux bouclés, les taches de son, et jusqu'à son appareil dentaire, qu'il portait toujours. On sentait une tristesse nouvelle en lui mais il n'avait pas l'air d'un enfant qui a terriblement souffert. Très bientôt, mon chéri, lui promit-elle du fond du cœur comme elle l'avait fait si souvent dans sa chambre solitaire, s'adressant aux photographies et les couvrant de baisers. En attendant, je fais de mon mieux.

« Une visite guidée ? dit-elle. Très volontiers. »

Ils passèrent ensemble devant la chambre de Stéphanie, d'où s'échappait une mélodie.

« D'où vient la musique ? demanda Tara.

– C'est ma sœur – Sarah, elle aime la grande musique. Ma mère aussi en écoutait souvent.

– Et toi ?

– Bah, je suis un peu comme un protestant qui aurait des goûts catholiques ! »

Tara sourit. Il était si naturel. C'était comme si elle n'était jamais partie.

« Tu préfères peut-être le rock'n'roll ? »

Il sourit.

« En quelque sorte. »

Au bas du grand escalier, ils s'arrêtèrent devant l'immense portrait de Max Harper.

« C'est mon grand-père, expliqua Dennis. Il y a des gens qui disent que je lui ressemble, mais je ne trouve pas. Je ne suis pas aussi ambitieux en tout cas. Je me fiche un peu de l'argent et du pouvoir... J'ai envie de faire ce qui me fait plaisir.

– Il était peut-être comme toi à ton âge ! remarqua Tara, amusée. Attends de voir ! »

Ils franchirent le salon jusqu'au balcon donnant sur le parc.

« Vous voulez voir le jardin ? dit le jeune homme.

– Pourquoi pas ? »

Comme ils traversaient la pelouse, Tara demanda gentiment :

« Dennis... cela vous ennuie que je sois là ? »

Il réfléchit.

« Non. Ça ne me dérange pas. Mais Sarah, ma sœur, je vous ai dit… c'est ma demi-sœur, en fait – elle le prend très mal.

– Ta sœur et toi, vous n'aimez pas beaucoup Greg, c'est ça ?

– Pas beaucoup, non. »

Il marqua un temps d'hésitation puis, se jetant soudain à l'eau comme s'il avait décidé qu'on pouvait lui faire confiance.

« Pour nous, à vrai dire, il faisait partie des erreurs de maman. Elle n'arrivait pas à trouver ce qu'elle voulait dans la vie. Maman aimait les choses simples, en fait. Mais c'était comme si elle se laissait trop influencer par les gens, qui lui faisaient croire qu'elle devait faire ce qu'ils voulaient, eux, au lieu d'être elle-même. Sarah est tout le contraire. Comme mon grand-père Max, plutôt têtue…

– Et toi, à qui ressembles-tu ? »

Le cœur de Tara était gonflé d'amour pour ce jeune garçon si clairvoyant, si généreux.

« Tu ressembles à ton père ? »

Dennis éclata de rire.

« Oh non, je ne crois pas. C'était le deuxième mari de maman. Un savant américain. Il habite aux États-Unis.

– Tu as de ses nouvelles ? »

Tara n'était pas sûre de vouloir l'entendre dire oui ou non.

« Bien sûr. Il nous a envoyé une carte de condoléances après l'accident. »

Ils rirent à l'unisson et, dans une entente parfaite, poursuivirent leur promenade à travers les jardins.

Quand ils revinrent sur leurs pas, Tara sentait qu'elle avait franchi le premier obstacle. Vis-à-vis de

Dennis, du moins, elle n'était déjà plus seulement la petite amie de Greg. Une relation personnelle avait déjà commencé de se forger entre eux.

Ils gravirent l'escalier et lorsqu'ils passèrent de nouveau devant la chambre de Stéphanie, elle demanda :

« C'était la chambre de votre mère ?

— Comment avez-vous deviné ? »

Elle lui sourit.

« Oh, rien qu'à la façon dont tu as regardé la porte en passant.

— J'aimerais bien vous la montrer mais Sarah en fait son refuge quand elle vient à la maison, pour écouter de la musique sur la chaîne stéréo de maman, et elle est de mauvaise humeur aujourd'hui, en plus. Elle ne s'est pas encore montrée depuis son arrivée. Mais elle sortira de sa tanière quand elle aura faim ! »

Il eut pour Tara un sourire complice :

« Vous voulez que je vous montre ma chambre ?

— Je pensais que tu ne me le proposerais jamais !

— C'est vrai qu'en principe quand on fait visiter la maison on évite de passer par là – vu que c'est une de ces pagailles ! »

Il lui fit franchir le palier et ouvrit une porte d'un geste grandiloquent, révélant une chambre de garçon typique, aux murs couverts d'affiches multicolores et plongée, comme prévu, dans un désordre chaotique qu'il s'affaira à réparer, ramassant des objets épars. Du plafond, pendaient des maquettes d'avion de toutes les tailles et de toutes les marques. Il avait travaillé dur au cours des mois précédents, car sa collection s'était beaucoup agrandie. Elle s'appliqua à manifester de la surprise :

« Seigneur ! C'est toi qui as construit tout ça ?

— Ouais, fit-il, flatté. Ce sont des modèles à monter soi-même. »

Il indiqua un chasseur allemand de la Seconde Guerre mondiale : « Celui-là m'a donné du fil à retordre.

— Je veux bien croire. Mais il est drôlement réussi. »

Dennis rayonnait.

« Je veux devenir pilote d'essai quand j'aurai fini l'école, dit-il.

— Ce n'est pas un peu trop dangereux ?

— Non… c'est pas un problème.

— Ah bon… » Mais son instinct de protection maternel la poussa quand même à ajouter : « Tu as encore tout le temps de songer à l'avenir, pas vrai ?

— C'est ce que disait ma mère. Mais je ne veux pas gaspiller ma vie, pas une seule minute ! »

Il y avait de la détermination dans sa voix, et Tara songea : Oh, si j'avais pu être comme ça. Moi qui ai gaspillé tant de temps, à ne rien faire de mon adolescence et des années qui suivirent, pour attendre le prince charmant…

Elle se reprit, effrayée de la violence de ses pensées. Mais j'ai changé, se dit-elle. Et je m'y prends mieux. Je suis maîtresse de ma propre vie et je saurai vivre mieux une fois que je serais parvenue… à mes fins. Je vivrai avec toi mon fils… bientôt, très bientôt.

Comme s'il avait pu lire dans ses pensées, Dennis gagna le chevet de son lit et saisit une photo qu'il lui tendit :

« C'est ma mère », dit-il.

Tara regarda le visage soucieux mais affable de Stéphanie, son moi défunt. Elle l'examina scrupuleusement. Ç'aurait pu être l'image d'une autre femme, qui n'aurait rien eu à voir avec elle. Tara parvint à poser la question qui la tourmentait tant depuis l'accident :

« Comment avez-vous fait pour vous passer d'elle ?

— Oh, ça n'a pas été trop difficile, en fait... je ne sais pas comment dire mais elle n'était pas très souvent là avant, à cause des affaires. Quelquefois elle nous emmenait avec elle et une fois, elle nous a emmenés faire du ski, c'était génial ! »

L'enthousiasme rosissait ses joues.

« Enfin, génial dans un sens – parce que je me suis cassé la jambe et il a fallu que je reste au lit jusqu'à la fin des vacances ! C'était affreux, parce que je voyais les autres partir sur les pistes de bonne heure le matin et rentrer quand il faisait déjà noir. Mais maman ne m'a jamais laissé... elle restait avec moi toute la journée à me lire des histoires... et à jouer à des jeux. Elle avait même fait transporter son lit dans ma chambre au cas où j'aurais eu besoin de quelque chose pendant la nuit, ou simplement envie qu'elle soit là parce que j'avais mal... »

Il semblait en transe soudain, revivant ces moments comme s'ils étaient présents.

« Avant, je croyais qu'elle ne m'aimait pas... idiot... »

Il se retourna brusquement pour faire face à Tara.

« Je me fiche pas mal de ce qu'on peut dire ! Je suis sûr que ma mère n'est pas morte ! Je sais ce que tout le monde pense, mais un jour, je sais qu'elle va revenir et j'en connais – oui, j'en connais qui vont avoir un choc ! »

Rentrant les épaules il se détourna pour gagner la fenêtre, afin qu'elle ne vît pas qu'il pleurait.

Pétrifiée, pâle comme un linge, Tara n'osait pas prononcer un mot. Elle enfonça ses ongles dans ses paumes pour que la douleur la détournât de l'envie de pleurer avec Dennis, de tout lui avouer. Lentement, péniblement, elle reprit le contrôle d'elle-même. Franchissant les quelques mètres qui la séparaient du garçon elle s'approcha de lui et entoura de son bras ses épaules osseuses, le serrant très fort en silence. Ils demeurèrent ainsi longtemps, très longtemps.

À l'instar de Tara, Phillip Stewart savait ce que c'était de se sentir étranger dans sa propre maison. Quand il avait entendu la voix de Jilly au téléphone dans son bureau new-yorkais, il n'avait pu empêcher son cœur de bondir de joie, ni l'espoir de s'insinuer en lui lorsqu'elle lui avait dit qu'elle souhaitait le voir. Ils avaient décidé qu'en rentrant des États-Unis, au lieu d'aller s'installer à son club comme il l'avait fait au cours des mois précédents, il irait directement à la maison afin « d'avoir une véritable explication », selon ses propres paroles. Dans l'avion, il s'était surpris à imaginer qu'elle serait venue le chercher à l'aéroport… ou qu'elle l'attendait chez eux avec une bouteille de champagne au frais et un dîner de retrouvailles…

Mais à l'arrivée, il ne trouva qu'une nuit humide et froide, des passagers irritables, des taxis trop rares, et pas de Jilly. Mais il ne s'attendait tout de même pas, en rentrant chez lui, à la trouver déjà au lit, toutes les lumières éteintes et le réfrigérateur vide. Il entra sur la pointe des pieds dans la chambre mais c'était trop de précautions, Jilly avait sombré dans un sommeil profond – dont les vapeurs de whisky qui empestaient la pièce indiquaient la raison. En proie au dégoût, le cœur comme de la glace, il partit se coucher dans une des chambres d'amis.

Le lendemain dès l'aube, il se rasa, prit une douche et s'habilla en un temps record, bien décidé à quitter la maison hantée par l'échec de sa vie conjugale. Mais à son grand étonnement, des bruits lui parvinrent du rez-de-chaussée lorsqu'il ouvrit la porte de sa chambre et il trouva Jilly dans la cuisine, occupée à préparer des toasts et du café. Livide, les yeux bouffis, elle s'était pourtant coiffée et avait passé une jolie robe de chambre sur sa chemise de nuit. Phillip s'assit.

« Café ?

– Je veux bien. »

Il attendit qu'elle dise quelque chose mais elle demeurait silencieuse.

« Qu'as-tu derrière la tête, Jilly ? », demanda-t-il pour finir, s'attristant de constater où ils en étaient arrivés. Jamais il ne lui aurait parlé aussi brusquement quand ils s'aimaient encore. Là fut peut-être mon erreur, se dit-il.

« Conviens que ça fait un bout de temps qu'on ne s'est pas trouvés tous les deux attablés comme ça, aussi regrettable que ce soit. À mon avis, il y a une raison. »

Et comme elle ne répondait toujours pas, irrité au plus haut point il demanda d'un ton sec :

« Qu'est-ce que tu me veux ? »

Jilly saisit une cigarette d'une main tremblante mais elle dit d'une voix posée :

« Je veux divorcer. »

Phillip répondit comme par réflexe, du tac au tac :

« Très bien. »

Qu'éprouvait-il ? Il l'ignorait.

« Pourquoi as-tu attendu si longtemps avant d'en arriver là ? »

Jilly sursauta.

« Je t'en prie Jilly, pas de faux-semblants. Crois que je m'y attendais.

– Tu ne vas pas t'y opposer ? »

C'était absurde, mais Jilly était déçue. Phillip eut un sourire blasé.

« Ma pauvre chérie, dit-il. J'en ai vraiment par-dessus la tête de tout ça, crois-moi. J'ai fait ce que j'ai pu pour supporter cette situation jusqu'à maintenant en espérant que tu te réveillerais un jour et que tu te rendrais compte du genre d'individu qu'est Greg Marsden. Mais franchement, je n'ai plus très envie d'entretenir l'amant de ma femme.

– Si tu savais… – la voix de Jilly n'était plus qu'un murmure – pourquoi n'as-tu… jamais rien dit ?

– Les autres n'avaient été que des passades. Et je t'aimais toujours. J'espérais que tu finirais par quitter Marsden comme les autres.

– Tu… m'aimais ?

– Je t'aimais, Jilly, oui. Au passé. C'est fini pour moi depuis… je ne sais pas depuis quand. »

La colère gagnait Jilly.

« Alors si je comprends bien, tu m'as complaisamment laissée faire pendant tout ce temps ? »

Phillip réfléchit.

« Sans doute, oui. On peut voir les choses comme ça. Tu as eu tellement de mal à accepter l'idée de ne pas avoir d'enfants. Je savais ce que cela représentait pour toi. Combien tu en as souffert. Alors si tu pouvais trouver quelque consolation de-ci, de-là… je savais bien que je ne t'en apportais pas suffisamment. »

Jilly éclata d'un rire sauvage, douloureux.

« Tu as peut-être de bonnes raisons de m'en vouloir, Jilly. J'ai peut-être eu tort d'épouser une femme beaucoup plus jeune que moi pour la condamner ensuite à une existence oisive, à tourner en rond dans une grande maison comme celle-ci – je ne l'aurais sans doute pas supporté moi-même. Mais enfin, Jilly, je ne suis pas ton père. Tu es adulte et si tu choisis de te rouler dans la boue, ce n'est pas à moi de t'en empêcher.

– Depuis combien de temps es-tu au courant ? fulmina Jilly.

– Je pourrais sans doute deviner le jour même où cela a commencé. » Il réfléchit, en proie à une profonde lassitude. « Le jour où nous sommes allés chez Stéphanie pour jouer au tennis avec les Rutherford ? »

Sa perspicacité la mit encore plus en rage.

« Eh bien tu te trompes, figure-toi ! Ça remonte à bien avant. »

Phillip ne releva pas.

« Est-ce que Stéphanie savait ? », demanda-t-il.

L'évocation de Stéphanie la calma instantanément.

« Non, bien sûr que non, murmura-t-elle.

– Mais inutile de s'étendre. Tu vas avoir besoin d'un avocat et moi – je pense pouvoir me représenter moi-même. Ça risque d'être assez délicat. Je n'étais déjà pas particulièrement enchanté d'entretenir Greg Marsden lorsqu'il était l'amant de ma femme, mais je le serais encore moins quand il ne fera plus – ni toi non plus – partie de la famille. »

Jilly le regarda d'un air candide. Elle n'avait pas songé aux aspects financiers du divorce, pas même à sa propre sécurité, songea-t-il, désarmé. Puis, se rendant compte qu'ils n'auraient peut-être jamais plus l'occasion de discuter tous les deux, il parla du fond du cœur :

« Jilly, je t'en prie, écoute-moi attentivement. Je ne sais pas ce qui s'est passé quand tu étais à Eden au moment de la mort de Stéphanie… mais prends garde à toi, je crois Greg Marsden capable de n'importe quoi. »

Mais Jilly prit simplement l'air buté.

« Arrête de me faire la leçon, Phillip. Je ne suis pas un de tes clients ! Et d'ailleurs, j'ai l'intention de me marier avec Greg Marsden, figure-toi. Et toi ni personne au monde ne pourront m'en empêcher »

Bien loin de se douter qu'il était fiancé, Greg Marsden concentrait toute son énergie sur un objectif tout à fait différent. Il était plutôt satisfait de la manière dont il avait mené sa barque ce matin-là avec Tara et s'attendait à une victoire imminente. Il avait eu une idée magnifique en faisant venir les enfants, montrant par là qu'il avait le sens du devoir et qu'il ne cherchait pas purement et simplement à se l'envoyer. Encore que cela fît également partie de ses projets, bien entendu. Il voulait bien lui pardonner de l'avoir éconduit le soir de leur premier dîner – à la rigueur –, bien que cela ne lui fût encore jamais arrivé auparavant. Soit, ça la rendait même respectable à ses yeux. Mais après avoir passé plusieurs heures à proximité de ce corps merveilleusement délié, de cette chute de reins sublime, de ces seins… Bon Dieu, il allait avoir du mal à se retenir ! Et ils n'en étaient qu'à l'heure du déjeuner… Reprenant son sang-froid, il regarda vers le bout de la table.

Tara était en grande conversation avec Dennis, ce que Matey ne manqua pas d'approuver lorsqu'il s'en rendit compte tandis qu'il servait – en grand style comme toujours – les plats et le vin qui les accompagnait.

« Tu as un bon coup de fourchette, pas vrai ? », lui demanda Tara.

Et Greg, inattentionné comme à l'accoutumée, répondit à la place du garçon.

« Et comment. Il ne faut pas lui en promettre. Mais si on décidait du programme de l'après-midi ? À vous la parole, Tara.

— Bah... je suis ouverte à toutes les suggestions.

— Parfait, on peut se baigner, faire du bateau, pêcher et... – il eut un rire malicieux –... jouer au tennis !

— Pas pêcher, dit Dennis dont l'intervention déplut à Greg.

— Je t'ai demandé quelque chose à toi ? »

Tara se tourna vers Dennis.

— Tu n'aimes pas la pêche ? »

Greg était mécontent, cherchant manifestement ce qu'il pourrait dire pour empêcher Dennis de s'exprimer. Oh, Greg, songea Tara, comment ai-je pu penser que tu ferais un bon père ? Soudain furieuse, Tara songea au bébé que Stéphanie avait rêvé d'avoir avec Greg – pestant intérieurement contre tant de naïveté – et sa fureur ne fit que croître lorsque Greg s'adressa à son propre fils d'un ton supérieur et sarcastique.

« L'homme est contraint de tuer pour survivre, Dennis, pérora-t-il. C'est la loi de la nature. On ne t'apprend donc rien dans cette école coûteuse que tu fréquentes ? »

Tara ne put s'empêcher d'intervenir.

« L'homme – ou du moins certains hommes – tuent aussi pour d'autres raisons, Greg. » Elle le regardait droit dans les yeux. « Certains hommes sont seulement… des assassins. »

Elle soutint son regard pendant ce qui lui parut une éternité. Mais il ne cilla pas. Sans relever, il continua comme si de rien n'était :

« C'est la nature humaine, voilà tout. Et il en a toujours été ainsi. Ça ne va pas changer pour ton bon plaisir, fiston. »

Il n'a pas entendu, se dit-elle, il n'a pas dû entendre, tout simplement. Et à cet instant, elle le prit pour ce qu'il était – un inconscient et un individu dépourvu de tout scrupule. Les autres sont des assassins, les autres font le mal. Mais lui se contente de faire ce qu'il peut, alors que les autres… les autres se mettent en travers de son chemin. Il faut te ligoter, Greg Marsden, car rien ne pourra t'arrêter. Tu es comme un train emballé. Tu as perdu le contrôle.

Greg harcelait toujours Dennis.

« … Regarde ce que tu as dans ton assiette, hein ? Tu crois vraiment que ce bœuf est mort de sa belle mort ? »

L'air écœuré, Dennis repoussa son assiette loin de lui. Greg sourit.

« Allons, ordonna-t-il. Si on parlait de choses plus gaies ! »

Il fut interrompu par l'entrée de Sarah qui, les yeux baissés, alla se glisser discrètement à sa place à table.

« Je vous avais dit que la faim la ferait sortir de sa tanière », chuchota Dennis à Tara.

Tara regarda sa fille. Elle aussi avait grandi, et grossi. Mangeait-elle par tristesse? songea Tara pleine de compassion. Elle était exactement comme elle au même âge. Sa lourde chevelure tombait devant ses yeux, cachant son visage dont on devinait l'expression amère. L'image même de l'adolescence difficile.

«Bonjour, fit Tara très doucement.

— Sarah, je te présente mademoiselle Welles, dit Greg du même ton supérieur dont il usait avec Dennis. Elle est mannequin. Tu l'as vue à la télévision. Dis bonjour.

— Je sais qui c'est», fit Sarah à l'adresse de Greg, puis, se tournant vers Tara elle déclara: «Mon frère et moi avons été autorisés à sortir pour le week-end en votre honneur. Pour servir de... chaperons, sans doute?»

Tara regarda Greg qui semblait avoir quelque difficulté à garder son calme.

«Matey? dit-il. Je crois que Sarah est prête à déjeuner.

— Bien, monsieur.»

Tara ressentait un désir compulsif de communiquer avec sa fille.

«Tu es très jolie, dit-elle à voix basse.

— Non, je ne le suis pas! lança-t-elle d'une voix cristalline. Je ressemble à ma mère.»

C'était plus que Greg n'en pouvait supporter.

«Tara Welles, commença-t-il d'un ton menaçant, est mon invitée et tu devrais savoir depuis le temps que je ne souhaite pas qu'on parle de ta mère. Maintenant si tu as l'intention de te conduire comme une enfant gâtée, tu peux quitter la table immédiatement.»

Sarah ne se le fit pas dire deux fois. Elle se dressa d'un bond et d'une voix tremblante mais un regard de défi dans les yeux lança :

« Je n'ai pas d'ordres à recevoir de vous ! Vous n'êtes pas chez vous, ici ! Et vous ne me faites pas peur ! »

Elle fit volte-face et s'enfuit en courant.

Bravo, ma chérie, songea Tara, pleine de fierté pour sa fille. Il l'a cherché. Elle éprouvait une joie enfantine d'avoir vu Greg ainsi remis à sa place. À la lueur qui brillait dans les yeux de Dennis, elle sut qu'il ressentait la même chose. Quant à Greg, il voyait rouge.

« Nous allons prendre le bateau, annonça-t-il brusquement.

– C'est une bonne idée, dit Tara.

– Oui, pas mal », dit Dennis.

Greg le fusilla du regard. Il les avait assez vus pour aujourd'hui, sa sœur et lui.

« Je voulais dire, Tara et moi », précisa-t-il.

Dennis était manifestement vexé.

« Mais, Greg, commença Tara de son ton le plus innocent, j'avais cru comprendre que vous aimiez la vie de famille et… je ne veux pas que vous sacrifiiez une sortie avec Dennis à cause de moi. Emmenons-le avec nous, vraiment, j'insiste. Ou alors je vous laisse y aller tous les deux, entre hommes ? »

Elle regardait Greg avec de grands yeux naïfs, mais du coin de l'œil n'en voyait pas moins le visage illuminé de Dennis. Ce dernier était ravi d'avoir trouvé une alliée mais son cerveau juvénile ne parvenait pas à comprendre comment c'était possible. Sur le bateau, l'après-midi, il chercha à en savoir plus :

« Pourquoi aimez-vous Greg, Tara ? »

Bonne question, songea-t-elle. Mais que dire ?

« J'aime des tas de gens différents. Toi, je t'aime beaucoup, par exemple. »

Tendant la main, elle lui ébouriffa gentiment les cheveux.

« Eh, vous, là-bas, lança Greg. Vous ne vous baignez pas ? »

Souriant, Tara disparut à l'intérieur de la cabine pour se changer. Là elle rit à voix haute au souvenir de son dernier passage – pendant sa lune de miel avec Greg ! Ou plutôt, se corrigea-t-elle, pendant la lune de miel de Stéphanie. Le sentiment de la distance inouïe qui la séparait de la pauvre femme lui donna un brusque regain de courage. Elle possédait un grand pouvoir sur Greg et elle était sur le point de le mettre en œuvre. J'en suis capable, se dit-elle. Je suis en train d'y arriver. Elle se changea prestement et remonta sur le pont. Le soleil faisait miroiter les eaux du port. Au large, s'étendait l'océan Pacifique.

« Je suis prête ! lança-t-elle. Tout le monde devrait l'être !

— Le dernier à l'eau a perdu ! », s'écria Dennis en plongeant par-dessus bord.

Les yeux de Greg se promenèrent sur le corps de Tara que moulait son maillot de bain et semblèrent apprécier ce qu'ils virent. Quel corps splendide ! se dit-il. Une affaire ! Elle soutint son regard sans crainte, comme une femme sûre de sa beauté et de sa séduction.

« Vous venez ? »

Elle avait parlé d'un ton léger mais il y avait dans ses paroles une invite que les oreilles expertes de Greg ne manquèrent pas. Il tira sur son t-shirt qu'il jeta sur le pont et, avec des gestes ostensiblement provocateurs, entreprit de déboutonner son jean puis, lentement, de baisser la fermeture à glissière. À son étonnement, Tara ne rougit pas, ne détourna pas les yeux, comme les autres femmes le faisaient d'ordinaire. Au contraire, elle le regarda faire, sans perdre un seul détail. Jamais une femme ne l'avait vraiment regardé se livrer ainsi à son numéro de paon faisant la roue pour elle. Il sentit le sang affluer brusquement à son sexe tandis qu'il se glissait hors du jean pour apparaître dans un maillot noir réduit au minimum.

Tara examinait attentivement son vis-à-vis, les larges épaules, les muscles apparents de son torse et de ses bras, les hanches étroites, le ventre plat et la protubérance au niveau de l'aine. Elle n'éprouvait nulle gêne car elle n'éprouvait nul sentiment en dehors d'une froideur glaciale, pire que la mort, tout au fond d'elle-même. Pourtant la femme en elle sentait le pouvoir qu'elle exerçait sur lui et y prenait du plaisir. Elle voyait le corps de l'homme frémir sous son regard et son corps à elle, comme en écho à son appel, répondait en dépit de tout, à un niveau qui n'avait rien à voir avec le cœur ou la raison. Une flamme minuscule mais brûlante s'alluma en elle, le bout de ses seins durcit et elle sentit une chaleur humide entre ses jambes. Ce qu'il était incapable de faire pour Stéphanie lorsqu'elle l'aimait, voilà qu'il y parvenait pour Tara qui le haïssait, songea-t-elle, fascinée par l'ironie de tout cela.

Elle comprit qu'en un instant il serait près d'elle, arrogant comme un homme habitué à user des femmes pour son propre plaisir et non le leur.

« Si vous m'attendez, n'en faites rien ! », dit-elle non sans impudence et vive comme l'éclair elle se détourna et plongea dans le port. Le froid de l'eau sur son corps envahi d'une tiédeur animale lui fit un choc mais en même temps un effet vivifiant, qui l'aida à se remettre les idées d'aplomb. Elle revint à la surface avec un cri de joie, exultant de se sentir libre et en pleine possession de ses moyens.

« On fait la course, Dennis ? », lança-t-elle au jeune homme qui s'ébattait autour du bateau et ils s'élancèrent en riant dans un crawl effréné.

Seul sur le pont, Greg ne vit qu'une manière de venir à bout de la situation. Il plongea à son tour. Une fois encore, il avait la désagréable impression qu'on se jouait de lui et qu'il était – sentiment tout à fait inhabituel pour lui – en position de faiblesse. Il se lança à la poursuite des deux autres, tout en vitupérant intérieurement. Il savait qu'elle le désirait. Il avait vu ses yeux s'assombrir et ses pupilles se dilater. Il avait presque senti la chaleur qui l'envahissait quand elle le regardait se déshabiller pour elle – il ne pouvait pas se tromper. Et pourtant, quelque chose la retenait. Oh, pas pour longtemps. Il la voulait, il l'aurait et lui ferait payer alors chaque instant où elle s'était permis de se payer sa tête. Oui, ce serait ainsi que les choses se passeraient. Tara, qui le regardait venir, remarqua son crawl parfait mais aussi l'expression de son visage. Elle faillit pousser un cri de triomphe. Elle le tenait ! Il était en son pouvoir et elle ne le laisserait plus s'échapper !

16

Parfois, lorsqu'on souhaite être seul, on n'est quand même pas mécontent que quelqu'un s'intéresse à notre sort. C'est du moins ce que Dennis espérait en traversant le parc pour aller rejoindre Sarah dans son refuge préféré, sous le vieux saule pleureur. Il ne l'avait pas trouvée dans la maison en rentrant de la balade en bateau et s'attendait tout naturellement à la découvrir là-bas, à l'abri des longues branches souples qui ployaient jusqu'au sol, au bord de l'eau. Il écarta les frondaisons vert pâle comme un rideau et pénétra dans l'ombre fraîche. Sarah était juchée au sommet d'un rocher, telle une naïade, Kaiser couché à ses côtés. Elle fit mine de ne pas remarquer Dennis, mais ce dernier savait à quoi s'en tenir. Il s'assit près d'elle sans mot dire, se contentant d'être là pour elle.

De fait, Sarah fut extrêmement touchée en le voyant, si touchée même qu'elle se raidit pour ne montrer nul signe de sa faiblesse. Mais la solitude lui pesait tant qu'elle avait bien du mal à se supporter elle-même, et si elle reprochait à Dennis sa puérilité et son manque de maturité, l'amour et la fidélité qu'il lui avait toujours manifestés demeuraient sa seule bouée de sauvetage. Mais elle était trop fière et trop écorchée vive pour le lui faire savoir, aussi garda-t-elle le silence en attendant qu'il entamât la conversation, ce qu'il ne manquerait pas de faire.

« Tu l'aimes bien en fait, non ? commença-t-il à brûle-pourpoint. Tu fais semblant du contraire mais tu l'aimes bien.

— Qu'est-ce que tu racontes ?

— Elle a été très sympa avec toi au déjeuner…

— Que veux-tu que ça me fasse ? Et en plus elle ne m'a pour ainsi dire pas adressé la parole !

— Ce n'est pas parce que c'est une amie à lui, poursuivit Dennis sans se démonter, qu'elle doit forcément être comme lui.

— Dennis, je t'en prie, fit Sarah avec un long soupir, tu es trop jeune pour comprendre. »

Dennis décida de faire preuve de tolérance et ne releva pas, s'engageant au contraire sur une nouvelle piste.

« Écoute, dit-il, les sourcils froncés, elle ne te rappelle pas quelqu'un ?

— Comment ça ?

— J'en sais rien, mais j'ai l'impression de l'avoir déjà vue. Tu te souviens de la femme dont je t'avais parlé, qui avait pris des photos de moi en train de jouer au foot à l'école ? Ben c'était elle ! Je lui ai demandé sur le bateau et elle m'a dit que je devais me tromper. Mais j'en suis sûr et certain.

— Franchement, Dennis ! s'écria Sarah, songeant qu'il était temps de mettre un terme à de pareils enfantillages. Tu es tombé sur la tête ou quoi ? Qu'est-ce que tu veux que Tara Welles aille faire à ton école ? Et pour aller prendre en photo des gamins qui jouent au foot ! C'est complètement ridicule !

— Je sais que je l'ai déjà vue quelque part, répéta Dennis avec entêtement.

— Bien sûr que tu l'as déjà vue, bougre d'idiot ! Tu l'as vue dans toutes les revues de mode qui envahissent la maison depuis je ne sais pas combien de temps ! »

Sarah poussa un soupir d'exaspération.

« N'empêche... Sarah, reconnais que c'est quelqu'un de... pas banal.

— Non, je ne suis pas du tout d'accord, répliqua Sarah avec emphase, elle est ni plus ni moins que toutes les femmes qu'il a ramenées ici. J'ai bien vu comme elle le regarde quand ils sont ensemble. Elle a envie qu'il fasse l'amour avec elle. »

La fragile image romantique que Dennis avait de Tara fut ébranlée. Mais il continua pourtant de la défendre :

« Je n'en crois pas un mot. Tu ne penses qu'à ça parce que tu es dans ta période de puberté.

— Pas du tout, explosa-t-elle. Et de toute façon il n'a pas le droit de l'amener chez nous, dans notre maison à nous. JE LE HAIS ! »

Des larmes jaillirent de ses yeux et, secouée de sanglots convulsifs, elle continua :

« Et je la déteste, elle aussi. Tous les deux, je les déteste. Ils sont détestables... »

Résigné, Dennis passa son bras autour des épaules de sa sœur. Son autre main rencontra la tête de Kaiser, à ses côtés, et il la caressa, provoquant un grognement de satisfaction chez l'animal. Pensif, Dennis le tapota doucement.

« Mais toi, tu ne la détestes pas, hein ? demanda-t-il, perplexe. Tu n'as pas mis longtemps à l'adopter, mon bon chien ? »

Kaiser se mit à lécher son petit-maître puis haleta dans la chaleur. Mais il garda son secret et ne répondit pas à la question de Dennis.

À l'intérieur de la maison, les deux adultes s'étaient retirés dans leurs chambres pour se doucher et se reposer après le bain. Greg n'avait guère changé d'humeur, toujours partagé entre le désir et la colère. Sur le bateau, Tara avait repoussé une deuxième fois ses avances.

« Greg ! Pas devant Dennis ! »

Il s'était senti traité comme un adolescent trop entreprenant, qui se fait rabrouer par sa petite amie au dernier rang de la salle de cinéma.

« Vous croyez que ça le gênerait ? demanda-t-il refusant de la prendre au sérieux.

— Mais moi, oui ! »

Contrarié, il avait dû se rabattre sur un échange de propos anodins.

« Vous vous intéressez beaucoup à lui, on dirait ? Que s'est-il passé entre vous ? Vous vous êtes bien entendus ?

— Je ne sais pas trop, à vrai dire.

— Hmmm, ce sont des gamins difficiles, dit-il d'un ton maussade. Je n'aurais pas dû les faire venir, en fin de compte.

— Mais si ! au contraire ! répliqua Tara un peu trop vivement. Je suis ravie d'avoir eu l'occasion de faire leur connaissance, ajouta-t-elle plus posément. Je ne peux pas m'empêcher d'avoir pitié d'eux. Les derniers mois ont dû être affreux.

— Ils sont jeunes. Ils s'en remettront. »

Greg était si absorbé par son propre sort qu'il ne remarqua pas le ton sérieux de Tara lorsqu'elle répondit :

« C'est vraiment ce que j'espère. »

Tandis que Greg ruminait son erreur, Tara partit à la recherche de Sarah. Elle l'avait si peu vue pendant le déjeuner qu'elle ne pouvait attendre plus longtemps, il fallait qu'elle la revoie. La musique qui s'échappait de la chambre de Stéphanie lui apprit qu'elle y était de retour. Tara frappa à la porte et entra. Aussitôt sur le qui-vive, Sarah éteignit la chaîne et entreprit de rassembler les disques éparpillés sur le plancher. Le silence obstiné de la jeune fille, qui s'absorbait ostensiblement dans son activité, lui apprit que la carapace dans laquelle celle-ci se murait pour se protéger ne serait pas facile à briser. Elle se lança pourtant :

« Il ne fallait pas arrêter la musique, dit-elle. Mozart est mon compositeur préféré – si joyeux même lorsqu'on est triste.

— Que voulez-vous ? demanda Sarah avec une agressivité à peine dissimulée.

— Je suis venue voir comment tu allais. J'ai regretté que tu ne sois pas venue en bateau avec nous. »

Elle avait mis le doigt sur un point sensible.

« Personne n'aurait dû y aller ! C'est le bateau de maman ! Les avocats ont bien dit qu'il n'a aucun droit sur rien... »

Oh, mon bébé, songea Tara, qui essaie de le combattre avec les moyens des grandes personnes.

« C'était seulement pour me faire plaisir », dit-elle.

Un éclair de mépris passa dans les yeux de Sarah.

« Pour vous impressionner, oui ! Oh, tout ça me dégoûte ! Vous amener ici, dans la maison de ma mère, pour faire l'amour...

— Sarah ! »

Tara sentit la tête lui tourner. Elle n'était pas de taille. Quant à la fillette, elle était hors d'elle, comme possédée.

« Vous êtes sa maîtresse, pas vrai ?

— Non je ne le suis pas ! »

Elle avait parlé avec une violence dont elle ne se serait pas crue capable. Elle vit que Sarah était ébranlée et profita de son avantage.

« Je ne suis pas la maîtresse de Greg, et il ne se passera rien dans cette maison que votre mère n'aurait pas approuvé, je te le promets.

— Je ne comprends pas. Comment une femme comme vous peut-elle être avec Greg Marsden ? »

Tara lui prit les mains et, plongeant ses yeux dans les siens : « Ne juge pas sur les apparences, dit-elle doucement, les choses ne sont pas toujours comme elles en ont l'air. »

Elle voyait sur son visage que la jeune fille luttait pour assimiler ses paroles et elle se sentit fondre de tendresse :

« Sarah… j'aimerais… j'aimerais être ton amie, si seulement tu voulais bien.

— Mais pourquoi vous intéressez-vous tellement à moi ? demanda celle-ci avec un étonnement sincère, tant elle était persuadée qu'elle n'avait rien, mais rien, qui pût susciter l'intérêt de quiconque. Vous êtes si belle… alors que moi… »

Tara croyait entendre l'écho de ses propres regrets d'adolescente, lorsqu'elle se prenait elle-même pour le vilain petit canard. Et elle aurait voulu faire partager à sa petite chérie, sa fille bien-aimée qui la prenait pour une inconnue, l'importante découverte qui allait transformer sa propre existence – qu'en chaque petit canard il y a un cygne qui attend d'être délivré, et que si une femme ose enfin être belle, elle opère elle-même la métamorphose. Gardant les mains de Sarah dans les siennes, Tara la conduisit jusqu'au lit au bord duquel elles s'assirent côte à côte. Tara prit une profonde inspiration et se lança :

« Quand j'avais ton âge… j'avais peur de tout, j'étais horriblement mal dans ma peau, et je portais un appareil dentaire. J'étais trop grosse et je me détestais. Je me trouvais franchement laide. Et par-dessus tout, j'étais convaincue que personne ne pourrait – jamais – m'aimer pour moi-même, en dehors de tout autre motif. De sorte que… »

Elle marqua un temps mais Sarah écoutait de toutes ses oreilles, les yeux fixés sur le tapis.

« De sorte que je faisais semblant de n'y accorder aucune attention. Dès que quelqu'un faisait attention à moi, j'étais si contente que je ne cherchais pas à savoir pour quelle raison. On rencontre des tas de gens abominables, en s'y prenant comme ça. Et j'en ai beaucoup souffert. Beaucoup. Il m'a fallu très longtemps pour me libérer de mes peurs et surmonter mon insécurité. »

Sarah réfléchissait intensément.

« Mais maintenant… vous savez que vous êtes belle maintenant ? »

Tara sourit.

« Ça dépend des fois. Je crois que je le suis surtout quand je n'ai pas à m'occuper de moi mais que je me consacre à quelqu'un d'autre.

— Ma mère était ainsi, dit Sarah comme une simple constatation qui prit Tara au dépourvu. Comme elle n'était pas belle, elle pensait que les gens l'aimaient seulement parce qu'elle était Stéphanie Harper… la riche héritière.

— Mais tu sais, si tu as de la chance – et si tu es prête à écouter… »

Tara hésita devant l'importance de ce qu'elle allait dire. Il fallait absolument qu'elle trouve les mots justes.

« Quelqu'un viendra qui te montrera que la vraie beauté est en toi. Qu'elle a toujours été là. Et tout ce qu'il faut que tu fasses, c'est de le croire. »

Fais-moi confiance ma chérie, ajouta-t-elle intérieurement, crois-moi, je sais de quoi je parle.

« Ce qui ne veut pas dire que l'apparence ne compte pas », renchérit-elle. Elle savait instinctivement qu'elle s'était fait comprendre et ramenait la conversation à un ton plus léger. « Si tu coiffais tes cheveux en arrière, par exemple, tout le monde verrait que tu es jolie. Et ça peut être amusant quelquefois de s'habiller avec des robes de couleur vive ou des pantalons originaux, au lieu de porter tout le temps un jean et un pull comme un uniforme. »

Sarah était manifestement à l'écoute, mais de nouveau Tara sentit instinctivement qu'elle en avait assez dit. Elle devait respecter la réserve de l'adolescente. Et nous aurons tout le temps, bientôt, se dit-elle.

« En tout cas, Sarah… on peut être amies ? »

La jeune fille réfléchit.

« Peut-être », dit-elle enfin avec un petit sourire.

Tara referma doucement la porte de la chambre et descendit l'escalier l'esprit plus léger. Elle ne minimisait pas du tout les difficultés de Sarah – au contraire, d'être passée par la même chose lui permettait de comprendre ce qu'elle pouvait ressentir. Mais elle savait qu'elle avait franchi la première étape, la plus importante, qui lui permettrait de construire une relation de confiance avec sa fille, et enfin de l'aider.

Elle se demandait où pouvait bien être passé Dennis. Elle ne l'avait pas revu depuis leur retour et se rendit compte qu'il lui manquait déjà. Comme elle traversait le hall d'entrée, elle remarqua que la porte du bureau était entrouverte et passa la tête à l'intérieur. C'était une de ses pièces préférées lorsqu'elle habitait la maison. Petite, confortable, elle était plus accueillante que le vaste salon élégant et plus dans le goût de Stéphanie. Elle promena son regard sur les divans moelleux, les gravures qui ornaient les murs, les fauteuils qui portaient la trace du passage de Kaiser et savoura le sentiment de paix que tout cela lui donnait. Je suis en train de gagner, songea-t-elle. J'arrive au but !

Blotti au creux d'un sofa, Dennis était occupé à passer des films sur un petit écran portatif. Il fit signe à Tara de venir prendre place à ses côtés. Sur l'écran, défilaient en noir et blanc, images sautillantes et plus ou moins bien cadrées, des fantômes d'un passé révolu – Stéphanie et Max à cheval à Eden, Stéphanie sur un petit poney court sur pattes et, plus tard, Stéphanie montant King, le grand étalon noir galopant à travers l'écran, Stéphanie en bateau, avec Kaiser, avec Sarah et, sur la dernière image, avec Dennis. Il n'y avait pas de bande sonore mais Tara n'en éprouva pas moins le besoin de chuchoter.

« Je ne te dérange pas ?

– Non, asseyez-vous. »

Ensemble, ils regardèrent Stéphanie surveillant les deux enfants au bord de la piscine à Eden, l'air anxieuse de les voir s'ébattre comme des poissons dans l'eau.

« Ma mère avait peur de l'eau, commenta Dennis. C'est pour ça qu'elle nous a appris à nager très tôt, pour qu'on ne devienne pas comme elle. La voilà avec grand-père Max. »

Tara sentit son cœur se serrer à la vue de la silhouette familière. Grand, musclé, le geste vif malgré sa cinquantaine, Max traversa l'écran et se retourna brusquement vers la caméra. De nouveau, elle ressentit la force de ce visage taillé à la serpe, au regard d'aigle qui se posait sur elle comme si elle n'en valait pas vraiment la peine, à la bouche presque cruelle. Un instant, elle se sentit dans la peau de la fillette effrayée, peu sûre d'elle, qu'elle avait été. Elle se sentait gauche, mal à l'aise, certaine d'être incapable de plaire. Quand s'était-elle sentie ainsi il n'y avait pas si longtemps ? Mais bien sûr, avec Greg ! Elle s'était toujours sentie ainsi avec lui. Une idée lui traversa soudain l'esprit. Max et Greg étaient si différents, et pourtant, en épousant Greg, était-ce possible… avait-elle épousé son père ? Son mépris, son profond égocentrisme, sa totale froideur à l'égard d'autrui ?

Comme elle tentait de comprendre ce que cela pouvait vouloir dire, le tableau changea.

« C'est un bon passage, vous allez voir. Je suis dedans. »

Le film montrait Jilly et Phillip Stewart, en des temps plus heureux, jouant au tennis avec Sarah et Dennis dans le parc de la maison de Sydney. Tara se souvenait bien de cette séquence. Stéphanie avait toujours aimé recevoir des amis pour mettre le court de tennis à leur disposition. Mais en voyant Jilly rire de bon cœur avec les enfants, l'air si jeune et pleine de vie, sa gorge se noua. Phillip aussi riait, courant et sautant, manifestement en pleine forme physique. Tara songea alors à la partie de tennis qui avait marqué le début des relations de Greg et de Jilly. L'amertume et la rancœur tapies au fond de son cœur s'éveillèrent de nouveau.

« Matey ! »

À sa stupéfaction, Tara entendit la voix qu'elle s'attendait le moins à entendre en cet instant. La voix de Jilly ! Elle fusa de nouveau, pressante, provenant du hall d'entrée.

« Matey ! Mais où êtes-vous bon sang !

– Oh, madame Stewart ! »

Le ton du vieux domestique marquait le mécontentement, la réprobation. Quant à Jilly, elle ne semblait pas dans son état normal.

« Je suis vraiment désolée d'arriver à l'improviste, mais il faut que je parle à Greg. Où est-il ? »

Elle se mit à rire, puis cria trop fort :

« Où se cache le maître de maison ? »

Elle est ivre, songea Tara.

« Il est à l'étage, dit Matey, qui faisait de son mieux pour garder à la situation un semblant de dignité. J'ai bien peur qu'il ne m'ait pas prévenu de votre visite.

– Oh Matey, je vous en prie ! siffla Jilly. Allez le prévenir. D'accord ?

– Très bien, je vais lui faire savoir.

– Et dites-lui que j'ai des nouvelles pour lui, lança Jilly dans le dos de Matey. Des nouvelles merveilleuses. »

Tara sortit du bureau au moment où Matey s'engageait dans l'escalier, sa silhouette exprimant sa réprobation. Jilly avait tiré de son sac à main un petit miroir et, pas très solide sur ses jambes, tentait de se repoudrer le visage et de remettre un peu d'ordre dans ses cheveux en bataille.

Tara s'approcha dans son dos, Dennis sur les talons.

« Bonjour, Jilly, dit-elle calmement.

– Salut, tante Jilly ! », lança Dennis.

Jilly agrippa son miroir de ses doigts crispés, comme si elle avait une vision d'horreur. Ses yeux parurent vouloir sortir de leurs orbites et son teint devint gris.

« Tiens, Jilly ! »

Greg descendait l'escalier à la hâte. Dérangé dans sa sieste et dans son programme, il voulait à tout prix éviter une confrontation entre Tara et Jilly.

« Quelle surprise ! lança-t-il gaiement. Vous auriez dû téléphoner pour nous prévenir de votre arrivée. Tara Welles, je vous présente Jilly Stewart. Jilly est... – il eut un sourire chaleureux... – une vieille amie de la famille. »

L'atmosphère était électrique, chargée de menaces.

« Si vous voulez bien nous excuser, Tara, il faut que nous ayons un entretien important. Dennis va s'occuper de vous. Pas vrai, mon petit gars ? »

Et sans autre préambule il saisit Jilly par le bras pour l'entraîner vers la salle à manger.

« C'est tante Jilly, fit Dennis. Elle boit, ajouta-t-il comme une simple constatation, à la manière des enfants. Venez, j'ai encore des films à vous montrer. Il y en a un sur les vacances à la montagne dont je vous ai parlé. »

Dans la salle à manger, Greg laissa tomber le masque affable qui fit place à une colère noire.

« Qu'est-ce que tu viens fabriquer ici ?

– Ce que je viens fabriquer ? rétorqua Jilly décidée à combattre malgré sa panique. Espèce de salopard ! Espèce de salaud ! Qu'est-ce qu'elle vient fabriquer, elle, plutôt ? »

Greg lui jeta un regard méprisant.

« Tu es soûle !

— Et alors ? Réponds à ma question – tu as une aventure avec elle, hein ? »

Bizarrement, l'accusation imméritée blessa Greg.

« Je te préviens, Jilly…, commença-t-il.

— Je te pose une question ! hurla-t-elle.

— Non ! Je n'ai pas d'aventure avec elle, non ! », hurla-t-il en retour, furieux contre lui-même de se laisser aller à la violence à son exemple.

Luttant pour se ressaisir il expliqua :

« Je suis sorti avec elle une fois ou deux, c'est tout. »

Ne la pousse pas à bout, se disait-il. C'est une poudrière qui ne demande qu'une étincelle pour exploser. Essaie de la calmer.

« Oh, ma chérie, soupira-t-il. Allez, viens ici. »

Il vit ses épaules s'affaisser, toute velléité de combat s'écoulant d'elle.

« Viens… »

Doucement, comme une enfant perdue, elle s'approcha. Il la prit dans ses bras, la serrant contre lui, lui caressant doucement les cheveux.

« Écoute, essaie de comprendre. Il faut qu'on me voie de temps en temps avec d'autres femmes. Tu sais que j'ai toujours fait attention de garder notre histoire secrète. Et toi qui fais tout le contraire, je voulais mettre un terme aux soupçons.

— C'est la vérité ?

— Bien sûr, rien que la vérité. »

Jilly se taisait, souhaitant de toutes ses forces pouvoir le croire et craignant pourtant d'être trompée. Il posa un baiser dans la broussaille de ses cheveux et caressa doucement son dos jusqu'au creux des reins jusqu'à ce qu'il la sentit apaisée.

« Sois raisonnable, tu crois vraiment que je pourrais amener une inconnue sous le toit de Stéphanie avec des arrière-pensées en présence des enfants de ma femme ? Et, à propos de femme – tu as oublié ce qu'on avait convenu ? Que tu ne débarquerais jamais comme ça à l'improviste ? Tu as encore un mari, Jilly.

— Oh Greg ! fit Jilly soudain surexcitée et joyeuse. Mon chéri, c'est pour ça que je voulais te voir ! Nous n'aurons plus besoin de nous cacher et de vivre comme des coupables ! Phillip est d'accord pour divorcer. »

Elle le serra très fort.

« On va pouvoir se marier. C'est merveilleux, mon chéri ! »

Et elle se mit à entonner une marche nuptiale pleine de fausses notes. Elle s'avisa soudain de regarder le visage de Greg.

« Eh bien souris ! Qu'est-ce qui t'arrive ? Fais-moi un sourire, s'il te plaît ! »

Au premier étage, dans la chambre d'amis, Tara bouclait son sac. Ses bagages avaient été vite faits. Elle n'avait presque rien emporté avec elle. Elle n'était pas bien sûre de ce qui se passait entre Jilly et Greg dans la salle à manger, mais jugeait l'occasion idéale pour s'extirper de la situation dans laquelle elle s'était mise. Greg comptait sans nul doute faire l'amour avec elle le soir même et elle n'avait pas encore trouvé un moyen convaincant d'y échapper. Entre adultes, on ne pouvait pas jouer très longtemps au chat et à la souris, et Greg n'était pas un adepte de la philosophie chinoise qui consiste à faire durer le plaisir le plus longtemps possible avant de parvenir à l'apothéose finale. L'arrivée de Jilly dans un tel état lui fournissait un prétexte parfait.

Il semblait juste, par ailleurs, de les laisser tous deux à leurs petits jeux. Elle était de plus en plus convaincue en effet de la participation de Jilly, volontaire ou non, à « l'accident » de Stéphanie, ne fût-ce qu'à titre de prétexte. Ils étaient moralement complices du crime. Ils s'étaient choisis et ils se méritaient. Plus ils se sentaient coincés dans les mailles du filet qu'ils avaient tissé eux-mêmes et plus ils s'entre-déchiraient, tout comme ils l'avaient cruellement déchirée auparavant. En se retirant pour les laisser à leur entreprise de destruction mutuelle, Tara se servait d'eux comme instruments de sa propre revanche. Elle se réjouissait à cette idée. Ce n'était pas seulement une revanche – c'était une manière de justice.

Au moment où elle arrivait au rez-de-chaussée, son sac de voyage à la main et Dennis sur les talons, Greg fit irruption dans le hall. Il se dirigea droit sur elle, provocant :

« Qu'est-ce que cela signifie ?

— Je crois qu'il vaut mieux que je m'en aille.

— Vous n'êtes pas obligée.

— J'ai l'impression que si ! »

Elle le défia :

« Même si je restais, cela reviendrait au même.

— Je vous raccompagne, fit Greg, mais elle lisait la colère dans ses yeux.

— Non, non. Merci mais ce n'est pas la peine. Dennis m'a appelé un taxi.

— Ah oui ? fit Greg en fusillant le garçon du regard.

— C'est moi qui lui ai demandé, expliqua tranquillement Tara.

— Écoutez..., Greg se passa les mains dans les cheveux en les ébouriffant. Jilly était une amie intime de ma femme. C'est aussi la marraine de Sarah. Elle fait partie de la famille, vous comprenez ?

— Je vois. »

Tara avait pris un ton glacial.

Le taxi klaxonna et elle saisit son sac.

« Laissez, fit Greg.

— Bon, alors, au revoir, Dennis. » Elle se risqua à l'embrasser et essuya le rouge à lèvres qui avait laissé une trace sur sa joue.

« À bientôt. Et n'oublie pas de dire au revoir à Sarah pour moi, promis ? »

Greg emboîta le pas de Tara. Elle s'installa à l'arrière du taxi et il fit une dernière tentative.

« Vous êtes sûre que vous ne préférez pas que je vous accompagne ? Ce n'est vraiment pas agréable… que vous repartiez comme ça. Tara, je suis franchement désolé…

— Ne vous inquiétez pas. »

Elle évitait volontairement de croiser son regard.

« Elle… elle avait bu.

— Je m'en étais rendu compte. »

Greg savait quand la partie était perdue.

« Je… je vous appellerai plus tard.

— Entendu. Chauffeur, Elizabeth Bay, je vous prie. » Et, retirant sa main que Greg tentait de saisir pour l'embrasser, elle le quitta sans un regard.

Quand Greg rentra dans la maison, il éprouvait comme une envie de meurtre. Habitué à voir les femmes se soumettre à ses désirs, il devenait de plus en plus important pour lui de gagner Tara Welles. Sans cesse frustré, l'enjeu devenait pour lui une obsession. Et là, il ne pouvait guère lui en vouloir d'avoir voulu échapper à cette furie éméchée. Quelle piètre opinion elle devait avoir de lui désormais ! Un froid glacial l'envahit et il sentit monter une tension qu'il lui fallait absolument soulager.

Dans la salle à manger, Jilly éprouva un sentiment de triomphe en entendant le taxi démarrer et s'éloigner. Elle exultait. Gagnant le bar, elle se servit un whisky. Au moment où elle le portait à ses lèvres, Greg entra dans la pièce et referma la porte derrière lui. Elle se détourna pour l'accueillir, un sourire aguichant dans son visage en feu. Son regard noir ne la prévint pas assez vite de son humeur et elle n'eut pas le temps d'éviter la gifle brutale qu'il lui assena à la volée. Elle tituba et lâcha son verre qui se brisa en mille morceaux.

« Ne t'avise plus jamais de venir ici sans prévenir ! Et soûle par-dessus le marché ! Tu m'entends ? Plus jamais ! TU M'ENTENDS ? »

Étourdie par la violence du coup, les larmes aux yeux, Jilly resta sans voix. Greg la remit en équilibre sur ses jambes et, la maintenant fermement, la frappa une deuxième fois. Les doigts de Greg marquaient sa joue comme au fer rouge. Sa tête s'affaissa sur le côté et elle ne manifesta nulle résistance. Mais il n'en fut pas calmé, il voulait la punir, l'humilier. Il saisit l'encolure de sa robe à deux mains et tira pour l'ouvrir, déchirant l'étoffe légère. Elle ne portait pas grand-chose en dessous. Prête à se faire baiser, songea-t-il. Elle est venue pour ça. Il baissa le corsage de la robe et arracha le dessous de soie.

Elle fut bientôt nue devant lui, entourée de ses vêtements en lambeaux. Il haletait. Elle semblait comme en transe, de terreur, d'ivresse, il n'aurait pu dire. Tu vas avoir ce que tu voulais se dit-il en plongeant les doigts dans la fente humide, entre ses cuisses. Mais attends un peu. Et, n'ayant pas encore suffisamment exorcisé sa rage, il lui tordit violemment le poignet et leva le bras pour la frapper de toutes ses forces au bas des reins. Elle gémit sous le coup, dégagea son bras de son étreinte et se jeta sur lui, le criblant de coups de poing, le griffant, le mordant comme une chatte enragée. Elle enfonça ses ongles le long de son cou, faisant jaillir le sang, et mordit de ses dents pointues la main qui l'avait frappée. Greg continuait d'abattre sa main sur le corps vulnérable, le marquant d'empreintes rouges, mais elle semblait insensible et se battait, lui rendant ses coups, s'abandonnant à la lutte comme elle s'abandonnait quand elle faisait l'amour. On aurait dit une déesse guerrière qui se donnait entièrement au combat comme à un jeu cruel et passionné. Lorsqu'il s'en rendit compte, Greg s'y abandonna à son tour, cherchant à se protéger au lieu de continuer à cogner, puisant plus de plaisir à ces débordements d'agressivité qu'à n'importe quel jeu sexuel. Elle le fit tomber et roula sur lui, ouvrit la fermeture à glissière de son jean et délivra son membre viril. Elle en approcha son visage mais il la repoussa vivement, craignant qu'elle n'y plantât ses jolies petites dents. Il la fit basculer sur le dos et pénétra en elle. Ils jouirent ensemble, presque tout de suite, en un long et violent orgasme. Puis tous deux demeurèrent étendus l'un près de l'autre, meurtris, sanglants et satisfaits comme deux animaux sur le plancher. Sur le mur, au-dessus d'eux, le portrait de Stéphanie Harper contemplait une scène que les yeux innocents de la jeune femme n'avaient certes jamais vue auparavant.

17

Dans le taxi qui la ramenait à Darling Point, Tara s'efforça de ne penser ni à Greg ni à Jilly. Elle concentra sa réflexion sur ses enfants, passant et repassant dans sa tête les conversations qu'elle avait eues avec eux. Puis elle songea à la soirée qui l'attendait. Elle la passerait tranquillement, à se reposer et à lire. Elle parlerait à Maxie, lui raconterait sa journée et lui dirait surtout tout le bien qu'elle pensait de Dennis et de Sarah. Et avant tout, elle débrancherait son téléphone.

Quand la voiture s'arrêta devant son immeuble, elle paya le chauffeur et resta quelques instants dans la rue à humer l'air du soir. La nuit était tombée d'un seul coup et le ciel brillait de milliers d'étoiles. Comme elle allait pénétrer dans l'immeuble, une silhouette sortit de l'obscurité pour s'approcher d'elle.

« Dan !

— Bonsoir.

— Je croyais… je croyais que vous… que tu avais quitté Sydney.

— Ma foi… – il lui sourit gentiment –, il arrive qu'on change d'avis. »

Tara ne savait que dire.

« Tu attends depuis longtemps ? »

Dan ne vit pas de raisons de lui mentir.

« Oui. Presque toute la journée, à vrai dire. Je commençais à croire que tu étais partie pour le week-end. Mais puisque tu es là, c'est le principal.

— Euh… tu veux monter prendre un café ?

— Non, dit-il d'un ton brusque. Enfin, peut-être. Mais je voudrais d'abord te poser une question. »

Cela n'augurait rien de bon. Elle ne voulait pas entendre ce qu'il allait dire.

« Tu n'auras qu'à répondre oui ou non. »

Dans leur dos, les lumières du port brillaient dans la nuit. L'air était doux et tout était silencieux. Elle avait le sentiment d'avoir su depuis toujours qu'un tel moment arriverait et qu'il n'était pas en son pouvoir de changer le cours du destin.

« Tara… oh, ma chérie… veux-tu devenir ma femme ? »

Elle garda les yeux baissés si fixement sur le sol que bien des années, plus tard, les lézardes d'un trottoir seraient synonymes pour elle de souffrance. La voix de Dan se fit très basse :

« C'est là ta réponse ?

— Oh, Dan… je… c'est impossible.

— Mais pourquoi ?

— Je t'en prie, Dan… »

Il lui prit les bras et la força à lui faire face.

« Tara, ma question n'a rien de déraisonnable. Je t'aime, te l'ai-je déjà dit ? Je veux être avec toi, passer ma vie avec toi, je veux qu'on se marie. Bon sang, c'est donc si ridicule ? »

Tara tremblait. Il la serrait trop fort, lui faisait mal.

« Écoute-moi bien, Tara, j'ai appris à obtenir ce que je voulais dans la vie. Et je te préviens, je suis têtu. Je n'abandonnerai pas comme ça. »

Tara ferma les yeux. Oh, pouvoir se laisser aller contre lui maintenant, poser la tête contre sa poitrine, passer les bras autour de lui et se blottir là sous sa protection, cesser de se battre, de lutter et… Elle redressa les épaules et Dan sut ce qu'elle allait dire avant qu'elle ne parlât.

« J'avais cru, à Orphée, que nous étions parvenus à une sorte de… compréhension mutuelle… »

Malgré toutes ses résolutions, elle sentit ses yeux s'emplir de larmes.

« Oh, je suis si fatiguée…

— Qu'est-ce que tu crois que je ressens ?

— Je t'ai déjà expliqué, Dan… je t'ai dit que…

— Tu ne m'as rien dit du tout ! »

Dan était vraiment en colère à présent, une lueur ambrée brillait dans les yeux qu'il plongeait dans les siens.

« Et je commence à en avoir par-dessus la tête de tous ces mystères – qu'est-ce que ça te fait ? Ça te donne un délicieux frisson ? Tu désirais être là l'autre soir dans ce lit – et je n'ai pas besoin d'être médecin pour le savoir. Et tout d'un coup, paf ! plus rien. Sans crier gare et sans dire pourquoi. »

Il eut un petit sourire triste.

« Si tu étais médecin, tu saurais qu'on doit traiter le corps humain avec plus de respect. »

La tenant toujours par les bras il la secoua pour donner plus d'impact à ses paroles.

« Écoute, je sais qu'il se passe quelque chose. Je sais que tu es engagée dans une sorte d'affaire qui dépasse mon expérience, et la tienne. J'ai de mauvais pressentiments à propos de tout ça.

— Dan…

— Ne me raconte pas d'histoires, Tara. Tout cela m'inquiète. Et toi aussi, tu m'inquiètes.

— Dan ! Laisse-moi parler, tu veux ? »

Elle tenait à se montrer la plus brutale possible.

« Ça ne te regarde pas. Et je n'ai aucun compte à te rendre.

— Ah bon ? Et si je savais mieux que toi ce qui me regarde ou pas ? »

En colère, elle se dégagea brusquement de son étreinte mais le ton de sa voix la retint.

« Tara, écoute, je ne suis pas du genre à jouer avec les sentiments des gens et toi non plus. À quoi es-tu mêlée ? Quelle est cette chose qui se dresse entre nous ? Je n'ai aucun secret. Tu connais ma vie. Tu as pu t'en rendre compte pendant les mois que tu as passés à Orphée avec moi. C'est ça ? Tu ne te vois pas en femme de médecin ? Tu pourrais vivre sur une île sans être prisonnière pour autant, tu sais. Tu pourrais aller et venir à ta guise. »

Jamais Tara ne s'était sentie aussi malheureuse.

« Ce n'est pas ça.

— Je sais bien que ce n'est pas ça. Tout le monde t'aimait là-bas – les patients, les infirmières – même les dindes sauvages ! »

La souffrance de Tara devenait intolérable.

« Tu ne sais rien de moi, Dan.

— Oh, ma douce... » Il soupira. « Je connais chaque grain de ta peau, chaque fibre de tes os. Je sais que tu es la moitié de mon âme. Et je sais que je veux passer avec toi le reste de mes jours. »

Sa tendresse était presque insoutenable. Tara éclata :

« Dan ! Tu n'es pas le seul à avoir des responsabilités ! »

Il fut si surpris qu'il se mit à rire.

« Des responsabilités ? Bien sûr que je ne suis pas le seul. Je n'ai jamais dit ça. Alors c'est donc ça ? Je les partagerai avec toi. Nous nous aiderons. C'est pour ça que le mariage est fait, non ? »

Dieu, l'amour qu'il lui offrait ! Nul homme – nul autre avant lui – ne lui avait offert ce partage. Elle avait l'impression que le sol se dérobait sous ses pieds. Il fallait fuir.

Elle se dirigea comme une aveugle jusqu'à la porte mais Dan l'atteignit avant elle. Il la saisit par l'épaule et la força à relever le menton pour le regarder. Son expression était sardonique.

« Pardon de poser une question d'adolescent, mais tu te conduis comme une adolescente. Y a-t-il quelqu'un d'autre ? »

Comment répondre à cela ?

« En un sens.

— Dieu du ciel ! »

Il luttait pour maîtriser sa colère. Ses doigts se resserrèrent sur son menton et approchant son visage tout près de celui de la jeune femme il siffla :

« Tu appelles ça une réponse ? Grandis, Tara ! »

Affolée, elle tenta de lui échapper.

« Tu n'en auras pas d'autre, pourtant !

— Est-ce que tu l'aimes ? »

C'était le moment. Tara lança, grandiloquente :

« Dan, veux-tu bien me laisser tranquille. Retourne à Orphée. Et oublie-moi !

— Et comment ! Rien de plus facile ! rétorqua-t-il sur le même ton qu'elle. Si tu peux me regarder dans les yeux et me dire que tu ne m'aimes pas. »

Tara faillit pousser un cri. Mon Dieu…

« Je ne t'aime pas. »

Et elle vit toute lueur d'espoir quitter ses yeux.

« Je ne te crois pas !

– Qu'est-ce que je dois faire pour que tu me croies ?

– Tara... », murmura-t-il dans un souffle.

Elle eut l'impression qu'elle devenait soudain de pierre – son visage, sa langue dans sa bouche, son cœur. Retenant sa respiration, elle vit la souffrance s'insinuer en lui, son visage crispé quand il se retourna brusquement pour s'en aller. Il fit quelques pas dans l'obscurité. S'il se retournait maintenant... Mais, les épaules voûtées, il pressa le pas et la nuit l'engloutit. Il était parti. Comme une automate, Tara saisit son sac et gagna son appartement. Sans prendre la peine de se dévêtir, elle se traîna jusqu'à son lit où, parcourue de frissons, elle se blottit comme une boule de souffrance, sans bouger, pendant des heures et des heures. Une seule pensée, obsédante, occupait son esprit – j'ai perdu le seul véritable amour de ma vie stupide, totalement gaspillée.

Chez les Harper, Greg s'éveilla pour découvrir le corps menu mais étonnamment pesant de Jilly étendue sur lui. Son premier soin fut de se débarrasser d'elle le plus vite possible – rares étaient celles avec qui Greg souhaitait s'attarder après avoir fait l'amour. Elle remballe ses affaires et elle se tire, fut sa première pensée. Mais un coup d'œil sur Jilly lui apprit que ce ne serait pas si simple. L'excès de boisson combiné aux effets du combat et du coït l'avaient plongée dans un sommeil très profond. Elle respirait bruyamment, la bouche ouverte, et Greg eut une moue de dégoût. Si les femmes pouvaient être enfermées au harem et libérées brièvement pour le plaisir des hommes ! En tout cas, il était temps de renvoyer celle-là.

« Allez, Jilly ! », dit-il en la soulevant. Elle glissa sur le tapis.

« Jilly ! Debout ! C'est l'heure. »

Jilly émit un vague grognement. Greg se tenait au-dessus d'elle, occupé à rentrer sa chemise dans son jean. Il regarda les lambeaux de vêtements éparpillés, non sans une satisfaction sadique. Elle l'avait cherché ! Ça lui servirait de leçon. Elle mériterait qu'il la fiche dehors à coups de pied aux fesses et l'oblige à rentrer chez elle telle qu'elle était. Ça donnerait aux snobinards qui créchaient là-haut une bonne raison de jaser ! Ah elle ferait sensation ! Il rit à cette idée. Non, il ne pouvait quand même pas lui faire ça. Mais elle avait intérêt à se tirer au plus vite car il risquait d'être tenté.

« Allez, debout, mon chou ! », dit-il en lui donnant des petits coups de pied dépourvus de gentillesse. Elle grogna, remua, un bras sur les yeux pour les protéger de la lumière qu'il venait d'allumer. Elle roula sur elle-même et aperçut sa robe déchirée. Ses yeux s'écarquillèrent au souvenir de ce qui s'était passé.

« Greg ! Mes vêtements ! Qu'est-ce que je vais me mettre sur le dos ? »

Elle se détendit et bâilla.

« Il va falloir que je reste ici jusqu'à ce que tu me fasses rapporter quelque chose. »

Ah non, certainement pas, songea-t-il. Je sais comment me débarrasser de toi, mon chou. Il quitta la pièce et gagna le premier étage. Dans sa propre garde-robe, il choisit le t-shirt le plus étriqué qu'il pût trouver et un jean coupé qu'il ne portait qu'à la plage. Il attrapa aussi une ceinture et redescendit. Il ne risquait pas de rencontrer un domestique car ils avaient tous regagné leurs quartiers à l'arrière de la maison – mais il ne voulait plus la voir ici une minute de plus. Il s'arrêta dans le hall pour appeler un taxi.

Dans la salle à manger, Jilly était toujours par terre. Greg la mit debout sans ménagement et l'assit sur une chaise. Il lui enfila patiemment le t-shirt, faisant passer l'un après l'autre ses bras désarticulés dans les manches sans prendre garde à ses balbutiements de protestation. Puis il la mit debout.

« Mais qu'est-ce qui se passe ? »

Jilly, tout à fait réveillée désormais, le fusillait du regard.

« Il faut que tu t'en ailles, mon chou, dit-il en posant un rapide baiser sur sa joue. J'ai un dîner important ce soir – des industriels. Allez dépêche-toi.

— Je ne peux pas venir ? », demanda-t-elle d'un ton geignard.

Greg réprima une grimace ironique à l'idée d'emmener où que ce fût avec lui l'ivrogne hystérique qui se tenait devant lui.

« Ce n'est pas une réunion mondaine, tu sais, mais un dîner d'affaires. »

Il saisit le jean et l'aida à l'enfiler non sans mal, puis tira violemment pour le faire monter jusqu'à ses hanches.

« Aïe ! Tu me fais mal, se plaignit-elle.

— C'est parce que je sais que tu aimes ça.

— Je ne peux pas rentrer chez moi sans culotte ni soutien-gorge.

— Vu ce que tu portais en arrivant, ne me raconte pas d'histoires, hein ? »

D'une main experte, il glissa la ceinture dans les passants du jean et la serra étroitement autour de sa taille.

« Et voilà ! La dernière mode ! le look bermuda masculin spécialement créé pour toi. »

Du hall, lui parvint le ronronnement de l'interphone. Il sortit précipitamment pour aller presser le bouton qui ouvrait les grilles afin que le taxi pût remonter l'allée jusqu'à la maison. Puis il retourna chercher Jilly. Elle était toujours à la même place, comme étourdie, et l'air morose. Il se baissa pour ramasser les lambeaux de vêtements qui jonchaient le sol et les fourra dans le sac de la jeune femme abandonné par terre – il n'était pas question de les mettre à la poubelle pour que les domestiques y découvrent les traces de ses distractions de l'après-midi.

Le taxi klaxonna. Prenant Jilly par le bras, il l'entraîna jusqu'à la porte d'entrée. Ce ne fut qu'une fois sur le perron, en voyant le taxi qui attendait au pied des marches, que Jilly parut se rendre compte de la situation.

Elle jeta les bras autour du cou de Greg.

« Oh, mon chéri, je ne veux pas partir... je t'aime... »

Par-dessus sa tête, Greg vit que le chauffeur les observait avec curiosité.

« Je t'appellerai, ne t'inquiète pas. »

Levant les bras derrière sa nuque il détacha les bras de Jilly et la fit pivoter pour faire face au taxi. Alors, avançant la main, il lui pinça méchamment le bout du sein, puis lui fit descendre les marches en lui flattant la croupe comme à une génisse.

« Hunter's Hill, je vous prie, dit-il au chauffeur en lui glissant un billet dans la main. Et prenez soin de la dame. D'accord ? »

Quelque temps plus tard, Greg était encore occupé à tenter de réparer les dégâts provoqués par l'arrivée intempestive de Jilly. Depuis des heures il essayait de joindre Tara au téléphone. Une fois Jilly dehors, l'esprit enfin libre, il avait eu tout le loisir de songer à Tara et s'était rendu compte qu'il n'avait jamais pensé à une femme en de tels termes. Il désirait terriblement faire l'amour avec elle, certes. Mais c'était plus que ça. Il voulait l'avoir près de lui, jouir de sa présence silencieuse. Il sourit. Il ne voulait pas seulement son corps, il voulait qu'elle l'aime. Il voulait qu'elle l'estime, qu'elle pense du bien de lui. Bon sang, est-ce que je serais en train de tomber amoureux? se demanda-t-il stupéfait. Il l'ignorait car s'il avait prononcé des mots d'amour bien des fois, il savait très bien qu'il n'avait jamais éprouvé ces sentiments que chantent les poètes et pour lesquels des hommes et des femmes sont prêts à donner leur vie. Mais il mit ces réflexions de côté pour plus tard. En attendant, tout ce qu'il désirait, c'était parvenir à entrer en contact avec Tara. Il n'avait pas désiré quelque chose avec une telle force depuis longtemps, et justement, impossible de la joindre !

Il composait le numéro et laissait sonner interminablement, puis raccrochait et recommençait, mais personne ne décrochait. Il avait appelé les réclamations mais on lui avait dit que tout fonctionnait parfaitement. Il avait failli plusieurs fois sauter dans sa voiture pour se rendre directement à Elizabeth Bay mais rien ne lui disait qu'il l'y trouverait. Elle pouvait très bien être sortie histoire de se remettre de son week-end raté, et il sillonnerait les rues de Sydney à sa recherche tandis qu'elle tenterait peut-être de l'appeler ici. Aussi restait-il près du téléphone, sur le sofa du bureau, en compagnie d'une bouteille de whisky.

Le téléphone sonna à une heure et demie du matin, au moment où il avait renoncé à tout espoir de l'entendre ou de lui parler ce jour-là. Il sut que c'était elle en entendant la première note de sonnerie et son cœur bondit.

« Greg ?

— Oui.

— Comment allez-vous ?

— Je pense à vous. Je ne fais que penser à vous ces temps-ci on dirait.

— C'est… gentil.

— Écoutez, Tara, je suis vraiment désolé pour ce qui s'est passé. C'était ridicule, une vraie farce !

— Ne vous inquiétez pas pour ça.

— Quand nous reverrons-nous ? »

Il y eut une pause, remplie de quelque chose d'indéfinissable…

« J'ai réfléchi, Greg… Je voudrais aller quelque part sans personne, où il n'y aurait aucun risque d'être… interrompus. Je me demandais ce que vous penseriez… »

Elle se tut et il retint son souffle.

« … de m'emmener à Eden ? »

Eden. Le dernier endroit auquel il aurait songé. Il tenta fiévreusement d'envisager sa proposition.

« D'après ce que vous m'avez dit, poursuivit Tara, c'est l'endroit idéal pour deux personnes désirant être seules ensemble. »

Ou même trois, songea-t-il non sans cynisme au souvenir du séjour passé là-bas en compagnie de Jilly et de Stéphanie.

« Eden ?… je préférerais ne pas… »

À la façon dont elle répondit, il comprit qu'elle avait envisagé une réticence de sa part.

« Je me rends bien compte que vous devez avoir des mauvais souvenirs.

— Oui. Écoutez, pourquoi n'irions-nous pas passer une semaine dans les Blue Mountains ? Ça serait… »

Tara l'interrompit avec un soupir.

« On est beaucoup trop connus tous les deux. Vos admirateurs ne nous lâcheraient pas.

— Ou les vôtres, Beauté, dit-il doucement.

— Greg… » À son exemple, elle avait parlé d'une voix très douce. « Je veux seulement être seule avec vous…

— C'est vrai ?

— C'est vrai. À Eden. »

Il réfléchit. Pour être seuls, ils seraient seuls, sans aucun doute. Elle ne risquerait pas de jouer les filles de l'air et de disparaître. Pas question d'appeler un taxi pour rentrer. Il ne fut pas long à se décider.

« C'est entendu. Partons. Demain. Je vais envoyer un message radio à Katie, la gouvernante, pour la prévenir de notre arrivée.

— Oh, Greg ! C'est merveilleux.

— Prenez votre maillot de bain. Mais c'est à peu près tout ce dont vous avez besoin. »

Il marqua un temps pour qu'elle assimilât ses paroles. On n'a pas tellement de raisons de s'habiller à Eden.

« Un bikini, un t-shirt et un jean, c'est promis. Comment fait-on pour aller là-bas ?

— Rien de plus simple. On prend un avion jusqu'à Darwin et de là, un petit appareil que je pourrais même conduire moi-même si on veut.

— Vous pilotez ?

— J'ai ma licence depuis plusieurs années. Je pourrais vous emmener faire un tour au-dessus d'Eden – on garde un appareil dans la propriété en cas d'urgence. Faites vos bagages. Je m'occupe du reste. On part demain. Je vous téléphone pour vous dire à quelle heure.

— D'accord. Parfait.

— Et là… que faites-vous ?

— Je… » Tara prit un ton aguichant. « Je suis au lit avec mon chat.

— J'arrive.

— Oh non, sûrement pas. »

Il rit. Cela faisait partie du jeu de la séduction. Avance-retrait… comme aux échecs. Le roi noir va prendre la dame blanche. Sans discussion.

« Je peux être là… où vous voulez… dans cinq minutes, dit-il nonchalamment.

— Oh, j'en suis sûre. Mais j'ai besoin de dormir pour rester belle… je vous appelle demain matin.

— D'accord. Donnez un petit baiser au chat pour moi.

— Promis. Bonne nuit, Greg.

— Dormez bien, Tara. »

Il reposa le combiné et se laissa aller en arrière sur le sofa. Il touchait au but. Il se sentait bien. Qu'avait donc cette femme de particulier ? Quelque chose en tout cas, car il se sentait mieux qu'il ne l'avait jamais été.

Si Greg avait su que son sentiment de triomphe était partagé par Tara à l'autre bout de la ville, à Elizabeth Bay, il aurait peut-être déchanté. Car celle-ci devait se retenir pour ne pas sauter en l'air, tant elle exultait. Elle touchait au but. Et comme cela s'était fait facilement, en fin de compte ! Après tant de plans échafaudés dans sa tête, tant de calculs, tant de peurs et d'appréhensions péniblement surmontées, elle avait trouvé l'instrument parfait de sa vengeance. En ramenant Greg au point de départ, là où tout avait commencé. À Eden, où il n'y aurait pour lui nulle échappatoire.

Mais si l'exécution s'était révélée on ne peut plus simple, l'élaboration du plan n'avait pas été sans souffrances. Elle avait dû repousser Dan. Elle ne pouvait pas se permettre, après tant d'efforts et de temps, de laisser tomber ses projets de vengeance. Mais elle ne pouvait pas non plus tout avouer à Dan pour qu'il prît les choses en main comme il n'aurait manqué de le faire, en confiant l'affaire aux autorités compétentes. Car dans ce cas, elle eût mieux fait de dénoncer Greg à la police dès le départ. Non, il lui fallait – et c'était une profonde nécessité intérieure – agir seule. Le même sentiment d'indépendance passionnée qui l'avait empêchée de décrocher son téléphone pour réclamer son identité et son héritage lorsqu'elle était arrivée à Sydney la retenait encore à présent. Et au long de cette nuit atroce qui avait suivi le départ de Dan, elle avait tout mis en place. Elle n'avait pas le droit d'échouer car elle avait sacrifié à son projet tout ce qu'elle avait de plus cher au monde. Et la certitude de sa réussite était désormais ancrée en elle. À Eden, elle serait sur son territoire. Cette fois, c'est elle qui aurait l'avantage… et elle en profiterait.

L'aube se leva au-dessus d'Eden dans une explosion de feu, chassant l'obscurité et la remplaçant par une lumière dorée, qui inonda la réserve de sa chaleur. Près d'un feu qui brûlait depuis des mois, dans la brousse, une silhouette remua, comme si elle s'éveillait d'un profond sommeil hypnotique. Le rêve de Chris s'achevait. Il émergea de cette activité spirituelle et mystique qui intègre la conscience de toute chose depuis l'aube des temps, reflet d'une façon immémoriale d'appréhender le monde, où le présent et le passé sont si étroitement liés qu'ils deviennent le noyau même de la conscience. Et lorsqu'il en sortit, il était devenu un autre homme. Chris savait qu'il ne pouvait perdre son pouvoir de rêver et de vivre, car c'était grâce au rêve qu'il connaissait la nature, la guerre, et les ruses de l'ennemi. C'est seulement à travers lui qu'un aborigène sait comment il doit agir et connaît les devoirs qui l'attachent à ceux dont il est responsable. Dans le rêve, les esprits ancestraux lui chuchotent à l'oreille, guident ses pas et à certains individus privilégiés ils font pressentir les événements futurs, de telle sorte que ceux-ci ont la capacité de connaître l'avenir aussi clairement que d'autres connaissent le passé.

Chris était de ceux-là, et ce depuis l'enfance. Aussi, lorsqu'il lui arrivait de disparaître pour allumer un feu dans la nuit ou passer une journée seul dans la brousse, son frère Sam le remplaçait dans ses tâches à la réserve. Mais il n'eut pas à le faire ce jour-là car il apparut très tôt pour commencer sa journée de travail, le visage rayonnant et comme métamorphosé, mais nul n'aurait pu deviner le contenu des murmures que lui apportait le vent, en dehors de ses frères de race.

Les aborigènes ne furent donc pas surpris lorsque Katie Basklain, la gouvernante qui s'occupait depuis quarante ans de la propriété, leur annonça les nouvelles qu'elle venait de recevoir de Sydney par la radio.

« Greg Marsden va venir – avec une femme. »

Malgré tous ses efforts, la vieille femme ne put empêcher sa voix d'exprimer sa réprobation. Elle fut déçue en conséquence de n'obtenir aucune réaction de surprise ni de mécontentement de la part des deux frères. On aurait dit qu'ils étaient déjà au courant. Et Katie avait vécu assez longtemps à Eden pour savoir que c'était vraisemblable ; bien qu'elle n'en connût pas le détail, elle savait que les événements futurs s'étaient déjà inscrits dans leurs esprits auparavant. La voix du Grand Tout se révélait en toutes choses et leur parlait. Ils écoutaient et acceptaient avec résignation ses décisions.

« Nous l'attendrons de pied ferme – et qu'il n'aille pas croire qu'il nous fait peur. »

Les petits yeux noirs de Katie étaient rétrécis par la haine. Elle n'avait jamais pardonné à Greg l'accident de Stéphanie – elle avait élevé la fillette orpheline comme sa fille, elle qui n'en avait pas. Elle s'était d'abord accrochée à l'espoir insensé qu'en vertu de quelque miracle, Stéphanie reviendrait un jour à Eden. Quand elle n'avait plus été capable de garder cet espoir vivant, un morceau de son cœur était mort avec lui. Et voilà qu'il revenait, lui, pour jouer les maîtres de maison chez Stéphanie, chez le vieux Max ! C'était une situation si intolérable que Katie aurait volontiers sorti son fusil. Elle tua un bon nombre de lapins cet après-midi-là, imaginant chaque fois qu'il s'agissait de Greg – encore que, si on lui avait donné le choix de la mort de cet homme, elle l'eût jeté en pitance aux crocodiles.

Mais pourtant, il était en route, et il faudrait le nourrir.

« Sam, il faudra peut-être tondre les pelouses. Oh, elles n'en ont pas tellement besoin, mais elles seront plus belles. Et Chris, vérifie que les chevaux sont en état d'être montés au cas où ces messieurs-dames voudraient faire un tour... Je m'occupe de la maison, ce ne sera pas grand-chose. Après tout, il ne va pas être là bien longtemps et dans quequ'jours tout sera redevenu comme avant. »

À la lumière des événements récents, Chris se demandait parfois si Katie avait fait un rêve, entendu une voix spirituelle bien à elle, pour qu'elle pût prononcer des paroles aussi justes.

Nul esprit, nul rêve ni sommeil n'était venu réconforter celui qui achetait son billet d'avion – un aller simple – à destination du Queensland au guichet de l'aéroport de Sydney. Dan était fatigué et misérable. Il avait joué sa dernière carte et il avait perdu. Il avait tenté de toute son âme de gagner le cœur de Tara Welles et n'avait rien obtenu. Il se consumait de colère en songeant qu'il l'avait tenue dans ses bras, nue et épanouie comme une fleur pour lui – le souvenir de ses seins magnifiques aurait suffi à lui ôter pour toujours le sommeil – et qu'il l'avait laissée s'échapper, sans savoir pourquoi. Qu'avait-il fait qui ne lui avait pas plu ? Pourquoi avait-il échoué ? Pourquoi ? Pourquoi ?

Il avait beau s'accuser lui-même et chercher la faute qu'il avait commise envers elle, il savait bien que là n'était pas la question. Tara n'avait pas échappé à son étreinte parce qu'elle avait peur de lui ni parce qu'il n'avait pas été à la hauteur, non, c'était cette ombre, cette chose mystérieuse qui se dressait entre eux depuis le début. Il avait fait quelques progrès lors de leur dernière rencontre, du moins avait-il appris qu'il y avait un autre homme. Mais le peu qu'il avait glané, au lieu de l'aider à y voir plus clair, n'avait fait qu'augmenter ses tourments. Il ne supportait pas qu'elle refusât de partager son secret avec lui, de le faire entrer dans sa vie.

Il abandonnait donc la partie. Il détestait cette idée et il détestait Tara de l'y avoir contraint. Mais il n'avait guère le choix. La conversation de la veille, devant l'immeuble d'Elizabeth Bay, l'avait convaincu en effet que Tara et lui n'avaient aucun avenir. Il n'avait plus qu'à laisser tomber pendant qu'il était encore temps. Il avait assez souffert. Tu n'as qu'à penser à elle, se dit-il, comme à une voiture fantastique mais à laquelle il manquerait une pièce essentielle. Merveilleuse mais défectueuse. Fort de cette résolution il acheta son billet, passa son sac en bandoulière et enregistra sa valise. À midi, il serait de retour à Orphée, où il s'embarquerait pour une existence consacrée à se convaincre que Tara avait dit vrai, même si c'était atrocement douloureux.

À l'instar de tous les grands aéroports, celui de Sydney était souvent le lieu de scènes bizarres et étonnantes, d'adieux pénibles ou de retrouvailles exaltantes, de coups de téléphone frénétiques de dernière minute. De sorte que celui qu'avait demandé Tara n'avait rien de bien extraordinaire en l'occurrence.

« Allô, Jilly ?

— Oui, qui est à l'appareil ?

— C'est Tara.

— Que voulez-vous ?

— Je voulais seulement vous prévenir… je voulais vous dire… je pense préférable que vous sachiez la vérité…

— Quelle vérité ? demanda Jilly, le souffle coupé par la peur.

— Je vous appelle de l'aéroport. Je suis avec Greg.

— Non !

— Nous partons pour Eden ensemble.

— Vous ne pouvez pas…

— Nous sommes à l'aéroport. L'avion part dans cinq minutes.

— Quelle heure est-il ? Quand…

— J'ai pensé qu'il valait mieux que vous sachiez. »

La voix de Tara avait des accents de sincérité indiscutables.

« J'avais cru entendre dire qu'il n'y avait rien entre Greg et vous ! »

La fin de sa phrase se perdit dans des notes suraiguës.

« Je vous ai menti. J'avais peur de votre réaction. Mais c'est plus clair maintenant. Au revoir, Jilly.

— Ne partez… »

Il y eut un cliquetis. Tara avait raccroché.

18

Le petit avion descendait en spirale dans le ciel sans nuages vers un point minuscule : Eden.

« C'est là », dit Greg.

Il se tourna vers elle et lui prit la main.

« J'espère que vous n'allez pas être déçue. C'est un trou perdu en pleine cambrousse, comme vous pouvez voir. »

Il lui sourit.

« Il faudra que nous trouvions à nous distraire tout seuls. »

Tara lui rendit machinalement son sourire.

« Oh, je suis sûre que nous saurons nous occuper », dit-elle, tout en songeant : Comme c'est drôle d'apprendre l'art de la séduction… d'apprendre à aguicher mon propre… mari.

Elle baissa les yeux sur la main de Greg posée sur son genou. Forte et nerveuse, les muscles développés par des années passées à jouer au tennis, elle était aussi attirante que le reste de sa personne. Elle promena doucement ses doigts sur le fin duvet doré qui la couvrait et soudain, le souvenir des mains de Dan lui revint – un hâle plus foncé, les doigts plus longs et plus minces que ceux de Greg, les ongles courts et parfaitement entretenus, les poils brun foncé… Ses doigts se crispèrent.

« Eh là ! », fit-il, ravi de cette brusque marque d'intérêt à son égard, et sans la présence du pilote à l'intérieur de l'étroit habitacle, il l'aurait immédiatement embrassée, caressée avec fougue. Eden était peut-être une bonne idée, finalement.

On apercevait plus nettement la propriété et ses environs proches désormais, telle une maison de poupée enfouie dans une végétation luxuriante. Devant la maison, la piscine brillait d'un éclat artificiel, comme un petit miroir circulaire. Et autour, rouge, desséchée par le soleil implacable, s'étendait, immense et aride jusqu'aux quatre coins de l'horizon, la brousse de son enfance. Le cœur de Tara s'enfla d'amour. Comment Greg pouvait-il n'y voir qu'un trou perdu ? C'était un univers en soi, qui, pendant presque toute son existence, lui avait apporté tout ce qu'elle désirait. Et c'est grâce à Eden qu'elle allait accomplir l'acte final de la mission qu'elle s'était donnée, à Eden que Stéphanie Harper, délivrée, trouverait enfin le repos. Elle coula un regard discret en direction de Greg qui regardait par la fenêtre au moment où l'appareil terminait sa descente. Elle observa le profil parfait, le front et le nez droits, la bouche bien dessinée, et son cœur se serra. Qu'il était beau ! Et il serait anéanti. Il le fallait.

Greg, qui savait que Tara le regardait, en éprouvait une intense satisfaction. Il avait cessé de se demander pourquoi cette femme devenait si importante pour lui. Il n'était guère enclin à l'introspection et ne se posait jamais beaucoup de questions sur ses attirances et ses désirs. Il avait toujours fait passer ses propres besoins égoïstes avant toute chose, sans y réfléchir et sans remords. Il en serait de même avec les sentiments qu'il éprouvait pour Tara. Il la désirait et ses désirs étaient sur le point de se réaliser. C'était tout ce qui comptait. Il savait pourtant qu'il était plus « accroché » qu'il ne l'avait jamais été auparavant, avec aucune des nombreuses femmes qu'il avait connues. Et ça n'était pas désagréable, au contraire. L'impression de bien-être qu'il avait ressentie lorsqu'elle lui avait téléphoné pour lui suggérer un séjour à Eden durait toujours. Et ne faisait que croître, d'ailleurs. Si c'est ça l'amour, songeait-il, parfait, je suis à sa merci, se dit-il non sans satisfaction. Et je l'ai bien mérité.

« Nous allons bientôt atterrir », annonça le pilote.

Nous y sommes, chanta le cœur de Greg. À nous deux !

À terre, les habitants d'Eden s'étaient rassemblés pour accueillir les passagers du petit avion. Du haut du vieux château d'eau, Chris vit le point minuscule dans le ciel et suivit son approche sans ciller jusqu'à ce qu'il arrive au-dessus de sa tête. Il avait pris son poste à l'aube, non qu'il attendît l'avion si tôt mais il avait besoin de solitude pour communier avec la nature et se préparer aux événements imminents. Et là, accroupi au sommet de la vieille tour de bois, il demeurait parfaitement immobile, au cœur de forces qu'il ne maîtrisait pas mais dont il savait qu'elles allaient mettre face à face les protagonistes du drame pour la confrontation finale.

Dans l'ombre d'un bosquet de gommiers, Katie était occupée à jeter du grain aux poules quand elle entendit le ronronnement lointain des moteurs. Elle termina sa tâche à la hâte pour se préparer à aller accueillir les visiteurs. Elle remisa les récipients près de la porte de la cuisine, s'essuya les mains à son tablier et se mit en route en direction de la piste d'atterrissage aménagée derrière la maison. Elle avait volontairement décidé de ne pas se changer et de ne rien faire qui pût donner l'illusion à ce salopard que sa venue lui faisait le moindre plaisir. Petite silhouette ratatinée, la vieille femme indomptable s'éloigna d'une démarche décidée, comme si à chaque pas, c'était le visage de Greg Marsden qu'elle écrasait au lieu de la poussière rouge du chemin. Derrière elle, Sam quitta furtivement l'écurie où il avait fait manger et boire les chevaux aux premières heures du jour, remplaçant son frère Chris dans cette tâche matinale. Sautant la barrière qui séparait l'aire réservée au bétail du reste de la propriété, il emboîta le pas à Katie, non sans laisser entre eux une distance respectable. Sur sa gauche, il aperçut son frère qui descendait de son perchoir du château d'eau au moment où l'avion amorçait la dernière phase de sa descente.

L'appareil se posa en douceur, ses roues soulevant des nuages de poussière au-dessus de la piste de terre battue. Les spectateurs le virent ralentir et s'arrêter. La silhouette de Greg Marsden apparut à la portière. D'un bond, il fut à terre puis il se détourna pour offrir son aide à une femme grande et mince, au visage dissimulé à l'ombre d'un chapeau de paille, qui sauta gracieusement à terre sans le secours du bras qu'on lui tendait. Les trois spectateurs s'avancèrent en silence.

« Bonjour, Katie », dit Greg poliment.

Il savait ce qu'elle devait penser de lui et était bien déterminé à ne rien faire qui pût la monter davantage encore contre sa personne.

« Vous n'avez pas du tout changé. Mais si je puis vous présenter Mlle Tara Welles. Chris, Sam, comment allez-vous ?

— Bonjour», fit Katie en lui jetant un regard glacé.

Elle n'eut qu'un bref coup d'œil pour Tara, qui fut terriblement soulagée de ne pas être soumise à une inspection en règle par la vieille gouvernante. Par celle qui l'avait connue toute petite et l'avait quotidiennement côtoyée pendant les vingt premières années de sa vie. Ce serait l'épreuve la plus sévère que sa nouvelle identité subirait. Mais elle n'avait nulle inquiétude à avoir. Katie Basklain ne ferait pas à l'intruse l'honneur de lui accorder un instant d'attention.

«Elle nous vient de Sydney», dit Greg, tentant de créer à lui tout seul la chaleur qui manquait à l'accueil. Mais le renseignement ne fit ni chaud ni froid à Katie. Sydney aurait aussi bien pu se trouver sur la Lune, c'était tellement loin de son propre univers !

«J'ai reçu votre message, dit-elle à Greg d'un ton plat. Je vais vous montrer vos chambres.»

Et elle tourna les talons pour les conduire jusqu'à la maison tandis que Chris et Sam prenaient les bagages que tendait le pilote. La petite procession se mit en marche, et l'avion décolla pour regagner Darwin.

Après la chaleur implacable du dehors, la fraîcheur qui régnait à l'intérieur de la maison de pierre fut comme une bénédiction. Le cœur de Tara bondit de joie quand elle pénétra dans le hall familier. Je suis chez moi ! se dit-elle avec fierté. Tout cela m'appartient ! Elle était sur son territoire désormais. Sa confiance en fut raffermie et s'épanouit comme une fleur dans la nuit.

Katie les conduisit à travers le long vestibule sans faire mine de vouloir s'engager dans l'escalier.

«Nous n'utilisons plus le premier étage, lança-t-elle sèchement. Depuis l'accident.»

Elle parut avoir du mal à prononcer le dernier mot.

« Cela a dû être une période difficile, pour vous, dit gentiment Tara. J'ai cru comprendre que vous étiez très proches, Mme Marsden et vous.

— Stéphanie Harper, rétorqua Katie, insistant sur le nom de famille pour bien exprimer son ressentiment, était comme ma propre fille. »

Elle tourna brusquement dans une pièce sur sa gauche, ce qui l'empêcha de voir l'expression qui s'était peinte sur le visage de Tara.

« Voici votre chambre », dit Katie avec un vague geste circulaire.

Greg fronça les sourcils. L'instant qu'il redoutait était arrivé. Il était temps qu'il imposât sa volonté. C'était lui, le maître de maison, tout de même !

« Katie, dit-il d'un ton désinvolte mais néanmoins empreint d'un accent menaçant. Je vous avais demandé de préparer la chambre de Stéphanie. Je tiens à offrir la meilleure pièce à mon invitée.

— Celle-ci a une jolie vue », insista Katie, têtue.

Mais elle savait que la partie était perdue d'avance. Elle ne parviendrait pas à protéger le sanctuaire. Elle fit quelques pas dans le couloir et ouvrit une autre porte à la volée.

« Voici, dit-elle. Il n'y a rien à y faire. Je la garde toujours prête. Telle qu'elle était. »

Elle ressortit pour ouvrir la porte voisine.

« Vous serez chez Max comme vous me l'avez demandé. Le repas sera servi dans une heure. »

Elle fit volte-face et s'éloigna.

Elle serait trop drôle si elle n'était pas aussi pénible, songea Greg. Quand j'aurai pris les rênes, ma vieille, tu seras la première à ficher le camp. Même dans ce trou oublié des dieux, le service pourrait tout de même être mieux fait. Il se tourna vers Tara avec inquiétude :

« Ne faites pas attention à elle, Tara, dit-il. C'est elle qui a élevé Stéphanie. La mère de ma femme est morte en la mettant au monde, vous comprenez. Il n'y avait pas encore d'avion, ici, pour les cas d'urgence. J'imagine que Max se croyait invulnérable. Toujours est-il, quand sa femme est morte, Max en a voulu au bébé – qui n'y était évidemment pour rien. Et si Katie ne s'était pas occupée d'elle, Stéphanie n'aurait sans doute pas survécu. »

Il s'interrompit pour reprendre son souffle. Il voulait tout dire à Tara.

« Et je suis sûr qu'elle m'en veut, à sa manière, de la mort de Stéphanie. Elle ne s'en remettra jamais. Aussi… si vous voulez avoir la paix avec elle, mieux vaudrait ne plus parler de Mme Marsden pour désigner Stéphanie, si jamais l'occasion se présente. D'accord ?

— Je m'en souviendrai, dit Tara en s'efforçant de prendre un ton normal.

— Je suis dans la chambre du vieux Max. Celle d'à côté, précisa-t-il en indiquant des yeux la direction. Si vous avez besoin de moi… »

Il résista à la tentation de lui flatter les seins ou de prendre sa croupe à pleines mains. Tara n'était pas comme ça. Pas encore du moins. Patience, se dit-il, chaque chose en son temps. Avec ce principe, tu peux te faire toutes les oies blanches du monde. Puis, à voix haute, il dit tendrement :

« Je suis heureux que vous soyez là, Tara. »

Il lui prit la main pour la porter à ses lèvres. Tara le regarda. L'expression de Greg était courtoise et chaleureuse mais ses yeux brillaient de désir. Derrière lui, par la porte ouverte, elle voyait la chambre de son père, le grand lit de chêne où il était mort, trônant au milieu de la pièce. C'est là que le cauchemar a commencé pour moi, songea-t-elle, la rage au cœur. Oh, pourquoi ne m'as-tu pas appris à me défendre ? accusa-t-elle au fond de son cœur. Pourquoi m'avoir rendue si faible que j'ai dû chercher chez un homme la force que j'aurais dû avoir en moi-même ? De ses lèvres, Greg caressait sa main, y déposant des petits baisers doux comme des papillons. Elle éprouvait une excitation inexplicable. Soudain elle sentit un regard posé sur eux. Chris approchait avec les bagages, à pas silencieux. Elle dégagea sa main. Greg leva les yeux et l'irritation se peignit sur ses traits.

« Je vous laisse défaire vos bagages et je vais m'occuper du déjeuner », dit-il pesamment.

Il croisa Chris en s'éloignant au long du vestibule. Ce n'est qu'un homme à tout faire, rien de plus, se dit-il avec colère. Je ne vais pas le laisser m'en imposer. Et pourtant, très profondément, ils étaient égaux dans leur rivalité – deux ennemis naturels, qui se défiaient l'un l'autre. Greg chassa Chris de son esprit et s'en fut.

Debout devant la porte de sa chambre, Tara se détourna, s'effaçant pour lui laisser le passage. Elle n'aurait pu croiser son regard et continuer à jouer la comédie.

« Posez-les où vous voudrez », dit-elle d'un ton neutre.

Elle attendit qu'il se retire mais en franchissant le seuil, Chris s'arrêta net et, sans pour autant la regarder véritablement, il s'imprégna de sa présence, de son être plus que de son apparence. Tara demeura parfaitement immobile, retenant son souffle. L'illusion qu'elle avait créée parut soudain fragile : un mot, un regard de cet homme et elle volerait en éclats. Mais Chris ne fit rien de semblable. Il poursuivit son chemin et disparut.

Tara poussa un soupir, referma la porte et s'appuya un instant contre elle pour se ressaisir. Puis elle se redressa et jeta un regard autour d'elle. La pièce aux lambris crème, avec sa salle de bains au fond, semblait l'accueillir comme si elle n'était jamais partie. Elle s'approcha de la coiffeuse sur laquelle les brosses, les pots et les flacons de son adolescence étaient disposés avec soin, la photographie de Max dans son cadre d'argent dominant le tout comme il avait lui-même dominé toute sa vie durant. Obéissant à une impulsion qu'elle ne tenta pas de s'expliquer, elle porta le cadre à ses lèvres, posa un baiser sur le verre froid qui protégeait le visage froid, puis, en repliant le pied, glissa le cadre dans un tiroir. Adieu, Max, songea-t-elle. Je me débrouille toute seule, désormais, je suis adulte, enfin. Adieu, papa.

Couvrant tout un mur de la pièce, l'immense penderie attira Tara qui ouvrit la porte, découvrant la garde-robe de Stéphanie, rangée à la perfection. Promenant son regard sur les robes et les tailleurs, les blouses et les jupes, elle se demanda, pleine de pitié pour celle qu'elle avait été, comment elle avait pu posséder tant de vêtements qui ne lui avaient procuré aucun plaisir, qu'elle avait porté simplement pour se vêtir ou parce que les vendeuses lui avaient affirmé qu'ils lui allaient à ravir – ce qu'elle n'avait d'ailleurs jamais vraiment cru. Elle avisa le tailleur que Stéphanie avait porté le jour de son mariage – elle se souvenait l'avoir apporté à Eden pour sa lune de miel.

Comment avait-elle pu porter ça ? La couleur était jolie, certes, mais la coupe était banale, dépourvue de style. L'ôtant du portemanteau, elle le tint devant elle et se regarda dans le miroir. Je portais ça le jour de mon mariage avec Greg, se dit-elle incrédule. Le tailleur était beaucoup trop grand pour elle et semblait informe. Pauvre Stéphanie. Tara replaça le vêtement dans la garde-robe d'un geste décidé.

Stéphanie n'avait jamais goûté au plaisir des chiffons ou des fards. Elle ne s'était jamais intéressée à la mode. Tara traversa la pièce pour s'approcher de son deuxième trésor après King – une magnifique chaîne stéréo que Max, toujours désireux d'avoir ce que l'on faisait de mieux en tout, avait relié à chacune des pièces de la maison afin qu'elle pût écouter la musique partout où elle se trouvait. Elle ouvrit la porte du meuble et, pleine de tendresse, retrouva tous les disques et cassettes préférés de Stéphanie, les concertos brandebourgeois, la *Cinquième* de Beethoven. Mais Tara aurait mieux aimé quelque chose de plus simple, en cet instant, ou de plus prenant, comme la voix de Billy Holliday peut-être. Tu reviens de loin, ma fille, se dit-elle non sans fierté.

L'esprit calme malgré son exaltation, Tara ouvrit la porte-fenêtre et passa sur le perron qui faisait le tour de la maison. À droite, c'était la porte de la chambre de Max, où Greg dormirait la nuit prochaine. Elle demeura un moment dans l'ombre fraîche procurée par l'auvent et les murs de pierre, transition délicieuse entre les pièces fermées et le jardin brûlant à cette heure-ci. Son regard traversa les pelouses, la roseraie et la piscine, dépassa l'alignement des dépendances pour se perdre au-delà, dans la vaste plaine grillée par le soleil, qui recelait tant de souvenirs. C'est bien là, se dit-elle, c'est à cette terre que mon cœur appartient. C'est une partie de moi-même.

De nouveau, elle eut le sentiment qu'on l'observait. Elle scruta attentivement le paysage alentour. Vers la gauche, à l'abri d'un bouquet de gommiers qui jouxtait la cuisine, Chris avait les yeux fixés sur elle. Eût-il été plus près, elle n'aurait pas pu lire dans les profondeurs liquides. Il la regardait avec une concentration qu'elle n'avait jamais connue chez nul autre. Que pensait-il ? Qui aurait pu le dire ? Mais sa présence n'était pas menaçante. Au contraire, Tara en tirait un réconfort et une force qu'elle n'aurait su expliquer. Elle regarda fixement à son tour la minuscule silhouette au pied des grands arbres. Puis elle rentra dans la chambre et, choisissant une cassette de Mozart, l'introduisit dans l'appareil, baissa le son et s'étendit sur le lit. La musique emplit la pièce de ses accents joyeux comme le chant d'un oiseau. Tara se sentait en paix. Elle était de retour chez elle.

Au milieu du sympathique chaos qui régnait dans l'agence de Liverpool Lane, Joanna Randall passait une journée exécrable. Il y avait d'abord eu l'entrevue rituelle avec le JCB du jour – à peine en avait-elle fini avec l'un d'entre eux qu'un autre venait aussitôt prendre sa place, songea-t-elle – qui avait entièrement bouleversé le programme en décidant qu'il n'avait que faire du mannequin proposé par l'agence et qu'il fallait tout miser sur l'image du produit lui-même. Il y avait ensuite l'attitude on ne peut plus bizarre et insouciante de Tara qui avait annoncé sans autre explication qu'elle quittait la ville pour quelques jours et avait fait annuler toutes les séances de photos prévues. Et pour finir – c'est ce qu'elle espérait en tout cas, mais la journée n'était pas encore tellement avancée – Jason était absolument insupportable. Il ne cessait de la bombarder de coups de téléphone récriminatoires à propos des photos du JCB. Joanna lui avait fait remarquer d'un ton ferme qu'elle ne voyait pas quelle différence cela faisait pour lui de photographier la voiture avec ou sans passagère. Mais cela ne lui avait pas suffi. Pauvre Jason, songea-t-elle, il est vraiment amoureux de Tara. Comme tous ceux de son entourage, elle n'avait pas manqué de s'apercevoir du changement d'attitude de Jason à l'égard de Tara et de son échec auprès d'elle. Il cherche seulement quelqu'un pour le réconforter un peu, le pauvre garçon. Mais pauvre de moi, que tout le monde prend pour une mère alors que je suis incapable d'être du moindre réconfort pour moi-même.

Jason venait d'arriver à la rescousse pour participer à la « guerre d'usure » contre le publiciste, selon ses propres termes. Il arriva au cœur de la bataille.

« Écoutez jeune homme, disait Joanna, je faisais déjà ce métier quand vous usiez encore vos fonds de culotte sur les bancs de l'école. »

Vieille bique, songeait le jeune homme en question. Elle n'est plus dans le coup.

« C'est une nouvelle façon de voir les choses, dit-il.

— Et qu'est-ce qui vous a empêché de me prévenir à l'avance, dites-moi. Mon mannequin est venu spécialement pour…

— On n'a pas besoin de fille ! Ce qui nous intéresse, c'est la voiture ! fit-il, à bout de patience.

— Pas besoin de fille ? Mais on t'a pas demandé de nous raconter ta vie privée, mon p'tit gars ! »

Jason ne pouvait résister à la tentation de le mettre en boîte :

« Pas besoin de fille ! Parle pour toi, hein ? Les gens normaux, tu vois, ceux qui aiment les voitures et qui regardent la pub, ils aiment aussi les nanas, mon gars, et ils ne voient pas pourquoi ils n'auraient pas les deux – la voiture, *et* la nana !

— Jason a raison, dit Joanna, la fille a son importance, pour attirer l'œil.

— Surtout si c'est votre mannequin, n'est-ce pas ? »

De l'autre côté de la porte, une autre altercation prenait place.

« Je voudrais voir Joanna Randall. Je n'ai pas de rendez-vous mais je dois absolument lui parler.

— C'est qu'elle est extrêmement occupée en ce moment. Puis-je vous demander de quoi il s'agit ?

— Écoutez, c'est terriblement urgent. Il faut que je la voie... »

À l'intérieur, Joanna frémissait de colère. Ce petit gringalet ne venait-il pas d'insinuer que la seule chose qui l'intéressait, c'était de placer ses propres mannequins ?

« Espèce de petit morveux ! explosa-t-elle. Pour qui vous prenez-vous ? Venir m'insulter dans mon propre bureau !

— Ne te mets pas dans cet état, maman, voyons, intervint Jason. Tu vas avoir une attaque si tu continues. Bon, je les fais ces photos, oui ou non ?

— Oui !

— Non ! »

La porte s'ouvrit et un homme fit irruption dans la pièce, suivi d'une réceptionniste à bout de nerfs.

« Joanna Randall ? Il faut que je vous voie. C'est très important. »

Le publiciste sauta sur l'occasion.

« Je vous rappellerai », annonça-t-il avant de disparaître sans que quiconque pût le rattraper. Jason et Joanna regardaient l'intrus, bouche bée. Jason fut le premier à se ressaisir, en reconnaissant soudain celui qui était déjà venu les déranger, au studio, à la poursuite de Tara. Ressentant un désagréable pincement de jalousie au moment où il pensait commencer à se résigner, il décida de se retirer à son tour.

« À tout à l'heure, maman », grommela-t-il en s'éclipsant.

Les joues de Joanna, sans être du rouge flamboyant et inimitable de sa crinière, étaient franchement écarlates. Elle s'apprêta à accueillir l'énergumène qui osait venir la déranger en plein travail comme il le méritait :

« Écoutez, monsieur…, commença-t-elle d'un ton lourd de menaces.

— Avant de vous laisser poursuivre, dit-il d'une voix égale en soutenant son regard, je suis un ami de Tara et c'est très important. »

Joanna fut impressionnée par l'autorité qui émanait de sa personne. Il parlait d'un ton net, ses traits étaient sévères.

« Mon nom est Dan Marshall. Puis-je m'asseoir ? »

Sans attendre la réponse il prit place devant le bureau et se mit à parler rapidement.

« Voilà, j'étais venu rendre visite à Tara à Sydney pour quelques jours et en rentrant chez moi, dans le Queensland, j'ai trouvé les résultats d'une enquête que j'avais demandée depuis plusieurs mois.

— Attendez, comment avez-vous dit vous appeler ? »

Joanna était manifestement ailleurs. Où ce type voulait-il en venir ?

« Marshall. Dan Marshall. Ce que j'ai appris est si grave que j'ai immédiatement repris l'avion en sens inverse. C'est au sujet de Tara.

— Comment l'avez-vous connue ?

— Là-bas, dans le Queensland... Ça fait un bout de temps déjà. » Il hésita. « Écoutez, je sais que Tara a confiance en vous.

— Hmmm... » C'était au tour de Joanna d'hésiter. « Dans la mesure où elle pouvait faire confiance à qui que ce soit.

— Vous a-t-elle parlé d'elle ?

— Pourquoi ? »

Dan rougit mais soutint son regard.

« J'aime Tara, dit-il. Je lui ai demandé de devenir ma femme.

— Ah bon ? fit Joanna, méfiante – et si c'était un de ces types dérangés qui pourchassent les célébrités ?

— Elle fréquente quelqu'un d'autre et je veux savoir qui. »

C'en était trop. Elle n'allait pas perdre son temps avec tous les cinglés qui en pinçaient pour ses mannequins. Elle prit une inspiration.

« Si c'est tout ce que vous avez d'important à me raconter... »

Il l'interrompit.

« C'est Greg Marsden ?

— Écoutez... vous avez l'air de quelqu'un de bien. Vraiment. Vous devez comprendre que je ne me mêle jamais de la vie privée de mes collaboratrices. Je suis sûre que si...

— Et si je vous disais que Tara Welles n'existe pas ?

— Quoi ?

— Absolument.

— Vous voulez dire que… Tara Welles ne serait pas son vrai nom ? Elle ne serait pas la seule à…

— Ce n'est pas seulement ça. »

Qu'est-ce que ce type venait lui chanter ?

« Si ce n'est pas Tara Welles, qui est-ce alors ? »

La réponse mit du temps à venir. Mais quand elle arriva, c'était encore plus absurde.

« Stéphanie Harper. »

Les secondes pendant lesquelles Joanna tenta d'assimiler ces derniers mots semblèrent des heures. Dan poursuivit :

« Stéphanie Harper n'est pas morte de son accident dans la réserve des crocodiles. Elle ne s'est pas noyée et n'a pas non plus été mangée par le crocodile qui l'a attaquée, comme tout le monde l'a cru à l'époque. Elle a été grièvement blessée, certes. Mais elle a survécu et, sans que je sache comment, a réussi à entrer dans une clinique du Queensland où elle a subi plusieurs interventions qui ont entièrement modifié son apparence. Puis elle est retournée à Sydney, sous l'identité de Tara Welles.

— Et vous pensez me faire avaler une chose pareille ? Je n'ai jamais rien entendu d'aussi ridicule.

— Je puis vous assurer que c'est la vérité. Et en dehors de moi-même et de l'ami dont le travail consiste à rechercher la trace des personnes disparues pour la police du Queensland, vous êtes la seule à être au courant.

— Mais… Stéphanie Harper avait presque quarante ans.

— C'est effectivement son âge… si elle est encore en vie à l'heure qu'il est ! »

Joanna était troublée au-delà de toute compréhension. Cela dépassait ses forces et ses capacités. Elle prit une décision :

« Je suis une femme très occupée monsieur Marshall, aussi, si vous vouliez bien…

— Docteur Marshall, rectifia-t-il avec colère. C'est moi, le chirurgien qui l'a opérée. Vous pouvez vérifier auprès du conseil de l'ordre. Je suis spécialisé dans la chirurgie esthétique. J'ai participé à la création de Tara Welles !

— Vous êtes… médecin ?

— Oui, je suis médecin. Et je n'avais encore jamais enfreint le secret médical avant aujourd'hui. »

Il fulminait. Tombé le masque du médecin, il maintenait une distance polie à l'égard de son interlocutrice et il ajouta :

« Mais je n'avais encore jamais été amoureux d'une de mes patientes. Et je pense qu'elle est sérieusement en danger.

— En danger ?

— Oui. Comment n'y ai-je pas songé plus tôt, même sans savoir qui elle était vraiment ? »

Dan se remémora l'arrivée de Tara, son désir de métamorphose, puis son départ, son refus de laisser une quelconque adresse, le projet crucial que pour rien au monde elle ne pouvait abandonner et enfin l'aveu qu'il lui avait arraché sur l'existence d'un autre homme dans sa vie, d'un autre dont il savait – chaque fibre de son être le lui disait – qu'elle n'était pas éprise. Tout cela allait dans le même sens.

« J'en suis venu à croire qu'elle a décidé de se faire justice elle-même et de se venger des torts qu'on lui a faits au lieu de s'en remettre à la société. Où a-t-elle trouvé le courage de retourner affronter celui qui a déjà tenté de la tuer une fois et qui cette fois aura intérêt à réussir son coup si elle le rattrape ? Madame… »

Dan se tut puis, rassemblant ses forces, murmura :

« Me direz-vous maintenant de qui il s'agit ? Qui a-t-elle vu ces derniers temps ? Qui est-ce ? »

Joanna eut du mal à articuler.

« Greg Marsden. »

Le visage de Dan s'enfiévra :

« Où puis-je trouver Tara ?

— Je ne sais pas.

— Ah non ! Faites un effort, bon sang !

— Je pense que Greg Marsden habite toujours chez les Harper, à Darling Point. Tara est peut-être là-bas.

— Merci. Merci mille fois. »

Il s'élança vers la porte non sans la gratifier d'un grand sourire qui illumina son visage hâlé. Eh bien ! songea Joanna, comment ai-je fait pour ne pas remarquer qu'il était si beau ?

Tout va bien, se disait Tara en se dirigeant vers la cuisine de la grande maison. Le déjeuner s'était déroulé à merveille, et Greg s'était montré aussi galant, aussi charmant que lorsqu'elle l'avait rencontré la première fois et qu'il lui avait fait la cour – mais d'une manière subtilement différente pourtant. Ses attentions, ses manifestations de tendresse semblaient plus sincères, plus vraies, elle s'en rendait compte à présent. Mais il n'avait pas eu beaucoup de mal à tromper la pauvre Stéphanie. Elle qui n'avait jamais été véritablement aimée pour elle-même, comment aurait-elle pu reconnaître le vrai du faux ?

En entrant dans la cuisine, elle surprit Katie qui rangeait à la hâte une bouteille de kirsch dans le placard, l'air coupable. Tara posa les plats qu'elle rapportait de la salle à manger, ayant pris prétexte de desservir la table pour pouvoir se rendre à la cuisine.

« J'allais y aller, fit remarquer Katie. Laissez tout ça. »

Tara s'approcha d'elle.

« Je voulais vous remercier pour le délicieux déjeuner. Katie... »

Elles furent interrompues par Greg.

« Ah, vous étiez là. Je voulais vous demander ce que vous vouliez faire cet après-midi. Vous avez le goût du risque ?

— Tout dépend pour quoi.

— Un tour à cheval, cela vous plairait ? »

Tara rit.

« Pour ça, pas de problème. Je monte depuis que je suis toute petite.

— Pff ! fit Katie, et, bougonnant comme pour elle-même : J'aurais voulu que vous voyiez Stéphanie monter King ! Elle galopait comme le vent. À cinq ou six ans déjà. Je n'ai jamais rien vu de pareil !

— Personne ne montera King, Katie, fit Greg agacé. Ce ne sont pas les chevaux qui manquent. Rendez-vous devant la maison dès que vous serez prête, Tara. »

Greg quitta la pièce pour aller donner l'ordre de seller les chevaux. Mais Chris et Sam avaient disparu. Jamais là quand on a besoin d'eux, ces deux-là ! Et toujours dans vos pattes le reste du temps. Il finit par les retrouver, distribua ses ordres et rejoignit Tara sous la véranda en attendant qu'on leur amenât leurs montures.

« J'ai demandé à Sam de vous seller un cheval très doux, dit Greg. Je n'ai pas envie que vous ayez un accident. »

Tara sourit intérieurement.

« Les voilà. »

Sam arrivait, tenant par la bride un solide alezan pour Greg et un joli petit cheval à la robe claire pour elle. Elle saisit les rênes et lui flatta l'encolure.

« Sam ! lança Greg d'un ton agacé, aidez la dame à monter en selle.

— Ce n'est pas la peine », dit Tara, arrêtant Sam d'un sourire.

Et d'un bond gracieux, elle fut en selle.

« Ouah ! fit Greg, admiratif. Y a-t-il quelque chose que vous ne sachiez pas faire ? »

Tara se contraignit à le regarder dans les yeux, provocante. « C'est ce que nous allons bientôt découvrir, n'est-ce pas ? » Puis, d'un petit coup de talon, elle fit trotter sa monture, et s'élança au grand galop avant que Greg fût en selle. Elle entendit dans son dos son rire de jubilation puis ses cris :

« Eh là ! Attendez-moi ! »

Il avait bien du mal à mettre en route sa propre monture qui renâclait dans la chaleur de l'après-midi.

Mais ce que Tara ne vit pas, ce fut Katie qui, incapable de résister à sa curiosité, sortit sur le seuil de la cuisine pour voir comment la dame élégante de Sydney allait bien pouvoir se débrouiller sur un cheval. Elle eut juste le temps d'apercevoir Tara s'envoler, talons baissés, épaules rentrées, dans une position parfaite, la tête penchée sur l'encolure du cheval pour lui chuchoter à l'oreille. D'abord incrédule, Katie vacilla sous le choc. Le sang quitta son visage et un son étranglé s'échappa de sa gorge. Elle s'appuya contre un des piliers de la véranda et glissa doucement jusqu'à terre, où elle s'affaissa :

« Effie ! murmura-t-elle. Effie ! Tu es revenue ! »

19

Aux yeux de ceux qui ne les connaissent pas, les vastes contrées de l'intérieur ne sont qu'une morne étendue de pays plat, aride et souvent menaçante. Les immenses plaines désertiques semblent n'offrir que tristesse et monotonie – l'homme y est condamné à devenir fou, ou à mourir de soif sous la brûlure du soleil. Ce sont des lieux magiques, pourtant, où le rêve abolit le temps. Et celui qui entend leur musique, qui perçoit la beauté surnaturelle de ces paysages austères, dans la parfaite simplicité des espaces infinis, celui-là est libre. Car il a su redécouvrir la paix spirituelle dont ces régions ont fait le don, jadis, à ceux qui savent le mériter.

Depuis que Chris lui avait appris à s'en montrer digne, Stéphanie Harper comptait parmi les élus, et jamais elle n'avait failli. Ces espaces étaient sa cathédrale, son sanctuaire, c'est là qu'elle exprimait ses joies et ses tristesses, là qu'elle se sentait vivante et libre. Cette fois encore, elle redécouvrait ce sentiment grisant que l'on éprouve bien rarement au cœur des villes et, galopant dans le vent, elle se sentit renaître, pure et triomphante.

Les deux chevaux fonçaient, ventre à terre, à travers la plaine grillée par le soleil, sautant agilement les obstacles, courant après des troupeaux de kangourous ou dispersant sur leur passage des groupes de perroquets qui s'envolaient vers le ciel en jacassant. En dépit de tous ses efforts, Greg, bon cavalier pourtant, ne parvenait pas à rejoindre le petit cheval de Tara et lorsque celui-ci s'arrêta sous le bouquet d'arbres au bord de la rivière qu'ils s'étaient fixés comme but, il dut se rendre à l'évidence : il avait perdu la course.

Le sang battant à ses veines, heureuse et à bout de souffle, Tara mit pied à terre puis mena son cheval jusqu'à la rive. Elle défit le mors et la sangle pour qu'il se désaltère. Elle s'aspergea le visage et le cou avant de conduire le bel animal à l'ombre des arbres.

« C'était formidable, dit-elle. Ça m'a fait un bien fou. »

Elle se tourna vers Greg qui n'avait rien fait de semblable pour sa monture. Son visage était sombre.

« Ne me dites pas que vous êtes de ceux qui ne supportent pas d'être battus par une femme ! »

C'était si manifestement la raison de sa contrariété qu'il nia avec véhémence.

« Bien sûr que non !

— On aurait bien dit pourtant, à voir votre tête !

— Puisque je vous dis que non. »

Il se contraignit à sourire. Ce n'était plus si grave, d'ailleurs, maintenant qu'elle était là devant lui, rieuse et pleine de vie après la course. Une grande tendresse le submergea.

« Vous allez parfaitement avec le paysage, dit-il. Aussi à l'aise que dans les salons de haute couture. Mais où avez-vous appris à monter ainsi ? Vous êtes décidément surprenante ! »

Tara éclata de rire.

« Vous croyez tout savoir, vous, les hommes. Alors il faut bien que nous gardions quelques atouts dans nos manches…

— J'aime quand vous riez, dit Greg, comme hypnotisé. Vous ne le faites pas assez souvent. Vous êtes adorable. »

Sans réfléchir il l'attira contre lui et l'embrassa. Quand leurs lèvres se touchèrent, Tara s'abandonna sans réserve au baiser, répondant avec une passion féroce qui le fit tressaillir de plaisir. C'était la première fois qu'il l'embrassait, qu'il prenait dans ses bras ce corps souple qui n'avait pas quitté ses pensées depuis le jour de leur rencontre, et c'était encore meilleur que ce qu'il avait rêvé. Dans ses bras musclés, le corps de Tara frémissait, le visage levé comme pour boire son amour, comme si sa vie en dépendait. Ses lèvres s'entrouvrirent pour accueillir sa langue, elle pressa son corps contre le sien et, avec un sentiment de triomphe, sentit contre son ventre la tension virile. Elle le désirait. Oh, comme elle le désirait.

Soudain, au grand étonnement de Greg, elle le repoussa sans douceur de ses poings fermés.

« Qu'y a-t-il ? »

Elle ne répondit pas, se contentant de le fixer de ses yeux mutins. Il la saisit aux épaules et l'attira de nouveau contre lui. Son visage tout près du sien il chuchota, menaçant :

« Les femmes qui se moquent de moi me mettent en rage. »

Il resserra son étreinte sur ses bras pour renforcer ses paroles.

« C'est vous qui avez eu l'idée d'Eden. Ne venez pas me raconter que vous êtes venue jusqu'ici seulement pour faire des petites balades à cheval. Et si c'était votre intention, autant vous dire tout de suite que je n'ai pas fait tous ces kilomètres pour respirer le grand air !

— Vous me faites mal, Greg ! »

Il la lâcha avec un geste de colère et se passa la main dans les cheveux.

« Je vous désire et vous me rendez fou !

— Greg… vous devez savoir ce que j'éprouve pour vous. Mais…

— Mais quoi ?

— Chaque fois que vous me touchez… je me mets à penser à votre femme. Quand vous me prenez dans vos bras… C'est comme si vous la trahissiez.

— C'était donc ça !

— Je vous demande pardon, Greg. Mais je n'arrive pas à faire autrement. »

Il réfléchit intensément. Comment convaincre Tara qu'elle se trompait tout à fait, que Stéphanie n'était vraiment pas une rivale à craindre ? Il n'avait jamais confié à quiconque ses véritables sentiments à son égard, s'appliquant à jouer les époux éplorés, à qui la mort avait enlevé trop vite sa femme bien-aimée. Mais Tara – elle était désormais celle qui comptait le plus au monde pour lui. Il devait prendre le risque de lui révéler ses véritables sentiments – même s'il devait la perdre lorsqu'elle découvrirait qu'il n'était pas la personne respectable qu'il prétendait être. Il lui devait bien ça, si elle l'aimait.

« Bon, je vais vous dire la vérité, Tara, commença-t-il. La vérité, c'est que j'ai épousé Stéphanie Harper pour son argent. Ça ne marchait plus très bien pour moi. Je m'essoufflais un peu, au tennis. Je m'étais blessé au genou et pendant ce temps-là, des types comme McEnroe montaient en flèche. Je n'avais plus le même punch qu'avant. »

Il se tut. Tara était transformée en statue de pierre. Elle l'écoutait, fascinée.

« J'ai rencontré Stéphanie lors d'un match de charité qu'elle avait organisé chez elle et je me suis rendu compte que je lui plaisais. Je me suis dit : "Pourquoi pas ?" Trois mois plus tard, nous étions mariés. Mais je peux vous le dire, en dépit de toute sa fortune, Stéphanie Harper n'avait aucune classe. Elle était grosse et moche, ennuyeuse comme la pluie, et frigide ! Il fallait que je me soûle pour arriver à faire l'amour avec elle – et encore, il lui fallait quinze jours de préliminaires et pas de lumière ! Quel calvaire, quand j'y pense. Je la détestais. »

Une véritable tempête se déchaînait en Tara. Il ne voyait pas son visage. Changeant brusquement de ton, Greg dit doucement, lui prenant la main :

« Vous êtes tout ce que ma femme n'était pas, Tara. Je vous aime. »

Sans un mot elle le repoussa, courut jusqu'à son cheval, bondit en selle et s'envola au grand galop. Réprimant son désir de s'élancer à sa poursuite, Greg la laissa partir. Elle avait dû avoir un choc en découvrant son aspect le plus noir. Mais il avait la certitude, malgré les apparences, d'avoir abattu sa meilleure carte. Elle lui avait avoué ses sentiments pour lui. Et il savait qu'elle le désirait physiquement, qu'elle avait envie qu'il lui fasse l'amour. Son expérience des femmes ne pouvait le tromper là-dessus. Elle reviendrait lui manger dans la main. Il l'aimait. Comment aurait-il pu échouer ? Lentement, pour la laisser rentrer seule, mais exultant toujours, il reprit le chemin de la propriété.

Déjà loin devant lui, comme si le diable en personne était sur ses talons, Tara galopait. Le visage ruisselant de larmes amères, elle sanglotait et hurlait, maudissant la noirceur de son âme. Cette fois il avait avoué et le doute n'était plus permis. Il l'avait ignoblement trahie et sa vengeance ne serait que justice. Elle avait été étonnée, d'abord, puis effrayée, quand il l'avait embrassée, de sentir son corps s'abandonner avec une telle violence. Son corps le désirait – et son corps l'aurait. Puis elle se ferait une joie de se servir de lui comme il s'était servi d'elle, puis de le faire souffrir comme elle avait souffert, en ne manifestant que mépris et indifférence à celui pour qui elle serait devenue le don le plus précieux. Elle ferait un petit peu durer le suspense – puis lâcherait le couperet !

Quand elle revint à elle, sous l'auvent du perron, Katie sut immédiatement ce qu'elle allait faire. Elle rentra à l'intérieur d'un pas encore mal assuré et gagna la cuisine pour y boire en secret – comme elle continuait d'en être persuadée – un petit verre de « remontant ». Le liquide fort et sirupeux coula dans sa gorge et elle se sentit déjà plus calme. Elle se resservit et, le verre à la main, prit la direction de la chambre de Stéphanie. C'est là qu'elle trouverait la confirmation de l'espoir insensé auquel elle s'accrochait depuis qu'elle avait vu Tara Welles franchir comme l'éclair les grilles de la propriété, pour s'élancer au grand galop en direction de la brousse. Car il y avait des choses que la chirurgie ne pouvait pas changer. C'est Katie qui avait appris à la petite Stéphanie à monter à cheval. Et la façon qu'a chacun de se tenir en selle est aussi personnelle que son écriture, tout aussi inimitable. Tara était bel et bien Stéphanie dans l'esprit de Katie. Restait maintenant à le prouver.

Refermant la porte derrière elle, Katie posa son verre de kirsch sur la table de nuit et se mit au travail.

Elle commença par la commode, dont elle fouilla méthodiquement chaque tiroir l'un après l'autre, pour ne trouver que des slips, des soutiens-gorge et des t-shirts anonymes. Puis, dans le deuxième tiroir, un blue-jean, plusieurs shorts, un bikini et un élégant maillot de bain une pièce. Elle s'interrompit. Stéphanie ne savait pas nager et évitait de s'approcher de l'eau sauf en cas de nécessité absolue, et ce depuis le jour où Skipper, un colley plein de fougue – le chien de chasse de Katie à l'époque – avait précipité la fillette dans la piscine dans un accès de joie un peu trop exubérant. Elle avait bien failli se noyer et ne s'était jamais remise de sa terreur. Les tailles aussi posaient problème. Katie chercha les étiquettes. Jamais Stéphanie n'avait eu les hanches aussi minces depuis ses douze ans.

Perplexe, elle reprit ses recherches. Le tiroir suivant était rempli de lingerie à fanfreluches noire ou blanche. De la soie et des dentelles ! Scandalisée dans son âme puritaine, Katie plongea les mains tout au fond pour s'assurer qu'il ne recelait pas d'autres secrets et le referma d'un coup sec. Cela n'appartenait certainement pas à Stéphanie, qui, du plus loin qu'elle se souvenait, n'avait jamais porté que de la bonne lingerie de coton toute simple. Elle s'assit sur le lit pour réfléchir.

Pouvait-elle s'être trompée ? Son profond désir de revoir sa chère petite lui avait-il donné des hallucinations ? Elle secoua la tête. Il ne restait plus que la valise. Katie l'ouvrit. Elle contenait plusieurs paires de souliers, plats et fonctionnels, des sandales, un bon chandail pour les soirées fraîches et des revues de mode. Tout cela aussi était trop frivole pour Stéphanie. Quand elle n'était pas plongée dans les paperasses de la Harper Mining, elle lisait un bon livre ou écoutait de la musique – et ne s'intéressait sûrement pas à des bêtises pareilles, ajouta Katie dans son for intérieur. Les doigts fureteurs touchèrent quelque chose de mou dans une pochette de tissu, dont elle tira… une perruque ! Les cheveux artificiels ressemblaient tellement à ceux de Stéphanie qu'un regain d'espoir emplit le cœur de la vieille dame. Mais si l'inconnue était bel et bien Stéphanie, quelle drôle d'idée de s'acheter une perruque quand elle pouvait tout simplement laisser pousser ses cheveux ? C'était absurde. Décontenancée, Katie replaça l'article dans la valise qu'elle referma.

Et voilà. Elle avait regardé partout et n'était guère plus avancée. Vaincue, elle s'apprêta à quitter la pièce quand elle avisa, par la porte ouverte de la salle de bains, la trousse de toilette de Tara posée sur la tablette au-dessus du lavabo. Elle en ouvrit la fermeture à glissière et découvrit des crèmes, des lotions et des fards. La saisissant d'une main, elle plongea l'autre à l'intérieur et, tout au fond, sentit quelque chose de dur. C'était un petit paquet plat enveloppé dans un carré de soie. À l'intérieur, il y avait deux photographies : Sarah et Dennis !

« Mon Dieu, les enfants ! », dit Katie à voix haute et, s'asseyant au bord de la baignoire, elle laissa tomber sa tête en arrière et pleura. Là, entre ses mains, elle avait la preuve qu'elle était venue chercher. Oh, mon Dieu ! Soyez béni ! Effie est revenue ! Des mots d'amour et de joie lui emplissaient l'esprit. Mais un martèlement de sabots, venant de l'allée, la ramena brusquement à la réalité. Les promeneurs étaient de retour. Elle replaça fiévreusement les photos dans la soie et les fourra dans la trousse qu'elle referma à la hâte. Elle la remit en place et s'élança, s'arrêtant un instant seulement pour taper le lit à l'endroit où elle s'était assise. Elle sortit de la pièce en courant, sans remarquer le petit verre de kirsch oublié sur la table de nuit.

À l'aéroport de Sydney, la personne qui dirigeait le service des vols intérieurs était une femme, ce qui expliquait peut-être qu'elle fût occupée à résoudre un problème que des hommes moins expérimentés qu'elle dans la profession auraient jugé tout bonnement insoluble. Une autre femme venait en effet d'arriver à l'aéroport en proie à une grande surexcitation. Elle voulait qu'on lui affrète sur-le-champ un avion à destination d'une réserve située dans les Territoires du Nord et dont nul n'avait jamais entendu parler. Au comptoir des réservations, on lui avait poliment suggéré de prendre un avion régulier qui la déposerait à l'aéroport le plus proche de la réserve en question. Elle avait failli faire un esclandre et s'était vue renvoyée de comptoir en comptoir avant de finir dans le bureau de la responsable. Celle-ci n'était pas arrivée au poste qu'elle occupait par hasard. Aussi avait-elle passé deux ou trois coups de fil à la suite desquels, comme par magie, Jilly Stewart s'était embarquée à destination des Territoires du Nord et d'Eden.

La nuit, dans ces contrées, embaume de mille senteurs et bruisse de sons étranges et infimes. Greg et Tara se promenaient dans la roseraie, ensemble et pourtant séparés. Greg l'observait avec attention – il attendait qu'elle fît le premier pas. Quand il était rentré de leur randonnée équestre, il avait appris qu'elle était allée directement dans sa chambre pour se doucher et s'étendre. Elle ne souhaitait pas être dérangée. Il avait dû se résoudre à attendre plusieurs heures durant, et il en avait profité pour s'occuper de lui, ayant décidé de s'habiller pour le dîner. Voilà bien longtemps qu'il n'avait pas autant pris soin de sa personne à seule fin de plaire à une femme. Champion de tennis, plus il était débraillé et échevelé, plus il semblait séduire ses admiratrices. Cette idée le fit sourire tandis qu'il se rasait, se douchait puis s'habillait avec un soin méticuleux. Mais Tara était quelqu'un d'extraordinaire, et il n'en ferait jamais trop pour elle. En se rendant à la salle à manger, il n'était pas du tout certain qu'elle descendrait le rejoindre, sans parler de ce qu'elle comptait faire ensuite. Aussi fut-il terriblement soulagé lorsqu'elle fit son apparition, reposée et détendue, adorable dans une robe du soir chatoyante qu'il lui fut reconnaissant d'avoir apportée alors qu'il avait insisté pour qu'elle ne prît que le strict minimum… Le dîner fut très agréable et les mets succulents – Katie avait manifestement fait un effort louable. Mais la conversation s'était limitée à des sujets anodins et il avait parfaitement senti qu'elle ne lui aurait pas permis autre chose. Aussi fut-il touché et heureux lorsqu'elle accepta de se rendre au jardin en sa compagnie. Il avait peut-être encore ses chances.

Au pied du perron, ils prirent le chemin de la piscine. Passant près de la fontaine discrètement illuminée, ils gagnèrent la roseraie. Toujours sans dire mot, ils finirent par s'asseoir sur un banc. Tout était calme et serein. Les fleurs exhalaient un parfum enivrant.

Tara fut la première à rompre le silence.

« Eden, dit-elle, rêveuse. La bien nommée…
— Que voulez-vous faire maintenant ?
Greg prenait garde de ne pas faire pression sur elle après les révélations de l'après-midi. Il voulait lui faire sentir que ses désirs à elle étaient ce qui lui importait avant tout.
« Les veillées ne sont pas riches en distractions, ici, dit-il. J'imagine qu'Adam et Ève avaient le même problème.
— Greg… »
Elle interrompit son badinage.
« Je vous remercie d'avoir été franc avec moi cet après-midi.
— Vous êtes la première femme à qui je suis incapable de mentir. »
Et c'est la pure vérité, songea-t-il, vaguement désemparé.
« Je voulais que vous sachiez quel genre d'homme je suis. Quitte à prendre le risque de vous perdre.
— Vous ne m'avez pas perdue, dit-elle d'une voix ferme. Je respecte l'honnêteté. Même si la vérité n'est pas toujours facile à encaisser. »
Ses paroles le rassurèrent. Il avait bien joué en lui parlant comme il l'avait fait à propos de Stéphanie. Tout irait bien désormais.
Dans leur dos, Katie sortit sur le perron et lança dans la nuit :
« Aura-t-on encore besoin de moi ?
— Non, Katie, merci.
— Merci pour le délicieux dîner », ajouta Tara.
Et Katie partit se coucher.
« Elle fait encore la cuisine à l'intention de Stéphanie, figurez-vous.
— Comment cela ?

— Elle nous a confectionné tous les plats préférés de Stéphanie ce soir.

— C'est vrai ?

— Oui. » Greg rit. « Il faut lui reconnaître ça. Elle est têtue comme une mule. Rien ne pourra jamais la convaincre que Stéphanie est bel et bien morte.

— On voit bien qu'elle lui manque encore énormément. Et elle est très seule, non ?

— Oui. Et elle est trop vieille pour s'occuper d'une maison comme celle-ci. Il serait temps de la remplacer par quelqu'un de plus jeune. Elle serait mieux chez une famille de Darwin.

— Mais ça fait quarante ans qu'elle est ici, Greg !

— Oui, c'est bien triste, évidemment, et je ne le ferai pas de gaieté de cœur. Mais le temps n'épargne personne. »

Tara ne dit rien. La dureté de Greg à l'égard de Katie venait lui rappeler que nul n'existait vraiment pour lui en dehors de lui-même. Très lasse, brusquement, elle eut envie de rentrer.

« Vous voudrez bien m'excuser, Greg, mais je crois que je vais aller me coucher. Je me sens très fatiguée. Je ne sais pas si c'est la course à cheval ou l'air trop pur ! »

Une lueur de colère passa dans les yeux de Greg. Combien de temps allait-elle encore se défiler ? Elle lut ses sentiments sur son visage.

« Cela vous ennuie ?

— Oui ! dit-il franchement. Et… non. »

N'avait-il pas décidé de lui laisser le temps ? Ce n'était que leur première soirée et Tara n'était pas du genre que l'on bouscule. Pourtant, songeait-il en la raccompagnant jusqu'à sa chambre, il va bien falloir qu'elle se décide.

Dans la solitude de sa chambre, Tara se détendit. Le dîner avait été une épreuve difficile. Comment celui qui la dévorait des yeux, qui se montrait si gentil et attentionné avec elle, pouvait-il être le même que celui qui l'avait trompée, humiliée, et qui avait tenté de la faire disparaître ? La contradiction semblait insoluble. Peut-être y a-t-il deux Greg Marsden, se dit-elle, tout comme il y avait deux Stéphanie Harper. Peut-être exprime-t-il avec Tara Welles tout ce qu'il y a de bon en lui, se montre-t-il avec elle tel qu'il souhaiterait pouvoir être, au fond ? Jamais je ne l'aurais cru capable d'une semblable franchise, songea-t-elle, cela n'a pas dû être facile de se confesser ainsi, en exposant les raisons de son mariage. Mais c'est trop peu. Et trop tard. Et jamais cela n'effacera le mal qu'il a fait.

Non, elle ne flancherait pas. Il pouvait lui sourire autant qu'il voulait, l'adorer et la respecter – être aussi extraordinairement beau qu'elle l'avait vu, au cours du dîner, les yeux brillants d'amour à la lueur des bougies, aussi détendu que dans la roseraie, sous le ciel piqué d'étoiles… il était beau, il se croyait heureux, mais il était damné. Pourtant, elle devait agir vite. Elle ne pourrait pas jouer encore longtemps la comédie et prétendre n'avoir jamais mis les pieds à Eden ou, pire encore, faire semblant d'aimer celui pour qui elle éprouvait une haine féroce. Une seule pièce manquait au puzzle et bientôt tout serait dit. Demain, songea-t-elle, Jilly arriverait. Tous les personnages du drame seraient réunis et le rideau se lèverait enfin.

Avant de se mettre au lit, il lui restait une chose importante à faire. Elle passa furtivement sur le perron et fit le tour de la maison pour gagner le quartier des domestiques. Elle frappa à la porte de Katie.

« Entrez ! »

La vieille gouvernante ne devait pas avoir beaucoup de visites, à en juger par l'étonnement qui transparut dans sa voix.

Tara ouvrit la porte. Katie était assise devant une table, occupée à regarder des photos qu'elle tirait d'une vieille boîte en fer-blanc. Elle en tenait trois à la main. Il y eut un silence chargé d'électricité entre les deux femmes.

« Je… je regardais des vieilles photos. »

Tara l'avait manifestement prise au dépourvu. D'un geste brusque, Katie lui tendit les photos qu'elle avait à la main. L'une d'elles représentait Stéphanie montant King, une autre elle-même et Katie après la mort de Max. Katie soupçonnait-elle quelque chose ? Et jusqu'à quel point ?

« Vous êtes venue dans ma chambre cet après-midi. »

Elle posa les clichés sur la table et regarda la vieille femme droit dans les yeux.

« Non ! Certainement pas ! s'écria celle-ci. Jamais je ne me serais permis…

– Vous avez oublié un verre de kirsch sur ma table de nuit. »

Katie rougit.

« Ah oui, c'est vrai ! dit-elle, gênée, comme si elle s'en souvenait tout à coup. Je suis juste allée jeter un coup d'œil pour voir si tout était comme il faut. Si je vous avais bien mis des serviettes de toilette, c'est tout. Qu'on n'aille pas croire que je suis une menteuse.

– Mais non, bien sûr que non. » Tara sourit. « Je vais vous laisser à vos photographies. »

Elle se dirigea vers la porte. Ni l'une ni l'autre ne prononça les mots qui auraient déchiré le voile si mince qui les séparait.

« Merci encore, Katie, le dîner était parfait », dit Tara.

Elle avait légèrement appuyé sur le qualificatif, tirant un sourire à la vieille femme.

« Oh, ce n'est rien du tout, dit-elle. Bonne nuit.

— Bonne nuit, Katie. »

Telle une créature des ténèbres, Tara longea la maison en sens inverse, par le perron. Derrière la porte vitrée qui ouvrait sur la bibliothèque, elle perçut un mouvement et se figea, dissimulée dans les ombres du mur. Greg entrait dans la pièce pour se diriger vers le bar. Il se servit un verre et, debout devant la cheminée, sirota le breuvage aux reflets ambrés à petites gorgées, l'air pensif. Au-dessus de sa tête, sur le mur, le portrait de Max auquel ses amis et collègues avaient porté un toast le jour où Stéphanie lui avait succédé à la tête de la Harper Mining était toujours à la même place. Dans la faible lumière d'une seule lampe, sur une table, Tara vit Greg s'installer confortablement, son verre à la main – c'était lui le roi à Eden, désormais. Tel qu'elle l'apercevait, ainsi, à travers la vitre, aussi incroyable que cela pût paraître, il ressemblait à son père – d'une manière frappante, même en dépit de la différence d'âge – et ce n'était pas une similarité physique mais une attitude, une expression identique, le même regard du prédateur prêt à foncer sur la créature sans défense, plus vulnérable ou moins rusée que lui. Ainsi détendu, un vague sourire aux lèvres, il possédait un charme inquiétant. De quelles profondeurs sournoises venait donc l'attraction qu'il exerçait sur elle ?

Elle l'ignorait. Elle l'observait avec la fascination que l'on provoque toujours lorsqu'on ne se doute pas qu'on est espionné. Il termina son verre, le posa et quitta la pièce. Tara regagna sa chambre à pas de loup. Dans le jardin, quelqu'un craqua une allumette. Elle s'arrêta. À la lueur de la flamme minuscule, apparut le visage de Chris, qu'il venait manifestement d'éclairer à son intention. Tara sourit, ce simple geste ravivant soudain en elle les récits aborigènes qui avaient bercé son enfance. La capture du feu par le grand sorcier et son partage avec le monde entier par l'embrasement sacré de la fourmilière où chacun pouvait venir allumer sa torche. Le feu était le don le plus précieux que les esprits du temps rêvé avaient fait à l'homme, le Grand Tout ayant souhaité protéger ses créatures des ténèbres et du froid. C'est grâce au feu que l'espèce humaine survit et se perpétue. Et dans le froid de son cœur solitaire, Tara reçut la chaleur de la protection divine que Chris invoquait pour elle et s'en sentit consolée et raffermie. Elle n'était pas seule.

20

Le soleil levant baignait les plates étendues qui entourent Eden d'une splendeur écarlate. Une aube chaude et féroce se glissait par-dessus les déserts et les vastes plaines, emplissant les gorges, les failles et les chaînes rocheuses déchiquetées de lumière et de chaleur. Seules les lugubres lamentations d'un oiseau obstiné troublaient le calme de l'immensité. Le rude paysage boudait dans l'attente des événements du jour.

Le cri funèbre du brolga résonna de nouveau. Tara sortit de sa chambre aussi silencieusement que possible et avec de grandes précautions passa devant la porte de Greg pour quitter la maison. À l'extérieur, la fraîcheur du jour nouveau l'enveloppa comme une bénédiction bien que les rayons du soleil sur ses bras nus fussent déjà le signe de l'impitoyable chaleur qui allait suivre. Elle prit une profonde inspiration, s'emplissant à pleins poumons de l'air sec et poudreux qui symbolisait encore pour elle son pays, puis elle traversa la cour en direction des écuries et des dépendances.

Avec l'extrême finesse d'ouïe qui les caractérise, les chevaux l'avaient entendue approcher et lorsqu'elle entra, toutes les oreilles étaient déjà dressées vers l'avant, et toutes les grosses têtes aux yeux fous se penchaient par les lucarnes pour voir le nouvel arrivant. Tara alla dire bonjour à chacun des chevaux comme à de vieux amis. Les bêtes reniflèrent et hennirent doucement pour dire qu'elles la reconnaissaient et se réjouissaient de la voir. La douce odeur du foin imprégnait l'atmosphère. En présence de cet amour honnête et véritable des grands animaux, Tara sentait son âme desséchée revenir à la vie.

Elle arriva enfin au grand box qui terminait la rangée. À l'origine c'était un enclos d'élevage assez grand pour accueillir une jument et son petit mais on l'avait attribué à King dès qu'il avait paru évident que l'étalon serait de grande taille. Tara gagna la demi-porte et regarda par-dessus. King se tenait calmement au fond de son box mais ses oreilles étaient dressées ; tout son corps noir, lisse et luisant vibrait d'impatience attentive. Tara se glissa à l'intérieur et referma le verrou derrière elle. Elle s'approcha prudemment de lui en lui parlant d'une voix basse et apaisante.

« Bonjour, King. Bonjour, mon joli garçon. Sais-tu qui je suis ? Es-tu encore capable de me reconnaître ? »

Debout près de son flanc, elle tendit la main pour caresser sa grande encolure tiède. Un frisson le parcourut tout entier comme un courant électrique et elle sentit la dureté de pierre des gros muscles sous sa main.

« Est-ce que je t'ai manqué, mon chéri ? Dieu sait combien tu m'as manqué. Tu me reconnais, pas vrai ? »

Le gigantesque animal baissa la tête et lui fourra le mufle dans la main pour toute réponse. Elle sentit la douceur satinée de ses grandes narines et la chaude haleine qu'il lui souffla entre les doigts puis sa grosse langue râpeuse vint lui explorer la paume. Elle rit de joie au plaisir de retrouver cette sensation qui avait toujours fait partie du rituel des salutations qu'ils échangeaient tous les deux. King releva sa grande tête et venant du museau lui caresser les lèvres souffla doucement par les narines sur le visage de Tara. Celle-ci reçut en silence mais avec délices cette salutation qui est généralement celle des chevaux entre eux et constitue le plus beau compliment qu'un être humain puisse espérer recevoir.

Ils demeurèrent ainsi quelques instants, la femme et le cheval, aspirant le parfum l'un de l'autre dans une parfaite communion. Puis Tara leva de nouveau la main et caressa les longues oreilles noires couvertes de fourrure soyeuse, connaissant depuis longtemps les caresses qu'appréciait King, ses doigts retrouvant facilement les points du plaisir chez le grand animal, à la base des oreilles et sur le méplat osseux qui les sépare. Tandis qu'elle le caressait ainsi avec amour, lui-même frottait doucement son museau contre le visage et la nuque de la jeune femme tout en hennissant faiblement. Alors emportée par l'émotion, Tara se nicha contre sa large poitrine et referma les bras autour de son encolure. Réagissant aussitôt au souvenir de ce vieux rite, King leva la tête, la soulevant du sol et la balançant légèrement de gauche à droite, la secouant comme une poupée de chiffon tandis qu'elle s'accrochait à lui en roucoulant de joie, sentant la puissance du vigoureux étalon entre ses bras puis à travers tout son corps.

Pour Katie, qui pénétrait dans l'écurie, ce petit échange fut la preuve définitive que Tara était bien Stéphanie. De tout le personnel, Chris était le seul à pouvoir pénétrer dans le box de King et le conduire au paddock pour l'exercice. Nul autre que Stéphanie n'avait jamais été en mesure de le toucher, pour ne rien dire de cette caresse intime et audacieuse. Sous les yeux de Katie, l'étalon reposa doucement Tara sur le sol, se raidissant pour supporter son poids sans aller de l'avant afin d'éviter de lui marcher sur les pieds. Katie fut incapable de se contenir plus longtemps.

« Effie ! »

Tara se figea sur place. Elle aurait pu se donner des coups de pied de n'avoir pas pensé qu'un regard aiguisé pouvait l'avoir repérée quand elle avait traversé la cour si tôt le matin depuis le quartier des domestiques. Elle n'était certainement pas encore prête à des révélations. Elle se contraignit à arborer un large sourire.

« Katie ! Bonjour ! Comment allez-vous ce matin ? »

Katie la dévisageait comme si elle avait vu un spectre.

« Je me lève tôt à la campagne, poursuivit Tara avec détermination.

– J'en sais quelque chose. »

Ce que Katie voulait dire n'était pas mystérieux.

« C'est un si beau cheval, n'est-ce pas ? Je n'ai pas pu m'empêcher d'essayer de faire ami-ami avec lui. »

Katie se mit à parler lentement et distinctement, comme si elle s'adressait à une simple d'esprit.

« King appartenait à Effie. Jamais à personne d'autre. C'était un cadeau que lui avait fait son père. Il nous est arrivé encore poulain et c'est elle qui l'a dressé et entraîné. Personne d'autre n'a jamais pu l'approcher, sauf Chris. C'est le cheval d'une seule femme. Il l'a toujours été – et il le restera toujours !

– J'ai toujours su m'entendre avec les chevaux, contra Tara. Je m'entends avec la plupart d'entre eux. »

Katie explosa de colère.

«Tu as cru que tu pouvais me tromper, moi! Je savais bien que tu n'étais pas morte! Je savais que tu reviendrais. J'ai prié Dieu tous les soirs depuis ton départ. Je savais qu'Il m'entendrait.»

Tara voulut parler mais Katie poursuivit impétueusement.

«Écoute, tu ne peux pas me la faire à moi. Je ne connais personne d'autre que Stéphanie Harper pour monter à cheval comme ça. Elle avait un style tout à fait personnel. Un égoïste comme Greg Marsden ne remarquerait jamais une chose pareille, bien sûr, il ne s'intéresse qu'à lui-même. Mais moi, faudrait que je sois aveugle pour pas le remarquer.

– Vous vous trompez.

– C'est toi qui te trompes en ne me faisant pas confiance. Je ne comprends rien de tout ça – rien du tout – ton changement, ou comment ça s'est passé. Comment as-tu fait pour survivre ? Où vivais-tu ? Et qu'est-ce qui se passe maintenant ? Dis-le-moi, Effie. Tu me disais toujours tout.»

«Dis-le-moi, Effie.» Tara entendait l'écho de ces paroles se répercuter le long des interminables corridors du temps. Par la pensée elle se reporta à son enfance à Eden, Katie était toujours là, Katie avait toujours l'œil sur elle – mais toujours elle avait été trop protectrice, trop anxieuse. Son amour était bien réel, mais il affaiblissait, au lieu de fortifier. «Laisse faire Katie, Katie va faire ça pour toi.» Avec ce genre d'expressions et un bon millier d'autres, Katie l'avait rendue dépendante, incapable de faire les choses par elle-même, toujours en quête de la personne qui les ferait pour elle. Tu m'as élevée dans du coton, Katie, l'accusa-t-elle dans son cœur. Regarde ce que cela a fait de moi. Au lieu de me renforcer dans ma peur de l'eau, après cet accident avec ton maudit chien, tu aurais mieux fait de m'aider à la surmonter. Parce que le jour où j'ai rencontré un homme qui m'a jetée à l'eau, je ne savais pas nager.

« Dis-le-moi, Effie. »

L'appel de Katie s'éleva de nouveau. Tara la regarda avec les yeux d'une inconnue.

« Je ne comprends pas ce que vous voulez dire.

– Ne me parle pas comme ça ! Tu peux bien te faire appeler comme tu veux, tu ne peux me cacher qui tu es et tu ne peux le cacher à toi-même. »

Tara, ébranlée, ressentit de nouveau le sentiment de culpabilité et de médiocrité qui avaient été ses compagnons d'infortune, lorsqu'elle était encore Stéphanie. Le précepte paralysant des gens bornés : « On ne se change pas », avait empoisonné toute son enfance et l'avait empêchée de s'épanouir. Mais elle avait prouvé qu'il était faux. Elle ne reviendrait pas en arrière. Elle était forte, et sûre d'elle-même désormais.

« Je suis Tara Welles. »

Un éclat vif passa dans les yeux de Katie. Elle avait tenté de restaurer la vieille relation, de rétablir son emprise mais elle avait eu le dessous. Pourtant, dotée elle-même d'un caractère férocement indépendant, elle en perçut l'écho dans la femme qui se tenait devant elle et comme elle n'aimait personne davantage en ce bas monde, elle fit l'effort de s'en réjouir.

« C'est bon, c'est bon, dit-elle, émue. Vous avez sûrement vos raisons. Je garderai donc mes sentiments pour moi. Mais si vous avez besoin de moi – je suis là. »

Après le départ de Katie, Tara se tourna vers King et posa la tête contre son col. Elle était vidée, découragée. Un bruit métallique la fit tressaillir. Chris venait d'entrer, portant la selle et le harnais de King sur le bras. Il se dirigeait vers son box. Il ouvrit la demi-porte en murmurant à l'étalon des paroles en aborigène : « *Umbacoora, pichi malla, marrawee.* Allez, bon garçon, allez, en route ! »

Soulevant la selle au bout de son bras mince et nerveux, il tendit la bride à Tara.

Percevant le lien qui se reformait entre eux sans qu'ils eussent besoin de parler, Tara sourit et dit, taquine :

« Comment avez-vous deviné que j'avais envie de le monter ? »

Ses grands yeux expressifs scintillèrent, tels deux lacs profonds renfermant la connaissance et la compréhension des anciens, ses ancêtres. Elle avait l'impression qu'il l'enveloppait dans sa chaleur. Espiègle, elle poursuivit :

« Peut-être ferais-je mieux de monter le petit que j'avais hier ? Celui-ci est l'étalon de Mlle Stéphanie, n'est-ce pas ? On m'a dit que personne ne l'a jamais monté en dehors d'elle. »

Impassible comme toujours, Chris passa devant elle pour aller sangler la selle aux flancs de l'animal avec des gestes doux mais précis et méthodiques. Prenant la bride des mains de Tara, il se plaça un peu en arrière de la tête du cheval pour passer les montants le long du mufle soyeux et prenant le mors à pleines paumes, le posa contre les grandes dents jaunes. King accepta le frein. Il était prêt. Chris passa l'étalon en revue, promenant sa main d'un noir profond sur la fourrure plus noire encore de l'animal qui frémissait maintenant d'impatience. Le corps mince de l'homme se tendit pour soulever tour à tour chacune des jambes du cheval et vérifier les fers de ses sabots – Tara nota que King avait conservé l'habitude de s'appuyer de tout son poids sur la main qui tenait son pied, mais Chris savait. Tous ces préparatifs achevés, Chris mena King dans la cour, où il manifesta aussitôt sa fougue en sautant, caracolant, refusant de rester tranquille. Chris maintint fermement l'étrier entre ses doigts osseux d'un côté de l'animal tandis qu'elle montait de l'autre, se cramponnant de toutes ses forces à la tête de l'étalon pour l'empêcher de s'emballer, répondant à l'appel des grands espaces qui s'ouvraient à lui.

« Ça y est, Chris, je l'ai en main. »

Tara serrait étroitement les rênes dans ses petites mains fermes. Chris lâcha la bride et le cheval partit, foulant le sol de longues enjambées régulières qu'il était capable, Tara le savait d'expérience, de tenir un jour entier si on le lui demandait.

« Oh mon bel ami, mon roi très cher, va aussi vite que tu veux ! », chuchota-t-elle à son oreille.

Mais King n'avait nul besoin d'encouragement. Sa cavalière lui revenait, par une aube fraîche comme au premier jour, et devant lui s'ouvrait le vaste monde où gambader. King s'élança au grand galop, de toute son âme.

Jamais randonnée à cheval n'avait eu tant d'importance pour Tara. D'abord, et avant tout, il lui fallait relâcher la tension presque intolérable qu'elle avait éprouvée depuis son arrivée à Eden, lieu où elle retrouvait les joies d'une existence simple et saine, où elle avait appris les vraies valeurs de la vie, mais infecté par la présence de Greg, comme le chancre sur la rose. Ensuite, elle avait besoin d'espace et de solitude pour réfléchir – les événements allaient se précipiter jusqu'au point de rupture au cours des vingt-quatre heures et il lui faudrait être calme, en pleine possession de ses moyens et surtout, la situation ne devait pas lui échapper, en aucun cas. Il fallait aussi qu'elle fût absente de la maison ; Greg devait se demander où elle était passée, ainsi serait-il en position de faiblesse. Il avait cru, naïf, qu'elle serait en son pouvoir à Eden quand, au cœur des espaces infinis, elle aurait pu semer une armée entière si elle avait voulu ! Sans compter qu'elle avait King ! Jamais il ne la retrouverait. Elle était libre !

S'abandonnant au galop de sa monture, elle ne perdait cependant pas de vue l'autre partie de son plan. Elle avait l'absolue certitude que Jilly allait arriver d'un moment à l'autre – l'amour dément qui la liait à Greg ne lui permettrait pas d'attendre tranquillement à Sydney pendant que Greg s'offrait une lune de miel avec sa rivale. Tara ne serait pas là quand Jilly arriverait, ainsi Greg et elle, non plus amants mais ennemis mortels, pourraient s'entre-déchirer à loisir, sans rien pour les interrompre. Mais elle avait besoin de savoir quand cela se produirait, aussi, lorsqu'elle fut assez loin, fit-elle décrire à son cheval de grandes boucles autour de la maison, s'en éloignant et s'en rapprochant régulièrement, comme pour dessiner les pétales d'une fleur.

La matinée était déjà fort avancée lorsqu'elle entendit le vrombissement de l'avion. L'or du paysage s'était mué en un éclat dur et aveuglant sous le soleil de midi. L'avion aurait pu être un gros insecte parmi les autres. De son abri sous les gommiers au sommet d'une colline, Tara prit son poste d'observation, telle une divinité de l'Olympe contemplant de ses hauteurs les actes insensés des hommes. À l'instant où l'appareil s'arrêta sur la piste, la portière s'ouvrit et Jilly faillit tomber dans sa précipitation à sauter à terre. Le pilote apparut dans l'encadrement, lui tendit son sac et referma sur lui la portière. Jilly demeura un instant immobile, comme désemparée, puis elle prit le chemin de la maison.

Greg accourait à sa rencontre. La rejoignant, il la saisit brutalement par le bras et, la contraignant à faire demi-tour, l'entraîna vers l'avion. Des cris aigus parvinrent jusqu'à Tara à travers l'air ténu.

« Qu'est-ce que tu viens faire ici, connasse ?

– Espèce de salopard, tu n'as pas le droit de me parler sur ce ton ! »

La serrant d'une poigne de fer comme une prisonnière, Greg courait le long du petit zinc pour tenter d'atteindre la portière. Il la poussa sauvagement, la soulevant pour l'obliger à monter mais l'avion avait démarré et le pilote, qui ne les voyait pas, s'apprêtait à décoller. À l'instant où Greg réussit à attraper la poignée, l'appareil se mit en route, les projetant tous deux en arrière. Ils perdirent l'équilibre et tombèrent l'un sur l'autre, échappant de justesse aux ailes et aux roues du puissant petit engin qui prit de la vitesse et décolla, les enveloppant dans un nuage de poussière. Immobiles, jambes et bras mêlés, ils semblaient deux cadavres pétrifiés par la lave dans l'acte de fornication.

Greg fut le premier à réagir. Il s'écarta brusquement de Jilly comme d'une bête venimeuse. Les moteurs de l'avion couvraient leurs voix et la poussière rouge et orange qui tourbillonnait toujours brouillait leurs gestes. Aux yeux de Tara, c'étaient deux pantins désarticulés qui gesticulaient, éclaboussés de sang, hurlant l'un contre l'autre, toutes griffes dehors, tandis qu'ils repartaient vers la maison.

Alors, tirant sur la bride, elle fit demi-tour et s'élança à travers la plaine brûlante.

« On y va, King, chuchota-t-elle près de l'oreille dressée, à l'écoute. Allez, fonce, le plus vite que tu peux ! »

« Salaud ! Salaud ! Tu me fais mal ! »

Les doigts enfoncés dans la chair de son bras, il la poussait dans la maison, la faisant heurter au passage le chambranle et les murs. Il ne répondit pas mais à son souffle court et ses lèvres serrées, elle comprit la violence de sa colère. Elle avait peur mais quand ils furent dans le salon, elle ne se mit pas moins à vociférer :

« Maintenant tu vas me dire où elle se cache, hein ? Et n'essaie pas de me faire croire qu'elle n'est pas là, parce que je sais qu'elle y est ! »

Greg ne pouvait supporter de parler de Tara avec Jilly.

« Je ne sais pas de quoi tu parles.

— Espèce de sale menteur ! »

Greg se maîtrisa à grand-peine.

« Qui t'a dit où j'étais ?

— Qu'est-ce que ça peut te faire ? »

La peur empêchait Jilly d'avouer qu'elle était allée voir Tara quelques semaines plus tôt pour l'accuser d'avoir une liaison avec Greg et qu'elle avait fait d'elle sa confidente. Elle savait qu'il la maudirait pour ça. De nouveau elle demanda :

« Où est Tara ? J'ai deux ou trois choses à lui dire, figure-toi. Je vais lui apprendre un peu ma façon de penser !

— Jilly... »

Pour la première fois de sa vie, Greg éprouva un sentiment de peur véritable. En un éclair, il entrevit le pouvoir de destruction de Jilly, si elle voulait, elle pouvait tuer toutes ses chances auprès de Tara, fouler aux pieds la chose qui comptait le plus pour lui. Mais il ne la laisserait pas faire.

« Jilly, pour l'amour du ciel…

– Le ciel ! C'est toi qui invoques le ciel ! Pourquoi pas Dieu pendant que tu y es, toi qui…

– ÇA SUFFIT ! »

Jilly revint à sa principale préoccupation.

« Combien y en a-t-il eu d'autres, tu peux me le dire ?

– D'autres ?

– D'autres femmes, cracha-t-elle. Partenaires, putains, est-ce que je sais ! »

Greg ne tolérait pas d'entendre associer Tara à toutes ces épithètes. Mais il ne savait pas comment s'y prendre pour dompter Jilly sans la provoquer encore plus. Et il voulait avant tout s'en débarrasser avant le retour de Tara.

« Aucune, Jilly, dit-il, le plus calmement possible. Écoute…

– Tu n'es qu'un SALE MENTEUR ! », hurla-t-elle.

Il s'approcha d'elle.

« Baisse le ton, Jilly, enjoignit-il.

– Et pourquoi ça ? Aurais-tu peur qu'on découvre qui est le vrai Greg Marsden ? »

Elle éclata de rire puis se détourna pour se servir un whisky. Elle leva son verre comme pour trinquer puis le porta à sa bouche et en avala le contenu d'un trait. Elle jeta un regard circulaire, l'œil mauvais.

« Où est Tara ? Je veux voir Tara ! »

Greg eut du mal à se maîtriser en entendant ainsi répéter son nom.

« Elle n'est pas là. Et je ne te laisserai pas la voir de toute manière. Et maintenant, écoute, Jilly, et rentre-toi bien ça dans la tête. J'en ai marre des engueulades, des scènes d'hystérie, du whisky et de ton haleine puante. Plus que marre, tu m'entends ? Alors c'est fini entre nous, terminé. Je ne veux plus te voir. »

Il s'interrompit, méprisant.

« Tu me dégoûtes ! »

Jilly poussa un cri étouffé, comme si elle avait reçu un coup dans l'estomac.

« Tu es amoureux d'elle ?

— Oui.

— Non ! »

La voix de Jilly n'était plus qu'un faible cri de désespoir.

« Je ne te crois pas !

— Il va bien falloir que tu t'y fasses, pourtant. Et maintenant tu vas te tirer d'ici, Jilly – hors de chez moi, hors de ma vie. Un avion décolle de Pine Creek demain matin, je vais te faire conduire là-bas. Et je ne veux plus jamais te voir, c'est compris – plus jamais entendre parler de toi ! Si tu meurs je n'enverrai pas de condoléances à ton enterrement. JE NE VEUX PLUS RIEN SAVOIR DE TOI ! C'est clair, cette fois ? »

Il se tut pour voir l'effet produit. Au premier coup d'œil, il vit qu'elle n'avait pas accepté une seule de ses paroles. Le visage en feu, la tête rejetée en arrière, elle ne s'avouait pas vaincue, au contraire.

« Ce n'est pas de moi que tu parles, Greg, mais d'elle. Emmène-la donc à Pine Creek et hors de ces murs ! »

La bête sauvage en Greg perçut le danger.

« Et si je ne le fais pas ?

— Si tu ne le fais pas… »

Elle rit, montrant ses petites dents pointues.

« Alors, je crois que j'irai voir la police. Je crois que je déciderai que j'en ai trop lourd sur la conscience. » Elle avait l'air de prendre plaisir à sa tirade. « Il faudra bien que je leur raconte toute l'histoire de la promenade romantique sur le fleuve des crocodiles. Je me demande comment ils réagiront – sans parler de toutes tes admiratrices – en apprenant que leur idole a poussé sa riche héritière d'épouse dans les mâchoires d'un crocodile pour pouvoir baiser en paix la meilleure amie de la pauvre femme.

— Ah… »

Greg n'avait plus de mots pour exprimer la profondeur de sa rage. Triomphante, Jilly se servit un deuxième whisky.

« Pauvre petite conne, dit-il calmement, tu ne vois donc pas que tu es impliquée jusqu'au cou ?

— Oh mais non ! Ne crois pas ça ! » Une lueur démente brilla dans ses yeux. « Tu es tout seul mon chéri. Oh oh, si tu voyais ta tête ! Je ne regrette pas d'être venue jusqu'ici rien que pour voir ta tête. Ça vaut la peine, je t'assure ! »

Elle tendit la main vers le bar en vacillant et remplit son verre. Elle le tenait. Se perchant au bord de la table elle reprit :

« Nous ne sommes pas les deux seules personnes à savoir ce qui s'est passé, figure-toi. J'en ai parlé à Phillip.

— Phillip ? Pourquoi…

— Parce qu'il m'aime encore ! Tu as sans doute du mal à comprendre ça mais c'est pourtant vrai. Et toi il ne t'aime pas tellement, en revanche, aussi bizarre que ça puisse paraître. Et c'est aussi le meilleur avocat de Sydney. Il m'en sortira en t'incriminant, toi, si tu vois ce que je veux dire. »

Elle le regardait avec insolence, droit dans les yeux.

« … je dirai que tu avais menacé de me tuer si je parlais. Oui. Ce sera ta parole contre la mienne, mon chou. Et si tu regardes les choses en face, le mobile, c'est toi qui l'avais, pas moi. »

Greg ne bougeait pas, tous les muscles tendus. Sans y prendre garde, Jilly continuait, du même ton provocant, de proférer ses menaces, trouvant un soulagement pervers à le tourmenter.

« Un jour, j'ai vu un étalon se faire châtrer. J'ai été malade, après. Mais si tu me laisses tomber – tu seras en plus mauvaise posture encore que cette pauvre bête. Alors si quelqu'un doit partir d'ici, c'est Tara. C'est toi qui lui annonces ou c'est moi ? »

Elle ne vit pas le coup partir mais le reçut en plein visage et le choc l'envoya rouler au pied de la table. Elle sentait Greg au-dessus d'elle, brûlant de haine, mais ne leva pas les yeux vers lui. Elle s'assit avec précaution au milieu des débris de verre et du whisky répandu, en s'aidant de son bras.

« Je ne pense pas qu'un mariage à l'église nous conviendrait, à tous les deux, qu'en penses-tu, Greg ? »

Elle passa doucement la langue autour de ses lèvres, goûtant le sang rouge vif qui coulait le long de son menton.

« Mmmm. Évidemment, Phillip m'a fait savoir que si nous divorcions, et que je t'épouse, je ne pourrais plus compter sur ses revenus. »

Elle se releva avec peine et se tourna pour regarder Greg.

« Mais avec l'argent de Stéphanie, nous devrions pouvoir nous en sortir, pas vrai, chéri ? Quelle belle vie nous aurons, tous les deux. »

Greg, debout devant le râtelier, tenait un fusil à la main. Avec des gestes précautionneux il l'ouvrit, inséra une cartouche dans le chargeur, le referma et le garda à la main, le canon vers le sol. Tel un scorpion, il avait décidé de piquer, pas d'attaquer en face. Il lui sourit.

« Ingénieux, ton petit plan, Jilly. Mais j'ai bien peur que tu aies négligé deux ou trois détails essentiels, chérie, dit-il, imitant son ton mielleux. J'ai vu Billy McMaster il y a quelque temps, et apparemment, il avait demandé à Stéphanie d'ajouter une clause à son testament – peut-être qu'il pensait à toi, qui sait ? une simple idée – si je me remarie, je n'aurai plus droit à rien. Pas un centime, rien. Alors ne viens plus me parler de mariage, d'accord ? »

Il sourit. Il avait marqué un point.

« J'ai pensé qu'il valait mieux que tu le saches. »

Le visage de Jilly était l'image même de la désolation. Elle tenta de déglutir mais sa bouche semblait remplie de cendres. Riant doucement, Greg quitta la pièce.

Mais quand il franchit le seuil, ses sens en alerte perçurent un mouvement furtif, comme si quelqu'un s'empressait de disparaître derrière une porte entrouverte donnant sur le hall. Qui écoutait aux portes ? Greg repassa la conversation dans sa tête à toute vitesse – il en avait été assez dit pour les condamner à la potence l'un et l'autre, songea-t-il dans sa fureur. Il se mit en chasse. La maison était déserte. Seule une voix s'échappait de la cuisine. Il entra et découvrit Katie qui tentait désespérément d'émettre un message radio.

« Eden appelle Pine Creek, Eden appelle Pine Creek. Pine Creek vous m'entendez ? Ici Eden… »

Greg s'approcha dans son dos à pas feutrés, le fusil toujours à la main.

« Où est Tara ? »

Katie ouvrit la bouche et le regarda, manifestement effrayée. Elle sait quelque chose, se dit-il. Mais faisons comme si de rien n'était en attendant de tirer cela au clair.

« Elle n'est pas dans sa chambre. Je l'ai cherchée un peu partout.

— Elle… elle est partie à cheval de bonne heure ce matin. Elle a dit qu'elle avait besoin de réfléchir. »

À côté d'elle, la radio grésilla. Une voix s'en échappa :

« Ici Pine Creek. J'écoute. Ici Pine Creek. »

Ni l'un ni l'autre ne firent un geste. Greg défiait Katie d'oser avancer la main.

« Dites à Chris et à Sam d'amener la Land Rover. Et demandez-leur s'ils savent où elle est partie. »

De nouveau, la voix anonyme s'éleva du poste de radio.

« Eden ? Ici Pine Creek. À vous, Eden. Ici Pine Creek, Katie, à toi. »

Katie ne bougeait pas, hypnotisée, tel un lapin fasciné par le serpent.

« Allez ! aboya Greg, soudain violent. Faites ce que je vous ai demandé, la vieille ! Vous comptez rester plantée là combien de temps ? »

Comme un lapin terrifié, Katie se détourna pour s'exécuter.

« Eden ? Eden ? Il y a quelqu'un ? Ici Pine Creek... »

Greg saisit le micro et l'arracha d'un coup sec. Puis ouvrant l'appareil, il en tira une pièce. Il ne les dérangerait plus. Fourrant la pièce dans sa poche, il sortit à son tour.

Devant la maison, Katie, Chris et Sam se tenaient à côté de la Land Rover. Une tension presque palpable émanait de l'étrange trio.

« L'un de vous deux a-t-il vu partir Mlle Tara ce matin ? », demanda Greg aux deux hommes.

Ils se regardèrent et firent non de la tête.

« Mais qu'est-ce qui vous arrive ? Vous dormiez ou quoi ? »

Prends l'air naturel, se dit-il. Inutile de les monter contre toi.

« Bon, on va aller la chercher. Elle ne s'est pas volatilisée. On va la trouver, c'est sûr. On en profitera pour tirer quelques lapins. Je vous en rapporte deux ou trois, Katie, d'accord ? »

Katie paraissait encore effrayée. Souriant le plus aimablement qu'il put, il monta dans le véhicule et donna le signal du départ.

Dans le salon, Jilly n'avait pas bougé. Son esprit refusait de croire à ce qu'il avait dit. Une clause spéciale dans le testament de Stéphanie ? Même dans la mort, Stéphanie intervenait dans son existence, pour la punir et l'empêcher de vivre tout comme Max l'avait fait avec son père quelque vingt ans plus tôt. Mais elle avait perdu Greg de toute manière – cela, elle l'avait compris. Il lui avait avoué qu'il aimait Tara et en dépit des relations passionnées qu'il avait eues avec elle, Jilly, jamais il ne lui avait soufflé ces mots-là à l'oreille, elle qui s'était donnée à lui sans retenue, qui avait fait tout ce qu'elle pouvait pour lui plaire, qui avait tout perdu pour lui. Qu'allait-elle devenir, maintenant ?

Elle gagna le bar en titubant et se servit encore un whisky. Pressant le verre contre son cœur, elle tenta de réfléchir à ce qu'elle allait faire, désormais. Mais où qu'elle portât ses regards vers l'avenir, tout n'était que ténèbres, sans la moindre petite lueur d'espoir à laquelle se raccrocher. Elle avait perdu Greg ; et elle avait certainement perdu Phillip – Phillip, son seul soutien moral et financier désormais, revêtait soudain à ses yeux un prestige qu'elle n'avait pas envisagé depuis des années. La panique montait en elle. Il ne lui restait plus qu'un moyen de trouver quelque répit, ainsi qu'elle l'avait appris récemment – elle noya dans l'alcool son chagrin, ses peurs et ses incertitudes et, pour un moment du moins, trouva le soulagement dans l'oubli.

21

Dans l'avion qui le ramenait des États-Unis, Phillip Stewart était incapable de s'expliquer la raison de son voyage. Pourquoi diable retournait-il là-bas ? Pas pour son travail – ses affaires étaient désormais centrées sur le marché américain et le téléphone, ou le télex, était largement suffisant pour le mettre en rapport avec Sydney si besoin était sans qu'il fût contraint de s'y rendre en personne. L'existence qu'il menait à New York commençait à lui plaire – il s'était fait de nouveaux amis et sortait fréquemment – au point qu'il avait formé l'idée de s'y installer pour de bon une fois qu'ils auraient divorcé, Jilly et lui.

Jilly. Voilà le hic, songea-t-il, ça n'est pas si simple. Quand il l'avait quittée après leur dernière conversation, il avait sincèrement espéré que son esprit trouverait enfin une certaine paix après tant de mois de détresse mentale, de torture, même. Il avait le sentiment qu'ils étaient arrivés au bout de quelque chose sans aucune pression de son côté, qu'il aurait été bien incapable d'exercer d'ailleurs. Et sans qu'il pût certes se réjouir de la rupture finale de leurs relations conjugales, il en était arrivé au point où une décision, même regrettable, valait mieux que de continuer à vivre dans l'incertitude et la peur. Aussi était-il retourné aux États-Unis non pas joyeux mais l'esprit plus libre qu'en arrivant.

Seulement, que voulait dire être libre, dans son cas ? Comment un homme peut-il, du jour au lendemain, déposer le fardeau qu'il a volontairement porté sur ses épaules dix-sept années durant ? Au cours de ses jeunes années d'avocat, avant de se spécialiser dans les affaires commerciales, il avait appris que si l'on ouvrait les portes des prisons toute une nuit, on avait de fortes chances de retrouver les trois quarts des détenus dans leur cellule le lendemain matin. Phillip eut tôt fait de se rendre compte qu'il avait du mal à rompre avec l'habitude de se faire du souci à propos de Jilly, de se sentir responsable d'elle. De fait, c'était peut-être pire d'ignorer où elle était et ce qu'elle faisait, de la savoir livrée à elle-même – ou plutôt entre les pattes de cet individu redoutable, Greg Marsden… Phillip préférait ne rien imaginer. Nul homme n'est enclin à juger sympathique celui qui trompe la confiance de sa femme, mais Phillip était assez malin et sensible pour savoir que dans le cas de Greg, son aversion avait des racines plus profondes. Marsden était une crapule et Phillip tremblait pour Jilly.

Là était la principale raison de son voyage et Phillip avait en réalité obéi à un besoin impulsif, en dépit de toute logique et en dépit d'un emploi du temps surchargé. Il voulait s'assurer que Jilly s'en tirait toute seule avant de pouvoir réellement se détacher d'elle et s'occuper de sa propre vie. Il avait tenté de la joindre à plusieurs reprises par téléphone, sans obtenir de réponse, ce qui n'était pas extraordinaire en soi, Jilly ayant toujours préféré sortir et aller n'importe où plutôt que de rester seule dans une maison vide. Mais, son inquiétude grandissant, il avait dépêché un de ses confrères du cabinet de Macquarie Street à Hunter's Hill pour y déposer un mot demandant à Mme Stewart d'appeler son mari à New York, avec le numéro de téléphone au cas où elle l'aurait égaré. Et toujours rien.

Phillip avait donc pris un avion pour aller voir ce qui pouvait bien se passer, tout en se maudissant d'agir de la sorte. Après tout, c'est sans doute un processus nécessaire, se disait-il – une manière de cour à l'envers, tous les pas que l'on fait pour se rapprocher de quelqu'un doivent être refaits en sens inverse lorsqu'on finit par se séparer. Il faudra que je me détache complètement, et je le ferai, se promit-il. Mais pour le moment… c'est trop dur. Il en était encore à tourner et à retourner dans sa tête toutes ces questions sans réponse quand l'avion atterrit. Lorsqu'il arriva devant chez lui, il était en proie à la plus grande confusion.

Quoi de plus triste qu'une maison désertée ? Dès que le taxi prit le dernier virage, Phillip sut que Jilly n'était pas seulement sortie, mais qu'elle n'habitait plus là. En colère contre lui-même pour avoir entrepris cette démarche absurde, il entra, frissonnant légèrement dans le hall du foyer devenu inutile. Il n'eut pas à chercher longtemps pour découvrir le mot d'adieu sur une console, dans le hall, où l'on posait d'ordinaire le courrier à expédier. Mais là, c'est lui qu'elle expédiait hors de sa vie, se dit-il en ouvrant l'enveloppe.

Cher Phillip,

Je ne sais pas quand tu repasseras par ici et je ne sais donc pas quand tu trouveras cette lettre mais cela n'a guère d'importance. C'est seulement pour dire que je m'en vais vivre avec Greg et que nous allons nous marier, ce dont tu semblais douter lorsque je t'en ai parlé. N'essaie pas de me retrouver, je ne serai pas chez les Harper et je ferai chercher mes affaires dès que je saurai où nous allons nous installer. Je regrette les choses que j'ai faites et j'espère qu'avec le temps tu seras capable de ne pas penser trop de mal de moi.

Tendresses,

Jilly

PS. Souhaite-moi bonne chance !

Phillip se laissa tomber dans un fauteuil, le cœur lourd.

Il était venu ici pour tenter de prendre ses distances vis-à-vis de Jilly mais elle l'avait devancé, et avec quelle brutalité ! Elle ne voulait même pas qu'il sût où elle était ! Cette fois, elle avait bel et bien brûlé tous ses vaisseaux. Et pour se marier avec Greg Marsden ? Il poussa un soupir. Phillip était l'avocat de la Harper Mining depuis qu'il avait commencé à exercer sa profession. Le cabinet d'associés où il était entré, situé à quelques pas de l'immeuble de Bent Street qui abritait le siège de la Harper Mining, s'occupait des affaires de Max depuis la première visite de ce dernier, voilà près d'un demi-siècle. Il ne pouvait donc ignorer la raison fondamentale pour laquelle Greg Marsden n'épouserait pas Jilly, ni personne d'autre d'ailleurs : la clause que Bill McMaster avait demandé à Stéphanie d'insérer dans son testament, et que n'importe quel conseil juridique avisé aurait approuvée. C'était irrémédiable. Phillip décida qu'il enverrait quelqu'un pour emballer tout ce qui appartenait à Jilly. Lui-même ferait enlever ses affaires puis il mettrait la maison en vente, telle quelle, meublée si possible. Il jeta un regard circulaire. Il n'imaginait pas comment il pourrait avoir envie de revoir jamais tous ces objets. L'esprit engourdi, il décrocha le téléphone pour tâcher d'obtenir une place de retour sur-le-champ. Il aurait un mauvais moment à passer avec le décalage horaire mais rien ne pouvait être pire que de rester là une minute de plus.

« Allô ? British Airways ?... »

C'était dit, il allait s'installer aux États-Unis.

« Bon sang, que c'est lourd ! », pestait Katie en emportant la selle encombrante vers les écuries. Dès que la Land Rover avait disparu dans un nuage de poussière, Katie s'était empressée d'aller seller son cheval pour se joindre aux recherches, bien décidée à ne pas laisser Tara à la merci de Greg. Tenter de retrouver Effie, ainsi qu'elle continuait de l'appeler dans sa tête, en pleine brousse et lancée au grand galop sur King, était une entreprise quasi impossible, autant chercher une aiguille dans une meule de foin, mais Katie était la mieux placée – n'était-elle pas la seule à connaître les endroits préférés de la jeune femme ? Sans compter que tout valait mieux que d'attendre sans rien faire à tourner en rond dans la maison.

« On y va, ma fille », dit-elle en plaçant la selle sur le dos de son cheval, une jument déjà âgée, on ne peut plus calme et docile. Elle qui connaissait les chevaux depuis son enfance aurait certes pu monter un animal plus fringant mais pour rassurer Chris qui gardait sur elle un œil protecteur, à la manière dont ceux de son peuple se sentent responsables des anciens, elle se contentait ces temps-ci de la bonne vieille jument, qui ne risquait nullement de ruer, de s'emballer ou de jeter à terre sa cavalière.

« Mais tu n'es pas assez rapide pour moi non plus, ma pauvre Peggie ! dit Katie en bouclant la sous-ventrière, s'aidant de son genou osseux. Va falloir que tu t'excites un peu aujourd'hui pourtant, la belle ! Faut qu'on retrouve Effie, comprends-tu ça ? »

Katie saisit la bride pour la conduire dans la cour où elle bondit en selle avec une agilité surprenante et se mit en route. Au-dessus de sa tête, le ciel de l'après-midi prenait une teinte inquiétante. L'air d'ordinaire éclatant s'épaississait, assombri, l'or pur cédant la place à un jaune sulfureux. La jument, sensible au changement d'atmosphère, baissait les oreilles en arrière et avançait comme à contrecœur, inquiète.

« Tu sens la tempête, hein, c'est ça ? demanda Katie. L'orage ne va peut-être pas venir jusqu'à nous. Il est encore loin, on dirait. Mais dépêchons-nous tout de même. Allez, plus vite ! »

Et sans se préoccuper de sa propre sécurité, la petite bonne femme s'élança à travers l'immensité.

Au loin, à des lieues de là dans la brousse, le temps se faisait de plus en plus menaçant. D'énormes nuages noirs s'amoncelaient dans le ciel, assombrissant le paysage désormais jaune moutarde. Le vent se levait, secouant par rafales les bouquets de gommiers et soulevant des tourbillons de poussière rouge. Le soleil couchant lançait des lueurs étranges et surnaturelles dans les barrières de nuages noirs, si bas sur l'horizon qu'on aurait dit que les cieux allaient se refermer comme un couvercle sur les habitants de la terre. Venant du nord-ouest, les roulements du tonnerre se rapprochaient peu à peu, en direction d'Eden.

À des kilomètres de là, Tara, qui ne s'était jamais aventurée si loin auparavant, galopait toujours, demandant à sa brave monture un dernier effort pour les ramener toutes deux à l'abri avant que l'orage éclate pour de bon, ou que la nuit, tombée plus vite, ne lui dissimule les points de repère dont elle avait besoin pour retrouver sa route. L'obscurité s'installait rapidement, engendrant dans le ciel ocre des changements spectaculaires, l'horizon passant tour à tour de l'or au cuivre puis au rouge sang et au noir d'encre enfin, les nuages chargés de pluie masquant tout brusquement. L'étalon galopait, ventre à terre, foulant sans une hésitation le sol irrégulier et rocailleux parsemé de buissons épineux, tous ses muscles tendus dans la course, l'animal et sa cavalière s'élançant de l'avant au cœur de la tempête. Tara, éperdue, tel un ange noir fonçant vers sa vengeance, appelait à la rescousse les éléments pour l'assister dans ses desseins.

Dans le salon d'Eden, Jilly avait bu et sangloté puis s'était endormie. S'éveillant de nouveau, elle avait recommencé à boire et à pleurer, s'apitoyant sur les ecchymoses de son visage et l'échec de sa vie. Seule, au fond du désespoir. Son verre de whisky à la main, bien près de sombrer de nouveau dans un sommeil d'ivrogne, elle allait et venait dans la pièce en parlant à voix haute, éclatant par instants d'un rire hystérique lorsqu'un aspect particulièrement cocasse de sa situation la frappait soudain. Elle s'arrêta devant un portrait de Stéphanie encadré sur la cheminée. Avec la concentration féroce que donne l'ivresse, elle en approcha son visage pour le regarder, le nez collé contre le verre.

« Alors Stéphanie ! dit-elle. Encore sur mon dos, hein ? J'avais juré de rendre la pareille aux Harper après ce qu'ils avaient fait à mon père. Mais ça m'arrive à moi, maintenant. Et je n'ai pas voulu te faire ça, Steph… Je n'aurais jamais pensé à une chose aussi atroce. » Elle se mit à pleurer comme cela lui arrivait si souvent en songeant au visage de Stéphanie ensanglanté dans les eaux du fleuve. « J'ai si peur, maintenant, balbutia-t-elle affolée, aide-moi Steph, je t'en prie, je ne sais plus quoi faire… »

La nuit était tombée et la solitude l'enveloppait. Soudain, un martèlement de sabots résonna dans le silence. King n'avait pas ralenti un instant son allure et trouva encore l'énergie de sauter la barrière du paddock plutôt que d'entrer par la grille. Suant et écumant il s'arrêta après la plus belle course de sa vie et Tara se coucha sur son col, pleine d'amour et de gratitude. Puis elle sauta à terre, le débarrassa de la selle, du harnais, et le frotta avec soin. Elle le couvrit d'une couverture pour l'empêcher de se refroidir, puis lui donna à boire et à manger, lui laissant une ration supplémentaire d'avoine en signe de gratitude.

Traversant la cour pour regagner la maison, Tara comprit qu'ils étaient arrivés juste à temps. L'orage se rapprochait à grande allure, menaçant d'éclater d'un instant à l'autre. Mais le déchaînement des éléments la terrifiait moins que celui des êtres que renfermait cette maison, songea-t-elle en rassemblant son courage.

« Espèce de… putain ! »

Tremblant et vacillant sur ses jambes, Jilly se tenait dans l'encadrement de la porte, serrant un verre dans sa main.

« Bonjour, Jilly.

— Vous saviez que j'allais venir, hein, salope ? balbutia Jilly, aiguillonnée par le calme salut de Tara.

— Naturellement. »

Elle passa près de Jilly, tirant sur ses gants sans lui prêter attention.

Jilly la rattrapa en courant et l'agrippa par le bras.

« Mais pour qui elle se prend, celle-là ? cracha-t-elle. À faire semblant d'être mon amie alors qu'elle se paie ma tête avec Greg dans mon dos ! Pourquoi ? Vous pouvez m'expliquer ça ? »

Tara ignora ses insultes.

« Où est Greg ?

— Parti vous chercher. Il a pris un fusil pour aller à la chasse – c'est ce qu'il fait quand il se sent coincé.

— Je vais faire du thé », dit Tara en prenant la direction de la cuisine. Jetant un regard par-dessus son épaule elle ajouta : « Vous en voulez ?

— Écoutez-moi ! Venez ici ! hurla Jilly en vain. J'ai deux mots à vous dire, Tara... »

Dans la cuisine, Tara se débarrassa de ses gants et de sa cravache et saisit la bouilloire, le visage et le cœur durs comme de la pierre. Manifestement, l'idée de laisser Greg et Jilly régler leurs comptes tous les deux avait donné les résultats escomptés. Elle avait remarqué avec indifférence les bleus que Jilly portait sur la joue et le menton ainsi que sa lèvre enflée. Elle savait aussi l'état de frustration meurtrière qui avait dû pousser Greg à prendre un fusil pour aller tuer de pauvres bêtes innocentes qui ne lui avaient jamais fait le moindre mal. Mais elle n'éprouvait nulle pitié à leur endroit. C'étaient deux êtres sans scrupule, préoccupés seulement d'eux-mêmes. Tout était en place à présent, il était trop tard pour revenir en arrière.

Jilly pénétra dans la cuisine en titubant, renversant son whisky au passage.

« N'essayez pas de vous défiler, Tara. J'ai une ou deux questions à vous poser ! dit-elle. Pourquoi m'avez-vous annoncé que vous alliez venir ici avec Greg… pourquoi ? »

Tu le sauras sous peu, ma cocotte, songea Tara mais au lieu de quoi elle dit :

« J'ai pensé que vous aviez le droit de connaître la vérité, Jilly. Vous pensiez que j'étais votre amie et je ne voulais pas vous faire un sale coup par-derrière. Vous croyiez avoir Greg tout à vous et il me faisait une cour assidue. Je vous l'ai dit parce que Greg vous aurait menti si vous lui aviez posé la question.

— Alors… c'est vrai… il y a quelque chose entre vous ? Depuis combien de temps ?

— Un bon moment. »

Tara gardait ses distances, simplement occupée à préparer le thé en apparence mais surveillant Jilly avec attention.

« C'est-à-dire ?

— Je n'ai pas gardé un compte exact. Ce n'est pas tellement important pour moi.

— Ah, je vois ! »

Comme Tara l'avait prévu, le coup avait porté.

« Pour vous c'est une simple passade, un jeu comme un autre ? Et vous vous êtes sentie libre de suivre un simple caprice au risque de détruire ma vie ?

— *Stéphanie n'aurait-elle pu vous dire la même chose, Jilly ?* »

La voix de Tara était coupante comme le scalpel incisant à même la chair. Jilly poussa un cri étouffé.

« Quoi ? Stéphanie ? Que voulez-vous dire ? Je ne comprends pas. Vous ne m'avez toujours pas dit pourquoi vous vouliez m'enlever Greg. Qu'est-ce que je vous ai fait ? »

La question demeura en suspens. Tara fixait Jilly d'un regard perçant et accusateur. Effrayée, comme si elle avait vu un fantôme, Jilly sortit ses griffes.

« C'est vous ! C'est votre faute si ça ne va plus entre Greg et moi. Tout allait bien avant votre arrivée, il m'aimait... »

La rage l'étouffait.

« Vous allez partir ! Et sur-le-champ ! »

Elle leva la main pour gifler Tara mais la manqua.

« Je ne crois pas que Greg apprécierait, si je lui racontais, dit Tara, une lueur de dégoût dans les yeux.

— Greg ! s'écria Jilly. Le salaud ! Il devrait être rentré ! Oh, mais où est-il ?

— Si vous vous en faites tellement pour lui, dit Tara d'un ton de plus en plus glacial, pourquoi n'allez-vous pas seller un des chevaux pour aller à sa recherche ? »

La proposition sarcastique fit monter en Jilly une vague de terreur et d'impuissance. Dehors, le hurlement du vent annonçait l'explosion imminente de l'orage.

« Il va vous falloir faire très attention, cependant, Jilly, poursuivit la voix lointaine, glaciale. On dirait que l'orage est sur le point d'éclater. Attention de ne pas vous laisser surprendre. »

À grand-peine, Jilly se concentra pour regarder celle qui était la cause de sa détresse. Devant elle, Tara souriait innocemment.

« Je vous sers une tasse de thé ? »

Avec un hurlement de rage et de désespoir, Jilly jeta au visage de Tara le contenu de son verre de whisky.

« Je n'en veux pas de ton thé ! Je n'en veux pas ! Va te faire foutre avec ton thé ! »

Dehors, l'ouragan se déchaînait sur Eden, arrachant les branches des arbres et remplissant l'obscurité de tourbillons de feuilles et de poussière. Le mugissement du vent, le claquement sec et strident des coups de tonnerre suivi des roulements répercutés au loin faisaient vibrer la maison de part en part, comme si les démons de l'air étaient pris de furie. Le tonnerre suivait d'une fraction de seconde l'éclair et une pluie torrentielle s'abattait sur les toits comme pour les faire tomber.

Fonçant à travers la tempête, Katie rentrait à Eden, sauvée par son instinct de campagnarde qui lui disait comment prendre la fuite devant un ouragan à la manière des bateaux, pour l'avoir toujours dans son dos sans rentrer à l'intérieur. Elle n'avait pas trouvé Effie, mais elle s'en était donné à cœur joie. Elle était à bout de forces mais du moins la tension en elle s'était relâchée et elle pouvait être fière de la vieille Peggie, et d'elle-même, ma foi, pour avoir bravé les éléments à son âge !

Fuyant la pluie à ses trousses, Katie arriva à temps pour mettre la petite jument à l'abri, la bouchonna et, s'assurant qu'elle n'avait besoin de rien, elle demeura un instant pour jouir de la paix de l'écurie. En rentrant dans la maison, elle aperçut l'objet de sa recherche qui sortait d'une des chambres d'amis.

« Effie ! J'ai cru que tu t'étais perdue ! Je suis sortie te chercher. »

Tara fut touchée du dévouement de la vieille femme.

« Oh, Katie, tu me connais pourtant mieux que ça, dit-elle d'une voix pleine de douceur. Où pourrais-je me perdre par ici et m'y suis-je déjà perdue une seule fois ? » Katie émit un petit rire gloussant, enchantée de cette allusion au secret qu'elles partageaient toutes les deux.

« Bon, écoute-moi maintenant, savais-tu que nous avions une visite inattendue, Jilly Stewart ?

— Et comment, je l'ai vue arriver. Je l'ai entendue se disputer avec – enfin avec lui.

— Eh bien, elle est là-dedans », dit Tara en ouvrant la porte de la chambre à l'intérieur de laquelle Katie aperçut Jilly vautrée sur le lit sur le dos, la tête renversée en arrière, le souffle court et épais. « J'ai dû la mettre au lit – apparemment elle a passé l'après-midi à boire et elle a été prise d'un accès d'hystérie dans la cuisine avant de s'évanouir. Laisse-la cuver ici. D'accord ?

— Oui bien sûr.

— Et puis encore autre chose, Katie, tu es bien au courant désormais de ce qui se passe ici. Je te demande seulement de me faire confiance. J'ai la situation bien en main. Je sais ce que je fais et il faut que je le fasse. »

Le visage de Katie s'illumina.

« Oh mais, Effie, tout ce que tu voudras ! Puisque tu es bien Effie et que tu ne repartiras plus jamais !

— Je ne repartirai plus jamais mais je veux que tu me laisses agir à ma guise. Inutile de préparer le dîner ce soir – tu n'as qu'à regagner ta chambre et te coucher tôt. Moi, c'est ce que je vais faire de mon côté.

— Très bien !

— Alors bonne nuit, Katie.

— Bonne nuit, Effie. »

Pleine de joie, Katie s'en fut rejoindre ses quartiers, bien décidée à passer une nouvelle soirée en compagnie de ses photographies. Mais dès qu'elle se fut glissée entre les draps sa boîte à portée de la main, les effets de sa randonnée à cheval se firent sentir et elle s'endormit comme un bébé.

Tara aussi éprouvait dans son corps les effets bienfaisants de sa chevauchée. La proie d'une délicieuse lassitude, chacun de ses muscles étirés après l'effort, elle sentait tout son être s'alanguir au souvenir des flancs tièdes et nerveux du cheval contre ses cuisses. Elle se sentait profondément bien dans sa peau ce soir. Et maintenant, passons à l'étape suivante, se dit-elle.

Elle alla d'abord vérifier, sur la pointe des pieds, que Jilly était toujours endormie, puis elle gagna sa propre chambre, passa immédiatement dans la salle de bains et se fit couler un bain. De sa trousse de toilette, elle tira un flacon d'huile parfumée dont elle fit tomber quelques gouttes dans l'eau chaude. Fredonnant doucement, elle tira ensuite un savon, une éponge, ses baumes et ses crèmes pour le corps ainsi que ses lotions. Le parfum de musc et de rose qui s'échappait de l'eau imprégnait l'air. Tara se débarrassa de son t-shirt et de ses jodhpurs sur lesquels s'attardait l'odeur de l'étalon, puis ôta ses sous-vêtements.

Le bain était presque chaud. Tara traversa la chambre pour aller mettre une cassette. Sans hésiter, sa main se porta vers de vieilles ballades françaises sur le plaisir et les chagrins d'amour. « *Ô la joie d'aimer* », entonna-t-elle. La musique se répandait jusqu'à la salle de bains. Elle ferma les robinets, enveloppa ses cheveux dans une serviette et entra dans l'eau, où elle se laissa glisser, parfaitement en paix avec elle-même. Les accents d'une autre mélodie lui parvenaient. « *Sous le lilas* », modulait la voix sensuelle de la chanteuse, « *vin d'lilas...* ».

Je me suis perdue par une nuit froide et sombre
Je me suis donnée dans cette lumière brune
Comme hypnotisée, dans une étrange extase
Sous un lilas.
J'ai fait du vin de ce lilas
Et dans la recette, j'ai perdu mon cœur
Le vin m'a montré ce que je voulais voir
Être qui je voulais être...

La Land Rover bondissait sur le sol rocailleux vers la lumière qui brillait au loin : Eden. Agrippé au volant, à demi aveuglé par la pluie torrentielle, Greg se concentrait pour maintenir le cap, partagé entre la peur et la colère. Sa fureur meurtrière à l'égard de Jilly était loin d'être apaisée et maintenant s'y ajoutait la terreur que Tara n'ait pas eu le temps de regagner la maison avant l'orage. Il conduisait comme un fou, fonçant à travers la plaine sans prendre garde aux cailloux ni aux fondrières, sans se préoccuper de Chris et de Sam ballottés à l'arrière en tous sens comme le gibier – dingos et lapins – par terre à leurs pieds. Il n'avait pas peur du tonnerre qui rugissait au-dessus de leur tête ni des éclairs qui déchiraient le ciel comme s'ils étaient lancés à leur poursuite, il n'avait qu'une seule pensée : Tara.

Enfin arrivé dans la cour, il donna un violent coup de frein et bondit hors de la voiture.

« Allez la ranger, lança-t-il à ses deux passagers et suspendez-moi ces carcasses quelque part. »

Il courut jusqu'à la maison et entra, prêt à tout, sauf à ce qu'il trouva : le silence et l'obscurité. Personne dans la cuisine – ce qui n'était pas plus mal, il n'avait pas faim et se passerait volontiers de Katie pour ce soir. Personne au salon ni dans la bibliothèque. Il découvrit Jilly dans la chambre d'amis où ses ronflements avinés le rassurèrent : elle ne viendrait pas le déranger avant le lendemain. Mais Tara ? Il se hâta en direction de sa chambre. Un rai de lumière filtrait sous la porte et les accents d'une mélodie étrangement sensuelle s'en échappaient.

Le vin d'lilas
Est doux et entêtant,
Où est mon amour ?
Le vin d'lilas
M'a enivrée
Où est mon amour ?
Écoute-moi
Serait-ce lui,
Qui vient vers moi ?
Vin d'lilas
Je suis prête
Pour mon amour…

Bercée par la musique, s'abandonnant au plaisir délassant du bain tiède, Tara s'adonnait pour la première fois de sa vie aux préparatifs de l'amour, les ablutions rituelles… Son corps désirait Greg Marsden et son corps l'aurait. Mais il devait être parfait, car la perfection de l'acte d'amour serait la perfection de sa vengeance.

Consciencieusement, amoureusement, elle savonnait son corps et ses membres, s'attardant aux jointures et au moindre pli. Car Tara était heureuse et fière de son corps ferme, le séchant avec soin, l'hydratant, le massant et l'oignant de la tête aux pieds jusqu'à ce que chaque centimètre de sa peau fût lisse, doux et délicatement parfumé. D'avoir frôlé la mort de si près lui avait montré la valeur de la chair et des os, aussi avait-elle appris à profiter de son corps comme de l'un des plaisirs essentiels à la vie. Mais le plaisir d'amour était d'une autre nature encore. Et elle y était prête, désormais.

Dans la chambre voisine, Greg se consacrait aux étapes successives d'un rituel comparable. Il commença par mettre de l'ordre, rangeant les preuves trop marquantes de sa présence, tapant les coussins et les oreillers sur le lit. Puis il se rendit à la cuisine où il trouva une bouteille de champagne au frais dans le réfrigérateur qu'il emporta dans sa chambre avec deux coupes. Enfin, il se dévêtit entièrement et passa sous la douche. Il fit couler l'eau tiède sur son visage et son corps, sensuellement, s'aspergeant partout comme un enfant pour faire disparaître les tensions de la journée, tout à la joie du plaisir à venir. Les vers de l'étrange mélodie qu'il avait entendue en s'approchant de la chambre qu'occupait Tara lui revenaient par bribes. « Vin d'lilas… où est mon amour ? » L'excitation montant en lui, il frottait son corps qui bientôt la prendrait. Je suis prêt, songeait-il, prêt pour toi, mon amour.

Au-dessus d'Eden, l'orage atteignait son paroxysme, le vent et la tempête multipliant leurs assauts dévastateurs, de tous côtés, contre la demeure isolée. Mais pour Chris qui avait trouvé refuge dans les écuries, le vacarme et le chaos de cette nuit d'épouvante n'étaient source de nulle terreur. Car ce n'était pour lui que l'ancêtre de l'homme-tonnerre, Jambuwul, qui voyage dans les nuages d'orage pour répandre la pluie bienfaisante sur la terre desséchée. Sans l'homme-tonnerre, toute vie dépérirait et finirait par disparaître. Car ses nuages abritent aussi les esprits des enfants qui voyagent vers la terre dans les gouttes de pluie pour trouver une mère parmi les humains. Accroupi dans le box de King, le cheval gigantesque veillant sur sa méditation, Chris se mit à psalmodier doucement pour communier avec ses voix sacrées, participant à sa manière au rituel que la nuit allait engendrer.

« *Bano nato banjeeri, kulpernatoma Baiame*, j'entends la voix de l'esprit ancestral, je t'appelle, ô Grand Tout, que les grands esprits charment et bénissent la femme dans l'œuvre qu'elle va accomplir cette nuit. Tu nous as appris à reconnaître la merveille et la beauté de la femme et son pouvoir d'amour quand tu as créé Kunnawarra le Cygne noir et créé pour lui une compagne, car la femme n'est pas complète sans l'homme, ni l'homme sans la femme et sans le feu de la vie allumé au cours de la danse primale quand l'homme et la femme s'embrassent, toutes les jolies choses disparaîtraient et le froid et les ténèbres reprendraient possession du monde. Ô Julunggul, ô Grand Serpent Arc-en-Ciel, quand la première vie apparut parmi les chants et les danses des esprits ancestraux, tu t'élanças à l'assaut du ciel pour les bénir. Ô Serpent, mère et père de toutes les créatures vivantes, toi en qui se trouvent réunis le phallus et la matrice et la vie en attente dans l'un et l'autre, protège cette femme et puisque tu guides les lunes et les marées, puissent tes eaux couler en ses fleuves et ses fleuves triomphants se jeter dans la mer ! »

Tara était prête. Merveilleusement délassée par le bain, les sens alanguis par la chanson d'amour et le parfum de musc et de rose dont son corps était imprégné, la peau douce et frémissant déjà dans l'attente des caresses, elle sortit d'un tiroir un négligé blanc à plastron de dentelle orné d'une large bande de satin rose à la taille, qu'elle enfila devant son miroir, où elle vit une jeune femme aux yeux brillants, aux joues roses et indiscutablement ravissante. Je suis prête – enfin, songea-t-elle.

Elle passa sur le perron. Le spectacle de l'orage était magnifique – un ciel en feu et des trombes d'eau qui n'avaient pas le pouvoir de l'éteindre. Son pouls s'accéléra comme pour s'accorder aux rythmes de la nature déchaînée et elle rit tout haut, transportée d'allégresse. Puis elle se dirigea vers la chambre de Greg.

La taille ceinte d'une serviette de bain, Greg venait de sortir de la douche et passait une dernière fois la chambre en revue quand, par la porte vitrée, il aperçut une forme blanche qui s'avançait sur le perron. Il retint son souffle. Elle était si belle qu'elle aurait pu avoir été créée pour symboliser l'idée originelle de la femme. Fasciné, il la regarda ouvrir la porte et entrer. Sans mot dire, il alla la prendre par la main pour la mener jusqu'à un fauteuil. Et pour lui, le simple contact de ses doigts graciles était électrique, et de nature sexuelle. Il s'écarta pour aller déboucher la bouteille de champagne mais s'aperçut qu'il avait du mal à se détourner d'elle, ne fût-ce qu'un seul instant. Rayonnante, fraîche et parfumée, elle était aussi d'une sensualité subtile qu'il ne lui avait jamais vue. Un frémissement lui parcourut l'aine. Eh là, pas si vite, se dit-il, tu as quel âge, quatorze ans ?

Tara observait Greg occupé à déboucher le champagne avec une attention non dissimulée – pour la première fois, elle s'abandonnait au plaisir de contempler sans retenue le corps d'un homme. Et le sien, de la tête aux pieds, était parfait. Les épaules larges et osseuses, les muscles développés, le torse couvert de poils blonds comme les blés. Il avait le ventre plat, la taille souple et la serviette blanche qui ceignait ses hanches étroites soulignait le hâle de sa peau. Ravi d'être soumis à une telle inspection, il sourit et, versant dans les coupes le breuvage pétillant, il s'approcha pour lui tendre la sienne.

« À vous, dit-il dans un souffle. À votre beauté. »

Ils burent en silence, levèrent de nouveau leurs coupes et burent encore. Greg se serait presque contenté de rester ainsi à la contempler toute la nuit, mais le désir de la toucher le submergeait. Posant son verre sur la table de nuit, il lui prit le sien des mains et la fit mettre debout. Il l'attira à lui et, levant son visage vers le sien du bout des doigts, lui embrassa la bouche.

Elle avait les lèvres douces et tièdes comme un fruit mûr. Il les écarta doucement et sa langue explora sa bouche, s'enfonçant profondément tandis qu'elle, avide, la goûtait puis l'aspirait – comme si elle avait voulu l'attirer en elle tout entier. Elle la prit entre ses dents puis la relâcha et couvrit ses lèvres, son menton et sa gorge de petits baisers, debout sur la pointe des pieds, jusqu'à ce qu'il prît de nouveau sa bouche.

Ses mains à lui, posées sur ses hanches à elle, pressaient son corps contre le sien et elle sentait la force de son désir, le pouvoir qu'elle avait sur lui. Elle caressa doucement son dos, dessinant des doigts ses omoplates, ravie de la douceur de sa peau. Relâchant son étreinte il recula d'un pas et regarda ses seins, qu'elle voulait qu'il libérât maintenant de l'étoffe légère. Il la mena jusqu'au lit où il la fit asseoir tendrement et d'un geste très doux toucha un sein, puis l'autre. Les tétons épanouis tendaient la soie du négligé. Il délaça le plastron et écarta les deux pans pour les dénuder. Jamais auparavant Tara n'avait connu la vénération dont un homme est capable envers le corps de celle qu'il aime. Avec savoir-faire et dévotion, il adora ses seins d'une manière qui la troublait au plus haut point. S'agenouillant devant elle il en prit tour à tour le bout dans ses lèvres, les tétant en rythme. La joie de Tara était intense. Elle sentait l'excitation monter du centre de son être. Puis, les mains en coupe autour de ses seins, il enfouit son visage entre eux et le contact de son menton rêche contre sa peau la fit tressaillir.

Il la poussa en arrière sur le lit et ouvrit le négligé tout le long de son corps. Il caressa son ventre et ses hanches, ses doigts et ses lèvres découvrant des points sensibles dont elle avait jusque-là ignoré l'existence. Son désir grandissant, elle saisit la main de Greg et la porta au triangle touffu entre ses jambes, humide de rosée. Il glissa ses longs doigts entre les lèvres gonflées, revint au clitoris qui frémit sous sa caresse. Il y posa sa bouche et le couvrit de petits coups de langue quand soudain, emportée dans une vague de sensations inconnues, sans savoir ce qu'elle faisait ni pourquoi elle le faisait, elle l'agrippa par les cheveux pour se presser contre son menton rude et, dans un bref soubresaut, elle jouit.

Après quoi, jetant son bras en travers de son visage comme pour se cacher de lui, elle murmura :

« Je suis désolée. »

Greg eut un petit rire.

« Mais de quoi ? Si vous pouvez jouir aussi facilement, vous pouvez jouir encore, plusieurs fois. Je vais vous montrer. »

Il glissa ses doigts entre ses cuisses et en un instant elle se sentit de nouveau frémir pour lui. Il sentit lui aussi le nouveau surgissement de son désir et rit :

« Alors, vous voyez ? »

Ses yeux se moquaient gentiment.

Galvanisée, elle se ressaisit pour briser le pouvoir qu'il prenait sur elle. Elle se redressa et, le prenant aux épaules, le poussa en arrière sur le lit et dénoua la serviette qui lui ceignait toujours la taille. Ravi d'être ainsi exposé à ses regards, il se laissait faire, tandis qu'elle, fascinée, prenait entre ses mains sa verge tendue. Elle se pencha sur lui pour l'embrasser doucement et enfouit son visage dans la touffe d'or sombre. Greg, sentant l'orgasme arriver, lui montra comment le caresser pour lui donner du plaisir sans qu'il jouît trop vite, touché par son innocence et sa bonne volonté.

Tara avait le sentiment de revivre toute son existence dans ces quelques instants, mais en faisant ce qu'il fallait cette fois-ci. Elle se sentait plus forte, plus sûre d'elle à chaque seconde. Et son excitation grandissait à mesure. Son premier bref orgasme n'avait fait qu'augmenter son désir de le renouveler et elle avait envie de sentir les mains de Greg sur ses seins, ses reins, ses cuisses. Mais par-dessus tout, elle désirait l'avoir en elle, enfin. Lasse de ses « non, pas déjà », elle l'enfourcha et le prit de force, serrant ses muscles pour l'empêcher de s'en aller d'elle. Surpris, et incapable de maîtriser plus longtemps l'orgasme qu'il retenait depuis un long moment il poussa un cri de ravissement et se rua en elle comme un train emballé.

Puis vinrent les délices de l'exploration mutuelle, plus lente, quand le désir immédiat est satisfait et que demeure la faim de l'autre, inassouvie. Ce fut le tour de Tara de le ramener à la vie et, de la main et des lèvres, de partir à la découverte de son corps à lui, caressant du bout des doigts la clavicule et de ses lèvres le bord d'une hanche. Elle apprit que le bout de ses seins était aussi sensible que les siens et qu'il aimait comme elle les caresses légères, au creux des reins. L'intérieur de ses cuisses était doux et velouté, terriblement attendrissant. À chaque nouvelle découverte, elle sentait monter son désir. Elle se sentait si humide qu'elle avait le sentiment que son corps fondait et, terminant son voyage d'exploration, elle vit que sa verge se dressait de nouveau, pleine de vie.

Il la fit basculer sur le dos pour pénétrer en elle et, allant et venant en longs mouvements rythmiques, lui arracha bientôt des gémissements d'extase et elle jouit de nouveau, longuement, furieusement, merveilleusement. Alors, l'ayant satisfaite, il se laissa aller à son tour, chevauchant les vagues de son plaisir à elle, qui lentement s'apaisait.

Ils demeurèrent étendus comme deux amants noyés rejetés par la mer sur les grèves de l'éternité, désormais baignant dans la lumineuse clarté tombant du ciel sans nuages. L'orage s'était éloigné, et déchaînait en d'autres lieux sa passion rageuse et dévastatrice. Les esprits des cieux, les esprits ancestraux et le Grand Serpent Arc-en-Ciel lui-même avaient accompli leur œuvre. Elle était devenue femme, enfin.

22

Dan s'approchait avec précaution de la demeure des Harper. N'ayant pas de voiture à Sydney, il avait dû prendre un taxi pour se rendre à Darling Point mais il l'avait fait arrêter au bas de l'avenue, avait payé le chauffeur et grimpé les derniers deux cents mètres à pied. Il eut tôt fait de se rendre compte que toutes ses précautions étaient inutiles car il n'y avait apparemment personne. La grande maison blanche semblait endormie – pas le moindre signe d'activité, ni à l'intérieur ni dans le jardin, pas d'automobiles rangées dans l'allée. L'anxiété commençait à le gagner. C'était la seule piste susceptible de le remettre sur la trace de Tara. Que ferait-il si elle ne le menait nulle part ?

Avec la patience que lui avait apprise son métier, Dan se mit à attendre. Mais rien ne se produisit. Rien ne bougea. Personne ne sortit ni n'entra. Dissimulé sous les frondaisons qui retombaient par-dessus le mur près des grilles, il réfléchit. À quel moment avait-il remarqué quelque chose de bizarre chez Tara ? Il l'ignorait. Mais il avait l'impression, en y repensant, que cela remontait au tout début – il la revoyait telle qu'elle s'était montrée à lui lors de sa première consultation, le visage et le corps ravagés mais dans ses yeux brillants au regard intense, le reflet de sa forte et unique personnalité. Il avait tout de suite compris qu'elle lui mentait sur la vraie nature de son accident – ses blessures n'avaient pu en aucun cas être occasionnées par un accident de voiture. Oui, elle avait toujours été mystérieuse et énigmatique, son âme meurtrie autant que son corps gardant jalousement son secret, son esprit farouche refusant de se livrer à quiconque.

Il savait d'expérience que le temps finit par guérir tous les maux. Mais c'est un remède de longue haleine et de ses récentes visites à Tara, il avait conclu que la souffrance était toujours là. Elle n'avait pas encore surmonté ce qui lui était arrivé, quoi que ce fût. Il s'était rendu compte qu'elle avait un projet, qu'elle comptait affronter ce qui continuait de la troubler et il l'admirait pour son courage et son énergie. Mais l'inspecteur Sam Johnson était venu le voir à l'île d'Orphée, grave et préoccupé, et il craignait désormais que Tara eût affaire à un ennemi trop cruel, trop fort pour elle, en dépit de sa détermination. Oh, Tara, ma chère Tara, pourquoi ne m'as-tu pas fait confiance ? Et comment pourrais-je venir à ton secours si je ne sais même pas où tu es ?

Une camionnette de livraison s'engagea dans l'avenue. Il entendit le ronronnement du moteur de l'autre côté du virage. Interrompant ses méditations il décida d'agir. Il tenta d'ouvrir les grilles qu'il trouva verrouillées comme il s'y attendait. Mais les murs qui entouraient la propriété n'étaient pas très hauts et jouaient plus un rôle décoratif que celui d'une forteresse. N'importe quel homme tant soit peu athlétique pouvait sauter par-dessus. Sans prendre garde à ses vêtements, il bondit pour saisir une prise sur le mur irrégulier, se hissa d'un coup et sans s'arrêter au sommet pour ne pas risquer d'être aperçu, sauta de l'autre côté où il atterrit en douceur sur la terre meuble. Brossant la poussière de ses mains et de ses genoux, il jeta un coup d'œil circulaire.

Devant lui s'étendait une pelouse en pente douce qui montait jusqu'à la maison. Les arbres touffus le cachaient aux regards. Il avança prudemment, d'arbre en arbre, de buisson en buisson sans réfléchir aux conséquences de ce qu'il était en train de faire, repoussant résolument de son esprit les manchettes qui se présentaient à son imagination : UN MÉDECIN DU QUEENSLAND ARRÊTÉ DANS LA PROPRIÉTÉ OÙ IL S'ÉTAIT INTRODUIT PAR EFFRACTION. Il contourna la maison sans apercevoir âme qui vive. Arrivé derrière la bâtisse, il s'arrêta à l'abri des derniers buissons protecteurs et observa les alentours.

L'arrière de la maison donnait sur de vastes pelouses bien entretenues qui descendaient en douces ondulations jusqu'au bord de l'eau, où le yacht des Harper mouillait dans une anse profonde. La maison, carrée, se dressait sur une petite éminence. Tous les volets étaient fermés de ce côté-là face au soleil déjà chaud. Sur le perron, des chaises longues et des transatlantiques attendaient que quelqu'un vînt s'y alanguir. Seule la piscine, à côté du patio, était animée : un jeune garçon la parcourait de long en large, d'un crawl régulier. Au bord, étendu de tout son long, un berger allemand sommeillait, la langue pendante.

Tout à coup, le chien remua et dressa la tête pour humer l'air. En un éclair il bondit sur ses pattes et s'élança en direction du buisson où se cachait Dan. Ce dernier quitta son abri et se mit à marcher à sa rencontre. Quand le chien arriva à sa hauteur, il mit un genou en terre.

« Bon chien ! dit-il d'un ton amical, s'efforçant de ne pas montrer le moindre signe de crainte. Tu es gentil, hein ? »

À son grand soulagement le chien s'arrêta devant lui, attentif mais pas menaçant.

« Tout va bien, mon chien, dit Dan d'un ton calme.

— Qui êtes-vous ? »

La petite voix stridente venait de la piscine où l'adolescent s'enveloppait d'une serviette de bain comme pour se protéger.

« Un ami, je vous promets, lança Dan pour le rassurer. J'ai sonné à la porte mais personne n'a répondu.

— C'est une propriété privée. Les gens ne doivent pas entrer comme ça. »

Il était sur la réserve mais ne semblait plus avoir peur.

« Je vous dois des excuses. Ce n'est pas dans mes habitudes mais c'était un cas d'urgence. »

Le gamin venait vers lui à travers la pelouse. Dan n'osait pas bouger de peur que le chien ne se jette sur lui. Il regarda ses yeux brillants, ses crocs pointus, son corps tendu prêt à bondir et attendit aussi calmement qu'il put l'arrivée du jeune garçon.

« Qu'est-ce que vous voulez ? Qu'est-ce que vous faites ici ?

— Je m'appelle Dan Marshall et je cherche Greg Marsden.

— Il n'est pas là. Vous êtes un ami à lui ? »

On ne peut pas dire, songea Dan.

« Non, pas du tout, dit-il fermement, aussitôt récompensé par le soulagement qui se peignit sur le visage de son vis-à-vis. Je suis un ami de Tara Welles. » Et vous, vous devez être son fils, se dit-il, avec ces yeux !

« Tara ! Vous la connaissez ? »

On ne pouvait se méprendre sur l'intonation du gamin.

« Elle a une certaine importance pour moi, et je me suis dit que je trouverais peut-être quelqu'un ici qui pourrait me dire où elle est. Vous le savez ? »

Dans son impatience, Dan fit un geste vers le garçon et le chien grogna. Son maître sourit.

« Tout va bien, mon chien. »

Le chien s'apaisa.

« Il s'appelle Kaiser, c'est un vrai tueur, vous savez.

— Oui. J'ai cru deviner.

— Il ne permet à personne de nous approcher, en principe. »

Le gamin observait Dan avec curiosité.

« Il a dû comprendre que j'étais un ami. »

D'un accord tacite, ils prirent la direction de la maison.

« Depuis combien de temps connaissez-vous Tara ? demanda le jeune homme, manifestement heureux de parler d'elle.

— Un an, à peu près. »

Qu'est-ce que tu sais, en fait ? songea Dan. Rien du tout ?

« Où l'avez-vous rencontrée ?

— À ma clinique, dans le Queensland du Nord.

— Le Queensland du Nord ! » Il parut réfléchir. « Mais alors, vous êtes médecin !

— Oui. »

Dan eut soudain l'impression qu'on les observait. Levant la tête il aperçut une jeune fille dont il reconnut le visage, comme celui du garçon, pour l'avoir vu sur la photo que Tara avait sur sa table de nuit, dans son appartement d'Elizabeth Bay. Elle avait l'air maussade.

« C'est ma sœur, Sarah. Moi, c'est Dennis, au fait. »

Ils contournèrent la piscine et gravirent les marches du perron. La fillette ne bougea pas.

« Sarah, je te présente le Dr Marshall.

— Bonjour. »

Dennis tenta de donner un peu plus de chaleur à son accueil.

« C'est un ami de Tara », ajouta-t-il.

Sarah lui jeta un regard soupçonneux mais il vit qu'elle s'adoucissait.

Quelque chose poussa Dan à déclarer :

« Je ne suis pas un ami de Greg Marsden, Sarah. Je voudrais simplement trouver Tara pour l'instant. »

Elle le fixa attentivement et décida qu'on pouvait lui faire confiance.

« Vous voulez entrer ? », dit-elle.

À l'intérieur, le salon était frais et accueillant, décoré avec goût. Sur une table, il remarqua une photo.

« C'est notre mère, dit Dennis. On dit qu'elle est morte mais je...

— Tais-toi, Dennis ! s'écria Sarah, les traits douloureux. Tu avais promis de ne pas t'entêter avec ça.

— Dennis..., commença Dan sans tenter de dissimuler son inquiétude. Tara et Greg, où sont-ils ?

— Ils sont à Eden.

— Eden ?

— C'est notre maison de campagne. Dans les Territoires du Nord. »

Dan sentit son cœur lui manquer. C'était à l'autre bout du pays, deux fois plus loin que la distance qu'il avait parcourue pour venir à Sydney. Il réfléchit à toute vitesse, il fallait trouver un moyen, quelque chose à faire.

« Docteur Marshall... »

Dennis, à ses côtés, levait vers lui un visage plein d'espoir.

« Je crois que j'avais déjà vu Tara avant.

— Avant ?

— Avant qu'elle vienne passer le week-end avec Greg.

— Elle a passé le week-end ici avec Greg ? »

La jalousie perça le cœur de Dan comme un coup de poignard.

« Non, elle est repartie après déjeuner. Mais je l'avais vue avant. À l'école. Elle est venue prendre des photos un jour pendant qu'on jouait au foot. Je l'ai vue de près. Elle m'a pris en photo. Je ne sais pas pourquoi mais ça m'est toujours resté dans la tête. »

Un peu plus loin, Sarah avait l'air furibond mais elle ne perdait pas une seule de ses paroles.

« Quand elle est venue ici, j'ai tout de suite su que c'était elle. Je lui ai demandé mais elle m'a dit que non. Seulement je ne suis pas le seul à la connaître. Kaiser aussi la connaît bien. Et toute la journée, plus j'étais avec elle, j'avais l'impression... »

Un profond silence régnait dans la pièce.

« Quel genre d'impression ? demanda Dan d'une voix très basse.

— Que c'était notre mère ! »

Dan vit des larmes jaillir des yeux du gamin quand il osa exprimer son espoir contre tout espoir. Sarah se détourna, excédée, comme si c'était plus qu'elle n'en pouvait supporter.

« Pourquoi était-elle venue vous voir dans votre clinique, docteur Marshall ? Qu'est-ce qu'elle avait ? »

Dan hésita, craignant l'effet que produirait sur eux une aussi grave révélation. Mais Dennis le devança.

« Vous l'avez rencontrée il y a un an ? C'est ce que vous m'avez dit ?

— C'est vrai.

— C'est juste au moment où ma mère a eu son… accident. »

Il s'interrompit, le feu aux joues.

« Je ne veux pas que vous me croyiez fou…

— Non, tu n'es pas fou. »

Dennis était devenu tout pâle, la bouche crispée d'une manière qui faisait pitié chez un enfant de son âge.

« *Tara Welles est-elle notre mère ?*

— Oui. »

Dennis s'effondra sur une chaise et fondit en larmes. Sarah, immobile, dans un état de rigidité effrayant, semblait transformée en statue de pierre. Puis, poussant un gémissement elle éclata en sanglots et se jeta dans les bras de Dan, agitée de hoquets convulsifs.

« Là, là, dit-il d'un ton apaisant en lui caressant doucement les cheveux. Tout va bien, désormais. Tout va bien. Elle est vivante, souviens-toi. »

Toute la rancœur et la souffrance accumulée par Sarah s'exprimaient dans un torrent de larmes trop longtemps contenues. Et Dan, par son attitude apaisante, les encourageait à exprimer leurs sentiments conflictuels de douleur et de joie mêlées. Ce ne fut qu'une fois les larmes taries et les deux enfants calmés qu'il souleva de nouveau le sujet qui le tracassait.

« Quel est le moyen le plus rapide de se rendre à Eden, vous le savez ? »

Sarah réfléchit.

« Il n'y a pas le téléphone.

— Eden est complètement isolé, précisa Dennis.

— Par avion ?

— Il y a une piste d'atterrissage pour un petit avion. »

Dan calculait frénétiquement : aller d'abord de Sydney à Darwin en avion, puis louer un avion-taxi là-bas.

Il se leva pour s'en aller.

« Docteur Marshall… »

Sarah s'était complètement ressaisie et dans l'adolescente, il vit soudain la femme, et non plus la fillette.

« Nous allons avec vous, déclara-t-elle.

— Oh oui, s'il vous plaît », supplia Dennis.

Le regard de Dan alla de l'un à l'autre. Deux paires d'yeux pareils à ceux de Tara le regardaient.

« D'accord. » Il sourit. « Alors en route. »

« Bon, très bien. Merci d'avoir appelé. Et… bonne chance ! »

Joanna reposa pensivement le combiné. Perché sur l'accoudoir du sofa, en face d'elle, Jason leva ses blonds sourcils.

« Le vaillant médecin ? demanda-t-il, sarcastique.

— Oui. Apparemment, Tara se trouve quelque part dans le Nord, une réserve lointaine – Eden – avec Greg Marsden. »

Jason semblait s'être attendu à quelque chose dans ce goût-là. Il dit d'un ton léger :

« On ne demande pas ce qu'ils font là-bas, hein, maman ?

— Je n'en sais rien. »

Joanna n'était pas encore tout à fait remise de la visite de Dan et se demandait encore jusqu'à quel point elle croyait à son récit, qu'elle avait raconté à Jason dès que l'occasion s'était présentée.

« En admettant que la moitié de ce qu'il m'a raconté soit vrai... »

Jason rit.

« La voilà qui recommence. Je t'ai pourtant déjà dit que tu ne devrais pas perdre ton temps en vaines spéculations, à ton âge. Je vais te donner un sujet de réflexions nettement supérieur, moi, tu vas voir. »

Joanna n'était pas d'humeur.

« Accouche, Jason.

— Écoute-moi bien : c'est absolument sans importance.

— Qu'est-ce qui est sans importance ?

— À la fin de la journée – et même dès maintenant, dans la mouise où on est tous les deux jusqu'au cou, maman – que Tara soit ou non Stéphanie Harper ne devrait nous faire ni chaud ni froid.

— Qu'est-ce qui te prend, Jason ? » Joanna était soudain en colère. « Tu es tombé sur la tête ?

— Écoute-moi plutôt. Prête un peu attention à ton photographe préféré. Oh, certes, c'est d'une grande importance si on se place du point de vue mystique, métaphysique et platonique de la vérité éternelle. Et en ce moment précis, ce n'est pas la même chose si notre brave médecin parvient à sauver la belle dame en danger ou si au contraire, aussi bienvenu que le serpent dans le jardin d'Éden, il débarque seulement pour troubler une lune de miel en plein désert. Mais pour toi, Joanna, et pour moi, Jason, c'est du pareil au même.

— Je ne saisis toujours pas !

— Parce que nous sommes les dindons de la farce, toi et moi. Qui que soit Tara Welles, qu'elle jette son dévolu sur l'un ou l'autre de ses deux chevaliers servants, elle n'exercera plus la profession de mannequin, tu piges ? »

Joanna ouvrait de grands yeux. Cette idée ne l'avait pas effleurée.

« Et moi ? poursuivit le photographe. De toute manière, je ne suis pas dans la course. J'étais là avant les deux gaillards mais c'est comme si je n'existais pas, hein ? Je n'ai pas trouvé la bonne manette. » Il eut un sourire amer. « Alors les paris sont lancés. Qui va gagner la main de la belle ? Sur ma droite, Greg Marsden, le champion, le joli cœur, le coureur de jupons réputé sur toute la côte, et là-bas dans le coin, le Dr Dan, silencieux mais ô combien séduisant, la coqueluche des femmes qui ont quelque chose dans la tête. Allez, sur lequel misez-vous ? »

Joanna tentait désespérément d'assimiler les paroles de Jason. Instinctivement, elle sentait qu'il avait raison. Elle avait rarement vu Jason avoir tort. Intelligent et intuitif, il l'avait souvent ramenée sur la bonne voie. Elle le regarda dans les yeux.

« Et toi, dans les deux cas, qu'est-ce que ça te ferait ? »

Il haussa les épaules.

« Ça fait un moment que je m'arrange pour que ça ne me fasse plus grand-chose dans tous les cas – et on dirait que je commence un tout petit peu à y arriver, figure-toi. Je peux pas les avoir toutes, hein, ma vieille ? On survivra, allez, moi et mon ego. »

Il la gratifia d'un de ses sourires éblouissants.

« Et on ira encore mieux quand notre vieille maman nous aura déniché une autre belle pour les collections d'automne !

– Tu dois avoir raison, dit lentement Joanna.

– J'ai toujours raison ! s'écria Jason, feignant d'être vexé. N'essaie pas de discuter avec moi et farfouillons plutôt dans tes tiroirs pour découvrir le nouveau visage des siècles à venir – enfin, de la saison à venir, si tu préfères. C'est quoi déjà, le slogan de cette baraque ? On répète après moi...

– Aller de l'avant, murmura machinalement Joanna.

– Voilà une bonne élève ! »

Il contourna le bureau pour aller lui donner une petite tape affectueuse sur l'épaule.

« Et ne te bile pas pour moi, va. Songe plutôt que Sydney compte au moins trois cent mille filles de plus que de gars et qu'ils sont presque tous pédés. J'en trouverai bien une qui voudra de moi, t'inquiète pas ; avec un peu de chance, elle aura peut-être même un peu de reconnaissance ! »

L'aube se leva au-dessus d'Eden, chassant les étoiles dans un ciel pur et sans nuages. Les portes du paradis s'ouvrirent sur un jour translucide. Toute trace de la tourmente avait disparu. Les énormes nuages blafards déchirés en lambeaux par la violence de l'orage, les zigzags de feu et la pluie diluvienne n'étaient plus qu'un mauvais souvenir. Le monde était propre et resplendissant comme s'il venait de naître, les feuilles et les plantes brillaient aux premiers rayons du soleil matinal. Seul un arc-en-ciel parfait qui enjambait le monde était là pour rappeler les événements de la nuit précédente.

Par-dessus la plaine, le kookaburra riait, adressant ses signaux aux habitants des cieux pour leur rappeler d'allumer la première étoile du matin et d'ajouter du bois au feu qui réchauffe la terre, pour aviver la flamme et donner toute sa force à la lumière du jour. Quittant la pénombre tiède des écuries, Chris salua respectueusement le messager au cœur léger qui annonçait le jour nouveau mais il n'émit pas un son. Il savait que si quiconque offensait le kookaburra ou s'amusait à imiter son chant joyeux, l'oiseau ne parlerait plus aux grands esprits du feu et les ténèbres enseveliraient de nouveau le monde, comme jadis, avant que le Grand Tout eût créé la lumière.

Levant les yeux, Chris vit l'arche multicolore enjambant le ciel clair. Il se concentra pour écouter ce que les esprits ancestraux lui soufflaient à l'oreille. Julunggul, le Serpent Arc-en-Ciel, avait voyagé à travers les cieux pendant la nuit pour mettre ces lieux sous sa protection. Sous les yeux de Chris, l'arc-en-ciel pâlit et disparut presque puis brilla de nouveau, plus net et plus vif qu'auparavant. Chris put lire alors sa deuxième signification, plus inquiétante à présent. Voilà bien longtemps, quand le monde était encore très jeune, avant que les tribus guerrières eussent appris à vivre en paix, un chasseur enragé avait lancé une pierre pour tuer un ami. Il l'avait lancée si fort qu'elle était allée droit au ciel, où elle avait éclaté, révélant toutes les couleurs d'une opale pleurant le crime qui venait d'être commis. Ce fut le premier arc-en-ciel. Depuis ce jour, à ceux qui savent lire de tels signes, l'arc-en-ciel annonce qu'un acte cruel va être commis et l'opale verse des larmes de douleur. Mais le Serpent Arc-en-Ciel était venu, lui en qui naissent et meurent toutes les créatures vivantes, lui qui dispense la vie et la mort et guide le flux et le reflux du sang en chaque être humain. Chris reçut en silence le message des cieux et prépara son âme aux événements qu'il pressentait.

Quand les premières lueurs de l'aube s'infiltrèrent dans la chambre de Max, Tara s'éveilla aussitôt. Elle se glissa doucement hors du grand lit de chêne et, abandonnant l'homme encore endormi, sans un regard en arrière, elle regagna sa chambre. Elle passa rapidement ses jodhpurs et un chemisier et se rendit à pas feutrés jusqu'à la cuisine, serrant entre ses doigts un petit flacon qu'elle était allée chercher au fond de sa trousse de toilette. Elle ouvrit un placard, saisit la bouteille de kirsch et y versa le contenu du flacon. Elle reboucha la bouteille de kirsch, la secoua vigoureusement et la rouvrit pour en renifler le nouveau contenu. Comme elle l'avait espéré, l'odeur forte du kirsch effaçait toute trace du sédatif qu'elle y avait mélangé. Elle avait enfin trouvé l'usage du sédatif que Dan lui avait remis à Orphée et qu'elle n'avait jamais pris. Katie ne manquerait pas de boire un petit remontant avant la fin de la matinée, elle le savait. Et lorsque les événements du jour atteindraient leur paroxysme, Katie dormirait profondément, hors de danger.

Elle jeta le flacon dans la poubelle puis, saisissant le plus grand plateau qu'elle pût trouver dans la cuisine, gagna le salon où elle le chargea des bouteilles de whisky, de cognac et de porto posées sur la desserte, prenant bien soin de ne pas les entrechoquer. Puis, ployant un peu sous le poids, elle repartit en sens inverse, traversa la cuisine et sortit dans la cour. Là, une petite porte ouvrait sur une sorte de réserve dans laquelle elle entra, posa le plateau à même le sol, referma la porte et empocha la clef. Personne n'irait plus là sans son autorisation, songea-t-elle satisfaite. Et quand Jilly, en s'éveillant, tendrait la main pour attraper une quelconque bouteille d'alcool, elles auraient toutes disparu.

Pour finir, elle prit un carnet et un stylo et écrivit :

Il fait si beau ce matin que je vais chercher King pour aller au Rocher du Diable. Ne réveille pas les dormeurs. Je serai de retour ce soir, pour l'heure du dîner. À tout à l'heure.

Attrapant ses gants et sa cravache elle sortit par-derrière et se rendit aux quartiers des domestiques. Elle glissa le mot sous la porte de Katie et gagna rapidement les écuries. Elle ne fut pas surprise en découvrant Chris, qui l'attendait dans le compartiment de King, le harnais et la selle posés par terre devant la porte. Ils sanglèrent l'animal ensemble, et quand il fut prêt ils sortirent, Tara devant, Chris tenant King par la bride. Katie avait dormi d'un sommeil profond après la longue chevauchée du jour précédent et elle ne s'éveilla pas vraiment en entendant les sabots d'un cheval sur le sol de la cour. Effie va voir le soleil se lever sur la plaine, se dit-elle – chaque matin à l'aube, elle entendait ce martèlement familier quand Stéphanie vivait encore à Eden. Rien ne l'obligeait à se lever tout de suite. Elle écouta avec une joie profonde le bruit des sabots qui s'éloignaient et referma les yeux.

Comme toujours au réveil, la première pensée de Greg Marsden fut pour lui-même. Tu l'as eue, cette fois ! songea-t-il, son orgueil de mâle ronronnant comme un gros chat, tu te l'es faite, mon vieux ! Et il repassa mentalement le film de la veille. Lentement, sans se presser, il se remémora son corps souple, ses seins aux fiers tétons dressés, ses cuisses blanches et le triangle de petites boucles sombres. Il la retourna dans ses pensées pour la prendre en levrette et son sexe se dressa – c'était toujours un problème le matin. Il aimait faire l'amour le matin, plus, peut-être, qu'à n'importe quel autre moment de la journée. Il tendit le bras pour attirer Tara vers lui. Et cette fois-ci, songea-t-il, je lui apprendrai les mots qui vont avec.

Dès que son bras rencontra l'espace vide et froid au lieu du corps tiède, Greg sut qu'il s'était fait berner. Comment pouvait-elle – comment osait-elle – le quitter ainsi ? Il savait bien, il le sentait, qu'elle n'était pas sous la douche, qu'elle n'était pas non plus partie lui préparer une délicieuse surprise et qu'elle n'allait pas entrer dans son adorable négligé porteuse d'un plateau chargé de jus d'orange, de café fumant, de croissants et de champagne pour célébrer les rites amoureux qu'ils avaient accomplis ensemble, la nuit tombée. Un noir pressentiment l'envahit et il bondit hors du lit, tel un tigre à l'aube d'un jour de chasse.

Dehors, le soleil était haut dans le ciel. Sam, occupé à scier un arbre mort, se faisait du souci au sujet de Katie. Elle avait insisté pour l'aider dans sa tâche et tandis qu'il cassait les branches supérieures au faîte du grand arbre, elle avait entrepris de les ramasser à mesure et de les débiter en bûches. C'était un travail dur, surtout en plein soleil, et Sam appartenait à une race qui se faisait un devoir sacré d'honorer les anciens. Il tenta une fois encore, gentiment, de la faire arrêter.

« Laisse-moi donc, Sam, dit-elle, le souffle court. Bien sûr que je peux le faire. Je suis bien trop vieille et bien trop coriace pour avoir une crise cardiaque, t'inquiète pas... et y a bien trop de choses à faire pour... que je reste là à m'tourner... les pouces. Allez, arrête de t'occuper de moi, hein ? »

En fait, à mesure que la matinée avançait, Katie était la proie d'une anxiété qu'elle ne pouvait calmer qu'en se dépensant physiquement. Le plaisir qu'elle avait ressenti en entendant les sabots du cheval dans la cour s'était brusquement dissipé quand elle avait lu le mot glissé sous sa porte. Pourquoi Effie avait-elle décidé d'aller jusqu'au Rocher du Diable ? Il fallait une journée pour aller là-bas et en revenir, une journée au cœur même du désert. Et Stéphanie avait beau connaître la région sur le bout des doigts et être capable de repérer la trace du plus petit animal dans la brousse, retrouverait-elle aussi bien son chemin après une aussi longue absence ? Si elle – ou sa monture – s'égarait par là-bas, on ne retrouverait pas même ses os.

Katie s'était avisée d'autre part que dans sa fatigue, la veille au soir, elle avait oublié de parler à Effie de la conversation qu'elle avait surprise entre Greg et Jilly. Elle avait été si heureuse, quand Tara avait accepté de reconnaître qu'elle était bel et bien Effie et l'avait mise dans la confidence, qu'elle avait complètement oublié de lui révéler ce qu'elle avait entendu en passant par hasard dans le hall – les voix échangeant entre elles d'horribles insultes. C'est impardonnable, se répétait-elle, impardonnable. Elle en aurait pleuré de contrariété. Mais que faire sinon attendre le retour d'Effie désormais ? Elle n'avait plus qu'à s'occuper jusqu'au soir en tâchant de ne pas trop penser, et en s'arrangeant pour rester avec Sam autant que possible – tant que Greg serait dans les parages en tout cas. Elle n'avait pas oublié son visage quand il était entré dans la cuisine où elle essayait d'établir la liaison avec Pine Creek. Sans compter qu'il avait débranché la radio, ce qui les coupait totalement du reste du monde. Fais-moi confiance, avait dit Effie. Celle-ci avait sûrement un plan. Elle va te régler ton compte, annonça-t-elle à un Greg imaginaire dans sa tête – et faudra te lever tôt si tu veux attraper Katie Basklain, mon pauvre petit bonhomme…

« Katie ! »

La voix de Greg l'interrompant brutalement dans ses pensées, la fit sursauter de peur en dépit de ses courageuses résolutions.

« Où êtes-vous ? Bon sang je vous cherche partout ! »

Même en plein soleil il était pâle de fureur réprimée et Katie évita de regarder ses yeux.

« Où est Mlle Welles ? Répondez, où est-elle ?

– Elle est partie avant le petit déjeuner. Elle m'a demandé de ne pas vous réveiller.

– Où est-elle allée ?

– Au Rocher du Diable à cheval.

– Au Rocher du Diable ? » Sa voix tremblait de colère. « Mais comment connaît-elle le Rocher du Diable ?

– Je… je lui en ai parlé, improvisa Katie.

– C'était complètement ridicule de votre part ! Il faut au moins quatre heures rien que pour y aller. Elle risque de se perdre, elle risque de… » La peur l'empêcha d'en dire plus. Il regarda Katie : « Si jamais il lui arrive quelque chose… » Il laissa la menace en suspens puis fit volte-face et repartit en direction des dépendances.

Katie se sentait soudain très vieille et très fatiguée. Sam qui l'observait du haut de son arbre la vit vaciller comme si elle allait tomber. Il descendit en un éclair et lui prit le bras. Elle s'appuya sur lui avec reconnaissance puis leva vers lui son petit visage profondément ridé :

« Vous voulez bien m'accompagner à la maison, Sam ? Je ne me sens vraiment pas bien, tout d'un coup. »

Ils gagnèrent à pas lents la cuisine où Sam fit asseoir la petite bonne femme. Dans la fraîcheur de la pièce elle se sentait un peu mieux. Mais elle avait malgré tout besoin de donner un coup de pouce à la nature.

« Je crois que j'ai besoin d'un petit remontant, dit-elle à Sam. Pour me remettre d'aplomb. Dans le placard, là… il y a une bouteille. Tu peux aussi me donner un verre… ? »

Et, une fois de plus dans la matinée, Katie s'administra une petite dose de son remède personnel.

23

« Chris ! Où es-tu ? Chris ! »

Hors de lui, Greg se dirigeait vers les écuries d'un pas rapide, hurlant après Chris pour lui demander de lui seller un cheval. L'idée que Tara lui avait échappé une fois de plus lui était intolérable et son corps de prédateur frémissait, prêt à bondir sur ses traces. Il allait la traquer.

« Chris ! »

Il entra dans l'écurie en trombe mais Chris n'était nulle part. Poussant des jurons obscènes, Greg choisit l'un des chevaux les plus rapides, trouva la selle et la bride et les ajusta, frénétiquement. Puis il mena le cheval dans la cour et l'enfourcha.

Au même instant, il vit Chris, impassible et serein, comme à son habitude, qui se dirigeait vers le paddock.

« CHRISTOPHER ! Viens ici ! »

Changeant de direction, Chris s'approcha sans se presser et s'arrêta à hauteur de l'étrier.

« Tu sais où est partie Tara ? Quelle direction a-t-elle prise ? »

Chris haussa les épaules.

« Bon, elle ne doit pas encore être bien loin de toute manière. Quel cheval a-t-elle fait seller ? »

Sans répondre, Chris fixait sur Greg ses grands yeux lumineux.

« Tu ne veux pas dire que… ? Non, allons… »

Son expression changea du tout au tout. Sautant à terre, il plaça la bride entre les mains de Chris et fonça vers l'écurie. Tout au fond, mais il ne l'avait pas remarqué dans sa précipitation, la porte du compartiment de King était grande ouverte et le grand étalon n'était plus là. Avec un rugissement, Greg se détourna et s'élança dans la cour.

Chris n'avait pas bougé. Greg marcha droit sur lui en foulées meurtrières.

« Bougre d'imbécile ! Personne ne monte King ! »

Arrivé devant lui il leva sa cravache pour en frapper le visage et le corps de Chris mais celui-ci arrêta le bras qui s'abattait et le maintint à distance, fermement et sans peur. La main de Chris était refermée comme un étau sur le bras de Greg. Celui-ci se dégagea avec un hurlement de rage, saisit les rênes et bondit à cheval. Il enfonça ses talons dans les flancs de l'animal et s'élança droit devant lui. Il sauta la barrière du paddock pour ne pas perdre une seconde et, contournant par la droite le vaste hangar de l'avion d'Eden, il partit au galop, longeant la maison avant de s'engager dans l'allée. C'est alors qu'il aperçut Jilly qui courait vers lui avec l'intention évidente de lui barrer le passage.

« Je veux te parler, hurlait-elle. Je t'ai cherché partout ! »

Elle courait vers lui aveuglément, prête à se jeter dans les jambes du cheval au galop. Il poussa un juron et tira sur les rênes.

« Qu'est-ce que tu me veux encore, connasse ?

— Je t'ai vu hier soir ! »

Sur son visage tuméfié, passa une lueur de triomphe. Il aurait voulu l'écraser.

« Tu ne te doutais pas de ça, hein ? Tu n'as pas eu l'idée de tirer les rideaux dans les transports de ta passion – tu ne pensais pas que quelqu'un aurait pu avoir envie de prendre l'air sur le perron ! J'ai tout vu ! Je t'ai regardé faire l'amour avec elle.

— Tu es dérangée, Jilly, dit-il d'un ton calme alors qu'il bouillait intérieurement.

— Ah je suis dérangée ! C'est toi qui vas être dérangé bientôt, quand je t'aurai dénoncé à la police ! Je me fiche de tout maintenant. Et ça me fera plaisir de te voir garrotter, à moins que ce ne soit la chaise électrique ? Je veux que tu souffres autant que tu m'as fait souffrir, tu m'entends ? Et s'ils ne te condamnent pas à mort, ils t'enfermeront pour le restant de tes jours et tu ne la reverras plus jamais ! »

Ne plus jamais revoir Tara… Une peur horrible s'insinua en lui et d'une voix qu'il ne reconnut pas il hurla :

« Fous le camp d'ici ! »

Jilly vit la folie meurtrière dans ses yeux. Elle s'enfuit en courant. Mais lui, tel un chasseur traquant le renard, s'élança à sa poursuite. Elle longea le hangar, les sabots résonnant comme le tonnerre à ses oreilles et, avisant un passage trop étroit pour un cheval entre deux corps de bâtiment elle s'y glissa et se retrouva à l'abri dans la cour fermée. Mais comme elle s'arrêtait pour reprendre haleine, l'animal et son cavalier franchirent la barrière de l'autre côté, l'ombre gigantesque semblable à un centaure monstrueux masquant le soleil. Hurlant de terreur, Jilly détala pour se mettre à l'abri, les poumons en feu, le claquement métallique des sabots ferrés sonnant à ses oreilles.

Greg émit un long gémissement rauque, les narines flairant déjà l'odeur du sang. Comme un chien de chasse, il la poursuivit en tous sens jusqu'à ce que, sanglotant et poussant de petits cris, elle se laissât tomber dans la poussière. En un éclair, elle imagina le cheval arrivant sur elle pour la piétiner, le fer des sabots pénétrant dans sa chair, déchirant ses muscles et brisant ses os. Elle se recroquevilla sur elle-même et Greg avec un hurlement de triomphe fonça droit sur elle.

Ce n'était plus Jilly pour lui. Depuis qu'elle avait proféré ses menaces, il ne la considérait plus comme un être humain. Il ne la haïssait même plus d'une haine humaine. Elle était devenue un simple ver à ses yeux, une vermine à exterminer, un obstacle dressé entre Tara et lui qu'il fallait éliminer sur-le-champ. Il lança son cheval et, l'encourageant des talons et des cuisses, bondit en avant vers le corps tassé dans la poussière et vers le désert qui l'appelait au-delà.

Mais à l'instant où les sabots cruels allaient piétiner l'obstacle, un fait que tout cavalier connaît bien revint brusquement à l'esprit de Greg : un cheval essaie toujours d'éviter un être humain sur son passage. Il sentit l'animal rassembler son énergie, prendre son élan et sut immédiatement ce qu'il allait faire et qu'il n'avait aucun moyen d'empêcher. À la dernière seconde, le cheval bondit comme un chat par-dessus Jilly sans la toucher. Puis, il s'envola au-dessus de la barrière et vers les grands espaces, joyeux de laisser derrière lui l'hallali. Greg ne chercha pas à le retenir, car son esprit se concentrait désormais sur un seul but : retrouver Tara.

Penchée en avant sur le col de sa monture lancée au grand galop, la silhouette de Greg s'évanouit dans le lointain. À la porte de la grange, Chris le regarda sans ciller se fondre dans un nuage de poussière au milieu de la plaine. Puis il rentra à l'intérieur. Là, silencieux et immobiles, se tenaient Tara et King. Les heures d'attente patiente étaient récompensées. Greg s'était laissé attirer par l'appeau et il battait la campagne à la recherche d'une proie inexistante. Elle était libre de mettre son plan à exécution, ici, à Eden.

« Merci, Chris », dit-elle en lui tendant les rênes.

Elle lissa l'encolure soyeuse de King qui baissa la tête pour présenter ses oreilles à la caresse.

« Pardon de te priver de promenade, aujourd'hui, chuchota-t-elle. Demain, peut-être. »

Il renâcla et, levant une jambe avant, l'abattit impérieusement sur le sol.

« Nous aurons d'autres occasions, mon chéri, dit-elle. Allez, sois gentil. S'il te plaît, sois gentil. »

Et il lui souffla doucement au visage son haleine parfumée de foin.

« Allons-y, Chris », dit-elle, mettant un terme au moment paisible qu'ils venaient de passer. Mais il était temps de se secouer.

« Tu veux bien ramener King dans son box, maintenant ? »

Elle regarda Chris, dont la tête arrivait tout juste à la hauteur des épaules luisantes, toucher doucement le menton de l'étalon pour lui donner le signal du départ. Ils franchirent côte à côte la porte de la grange.

« *Hetra akamarei, alidgea guy pichi*, allons vite, maintenant. »

Au son du simple murmure de Chris, King disparut dans l'écurie, de l'autre côté de la cour.

Là-bas, dans la plaine, même le nuage de poussière avait disparu. Tara, tournant le dos aux écuries, prit le chemin de la maison et entra par-derrière dans la cuisine. Sam montait la garde derrière la porte. Assise à la table, Katie se versait les dernières gouttes de kirsch de la bouteille tout en expliquant à l'adresse de Sam, ainsi qu'elle l'avait fait durant la dernière demi-heure :

« Ça me calme les nerfs, tu comprends... c'est la raison pour laquelle j'en prends. C'est un remède. Mon médecin me l'a recommandé une fois que j'avais fait une mauvaise chute de cheval et ça a marché. Mais on peut pas dire... »

Katie savoura consciencieusement une gorgée de liqueur.

« On ne peut pas dire que le goût me plaise vraiment. »

Elle avala une autre gorgée pour s'en assurer.

« C'est seulement que... si on ne se sent pas très bien, si quelque chose ne va pas. Ça donne un coup de fouet... »

Depuis la porte, Tara la regardait, le cœur gonflé de tendresse et de compassion.

« On peut pas se permettre d'être faible par ici, hein Sam ? Tu le sais mieux que n'importe qui, pas vrai... ? Faut bien faire le travail... »

Katie mangeait ses mots et ses yeux devenaient vitreux.

« Y m'faut un lapin pour faire un civet... faut qu'j'en tire quequ's'uns... ça je sais viser, pour sûr... »

Elle redressa la tête avec fierté puis commença à s'affaisser sur la table.

« Tu me donnes un coup de main, Sam ? », demanda Tara. Elle passa derrière Katie et la prit sous les bras, la supportant de tout son poids.

« Si tu pouvais la prendre par les pieds... »

Ils soulevèrent ensemble la petite forme frêle.

« Qu'est-ce que vous faites ? », demanda Katie d'une voix pâteuse.

Elle ne va pas tarder à sombrer, pensa Tara. Sa tête se balançait d'une épaule à l'autre. Sam et Tara la transportèrent ainsi jusqu'à sa chambre. Fidèle à elle-même, Katie ne cessait de protester.

« Tu peux me poser par terre, Sam, j'te dis. J'peux très bien marcher toute seule… j'n'ai pas besoin qu'on m'porte, enfin… lâchez-moi. »

Sam souriait gravement à l'adresse de Tara en portant la petite bonne femme légère comme un oiseau. Ils la déposèrent sur son lit. Tara lui défit sa ceinture et Sam disposa sur elle une couverture fine.

« Tu peux dormir, Katie, chuchota Tara en se penchant pour embrasser le visage buriné. Tout se passera bien. Je te le promets. Quand tu t'éveilleras, ce sera fini. Fais de beaux rêves ! »

Tara referma sans bruit la porte derrière eux, laissant Katie profondément endormie.

« Elle ira bien, dit Tara. Tu veux bien venir avec moi, Sam ? Je voudrais te demander quelque chose. »

De retour dans la maison principale, Tara griffonna quelques mots sur une feuille de papier qu'elle tendit à Sam.

« C'est extrêmement important, Sam. Il faut que tu prennes la Land Rover et que tu ailles à Darwin. Directement, sans t'arrêter une seule fois en route, d'accord ? En arrivant là-bas, tu iras au commissariat central et tu remettras ceci au commissaire de police Jim Gully. À lui seul, en personne. Jim, Jim Gully. »

Elle se tut. Elle n'avait pas peur que Sam ne fît pas ce qu'elle demandait ni qu'il ne comprît pas. Elle voulait seulement ne rien laisser au hasard.

« Je compte sur toi, Sam. Rien ni personne ne doit t'empêcher de lui remettre ce mot en mains propres. »

Il acquiesça d'un sourire et s'en fut. Chris se matérialisa aussitôt dans l'encadrement de la porte de la cuisine. Tara sentit le calme que sa présence lui procurait toujours.

« Chris… tout est engagé… ça va bien se passer ? »

Il ne répondit pas. Elle le regarda dans les yeux.

« Tu es avec moi, n'est-ce pas ? Je vais avoir besoin de ton aide ce soir. Quand…, elle avait du mal à prononcer son nom à présent, … quand il va revenir… »

Elle lut dans les yeux de Chris qu'il savait, qu'il avait toujours su, et qu'il savait aussi comment tout cela finirait. Mais il ne pouvait partager cette connaissance qui lui appartenait en propre. Avec un soupir, elle partit, sûre d'elle, vers son destin.

Recroquevillée sur elle-même dans l'étroit passage où elle avait rampé après que le cheval l'eut enjambée, Jilly frissonnait de terreur, claquant des dents sans pouvoir s'arrêter. Puis son corps n'en put tolérer davantage et, secouée de spasmes violents, elle se mit à vomir. Quand elle n'eut plus à vomir que de la bile, les hoquets s'espacèrent et elle s'adossa au mur, épuisée, vidée. La violence de Greg n'était pas nouvelle pour elle. Poussée par une force intérieure, il lui arrivait même de la provoquer tout en sachant qu'elle en serait la cible. À mesure que leurs relations se détérioraient, les coups, les insultes et les humiliations étaient devenus une habitude. Ils en faisaient partie et après s'être battus et déchirés sans retenue, ils faisaient parfois l'amour avec une intensité renouvelée qui ne faisait ensuite qu'accroître la haine.

Mais cette fois, c'était différent. Pour la première fois, elle s'était rendu compte que Greg n'aurait pas assouvi sa rage en prenant son corps mais en l'éliminant, en lui prenant la vie.

« Je ne veux pas mourir », grogna-t-elle.

Il fallait qu'elle trouve un moyen de se protéger pour le retour de Greg car la seule chose qui l'avait sauvée jusque-là, c'était l'obsession qu'il avait de retrouver Tara. Il avait renoncé à revenir sur ses pas pour écraser Jilly à la seule fin de ne pas perdre un temps précieux. Mais il n'hésiterait pas à la tuer si elle se retrouvait sur son chemin.

Elle se hissa péniblement sur ses pieds. Elle s'était fait mal aux genoux et aux jambes en tombant et avait de la peine à marcher. Elle s'était égratigné les coudes, son visage était maculé de sang et de poussière. La bouche amère, la robe souillée. Il faut que je parte d'ici, se répétait-elle en se traînant lamentablement à travers la cour en direction de la maison. Dans sa chambre, elle attrapa le sac de voyage qu'elle n'avait pas encore défait vu la façon dont elle s'était endormie la veille, et elle ressortit en courant. Elle pouvait emprunter la Land Rover jusqu'à Pine Creek. Une fois partie d'ici, elle ne risquait plus de le retrouver sur son chemin. Oh, si seulement elle avait agi ainsi plus tôt, si seulement elle avait fui la première fois qu'elle avait senti le danger, la noirceur de son âme…

Elle atteignit le hangar du véhicule, épuisée tant il lui était pénible de se déplacer sous cette chaleur. À l'intérieur du hangar ouvert, le petit avion était tranquillement rangé mais pas de Land Rover ! Jilly poussa un cri de déception.

« Oh non ! » Elle était coincée ici, sans aucun espoir de pouvoir s'échapper.

C'était impossible. Elle se contraignit à réfléchir pour trouver une autre idée. À qui pouvait-elle demander de l'aide ? Katie ! Katie, ou Chris, ou Sam, elle les trouverait et ne les quitterait plus d'une semelle. Greg ne s'en prendrait pas à elle devant les autres. En rebroussant chemin, Jilly avait le sentiment d'être un rat pris au piège qui courait en tous sens.

« Katie ! s'époumona-t-elle. Katie ! Venez ! J'ai besoin de vous ! »

Aucune réponse. Rien ne troublait le silence de la maison endormie en dehors de ses cris perçants. Elle semblait étrangement vide et pourtant hantée de présences menaçantes.

« Katie ! Katie ! »

En proie à une panique proche de l'hystérie, Jilly fouilla les pièces du rez-de-chaussée. Nulle trace de Katie. Elle entra dans le salon, un peu calmée à l'idée du whisky – deux ou trois verres, coup sur coup, et elle se sentirait déjà mieux. Elle emporterait la bouteille avec elle pour soulager la douleur de sa jambe. Elle s'arrêta net, horrifiée – plus une seule bouteille sur la desserte ! Incrédule, elle ouvrit la porte du buffet – vide, lui aussi ! Seigneur, qu'allait-elle devenir ? Elle s'engagea dans le corridor menant à la cuisine et marcha droit sur le placard où Katie rangeait ses réserves secrètes. Il ne restait qu'une bouteille vide. De rage, Jilly la jeta violemment par terre.

Mais elle ne pleura pas. Elle ne s'avouait pas vaincue. Elle retraversa la maison jusqu'à la porte d'entrée et prit machinalement la direction de la piscine, franchit la roseraie et gagna le potager où Katie était peut-être occupée à jardiner. Puis, en boitillant, elle contourna la maison et se rendit au quartier des domestiques, où elle ne s'était pas encore avisée qu'une femme aussi vaillante que Katie aurait pu se retirer pour faire la sieste. En la voyant étendue sur son lit, loin d'en être émue, elle entreprit de la secouer pour la réveiller. Ce ne fut qu'en comprenant qu'elle n'y parviendrait pas et qu'elle dormait d'un sommeil anormal que Jilly se laissa aller au désespoir. Il ne lui restait plus qu'à retourner encore une fois vers la maison. Comme elle traversait à grand-peine la cour en traînant la jambe, elle ne vit pas la silhouette qui l'observait d'une fenêtre du premier étage, le regard glacial qui constatait son état et calculait le moment de porter le coup final.

Il lui restait un dernier espoir. Jilly avait assez souvent vécu à Eden pour savoir se servir d'une radio. Elle s'installa devant le poste, dans la cuisine, et commença à toucher les boutons. Elle comprit tout de suite qu'il ne marchait plus. Se contraignant au calme, elle l'examina soigneusement. Quand elle vit qu'une pièce manquait, ses dernières forces l'abandonnèrent. Elle se mit à gémir comme un animal blessé, à pousser des petits cris de douleur et d'effroi.

« Où sont-ils ? psalmodiait-elle. Il doit tout de même bien y avoir quelqu'un ici... au secours... s'il vous plaît... il y a quelqu'un... ? »

Soudain, venue des profondeurs de sa conscience, elle entendit une voix accusatrice :

« Cela en valait-il la peine, Jilly ? »

Les yeux écarquillés elle se dressa pour regarder autour d'elle. Il n'y avait personne.

« Qui est-ce ? Qui est là ? cria-t-elle.

– Oh, mon Dieu, ne me dis pas que tu as déjà oublié ma voix ? »

C'était un chuchotement caressant, des vrilles de terreur s'enfonçaient doucement dans le cœur de Jilly. Elle connaissait cette voix… mais c'était…

« Tu dois bien te souvenir de moi, n'étions-nous pas amies, toutes petites déjà ?

– Non !

– Comment as-tu pu agir ainsi, Jilly !

– NON !

– Je t'ai toujours aimée. Tu étais la moitié de ma vie.

– Stéphanie ! »

Jilly s'élança aveuglément hors de la cuisine pour échapper à la voix. Mais celle-ci la poursuivit dans le vestibule, elle semblait venir de toutes les directions à la fois.

« Nous étions comme deux sœurs, toutes les deux. J'avais confiance en toi…

– Arrêtez ! Arrêtez ! »

Jilly se boucha les oreilles de ses mains mais la voix continua de lui parvenir.

« Greg en valait-il vraiment la peine ? Valait-il tant de souffrances ?

– Mon Dieu !

– Avoir fait tant de mal… !

– Je vous en prie… je vous en prie… »

En sanglots, Jilly se traîna jusqu'à la salle de séjour. La voix d'outre-tombe était là, devant elle.

« Pauvre Jilly. Il nous a trahies toutes les deux, hein ? »

Elle poussa un soupir désincarné.

« Moi, pour commencer… et maintenant toi… »

C'était plus que Jilly n'en pouvait supporter. Sa jambe l'élançait douloureusement et son âme angoissée était à l'agonie. Elle se laissa tomber dans un fauteuil où elle se tassa sur elle-même, vaincue.

« Écoute, écoute-moi, supplia-t-elle à l'adresse de la voix accusatrice. Je t'en prie, écoute-moi. »

Dans la chambre de Stéphanie, tout près de là, Tara entendait parfaitement. Elle tenait à la main le micro qui lui avait permis de faire entendre sa voix à travers toute la maison, par les haut-parleurs de la stéréo. Jilly balbutiait :

« C'était… c'est Greg qui avait tout manigancé. Je ne savais pas… je ne savais pas dans le bateau sur le fleuve… qu'il avait décidé de te tuer. Jamais je n'aurais imaginé… »

Tara voulait bien le croire, Jilly n'était pas une criminelle.

« Et après… après, il m'a forcée à mentir à la police… j'avais tellement peur…

— Peur de le perdre.

— Oui, de le perdre. Je l'aimais tant.

— Depuis le premier jour. »

De nouveau, Jilly s'empala sur la lance de celle qui l'accusait.

« Depuis la première seconde… le jour du mariage, dit-elle sans se rendre compte du piège.

— Et lui…

— Le jour du tennis. Il m'a regardée. Il m'a touchée. Je l'ai désiré.

— Pour toi toute seule.

— Oui ! hurla Jilly, prête à se défendre de nouveau. Oui, pour moi toute seule. Tu avais tout, Steph – la fortune, le rang – et voilà que tu avais en plus le seul homme que je voulais. Ce n'était pas juste. Et j'ai toujours voulu te faire du mal pour venger mon père, toujours ! »

La haine et la rancœur de la fillette blessée éclataient au grand jour. Mais son ton changea brusquement.

« Mais je ne voulais pas ça, Steph. Je ne voulais pas d'une chose aussi... horrible... je n'ai plus cessé de revoir ton visage, l'expression de tes yeux... »

La fillette, en Jilly, réapparut, totalement vulnérable désormais.

« Oh, Steph, j'ai peur. J'ai si peur. Je t'en supplie, aide-moi... je ne sais plus quoi faire... je ne veux pas mourir. Au secours... au secours ! »

Greg galopait sans répit sous le soleil ardent à travers l'étendue désertique et le Rocher du Diable semblait s'éloigner à mesure qu'il avançait. Il n'était plus monté à cheval si longtemps depuis sa lune de miel avec Stéphanie, voilà bien des mois, et son corps tremblait de fatigue. Mais la torture mentale à laquelle il était soumis depuis qu'il avait tendu le bras pour toucher Tara dans le lit était bien pire encore – c'était devenu une obsession qui ne laissait place à rien d'autre. Pourquoi l'avait-elle quitté ainsi ? Pourquoi se dérobait-elle de nouveau ? Qu'est-ce qu'une femme pouvait désirer de plus que l'amour qu'il lui avait donné ? Surtout, quel était le mystère qu'il percevait au cœur de tout cela et qui, il le devinait intuitivement, le menaçait aux racines mêmes de son être. À quoi jouait-elle ? Et pourquoi se moquait-elle de lui ?

Cette impression d'être à la merci d'un événement qui le dépassait était une menace pour sa sécurité, certes, mais pire, c'était son identité qu'il sentait mise en question. Il avait toujours été celui qui menait le jeu, qui prenait et rejetait à sa guise, au gré de ses caprices. Il ne s'était jamais demandé l'effet que cela faisait d'être le jouet délaissé d'un amant sans scrupule. Et voilà que la même chose était en passe de lui arriver. Ce qui s'était passé avec Tara n'avait fait qu'approfondir les sentiments qu'il éprouvait pour elle – il l'aimait plus qu'il n'avait jamais aimé aucune femme avant elle. Mais chez Greg, au lieu d'être un sentiment noble, ce n'était que la quintessence de son égoïsme forcené, de sorte qu'il pensait que l'amour qu'il portait à Tara lui donnait le droit de la posséder, voire se l'approprier. Et personne – pas même elle, Tara – ne la lui enlèverait, il y veillerait.

Il éperonnait sauvagement les flancs de sa monture, menant la pauvre bête aussi impitoyablement qu'il se contraignait à pousser jusqu'au bout ces raisonnements inhabituels dans lesquels il s'empêtrait. Pourtant, quand il aperçut le Rocher du Diable dans le lointain, il savait déjà qu'il ne l'y trouverait pas, et qu'il l'avait manquée. Comment, il ne parvenait pas à l'imaginer. Il n'y avait, à des lieues à la ronde, que des arbres chétifs et des buissons rabougris. Impossible, pour un cheval et sa cavalière, de s'y dissimuler. Si elle était quelque part, cela ne pouvait être que de l'autre côté du rocher, à l'abri du soleil implacable.

Avec un sentiment d'échec insupportable, il s'approcha de l'énorme masse de grès dont le sommet érodé par le vent représentait des formes démoniaques, d'où l'origine de son nom. C'était la demeure de Kulpunya, le puissant esprit Dingo, l'esprit du Mal qui, même les jours les plus chauds, engendrait un courant d'air froid autour du rocher. Malgré lui, Greg frissonna en pénétrant dans l'ombre pourpre, et il s'abstint de regarder les démons penchés au-dessus de lui. Le cheval aussi était inquiet. Il baissait la tête, les oreilles en arrière et les yeux affolés.

Lentement, à présent, puisque la folle chevauchée à la poursuite de Tara était terminée et qu'il avait perdu, Greg fit le tour du monolithe massif dont les parois changeaient de couleur en fonction de l'orientation des rayons du soleil, passant du rouge sang à l'orange flamboyant, du jaune safran au brun et au noir. Elle n'était nulle part. Il restait une dernière possibilité mais Greg n'osait rien espérer tandis qu'il pénétrait dans la grotte s'enfonçant au cœur du rocher. C'était un lieu sacré des aborigènes, pour qui les héros du temps rêvé dormaient encore dans les replis du grès. Ils avaient enduit les parois de leur sang lors des premiers sacrifices rituels et de génération en génération les anciens avaient ravivé les taches en s'ouvrant les veines à leur tour en sacrifice. Et là, dans ces entrailles sanglantes, Greg crut que son cœur allait éclater, car Tara n'y était pas. La grotte était vide.

« Tara ! Tara ! TARA ! »

Les cris de désespoir jaillirent du rocher pour emplir l'air immobile et s'élevèrent encore quand le cheval écumant et son cavalier vaincu repartirent dans le crépuscule. Mais il cherchait encore, perdu, solitaire, dans le paysage désolé, tandis qu'autour de lui, tous les démons du lieu lançaient leur rire sardonique et le proclamaient l'un des leurs.

24

Nul ne saurait nier que Darwin, la capitale des Territoires du Nord, est une ville magnifique. Dévastée en 1974 par le cyclone Tracy, elle a été entièrement reconstruite pour la plus grande joie de ses habitants et des touristes. Mais Dan Marshall, dans les affres de l'angoisse, n'était guère en mesure de l'apprécier.

Et il paraît que l'avion est le moyen de transport le plus rapide ! songeait-il amèrement tandis qu'il longeait Smith Street en compagnie de Sarah et de Dennis. Le vol jusqu'à Eden s'était révélé incroyablement compliqué et tout, du nombre de passagers ayant décidé de voyager justement à ce moment-là aux heures de correspondances possibles en passant par les considérations logistiques, tout semblait s'être ligué contre eux. En ajoutant les retards inévitables de certains vols se répercutant automatiquement sur les suivants, Dan avait vu ses espoirs de rejoindre Tara au plus vite plusieurs fois déçus. Et maintenant, l'après-midi tirant à sa fin, ils étaient arrivés à Darwin pour apprendre qu'aucun avion-taxi ne serait disponible avant deux ou trois heures. Plutôt que d'attendre dans l'aéroport, Dan avait donc emmené les deux enfants en ville.

Mieux valait marcher dans les rues que de tourner en rond à l'aéroport, songeait-il. Dans l'avenue bordée d'arbres, les lumières de la ville clignotaient déjà dans le couchant rose et or qui s'obscurcissait à chaque seconde. Il jeta un coup d'œil aux enfants. Sarah regardait autour d'elle avec animation malgré la fatigue du long trajet qu'ils venaient d'accomplir, le visage aussi lumineux qu'à l'instant où il avait confirmé que Tara était sa mère. Dennis était tout aussi joyeux, le nez plongé dans un prospectus qu'il avait pris à l'aéroport.

« Darwin, lisait-il, la métropole scintillante des Territoires du Nord, abrite aujourd'hui une population composée de quarante-cinq nationalités différentes. La ville a dépassé au cours des dernières années son isolement historique et les richesses minières de la région font d'elle une cité prospère et attirante.

– La preuve, c'est que nous y sommes », constata Dan d'un ton badin.

Il n'avait pas confié aux enfants son inquiétude au sujet des dangers que courait Tara. Mais il n'en songeait pas moins à l'effet que cela leur ferait si, après leur avoir offert un cadeau aussi précieux, ils apprenaient la mort, réelle cette fois, de leur mère. Il s'efforçait de repousser cette angoisse affreuse comme sa profession de chirurgien lui avait appris à le faire, mais ses craintes réprimées restaient ancrées en lui, funestes compagnes dont il ne parvenait pas à se débarrasser.

« C'est un endroit formidable, vous saviez ça ? reprit Dennis d'un ton enthousiaste. Écoutez : les bars et les restaurants de Darwin offrent quantité de distractions diverses, et son casino ultramoderne au bord de l'eau a acquis une renommée mondiale. C'est aussi la ville d'accès au Parc national Kakadu, célèbre pour sa réserve de crocodiles, que l'on peut voir dans leur habitat naturel… »

Sa voix s'éteignit.

« Allez les enfants, lança Dan en les prenant par l'épaule. Il est temps de chercher un taxi pour retourner à l'aéroport. »

Mais ils n'avaient pas besoin de se presser. Lorsqu'ils se présentèrent au guichet pour embarquer, ce fut pour apprendre qu'un ennui mécanique allait empêcher le seul avion disponible de décoller et qu'ils n'avaient plus aucune chance d'atteindre Eden avant le lendemain matin.

Tout à fait à l'insu de Dan, une autre personne arrivait à Darwin en se souciant fort peu de ses attraits touristiques. Sam avait accompli le long trajet sans encombre et avait trouvé sans mal le commissariat principal. Mais quand il avait demandé à voir le commissaire en personne, il s'était vu opposer une fin de non-recevoir, pour la bonne raison que ce dernier était absent.

« Il ne reprendra son service qu'à dix heures ce soir », annonça l'inspecteur qui, sans être de mauvaise volonté, s'ennuyait ferme et attendait avec impatience la fin de son propre service.

Remarquant l'anxiété qui se peignait sur les traits de son vis-à-vis, il tenta de se montrer obligeant :

« Mais je peux peut-être faire quelque chose pour vous ? »

Sam montra le mot qu'il serrait entre ses doigts. Puis les paroles de Tara lui montèrent aux lèvres :

« À remettre au commissaire de police Jim Gully. À lui seul, en mains propres. »

Il savait qu'il devait y avoir une raison pour cela. Il remit donc le mot dans la poche de sa chemise, referma le bouton pour plus de sécurité et s'installa pour attendre le retour de Jim.

À bien des lieues de la ville illuminée, dans les contrées du Nord où la terre est rouge et où rien ne pousse, le soleil se couchait, éclaboussant le ciel de sang au-dessus d'Eden. Il semblait alors exprimer toutes les passions de l'univers. Les derniers rayons lançaient un appel dans le ciel empourpré pour être aussitôt absorbés par le noir velouté. L'air moite, imprégné de mille senteurs, était immobile. Tout semblait suspendu comme la nature avant l'orage, dans un silence inquiétant.

Au sommet de la colline aux gommiers, derrière la maison, Chris vit le soleil sombrer de l'autre côté de la Terre. Il attendit que le dernier éclat d'or eût disparu dans un noir d'encre, et alors seulement il changea de position. Il s'accroupit dans la clairière au centre du bouquet d'arbres et entreprit d'allumer un feu. Ce faisant, il entonna une litanie à la gloire de Goodah le sorcier, le sage parmi les anciens qui effectua le dangereux voyage jusqu'à la montagne lointaine où les tribus avaient aperçu une lumière inconnue dans l'obscurité. Là-bas, il avait capturé un morceau du feu tombé du ciel avec la foudre et l'avait caché sous du bois mort où il n'a cessé de couver depuis, afin que les habitants de la Terre puissent le rallumer au besoin. Le feu pétilla et ronronna, des flammes vives s'élevèrent et Chris sut qu'une fois encore, l'esprit ancestral avait tenu sa promesse.

Sans cesser d'aviver le feu, Chris entreprit de se dépouiller de ses vêtements d'homme blanc et, libre et fier, pareil à ses ancêtres, il prépara son corps pour la danse rituelle. À l'aide d'argile crayeuse d'une consistance épaisse, il traça un trait en travers de son front et le long du nez puis dessina deux larges scarifications sur ses joues à l'aide de la même pâte. À deux mains il relia d'une large bande son nombril à sa poitrine en dessinant un cercle autour des seins. Ensuite, il raya de la même manière ses bras, ses poignets, ses cuisses et ses genoux. Chaque nouveau trait le délivrait du joug de la vie moderne qui le maintenait prisonnier, pour rejoindre un rituel si ancien que le Temps lui-même, le vieux magicien de l'éternité, en avait oublié l'origine. Pour finir, il enfouit ses boucles noires dans un couvre-chef composé de plumes de cacatoès blanc et de petits éclats d'os enfilés comme des perles et il ceignit le pagne, symbole de virilité. Il était prêt.

Au centre de la clairière se dressait un gigantesque gommier d'allure fantomatique, vieux comme le monde. Sa silhouette lugubre dans la lumière dansante des flammes le faisait ressembler à un revenant du monde des morts. Dans le cercle sacré tracé à son pied, Chris se mit à danser, et sa litanie s'éleva vers le ciel à travers la nuit silencieuse.

« *Kulpertanoma, Baiame, kungur gar wunalaminju, windana wungiana* – je t'appelle, ô Grand Tout, et je m'adresse à toi, entends ma voix et dansons, quel chemin prenons-nous et où nous conduis-tu ? Montre-nous la voie dans ce monde sauvage, conduis nos pas là où ils doivent aller, et ne permets pas à nos faiblesses et à nos peurs de nous faire échouer. Ce soir, plus que jamais, ô Grand Esprit, sois avec la femme dans sa tâche difficile et fais pleuvoir tes malédictions sur ce double démon, cet homme qui menace tes créatures dans sa rage de tuer.

« *Yowi panelgoramata, nurrumbunguttia gunmarl, pornurumi ngende paiale, gwandalan thoomi yant taldumande* – Yowi, ton messager, celui qui annonce un sort funeste, me chuchote quelque chose à présent, et les anciens esprits des tourmentes et du mal planent sur ces lieux où la mort veille. Je sens les ténèbres glacées – je les sens approcher. Tu choisiras ce soir laquelle de tes créatures tu reprendras pour la faire figurer au nombre des étoiles – mais Grand Tout, notre Père à tous, apporte enfin la paix sur cette maison ! »

Tel un démon vengeur, Greg fonçait dans la nuit, éperonnant sans pitié son cheval épuisé pour l'obliger à avancer. Où se trouvait Tara ? Mais il se demandait aussi : où était Eden ? D'ordinaire brillamment illuminée, à l'intérieur comme à l'extérieur, la grande maison se voyait à des kilomètres à la ronde, offrant au voyageur surpris par la nuit un point de repère infaillible. Tout était plongé dans les ténèbres ce soir. Nulle lumière ne brillait dans la plaine, pas la moindre lueur. Ce n'était pas qu'il en eût besoin, son cheval connaissait tous les sentiers alentour et le ramènerait aisément, mais qu'était-il arrivé à Eden en son absence pour que l'on eût éteint tous les feux ?

Comme il approchait, Greg ne vit qu'une forme vague, une forme plus sombre se détachant du ciel. Une peur inconnue l'envahit. Tremblant, il mit pied à terre et ses jambes aux muscles fatigués faillirent se dérober sous lui. Par un violent effort de volonté, il contraignit son corps à lui obéir et il se précipita vers la maison. Personne dans la cuisine ; quand il voulut allumer, l'électricité ne fonctionnait plus. Il poussa un juron et fouilla dans un tiroir où il savait trouver une lampe de poche. Il s'en saisit et partit explorer les autres pièces.

Dans le salon, rien ne bougeait mais ses sens aiguisés perçurent une présence et il promena le faisceau de sa lampe en un geste circulaire. Le visage de Jilly apparut, les yeux écarquillés, les pupilles dilatées comme un lapin hypnotisé devant un serpent. Elle était recroquevillée au fond d'un fauteuil, les jambes repliées sous le menton, l'image de la terreur et de la désolation.

« Où est Tara ? », demanda-t-il brutalement.

Jilly se taisait.

« J'ai dit : où est Tara ? »

En deux bonds il fut sur elle, la cravache brandie pour frapper.

« Ne me fais pas mal ! », cria Jilly, sortant brusquement de sa torpeur et levant le bras devant son visage pour se protéger.

« Greg ! Greg ! Non ! balbutia-t-elle.

— Qu'est-ce que tu lui as dit ? »

Il ne pensait qu'à Tara – où était-elle et que pouvait-il encore faire pour la retenir ?

« Rien, rien, je te jure ! Je ne l'ai pas vue. Elle n'est pas rentrée de la journée. Mais, Greg... »

Elle tendit la main pour agripper sa veste.

« Greg, écoute-moi... »

Il l'entendait à peine, comme de très loin.

« Quoi ?

— Stéphanie est là !

— Stéphanie !

— Je l'ai entendue. C'est son fantôme, il est là, dans la maison ! »

Stéphanie ? Qu'est-ce qu'elle racontait ? Comment... ?

« Tu es soûle », dit-il, mais sans conviction.

Dans les yeux de Jilly passa une lueur combative, vestige d'autrefois.

« Tu sais très bien que ce n'est pas vrai, espèce de salaud ! Tu les as toutes cachées ! Je n'ai pas bu une seule goutte de la journée ! »

Mais Greg ne l'écoutait pas.

« Où est Tara. OÙ EST-ELLE ?

— Je ne sais pas – et je m'en balance.

— Ne t'approche pas d'elle ou je te tuerai ! »

Pour toute réponse elle agrippa son bras.

« Greg... Je... j'ai vraiment entendu la voix de Stéphanie. Elle était là. Ce n'est pas mon imagination, je t'assure. Tout est fini. On ne pourra plus cacher qu'on l'a tuée. »

Malgré son obsession de retrouver Tara, l'instinct d'autoprotection se réveilla brusquement en Greg. Il regarda vraiment Jilly pour la première fois depuis qu'il était entré dans la pièce, épinglée dans le faisceau de la lampe comme un papillon sur une planche. Il prit une décision.

« Qui sait que tu es ici, à part le pilote ?

— Personne !

— As-tu dit à quelqu'un d'autre que tu comptais venir ici avant de partir ?

— Non ! À personne, je te le jure, Greg ! »

Jilly bégayait de terreur devant la forme sombre qu'elle percevait sans la voir derrière le faisceau lumineux, devenue brusquement menaçante. Dès qu'elle eut prononcé ces paroles elle sut qu'elle n'aurait pas dû, qu'elle s'était jetée dans la gueule du loup. Le faisceau s'éloigna quand Greg posa la lampe par terre.

Puis son ombre noire, semblable au messager de la mort, marcha sur elle.

« NON ! NON ! hurla-t-elle. NE ME TUE PAS, GREG ! »

Soudain, toutes les lumières de la maison s'allumèrent en même temps. Figé comme sur un instantané, Jilly vit Greg devant elle, les mains levées vers sa gorge. Pétrifiés, ils gardèrent la pose grotesque de l'assassin et de la victime plusieurs secondes qui parurent aussi longues que des minutes. Puis avec un rugissement hideux, Greg réagit et continua d'avancer les mains. Jilly les voyait approcher au ralenti, comme s'ils étaient tous deux sous l'eau. Incapable de bouger, trop terrorisée pour crier, même, elle se résigna à la mort, qu'elle reconnut dans les yeux noirs aveugles qui venaient vers elle.

Alors, aussi soudainement qu'elles s'étaient allumées, toutes les lumières s'éteignirent de nouveau, plongeant la pièce dans une obscurité plus profonde encore. Les muscles de Jilly se relâchant sous le choc, elle glissa du fauteuil et s'affaissa sans bruit sur le plancher. La chute la fit émerger de sa transe et, sans bien se rendre compte de ce qu'elle faisait, elle rampa jusqu'au mur. Greg bondit pour l'attraper à la gorge mais ses doigts se refermèrent sur le vide et ses bras balayèrent l'air en vain.

Mais c'était un chasseur trop adroit pour fondre sur une proie invisible. Il s'immobilisa pour flairer, tout son être de prédateur se fiant à son instinct qui n'avait jamais failli. Humant l'air, concentré, attentif, sachant qu'il sentirait bientôt l'effluve de sa peur à elle dans ses narines, il traquait sa présence dans l'obscurité. La peur maintenait Jilly parfaitement immobile – mais dans cet ultime acte réflexe, elle avait épuisé son instinct de préservation. Blottie dans sa cachette inutile sous la table, elle éprouvait la résignation de tous les petits animaux vulnérables et sentait déjà dans sa chair les serres cruelles et les dents acérées.

« Jilly ! » La voix de Greg se faisait caressante, avec des intonations douces et tendres. « Je ne veux pas te faire de mal, Jilly. Tu n'as pas besoin de te cacher. »

Il se tut, à l'écoute du moindre souffle.

« Allons, ma chérie. » Il se faisait séducteur à présent. « Tu sais bien que c'est toi que j'aime – j'ai tué Stéphanie pour être débarrassé d'elle et pouvoir enfin être avec toi. Et je t'ai aimée, pas vrai, Jilly ? Je te désire, Jilly, j'ai envie de faire l'amour avec toi, tout de suite, allez, viens, ma douce, viens… »

Jilly sentait sa voix lui caresser le corps. Même en cet instant où il venait vers elle avec la mort au bout des doigts, il avait encore le pouvoir de l'attirer. Un frisson la parcourut et elle sentit ses seins se dresser à son appel. Une douce rosée jaillit entre ses jambes et dans l'air confiné de la pièce elle sut qu'à l'odeur de la peur se mêlait désormais celle du sexe, qu'il reconnaîtrait aussitôt. Elle poussa un gémissement strident d'animal aux abois et s'abandonna à ses griffes.

Mais l'instant précédent, Greg avait perçu un son, venant de l'extérieur. Tous ses sens aiguisés tournés vers la porte vitrée donnant sur le perron, il se tendit. Qu'est-ce que c'était ? Un bruissement continu, très lent, inexorable, comme une âme tourmentée traînant avec elle sa chaîne d'accusations – Greg sentit ses cheveux se dresser sur sa nuque et un goût de sang lui emplit la bouche quand il se mordit la langue pour ne pas crier. Ses yeux ne pouvaient se détacher de la porte vitrée. Cela approchait… approchait…

Une faible lueur brilla comme une braise dans l'obscurité. Elle avançait le long du perron vers la porte, vacillant doucement. Les muscles de Greg semblaient changés en pierre ; incapable de bouger, il hurlait intérieurement. La flamme minuscule approchait en dansant. Elle s'arrêta enfin derrière la porte vitrée et attendit pendant ce qui sembla une éternité à ceux qui se tenaient à l'intérieur. D'où elle se trouvait sur le plancher, Jilly voyait maintenant ce qui avait arrêté Greg et sa terreur changea soudain de nature. Ils étaient tous deux paralysés. Le silence de la pièce les recouvrait comme une tombe.

Lentement, les battants de la porte s'entrouvrirent. Centimètre par centimètre ils s'ouvraient sur la présence effrayante. Fasciné, Greg voyait apparaître, derrière la petite lueur dansante, une silhouette mal définie dans la nuit sombre. Immobile, silencieuse, elle dominait par la puissance de son accusation la scène pitoyable. Jilly fut la première à rompre le silence :

« Au secours ! hurla-t-elle en sortant de son refuge. Il veut me tuer. Je t'en prie, je t'en prie... »

Elle se mit à ramper en sanglotant vers la petite lumière qui s'éleva et s'agrandit. La forme leva la lampe et ouvrit les volets de la lanterne sourde pour éclairer la pièce. Le faisceau capta Greg, immobile, tendu, tel un tigre prêt à bondir. Sur le plancher, Jilly qui se redressait retomba en arrière comme si elle avait reçu un coup dans l'estomac.

« Steph ! Steph ! STEPH ! »

Comme une enfant affolée, Jilly se tourna vers celui qui avait voulu la tuer, cherchant désespérément un contact humain.

« Greg, je te l'avais dit, Greg, c'est son fantôme... »

La voix qui s'éleva alors était forte, dure, on ne peut plus vivante.

« Ne t'y trompe pas, Jilly. Je t'assure que je ne suis pas un spectre. »

C'était Stéphanie, pas la timide, mais la farouche Stéphanie. La lumière de la lampe se balança et s'arrêta sur Greg.

« Tu es bien silencieux, Greg, tu n'as rien à dire ? Oh, tu croyais nous avoir bien eus, pas vrai ? L'argent de Stéphanie, l'héritage des Harper. »

Sa voix claquait, méprisante :

« Et ta putain, ici présente. Qu'est-ce qu'un joueur de tennis sans le sou pouvait rêver de plus ? »

La forme balança de nouveau la lanterne, révélant à leurs yeux horrifiés…

« Oui ! Stéphanie ! Je suis vivante, Greg. Je suis revenue !

– Comment… comment…

– Tu ne m'as pas tuée ! Et le crocodile non plus ! On m'a tirée de ce marécage. Oh, à demi morte, certes ! Mais tu as voulu m'éliminer. Tu es l'assassin de Stéphanie et qu'elle ne soit pas morte n'y change rien. »

La voix rauque se fit soudain plus basse :

« Un vieil ermite m'a sauvé la vie. Certains hommes sont généreux en ce monde – ils savent ce qu'est l'amour. Tout le monde n'a pas l'âme noire comme toi ! J'étais défigurée, difforme, hideuse ! Mais il aimait la vie ! Et il m'a sauvée ! »

Jilly, hagarde, jeta un coup d'œil à Greg. Il avait gardé la même posture qu'à l'instant où la lumière avait attiré son attention derrière la vitre. Ramassé sur lui-même, prêt à bondir, il semblait lutter pour comprendre une réalité qui le dépassait, à laquelle il ne parvenait pas à faire face.

Mais le réquisitoire impitoyable n'était pas terminé :

« Tu voulais ma mort et il m'a ramenée à la vie ! Mais il m'a donné bien davantage – il m'a remis les économies de toute une vie pour me permettre de prendre un nouveau départ. Il m'a fallu six mois pour devenir quelqu'un d'autre. L'épreuve a été dure et j'ai énormément souffert. Que sais-tu de la souffrance, Greg ? La SOUFFRANCE ? »

Rien ne bougea.

« Ça a été atroce. Mais cela valait la peine, oh oui ! »

La voix de la femme s'éleva comme une litanie.

« J'ai souffert et j'ai surmonté la souffrance, j'ai lutté contre moi-même – et contre mon fantôme –, et j'ai nourri ma haine et ma rage. Si tu savais comme je t'ai haï ! »

L'âme de Greg fut ébranlée par tant de passion. La petite question de Jilly fut posée d'un ton geignard.

« Mais pourquoi, Steph… pourquoi ?

– Ha ! Pourquoi ? Ç'aurait été tellement plus facile d'aller tout raconter à la police, de leur dire qui j'étais et de vous accuser tous les deux de meurtre ! Mais je… je voulais vous DÉTRUIRE, tous les deux… comme vous m'aviez détruite ! »

La haine dans l'air était presque palpable. La voix sinistre reprit :

« Je t'aimais, Greg, comme personne ne t'aimera jamais. Comment as-tu pu me faire ça ? »

La lanterne se balança de nouveau pour éclairer Jilly.

« Et toi ma meilleure amie – qu'est-ce que notre amitié valait donc pour toi ? Rien ? Tout ce que nous avions partagé toi et moi… rien du tout ? »

Elle poussa un soupir si profond qu'on eût dit que son cœur se brisait.

« Les deux personnes que j'aimais le plus au monde… Oh, je me suis réjouie de vous voir vous entre-déchirer, vous faire mal, mais il faut que je vous remercie… car vous m'avez aidée. »

Sa voix s'éteignit, mais reprit plus forte qu'auparavant.

« Oui, vous m'avez aidée ! Aussi bizarre que cela puisse paraître. Car vous, mes plus dangereux ennemis, m'avez permis de découvrir enfin qui je suis vraiment ! »

Elle leva la lanterne pour éclairer son propre visage, le visage de Stéphanie, pour la première fois.

« Et pour ça, au moins, je dois vous remercier. »

Elle arracha violemment la perruque de cheveux longs dont elle était coiffée et la jeta à terre non sans férocité.

« TARA !

– Tara ! Tara ! imita-t-elle. Oui, Tara, la femme que tu désirais quand elle ne voulait pas de toi… la femme que tu méprisais quand elle était Stéphanie, à qui ton amour aurait suffi pour s'épanouir et découvrir qu'elle était belle.

– Vous… vous êtes un faux ! aboya Greg. Un simulacre !

– NON ! Ce serait trop facile ! Tara Welles est une partie de moi-même – cette partie de moi-même qui a toujours été là mais n'a jamais eu l'occasion de s'exprimer au grand jour avec toi. Qu'as-tu jamais fait pour m'aider ? Rien ! »

Sa rage était terrible. Il ne répondit pas.

« Et qu'as-tu à me reprocher ? De quoi peux-tu m'accuser, toi ? »

Elle ricana amèrement.

« Je suis une femme qui a fait l'amour avec son propre époux ! »

Son rire sonna aux oreilles de Greg comme celui d'un démon.

« Tara ! Tara !

– C'est fini, Greg, dit-elle d'une voix soudain lasse. La police est au courant. J'ai envoyé Sam porter un message à Jim Gully, à Darwin. Ils sont en route. »

Ses épaules s'affaissèrent et elle se détendit. C'était fini. Elle vacilla de fatigue. La sentant affaiblie, Greg sortit de sa rigidité de pierre. Ses jambes se détendirent et, comme un ressort, il bondit, l'écume aux lèvres.

« Greg, non ! NON ! »

Jilly se pencha pour l'arrêter mais elle ne faisait pas le poids. La balayant sur le côté il se jeta sur Stéphanie. La lanterne tomba et se brisa sur le tapis, roula jusqu'au mur et prit feu. Des flammes atteignirent les rideaux, le tapis brûlait déjà, propageant le feu aux meubles. Mais Greg n'y prit pas garde. La revenante était à sa merci. Celle-ci le regardait sans terreur apparente. Stéphanie ? Mais alors où était Tara ? Son esprit confus était sur le point d'éclater. Enjambant l'anneau de feu il la plaqua contre le mur et saisit son visage d'une main de fer. Maintenant, de près, il allait voir qui elle était vraiment.

« Stéphanie ! siffla-t-il. Où est Tara ? OÙ EST TARA ? QU'AS-TU FAIT DE TARA ? »

La vérité lui apparut brusquement, lumineuse.

« Tu l'as tuée ! parvint-il à articuler. Tu… tu… »

À demi-fou de douleur, sa raison le quittant, il frappa la jeune femme en plein visage. Puis ses mains trouvèrent sa gorge et des deux pouces il pressa, pressa, à la base du cou, de toutes ses forces…

De très loin, elle entendit les cris de Jilly qui tentait en vain de l'arrêter.

« Akkai ! »

Les yeux clos, près de défaillir, Tara sentit l'étreinte des doigts de Greg se relâcher brusquement. Elle ouvrit les yeux en hoquetant, reprenant péniblement son souffle. Greg était aux prises avec une créature surnaturelle, au corps nu et peint, en transe et comme possédée, qui poussait Greg à travers l'anneau de feu jusqu'au centre de la pièce. Les deux hommes s'affrontaient au corps à corps. Mais le mince aborigène n'était pas de taille face à un adversaire plus grand et plus athlétique. Greg réussit à le repousser en arrière jusqu'au râtelier où Max exposait l'armurerie d'Eden. D'un coup d'épaule il projeta Chris contre le meuble vitré puis le jeta à terre et saisit un fusil en passant le bras par la vitre brisée. Chris se releva. Il n'avait pas peur. Le double démon était armé désormais, soit. Il poussa un dernier cri qui le mettait en paix avec le monde des esprits.

« *Allinger yerra ballama, Bajame, wuna wunaia wuni ingu*… le soleil se couche, ô Grand Tout, et pourtant l'âme ne mourra pas ! »

La balle le saisit en plein bond et le corps frêle et sombre tomba comme une pierre. Chris demeura étendu là, le sang jaillissant de sa poitrine.

« Non, Chris, non ! »

Tara s'élança vers le corps immobile, la rage au cœur, les larmes lui brouillant la vue, submergée de douleur. Mais elle se heurta à Greg, le fusil fumant entre les mains, une lueur meurtrière au fond de ses yeux pâles.

« Stéphanie ? susurra-t-il, séducteur. Stéphanie ? C'est bien toi ? »

Il tendit la main pour l'agripper.

« Tu viens dire bonjour ? Tu viens m'embrasser ? »

Tara détala, quittant la pièce à toutes jambes avant que Greg l'eût touchée. Il se précipita à sa poursuite et Jilly, restée seule, courut jusqu'au sofa, saisit deux coussins et entreprit d'étouffer le feu qui gagnait de plus en plus vite. Elle tapait le tapis et les meubles avec frénésie mais à mesure qu'elle éteignait les flammes une fumée épaisse envahissait la pièce. Quand Jilly s'en rendit compte, il était trop tard. Il faut que je sorte d'ici, se dit-elle en suffoquant, il faut que je sorte d'ici… Mais comme elle gagnait la porte, elle aspira dans sa panique une énorme bouffée de fumée, et tomba, asphyxiée.

25

Greg avançait sans bruit à travers la pelouse. Le félin, la bête fauve qui sommeillait en lui avait pris entièrement possession de son être désormais, et il obéissait à ses instincts féroces. Il n'avait aucun mal à suivre la femme dont il flairait la trace à chaque foulée.

Son pied heurta un objet dans l'herbe. Il se baissa et ses doigts reconnurent à tâtons l'un des souliers de Tara. Il le ramassa et le fourra dans sa poche comme un trophée, un sourire étrange aux lèvres. Puis il repartit en longues foulées silencieuses, bientôt happé par les ombres, en direction des dépendances.

Au coin d'un mur, Tara surveillait son approche, non loin du passage étroit qui avait déjà abrité Jilly. Sa gorge lui faisait mal, là où Greg avait appuyé les pouces, et son cœur battait si fort qu'elle avait l'impression de l'entendre tinter comme une cloche dans la nuit. Elle se contraignit au calme, les nerfs tendus à l'écoute du pas souple de son assassin. Elle avait un léger avantage sur lui. Avant de quitter le salon, Greg s'était emparé de la lampe de poche et elle avait pu le suivre de loin qui fouillait tous les recoins de la maison et du jardin. Si elle parvenait à lui échapper de cette manière jusqu'à l'arrivée des policiers, elle serait sauvée.

Mais que fabriquait Jim Gully ? Il aurait déjà dû être là. Tara ne pouvait pas imaginer que Sam eût manqué à son devoir envers elle. Comme Chris, elle savait qu'il lui serait fidèle jusqu'à la mort. Mais il pouvait lui être arrivé quelque chose, songea-t-elle douloureusement en revoyant Chris étendu sur le sol, lâchement abattu par celui qui la traquait, elle, à présent, son ennemi mortel. Et si des renforts n'arrivaient pas rapidement, elle subirait le même sort. Il ne fallait pas compter sur Jilly pour quoi que ce fût. Et Katie allait bientôt être en danger elle aussi. Elle n'allait pas tarder à se réveiller et Greg n'aurait aucun scrupule à l'égard de la vieille femme, pas plus que le loup envers l'agneau…

Greg contournait le groupe de bâtiments, fouillant méthodiquement toutes les cachettes éventuelles, tous les sens en alerte. Il se servait le moins possible de la lampe pour ne pas se faire repérer de celle qu'il poursuivait et, tournant furtivement au coin d'un mur, il heurta de la tête les carcasses des animaux qu'il avait tués la veille dans sa folie meurtrière. Il fit un bond en arrière, dégoûté, puis les chassa de son esprit. Mais son visage était maculé de sang et l'odeur fade lui emplissait les narines, lui montant à la tête et l'enivrant.

Il entendit soudain un léger bruissement sur sa droite. Il promena le faisceau lumineux vers le sol, la lampe à la hanche, mais rien ne bougea. Un animal ? Un être humain aurait fait plus de bruit en sautant à terre. Il remarqua alors l'abri du générateur qui commandait l'éclairage de la propriété et comprit le mystère de la nuit qui s'était abattue sur Eden. Avec une grimace de triomphe, il entra à l'intérieur et rétablit le courant.

Accroupie entre deux bâtisses, Tara s'enfonça les ongles dans la paume de ses mains pour s'empêcher de hurler son désespoir. Elle avait espéré contre tout espoir qu'il ne découvrirait pas son subterfuge. Tout alentour était désormais éclairé comme en plein jour. Elle n'attendit pas de voir Greg ressortir et prit ses jambes à son cou.

Mais elle ne fut pas assez rapide. Greg perçut un mouvement du coin de l'œil et bondit à ses trousses. Elle entendit son pas précipité dans son dos et, débouchant dans le jardin, se jeta à terre et roula jusqu'à un buisson de roses derrière lequel elle se recroquevilla. Les fleurs largement épanouies n'étaient guère suffisantes pour la dissimuler mais les grosses tiges et les feuilles touffues la camoufleraient un moment. S'arrachant la peau aux épines, les dents serrées, elle pénétra à l'intérieur du buisson.

« Stéphanie ! »

Tara sentit son sang se figer dans ses veines.

« Stéphanie ! »

Il était tout près. Elle enfonça son visage dans le sol, comme pour se fondre dans la terre protectrice.

« Où es-tu, petite idiote ! »

Le ton était cajoleur, presque raisonnable.

« Il va falloir que je te tue, tu comprends ? »

Elle demeura parfaitement immobile. Il l'appela encore, toujours sur le même ton, mais ses paroles se durcissant à mesure.

« Ne sois pas ridicule, Steph. Je sais que tu es là. Et tu sais très bien que je vais finir par t'attraper. Pourquoi te caches-tu ? Ça ne sert à rien, voyons. Tu t'es très mal conduite avec moi, Stéphanie, et tu vas me le payer. Tu m'as mis hors de moi, Steph… hors de moi… »

C'était la voix d'un dément. Pour la première fois depuis que tout avait commencé, le courage lui manqua. Elle n'avait aucun moyen de s'échapper et il allait forcément la trouver. Greg s'arrêta dans l'allée, tout près d'elle. Sa voix se faisait provocante :

« Je n'ai jamais aimé Tara, il faut que tu le saches. Je ne lui ai jamais fait confiance. Il n'y avait que toi, Stéphanie, rien que toi. »

Il s'interrompit pour flairer l'air alentour.

« Rappelle-toi, Stéphanie..., reprit-il d'une voix tendre, affectueuse. Rappelle-toi quand nous faisions l'amour, toi et moi ? Tu te souviens comme c'était bon ? Je t'aimais comme aucun homme ne t'avait jamais aimée. Ne te cache pas. Tu peux faire confiance à ton mari, Steph... allons, sors de ta cachette et viens vers moi... viens, mon petit cœur, viens... J'ai une surprise pour toi... tu ne te feras plus prier... »

Dans le silence mortel elle l'entendit charger son fusil. Peut-être l'avait-il déjà mise en joue ! Mais elle ne pouvait se risquer à lever la tête pour vérifier. N'était-ce pas plutôt un vieux truc de chasseur pour faire sortir sa proie ?

Soudain, Greg perdit patience.

« Tu vas sortir oui ou non ? Tu ne peux pas m'échapper, tu m'entends ? Tu es à ma merci, cette fois. »

Il pivota sur les talons et elle entendit son pas s'éloigner sur les gravillons de l'allée. Craignant toujours le piège elle leva la tête avec d'infinies précautions mais, le voyant partir, ne put attendre davantage et s'extirpa du buisson épineux pour gagner en courant le fond du jardin dans la direction opposée des bâtiments illuminés.

Les paroles de Greg lui revinrent soudain en mémoire : tu ne te feras plus prier... quelles étaient ses intentions ? Au même moment, elle entendit crier son nom. Et comme la voix se rapprochait, elle reconnut un bruit familier, un bruit de sabots... ! Il tenait un cheval par la bride...

« M'entends-tu Stéphanie ? Je te tiens cette fois, lança-t-il, arrogant. J'ai ton cheval favori, là, à côté de moi. Je vais compter jusqu'à dix et si tu refuses toujours de te montrer, je vais l'abattre ! M'entends-tu mon cœur ? Je vais descendre le foutu salopard ! »

Son ricanement de dément s'éleva et il apparut en pleine lumière, venant du côté de la maison, tenant le cheval par la bride. Il se plaça bien en vue devant l'escalier du perron et se mit à compter :

« UN... DEUX... TROIS... »

Des profondeurs du jardin, derrière la roseraie, Tara sentit le goût amer de la défaite. Il était plus rusé et plus cruel qu'elle ne le serait jamais. Elle entendit le cheval hennir doucement. Personne ne l'avait jamais sorti en dehors de Chris et d'elle-même et il ne devait pas apprécier ce qu'on lui faisait faire. En se redressant pour aller se rendre, elle vit King qui se cabrait et ruait, sa robe luisante parcourue de frémissements.

« QUATRE... CINQ... SIX... SEPT... »

Elle commença à marcher dans leur direction, résignée. Elle avait perdu la partie. Quand Greg l'aperçut, un sourire triomphant se peignit sur son visage. Un sourire abominable.

Quittant l'allée de la roseraie, elle gravit les marches menant au bord de la piscine.

« Viens ici ! appela-t-il doucement. Je te veux ici. »

Elle avait du mal à faire avancer ses jambes tant elles étaient raides. Il la regardait approcher. Quand elle fut devant lui, plongeant les yeux dans ses yeux pâles de dément où brillait une flamme hideuse, il dit doucement :

« C'est bien. Tu dois toujours obéir à ton mari, pas vrai ? »

Elle était si près qu'elle avait l'impression de lire dans son âme perfide et cruelle. L'étalon tremblait à ses côtés. Mais bizarrement elle n'avait pas peur. Pour la première fois depuis l'accident elle le voyait tel qu'il était, inexistant, une force du mal mais creux, vide. Il lut le mépris dans ses yeux et dit :

« Je vais te tuer, Steph. Tu es prête à mourir ? Tu as fait ton testament ? Tiens ! De la part de ton mari bien-aimé qui te regrettera toujours. »

Avec une lenteur sadique, il leva le fusil et le pointa sur son visage en ricanant.

Mais à l'instant où il pressa la détente le fusil lui fut arraché brutalement. Le déclic du chargeur avait fait tressaillir l'étalon qui s'était cabré, faisant jaillir l'arme des mains de Greg avec ses jambes avant. La balle partit au loin quelque part dans le jardin. King se cabra de nouveau, jetant Greg à terre et, avec l'instinct de sa race, il se redressa de nouveau pour piétiner son ennemi.

« Steph ! Appelle-le ! Fais-le arrêter ! Steph ! »

Mais ses cris ne pouvaient qu'exciter davantage le cheval. Elle le savait.

« KING ! »

Suspendu dans les airs, l'animal entendit l'ordre. Il pivota imperceptiblement et retomba à côté de l'homme étendu à ses pieds. Puis, encore méfiant, il lança une ruade, hennit et repartit en direction des écuries.

Vide de tout sentiment, Tara regarda Greg se mettre à genoux et se redresser lentement, étourdi par la chute. Il se remit sur ses pieds, le souffle court, sans cesser de la regarder :

« Pourquoi es-tu revenue, Steph ? Pourquoi m'as-tu enlevé Tara ? »

Il eut un sourire grimaçant :

« Il va falloir que je te tue, Steph, il faut que tu comprennes ça.

– Greg, je t'en prie, commença Tara, luttant pour garder son calme, pour surmonter l'immense fatigue qui la submergeait. Écoute-moi. La police est en route. Ils seront là d'un instant à l'autre. Tu ne pourras pas t'enfuir. Il n'y a pas de cachette possible. Ça ne te servira à rien de me tuer. Ni moi ni personne. La police est au courant de tout. Même si tu essaies de t'enfuir, ils te retrouveront. C'est fini, Greg. »

Mais à la lueur sombre qui brillait dans ses yeux, elle comprit qu'il ne l'entendait pas, que ses paroles ne l'atteignaient pas.

« Il faut finir la partie », dit-il comme pour lui-même.

Avec un regain de terreur, elle le vit s'avancer vers elle, tendre les bras pour la saisir. Elle fit volte-face et se mit à courir. Mais elle n'avait pas fait trois pas qu'il la poussa brutalement par-derrière, l'envoyant plonger dans la piscine. Tara s'enfonça et vit comme un cauchemar se dérouler pour la deuxième fois la scène du fleuve aux crocodiles. On la tirait vers le fond… une forme hideuse… de plus en plus bas… la panique l'envahit, ses poumons la brûlaient et quand elle ouvrit la bouche pour crier, elle suffoqua…

Soudain, comme par miracle, les gestes qu'elle avait appris avec Lizzie à Orphée lui revinrent, et les parties de pêche sous-marine avec Dan. « Je sais nager ! », hurla-t-elle en silence pour elle-même. Elle se retourna dans l'eau et détendit les jambes pour envoyer un coup de pied à son adversaire. Bien que le mouvement fût ralenti par l'eau elle sentit qu'elle l'avait touché à l'estomac. La main qui la tirait vers le fond relâcha son étreinte et elle s'élança en un crawl frénétique vers le bord de la piscine. Plus que deux mètres… plus qu'un… à l'instant où elle s'accrochait au bord pour remonter, on l'agrippa de nouveau par-derrière pour l'attirer dans l'eau. Il lui enfonça la tête sous l'eau mais elle se défendit et parvint à glisser entre ses bras pour lui faire face. C'est alors qu'un terrible changement se produisit sur les traits de Greg et à son horreur elle vit la haine meurtrière se transformer en une lueur d'amour.

« Tara ! s'écria-t-il. Tara ! Oh ma chérie, j'ai cru que je t'avais perdue. »

Il la plaqua contre le bord de la piscine et se mit à l'embrasser avidement, désespérément. Elle tourna la tête pour échapper à sa bouche, à ses yeux déments possédés d'une passion différente désormais. Mais elle n'était pas de taille à se dégager du poids de son corps qui la maintenait prisonnière. Ses mains étaient sur ses seins. Il s'acharnait sur les boutons de son chemisier.

« Tu m'aimes, Tara ? Dis-moi que tu m'aimes, ma chérie. Je vais t'aimer, tu vas voir, te faire l'amour comme tu aimes… »

Le coup de feu et le cri que poussa Greg jaillirent presque en même temps. La balle en lui touchant le dos le poussa contre Tara, lui coupant le souffle. Il poussa un hurlement de douleur et se cambra en arrière. Ses bras battirent l'air et il tomba dans l'eau, disparaissant sous la surface en se débattant comme un poisson pris à l'hameçon. Tara, fascinée, regardait l'eau limpide s'emplir de sang. Elle leva les yeux et vit, à quelques mètres de là, Jilly qui tenait à la main un fusil encore fumant. Les yeux vides, immobile, elle semblait ne pas se rendre compte de ce qu'elle avait fait.

De l'autre côté de la piscine, Greg réapparut. Nageant d'un bras, laissant l'autre traîner à son côté, il tentait de rejoindre le bord. Quand il parvint à s'y hisser, Tara vit que le sang coulait de son épaule, par une large blessure. Il eut du mal à se relever et, presque complètement plié en deux, s'enfuit vers l'arrière de la maison.

Tara se hissa à son tour hors de l'eau, le corps meurtri, luttant pour reprendre son souffle. Quand sa respiration fut redevenue régulière, elle regarda autour d'elle et vit que Jilly se tenait toujours à l'endroit d'où elle avait tiré. Tara avança péniblement jusqu'à elle, lui prit doucement le fusil des mains et le jeta à l'eau pour plus de sûreté. Puis elle fit asseoir Jilly sur le gazon comme elle aurait fait avec une petite fille.

« Attends-moi là, dit-elle. Ne t'en va pas, je reviens te chercher. »

Et elle partit à la poursuite de Greg.

Elle n'eut aucun mal à suivre sa trace car son corps blessé dégouttait d'eau et de sang. La trace contournait la maison et conduisait vers les dépendances. Elle comprit tout de suite ce qu'il comptait faire. Le hangar se dressait devant elle dans le clair de lune. De là où elle se tenait, elle entendit les moteurs de l'avion qui se mettaient en marche, les hélices commencèrent à tourner. Lentement, comme dans un cauchemar, elle vit le petit avion sortir du hangar et emprunter la piste pour décoller.

« NON ! »

Poussée par des sentiments dont elle ignorait le sens Tara s'élança. Elle apercevait Greg par la vitre de l'habitacle, l'air hagard, saignant abondamment.

« GREG ! GREG ! Tu n'y arriveras pas ! »

Le petit zinc avançait sur la piste en zigzaguant. Tara courait à côté, suppliant celui qui se tenait aux commandes et qui ne pouvait l'entendre. Le bruit des moteurs couvrait sûrement sa voix. À l'instant où l'avion prit de la vitesse, il se tourna vers elle comme s'il la voyait pour la première fois. Une expression de reproche infini et de désespoir se peignit sur ses traits.

« Tara ! », murmura-t-il, et l'avion bondit en avant.

Mais elle continua de courir derrière lui, suffoquant dans la poussière soulevée par les roues, espérant contre tout espoir que quelque chose se produirait pour empêcher un décollage auquel Greg ne pourrait pas faire face mais elle le vit pourtant, impuissante, se soulever du sol et pointer le nez vers le ciel.

« GREG ! Tu n'es pas obligé de mourir. GREG ! »

Tara mit toute son âme dans ce dernier adieu. L'avion minuscule s'éleva dans le ciel étoilé. Il ne fut bientôt plus qu'un point parmi les étoiles mais le son des moteurs parvenait encore distinctement aux oreilles de Tara. Alors, elle entendit le son qu'elle redoutait, le halètement des moteurs qui lâchaient. L'avion commença à perdre de la hauteur, à plonger vers la terre. Là-haut, dans le ciel, Greg avait perdu la bataille, car en perdant Tara, il avait perdu la volonté de vivre. Elle entendit le bruit affreux de l'avion qui s'écrasait et vit les flammes jaillir quand les moteurs prirent feu. Mais elle n'entendit pas le cri du condamné qui tel Icare avait défié les lois de la pesanteur.

«TARA!»

Jamais Jim Gully ne se pardonnerait de n'avoir pas été de service ce jour-là. Pour une fois que quelqu'un avait besoin d'une intervention rapide, il n'était pas là pour la fournir. Il n'avait rien à se reprocher pour ce qu'il avait fait dès qu'il avait reçu le message de Tara et il savait qu'elle avait eu raison d'exiger qu'il lui fût remis en mains propres. Ses cadets se seraient montrés incrédules et ils auraient eu besoin de son aval pour monter une opération de sauvetage, de toute manière. Quoi qu'il en soit, il regretterait toujours de n'être arrivé qu'à l'aube, une fois tout terminé. Sans compter qu'il aurait préféré arrêter l'individu plutôt que d'être contraint de s'occuper de ses restes calcinés.

Mais la police avait encore du travail bien qu'il détestât arrêter une femme. Il regarda, mal à l'aise, son collègue faire monter Jilly dans le fourgon. Avant de monter, Jilly se détourna pour embrasser du regard la maison où elle avait passé ses moments d'innocence et ses heures les plus noires. Puis son regard se posa sur Tara, qui se tenait aux côtés de Jim Gully. Leurs regards se croisèrent mais rien ne passa entre elles. Jilly était toujours dans l'état voisin de la transe qui ne l'avait pas quittée depuis l'instant où elle avait tiré sur Greg. Et qu'aurait bien pu dire Tara?

«Je n'arrive pas à y croire, dit Jim Gully. Quand j'ai reçu votre mot, j'ai d'abord cru que quelqu'un me menait en bateau. Je suis vraiment navré pour le retard.

– Ne vous en faites pas, Jim, dit Tara doucement. C'est… tout est fini, maintenant… enfin. »

À ce moment-là deux policiers sortirent de la maison, portant une civière sur laquelle était étendu Chris, affaibli mais vivant. Sam marchait à ses côtés.

« Attendez. »

Du geste, Tara fit arrêter la petite procession et s'approchant de la civière, elle prit la main de Chris dans la sienne. Elle était froide et inanimée.

« Il va s'en tirer », dit le policier d'un ton rassurant.

Tara plongea ses yeux dans ceux de Chris et sut que c'était vrai. Elle se pencha pour poser un baiser sur son front et regarda les hommes le porter prudemment à l'intérieur du fourgon.

« Mieux vaut que je les accompagne, dit Jim Gully. Vous savez où me trouver si vous avez besoin de moi.

– C'est peut-être un peu tard, Jim Gully ! lança Katie depuis la porte d'entrée. Où étiez-vous quand elle avait besoin de vous, hein ? »

Gully savait quel genre de contribution avait apportée Katie, tranquillement installée au fond de son lit pendant la bataille. Il fut tenté de répliquer vertement mais c'était une bonne nature et il n'en fit rien.

« Bienvenue à Eden, mademoiselle Harper », dit-il simplement.

« Ben, on va être sacrément tranquilles, maintenant, grommela Katie quand les véhicules eurent disparu en cahotant sur les cailloux de la piste. On va être comme des âmes en peine après toute cette excitation. »

Tara sourit, pour la première fois, lui sembla-t-il, depuis des jours et des jours.

« Bah, je ne sais pas », dit-elle.

Elle se tourna vers les écuries où King piaffait, rechignant à être enfermé.

« Je crois que mon cher King a besoin de prendre l'air après toute cette excitation. Sam, tu veux bien ? »

Mais Sam était déjà en route.

Tara chevauchait sans se presser à travers la brousse. Après tant de combats et tant de souffrances, son âme était en paix, enfin. Elle n'éprouvait nulle rancœur, mais un sentiment de paix et de soulagement très profond. C'était comme d'émerger après une terrible maladie – qui la laissait affaiblie, certes, mais sur la voie de la guérison. Où l'âme de Greg allait-elle errer, désormais, elle l'ignorait ; cependant sa rage froide, sa folie et son désespoir étaient morts avec lui et elle était délivrée, libre, enfin.

Mais la victoire ne va jamais sans sacrifices, songea-t-elle, et celui qu'elle avait fait de l'amour que lui offrait Dan dépassait ce qu'elle aurait imaginé lorsqu'elle avait mis son projet au point. Y avait-il un moyen d'amener ses plans à exécution sans avoir à le perdre ? Un moyen que dans son désespoir elle n'avait pas su voir ? Comme le destin était cruel de lui amener un tel homme, prêt à lui donner toute sa confiance, à un moment où elle devait le rejeter. Obsédée par le souvenir de Dan, elle galopait sans but, aveugle à la beauté du paysage qui l'entourait, jusqu'au moment où elle se contraignit à mettre de côté ses pensées tristes pour songer à l'avenir. C'est là désormais qu'elle vivrait avec ses enfants. Ils allaient être enfin réunis tous les trois. Elle sentit des larmes de joie lui monter aux yeux. Comment allait-elle organiser leur rencontre ? Elle l'imaginait dans sa tête, cette rencontre, faisait des plans, les changeait, recommençait – tout devait être parfait.

Une chose était sûre. Rien ne l'empêchait plus désormais de reprendre les rênes de sa vie sous l'identité de Stéphanie Harper. Le moment était venu. Les épreuves qu'elle avait traversées l'avaient rendue plus sage et plus forte et plus jamais elle ne redeviendrait la Stéphanie d'autrefois, anxieuse et mal dans sa peau, qui avait besoin de se reposer sur quelqu'un pour vivre. Jamais plus elle ne serait la proie d'un homme. Elle ne dépendrait plus que d'elle-même, de ses propres qualités et de ses propres forces. Elle envisageait l'avenir sans peur et sans incertitudes. Le passé était derrière elle – l'avenir m'appartient !

Lentement, très lentement, un son lointain perça sa rêverie. Elle tendit l'oreille : un avion approchait. Et si c'était ? Non... ? Non, elle n'avait pas le droit d'espérer, même l'espace d'un instant, que celui qu'elle avait blessé gravement, qui avait vu son amour rejeté, méprisé, serait capable de lui pardonner. Mais comment aurait-il retrouvé sa trace jusqu'ici ? Non, cela ne pouvait pas être déjà la presse ? Elle se rendait certes compte du récit sensationnel que son histoire offrirait aux journaux, mais elle n'aurait pas imaginé que les vautours viendraient jusqu'ici. Le front plissé, elle fit faire demi-tour à sa monture et partit au galop pour devancer l'avion qui approchait. En arrivant, elle aperçut Sam qui venait à sa rencontre. Il peut s'occuper de King, songea-t-elle, pendant qu'elle irait accueillir les intrus et leur montrer qu'ils n'avaient rien à faire ici.

En haut, dans les airs, Dan aperçut la petite silhouette à cheval lancée au galop mais il ne distinguait pas s'il s'agissait d'un homme ou d'une femme. Son anxiété et son impatience devenaient soudain intolérables et il se demandait comment il n'était pas déjà devenu fou. Quand il la vit et la reconnut, Tara sans aucun doute et vivante, debout sur la piste pendant que l'avion atterrissait, il en ressentit un tel soulagement qu'il crut défaillir quand il se leva pour ouvrir la porte. Oh, elle serait folle de joie en voyant ses enfants, en les serrant dans ses bras après si longtemps. Mais lui ? Pouvait-elle répondre enfin à l'amour qu'il lui offrait ? Partagé entre l'espoir et le désespoir, il entendait à peine les cris de joie des enfants à ses côtés.

Tara attendait avec appréhension l'ouverture de la porte, qui tardait inexplicablement. Alors comme dans un rêve elle entendit un cri aigu :

« Maman ! »

La porte s'ouvrit d'un coup, Sarah et Dennis apparurent se bousculant pour passer ensemble. Je rêve, je rêve, se répétait-elle, incrédule, puis galvanisée par la joie elle bondit vers eux, les bras ouverts.

« Oh, maman ! Je savais que tu n'étais pas morte...

— C'est bien toi, maman ? C'est bien toi ?

— Mes chéris... oh mes chéris. »

Et ils se serrèrent très fort tous les trois, en larmes.

Profondément touché, Dan songea qu'il n'avait pas sa place parmi eux. Ils n'ont pas besoin de moi, se dit-il. Je ne vais pas me mettre entre une mère et ses enfants ! Il restait près de l'avion, sans savoir que faire, répétant pour la dernière fois ses paroles d'adieu. Puisque tu es vivante, dirait-il. Maintenant que je sais que tout va bien pour toi...

Mais Tara leva les yeux et, par-dessus la tête de ses deux enfants, montra son visage radieux, mouillé de larmes. Viens, lui disait son regard, viens, maintenant. Transportée de joie elle se rappelait, comme si elle redécouvrait un bien très précieux, combien elle aimait cet homme. L'aimait ? Oh, c'était peu dire. C'est avec Dan qu'elle trouverait la seconde moitié de son âme – ce serait lui l'ami véritable qui l'accompagnerait au long de sa vie et dont elle serait l'amie en partage – sa sœur, sa maîtresse, son égale. Elle pouvait se donner à lui désormais sans barrières, sans secrets, sans inhibitions. Ses bras lui faisaient mal tant ils auraient voulu le serrer contre son corps pour lui dire…

« Oh, Dan… »

C'était presque un sanglot. Ses larmes jaillirent de nouveau.

« Chhhut, ma chérie, mon amour, tu me diras tout ça plus tard. »

Submergé de bonheur, Dan ne songeait qu'à apaiser, qu'à soutenir celle qu'il aimait. Car dans le regard d'adoration qu'il avait vu dans ses yeux brillants, tandis qu'elle serrait ses enfants contre son cœur, il avait lu, enfin, la réponse tant attendue.

DE LA MÊME AUTRICE

AUX ÉDITIONS ARCHIPOCHE

LA VENGEANCE AUX DEUX VISAGES

Retour à Eden **

La trahison d'un homme, la vengeance d'une femme…

Sept années ont passé depuis la tentative d'assassinat de Stephanie Harper, qui est parvenue à se reconstruire aux côtés du beau Dan Marshall. Mais dans l'ombre, quelqu'un prépare sa vengeance… Un roman culte, devenu une série télévisée qui a tenu en haleine plusieurs générations de téléspectateurs.

Sept ans ont passé depuis la tentative d'assassinat de la richissime héritière Stephanie Harper par l'homme qu'elle venait d'épouser, Greg Marsden. Sept années pendant lesquelles la jeune femme, détruite, dépossédée de tout, a tenté tant bien que mal de se reconstruire.

De retour dans sa propriété d'Eden qu'elle aime plus que tout, auprès de ses enfants adorés, elle parvient à trouver du réconfort auprès de Dan Marshall, le brillant chirurgien sans qui elle n'aurait pu se relever.

Mais diriger une compagnie qui brasse des millions de dollars et s'occuper de Sarah et Dennis ne permet aucun répit ! Pourtant, des nuages s'apprêtent à ternir le ciel azur d'Eden… Car Jilly, l'ancienne meilleure amie de Stéphanie et maîtresse de Greg, s'apprête à sortir de prison. Et toutes ces années derrière les barreaux lui ont laissé le temps de fourbir sa vengeance…

ISBN 979-1-0392-0167-4 / 9,50 €

Cet ouvrage a été composé
par Soft Office
à Eybens (Isère)

Impression réalisée par

BUSSIÈRE
à Saint-Amand-Montrond (Cher)

en juin 2022
pour le compte des éditions Archipoche

Imprimé en France
N° d'impression : 2065809
N° d'édition : 739
Dépôt légal : juillet 2022